Veröffentlicht von
DREAMSPINNER PRESS

5032 Capital Circle SW, Suite 2, PMB# 279, Tallahassee, FL 32305-7886 USA
www.dreamspinnerpress.com

Versöhnung des Blutes
Urheberrecht der deutschen Ausgabe © 2016 Dreamspinner Press.
Originaltitel: Reparation in Blood
Urheberrecht © 2014 Ariel Tachna.
Erstausgabe: Oktober 2009
Zweite Ausgabe: Oktober 2014
Übersetzt von Anna Doe.

Umschlagillustration
© 2016 Paul Richmond.
www.paulrichmondstudio.com
Die Illustrationen auf dem Einband bzw. Titelseite werden nur für darstellerische Zwecke genutzt. Jede abgebildete Person ist ein Model.

Deutsche ISBN. 978-1-64405-970-8
Deutsche eBook Ausgabe. 978-1-63477-555-7
Deutsche Erstausgabe. April 2016
Deutsche Printausgabe. September 2021
v 1.0

Gedruckt in den Vereinigten Staaten von Amerika.

Versöhnung des Blutes

Ariel Tachna

Für meine Adoptivschwestern Nancy, Holly, Connie, Cat, Carol, Madeleine, Gwen und Julianne, die den Text wieder und wieder gelesen und Verbesserungsvorschläge gemacht haben. Ohne euch wäre dieser Traum nicht wahrgeworden.

1

THIERRY SAß am Küchentisch und beobachtete seinen Freund. Er war besorgt. Seit Orlandos Gefangennahme waren noch keine vierundzwanzig Stunden vergangen, aber Alain war körperlich und emotional vollkommen ausgezehrt und am Ende seiner Kräfte. Thierry hatte Angst davor, was mit Alain geschehen würde, sollten aus den Stunden Tage werden. Und noch mehr fürchtete er, dass daraus Wochen werden könnten, denn Orlando konnte nur von Alains Blut trinken und würde nicht so lange überleben.

In Thierrys Kopf überschlugen sich die Gedanken, und alle drehten sich um die eine Frage: Wie konnten sie Orlando so schnell wie möglich finden und befreien? Nachtpatrouillen waren bereits unterwegs und suchten nach ihm in den Verstecken Serriers, die Monique Leclerc, die Überläuferin, ihnen genannt hatte. Aber Monique war ehrlich genug gewesen und hatte sie gewarnt, dass niemand alle Adressen kannte. Serrier gab nur das Nötigste preis, sodass keiner seiner Leute alle Pläne und Verstecke verraten konnte, falls er gefangen genommen wurde oder desertierte. Thierry war sich nicht sicher, welches Gewicht sie Moniques Informationen beimessen konnten, aber im Moment war sie ihre beste Quelle. Die anderen dunklen Magier, die ihnen nach der Schlacht am Place Pigalle in die Hände gefallen waren, wussten entweder nichts, oder sie hatten mehr Angst vor Serrier, als vor dem Gefängnis. Thierry konnte ihnen keinen Vorwurf machen. Mit Ausnahme von Raymond hatte jeden, der in der Hoffnung auf ein mildes Urteil der Milice Informationen gab, im Gefängnis ein schrecklicher Tod ereilt. Auch die magischen Schutzschilde um ihre Zellen hatten das nicht verhindern können.

Hilflos sah Thierry zu, wie Alain den Stuhl zurückschob, aufstand und mit verzerrtem Gesicht in der Küche auf und ab lief wie ein Löwe im Käfig. „Du erschöpfst dich nur unnötig und wirst uns nicht helfen können, wenn wir Orlando erst gefunden haben", schimpfte Thierry mit seinem Freund, obwohl er wusste, dass Alain nicht auf ihn hören würde.

Er hatte recht.

„Als ob du hier ruhig sitzen bleiben könntest, wenn sie Sebastien entführt hätten", schnappte ihn Alain an.

„Nein, das könnte ich nicht", gab Thierry zu. „Aber dann würdest du hier sitzen und mich ermahnen."

„Ich sollte unterwegs sein und nach ihm suchen", sagte Alain. „Ich habe die beste Chance, ihn zu fühlen, wenn ich in seiner Nähe bin."

1

„Das mag sein", erwiderte Thierry. „Aber du kannst nicht überall gleichzeitig sein. Es ist besser, du überlässt die Suche den Patrouillen. Ruh dich aus. Unsere Leute sind keine Anfänger. Sie kennen Serriers Tricks."

Alain schüttelte den Kopf, aber Thierry ignorierte ihn. „Du hast seit Orlandos Gefangennahme nicht geschlafen, wenn man von den wenigen Stunden absieht, die ich dich in einen magischen Schlaf versetzt habe. Du kannst nicht so weitermachen. Orlando muss von dir trinken können, wenn wir ihn befreit haben." Thierry ließ keinen Zweifel daran, dass es sich nur um eine Frage der Zeit handeln konnte. Er wollte nicht darüber nachdenken, was aus seinem Freund und Orlando wurde, falls sie es nicht rechtzeitig schafften.

Alain sah ihn unglücklich an. „Du verstehst das nicht", meinte er. „Er kann kein fremdes Blut trinken und sich deshalb nicht richtig erholen, wenn sie ihn foltern." Er suchte nach Worten, um seinen Gedanken und Gefühlen Ausdruck zu verleihen, aber sie entzogen sich jedem logischen Erklärungsversuch. „Er ist meine andere Hälfte, Thierry. Ich habe das Gefühl, als wäre meine Seele entzweigerissen worden. Wenn ich seine Schmerzen spüre, wird es noch schlimmer. Ich kann nicht schlafen, weil er keine Ruhe findet."

Thierry fragte nicht, wie es in nur einem Monat soweit hatte kommen können. Er musste es nicht tun. Er hatte auch seinen Partner gefunden, selbst wenn er nicht Sebastiens Zeichen am Hals trug. Thierry konnte auch Sebastiens Gefühle nicht auf die gleiche Art wahrnehmen, wie Alain Orlandos Emotionen spürte, aber er wusste, dass er genauso den Verstand verlieren würde, sollte Sebastien plötzlich spurlos verschwinden. Doch zurzeit war der Vampir glücklicherweise nur in Orlandos Wohnung, um für Alain saubere Kleidung zu besorgen.

„Doch, ich verstehe es", erwiderte Thierry leise und wurde rot. Es war so viel zwischen ihm und Sebastien geschehen, seit sie sich kennengelernt hatten. Und in der vorigen Nacht hatten sie sich das erste Mal geliebt.

Thierrys verlegenes Eingeständnis war so ungewöhnlich und passte so wenig zu seinem normalen Verhalten, dass es Alain aus seiner larmoyanten Stimmung riss. Es konnte die Sorge um Orlando nicht verdrängen, aber Thierry war seit dreißig Jahren sein bester Freund. Daher konnte Alain, trotz der Turbulenzen in seinem eigenen Leben, nicht einfach ignorieren, welche Veränderungen über Thierry hereingebrochen waren. „Die Partnerschaft mit Sebastien scheint dir gutzutun. Ich habe dich schon lange nicht mehr so glücklich erlebt."

Thierry lief noch röter an. „Ich habe an dir und Orlando gesehen, wie aufregend es ist, von einem Vampir nicht nur gebissen zu werden, sondern ihn zu lieben. Aber ich hätte nie erwartet, wie wunderbar es ist, seine Zähne im Hals zu spüren, wenn wir … Sorry." Er unterbrach sich, als er den Ausdruck in Alains Gesicht sah. „Das sollte ich nicht sagen."

„Das ist es nicht", erwiderte Alain und konnte seine Gefühle nur mühsam unterdrücken. „Es ist nur … Wir haben nie … Orlando hat mich nie gebissen, wenn wir uns geliebt haben. Er hatte Angst, mich zu verletzen."

„Merde", fluchte Thierry leise. „Es tut mir leid, Alain. Ich sage heute immer nur das Falsche."

„Dazu gibt es nichts zu sagen", sagte Alain mit belegter Stimme. „Er hat mir seine Gründe erklärt und ich muss sie respektieren." Er wandte sich ab, um Thierry nicht zu zeigen, wie sehr ihn die unbedachte Bemerkung schmerzte. Aber er hätte sich denken können, dass er vor Thierry nichts verbergen konnte. Die warme Hand, die sich tröstend auf seine Schulter legte, zeigte es ihm.

„Wir holen ihn zurück", versprach Thierry. „Und dann kannst du ihm das Gegenteil beweisen."

„Das ist das Schlimmste daran", krächzte Alain. „Ich glaube, er hatte seine Meinung schon geändert. Aber wir hatten keine Zeit mehr. Die Nachricht von dem Angriff auf dem Place Pigalle ist dazwischen gekommen. Alles hat sich nur noch darum gedreht, was wir dagegen unternehmen können. Und dann ist er entführt worden."

„Dann habt ihr im Büro nicht …?", fing Thierry an.

„Nein. Er hat von mir getrunken und mich dabei mit der Hand zum Orgasmus gebracht. Sich zu lieben ist etwas anderes", erklärte Alain. „Als du gekommen bist, waren wir gerade fertig."

„Es tut mir leid. Wenn ich das gewusst hätte, wäre ich nicht so reingeplatzt", entschuldigte sich Thierry.

Alain zuckte mit den Schultern, konnte seine Gefühle aber nicht verbergen. „Du konntest es nicht wissen, und selbst wenn … Es war der falsche Zeitpunkt. Außerdem war das Büro der falsche Ort für ein so intimes Erlebnis. Ich wünschte nur, wir hätten mehr Zeit gehabt."

„Ihr werdet noch genug Zeit haben", versprach Thierry. „Wir holen ihn zurück und beenden diesen Krieg. Dann habt ihr den Rest deines Lebens Zeit. Daran musst du fest glauben."

„Wie kannst du das versprechen, wenn du mir nicht erlaubst, nach ihm zu suchen!", rief Alain aufgebracht.

„Was könntest du denn mehr tun, als unsere Freunde?", wollte Thierry wissen. „Sag mir nur eine Sache, für die wir dich brauchen und die wir nicht selbst erledigen können. Dann höre ich sofort auf, dich zu belästigen, und lasse dich gehen. Nur eine Sache, Alain!"

Alain öffnete den Mund und wollte antworten, aber ihm fiel nichts ein. Die Frustration stand ihm ins Gesicht geschrieben. „Verdammt, Thierry! Ich halte es einfach nicht aus, hier untätig rumzusitzen."

„Du wirst hier auch nicht untätig rumsitzen", erwiderte Thierry entschlossen. „Sobald Sebastien zurückkommt, wirst du eine Dusche nehmen. Danach schläfst du einige Stunden, und wenn ich dich wieder dazu zwingen muss. Wenn ich es recht bedenke, hat die Dusche sogar Zeit bis morgen. Du musst schlafen, sonst bist du uns morgen auch keine große Hilfe. Orlando braucht einen starken Partner, kein Nervenbündel kurz vor dem körperlichen Zusammenbruch."

„Leck mich ...", fauchte Alain ihn wütend an und ging zur Tür. „Woher willst du eigentlich wissen, was für mich gut ist? Du hast doch keine Ahnung. Dieses Mal nicht. Ich werde nicht hierbleiben, um mir deine abgedroschenen Phrasen anzuhören. Wenn du mir nicht helfen willst, ihn zu finden, dann gehe ich eben allein auf die Suche."

Es waren verletzende Worte, selbst wenn man Alains psychischen Zustand in Betracht zog. Sie verletzten so sehr, dass Thierry nicht sofort reagieren konnte, weil er sich erst beruhigen musste, um nicht zurückzubrüllen und den Streit eskalieren zu lassen. Aber Alain schien gar keine Antwort zu erwarten. Er hatte auch ohne Thierrys Meinung noch genug zu sagen.

„Bist du etwa eifersüchtig?", schnappte er seinen Freund an und drehte sich zu ihm um, als er die Tür erreichte. „Willst du mir deshalb nicht helfen? Oder wartest du nur darauf, dass Sebastien zurückkommt und du ihn ins Bett zerren kannst? Ist dir das wichtiger, als Orlando zu helfen?"

„Sag das nie wieder", knurrte Thierry, der sein Temperament jetzt nicht mehr beherrschen konnte. „Du weißt genau, dass ich mir gestern Nacht und heute den ganzen Tag über den Arsch aufgerissen habe, um ihn zu finden. Aber ich bin erschöpft, und du bist auch hundemüde. Sebastien ist nur deshalb noch in besserer Verfassung, weil er ein Vampir ist. Wir können heute Nacht nichts mehr tun."

„Was ist denn hier los?", fragte Sebastien, der in diesem Augenblick zurückkam.

Alain drehte sich zu ihm um und blitzte ihn wütend an. Aber was immer er auch sagen wollte, es kam ihm nicht mehr über die Lippen. Thierry hatte den Stab gezogen und ihn in Schlaf versetzt. Sebastien reagierte sofort und fing Alain auf, bevor der Magier auf den Boden fallen konnte.

„Du hättest ihn einfach fallenlassen sollen", knurrte Thierry. „Der undankbare Bastard."

Sebastien sah ihn fragend an. „Was ist hier nur passiert?", wiederholte er seine Frage, warf sich Alain über die Schulter und ging zum Gästezimmer. „Ich habe dich Alain gegenüber noch nie so erlebt."

„Leg ihn erst aufs Bett, dann erzähle ich dir alles", erwiderte Thierry, der Alains Anschuldigungen immer noch nicht überwunden hatte.

Im Gästezimmer legte Sebastien den Magier aufs Bett und zog ihm die Schuhe aus, um es ihm bequemer zu machen. Die Tasche mit der sauberen Kleidung, die er aus Orlandos Wohnung geholt hatte, stellte er neben dem Bett ab, wo Alain sie sofort finden konnte, wenn er wieder aufwachte. Dann ging Sebastien in die Küche zurück. „So. Jetzt will ich wissen, was passiert ist."

Thierry seufzte. „Ich habe keine Ahnung. Wir haben uns unterhalten. Natürlich will er weiter nach Orlando suchen, obwohl er vollkommen platt ist. Und er hat nach dir – nach uns – gefragt. Ich hatte noch nie Geheimnisse vor ihm und habe ihm seine Fragen ehrlich beantwortet. Aber irgendwie muss ich einen Nerv getroffen haben. Er hat mich plötzlich angeschrien und mich beschuldigt, ich wollte ihn von Orlando fernhalten, weil ich eifersüchtig auf ihn wäre oder dich wieder ins Bett zerren wollte. Wie kommt er nur auf eine so absurde Idee?"

„Weil er nicht nachgedacht hat", meinte Sebastien. „Er denkt überhaupt nicht mehr. Er hat vor Furcht und Angst den Verstand verloren. Stell dir vor, du müsstest untätig hier sitzen und zusehen, wie Serrier Alain foltert. Du wärst im gleichen Zimmer, aber du könntest nichts sagen und nichts dagegen unternehmen. Du könntest nur mit ihm leiden. Genau das erlebt Alain mit Orlando. Er kann es zwar nicht sehen, aber er spürt Orlandos Schmerzen, als wären es seine eigenen. Und er kann nichts dagegen tun. Er ist vollkommen hilflos. Deshalb sagt er Dinge, die er normalerweise nie sagen würde. Er kann es nicht verhindern. Alain leidet so sehr darunter, dass er nur noch um sich schlägt, egal, wen er dabei trifft. Und er hat keine Hemmungen, diesen Schmutz über dir auszuschütten, weil er im Unterbewussten genau weiß, dass eure Freundschaft es überleben wird."

„Es waren nicht nur die Dinge, die er gesagt hat", überlegte Thierry gelassen. Sebastiens Anwesenheit hatte ihn wieder beruhigt. „Es war der Hass in seiner Stimme. Als wollte er mich absichtlich verletzen."

„Das wollte er wahrscheinlich auch", gab Sebastien zu. „Auf eine verdrehte Art hat er sich nicht mehr so allein gefühlt, weil es dir auch schlecht ging." Sebastien holte tief Luft und dachte an den schwärzesten Tag seines Lebens zurück. „Als Thibault starb, habe ich mit der ganzen Welt gehadert. Die grausame Ironie am Aveu de Sang ist, dass der Avoué nicht umgewandelt werden kann. Sein Partner kann ihn nicht blutleer trinken. In den ersten Jahren unserer Liebe war mir dieses Problem nicht bewusst. Thibault war jung. Ich habe nicht darüber nachgedacht, dass er älter werden wird und sterben muss. Dann saß ich auf dem Bett und hielt meinen toten Avoué in den Armen. Das erste Mal seit sechzig Jahren war ich wieder allein. Vollkommen allein. Andere Vampire sind gekommen, um mit mir Totenwache zu halten. Ich wollte sie nicht sehen. Ich wollte mit meiner Trauer allein sein. Die Wut über Thibaults Tod hat mich von innen heraus aufgezehrt. Ich habe sie alle angebrüllt, um sie zu verjagen. Die meisten sind wieder gegangen. Nur eine Frau ist bei mir geblieben, hat meine Wut und meinen Hass über sich ergehen lassen, bis ich so erschöpft war, dass mir nichts mehr einfiel. Ich habe sie gefragt, warum sie sich das angetan hätte. Sie meinte, wenn ich es nicht losgeworden wäre, hätte es mich um den Verstand gebracht. Sie wollte nicht erleben, wie ein anderer Vampir aus Trauer verrückt wird. Ich habe sie nach dieser Nacht nie wieder gesehen. Sie ist gekommen, um mich zu trösten; danach ist sie wieder gegangen und hat meinen Schmerz mit sich fortgenommen."

„Und was wird jetzt passieren?"

„Ich weiß es nicht", gab Sebastien zu. „Alain ist kein Vampir, sondern die sterbliche Hälfte des Aveu de Sang. Ich kenne keinen Fall, in dem der menschliche Partner den Vampir verloren hat. Ich bin sicher, dass es schon passiert ist, aber ich habe noch nie davon gehört. Orlando ist noch nicht verloren. Er wird vermisst, aber er ist nicht verloren. Alain muss sich an seine Hoffnung klammern. Natürlich macht das die Sache nicht leichter für ihn, denn seine Trauer und seine Hoffnung liegen im Zwiespalt. Ich weiß einfach nicht, was passieren wird."

„Könnte es sein, dass es noch einen anderen Weg gibt, Orlando zu finden? Einen Weg, der uns bisher entgangen ist?", wollte Thierry wissen. „Alain kann ihn spüren. Können wir das irgendwie ausnutzen?"

„Vielleicht", erwiderte Sebastien. „Wenn ich nachts nach Hause gekommen bin, wusste ich immer, ob Thibault da war oder nicht. Ich konnte ihn spüren, auch wenn er nicht zu hören oder zu sehen war. Alain sagt, dass er keine spezifische Richtung erkennen kann, aus der sie kommen und die ihm mehr über Orlandos Aufenthaltsort verraten könnte. Aber vielleicht kann man anhand der Intensität seiner Gefühle das Suchgebiet eingrenzen. Wir sollten es zumindest ausprobieren."

„Wir könnten ein Raster über die Stadt legen und überprüfen, ob die Gefühle in bestimmten Quadranten stärker oder schwächer werden", überlegte Thierry. „Je größer das Gebiet ist, das wir ausschließen können, umso mehr können wir unsere Suche auf die anderen Bereiche konzentrieren."

„Und Alain wäre nicht mehr so frustriert, weil er auf diese Weise seinen Beitrag leisten kann."

„Außerdem müsste er seine Verbindung zu Orlando, auch wenn er im Dienst ist, nicht blockieren, wie Marcel es von ihm verlangt hat", fügte Thierry hinzu. „Es wird ihm helfen, mit seinen Schuldgefühlen fertig zu werden. Vielleicht kann er sich dann auch stärker auf seine Verbindung zu Orlando konzentrieren und uns bessere Hinweise geben."

Sebastien nickte. „Du solltest jetzt aber die Zeit nutzen, um auch einige Stunden zu schlafen. Sobald dein Schlafzauber nachlässt, wird er wieder aufwachen. Dann hält ihn hier nichts mehr zurück, wie wir heute früh gesehen haben."

Thierry lächelte traurig. „Ich habe eine stärkere Beschwörung benutzt als gestern. Aber du hast trotzdem recht." Er reichte Sebastien die Hand. „Ich kann mir gar nicht vorstellen, welche inneren Qualen er leiden muss." Er erschauderte. „Ich bin nicht eifersüchtig auf ihre Beziehung, und ich weiß, dass es ihn sehr schmerzt. Aber er hat recht gehabt. Ich bin froh, dass nicht du es bist, der entführt worden ist."

Sebastien nahm Thierrys Hand und sie gingen zusammen ins Schlafzimmer. „Das ist eine vollkommen normale Reaktion. Mir ging es genauso, als Laurent getötet wurde. Ich würde es niemandem wünschen, aber ich war unfassbar erleichtert, dass es nicht dich getroffen hat."

Sie kamen ins Schlafzimmer. Thierry drehte sich zu Sebastien um und zog ihn in die Arme. Sebastien erwiderte die Umarmung. Die Nähe gab ihnen neue Kraft und Zuversicht. Nach einigen Minuten zogen sie sich gegenseitig aus und

6

gingen ins Bett. Sie legten sich auf die Seite und sahen sich an, bis Thierry die Augen zufielen und er einschlief.

ORLANDO WURDE von der Welle der Wut überrascht, die Alain ausstrahlte. Er konnte die Frustration, die Angst und die Trauer seines Avoué verstehen, aber diese Wut war neu und kam unerwartet. Orlandos Eckzähne wurden länger und seine Nackenhaare sträubten sich bei dem Gedanken, dass jemand seinen Geliebten so erzürnt hatte.

Er versuchte, Alain beruhigende und tröstende Gedanken zu schicken, wollte ihm versichern, dass es ihm gut ging und er ihn liebte. Aber er schien nicht zu Alain durchzudringen. Besorgt stand er auf und ging unruhig in dem kleinen Raum auf und ab. Er wusste nicht, was Alain in diesen Zustand versetzt hatte, konnte nicht zu ihm gehen und ihn in die Arme nehmen. Orlando spürte seine Hilflosigkeit wie einen drückenden Schmerz in der Brust, der ihm den Atem nahm. Wütend rüttelte er an der Tür seiner Zelle, aber das Schloss war so stark und unnachgiebig, wie bei seinem ersten Versuch.

So plötzlich die Wut gekommen war, so plötzlich verschwand sie auch wieder. Orlando wurde von Panik erfasst, bis er erkannte, dass Alain eingeschlafen war. Der Kontrast zwischen der Wut und der Ruhe, die der schlafende Alain ausstrahlte, kam Orlando seltsam vor. Dann erinnerte er sich daran, dass Alain ein Magier war und seine Freunde ebenfalls. Vermutlich hatten Marcel oder Thierry ihn mit einem Schlafzauber belegt, um ihn wieder zu beruhigen.

Orlando entspannte sich und kehrte zu der Pritsche zurück, die das einzige Möbelstück in der kleinen Zelle war. Die dünne Matratze war durchgelegen und die Metallfedern drückten unangenehm in den Rücken. Trotzdem – es hätte schlimmer sein können. Orlando hätte sich auch mit einem Steinfußboden zufriedengeben müssen.

Er sprang auf, als er hörte, dass sich der Schlüssel im Schloss drehte. Wer auch immer durch die Tür kam, Orlando wollte ihm aufrecht gegenübertreten. Er wollte sich die Möglichkeit nicht entgehen lassen, sich gegen seine Wärter wehren zu können. Die dunklen Magier hatten den Vorteil ihrer Magie, aber körperlich waren sie gegen Orlandos übernatürliche Kräfte machtlos.

In der Tür stand der große Magier, der früher Alains Freund gewesen war. Er hatte seinen Stab in der Hand. „Du bist Eric Simonet, nicht wahr?", fragte Orlando, bevor der Magier ihn binden konnte.

Auf diese Frage war Eric nicht vorbereitet. „Wieso willst du das wissen?", fragte er zurück.

„Alain hat mir von dir erzählt", antwortete Orlando gelassen. „Er vermisst dich."

Eric runzelte missmutig die Stirn. Darüber wollte er nicht reden. Es machte ihm seine Aufgabe nur noch schwerer. Besonders jetzt. „Das ist lange her", knurrte er.

„Für dich vielleicht. Für Alain nicht."

„Kennst du ihn gut?", wollte Eric wissen. Dieser Vampir hatte auf dem Place Pigalle an Magniers Seite gekämpft, bevor sie ihn entführt hatten.

Orlando beantwortete Erics Frage nicht, weil er nicht lügen wollte. Aber er durfte auch nicht die Wahrheit sagen und dem dunklen Magier dadurch Informationen geben, die Serrier gegen die Milice einsetzen konnte.

Eric schien Orlandos Schweigen als Bestätigung seiner Vermutung zu deuten. „Ich bedauere nur eines", sagte er zu dem Vampir. „Nämlich, dass er und Thierry mich jetzt hassen."

„Das tun sie nicht!", widersprach Orlando spontan. „Sie würden dich jederzeit wieder mit offenen Armen aufnehmen."

„Dazu ist es zu spät. Serrier wartet auf dich."

2

NACH SEINEM letzten Streit mit Angélique war David überzeugt davon, sich mit seinem Besuch im Sang Froid zum Narren zu machen. Auf dem Place Pigalle hatten sie Seite an Seite gekämpft. Ungeachtet ihrer persönlichen Differenzen hatte David seine Partnerin nicht im Stich lassen wollen. Aber diese Entschuldigung hatte er jetzt nicht. Es ging nicht um die Milice, nicht um die Allianz oder Angéliques Sicherheit. Es ging nur um dieses unerklärliche Gefühl, das David nicht mehr loswerden konnte. Und dieses Gefühl sagte ihm, dass Angélique ihn jetzt brauchte.

Ihr Geschäftsführer stellte ihm keine Fragen und führte ihn nur schweigend zu Angéliques Apartment, wo er ihn allein vor der Tür zurückließ. David hob die Hand, um anzuklopfen. Dann zögerte er. Er wusste nicht, wie sie auf sein unangekündigtes Erscheinen reagieren würde. Er war ihr Partner, aber Angélique sah ihn vermutlich nicht als Freund und schon gar nicht als Geliebten. David wäre beides gerne gewesen.

Er ließ die Hand fallen und öffnete leise die Tür. Als er die Wohnung betrat, sah er Angélique vor dem Fenster stehen. Sie war in einen warmen Schal gehüllt, hatte die Arme um sich geschlungen und starrte blind in den Nachthimmel. David wollte ihr Trost und Beistand anbieten, befürchtete aber, dass sie es falsch verstehen würde. Angélique hatte ihm vorgeworfen, dass er sie wegen ihrer Vergangenheit für eine schwache Frau hielt. Wenn er sie jetzt trösten wollte, würde sie es wieder als Angriff auf ihre Selbstständigkeit verstehen, weil er ihr damit unausgesprochen zeigte, dass sie mit ihren Problemen nicht allein fertig werden konnte. Damit würde David die Sache nur noch schlimmer machen. Trotzdem hatte er das unwiderstehliche Bedürfnis, sich um sie zu kümmern.

Angélique drehte sich zu ihm um, als sie seine Schritte hörte. Ihre dunklen Augen glänzten. David öffnete den Mund und wollte sie fragen, was passiert war. Aber bevor er auch nur ein Wort über die Lippen brachte, kam sie mit ausgestreckten Armen auf ihn zugelaufen. Er hatte sich nicht getraut, sie zu umarmen, aber jetzt nahm er ihr Angebot an. Angélique drückte sich an ihn und fing an zu weinen. Sie bebte am ganzen Leib. David streichelte ihr beruhigend über den Rücken.

Angélique ließ sich in Davids Armen gehen. Sie war nicht mehr allein mit ihrer Erinnerung an die tote Karine, die so fürchterlich zugerichtet worden war. Es war ihr egal, warum David ausgerechnet jetzt hier aufgetaucht war. Sie brauchte ihn und er war da. Nichts anderes zählte in diesem Augenblick für sie. David legte ihr seine starke Hand an den Kopf und presste ihn an seine Schulter.

Dann streichelte er Angélique wieder und wieder sanft über die langen Haare, bis sie sich schließlich beruhigte.

Angélique entspannte sich in seinen Armen, aber David konnte spüren, dass sie innerlich immer noch aufgewühlt war. Er massierte ihr den verspannten Rücken und sah sich suchend um. „Du musst dich entspannen. Komm mit", sagte er, als er die offene Tür entdeckte, die zu einem Flur führte.

Er führte sie durch den Flur und öffnete eine Tür nach der anderen, bis er das Badezimmer fand. Eine alte Zinkbadewanne stand an der Wand. David drehte das Wasser auf und streute eine großzügige Menge von dem Badesalz hinein, das er auf einem Regal über der Wanne fand. Dann drehte er sich wieder zu Angélique um und zog ihr den schweren Brokatschal von den Schultern. So unpersönlich wie möglich knöpfte er ihre Bluse auf. Die Hennamuster auf ihren Brüsten und ihrem Bauch zogen seinen Blick wie magisch an. Er widerstand der Versuchung, sie zu berühren, faltete die Bluse zusammen und legte sie auf einen Stuhl.

Angélique ließ es bewegungslos über sich ergehen, von David ausgezogen zu werden. Er sah ihr in die Augen, weil er befürchtete, dass sie unter Schock stand. Ihre Pupillen waren erweitert, aber das konnte auch an der schummrigen Beleuchtung liegen. David zog ihr den Rock aus und legte ihn auf die Bluse. Sie trug nur Slipper, deshalb öffnete er als nächstes ihren BH. Es fiel ihm nicht leicht, beim Anblick ihrer vollen Brüste seine körperliche Reaktion zu unterdrücken. Er zog ihr die Unterhose aus und steckte ihr mit einer Haarklammer die Haare hoch. Der schlanke Hals war nicht weniger verführerisch. David drehte sich zur Wanne um und kontrollierte die Wassertemperatur. Dann zog er ihr die Slipper von den Füßen und schob sie zur Wanne.

Angélique bewegte sich wie mechanisch. Sie setzte sich in das brusttiefe Wasser. David wollte das Badezimmer verlassen, um zu sehen, ob er einen Brandy oder etwas anderes finden konnte, das sie beruhigte. Die zarte Berührung ihrer Hand hielt ihn zurück. „Geh nicht", flüsterte sie kaum hörbar. „Lass mich nicht allein."

Er drehte sich sofort wieder um. Ihre leise, bittende Stimme war so anders, als alles, was er bisher von ihr gehört hatte. „Willst du mir erzählen, was passiert ist?", fragte er sie.

„Nein", erwiderte sie ehrlich und schloss die Augen, als Erinnerungen über sie hereinbrachen, die sie lieber vergessen hätte. Aber diese Albträume würden sie nie verlassen. Sie konnte sie nur zeitweise verdrängen, bis sie – wie heute – wieder zurückkamen und ihr die Ruhe raubten.

David akzeptierte ihre Weigerung und setzte sich neben der Wanne auf die Badematte. Er nahm ihre Hände und rieb ihr beruhigend mit dem Daumen über den Handrücken. Seine Finger folgten den Hennamustern auf ihrer Haut.

Angélique hielt die Augen fest geschlossen. Karines blutüberströmter Leichnam hatte Erinnerungen geweckt, die sie lange verdrängt hatte und die jetzt wieder an die Oberfläche kamen. Die meisten Gäste des Sultans waren zivilisierte

Männer gewesen, die es sich mit dem Herrscher nicht verderben wollten. Der Aufseher der Sklaven, der sie ausgebildet hatte, war nicht so freundlich gewesen. Sie wusste sehr gut, wie es sich anfühlte, auf den Rücken oder die Knie gezwungen zu werden – wie es war, ohne Rücksicht auf die Schmerzen, die es ihr bereitete, benutzt zu werden. Der Aufseher hatte immer darauf geachtet, ihrem Körper keinen bleibenden Schaden zuzufügen. Aber er war fest entschlossen gewesen, ihren Willen zu brechen und aus ihr eine Sklavin zu machen, die nur noch für das Vergnügen ihres Herrn lebte. „Sie haben das arme Mädchen vergewaltigt, bevor sie sie umgebracht haben", flüsterte sie heiser. Ein Schauer lief ihr über den Rücken, als sie an ihre ersten Tage als Sklavin zurückdachte. Nie hatte sie gewusst, wann und von wem sie das nächste Mal benutzt werden würde. Sie hatte diese Erlebnisse erst hinter sich lassen können, nachdem sie in den Harem des Sultans aufgenommen worden war. Dort hatte man ihr immer Zeit gegeben, sich auf ihren nächsten Liebhaber vorzubereiten. Sie war frei gewesen, sich ebenfalls ihre Freude zu suchen. Den Sklavenaufseher hatte sie mehr und mehr aus ihrem Gedächtnis verbannt, bis der Anblick von Karine alles wieder zurückgebracht hatte.

„Welches Mädchen?", fragte David leise. Er war über die Ereignisse noch nicht informiert.

„Jeans … Freundin. Karine", sagte Angélique, die nicht wusste, wie sie die junge Frau bezeichnen sollte. „Sie haben ihre Leiche heute früh vor meine Tür geworfen. Sie ist entsetzlich gefoltert und vergewaltigt worden, bevor …" Ihr versagte die Stimme und sie konnte den Satz nicht zu Ende bringen.

„Denk nicht mehr darüber nach", sagte David, obwohl er genau wusste, wie schwer dieser Ratschlag zu befolgen war. „Konzentriere dich ganz darauf, was du jetzt fühlst. Das warme Wasser tut dir gut, der Sandelholzduft des Badesalzes dringt in deine Haut ein und steigt dir in die Nase. Alles andere musst du vergessen."

Nichts davon wirkte und lenkte sie von ihren düsteren Gedanken ab, bis auf eines – Davids zärtliche Berührungen. Sie drehte die Hand um und verschränkte ihre Finger mit seinen, zog ihn zu sich heran und drückte seine Hand an ihre Wange. Seine Finger streichelten sie sanft. Einer von ihnen fuhr ihr hinters Ohr und löste einen wohligen Schauer aus. Angélique stand auf. Das warme Wasser lief an ihrem Körper herab. Sie nahm ein Handtuch vom Regal und drückte es David in die Hand.

David nahm ihr das Handtuch ab. Angélique bückte sich, um das Wasser abzulassen, dann stellte sie sich wieder auf. Der Anblick ihres nackten Körpers ließ David vor Verlangen zittern, aber er verdrängte seine Bedürfnisse. Angélique konnte das jetzt nicht brauchen. Sie brauchte eine warme Umarmung, Fürsorge und Trost – auch wenn sie das wahrscheinlich weit von sich weisen würde. David schüttelte das Badetuch aus und wickelte es um sie, als sie aus der Wanne stieg. Ihre Haare waren feucht vom Wasserdampf. Sie kitzelten ihn unterm Kinn, als Angélique sich an ihn presste. Er drückte ihr einen zarten Kuss auf den Kopf und rieb über das weiche Handtuch, um sie abzutrocknen. Sie schmiegte sich an ihn und drückte sich seinen Händen entgegen.

„Bring mich ins Bett", flüsterte sie. David konnte ihre Lippen an seinem Hals fühlen.

David hätte ihr Angebot nur zu gerne angenommen. Er legte ihr einen Finger unters Kinn, hob ihren Kopf und gab ihr einen zärtlichen Kuss. Sie presste sich an ihn, erwiderte den Kuss und leckte ihm einladend über die Lippen.

David gönnte sich diesen Kuss und überließ sich für einen kurzen, süßen Moment der Leidenschaft, die sie in ihm auslöste. Doch dann drückte er ihren Kopf an seine Schulter und stützte sich mit dem Kinn darauf ab. Sie rieb sich an ihn, aber er hielt sie fest und streichelte ihr beruhigend über den Rücken. „Du musst dich ausruhen", sagte er. „Hast du seit dem Kampf gegen Serriers Magier auch nur eine Minute geschlafen?"

Angélique hob den Kopf und sah ihn mit blitzenden Augen an. „Sag mir nicht, was ich zu tun habe!"

„Schh", sagte David leise und drückte ihren Kopf wieder an seine Schulter. „Ich will dir nichts vorschreiben", versprach er ihr. „Aber ich habe gesehen, wie schlecht es dir ging. Du hast kaum reagiert, als ich gekommen bin. Du bist erschöpft und stehst wahrscheinlich unter Schock. Wenn wir jetzt Sex hätten, würden wir damit keinem von uns einen Gefallen erweisen. Es würde unsere Beziehung nur noch mehr verkomplizieren. Lass mich dich einfach nur in den Armen halten."

Angélique trat einen Schritt zurück und löste ihre Haare. Es war eine aufreizende Geste, die sie im Harem gelernt hatte und die sie jetzt mit voller Absicht einsetzte. Sie hob die Arme und präsentierte ihm dabei ihre vollen Brüste, während die dunklen Locken ihr über die Schultern und den Rücken fielen. Einzelne Strähnen fielen nach vorne und verbargen ihre Brüste wieder vor seinem Blick. Angélique sah ihm tief in die Augen und schob sie über die Schultern nach hinten, um ihm wieder freie Sicht zu geben.

David riss sich von dem Anblick los, drehte sich um und ging durch den Flur ins Schlafzimmer. Er hatte ihr angeboten, bei ihr zu bleiben. Jetzt musste er nur noch die Kraft finden, ihren Verführungskünsten zu widerstehen. Er wollte nicht mit ihr zusammen sein, weil sie Trost brauchte. Er wollte begehrt werden.

Irritiert warf Angélique das Handtuch über den Rand der Badewanne, dann folgte sie ihm nackt durch den Flur. Er sollte ihr nicht widerstehen können. Nicht jetzt, wo sie sich endlich dazu entschlossen hatte, sich ihm hinzugeben. Aber er hatte ihre Wohnung nicht verlassen, sondern war ins Schlafzimmer gegangen. Noch gab Angélique das Spiel also nicht verloren. Wenn sie erst nackt mit ihm im Bett lag, würde sie ihre zweite Chance bekommen, ihn von seinen Skrupeln zu befreien.

Als sie ins Schlafzimmer kam, wühlte er in der Schublade mit ihrer Unterwäsche. Angélique konnte sich vorstellen, was er dort suchte. Sie musste lächeln. Seine Miene wurde mit jedem der durchscheinenden Negligés, die er aus der Schublade zog, grimmiger. „Wenn du nach etwas keuscherem suchst, um mir besser widerstehen zu können, muss ich dich enttäuschen", meinte sie belustigt. „Meine Negligés sind nicht dazu da, mich zu verstecken. Ganz im Gegenteil."

David äußerte sich nicht dazu, aber seine Miene sagte mehr als tausend Worte. Zu einem anderen Zeitpunkt hätte er gegen ihr Verhalten nichts einzuwenden gehabt, doch heute Nacht musste er sich beherrschen, und das machte sie ihm nicht gerade leicht. Er zog seinen Pullover und das T-Shirt aus. Dann warf er ihr das Hemd zu. „Zieh das an. Es sollte dich halbwegs bedecken."

Angélique hob das T-Shirt ans Gesicht und atmete Davids starken, männlichen Geruch ein. Sie überlegte, ob sie seine Bitte aus grundsätzlichen Erwägungen abschlagen sollte, aber in seinem T-Shirt zu schlafen, war ein durchaus erregender Gedanke. Also zog sie es an und lächelte zufrieden, weil das kurze Hemd ihr kaum bis auf den Hintern reichte und den Rest von ihr unbedeckt ließ.

David seufzte resigniert, als er seinen Fehler erkannte. Ihre Brüste und die Hennamuster waren zwar nicht mehr zu sehen, aber das lenkte seinen Blick nur noch tiefer, auf ihre langen Beine und die schwarzen Locken, die sich dazwischen ringelten. Doch daran ließ sich nichts mehr ändern. Mit einer Geste deutete er ihr an, sich ins Bett zu legen. „Geh, leg dich hin."

„Komm gar nicht erst auf die Idee, dich mit Jeans ins Bett zu legen", warnte sie ihn, während sie unter die Decke schlüpfte und ihn erwartungsvoll beobachtete.

David kniff den Mund zusammen, zog sich aber bis auf die Unterhose aus. Das enge Kleidungsstück konnte seine Erregung nicht verbergen, aber Angélique war lange genug Kurtisane gewesen, um ihre Wirkung auf Männer zu kennen. Wenn ihr Verhalten heute Nacht typisch war, scheute sie auch nicht davor zurück, das gelegentlich zu ihrem Vorteil auszunutzen. David legte die Jeans auf einen Stuhl und kroch zu ihr ins Bett. Er rollte sich auf die Seite und zog Angélique an seine Brust. Er legte eine Hand auf ihre Hüfte und drückte sie mit dem anderen Arm fest an sich, sodass sie sich kaum noch bewegen konnte.

Angélique ließ es mit sich geschehen. Sie genoss die Berührungen seiner Hände auf ihrer Haut, auch wenn es nur darum ging, eine bequeme Schlafposition zu finden. Als David endlich zufrieden war und sich nicht mehr bewegte, schmiegte sie sich mit dem Rücken an ihn und rieb sich mit dem Hintern leicht an seinem steifen Schwanz. Es war ein befriedigendes Gefühl für sie, dass er ihren Reizen gegenüber offensichtlich doch nicht ganz immun war.

„Stillhalten", grummelte David ihr ins Ohr. Er konnte selbst kaum still liegen, so sehr verlangte ihn danach, seine Skrupel über Bord zu werfen. „Du sollst dich ausruhen und entspannen."

„Das ist leichter gesagt als getan, wenn mir dein Schwanz an den Rücken stupst", scherzte sie heiser und hoffte, dass er sie demnächst an einer anderen Stelle stupsen würde. „Aber es gibt ein erfolgreiches Mittel gegen unsere Unruhe."

13

David stützte sich auf den Ellbogen und sah ernst auf sie herab. „Du merkst wirklich nicht, wie widersprüchlich du dich mir gegenüber verhältst, nicht wahr? In der einen Minute willst du nicht wie eine Konkubine behandelt werden, in der nächsten versuchst du, mich zu verführen. Ich weiß nicht mehr, was du von mir erwartest und wie ich dich behandeln soll. Wenn ich nachgebe, beschuldigst du mich, dich nicht zu respektieren. Und trotzdem versuchst du, mich so weit zu bringen, obwohl ich mir alle Mühe gebe, dich wie ein Gentleman zu behandeln. Willst du das wirklich, Angélique? Willst du, dass ich mich auf dich rolle und dich für eine bedeutungslose körperliche Befriedigung benutze? Wenn das so ist, kannst du es bekommen. Ich bin auch nur ein Mann, und du könntest selbst einen Heiligen in Versuchung führen. Aber mir wäre es lieber, dich einfach nur trösten zu dürfen."

Angélique sah ihn überrascht an. „Du willst einfach nur bei mir liegen und dich damit zufriedengeben, mich in den Armen zu halten und zu schlafen?"

David schnaubte. „Du hast mir nicht ein einziges Mal richtig zugehört, seit ich deine Wohnung betreten habe. Ja, Angélique. Ja, ich gebe mich damit zufrieden, weil du mich jetzt so brauchst. Ich bin kein Märtyrer. Ich bin sicher, dass ich dir früher oder später nachgebe, falls wir das öfter machen. Aber es wäre mir lieber, wenn das in einer Nacht passiert, in der wir es beide so wollen. Nicht in einer Nacht wie heute, die voller Spannungen und starker Emotionen ist." Er legte sich wieder hin und zog sie an sich. Dann fuhr er mit der Hand unter das T-Shirt und legte sie an ihren Bauch. „In einer Nacht, in der du dich für mich bemalt hast. Schlaf jetzt. Alles andere hat Zeit", sagte er und küsste sie zärtlich in den Nacken.

Sie zitterte leicht, als er seine Hand auf ihren Bauch legte und davon sprach, dass sie sich für ihn bemalen sollte. Es wäre nicht nur für ihn ein Vergnügen, sondern auch für Angélique selbst. Sie war sich sicher, dass David ein sehr fürsorglicher Liebhaber war, der sich gut um sie kümmern würde. Das hatte er heute Nacht unzweifelhaft unter Beweis gestellt.

Angélique schmiegte sich noch enger an ihn. Seine Wärme verjagte die Kälte der Nacht und den Horror des Morgens. Sie hätte nie damit gerechnet, einzuschlafen – schon gar nicht so schnell. Nach den Ereignissen des Morgens und dem Begehren, das er in ihr geweckt hatte, war sie so angespannt, dass sie keinen Gedanken an Schlaf verschwendet hatte. David streichelte ihr beruhigend mit dem Daumen über den Bauch. Sein Atem ging so ruhig und gleichmäßig, dass sie ihn kaum spüren konnte. Angélique dachte noch daran, dass sie sich an dieses Gefühl gewöhnen könnte, da war sie auch schon eingeschlafen.

Wenn nach dem Kampf am Place Pigalle jemand zu David gesagt hätte, er würde diese Nacht mit Angélique im Bett verbringen, dann hätte er laut über diese absurde Idee gelacht. Und doch – hier war er. Ein Teil von ihm hatte sich von Anfang an gewünscht, hier zu sein. David hielt die schlafende Angélique in den Armen und dachte darüber nach, wie kompliziert ihre Persönlichkeit war. Es kam ihm fast vor, als würden zwei vollkommen unterschiedliche Frauen in ihr stecken.

Die eine war stark, entschlossen und unabhängig – diese Seite zeigte sie der Welt –, die andere war überraschend verletzlich und empfindsam.

Sie würde ihn wahrscheinlich dafür hassen, diese Verletzlichkeit erlebt zu haben, die sie unter ihrer weltgewandten Fassade verbarg. Aber David gefiel diese Seite an ihr. Er hätte ihren Verführungsversuchen nicht widerstehen können, wenn sie sich ihm heute nicht so gezeigt hätte. David war froh darüber. Er war froh, sie einfach nur in den Armen zu halten und trösten zu können. Es war in ihrem Leben wahrscheinlich noch nicht oft vorgekommen, dass jemand einfach nur nett zu ihr sein wollte, ohne sexuelle Interessen zu haben. David stockte der Atem bei diesem Gedanken. Ihm wurde plötzlich bewusst, dass er sich nichts mehr wünschte, als dieser Mensch zu sein – dieser Mensch, der für sie da war und ihr die Dinge zeigte, die sie in ihrem Leben bisher verpasst hatte.

David musste sich ein Kichern verkneifen. Wenn Angélique das wüsste! Ein wütender Blick wäre das Mindeste, was ihn erwarten würde. Aber er musste es ihr ja nicht sagen. Es reichte, wenn er es ihr zeigte. David zog sie fester in die Arme. Es war erstaunlich, wie schnell sie sich entspannt hatte und eingeschlafen war. Lächelnd schloss er die Augen und schlief ebenfalls ein.

3

„ER WIRD vor Wut ausrasten, wenn er wieder aufwacht", sagte Sebastien zu Thierry. Sie standen in Thierrys Gästezimmer vor dem Bett, in dem Alain lag und schlief.

„Wenn er sich genug erholt hat, kann er meinetwegen so wütend werden, wie er will", erwiderte Thierry. „Dein Vorschlag ist gut. Aber er war gestern Abend zu erschöpft, um noch kreuz und quer durch die Stadt zu streifen. Nachdem er aus dem zweiten Schlafzauber aufgewacht ist, wird er sich genug erholt haben, um nicht nach einem halben Tag wieder umzukippen."

„Es wird ihm trotzdem nicht gefallen. Es war schon schlimm genug, dass du ihn mit der ersten Beschwörung übertölpelt hast. Aber mitten in der Nacht ins Zimmer zu schleichen und ihn mit einen zweiten Schlafzauber zu belegen, wird ihn zur Weißglut treiben."

Thierry zuckte mit den Schultern. „Er wird sich auch wieder abregen. Ich habe nur getan, was für ihn das Beste war."

Sebastien war sich da nicht so sicher. Ihm war nicht aufgefallen, dass Thierry in der letzten Nacht in Alains Zimmer geschlichen war, um ihn ein zweites Mal in einen magischen Schlaf zu versetzen. Als Thierry dann zu ihm ins Bett zurückkam, war es zu spät gewesen, um es noch zu verhindern. Sebastien konnte verstehen, was Alain antrieb. Es war nicht nur die Liebe zu Orlando, es war auch der Aveu de Sang, eine magische Macht, die sich nur schwer beschreiben ließ, und die Orlando und Alain untrennbar miteinander verband. Alain würde toben, wenn er wieder aufwachte. Sebastien sehnte sich diesen Augenblick nicht gerade herbei.

„Lass uns in Erfahrung bringen, was letzte Nacht noch passiert ist", sagte er zu Thierry. Alles andere konnte warten, bis Alain wieder wach war.

„GLÜCK GEHABT?", fragte Thierry, als er und Sebastien zu Jean, Raymond und Marcel In den Salle des Cartes kamen. Er war sich sicher, die Antwort auf seine Frage schon zu kennen, denn wenn die Suche nach Orlando Erfolg gehabt hätte, wären sie benachrichtigt worden.

Marcel schüttelte trübsinnig den Kopf. „Wir haben alle Gebäude durchsucht, von denen wir wussten, dass Serrier sie benutzt hat. Aber alles war leer und verlassen."

„Wir haben vorher gewusst, dass wir nicht mit Erfolg rechnen können", erinnerte sie Raymond. „Als ich mich vor zwei Jahren von Serrier abgesetzt habe, hat er auch alle Standort aufgegeben. Und dann wieder, wenn es uns gelungen ist, einen seiner Anhänger gefangen zu nehmen und, im Gegenzug zu einem milden Urteil, zu einer Aussage zu überreden. Bevor wir kommen, löst er sich in Luft auf und lässt nur leere Gebäude zurück."

„Was unternehmen wir jetzt?", wollte Jean wissen. „Wir können Orlando nicht einfach Serrier überlassen. Seit seiner Entführung sind schon mehr als dreißig Stunden vergangen. Wir wissen nicht, wann er das letzte Mal getrunken hat."

„Kurz vor der Schlacht", unterbrach ihn Thierry. „Ich weiß nicht, wie viel Zeit uns das gibt, aber er und Alain waren einige Minuten allein, bevor wir zum Place Pigalle aufgebrochen sind. In dieser Zeit hat Orlando getrunken." Thierrys Herz zog sich schmerzhaft zusammen, als er daran dachte, was ihm Alain gestern erzählt hatte.

„Was bedeutet das für Orlando?", fragte Raymond nach. „Wie lange dauert es, bis sein Zustand kritisch wird?"

Jean sah Sebastien fragend an. Er hasste es, auf Sebastien angewiesen zu sein, um Raymonds Frage zu beantworten. Aber Sebastien war ihre zuverlässigste Informationsquelle. Jean konnte sich nicht erlauben, ihn zu missachten, nur weil ihm nicht gefiel, wie Sebastien zu seinen Informationen gekommen war. Es ging um Orlandos Sicherheit.

„Weniger als einen Monat nach dem Aveu de Sang?", überlegte Sebastien. Er versuchte, sich an alle Faktoren zu erinnern, die seine Beziehung zu Thibault beeinflusst hatten. Angesichts des angespannten Verhältnisses zwischen ihm und Jean wunderte es ihn, dass der Chef de la Cour ihn überhaupt nach seiner Meinung gefragt hatte. Seit Beginn der Allianz war es zwar etwas besser geworden, aber von einer Freundschaft zwischen ihnen konnte wahrlich nicht die Rede sein. „Ich weiß nicht, welchen Einfluss es hat, dass Alain ein Magier ist. Ich würde auf vier, höchstens fünf Tage tippen. Nicht viel länger, als ohne den Aveu de Sang. Aber wir müssen auch noch andere Umstände in Betracht ziehen." Er wollte Orlandos Vertrauen nicht brechen, doch es machte ihm Sorgen, dass der junge Vampir die Verbindung zu seinem Avoué nur teilweise vollzogen hatte. „Unterm Strich haben wir wahrscheinlich nicht mehr Zeit, als bei jedem anderen Vampir ohne Partner."

„Putain de merde", fluchte Jean. „Dann haben wir schon die Hälfte der Zeit verloren und wissen immer noch nicht, wo wir nach ihm suchen sollen."

„Sebastien hat gestern Nacht eine Idee gehabt", mischte sich Thierry ein. „Wir müssen nur auf Alain warten, bevor wir es versuchen können. Wir hoffen, dass die Verbindung zwischen ihm und Orlando uns helfen kann, das Gebiet, in dem wir suchen müssen, etwas einzugrenzen."

„Alain hat doch gesagt, dass er die Richtung nicht feststellen kann, aus der er Orlando fühlt", widersprach Jean.

„Das ist richtig. Aber wir vermuten, dass die Stärke ihrer Verbindung schwankt, je nachdem, wie weit sie voneinander entfernt sind", erklärte Sebastien. „Das kann uns zwar nicht direkt zu Orlando führen, aber es kann uns helfen, besonders aussichtsreiche Gebiete der Stadt zu lokalisieren und dort konzentriert zu suchen. Je kleiner das Suchgebiet ist, umso wahrscheinlicher haben wir Erfolg."

Jean runzelte die Stirn. „Es muss einen besseren Weg geben."

„Dann findet ihn", verlangte Marcel. „Raymond ist Wissenschaftler und du bist der Chef de la Cour von Paris. Ihr müsst doch Möglichkeiten finden können, die wir noch nicht in Betracht gezogen haben."

„Ich habe Jean-Paul, den Antiquar, gebeten, nach Büchern Ausschau zu halten, die sich mit Vampiren befassen", sagte Raymond. „Ich hatte noch nicht die Zeit, ihn aufzusuchen und nach dem Ergebnis seiner Suche zu fragen. Es ist ein Schuss ins Blaue, aber vielleicht hilft er uns weiter. Würde Monsieur Lombard uns erlauben, seine Bibliothek zu benutzen?"

„Wahrscheinlich schon, wenn es um Orlando geht", meinte Jean. Monsieur Lombard war sehr beeindruckt darüber gewesen, dass Orlando einen Avoué genommen hatte. „Er scheint Orlando sehr zu mögen. Wir sollten zu ihm gehen und ihn fragen. Er wird tagsüber nicht an die Tür kommen, aber vielleicht ist Mireille zuhause und lässt uns ein."

„Worauf wartet ihr noch?", fragte Marcel. „Ihr habt meine Handynummer. Ruft sofort an, wenn ihr einen Hinweis findet, der uns weiterhilft."

„Wie wäre es, wenn du dich auf die Suche nach Mireille machst?", schlug Raymond vor, als er mit Jean den Salle des Cartes verließ. „Ich gehe derweil zu den Antiquaren und erkundige mich bei Jean-Paul, ob er etwas gefunden hat. Ich werde auch bei seinen Kollegen nachfragen. In einer Viertelstunde treffen wir uns wieder hier."

Jean nickte und Raymond transportierte sich zum Ufer der Seine, wo die Bücherstände waren. Um diese Zeit hatten erst wenige geöffnet. Raymond stellte zu seiner Erleichterung fest, dass Jean-Paul dazu gehörte.

„Ah, Raymond! Ich habe mich schon gefragt, wann du endlich kommst", begrüßte ihn der Antiquar lächelnd. „Ich habe einige Bücher für dich gefunden."

„Das freut mich sehr", sagte Raymond und erwiderte Jean-Pauls Lächeln. Mit großen Augen sah er zu, wie ein Buch nach dem anderen auf den Tisch gepackt wurde. Als Jean-Paul endlich fertig war, umfasste der Stapel zwanzig Bücher. Raymond konnte es kaum fassen. „Das ist ja unglaublich."

Jean-Paul zuckte mit den Schultern. „Nachdem sich die Neuigkeit von der Allianz herumgesprochen hat, haben mir meine Kollegen immer mehr Bücher gebracht, weil sie dachten, du würdest dich dafür interessieren. Alles, um diesen Krieg zu gewinnen, oui?" Er wurde wieder ernst. „Es betrifft nicht nur die Magier und die Vampire. Der Cousin meines Schwagers ist von einem Fluch der dunklen Magier getroffen worden. Er wird sich wieder erholen, aber die Ärzte sind sich nicht sicher, ob er seinen linken Arm jemals wieder gebrauchen kann."

„Das tut mir leid", erwiderte Raymond betroffen. „Wir tun unser Bestes."

„Das weiß ich", versicherte ihm Jean-Paul. „Niemand macht der Milice einen Vorwurf. Es war eindeutig dunkle Magie. Aber wir alle hoffen, dass dieser

Krieg sobald wie möglich zu Ende ist. Und wenn ihr dazu mehr wissen müsst, helfen wir euch, die Informationen zu sammeln. Das ist schließlich unser Job."

Raymond nickte. „Was schulde ich dir?"

„Einen baldigen Sieg", verkündete Jean-Paul im Brustton der Überzeugung. „Nimm die Bücher und benutze sie gut, um diesen Krieg zu gewinnen. Dann sind wir quitt."

„Das kann ich nicht annehmen!", rief Raymond. „Die Bücher sind Hunderte von Euros wert. Das ist dein Lebensunterhalt. Du kannst nicht einfach so viel Geld verschenken."

„Nur eines der Bücher ist von mir", erwiderte Jean-Paul. „Eines stammt von Philippe, zwei Stände weiter. Ein anderes ist von Hugo, ein drittes von Pauline. Wir können es uns leisten, den Preis für ein einzelnes Buch zu verlieren. Was wir uns nicht leisten können, ist, diesen Krieg zu verlieren. Betrachte es als unseren Beitrag für eine gerechte Sache."

„Vielen Dank", sagte Raymond beeindruckt und schüttelte ungläubig den Kopf über so viel Großzügigkeit. „Wir werden diesen Krieg gewinnen. Die Lage hat sich geändert und Serrier kann nichts dagegen tun. Wir dürfen das Heft jetzt nicht mehr aus der Hand geben, bis er endgültig besiegt ist."

„Gut. Jetzt verschwinde und finde die Antwort auf deine Fragen. Ich bin mir sicher, es muss eine wichtige Angelegenheit sein, die dich zu mir geführt hat."

Raymond bedankte sich erneut, klemmte sich dann die Bücher unter den Arm und transportierte sich zurück ins Hauptquartier.

Jean machte sich auf die Suche nach Caroline und Mireille. Er wollte zunächst in Erfahrung bringen, ob die beiden Frauen heute früh im Dienst waren. Wenn nicht, musste er Carolines Adresse herausfinden, denn dort würde er wahrscheinlich Mireille antreffen. Die rothaarige Vampirin war sehr empfindsam. Nach den Ereignissen der vergangenen Nacht würde sie den Trost ihrer Partnerin brauchen.

Jean hatte Glück. Die beiden meldeten sich gerade zum Dienst zurück. Mireille sah ihn enttäuscht an, als er sie nach Monsieur Lombard fragte. „Er hat die Stadt verlassen, um seine jährliche Pilgerreise anzutreten", erklärte sie ihm. „Er schließt das Haus ab, wenn er nicht anwesend ist. Ich habe keinen Schlüssel und ziehe für diese Zeit normalerweise in ein Hotel. In diesem Jahr bin ich natürlich bei Caroline."

Jean fluchte wüst und hoffte, dass Raymond erfolgreicher war, sonst würden ihre Nachforschungen im Sande verlaufen, bevor sie richtig begonnen hatten.

„Es tut mir wirklich leid, Jean", entschuldigte sich Mireille. „Ich würde dir gerne helfen."

„Wann erwartest du ihn zurück?"

Mireille dachte nach. „Spätestens in zwei Nächten. Vielleicht schon morgen. Es kommt auf die Fahrpläne an und wann er eine günstige Zugverbindung hat, weil er nachts reisen muss."

„Melde dich bitte sofort bei mir, wenn er wieder in der Stadt ist", bat er sie. „Orlando hat nicht mehr viel Zeit und uns gehen die Ideen aus."

Mireille nickte. Sie hoffte sehr, dass sie Orlando rechtzeitig retten konnten. Sie mochte sich nicht vorstellen, was der junge Vampir in Serriers Händen zu ertragen hatte.

Jean ging unruhig auf und ab. Glücklicherweise musste er nicht lange auf Raymond warten, der kurz darauf mit einem Stapel Bücher zurückkam. „Jean-Paul hat erstaunlich viele Bücher über Vampire gefunden", bemerkte Raymond lächelnd. Als Jean nicht auf seine Mitteilung reagierte, legte er die Bücher auf den Tisch und drehte sich zu dem Vampir um. „Was ist los?"

„Wir können Monsieur Lombards Bibliothek frühestens morgen Nacht benutzen. Er hat die Stadt verlassen und Mireille keinen Schlüssel", erklärte Jean. „Wir können mit meiner Bibliothek anfangen, aber ich habe viel weniger Bücher als er."

„Na gut", meinte Raymond. „Wir werden jetzt Marcel über unsere geänderten Pläne informieren. Dann gehen wir in deine Wohnung und fangen mit dem an, was wir haben. Falls ich etwas aus meiner eigenen Wohnung brauche, kann ich es jederzeit holen. Es ist ein Rückschlag, aber das heißt nicht, dass wir keine anderen Optionen haben."

Jean atmete tief durch. Er musste seinen Pessimismus überwinden und durfte die Hoffnung auf Orlandos Rettung nicht aufgeben. „Lass uns gehen. Wir vergeuden Zeit, die Orlando nicht mehr hat."

Als sie wieder in den Salle des Cartes kamen, traf gerade Jérôme Sabatie ein, der erst kürzlich befördert worden war und eine der neuen Einheiten befehligte. Er wirkte wütend und frustriert. Seine Augen blitzten zornig.

Bevor Raymond und Jean die Chance hatten, mit Marcel zu reden, stürmte Jérôme auf die Überläuferin, Monique Leclerc, zu. Die junge Magierin war während Jean und Raymonds kurzer Abwesenheit im Salle des Cartes eingetroffen.

„Salope!", rief Jérôme und wollte sich auf sie stürzen, wurde aber von dem großen Vampir an ihrer Seite zurückgehalten. „Warum hast du das getan? Warum hast du uns in diese Falle geschickt?"

„Lass das", knurrte Antonio grimmig. „Monique hat niemanden in eine Falle geschickt."

„Und warum zum Teufel liegt dann einer meiner Leute in kritischem Zustand auf der Krankenstation?", schrie Jérôme. „Sie haben nur auf uns gewartet!"

„Vielleicht ist das so", stimmte Marcel dem jungen Magier bedächtig zu. „Aber nicht deshalb, weil sie euch wissentlich in eine Falle geschickt hat. Serrier ist so organisiert, dass er auf solche Möglichkeiten vorbereitet ist. Er schlägt zu, sobald er eine Gelegenheit wittert. Er weiß, dass wir nach Orlando suchen, seit Monique zu uns gekommen ist. Es ist nur logisch, dass er bei seinem Rückzug einige Fallen zurückgelassen hat. In einigen Gebäuden sind es nur Beschwörungen.

Doch das schließt nicht aus, dass er in anderen auch Einheiten stationiert hat, die auf uns warten."

„Oder sie hat uns nur überalterte Informationen gegeben, um uns einzulullen, bis die richtige Falle zuschnappt", widersprach Jérôme.

„Blut lügt nicht", wies ihn Antonio zurecht.

„Blut vielleicht nicht, aber Menschen", schnappte Jérôme ihn an. „Sie ist deine Partnerin. Natürlich willst du sie auf unserer Seite sehen. Du würdest alles mitmachen, damit Marcel sie akzeptiert."

„Das reicht jetzt, Jérôme", mischte Thierry sich ein. Er zog den jungen Leutnant von Monique und ihrem Partner weg. „Ich verstehe deinen Ärger. Er ist nur normal, weil einer deiner Leute verwundet worden ist. Aber deine Anschuldigungen bringen uns nicht weiter. Antonio ist nicht der einzige Vampir, der für Moniques Aufrichtigkeit gebürgt hat. Der andere Vampir hat eine Partnerin in der Milice. Er hätte uns nicht verheimlicht, wenn Monique in ein Komplott mit Serrier verstrickt wäre."

„Menschen wechseln ihren Standpunkt und die Seiten", warf Raymond ruhig ein. „Manchmal entscheiden sie sich falsch und versuchen, diesen Fehler wiedergutzumachen, nachdem sie ihn erkannt haben. Vor einem Monat hast du mich noch genauso angesehen, wie du jetzt Monique ansiehst. Du hast mir ebenfalls doppeltes Spiel vorgeworfen. Denkst du das jetzt immer noch?"

Jérôme musste zugeben, seine Meinung geändert zu haben. „Dann solltest du Monique dasselbe zugestehen", riet ihm Raymond. „Du solltest jetzt Marcel einen vernünftigen Bericht geben und dich dann um deinen Freund kümmern. Das ist sinnvoller, als die einzige heiße Spur in Frage zu stellen, die wir im Moment haben."

Beschämt drehte Jérôme sich zu Marcel um und begann mit seinem Bericht. Sie hatten in der Nähe des Montparnasse ein Gebäude durchsucht. Es war eine der wenigen Adressen auf der Rive Gauche, die Monique ihnen hatte nennen können. Jérômes Einheit hatte nur ein leeres Haus vorgefunden, das noch durch Abwehrzauber gesichert war, aber ansonsten nicht verteidigt wurde. Sie waren in das Gebäude eingedrungen, um es methodisch zu durchsuchen. Jérôme versicherte Marcel mehrmals, dass sie es gewissenhaft nach magischer Aura überprüft, aber keine vorgefunden hätten. Trotzdem wurden sie auf dem Rückweg von den oberen Etagen von einer Horde dunkler Magier empfangen, die sie sofort angriff. Die dunklen Magier benutzten gefährliche und schmerzhafte Flüche, setzten aber keine *Abbatoires* ein.

„Das hat er also schon erkannt", meinte Raymond nachdenklich. Er fügte nicht hinzu, dass Serrier offensichtlich Flüche an Orlando testete, um herauszufinden, welche gegen Vampire wirkten. Jean machte sich auch so schon genug Sorgen um seinen jungen Freund. Außerdem war er vermutlich selbst schon zu dieser Schlussfolgerung gelangt und Raymond wollte nicht noch Öl ins Feuer gießen.

Jérômes Einheit hatte sich wieder ins Freie gekämpft, aber Mathieu Gastineau war von einem Fluch in den Rücken getroffen worden, der seine Wirbelsäule durchtrennt und beinahe sein Herz zum Stillstand gebracht hatte. „Die Mediziner sind zurückhaltend zuversichtlich, dass er es überlebt", beendete Jérôme seinen Bericht. „Aber sie wissen nicht, ob er jemals wieder gehen kann."

„Hat er einen Partner?", unterbrach ihn Monique leise.

„Was interessiert dich das?", fauchte Jérôme.

„Serrier hat mich auch mit Flüchen gefoltert, weil er mich für eine Verräterin hielt. Antonios Biss hat meine Schmerzen gelindert. Vielleicht kann der Partner deines Freundes ihm auch helfen, weil seine Verwundung ebenfalls magisch verursacht ist", erklärte Monique ihm ruhig.

„Es hat mir nach dem Rite d'équilibrage auch geholfen", warf Thierry ein, der die Anspannung im Raum etwas mindern wollte. „Es ist einen Versuch wert, Jérôme. Es lindert zumindest seine Schmerzen, selbst wenn es ihn nicht heilen kann. Das allein ist schon eine Hilfe. Warum machst du dich nicht auf die Suche nach seiner Partnerin und schlägst es ihr vor? Sie ist wahrscheinlich an seinem Krankenbett und weicht ihm nicht von der Seite."

Marcel schüttelte erstaunt den Kopf, als Jérôme ohne ein weiteres Wort den Raum verließ. „Es gibt so viel, was wir über diese Partnerschaften noch nicht wissen", überlegte er laut. „Bisher hat jede neue Entwicklung zu unserem Vorteil gearbeitet, aber wer weiß, wie lange das noch der Fall ist."

„Sollte Monsieur Lombard recht behalten, wird es so bleiben", meinte Jean. „Die Natur des Vampirs verhindert normalerweise, dass er Menschen verletzt, die ihm viel bedeuten. Ich kann mir nicht vorstellen, dass wir ausgerechnet in diesen magischen Partnerschaften gegen unseren Instinkt handeln sollten."

„Lass uns hoffen, dass du recht hast", stimmte Marcel ihm zu. „Warum bist du eigentlich noch hier? Ich dachte, ihr wollt zu Monsieur Lombard?"

Raymond brachte ihn auf den Stand der Dinge und sagte ihm, dass sie zu Jean gehen wollten, um die alten Bücher zu studieren. „Könnte mir jemand den Gefallen tun, Jean zu transportieren?"

Thierry bot sich an und Raymond verschwand aus dem Raum. Kurz darauf leuchtete sein Name auf der Karte in der Rue d'Anjou auf. Jean nickt Thierry zu und wurde von dem Magier ebenfalls in seine Wohnung transportiert.

„Ich kann euch keine genaue Adresse nennen, weil ich sie nicht kenne", sagte Monique leise, als wieder Ruhe eingekehrt war. „Aber ich habe zufällig gehört, wie Serrier mit Simonet und Jonnet über einen Ort nördlich von St. Denis gesprochen hat. Abgesehen von diesen beiden vertraut er nur Aguiraud und diesem Bastard Blanchet. Falls er wirklich alle anderen Stützpunkte aufgegeben hat, liegt dort vielleicht ihr neues Hauptquartier. Es ist ein großes Gebiet, aber irgendwo müssen wir anfangen."

„Sobald Alain eintrifft, beginnen wir mit der Suche. Wir fangen in der Innenstadt an und arbeiten uns nach Norden vor", entschied Thierry. „Falls

Sebastiens Vermutung zutrifft, können wir so das Areal einschränken, das Alain überprüfen muss."

„Thierry, du verdammtes Arschloch! Wo steckst du?"

Sebastien zog grinsend eine Augenbraue hoch. „Er ist soeben eingetroffen."

4

ALAIN HOLTE aus und Thierry duckte sich im letzten Augenblick, um dem Schlag zu entgehen. Sebastien ließ es zu, verhinderte aber einen zweiten Versuch Alains, indem er den wütenden Magier in einen Klammergriff nahm. „Das reicht", sagte er ruhig, während Alain sich gegen ihn wehrte, aber gegen die Stärke des Vampirs nichts ausrichten konnte, ohne Magie einzusetzen. „Richte deinen Zorn auf diejenigen, die ihn sich verdient haben. Nicht auf Thierry."

„Habt ihr etwas gefunden?", wollte Alain sofort wissen. Der hoffnungsvolle Klang seiner Stimme brach Sebastien fast das Herz.

„Noch nicht. Aber jetzt ist es an dir, nach Orlando zu suchen. Und dazu musst du dich erst beruhigen, damit du deine Magie unter Kontrolle behältst", erklärte Thierry ungerührt. „Du warst erschöpft und hast Schlaf gebraucht. Ich habe dafür gesorgt, dass du ihn bekommst. Ende der Geschichte."

Soweit es Alain betraf, war das noch lange nicht das Ende der Geschichte. Aber im Moment gab es in der Tat wichtigere Dinge. Er schüttelte Sebastiens Arm ab. „Ich schlage ihn nicht wieder. Verdient hätte er es allerdings."

Sebastien warf Thierry einen bedeutungsvollen Blick zu, als wollte er ihm sagen: „Ich habe dich gewarnt." Thierry zuckte mit den Schultern und führte Alain zu der Karte. Dann machte er mit seinem Stab die Gebäude sichtbar, die Monique ihnen genannt hatte. „Wir wissen, dass er in keinem dieser Gebäude ist. Das muss allerdings nicht heißen, dass er nicht in der Nähe sein könnte. Monique hat Serrier außerdem über ein Versteck nördlich von St. Denis reden hören. Darüber haben wir noch keine Informationen. Ich schlage vor, wir beginnen in der Avenue de la République. Von dort arbeiten wir uns nach Norden vor, um herauszufinden, ob eure Verbindung in dieser Richtung stärker wird. Wenn ja, machen wir so weiter. Wenn nicht, versuchen wir es auf der Rive Gauche und warten ab, was dort passiert."

„Du kannst hierbleiben und die Karte aktualisieren", sagte Alain geschäftsmäßig.

„Du wirst nicht alleine losziehen", widersprach Thierry.

„Das hatte ich auch nicht vor", erwiderte Alain. „Aber ich bin sicher, ich finde einen Begleiter, der mir nicht mit einem Schlafzauber über den Schädel schlägt, sobald ich ihm den Rücken zuwende."

„Das reicht jetzt aber", unterbrach Marcel. „Ihr seid doch keine Teenager mehr. Verhaltet euch wie erwachsene Männer, sonst suspendiere ich euch vom Dienst. Alain – Caroline ist im Dienst, wenn du wirklich nicht mit Thierry arbeiten willst. Ich bin sicher, sie und Mireille haben nichts dagegen, dich zu begleiten."

„Nimm auch Sebastien mit", schlug Thierry vor. Er wollte sich nicht anmerken lassen, dass Alains Worte ihn verletzt hatten. „Er hat nichts mit meiner Beschwörung zu tun gehabt und ich würde mich besser fühlen, wenn er bei dir ist. Dann hast du ein zusätzliches Paar Augen, das nach Gefahr Ausschau halten kann."

Alain wollte ihn wieder anschnauzen, aber der Vorschlag war gut. So wütend er auch über die verlorene Zeit war, in der er nach Orlando hätte suchen können, so wusste er doch auch, dass Thierry nur das Beste gewollt hatte. Thierry hatte es nicht böse gemeint, auch wenn Alain sich anders entschieden hätte und wütend darüber war, dass sein Freund ihm diese Entscheidung abgenommen hatte. „Das muss Sebastien selbst entscheiden."

„Dann machen wir uns jetzt auf die Suche nach Caroline und Mireille", entschied Sebastien. „Wir sollten so schnell wie möglich aufbrechen. Die Zeit wird knapp."

Caroline und Mireille waren gerade dabei, sich auf ihre Patrouille vorzubereiten. Als sie hörten, wozu Alain sie brauchte, änderten sie sofort ihre Pläne und erklärten sich bereit, ihn zu begleiten. Alain packte die beiden Vampire am Arm und transportierte sie mit sich zum Place de la République. Eine Sekunde später tauchte auch Caroline an ihrer Seite auf. Alain suchte sich einen ruhigen Hauseingang, in dem er relativ ungestört war. Dann schloss er die Augen und konzentrierte sich auf seine Verbindung zu Orlando. Seine drei Begleiter schirmten ihn vor neugierigen Blicken ab.

Zu Alains Erleichterung schien Orlando ruhig und gelassen zu sein. Alain konzentrierte sich wieder, um ihm seine Liebe und Kraft zu schicken. Danach versuchte er, mehr über Orlando zu erspüren, was ihnen vielleicht helfen konnte. Der Versuch blieb erfolglos und Alain hoffte, dass Orlando ihn immer noch fühlen konnte und sich nur ausruhte.

„Wohin jetzt?", fragte er Sebastien.

„Nach Norden zum Place Pigalle. Vielleicht ist es dort stärker."

Alain nickte und sie sprangen weiter zum Place Pigalle, er mit den beiden Vampiren und Caroline allein als Nachhut.

„Versuch es wieder", forderte Sebastien ihn auf, als sie an die Stelle kamen, von der Orlando entführt worden war.

Hier hatte Alain seinen Geliebten im Stich gelassen. Er verdrängte die Erinnerung, schloss die Augen und konzentrierte sich wieder auf seine Verbindung zu Orlando. Alain gab sich alle Mühe, um den Unterschied zwischen hier und dem Place de la République zu festzustellen. Es kam ihm vor, als wäre der Kontakt jetzt substantieller und solider, aber er konnte nicht sagen, woran es lag. Entweder waren sie Orlando näher gekommen, oder sein Geliebter war aufgewacht und reagierte stärker auf Alains Gefühle.

„Ist es stärker geworden?", wollte Sebastien wissen, als Alain die Augen wieder öffnete.

„Vielleicht", antwortete Alain. „Aber ich bin mir nicht sicher."

„Dann lass uns noch weiter nach Norden gehen. Wir können es am Porte de la Chapelle versuchen und danach in St. Denis selbst."

Wieder transportierten sie sich durch die Stadt und wieder schloss Alain in voller Konzentration die Augen. Dieses Mal konnte er die Veränderung deutlich spüren. Orlandos Gefühle waren klar und deutlich wahrnehmbar. Alain fiel sogar auf, dass sein Geliebter ihm etwas verheimlichte, aber er konnte nicht feststellen, worum es sich handelte. Er runzelte beunruhigt die Stirn, denn er kannte Serrier nur zu gut. Wenigstens konnte er Orlando noch spüren, es konnte ihm also nicht allzu schlecht gehen. „Jetzt ist es definitiv stärker. Wir versuchen es in St. Denis."

Sie transportierten sich zum Place Pierre de Montreuil, direkt vor das Tribunal d'Instance. Alain konnte, im Vergleich zu seinem Versuch auf dem Place de la Chapelle, keine Veränderung feststellen. „Genauso wie vorher", sagte er und sah Sebastien skeptisch an.

Sebastien nickte nachdenklich. „Das könnte bedeuten, dass wir ihm nicht näher gekommen sind. Vielleicht sollten wir es irgendwo dazwischen versuchen."

In den nächsten drei Stunden sprangen sie kreuz und quer durch den Norden der Stadt und versuchten es auf beiden Seiten des Boulevard Périphérique, immer in der Hoffnung, ihrem Ziel näher zu kommen. Die einzige Veränderung, die Alain noch spüren konnte, war das Auf und Ab in Orlandos Gefühlen, in dem sich wahrscheinlich die Reaktion des Vampirs auf Alains zunehmende Frustration spiegelte. Er und Caroline konnten sich kaum noch auf den Beinen halten, als Alain endlich aufgab. In diesem Augenblick drang eine Welle der Furcht und des Schmerzes von Orlando zu ihm durch. Alain ging in die Knie und kämpfte gegen die wachsende Übelkeit, die ihn erfasste.

JEAN KLAPPTE frustriert das Buch zu. „Selbst in den wenigen Büchern, die einigermaßen zuverlässige Informationen enthalten, ist nichts Hilfreiches zu finden", schimpfte er.

Raymond blickte von seinen Notizen auf. „Es muss aber etwas zu finden sein. Wir haben es nur noch nicht gefunden."

„Ich weiß schon gar nicht mehr, wo ich noch nachsehen soll!"

„Dann lass uns einen anderen Ansatz versuchen. Die magische Suche benutzt normalerweise individuelle Eigenschaften, wie die Aura, die Haare, die Haut oder das Blut der Person, die gesucht wird. Wobei die meisten Magier Blut nur im äußersten Notfall benutzen würden", erklärte Raymond.

Jean sah auf die Uhr. „Dies ist definitiv ein äußerster Notfall. Sollte Sebastien recht haben, bleiben uns weniger als sechsunddreißig Stunden, wenn wir Orlando noch lebend finden wollen."

„Du weißt, dass ich nicht wie die meisten Magier bin", fuhr Raymond lächelnd fort. „Wir wissen bereits, dass Vampire keine Aura besitzen. Ich vermute, die Beschwörung würde am besten mit Blut funktionieren, wüsste aber nicht, wie wir an Orlandos Blut kommen sollten. Haare sind einfacher. Sie sind überall zu finden – auf dem Kissen, einem Hemd oder im Abfluss der Dusche."

„Sie haben aber nicht für die Repères funktioniert", erinnerte ihn Jean. „Glaubst du, sie würden sich für diese Beschwörung besser eignen?"

„Beim Repère wird die Identität einer Person auf ein unbelebtes Objekt übertragen. Das ist nicht vergleichbar mit einer magischen Suche. Bei dieser Beschwörung übertragen wir keine Identität, sondern suchen nach etwas identischem. Es ist einen Versuch wert. Wenn es mit Haaren nicht funktioniert, bleibt uns immer noch das Blut."

„Kannst du es hier mit mir ausprobieren? Wäre das ein eindeutiges Ergebnis?", fragte Jean. „Oder müssen wir erst zurück ins Hauptquartier?"

„Es ginge am schnellsten, wenn jemand hierher kommt – falls du nichts dagegen hast", schlug Raymond vor. „Dann muss ich nicht erst einen anderen Magier verständigen, der dich transportieren kann."

„Schon in Ordnung", meinte Jean, dem die Logik von Raymonds Argument einleuchtete.

Raymond rief Marcel an und erklärte ihm die Situation. Marcel versprach, Catherine zu ihnen zu schicken, da Thierry im Hauptquartier bleiben und Alains Fortschritt im Auge behalten wollte.

Einige Minuten später klopfte Catherine an die Tür.

Jean ließ sie ein und lächelte Raymond verstohlen zu, als die Magierin voller Begeisterung die Einrichtung der Wohnung bewunderte. Nach einigen Minuten wurde sie rot und entschuldigte sich verlegen, was die beiden Männer noch mehr belustigte.

„Falls es dich beruhigt, Catherine – ich habe genauso reagiert, als ich das erste Mal hier war", versicherte ihr Raymond. „Es sieht aus wie ein Museum, aber es fühlt sich an wie ein Zuhause."

Jean sah ihn erstaunt als, als er diese Worte hörte. Raymond führte sie nicht weiter aus, nahm sich aber vor, mit dem Chef de la Cour bei nächster Gelegenheit – hoffentlich bald – darüber zu reden. Ihr Verhältnis hatte sich in den letzten Tagen entscheidend geändert. Raymond wollte Jean darüber nicht im Ungewissen lassen.

Catherine hatte ihr Erstaunen mittlerweile überwunden. „Was kann ich für euch tun?", fragte sie geschäftsmäßig.

Jean riss sich ein Haar aus und legte es auf den Tisch. „Versuche, mich mit Hilfe dieses Haares zu finden."

„Ein ganz gewöhnlicher Aufspürzauber?", fragte sie nach.

Raymond nickte. „Wir müssen eine Möglichkeit finden, Orlando zu lokalisieren. Bisher ist uns noch nichts Besseres eingefallen."

Catherine nickte und musste an Alain denken, in dessen Haut sie nicht stecken wollte. Wäre nicht Orlando, sondern Justin von Serrier entführt worden – sie wäre außer sich vor Sorge. „Geh bitte in eines der anderen Zimmer", bat sie.

Jean verschwand in der Küche. Er wollte nicht, dass Catherine ihm ins Schlafzimmer folgte, falls die Beschwörung funktionierte. In diesem Zimmer wollte er nur einen ganz bestimmten Magier sehen.

Sobald er den Raum verlassen hatte, begann Catherine mit ihrer Beschwörung. Für einige Sekunden geschah gar nichts. Raymond wollte schon aufgeben und Jean zurückrufen, damit sie es mit Blut versuchen konnten, da machte Catherine plötzlich einen Schritt in Richtung Küche. „Es funktioniert", sagte sie. „Ich fühle mich eindeutig in eine bestimmte Richtung gezogen."

„Beende die Beschwörung", meinte Raymond. „Wir versuchen es noch einmal mit einer größeren Entfernung. Es nutzt uns nichts, wenn es nur mit dem Nachbarzimmer funktioniert."

Er rief Jean ins Zimmer zurück und verkündigte ihm den Erfolg ihres Experiments. Jean seufzte tief vor Erleichterung.

„Kannst du für den zweiten Versuch das Haus verlassen?", bat Raymond. „Wir müssen wissen, ob die Beschwörung auch über größere Entfernungen noch wirkt. Manchmal ist das ein eingrenzender Faktor."

„Wie weit soll ich gehen?"

„Zunächst bis zum Ende des Blocks. Danach versuchen wir es ein Stück weiter."

Jean nickte und verließ die Wohnung. Catherine wartete fünf Minuten, dann wiederholte sie die Beschwörung. Auch dieses Mal gab es eine kleine Verzögerung, als müsste der Spruch sich erst auf die magische Natur des Vampirs einstellen. Doch dann führte er Catherine durch die Tür und die Treppe hinab.

„Noch ein letzter Test", schlug Raymond vor. „Wir wollen Alain keine falschen Hoffnungen machen. Catherine, kannst du zu dir nach Hause gehen und es von dort versuchen? Die Entfernung ist groß genug, um mit jedem möglichen Versteck vergleichbar zu sein, in dem Serrier Orlando gefangen halten kann."

„Hier", sagte Jean und riss sich noch ein Haar aus. „Damit du nicht mehr in meine Wohnung zurück musst."

Catherine nahm das Haar und verschwand. „Willst du sie so dringend loswerden?", scherzte Raymond.

Jean zuckte mit den Schultern. „Je schneller wir mehr wissen, umso schneller können wir Orlando befreien oder – falls es nicht klappt – eine andere Option ausprobieren. Es gefällt mir nicht, dass Serriers Leute gestern Nacht die Patrouille überraschen konnten. Ich stimmte dir zu, Monique hat nichts damit zu tun, dass sie in die Falle gelaufen sind. Aber sie waren eindeutig darauf vorbereitet, nicht nur gegen Magier, sondern auch gegen Vampire kämpfen zu müssen. Das heißt, dass Serrier mittlerweile mehr Informationen bekommen hat. Ich bezweifle, dass er seine Experimente mit dem Gesetzlosen macht, und damit bleibt nur noch Orlando. Der Junge hat seit seiner Umwandlung schon viel zu viel mitgemacht. Er hat es nicht verdient, schon wieder so leiden zu müssen."

28

„Ich wüsste nicht, was wir noch mehr tun könnten", gestand Raymond. „Aber wir werden ihn finden. Unsere besten Köpfe arbeiten daran, dieses Problem zu lösen und es gibt nichts, was wir unversucht lassen."

Es dauerte lange, bis Catherine in die Wohnung zurückkam. Jean wollte schon aufgeben und lief unruhig hin und her, immer auf der Suche nach neuen Möglichkeiten, Orlando zu finden. Als Catherine schließlich doch noch an die Tür klopfte, ließ er sie sofort ein. „Warum hat es so lange gedauert?"

„Weil ich zu Fuß gekommen bin. Ich wollte sicher sein, dass es auch wirklich die Beschwörung ist, die mich hierher führt, nicht meine Erinnerung", verteidigte sie sich. „Ich wollte absolut sicher sein, dass es funktioniert."

„Lasst uns zu Alain gehen", sagte Raymond.

ORLANDO STOLPERTE, als Vincent ihn wieder in die Zelle stieß. Ihm tat alles weh, aber er empfand eine grimmige Befriedigung darüber, seine Folterknechte nicht um Gnade angebettelt zu haben. Er hatte nicht verhindern können, dass sich sein Gesicht vor Schmerz verzerrte und er sich zusammenkrümmte, aber sie hatten keinen Ton zu hören bekommen. Mit seinem Körper konnten sie machen, was sie wollten. Aber sein Geist gehörte ihm. Orlando würde niemals zulassen, dass sie in seinen Verstand und sein Herz vordrangen.

„Ruh dich aus", befahl der große Magier. „Du wirst es noch brauchen."

Orlando sah ihn mit wutblitzenden Augen an, sagte aber kein Wort. Er wollte dem Mann nicht recht geben, auch wenn es ein kluger Rat war.

Vincent zuckte mit den Schultern und verließ die Zelle. Endlich allein, rollte Orlando sich auf der Pritsche zusammen. Sein Körper kämpfte verzweifelt darum, sich wieder zu heilen. Serrier hatte ihm nur einige Schläge gegeben und ihn ein paarmal geschnitten. Die meisten Verwundungen waren magischer Natur. Orlando fühlte sich, als wären seine Innereien verknotet worden und seine Haut stünde in Flammen. Dazu kam, dass er hungrig wurde. Es war noch nicht sehr schlimm, aber sein Blutdurst wurde unausweichlich stärker und ließ sich immer weniger verdrängen. Sollte Serrier demnächst von magischer zu physischer Folter übergehen, würde sich das noch verstärken. Dann würde Orlando noch mehr Energie aufwenden müssen und Blut brauchen, um sich wieder zu heilen.

Er lag auf der Pritsche und überlegte, wie lange seine Reserven wohl noch halten würden, bevor sie aufgebraucht waren. Orlando hatte keine Ahnung, was dann mit ihm passieren würde. Er konnte nur hoffen, dass Alain rechtzeitig kommen und ihn befreien würde.

Die Tür öffnete sich wieder und Serrier betrat die Zelle. Er brachte eine Frau mit, die Orlando noch nie gesehen hatte. Die Frau sah den dunklen Magier an und ging dann auf Orlando zu. Er setzte sich auf und wartete mit stoischer Miene ab, welche Torturen sie jetzt für ihn geplant hatten. Aber die Frau hielt ihm nur mit steifen Bewegungen den Arm vor den Mund, als wäre sie eine Marionette, die an magischen Fäden gezogen wurde. Orlando sah ihr in die Augen und erkannte die Panik in ihrem Blick. Sie war genauso ein Opfer Serriers, wie er selbst.

Verwirrt blickte Orlando zwischen den beiden hin und her. „Mach schon", forderte Serrier ihn auf. „Du brauchst Blut, weil ich noch nicht mit dir fertig bin. Ich habe nicht vor, dich zu verlieren, solange ich noch mehr über euch lernen kann."

Orlando rührte sich nicht. Ihr Blut würde ihn nur noch mehr schwächen, und darauf konnte er gut verzichten. Serrier schien das jedoch nicht so zu sehen, denn nach wenigen Sekunden wurde Orlando von einer Beschwörung getroffen, die ihn effektiv fesselte. Dann zog der dunkle Magier ein Messer aus der Tasche, schnitt der Frau ins Handgelenk und befahl ihr, es an Orlandos Mund zu halten. Obwohl es eindeutig gegen ihren Willen geschah, bewegte sich ihr Arm nach oben. Sie drückte die blutende Wunde an Orlandos Lippen.

Orlando würgte und der Magen verdrehte sich ihm vor Ekel, als er das fremde Blut schmeckte. Durch die magische Fessel Serriers konnte er sich dem Blut nicht entziehen, das ihm in den Mund lief. Orlando versuchte verzweifelt, nicht zu schlucken. Er wäre beinahe erstickt, als der Reflex einsetzte und er das Gift – denn jedes Blut außer Alains war Gift für ihn – schluckte, das in seinen Magen lief. Sein Körper stieß das Gift sofort wieder ab und er übergab sich.

„Zum Teufel!", rief Serrier. „Edouard, komm sofort hierher! Du hast gesagt, er müsste trinken. Was soll das?"

Edouard kam gemächlich in die Zelle geschlendert, gefolgt von Eric und Vincent. „Was ist passiert?"

„Er wollte nicht trinken. Als ich ihn zwingen wollte, hat er alles vollgekotzt."

Edouard zog erstaunt die Augenbrauen hoch. Eine Mischung aus Respekt und Verachtung lag in seiner Miene. „Der Junge hält sich also für einen Mann?"

Eric war nicht der Meinung, dass Edouard sich darüber ein Urteil erlauben konnte. Der Gesetzlose wirkte zumindest äußerlich noch jünger als der Mann, der vor ihnen auf der Pritsche saß und mehr als unpässlich aussah.

„Was hat das zu bedeuten?", wollte Serrier wissen. „Ich habe keine Zeit für Ratespiele."

„Es heißt, dass er irgendwo eine Geliebte hat. Eine Idiotin, die so dämlich war, sich für den Rest ihres Lebens an einen Vampir zu binden. Deshalb macht ihn fremdes Blut krank", erklärte Edouard. „Der Schwächling … Er hat seinen eigenen Untergang besiegelt."

„Warum hast du mir das nicht früher gesagt? Ich brauche ihn noch!"

„Weil man es einem Vampir nicht ansehen kann", erwiderte Edouard in einem Tonfall, als würde er mit einem ungezogenen Kind sprechen. „Man sieht es nur dem sterblichen Partner an. Die rückgratlose Schnepfe, die sich an dieses Kind gebunden hat, trägt ein Zeichen am Hals, an dem man es erkennen kann." Er drehte sich zu Orlando um und sah ihn verächtlich an. „Ist es eine von euren kümmerlichen Alliierten? Ich werde die Augen nach ihr aufhalten. Wenn ich sie

30

finde, bringe ich sie hierher, damit du zusehen kannst, wie ich meinen Spaß an ihr habe, bevor ich sie umbringe."

Orlando schnaubte innerlich bei der Vorstellung. Alain würde aus diesem erbärmlichen Angeber Hackfleisch machen.

„Das reicht", erklärte Serrier. „Ich habe noch andere Angelegenheiten, um die ich mich kümmern muss. Während die Milice damit beschäftigt ist, ihren Alliierten zu suchen, will ich sehen, was ich mit unseren neuen Informationen anfangen kann. Lasst uns gehen."

Die Frau, Edouard und Vincent folgten ihm sofort, aber Eric blieb noch in der Tür stehen und sah Orlando abschätzend an. Der Vampir hatte an Alains Seite gekämpft, hatte ihn kaum aus den Augen gelassen, bis der Magier von Lapeyres Fluch getroffen worden war. Und er hatte Alain als seinen Partner bezeichnet. Eric fragte sich, ob nicht mehr dahinter steckte.

„Eric!"

Der Ruf riss ihn aus seinen Gedanken, und während er hinter sich die Tür schloss, murmelte er noch eine kurze Beschwörung, um Orlando wieder von den magischen Fesseln Serriers zu befreien.

Kaum war Orlando frei, beugte er sich schwer atmend nach vorne und übergab sich, um auch noch die letzten Reste des giftigen Blutes loszuwerden. Danach legte er sich auf die Pritsche zurück. „Beeil dich, Alain", flüsterte er in die Dunkelheit.

5

„SIE LAUFEN im Kreis wie ein Köter, der seinen Schwanz jagt", sagte Serrier selbstgefällig, als Eric und Vincent zu ihm und Simon ins Zimmer kamen. „Dass wir den Vampir erwischt haben, hat sie aus dem Tritt gebracht. Wir müssen das zu unseren Gunsten ausnutzen."

„Was ist mit der Verräterin?", wollte Simon wissen.

Serrier presste die Lippen zusammen und ballte die Fäuste. „Sie ist eine tote Frau. Ich habe schon die nötigen Befehle gegeben. Jeder, der sie sieht, soll sie sofort töten. Keine überflüssigen Fragen. Wir haben durch ihren Verrat mehr sichere Verstecke und Positionen verloren, als wir uns erlauben konnten."

Die drei anderen Magier nickten. „Und was passiert jetzt?", erkundigte sich Eric.

„Jetzt greifen wir an. Der Spion ist tot und wir müssen nicht mehr befürchten, dass er Informationen weitergibt. Wir brauchen einen Plan, der alles berücksichtigt, was wir heute erfahren haben. Dann zeigen wir Chavinier, dass er uns nicht so einfach abschreiben kann."

„Was ist unser Angriffsziel?", fragte Simon.

„Notre-Dame", erklärte Serrier mit einem sardonischen Grinsen. „Das wahre Herz der Stadt, die Kathedrale. Das religiöse Zentrum der Gläubigen in diesem Land. Wir werden ihnen zeigen, dass weder ihre heilige Maria, noch ihre Schutzpatrone, ihr Gott oder ihre Magier sie länger beschützen können."

Vincent zuckte innerlich zusammen. Serriers Rhetorik, die ihn früher so fasziniert hatte, hörte sich in ihrer Phrasenhaftigkeit jetzt nur noch leer und abgedroschen an. Vincent hatte in den letzten Wochen genug gesehen und erlebt, um zu erkennen, dass die Welt, die Serrier sich erschaffen wollte, nur noch Platz haben würde für Menschen, die genauso verrückt und verdorben waren wie er selbst. Vincent hatte sich in den letzten beiden Jahren geändert. Jetzt hatte er endgültig genug. Er musste hier raus, und zwar bald. Ohne Sinn und Verstand ein Nationalheiligtum zu zerstören, mit anderen Menschen zu experimentieren – seien es Vampire oder nicht –, Blanchets sadistische Foltermethoden zu unterstützen … Vincent konnte es nicht länger akzeptieren. Er musste einen Weg finden, um Eric davon zu überzeugen, sich mit ihm abzusetzen. Denn seinen Geliebten zurückzulassen, war für Vincent genauso inakzeptabel, wie Serriers Verhalten.

„Gibt es einen Grund, warum du nicht ein strategisch nützlicheres Ziel ausgewählt hast?", fragte Eric nach. „Sobald Chavinier erkennt, dass wir die Vampire in unseren Planungen berücksichtigt haben, wird er sich kein zweites

Mal überraschen lassen. Warum greifen wir nicht den Elysée-Palast oder Matignon an?"

„Warum begehen wir nicht gleich Selbstmord?", konterte Simon. „Diese Gebäude sind so schwer bewacht, dass wir keine Chance haben, solange noch ein einziger Magier der Milice am Leben ist. Mit Notre-Dame können wir der ganzen Stadt vor Augen führen, dass es uns gibt und dass wir ernst zu nehmen sind. Als ich das letzte Mal dort war, konnte ich keinen einzigen Schutzzauber feststellen. Falls Chavinier das nicht innerhalb der letzten Woche geändert hat, wird er erst von unserem Angriff erfahren, wenn es längst zu spät ist."

„Und wann wollen wir angreifen?", fragte Vincent. Er wollte die Antwort eigentlich gar nicht hören.

„Nach Einbruch der Dunkelheit", erwiderte Serrier. „Wir wollen die Vampire auch zu unserer kleinen Party einladen. Dann wird Chavinier erkennen, wie närrisch es war, sich auf sie zu verlassen. Sie sind zwar gegen einige Flüche immun, aber nicht gegen alle. Das hat unser armes Versuchskaninchen uns heute zu seinem Leidwesen bewiesen. Sobald wir die Vampire ausgeschaltet haben, können wir uns den Magiern widmen. Dann sammeln wir die Vampire ein und gönnen ihnen morgen einen schönen Tag in der Sonne."

Simons Lachen war fast so grausam wie Serriers Gesichtsausdruck. „Das ist auch eine Möglichkeit, einen Teil von ihnen loszuwerden."

„Wir sollten einige von ihnen am Leben lassen. Dann können wir überprüfen, ob sie auch so schmerzunempfindlich sind wie unser Gast. Es könnte sein, dass der junge Mann eine Ausnahme ist", bemerkte Eric ungerührt. „Sein Körper hat offensichtlich reagiert, aber es schien ihm auffallend wenig auszumachen."

Vincent runzelte verblüfft die Stirn. Dieser Vorschlag passte nicht zu dem Eric, den er kannte. Er hatte gedacht, dass sein Freund von Serriers Grausamkeiten genauso abgestoßen war, wie er selbst.

Serrier dachte kurz darüber nach. „Wahrscheinlich hast du recht", stimmte er Eric dann zu. „Wir werden sehen, wie viele von ihnen uns in die Hände fallen. Der andere wird uns nicht mehr lange nützlich sein, wenn er nicht trinken kann."

„Meinst du nicht, wir hätten von ihm schon genug gelernt?", fragte Vincent vorsichtig. Ihm drehte sich der Magen um, wenn er nur daran dachte, so etwas wie heute wieder erleben zu müssen.

„Natürlich nicht", erwiderte Serrier und winkte ab. „Es gibt mehr als genug Flüche, die wir noch nicht an ihm ausprobieren konnten."

Vincent wollte wieder Einspruch erheben, da spürte er unter dem Tisch den leichten Druck von Erics Hand am Knie. Die Geste überraschte ihn. Er verkniff sich seine Bemerkung und drehte sich erstaunt zu Eric um. Eric schüttelte kaum merklich mit dem Kopf und sah ihm beschwörend in die Augen. Vincent gab sich widerstrebend geschlagen, nahm sich aber fest vor, bei nächster Gelegenheit ein längeres Gespräch mit seinem Geliebten zu führen.

„Wie sieht der Plan für heute Nacht in den Details aus?", lenkte Eric die Aufmerksamkeit wieder auf ihr eigentliches Thema.

„Wenn es immer noch keine Schutzzauber gibt – und warum sollte es die geben? –, ist ein simpler Frontalangriff die beste Lösung", erklärte Serrier. „Wir kommen an, bringen die Kathedrale zum Einsturz und verschwinden wieder. Eine Einheit von zwanzig Mann sollte für diesen Auftrag ausreichend sein."

„Ich übernehme den Einsatz", bot Simon an. „Ich war schon lange nicht mehr mit einer Patrouille unterwegs. Sie sollen sehen, dass ich es noch kann. Außerdem gibt es mir die Gelegenheit, einige der neuen Flüche auszuprobieren, die ich entwickelt habe. Bisher habe ich sie nur in der Bibliothek getestet. Das ist nicht vergleichbar mit einem richtigen Kampf."

Serrier nickte zustimmend. „Eric, du kümmerst dich mit Vincent um den Vampir. Vielleich können wir noch mehr von ihm erfahren. Die Milice sucht intensiv nach ihm und ich frage mich, was an ihm so besonders ist. Chavinier hat sich bisher noch nie so viel Mühe gegeben, einen Gefangenen zu befreien."

Wahrscheinlich deshalb, weil sie schon wenige Stunden nach ihrer Gefangennahme tot waren, dachte Vincent bei sich. Chavinier hatte nie genug Zeit, einen Befreiungsversuch zu organisieren. Doch Vincent schwieg, weil er nicht noch mehr Aufmerksamkeit auf sich lenken wollte. Zu seiner Erleichterung blieb auch Eric stumm und nahm den Befehl nur mit einem Kopfnicken zur Kenntnis.

„Können wir vorher noch kurz etwas essen?", fragte er Serrier, der offensichtlich keine weiteren Befehle für sie hatte. „Ich habe seit dem Frühstück nichts mehr gegessen."

Serrier winkte abwesend in ihre Richtung. Seine ganze Aufmerksamkeit galt bereits Simon und ihren Plänen für die kommende Nacht.

„Die Crêperie?", fragte Eric, als sie in den Flur kamen.

„Nein", meinte Vincent kopfschüttelnd. „Lass uns in meine Wohnung gehen. Ich muss mit dir reden."

Eric wollte gerade mit seiner Beschwörung beginnen, um sich in Vincents Apartment zu transportieren, da hielt Vincent ihn zurück. „Ich möchte lieber zu Fuß gehen."

Eric sah ihn erstaunt an, folgte ihm aber wortlos zur nächsten U-Bahn-Haltestelle. Die Zugfahrt verlief ebenfalls schweigend. Die beiden Männer hingen ihren eigenen Gedanken nach.

Vincent versuchte, einen Weg zu finden, wie er seine Bedenken am besten zur Sprache bringen konnte. Vor diesem Abend hätte er nicht gezögert, Eric direkt anzusprechen. Aber das Verhalten seines Geliebten, während der Besprechung heute, hatte Vincent nervös gemacht. War es ein Fehler gewesen, dass er sein Vertrauen in Eric gesetzt und mit ihm über die Möglichkeit eines Ausstiegs gesprochen hatte? Vincent fühlte sich nicht sehr wohl bei dem Gedanken, der nächste Kandidat auf Serriers Folterliste zu sein. Andererseits hätte Eric heute jede Gelegenheit gehabt, Serrier über ihr Gespräch zu informieren, hatte es aber nicht getan.

Eric war in Gedanken bei den Enthüllungen über den Vampir. Wenn dieses Wesen die Wahrheit sagte, vermissten Alain und Thierry Eric immer noch. Er hatte sich zwei Jahre lang eingeredet, die beiden würden nichts mehr von ihm wissen wollen. Nur deshalb hatte er durchgehalten und tun können, wozu er sich Serriers Aufständischen angeschlossen hatte. Während ihrer Besprechung mit Serrier hatte Eric jeden Gedanken daran verdrängt und sich so verhalten, wie Serrier ihn seit zwei Jahren kannte. Hätte er das nicht getan, wäre nicht nur er selbst, sondern auch Vincent in Gefahr geraten. Vor einer Woche noch hatte Eric keinen Gedanken an sein eigenes Schicksal verschwendet, hatte sogar erwartet, sein Leben für die gerechte Sache zu geben. Aber seitdem hatte sich viel geändert. Ein neuer Weg hatte sich aufgetan und Eric fragte sich, ob seine bisherigen Entscheidungen die richtigen gewesen waren.

„Was ist los?", fragte er, als sie in Vincents Wohnung ankamen.

„Diese Frage sollte ich eigentlich dir stellen", erwiderte Vincent und zog seine Jacke aus, um sie an die Garderobe zu hängen. „Was war heute mit dir los? Seit wann unterstützt du diese Grausamkeiten?"

Eric zog ebenfalls seine Jacke aus. „Wie meinst du das?", fragte er stirnrunzelnd.

„Wir sollten einige von ihnen am Leben lassen. Dann können wir überprüfen, ob sie auch so schmerzunempfindlich sind wie unser Gast", zitierte Vincent verbittert. „Was soll das, zum Teufel?"

Eric begriff sofort, was Vincent damit meinte. „Wenn Pascal sie am nächsten Tag der Sonne aussetzt, sind sie auf jeden Fall tot", erklärte er, setzte sich auf die Couch und lud Vincent ein, neben ihm Platz zu nehmen. „Solange er mit ihnen seine Experimente macht, besteht immer noch die Chance, dass sie entkommen können oder befreit werden. Ich will nicht, dass er sie foltert. Aber noch weniger will ich, dass er sie tötet. Am liebsten wäre es mir, es würde keine Gefangenen geben."

„Ich wäre dir beinahe auf den Leim gegangen", murmelte Vincent. Eric hatte die Entführung des Vampirs mit einer Leichtigkeit geplant und ausgeführt, als wäre ihm das Schicksal des Mannes vollkommen gleichgültig. Vincent fühlte sich unwohl, als sein Freund jetzt schon wieder so sachlich und scheinbar ungerührt darüber sprach.

„Ich musste Pascal gegenüber glaubhaft wirken", fuhr Eric fort. „Er sucht ständig nach verdeckten Motiven. Nach der Exekution des Spions ist es noch schlimmer geworden. Ich konnte ihm kaum vorschlagen, auf überflüssige Grausamkeit zu verzichten. Das ist ein Konzept, das in seinem Weltbild nicht existiert."

„Wir müssen da raus", wiederholte Vincent und setzte sich zu Eric auf die Couch. „Ich weiß nicht, wie lange ich es noch aushalten kann."

„Aber wie?", forderte Eric ihn heraus, so wie er es schon bei ihrem ersten Gespräch über einen Ausstieg getan hatte.

„Monique hat es geschafft", erwiderte Vincent leise. Ihm war die Tragweite seines Vorschlages sehr wohl bewusst.

„Und zu welchem Preis?", wollte Eric wissen und drehte sich zu Vincent um. Er wünschte sich, es gäbe einen sicheren Weg, doch er wollte nicht ein noch größeres Risiko eingehen, solange sie keine überzeugenden Erfolgsaussichten hatten. „Wir wissen, dass sie ihnen Informationen gegeben hat, sonst hätte die Miliz nicht über unsere Verstecke Bescheid gewusst. Aber was hat Monique dafür bekommen?"

„Zumindest den Schutz der Miliz", sagte Vincent. „Sie war seit ihrer Flucht vor Pascal nicht mehr in ihrer Wohnung. Sie muss irgendwo untergekommen sein."

„Was schlägst du also vor? Wenn wir es ihr nachmachen, wird Pascal einfach wieder verschwinden und den Vampir mitnehmen. Chavinier wird das kein zweites Mal hinnehmen. Er will Ergebnisse sehen, keine Versprechungen oder Vermutungen."

„Dann nehmen wir den Vampir eben mit."

„Wir würden niemals lebend entkommen!", widersprach Eric. Selbst wenn der Vampir mitspielte, würden sie ihn nicht aus Serriers Hauptquartier schmuggeln können. Damit wäre die Katastrophe vorprogrammiert. Es war nicht der richtige Zeitpunkt für solche Heldentaten.

Im Augenblick nicht", gab Vincent zu. „Aber auch Pascal muss ab und zu schlafen. Wir müssen es nicht heute Nacht versuchen. Wir können abwarten, die Lage beobachten und einen Plan machen. Wir können nicht wochenlang warten, aber heute und morgen haben wir noch Zeit."

„Ich weiß nicht", meinte Eric zögerlich. „Es ist ein sehr großes Risiko."

„Riskanter als eine Schlacht? Riskanter als eine Gerichtsverhandlung und anschließende Haft, falls sie uns lebend fassen? Du hast mir gesagt, ich sollte einen Weg finden, dann würdest du darüber nachdenken. Ich habe den Weg gefunden. Jetzt denke nach. Und zwar schnell."

„Versprich mir, nicht überstürzt zu handeln", bat Eric. In seinem Kopf überschlugen sich die Gedanken. Worauf mussten sie achten, was konnte alles schiefgehen und welche Vorkehrungen mussten sie für den Notfall treffen? „Gib mir etwas Zeit. Wir brauchen einen guten Plan."

„Zusammen haben wir eine bessere Chance, als wenn ich es allein versuchen würde", stimmte Vincent ihm zu. „Wir müssen verhindern, dass Pascal – oder Claude – ihn umbringt, bevor wir ihn retten können. Ich glaube nicht, dass es uns Pluspunkte bringt, wenn wir ihnen eine Leiche übergeben."

„Nein, wahrscheinlich nicht", meinte Eric kichernd. Vincents Vorschlag machte ihn immer noch nervös. Eric hatte nie vorgehabt, zu Chavinier zurückzukehren. Aber Alain und Thierry wiedersehen zu können … Der Vampir hatte gesagt, sie würden ihn vermissen. Es hatte ihn an die guten Zeiten erinnert, die Zeiten vor Danielles Tod. Ihr Tod hatte eine Leere in Erics Herz hinterlassen, aber es war nicht die einzige Leere. Trotz seiner Freundschaft – seiner Beziehung –

mit Vincent, vermisste er auch Alain und Thierry. Wenn er in Ehren zurückkehren könnte, wenn er ihnen beweisen könnte, dass nicht alles so war, wie es auf den ersten Blick den Anschein hatte ... Der Gedanke war verführerisch. „Lass uns diese Nacht abwarten. Wenn wir ihn lebend rausholen wollen, müssen wir Vorbereitungen treffen. Ich weiß nicht, ob wir eine Chance gegen Serrier haben, selbst wenn wir zu zweit sind. Schon gar nicht, wenn Simon bei ihm ist. Sie sind sehr mächtig. Wenn sie uns erwischen ...“

Vincent nickte bedächtig. Jetzt, wo sie sich entschieden hatten, fiel es ihm schwer, noch länger zu warten. Aber Eric hatte recht. Sie durften nicht überstürzt handeln. Eric legte ihm den Arm um die Taille und zog ihn an sich. „Wir müssen nicht sofort zurück. Pascal ist mit seinen Plänen beschäftigt. Er wird uns in den nächsten Stunden nicht vermissen.“

Vincent leistete keinen Widerstand, als Eric ihn langsam zum Schlafzimmer zog.

„Hallo, Muschi.“

Adèle wirbelte herum, als sie Judes anmaßende Stimme hörte. „Das wird auch langsam Zeit“, schnappte sie ihn an. „Wo bist du in den letzten beiden Tagen gewesen?“

„Hast du mich etwa vermisst?“

„Wohl kaum“, gab sie zurück. „Aber du bist zweimal nicht zum Dienst erschienen.“

„Wir waren nicht eingeteilt“, wies er ihren Vorwurf zurück.

„Wir *wurden* aber eingeteilt“, teilte sie ihm mit. „Und du warst nicht da.“

„Niemand hat mich informiert.“

„Weil dich niemand erreichen konnte“, erwiderte sie. „Du treibst dich irgendwo rum und ich bin mitverantwortlich, weil ich mit einem Partner geschlagen bin, der kein anderes Interesse hat, als mich reinzureiten.“

„Ich will dich nicht reinreiten“, knurrte er und kam auf sie zu. „Ich will dich nur besteigen.“

„Vergiss es!“, fauchte Adèle und schlug seine Hände zur Seite. „Ich habe es einmal zugelassen – bin sogar gekommen, trotz deiner mehr als erbärmlichen Bemühungen –, aber ein zweites Mal passiert mir das nicht. Ich werde schon seltsam angesehen, weil du dich so unmöglich aufführst.“

„Jedenfalls hast du gestöhnt und dich gewunden wie eine billige Nutte“, stimmte Jude ihr zu und fasste nach ihren Händen. „Ein Schlampe, die sich sogar in den Arsch ficken lässt. Ich hätte es mir von Anfang an denken können.“

„Vielleich hättest du dann deine dreckigen Finger von mir lassen sollen“, gab sie wütend zurück, entriss ihm ihre Hände und brachte den Tisch zwischen sie. „Es wäre für uns beide besser gewesen.“

„Oh, da bin ich mir nicht so sicher", widersprach ihr Jude und sprang über den Tisch, um sie in die Ecke zu treiben. „Ich habe unser kleines ... Techtelmechtel sehr genossen. Du schnurrst so schön unter mir."

Sie hätte ihn am liebsten niedergebrüllt, aber sie konnte die Reaktion ihres Körpers auf seine Berührungen nicht leugnen. Sie war in der letzten Woche mit Jude dreimal mächtig gekommen. „Mir gefällt es weitaus besser, wenn *du* unter *mir* schnurrst", erwiderte sie. Es juckte sie in den Fingern, den Worten Taten folgen zu lassen. Es war dumm und sie würde es bereuen, aber sie war in mancher Hinsicht genauso impulsiv wie der Vampir. Adèle gab ihrem Begehren nach und warf ihn mit einem geübten Nahkampfgriff zu Boden. Dann hockte sie sich auf ihn und fasste ihm zwischen die Beine. „Das letzte Mal hast du dich bei mir bedient. Jetzt bin ich dran."

„Du bist nicht stark genug für mich", höhnte Jude, machte aber keine Anstalten, sie abzuwerfen. Er hätte es zwar gekonnt, wollte aber kein Risiko eingehen. Adèle hatte schließlich seine Eier in der Hand. Irgendwann musste sie die Hand dort auch wieder wegnehmen, und dann ...

„Meinst du wirklich?", fragte sie herausfordernd und drückte zu. „Wer von uns beiden liegt denn auf dem Rücken?"

„Du musst nicht auf dem Rücken liegen, damit ich dich ficken kann", erinnerte er sie. „Oder hast du das schon vergessen?"

Adèle drückte fester zu und er verzog das Gesicht. „Ich habe gar nichts vergessen", schnappte sie ihn an. „Ich weiß noch genau, dass es mein Orgasmus war, der dich ebenfalls zum Höhepunkt gebracht hat. Du solltest zweimal nachdenken, bevor du dich mir widersetzt."

„Meinst du wirklich, darauf wäre ich angewiesen?", schnaubte er. „Ich brauche lediglich einen willigen Körper."

„Ist das so?", erwiderte Adèle und stand auf. „Dann suche dir einen. Ich bin sicher, dass es irgendwo Frauen gibt, die deine antiquierte Technik und deine Neandertalermanieren zu schätzen wissen."

Jude sprang auf die Beine und presste sie an die Wand. „Wieso sollte ich anderswo suchen, wenn ich das alles hier habe?", fragte er und schob ihre Beine auseinander. Dann fasste er nach ihrer Brust und drückte sie so fest, dass es schmerzte. Adèle schnappte erschrocken nach Luft, obwohl sie mit dieser Reaktion hätte rechnen sollen. Während ihr Verstand noch protestierte, schmiegte sich ihr Körper schon lüstern an ihn.

Adèle schlug mit dem Kopf an die Wand, als sie in seine Arme fiel. „Schnurr für mich, kleine Muschi", flüsterte Jude mit heiserer Stimme und kniff ihr in den Nippel, der sich durch den Stoff ihres Pullovers abzeichnete. Ihre Augen blitzten wütend, aber ihr Körper bog sich ihm entgegen und presste sich an seine Hand. Grinsend schob er den Pullover hoch und entblößte ihren Bauch. Dann öffnete er den BH, zog ihn zur Seite und ersetzte die seidige Spitze auf ihren Brüsten durch seine Hände. Ihr Stöhnen war Musik in seinen Ohren. Er beugte sich vor und sein

38

Atem kitzelte sie im Ohr, während er sich an sie presste. „Bist du schon feucht, Muschi? Fühlst du dich leer und sehnst dich danach, dass ich dich fülle?"

„Du nicht!", fauchte sie. In ihrem Blick lag eine Mischung aus Lust und Hass, wie nur Jude sie hervorrufen konnte.

„Wirklich nicht?", wollte er wissen und trat einen Schritt zurück.

Adèle hätte ihn am liebsten gepackt und wieder an sich gezogen, doch sie gönnte ihm diesen Sieg nicht. Sie stieß sich von der Wand ab, warf ihm noch einen bösen Blick zu und ging zur Tür. Ihre Hand hatte sich gerade um den Griff geschlossen, da fasste er nach ihr und zog sie zurück an seinen harten Körper. Seine Erektion presste sich unmissverständlich an ihren Hintern. „Arschloch", fluchte sie, als er ihre Hose aufknöpfte und nach unten schob. Dann fuhren seine Finger zwischen ihre Beine.

„Das gehört mir", knurrte er ihr ins Ohr und seine scharfen Eckzähne fuhren über ihre Haut. „Niemand fickt dich, außer mir."

Sie ließ sich an ihn fallen und gab die Gegenwehr auf. Ihr ganzer Körper vibrierte vor Begehren. Sein Griff lockerte sich, als sie sich in seinen Armen umdrehte. Adèle legte die Arme um seinen Hals und er senkte den Kopf, um sie in den Hals zu beißen. Jetzt war der Augenblick gekommen und sie war am Zug. Sie holte aus und rammte ihm mit aller Wucht das Knie zwischen die Beine. Jude keuchte und krümmte sich zusammen. „Ich entscheide selbst, wer mich fickt", verkündete sie kalt. „Und das bist nicht du."

Mit einem letzten zufriedenen Blick stürmte sie aus dem Zimmer und knallte hinter sich die Tür zu. Dann verriegelte sie das Schloss mit einer Beschwörung, damit er ihr nicht folgen konnte, bevor sie weit genug weg war. Bevor sie wieder in der Lage war, seine Gegenwart zu ertragen.

6

„Hat der Aufspürzauber funktioniert?", fragte Alain hoffnungsvoll, als er Raymonds Neuigkeiten erfuhr.

Jean, Raymond und Catherine nickten. „Wir brauchen nur ein Haar von Orlando, um ihn finden zu können", fügte Raymond hinzu. „Ich dachte mir, du könntest in seine Wohnung gehen und uns eines besorgen."

„Natürlich", sagte Alain sofort. „Ich bin gleich zurück." Bevor die anderen auch nur ein Wort sagen konnten, war er verschwunden. Orlandos Wohnung – *ihre* Wohnung – war kalt und dunkel. Alain nahm es nicht zur Kenntnis. Nicht mehr lange, dann wären sie beide zurück. Dann würden wieder Wärme, Licht und Liebe in die leeren Räume einziehen.

Alain ging ins Schlafzimmer, um Orlandos Haarbürste zu suchen. Die Laken waren noch zerwühlt vom letzten Mal, als sie sich hier geliebt hatten. Das war gewesen, bevor Orlando zu Sebastien gegangen war, um mit ihm zu reden. Alain hatte nie gefragt, worum es bei diesem Gespräch gegangen war. Er wollte es wissen, aber er wollte es von Orlando hören. Sobald Orlando wieder zurück war.

Alain wusste, dass er sich beeilen musste. Trotzdem nahm er sich einen Augenblick Zeit, setzte sich aufs Bett und fuhr mit der Hand über das Kissen, in dem sich eine Delle abzeichnete an der Stelle, wo Orlandos Kopf gelegen hatte. Er drückte sich das Kissen ans Gesicht und atmete Orlandos Geruch ein. Alain war den Tränen nahe, wie schon so oft seit Orlandos Verschwinden. Dieses Mal hielt er sie nicht zurück. Er musste die Angst und Sorge loslassen, bevor er seinen Vampir wiedersah, denn wenn sie Orlando erst befreit hatten, musste er alle Kraft darauf konzentrieren, ihm zu helfen und ihn wieder gesund zu machen.

Im Kopf sah er Orlando vor sich – blutend und geschunden durch die Folter, der Serrier ihn unterworfen hatte. Alain hatte schon oft gesehen, welche Spuren die Grausamkeiten Serriers und seiner Henkersknechte hinterließen. Aber noch nie hatten sie einen Gefangenen lebend wieder befreien können. Alain wusste nicht, wie viel sein Blut und seine Liebe zu Orlandos Heilung beitragen konnten, aber er hoffte zutiefst, dass es genug wäre. Innerlich haderte er mit allen Göttern und Heiligen, weil sie ihm Orlando geraubt hatten, als ihre Beziehung sich gerade erst richtig entwickelte, als Orlando endlich erste Anzeichen der Heilung zeigte von den Qualen, die er in den Händen seines Schöpfers erlitten hatte. Und jetzt das …

Niemand sollte so leiden müssen wie Orlando damals gelitten hatte, wie er jetzt wieder litt. Marcel hatte darauf bestanden, dass Alain sich schützte, um nicht fühlen zu können, was sein Geliebter bei Serrier ertragen musste. Aber er konnte die

Qualen trotzdem spüren, die von Orlando zu ihm durchdrangen. Alain wollte mehr erfahren und begann, die Blockade aufzulösen. Dann hielt er sich zurück. Nein. Er konnte es nicht tun. Er saß auf ihrem Bett, ihrem sicheren Hafen, in den der Rest der Welt niemals eindringen konnte. Hierher wollte er Orlando zurückbringen, frei von Schmerzen und frei von der Erinnerung daran. Wenn er die Blockade löste und Orlandos Schmerzen spürte, würde der die Erinnerung in Alains Blut schmecken können. Das durfte nicht passieren. Ihr Bett musste rein bleiben.

Alain spürte die Sehnsucht nach Orlando in jeder Faser seines Körpers. Er hatte um Henri getrauert, aber die Trauer um den Verlust Orlandos hatte eine andere, eine unvergleichbare Größenordnung. Es war, als wäre Alains Seele entzweigerissen worden, als hätte er einen Teil von sich verloren, ohne den er nicht leben konnte. Ohne Orlando war er nur noch ein Schatten des Mannes, der er zuvor gewesen war. Eine leere Hülle, kein lebendiger Mensch.

Es wäre leicht, sich dieser Trauer hinzugeben und sich in dem unermesslichen Verlust zu verlieren – gerade hier, in dem Zimmer, das sie so kurze Zeit miteinander geteilt hatten. Alain riss sich zusammen und erinnerte sich an den Grund seines Hierseins. Sie hatten endlich einen erfolgversprechenden Plan, eine Möglichkeit, Orlando aufzuspüren. Er durfte keine Zeit mehr vergeuden.

Alain legte das Kissen aufs Bett zurück und fuhr zärtlich mit der Hand über den weichen Baumwollbezug, als würde er Orlando selbst streicheln, wenn er sein Kissen berührte. Dann stand er auf und suchte nach der Haarbürste. Er fand sie im Badezimmer, in einer Schublade unter dem Waschbecken. Vorsichtig zog er einige Haare aus den Borsten und steckte sie in die Tasche. Als er die Bürste wieder in die Schublade legen wollte, hielt er unvermittelt inne. Je mehr Haare sie hatten, umso größer waren ihre Chancen, dass die Beschwörung funktionierte. Mit Orlandos Bürste noch in der Hand, transportierte er sich zurück ins Hauptquartier der Milice.

„Sie sind im Büro des Generals", sagte der diensthabende Offizier, als Alain im Salle des Cartes ankam. „Ich soll ausrichten, dass sie dich dort erwarten."

Alain nickte und lief durch den Flur zu Marcels Büro. Es ging ihm gegen den Strich, dass er nicht selbst mit seiner Magie nach Orlando suchen konnte. Aber Orlandos Rettung war wichtiger als Alains verletzter Stolz.

„Hast du etwas gefunden?", fragte Jean, kaum dass Alain den Raum betreten hatte.

Alain hielt die Bürste hoch. „Ich dachte mir, je mehr Haare wir haben, umso leichter können wir ihn finden", sagte er und legte sie auf Marcels Schreibtisch.

„Es kann jedenfalls nicht schaden", gab Marcel ihm recht. „Thierry und Sebastien sind mit einer Patrouille unterwegs, weil wir die Nachricht von einem Angriff bekommen haben. Du kannst entweder auf ihre Rückkehr warten oder Raymond überlassen, die Beschwörung vorzunehmen. Ich muss jetzt ins Parlament, sonst würde ich euch helfen."

41

Alain sah den dunkelhaarigen Magier an, dem Jean nicht von der Seite gewichen war. Dem Chef de la Cour war Orlando als Freund genauso wichtig, wie er Alain als Geliebter wichtig war. Und Raymond würde Jean genauso wenig enttäuschen wollen, wie Alain Orlando enttäuschen wollte. „Es gibt keinen Grund, noch länger zu warten", entschied Alain. „Ich vertraue Raymond."

Raymond hätte nicht erwartet, diese Worte jemals aus Alains Mund zu hören.

„Gut", sagte Marcel lächelnd. „Ich kann jetzt nicht länger bleiben, aber gebt mir umgehend Bescheid, wenn Orlando wieder zuhause ist."

„Das werde ich tun", versprach Alain und Marcel verschwand aus dem Zimmer.

„Dann wollen wir sehen, dass wir ihn schnellstens finden und nach Hause bringen", schlug Raymond vor. Er konnte immer noch nicht glauben, dass Alain ihm das Vertrauen ausgesprochen hatte. Er widerstand auch der Versuchung, Jean einen hilfesuchenden Blick zuzuwerfen, weil er Bestätigung brauchte. Wie viel hatte sich doch in den wenigen Monaten geändert, seit sie die Allianz mit den Vampiren eingegangen waren!

„Ja", stimmte ihm Alain zu. „Es wird Zeit."

Raymond konzentrierte sich auf die Bürste, die vor ihm auf dem Tisch lag. Er konnte spüren, wie die Magie sich ausdehnte und auf die Suche nach Orlando machte. Er warf einen Blick auf die Karte hinter Marcels Schreibtisch, um ein Gefühl dafür zu bekommen, wie weit sein Aufspürzauber sich ausgebreitet hatte. Hier und da spürte er einen weißen Fleck, den seine Magie nicht durchdrang. Er merkte sich die Lage auf der Karte, weil es sich um ein potentielles Versteck der dunklen Magier handeln konnte. Was Raymond *nicht* spüren konnte, obwohl er sehnlichst darauf wartete, war die Anziehung, die ihm zu erkennen gab, dass seine Magie Orlando endlich gefunden hatte. Er wiederholte die Beschwörung und investierte dieses Mal mehr Energie, um ein größeres Areal abdecken zu können. Zu seiner Genugtuung verschwanden durch die Magie einige der weißen Flecken der ersten Beschwörung, aber er fand immer noch keine Spur von Orlando.

„Ich brauche mehr Kraft", murmelte er. „Wo immer er auch ist, Serrier hat ihn mit einem Schutzschild umgeben. Meine Magie reicht nicht aus, um alle Schilde zu durchdringen, die sie in der Stadt angetroffen hat."

„Ich glaube nicht, dass meine Unterstützung dir hilft", sagte Alain frustriert. „Ich sehe nach, wen ich finden kann."

„Oder ich könnte dich beißen", bot Jean an. „Das hat beim Piège-Pouvoir funktioniert und es gibt keinen Grund, warum es nicht auch jetzt helfen sollte."

Alain sagte nichts dazu, weil er die beiden Männer nicht unter Druck setzen wollte. Er konnte sich aber noch sehr gut daran erinnern, wie mächtig er sich durch Orlandos Biss, während des Piège-Pouvoir, gefühlt hatte. Er war allein stärker gewesen, als die kombinierte Macht zweier Magier.

„Es wäre einen Versuch wert", erwiderte Raymond.

„Soll ich euch allein lassen?", bot Alain ihnen an, weil er sich in diesem intimen Moment nicht aufdrängen wollte. Sicher, während des Piège-Pouvoir waren sie nicht allein gewesen, aber damals lag zumindest der See zwischen ihnen. Dadurch waren die einzelnen Paare so weit voneinander getrennt gewesen, dass sie sich kaum gesehen hatten. Marcels Büro war nicht ansatzweise so weiträumig, wie die Höhle im Untergrund von Paris.

Raymond wollte das Angebot annehmen, denn in der letzten Woche waren er und Jean sich sehr nahe gekommen. Gleichzeitig wollte er Alain aber nicht ausschließen, denn sie suchten immerhin nach dessen Partner und Geliebten. „Schon gut, du kannst bleiben."

Raymond entging nicht, dass Alain bei dieser Antwort erleichtert aufatmete. Er drehte sich zögernd zu Jean um und bot ihm aus einem Gefühl der Schicklichkeit nur das Handgelenk an, obwohl er Jeans Zähne lieber im Hals gespürt hätte. Jean nahm ihm die Entscheidung ab, indem er hinter ihn trat und ihn wieder zum Schreibtisch umdrehte. Raymond schloss instinktiv die Augen und lehnte sich mit dem Rücken an seinen Geliebten. Jeans Zähne ließen ihn vor Macht und Begehren am ganzen Leib vibrieren. Raymond zwang sich zur Konzentration und kanalisierte alle Energie in die Beschwörung. Die geballte Macht seiner Magie breitete sich durch die Stadt aus und durchdrang auch die letzten weißen Flecken, die Serriers Schutzschilde vor ihm verborgen hatten. Aber als die Magie die Innenstadt hinter sich ließ und in den Vororten angelangte, tauchten neue weiße Flecken auf. Es waren nicht viele – Raymond merkte sich jeden einzelnen – doch er konnte sie trotz Jeans Unterstützung nicht durchdringen. Sie waren entweder zu weit entfernt oder die Schilde zu stark.

Und immer noch fand er keine Spur von Orlando.

Raymond bot seine gesamte Kraft auf, bis seine Magie die Grenzen der Île-de-France erreichte und sich noch weiter ausbreitete. Sie erfasste Burgund, die Picardie und die Normandie, die Champagne und schließlich sogar Tours. Dann versagten Raymonds Kräfte und er brach in Jeans Armen zusammen. „Es tut mir leid. Ich kann ihn nicht finden."

Alain war die Enttäuschung anzusehen. „Was ist passiert?"

„Ich konnte die Schilde in der Stadt durchdringen, aber die weiter entfernt gelegenen waren zu stark. Ich kann nicht sicher sagen, woran es lag", erklärte Raymond. „Ich konnte das magische Vakuum spüren, aber es war undurchdringlich."

„Das hilft uns aber trotzdem bei der Suche!" Alain war begeistert und sah schon nicht mehr so niedergeschlagen aus. „Wir müssen nur noch dort suchen, wo du nicht eindringen konntest. Irgendwo dort muss er sein. Wir finden ihn." Er löste die Blockade und suchte nach seiner Verbindung zu Orlando. Die Gefühle seines Geliebten überfluteten ihn und er konnte die überwältigende Liebe Orlandos spüren. Sie war Balsam für Alains wunde Seele, aber sie weckte auch Schuldgefühle in ihm.

„Ich markiere die Stellen auf der Karte", meinte Raymond. „Aber wenn sie so stark abgeschirmt sind, wird es keine einfache Aufgabe sein und es wird Zeit kosten. Allein in dem Bereich, den ich durchsucht habe, gibt es etwa ein Dutzend solcher Orte. Die Grenze der Beschwörung liegt bei ungefähr zweihundert Kilometer. Was außerhalb dieses Umkreises liegt, weiß ich nicht."

„Das ist immer noch mehr, als wir ohne die Beschwörung wüssten", erklärte Jean aufmunternd. „Es grenzt unser Suchgebiet beträchtlich ein. Jetzt müssen wir nur noch die einzelnen Orte abarbeiten, in die deine Magie nicht vorgedrungen ist."

„Hat Mireille nicht gesagt, dass Monsieur Lombard heute Nacht zurückkommt?", wechselte Raymond das Thema, während er auf der Karte die weißen Flecken markierte. „Ich schlage vor, ihn zu besuchen und zu fragen, ob er noch andere Ideen hat. Vielleicht weiß er, wie wir die Suche beschleunigen können."

„Das ist gut", stimmte Alain zu und betrachtet die Karte. Er machte bereits Pläne, wie er die Suche strukturieren wollte. „Ich melde euch, wo ich nichts gefunden habe. Durch meinen Repère könnt ihr auf der Karte verfolgen, wo ich mich gerade aufhalte."

Raymond setzte noch einen Punkt auf die Karte. „Das ist alles", sagte er und trat einen Schritt zurück. „Lass uns aufbrechen, Jean. Je eher wir bei Monsieur Lombard sind, umso eher können wir wieder bei der Suche helfen. Wie das sein wird, muss sich noch herausstellen."

Die beiden Männer verließen Alain, der noch mit seinen Planungen beschäftigt war. Sie machten sich durch die verwinkelten Korridore auf den Weg zum Ausgang und kamen gerade an Adèles Büro vorbei, als die Magierin tobend vor Wut das Zimmer verließ und die Tür hinter sich zuknallte. „Dieses verdammte Arschloch!", schrie sie und schloss hinter sich ab. „Er hält sich für das Geschenk Gottes an die Frauen und glaubt, wir hätten nichts Besseres zu tun, als für ihn die Beine breitzumachen. Bastard!"

„Einen weniger aufbrausenden Mann würdest du bei lebendigem Leib verschlingen, mein Schatz", meinte Jean und zog mit der Bemerkung ihren Zorn auf sich.

„Du stimmst ihm wahrscheinlich zu", fauchte sie ihn an. „Ich sollte ihm wohl einfach seinen Willen lassen, sollte mich wie eine Hure behandeln lassen, die er jederzeit ficken kann, wenn ihm der Sinn danach steht, ohne auf sie Rücksicht nehmen zu müssen. Schließlich ist er ein Mann und ich bin nur eine Frau. Ist es nicht so?"

„Das habe ich ganz und gar nicht gemeint", widersprach Jean gelassen. „Aber ich bin auch nicht blind. Was immer du auch sagst – die Farbe in deinem Gesicht kommt nicht nur davon, dass er dich erzürnt und beleidigt hat." Er packte sie am Arm und drückte sie mit dem Rücken an die Wand. „Du magst ihn hassen und hast vermutlich auch Gründe dafür, aber er ist genau der Typ Mann, der dich erregt." Jean streichelte ihr grob über den Körper. Adèle entwich ein Stöhnen und sie sah ihn überrascht an. Jean ließ sie wieder los und trat zurück. „Genau das meine ich."

Adèle kniff die Augen zusammen und richtete ihren Stab auf Jean. Die Beschwörung kam ihr über die Lippen, ohne dass sie vorher darüber nachgedacht hätte. Raymond blockierte sie mit einer schnellen Handbewegung. „Er hat recht, Adèle. Und das weißt du auch. Wir alle wissen es." Er musste einen Anflug von Eifersucht unterdrücken, weil Jean sie angefasst hatte. Ausgerechnet Adèle, die von Anfang an ein Streitpunkt zwischen ihnen gewesen war. Aber in diesem Fall hatte Jean ihr nur etwas beweisen wollen, mehr nicht.

„Das gibt Jude noch lange nicht das Recht, nach Lust und Laune über mich herzufallen", beharrte sie auf ihrem Standpunkt.

„Nein, das tut es nicht", stimmte ihr Jean zu. „Ich nehme an, er ist noch in deinem Büro." Sie nickte. „Dann soll er dort bleiben. Wir kümmern uns um diese Angelegenheit, sobald Marcel wieder zurück ist. In der Zwischenzeit solltest du dich von ihm fernhalten. Es wäre in deinem besten Interesse."

Adèle wollte Einspruch erheben und ihn darauf hinweisen, dass sie sich selbst um ihre Angelegenheiten kümmern konnte, verkniff sich jedoch jeden Protest. Mit Jean war die Führungsspitze der Allianz in die Geschichte verwickelt worden. Es lag nicht mehr in ihren Händen. Eine kleine Stimme flüsterte ihr zu, dass sie die Kämpfe mit Jude vermissen würde.

Jean ließ die Sache für den Moment auf sich beruhen. Kurz darauf verließen sie das Hauptquartier. Es wurde schon dunkel und unter ihren Füßen raschelte das Herbstlaub. „Der Winter steht vor der Tür", meinte er nachdenklich. „Ob es in diesem Jahr wohl schneien wird?"

„Wenn nicht, reisen wir eben an einen Ort, wo es Schnee gibt", erwiderte Raymond spontan. „Du musst jetzt auf die Sonne keine Rücksicht mehr nehmen. Mit etwas Magie ist eine kurze Reise kein Problem."

Jeans Miene hellte sich auf. „Das wäre schön", sagte er leise und hätte Raymond am liebsten an der Hand genommen. Doch Raymond war für eine solche Geste noch nicht bereit. Jean wollte ihn nicht damit erschrecken.

Seite an Seite fuhren sie mit der Métro zur Île St-Louis. Als sie vor Monsieur Lombards Haus ankamen, war es vollends dunkel geworden. Jean klingelte und sie warteten ab, ob jemand öffnen würde. Im Haus blieb es still.

Jean klingelte ein zweites Mal und trommelte ungeduldig mit den Fingern an sein Bein. Die Sekunden vergingen. Raymond fasste ihn an der Hand und brachte die nervösen Finger mit sanftem Druck zur Ruhe. „Mireille hat gesagt, dass er vielleicht erst morgen kommt", erinnerte er Jean. „Bis dahin haben wir Orlando wahrscheinlich schon gefunden und brauchen Monsieurs Hilfe nicht mehr. Lass uns zurückfahren."

„Können wir einen Umweg über Notre-Dame nehmen?", fragte Jean leise. „Ich … ich würde gerne einige Minuten beten."

45

„Natürlich können wir das tun", erwiderte Raymond. „Manchmal vergesse ich, dass du früher ein Klosterschüler warst. Du musst mich ab und zu daran erinnern."

„Meine Lehrer wären empört darüber, wie sehr ich ihre Lehren missachte. Ich gehe fast nie in die Kirche", sagte Jean schmunzelnd, während sie die Pont St-Louis zur Île de la Cité überquerten. „In besonders schweren Zeiten finde ich immer noch Trost im Gebet. Dieser Tag gehört mit Sicherheit dazu."

Sie kamen auf die Rue du Cloître Notre-Dame und kurz darauf zur Kathedrale. „Nimm dir Zeit", sagte Raymond und blieb respektvoll im hinteren Teil der Kathedrale zurück. Er musste kein Katholik sein, um die Majestät des Bauwerks anzuerkennen. Er konnte deutlich die Macht spüren, die die heilige Quelle ausstrahlte, über der die Kathedrale errichtet worden war. Raymond lächelte, als er daran dachte, wie sehr sich die verschiedenen Religionen doch ähnelten. Jede einzelne bezog ihren Glauben aus der gleichen mystischen Kraft, jede einzelne war ein kleines Mosaiksteinchen der universellen Wahrheit, die sich allen Erklärungsversuchen entzog.

Jean verbeugte sich und ging durch den Mittelgang zum Altar, wo er niederkniete. Mit dem Rosenkranz in der Hand betete er für Orlandos Sicherheit und baldige Befreiung. Seine Lippen bewegten sich im stillen Gebet. Der Duft des Weihrauchs und der Rauch der Opferkerzen trugen seine Bitte himmelwärts. Jean erinnerte sich an Orlando, wie er ihn das erste Mal gesehen hatte – blutüberströmt, zerbrochen und an der Schwelle zur Selbstvernichtung. Orlando hatte die Untiefen der menschlichen und vampirischen Grausamkeit kennengelernt wie kaum ein anderer. Mehr als einmal hatte er gesagt, er würde lieber in den Strahlen der Sonne zu Asche verbrennen, als jemals wieder eine solche Folter zu ertragen. Jean hatte Angst, dass sie Orlando nicht rechtzeitig retten konnten, bevor er wieder in diesem Stadium der Verzweiflung versank und seine Drohung wahr machte. Jean hatte noch nie in seiner Existenz eine solche Angst verspürt, wie die um seinen jungen Freund.

Doch Orlando hatte das vor langer Zeit gesagt. Damals kannte er Alain noch nicht und Jean hoffte, dass der Aveu de Sang, der Alain und Orlando in dieser Welt verband – und manche sagten, er würde sie sogar noch im Jenseits verbinden – Orlando die Kraft und Zuversicht gab, die er am Ende seiner Gefangenschaft bei Thurloe nicht mehr besessen hatte. Alain konnte Orlando immer noch spüren, und obwohl der Magier sich Sorgen um den körperlichen Zustand seines Geliebten machte, schien er an dessen emotionaler Verfassung keinerlei Zweifel zu hegen. Orlando war nicht in der Lage, jemanden darüber zu täuschen. Wenn sein Überlebenswille gebrochen wäre, hätte er es vor Alain nicht verheimlichen können.

Jean betete und klammerte sich an diese Hoffnung. Sie schien einen Teil seiner Gebete zu beantworten. Den Rest seiner Antwort konnte er erst durch Orlandos Rückkehr bekommen.

7

RAYMOND STAND in der Nähe des Eingangs und wartete geduldig auf Jean. Dabei sah er sich immer wieder nervös um, denn in den letzten Tagen war so viel passiert, dass er sich an diesem relativ offen zugänglichen Ort unwohl fühlte. Als sein Blick auf das Weihwasserbecken fiel, seufzte er erleichtert und ging darauf zu. Das Wasser würde ihn warnen, falls ein magischer Angriff drohte. In dem Becken kanalisierte sich die magische Energie der Kathedrale. Die Wirkung wurde noch dadurch verstärkt, dass Notre-Dame auf einer Insel mitten im Fluss stand. Raymond spürte die Elementarmagie und fiel in eine leichte Trance, die ihm half, die Anspannung der letzten Tage abzustreifen und seine magische Energie zu erneuern.

Er wurde aus seiner meditativen Trance gerissen, als sich das Wasser plötzlich zu kräuseln begann und kleine Wellen an seine Finger schlugen, die eindeutig auf eine Störung hinwiesen. Raymond runzelte die Stirn und konzentrierte sich auf das Wasser. Er benutzte die Energie der Kathedrale, um die Umgebung zu erkunden, so ähnlich, wie er es mit dem Aufspürzauber getan hatte, aber mit einem weniger spezifischen Ziel.

Hätte er sich nicht an einem geheiligten Ort befunden, er hätte laut geflucht. Sofort holte er das Handy aus der Tasche und forderte im Hauptquartier Verstärkung an. Er wollte gerade Jean holen, um durch eine der Seitentüren zu verschwinden, da wurde die Kathedrale von dem ersten Fluch erschüttert.

Raymond nahm keine Rücksicht mehr auf angemessenes Verhalten. Ihre Sicherheit war wichtiger. „Wir müssen hier raus!", rief er Jean zu. „Dunkle Magier! Sie sind auf dem Platz vor dem Haupteingang und im Norden. Bis zum Südeingang haben sie es noch nicht geschafft."

„Nein", protestierte Jean vehement. Dass eine Kirche – dass *diese* Kirche – von den dunklen Magiern bedroht sein sollte, zerriss ihm das Herz. „Wenn wir fliehen, werden sie die Kathedrale zerstören!"

„Und wenn wir bleiben, zerstören sie vielleicht uns", mahnte Raymond. „Ich bin gut, aber ich bin nur ein Magier gegen zwanzig. Ich habe Verstärkung angefordert. Eine Patrouille ist auf dem Weg hierher."

„Dann müssen wir nur allein durchhalten, bis sie eintrifft." Jean würde nicht zulassen, dass Serrier mit seiner Bosheit heiligen Grund beschmutzte.

„Nein", widersprach Raymond. „Wir müssen hier weg. Die Patrouille wird sich um alles kümmern, sobald sie eintrifft."

„Dann geh", erwiderte Jean und suchte die Schatten nach Möglichkeiten ab, sich irgendwie hinter die dunklen Magier zu schleichen, sodass er einen nach dem anderen ausschalten konnte. Er hasste den Gedanken, hier Gewalt ausüben zu müssen, aber es blieb ihm nichts anderes übrig. „Ich weiß, dass sie einen Preis auf deinen Kopf ausgesetzt haben. Ich werde tun, was ich kann, bis die anderen kommen."

„Den Teufel werde ich tun und dich hier allein zurücklassen!", rief Raymond. „Wenn du nicht mitkommst, bleibe ich eben auch hier. Ich hoffe nur, dass die Verstärkung uns nicht zu lange warten lässt. Komm!"

Er zog Jean zum südlichen Querschiff, wo sie zumindest auf drei Seiten von Wänden umgeben waren. Dadurch waren die Angriffsmöglichkeiten der dunklen Magier eingeschränkt. Als der erste von ihnen durch den Nordeingang in die Kathedrale kam, wurde er mit einem *Abbatoire* empfangen. Raymond hatte bei jedem von ihnen nur eine Chance. Wenn er sie nicht sofort außer Gefecht setzte, musste er seine Magie gegen sich selbst richten. Er wollte lieber von eigener Hand sterben, als sich der Folter Serriers auszuliefern. Ein Warnschrei war zu hören. „Sie wissen, dass wir hier sind", warnte er Jean. „Versuche, die Tür hinter uns zu sichern. Dann muss ich mich nur um diejenigen kümmern, die von vorne kommen."

Jean ging zum Südeingang, während auf der gegenüberliegenden Seite die dunklen Magier in die Kathedrale strömten. Jean drehte sich zu Raymond um. Er war hin- und hergerissen zwischen dem Auftrag Raymonds und dem Bedürfnis, seinen Partner zu beschützen. Sein Instinkt setzte sich durch. Er war gerade wieder bei Raymond angelangt, als zwei dunkle Magier gleichzeitig ihre Flüche auf ihn abfeuerten. Raymond blockierte den ersten, konnte aber gegen den zweiten nichts mehr ausrichten. Er bereitete sich innerlich auf die Schmerzen vor, die der Fluch ihm durch den Körper jagen würde. Nichts geschah.

Jean machte einen gewaltigen Sprung und landete direkt an Raymonds Seite. Er holte aus und schleuderte den Magier zu Boden, bevor der Fluch ihn erreichte. Der Fluch traf stattdessen Jean, der in die Knie ging und sich keuchend zusammenkrümmte. Es war, als würden sich seine Eingeweide verknoten. „Merde", fluchte Raymond, warf sich Jean über die Schulter und suchte in einer Ecke des Querschiffs Deckung. Er legte Jean auf den Boden und duckte sich hinter der Statue von Jeanne d'Arc, von der die Flüche harmlos abprallten. Währenddessen versuchte er, Jean zu beruhigen. Die Wirkung des Fluches würde in wenigen Minuten von sich aus abklingen und Raymond konnte ihn nicht früher neutralisieren, weil seine Magie auf Jean nicht wirkte.

„Es ist nicht real, oder?", keuchte Jean mit schmerzverzerrtem Gesicht.

„Es ist nur ein Schmerz, keine wirkliche Verletzung", bestätigte ihm Raymond.

„Dann tu doch was dagegen!"

Raymond sah in hilfloser Wut zu, wie sein Partner gegen die Schmerzen ankämpfte. Dann richtete er seine Aufmerksamkeit wieder auf die dunklen Magier und wartete auf eine Gelegenheit, Jeans Angreifer außer Gefecht zu setzen.

Langsam kroch er hinter der Statue hervor. Er hielt sich in den Schatten und hoffte, so lange wie möglich unentdeckt zu bleiben. Sie wussten natürlich, dass er hier war. Und sie mussten auch wissen, dass der Fluch nicht ihn getroffen hatte, sondern seinen Begleiter. Aber vielleicht glaubten sie, er hätte aufgegeben, weil er nicht sofort zurückgeschlagen hatte.

Er schlich sich an der Wand entlang in die erste Kapelle, wo er hinter dem Altar in Deckung ging und nach einem Ziel Ausschau hielt. Als er auf der anderen Seite des Hauptschiffs eine Bewegung wahrnahm, schleuderte er einen Fluch in diese Richtung. Der dunkle Magier hatte keine Zeit mehr, sich zu seinem Angreifer umzudrehen. Er fiel sofort zu Boden.

Raymond hätte gerne auf die Uhr gesehen, um die Zeit bis zum Eintreffen der Verstärkung zu kalkulieren, aber da er sich darauf sowieso nicht verlassen konnte, ließ er es lieber bleiben. Er musste sich auf seinen eigenen Verstand – und Jeans, wenn der sich wieder erholt hatte – verlassen.

Als sich Schritte seinem Versteck näherten, transportierte Raymond sich in den hinteren Bereich des Chorumgangs. Von dort stabilisierte er das Gemäuer mit einer Beschwörung. Er wünschte sich, Thierry mit seiner Erdmagie wäre hier, um diese Aufgabe zu übernehmen und die Kathedrale, die Jean so viel bedeutete, vor Schäden und Zerstörung zu schützen. Trotz der Beschwörung erbebte die Kathedrale und die Steine knirschten, als würden sie weinen über die Entweihung durch die dunklen Magier.

Raymond war kurz davor, den Kampf aufzugeben. Selbst eine Kathedrale, so heilig sie auch sein mochte, war es nicht wert, dass sie ihr Leben riskierten. In diesem Augenblick hörte er die Einheit der Milice, die endlich eingetroffen war. Serriers Leute wurden aufgefordert, ihre Stäbe fallenzulassen und sich zu ergeben. Erleichtert machte Raymond sich auf den Rückweg zu Jean. Er hoffte, dass sein Partner vernünftig genug gewesen war, seine Deckung nicht aufzugeben, solange der Fluch noch wirksam war.

Raymond fand Jean dort, wo er ihn zurückgelassen hatte – hinter der Statue von Jeanne d'Arc. Der Vampir hatte sich aufgesetzt und mit dem Rücken an den Sockel der Statue gelehnt. Nur seine Beine ragten an der Seite hervor. „Komm jetzt", sagte Raymond und nahm ihn am Arm. „Die Kavallerie ist eingetroffen. Wir können dich auf die Krankenstation bringen."

Jean schüttelte den Kopf. „Ich brauche keine magische Medizin. Ich muss wissen, ob die Kathedrale sicher ist. Und ich brauche Blut."

„Kannst du allein aufstehen?", fragte Raymond. Jean nickte und erhob sich mühsam auf die Beine. Er stützte sich auf Raymonds Arm und versuchte einige Schritte zu gehen. Überall in der Kirche waren Rufe zu hören und Flüche flogen durch die Luft. Sie zertrümmerten die Einrichtung und sprengten Gesteinsbrocken aus dem Gemäuer und den Säulen. Raymond hatte trotzdem den Eindruck, als würde die Milice langsam die Oberhand gewinnen.

Raymond achtete auf jede Bewegung und jedes Geräusch, als er Jean half, langsam das Mittelschiff zu erreichen. Als er keine dunklen Magier mehr entdecken konnte, stellte er einen der umgefallenen Holzstühle auf und half Jean, sich hinzusetzen. „Bleib hier. Ich versuche, die Lage zu erkunden. Geh sofort in Deckung, falls wieder Kämpfe ausbrechen. Ich will nicht, dass du ein Risiko eingehst."

Jean nickte, obwohl es ihm schwerfiel, sich hier zu verstecken, während die anderen noch kämpften. Aber mit den Schmerzen im Bauch konnte er sowieso nicht effektiv kämpfen und würde sich eher noch zusätzliche, vielleicht schwerere Verletzungen einhandeln. Er wollte nicht daran denken, warum die dunklen Magier es nicht mehr mit dem *Abbatoire* versuchten, sondern nur noch Schmerzen verbreiteten. Er wusste, sie mussten es an Orlando ausprobiert haben. Aber im Moment hatte er wichtigere Probleme und durfte sich durch die Sorge um seinen jungen Freund nicht ablenken lassen.

Jean behielt Raymond scharf im Auge, der durchs Mittelschiff zum Haupteingang der Kathedrale ging. Ab und zu blieb der Magier stehen und hob einen Stuhl oder eine Bank auf, die im Weg lag. Jean hatte keine Ahnung, wie er sich wehren sollte, falls ein dunkler Magier ihn hier angriff. Er konnte nur versuchen, sein Bestes zu geben. Glücklicherweise musste er diesen Vorsatz nicht auf die Probe stellen, denn kurz darauf tauchten Thierry und Sebastien auf. Sie unterhielten sich mit Raymond, warfen dann einen Blick in Jeans Richtung und kamen auf ihn zu.

Jean erhob sich schwerfällig aus dem Stuhl und ging ihnen entgegen. Sie trafen sich auf halbem Weg.

„Sie sind weg", sagte Thierry. „Aber die Kathedrale ist in einem üblen Zustand und schwer beschädigt. In den Streben und Wänden sind unzählige Risse zu sehen. Wir müssen das Gebäude evakuieren. Dann kann ich das Mauerwerk notdürftig verstärken und einen Einsturz verhindern, bis die Maurer kommen, um die Schäden wieder zu reparieren."

Jean sah sich zweifelnd in der riesigen Kathedrale um. „Das ist eine ziemlich heftige Aufgabe für einen einzelnen Magier, besonders wenn die Schäden so umfangreich sind, wie du gesagt hast."

„Richtig", stimmte ihm Thierry zu. „Aber ich bin hier der Einzige, der eine Affinität zur Erde besitzt. Ich gebe mein Bestes, danach können wir nur noch hoffen."

„Lass dich von Sebastien beißen, wenn du die Beschwörungen vornimmst", riet ihm Raymond. „Als Jean mich bei meiner Suche nach Orlando gebissen hat, habe ich ein viermal so großes Gebiet abdecken können, ohne dass die Stärke des Zaubers nachgelassen hat. Wenn Sebastien dir auch nur einen Bruchteil dieser Kraft gibt, wirst du wesentlich sicherer und effektiver arbeiten können."

Thierry nickte. „Das ist eine gute Idee. Falls Sebastien nichts dagegen hat ..." Er zwinkerte seinem Partner zu. Sebastien neigte den Kopf und lächelte ihm zu.

„Seid vorsichtig", warnte Jean. „Es wird viel anstrengender sein, als Raymonds Suche nach Orlando. Du darfst nicht ..." Er verstummte, weil er Thierry versprochen hatte, nicht über die Vorkommnisse im Parc de la Courneuve zu reden.

„Was darf er nicht?", fragte Sebastien scharf. „Gibt es eine Gefahr, von der ich nichts weiß?"

„Es tut mir leid", entschuldigte Jean sich bei Thierry. „Es ist mir einfach rausgerutscht."

Thierry zuckte mit den Schultern. „Es ist immer gefährlich, wenn wir mit den Elementen arbeiten, zu denen wir eine Affinität besitzen. Wir müssen vorsichtig sein, um uns nicht in dem Element zu verlieren. Es ist so ähnlich wie das, was mir während des Rite d'équilibrage mit der Elementarmagie passiert ist."

„Mit einem Unterschied", fügte Raymond hinzu, der sicher sein wollte, dass Sebastien die Gefahr richtig einschätzte. „Wenn man sich in seinem eigenen Element verliert, wird man davon aufgesogen und vereinigt sich damit. In Thierrys Fall bedeutet das, dass er sich in einen Stein verwandeln könnte, wenn er nicht rechtzeitig zurückgeholt wird."

„Woher weißt du darüber so genau Bescheid, Jean?", wollte Sebastien wissen. „Ist Raymond etwas Vergleichbares passiert?"

Jean sah Thierry hilfesuchend an, aber der blonde Magier wich seinem Blick aus. „Nein, Raymond ist nichts passiert. Es war Thierry. Als wir in dem Park nach Orlando gesucht haben, hat er seine Verbindung zur Erde benutzt, um herauszufinden, wohin Orlando gebracht wurde. Es sah aus, als würde Thierry sich verwandeln und ..."

„Und davon weiß ich nichts?", brüllte Sebastien. Thierry und Jean zuckten schuldbewusst zusammen, obwohl nicht ganz klar war, gegen wen der beiden sich Sebastiens Wut richtete.

„Es war schnell vorbei und es ging ihm wieder gut", erwiderte Jean verlegen. Er kam sich vor wie ein Schulkind, das etwas angestellt hatte und zum Rektor zitiert wurde.

„Du hättest also nicht wissen wollen, wenn Raymond sich fast in eine Pfütze aufgelöst hätte?", fragte Sebastien herausfordernd.

„Na ja ... schon, aber ..."

„Kein Aber", unterbrach ihn Sebastien. „Thierry hat gesagt, ihr sollt die Kathedrale räumen, damit er arbeiten kann. Ich will das hinter mich bringen, deshalb werden wir jetzt nicht länger darüber reden. Aber ich versichere dir, dass ich es nicht vergessen werde."

Jean kniff die Augen zusammen. „Du vergisst dich, Noyer."

„Ich habe ihn gebeten, dir nichts darüber zu sagen", mischte sich Thierry ein, um eine Konfrontation zwischen den beiden Vampiren zu vermeiden. „Ich wusste, dass du dir Sorgen machen wirst. Aber dazu bestand kein Grund, weil es nur ein dummer Fehler war, der mir nicht mehr unterlaufen ist, seit ich das erste Mal meine Affinität zur Erde erkannt habe. Es wird nicht wieder vorkommen. Wenn du schon wütend wirst, dann auf mich, nicht auf Jean."

„Wir reden später darüber", versprach Sebastien. „Jetzt kümmere dich um die Sicherheit der Kathedrale. Wenn sie über uns zusammenbricht, spielt es keine Rolle mehr, was passiert ist und wer recht gehabt hat."

„Ich habe im Chorumgang schon versucht, das Gemäuer etwas zu stabilisieren", sagte Raymond zu Thierry. „Ich weiß nicht, ob es dir hilft, aber es gibt hier eine Quelle der Elementarmagie. Möglicherweise ist die Kathedrale an einem heiligen Ort errichtet worden, der schon in vorchristlicher Zeit sehr mächtig war. Wenn du diese Quelle anzapfen kannst, sollte das deine Macht noch zusätzlich steigern. Ich muss mich jetzt um Jean kümmern. Er ist von einem Fluch getroffen worden. Sagt uns Bescheid, wenn ihr hier wieder alles im Griff habt."

„Machen wir", versprach Thierry und war in Gedanken schon bei dem geeigneten Ort, von dem aus er seine Beschwörung vornehmen wollte. Nach einigem Abwägen entschied er sich für die zentrale Säule, wo das Mittelschiff mit den beiden Querschiffen zusammentraf. Sie stand fast genau im Mittelpunkt der Kirche und war daher bestens als Ausgangspunkt für seine Beschwörung geeignet. Er legte die Hand auf den kühlen Stein und fühlte sofort die magischen Schwingungen und die Wut über die Schändung dieses heiligen Ortes, die Raymond ihm beschrieben hatte. Thierry ließ seine heilende Energie in den Stein fließen, wo sie sich mit der pulsierenden Magie der Kathedrale vereinte. Sebastien stand hinter ihm, griff um ihn herum und drückte seine Hände ebenfalls an den Stein der Säule. Seine Zähne schabten leicht über Thierrys Hals, dann biss er zu. Thierry ließ den Kopf nach hinten auf Sebastiens Schulter fallen und lehnte sich an ihn.

Trotz Raymonds Vorwarnung wurde Thierry von der gewaltigen Macht überrascht, die aus beiden Richtungen durch seinen Körper strömte. Durch Sebastiens Biss und die zusätzliche Energie, die Thierry daraus zog, war er mit den Steinen auf eine Art verbunden, wie er es noch nie erlebt hatte. Seine Magie drang bis in den tiefsten Kern ihres Seins vor und er konnte die pure Freude spüren, die der Kontakt mit seiner Hand und seinem Geist in den Steinen hervorrief. Sie wussten, dass er sie verstand und überschwemmten ihn mit Bildern ihrer Geschichte, die ihm den Atem nahmen. Thierry musste all seine Kraft aufbringen, um sich nicht in den Bildern zu verlieren und sein Ziel aus den Augen zu verlieren, die Mauern der Kathedrale zu stabilisieren.

Er ließ die Bilder durch sich hindurchströmen und hörte einfach nur zu, was die Steine ihm zu erzählen hatten. Die Lage war nicht so kritisch, dass er sich nicht noch etwas Zeit lassen konnte, bevor er mit der Beschwörung begann. Er sah, wie die Steine erwachten und von ihrem Ruheplatz in den Steinbrüchen zum Fluss gebracht und auf Flößen an ihr Ziel transportiert wurden. Er sah, wie sie sorgfältig in Form gemeißelt wurden, um perfekt aufeinander zu passen. Zu seiner Überraschung erzählten ihm die Steine auch die Geschichte eines der Baumeister, eines Magiers in Zeiten, in denen Magie verboten war und verfolgt wurde. Der Mann blieb jeden Abend auf der Baustelle zurück, angeblich, weil er Vorbereitungen für den nächsten Tag treffen wollte. Sobald er allein war, ließ er seine Magie in das Bauwerk fließen. Auf stille und persönliche Weise benutzte er seine missverstandene Gabe zum Lobe des Gottes, den er in seinem Herzen verehrte, obwohl er genau wusste, dass er exkommuniziert und vielleicht sogar hingerichtet werden würde, sollte ihn jemand beobachten und anzeigen.

Die Steine erzählten ihm, wie sehr sie sich während der Krönung von Heinrich V. amüsierten, der so naiv war, zu glauben, damit den Thron von Frankreich errungen zu haben. Wo doch jeder wusste, dass die Franzosen nur einen König anerkennen würden, der in der Kathedrale von Reims gekrönt worden war. Thierry musste lächeln über so viel Schadenfreude.

Aus dem Amüsement wurde Furcht, als die Steine über die Besetzung Frankreichs durch die Nazis berichteten. Die Besetzer hatten keine Ehrfurcht vor dem heiligen Ort und missbrauchten den Vorplatz des Gotteshauses, um Exekutionen vorzunehmen. Thierry sah die Bilder von verängstigten Menschen, die sich vor dem Altar zusammenkauerten und beteten, die vor der Statue der Heiligen Jungfrau von Orleans um Erlösung vor den Ungeheuern flehten, die ihre Leben und ihre Welt zerstörten. Thierry erinnerte die Steine daran, dass diese Zeiten vorbei waren und die Demokratie zurückgekehrt war.

Die Steine antworteten mit einem Bild des Angriffs der dunklen Magier, der nicht gegen die Menschen, sondern gegen sie selbst gerichtet war. Sie gaben Thierry damit den passenden Anlass, sie mit dem Grund für seine Anwesenheit bekannt zu machen. Er schickte seine heilende Magie in das alternde, baufällige Gemäuer. Die Steine nahmen seine Hilfe an. Risse schlossen sich, Schwachstellen wuchsen wieder zusammen und der Schaden, der durch die Schlacht entstanden war, wurde beseitigt. Dann drangen die heilenden Kräfte tiefer ein, bis in das Fundament des Bauwerks, wo sie sich mit den jahrhundertealten Beschwörungen des Baumeisters vereinten und sie wieder erneuerten, bis die Mauern wieder so fest standen wie am ersten Tag.

Thierry rang nach Luft, beendete die Verbindung und brach in Sebastiens Armen zusammen. Ihm war schwindelig von all dem, was er gesehen und gefühlt hatte.

„Ist alles in Ordnung?", erkundigte sich Sebastien.

Thierry brauchte einen Augenblick, bevor er antworten konnte. Zu seinem Erstaunen fühlte er sich durch die anstrengende Beschwörung nicht ausgelaugt. Entweder hatte Sebastien ihm mehr Kraft gegeben, als Raymond für möglich gehalten hatte, oder Notre-Dame selbst hatte sich bei ihm bedankt und ihm die Energie, die er in die Heilung des Gemäuers investiert hatte, wieder zurückerstattet.

„Es geht mir gut", sagte er schließlich verwundert. „Ich weiß nicht warum, aber es geht mir gut."

„Bist du sicher?", wollte Sebastien wissen. „Ich konnte deine Erschöpfung fühlen."

Thierry nickte und sah sich in der Kathedrale um. Es kam ihm vor, als würde er sie mit ganz neuen Augen sehen. „Ich glaube, wir haben all die Jahre einen entscheidenden Fehler gemacht", überlegte er. „Wir hätten die Rites d'équilibrage hier durchführen sollen. Erde, Wasser, Wind und Feuer … sie sind alle hier. Wir sind hier an einem Kreuzungspunkt magischer Macht, der seinesgleichen sucht. Ich habe so etwas noch nie gefühlt. Wir müssen unbedingt Marcel darüber informieren."

„Später", knurrte Sebastien. Das Begehren für seinen Partner, das beständig unter der Oberfläche brodelte, vermischte sich mit der Angst, Thierry beinahe verloren zu haben. Es drängte alle anderen Erwägungen in den Hintergrund. „Erst müssen wir über andere Dinge reden. Beispielsweise darüber, dass du mir nicht erzählt hast, was im Parc de la Courneuve geschehen ist."

8

„BERICHT?“, FRAGTE Serrier, kaum dass Simon und seine Einheit wieder zurück waren.

„Payet war da, als wir ankamen“, schimpfte Simon. „Mit einem Vampir. Er war in der Dunkelheit schlecht zu erkennen, aber es könnte Bellaiche gewesen sein. Die Flüche haben funktioniert. Er konnte allerdings noch Verstärkung anfordern, deshalb mussten wir den Rückzug antreten, bevor wir die Kathedrale zum Einsturz bringen konnten. Es war merkwürdig. Ich hatte fast das Gefühl, als würde sich das Gebäude selbst unserer Magie widersetzen.“

„Das ist unmöglich“, behauptete Serrier und stand auf, als er die unerwartete Nachricht hörte. „Es ist nur ein Bauwerk, lebloser Stein. Nur ein magischer Ort, ein Fokus, sollte sich wehren können. Wenn es einen solchen Ort in Paris geben würde, wüssten wir darüber Bescheid.“

„Keine Ahnung. Aber auf jeden Fall ist die Kathedrale nicht eingestürzt, wie es eigentlich hätte sein sollen“, verteidigte sich Simon. „Ich kann nur berichten, was ich gesehen habe. Und wenn ich nicht plötzlich komplett verlernt habe, meine eigenen Flüche richtig einzuschätzen, dann ist heute Nacht etwas sehr Merkwürdiges passiert.“

„Ich muss darüber nachdenken“, erklärte Serrier und lief aufgeregt im Zimmer auf und ab. „Sollte es in Paris einen Fokus geben, müssten wir unsere Pläne ändern. Was ist mit den Vampiren? Haben die Flüche auf sie gewirkt?“

Simon nickte. „Bellaiche – oder wer immer es auch war – ist sofort zusammengebrochen und hat sich für die Dauer des Kampfes nicht mehr erholt. Ich bin mir ziemlich sicher, das auch bei anderen Vampiren gesehen zu haben, die mit der Verstärkung eingetroffen sind. Natürlich kann es auch sein, dass Chavinier neue Rekruten hat, über die wir nichts wissen.“

„Welche Flüche habt ihr benutzt?“

„Schmerzzauber“, antwortete Simon. „Wir können sie vielleicht nicht töten, aber wir können sie auf jeden Fall außer Gefecht setzen. Die Flüche haben den Vorteil, sowohl auf Vampire als auch auf Magier zu wirken.“

„Gut. Dann sollten wir diesen Vorteil ausnutzen. Sie werden nicht erwarten, dass wir sofort wieder angreifen. Bisher haben wir zwischen den einzelnen Attacken immer einige Zeit verstreichen lassen. Rufe deine Leute zusammen und brich sofort wieder auf. Schlagt willkürlich zu. Es muss kein bedeutendes Ziel sein. Wichtig ist nur, dass wir ihnen unsere Stärke zeigen“, zischte Serrier.

„Und was ist mit dem Fokus, falls es einen gibt?“

„Ich sende jemanden in die Kathedrale, der sich unauffällig umsieht. Falls sich der Verdacht bestätigt, werden wir unsere Pläne entsprechend modifizieren", entschied Serrier. „Bis es soweit ist, werden wir Paris daran erinnern, dass es uns immer noch gibt. Schlagt zu und verschwindet wieder. Lasst euch von der Milice nicht in Kämpfe verwickeln. Stiftet nur möglichst viel Chaos."

Simon grinste. Er war zwar nicht von der Folter besessen, so wie Claude, aber er hatte nichts dagegen, die Einwohner von Paris gehörig in Angst und Schrecken zu versetzen. Sie mussten endlich begreifen, dass die Milice gegen die Macht der dunklen Magie letzten Endes hilflos war. „Wird erledigt." Simon rief seine Einheit zusammen und machte sich wieder auf in die Nacht.

Eric stand im Schatten und runzelte die Stirn. Das war eine Komplikation, die sie nicht brauchen konnten. Da er aber gegen Simon und seine Schergen nichts ausrichten konnte, machte er sich schulterzuckend wieder auf den Weg ins Untergeschoss. Zu dem Vampir. Er hatte Vincent mit einem fingierten Auftrag weggeschickt, um allein mit dem Vampir reden zu können.

„Was ist dein Leben der Milice wert?", fragte er, als er die Zelle betrat.

Orlando erwachte aus dem Halbschlaf, in den er sich flüchtete, wann immer seine Kerkermeister ihn allein ließen. Er spürte immer noch jeden Knochen, jeden Muskel im Leib, aber es war schon etwas besser geworden. Offensichtlich hatte ihm die Ruhe gutgetan und ihn heilen lassen. „Was spielt das für eine Rolle?", fragte er ausdruckslos. Er klammerte sich an die Hoffnung auf Befreiung, wusste aber auch, dass ihm die Zeit ausging. Sein Körper wurde immer schwächer, ein Prozess, der durch die Folter und den Blutmangel noch beschleunigt wurde. „Du lässt mich nicht frei und gefährdest damit deine Stellung hier. Und ich bin nicht dumm. Ich weiß genau, dass Serrier einen Weg finden wird, um mich zu vernichten, sobald er seine Experimente abgeschlossen hat."

„Da hast du zweifellos recht", gab Eric zu. Ihm drehte sich der Magen um, wenn er an die möglichen Konsequenzen seines Handelns dachte. Sollte der Vampir ihn verraten, wäre das Erics Todesurteil, und er würde nicht so schnell und schmerzlos sterben wie Dominique. Nein, wenn Serrier von diesem Gespräch erfuhr, würde Eric als Claudes Spielzeug enden. Trotzdem musste er das Risiko eingehen. Er hatte Vincent versprochen, über alle Möglichkeiten nachzudenken. „Jedenfalls in Bezug auf Serrier. Aber du hast mir gesagt, Alain und Thierry würden mich wieder aufnehmen, falls ich die Seiten wechsle. War das die Wahrheit? Oder hattest du es nur auf mein Mitgefühl abgesehen?"

„Du hältst mich wohl für einen Narren", rief Orlando und setzte sich langsam auf. Sein Körper protestierte gegen die unnötige Bewegung. „Egal, wie ich dir antworte, du kannst mir nicht vertrauen. Selbst wenn ich behaupte, ich hätte die Wahrheit gesagt, könnte das eine Lüge sein."

„Und lügst du?"

„Was spielt das für eine Rolle?", wiederholte der Vampir hoffnungslos und blickte dem großen Magier direkt in die Augen. Er wusste, dass Alain nach ihm suchte. Aber er konnte auch die wachsende Verzweiflung seines Geliebten spüren. Orlando hat schon einmal Gefangenschaft und Folter überlebt, doch das war vor Alain gewesen. Vor dem Aveu de Sang. Ihr Bund hatte ihm die Hoffnung auf Rettung gegeben, die er das letzte Mal nicht gehabt hatte, aber er verkürzte auch die Zeit, die ihnen zur Verfügung stand. Orlandos Frist lief ab, wenn Alains Blut aufgebraucht war und die magischen Lebenskräfte ihn nicht mehr nähren konnten.

„Serriers Hofvampir behauptet, dass irgendwo dort draußen ein Mann lebt, der dein Zeichen am Hals trägt", sagte Eric und holte tief Luft, als die Erinnerungen an ein früheres Leben zurückkamen. „Ich weiß, wie es ist, wenn man auf einen Schlag alles verliert, was einem lieb und teuer war. Du würdest Alain gefallen und hast an seiner Seite gekämpft, als wir dich gefangen genommen haben. Du hast über ihn gesprochen, als würdest du ihn sehr gut kennen. Vielleicht suche ich eine Möglichkeit, um für einen alten Freund das Richtige zu tun."

„Vielleicht suchst du eine Möglichkeit, mich noch mehr zu verletzen, weil du diesem alten Freund vorwirfst, deine Familie auf dem Gewissen zu haben", erwiderte Orlando vage, weil er hinter den Worten des Magiers eine Falle witterte. „Ihr Magier haltet euch für so subtil. Ihr vergesst, dass wir Vampire diese Kunst seit Hunderten von Jahren perfektioniert haben. Du bringst mich mit deinen Tricks nicht dazu, mehr zu enthüllen, als ich freiwillig zu sagen bereit bin."

Eric war sich ziemlich sicher, dass Alain mit einer oberflächlichen Bekanntschaft niemals darüber gesprochen hätte, welche Rolle er beim Tod von Erics Familie gespielt hatte. Selbst blind vor Wut und Trauer war ihm damals nicht entgangen, wie tief Alain sein unbedachtes Handeln bedauerte. Es war Eric aufgefallen, auch wenn es an seiner Entscheidung nichts mehr geändert hatte. „Er hätte dir nichts darüber erzählt, wenn du ihm nicht viel bedeuten würdest", schlussfolgerte er. „Was immer Alain denken mag – ich bin keine Morgana."

Orlando runzelte die Stirn. Die scheinbar zusammenhanglose Bemerkung verwirrte ihn zunächst, aber dann fiel der Groschen. Als Alain mit ihm über Erics Geschichte und das Schicksal ihrer Familien gesprochen hatte, hatte er auch einen Code erwähnt, den er, Eric und Thierry entwickelt hatten. Der Code beruhte auf den Namen großer Magier der Vergangenheit. Wenn Orlando sich richtig erinnerte, war Morgana die Verräterin. Und wenn das stimmte, dann ... „Merlin weiß, was du noch sein magst", versuchte er es in der Hoffnung, die Namen nicht durcheinandergebracht zu haben. Sollte er recht haben, hatte er gerade einen Verbündeten gewonnen. Und wenn nicht, konnte er die Situation vielleicht immer noch zu seinem Vorteil nutzen.

„Den Göttern sei gedankt!", rief Eric. Selbst die etwas falsche Antwort – denn es stand beileibe nicht alles zum Besten – bewies ihm, dass Alain und Thierry den Vampir ins Vertrauen gezogen hatten. „Ich war mir nicht sicher, ob er mit dir darüber gesprochen hat. Warum hätte er das auch tun sollen? Ich bin schließlich zu Serrier übergelaufen."

„Du bist ein verdammt großes Risiko eingegangen", bemerkte Orlando, dem sich immer noch der Kopf drehte nach der unerwarteten Entwicklung ihres Gesprächs. Falls der Magier die Wahrheit gesagt hatte. „Und was passiert jetzt?"

„Jetzt müssen wir einen Weg finden, dich hier rauszuholen", antwortete Eric wahrheitsgemäß. „Ich fürchte, heute Nacht wird das nicht mehr möglich sein. Serrier ist wild entschlossen, der Welt seine Macht zu demonstrieren. Es wird heute Nacht ein einziges Kommen und Gehen sein. Ich kann dich unmöglich unentdeckt aus dem Gebäude schmuggeln. Wir müssen also mindestens bis morgen Nacht warten."

„So lange kann ich noch durchhalten", versicherte ihm Orlando, der wieder Hoffnung geschöpft hatte und seine letzten Kräfte mobilisieren wollte. „Aber darüber hinaus ... Ich weiß nicht." Er musste Eric nichts mehr vormachen, zumal Serrier durch den Gesetzlosen Bescheid wusste. Orlandos Erfahrung mit dem Jeu des Cours warnte ihn jedoch, dass es nicht so einfach sein könnte. Er wollte sich nicht auf diesen einen Plan verlassen und sicherte sich zusätzlich ab. „Falls du mich nicht hier rausholen kannst und Serrier mich vernichtet, könntest du das bitte zu Alain bringen?" Orlando holte seinen Siegelring aus der Tasche. „Gib ihm zumindest ein Andenken." Seine Hand zitterte, als er den einzigen Gegenstand, der ihn mit Alain verband, einem Fremden überreichte. Sein Herz protestierte gegen den Verlust, doch wenn der Magier den Ring mit nach Hause nahm, würde er im Hauptquartier wieder auf der Karte auftauchen. Vielleicht würde er jemandem auffallen und sie würden kommen, um Simonet festzunehmen oder ihm hierher zu folgen. Wie auch immer – die Milice würde erfahren, wo Orlando war.

Eric nahm den Ring und schaute ihn sich genau an. „Das ist kein gewöhnlicher Ring", meinte er.

„Nein, das ist er nicht", erwiderte Orlando. Der Ring hatte schon vieles bedeutet. Er war erst ein Symbol für Orlandos Qualen gewesen, dann wurde er zu einem Symbol seiner Befreiung und jetzt – endlich – zum Symbol seiner Liebe. Seit Thurloes Vernichtung hatte er den Ring nicht ein einziges Mal aus den Händen gegeben. Orlando konnte nur hoffen, ihn eines Tages wiederzusehen. „Es ist der Ring, mit dem wir unseren Bund besiegelt haben. Ich möchte, dass Alain ihn bekommt, falls mir etwas zustößt."

„Falls es dazu kommen sollte, werde ich dafür sorgen, dass er ihn bekommt", versprach Eric. Jetzt gab es für ihn kein Zurück mehr. „Aber es wäre mir lieber, ich könnte dich selbst zu ihm bringen."

Orlando lächelte. Mit dem Repère in der Hand würde Eric wahrscheinlich beides tun.

DIE MAGISCHEN Schutzschilde um das scheinbar verlassene Gebäude waren von einer Komplexität, wie Alain sie außerhalb des Hauptquartiers der Milice noch nie gesehen hatte. Trotz Raymonds Tipps und Ratschlägen brauchte er erschreckend lange, bis sie außer Kraft gesetzt waren. Alain konnte nur hoffen, dass sie etwas sehr Wertvolles beschützen sollten. Das Gebäude war schon der dritte weiße Fleck, den er mit seiner Patrouille untersuchte. Bisher hatten sie kein Glück gehabt und – obwohl sie überall auf Widerstand gestoßen waren – kein Anzeichen auf Orlando gefunden. Sobald sie in dem Gefecht die Oberhand gewannen, waren die dunklen Magier einfach verschwunden und hatten ihre magischen Fallen und Landminen zurückgelassen. Trotzdem hatte Alain mit seinen Leuten jedes Gebäude durchsucht, weil er sich Hinweise auf Orlandos Aufenthaltsort oder das Hauptquartier Serriers erhofft hatte.

Endlich gaben die Schilde nach und brachen unter Alains entschlossenem Angriff zusammen. Die Einheit bereitete sich auf einen Gegenangriff vor, aber nichts geschah. „Warte", sagte Alain, als einer der Magier das Haus betreten wollte. Die Situation kam ihm verdächtig vor.

„Was ist los, Alain?", fragte Leutnant Fouquet, der schon lange gelernt hatte, auf die Instinkte seines Captains zu vertrauen.

„Ich weiß es nicht", erwiderte Alain ehrlich. „Aber ich habe ein merkwürdiges Gefühl. Warum greifen sie uns nicht an, wenn sie hier sind? Und wenn sie nicht hier sind – warum war das Gebäude dann so stark gesichert? Sie müssen mittlerweile wissen, dass wir heute Nacht unterwegs sind." Alain sah sich um und entdeckte einen Kieselstein, hob ihn auf und warf ihn an die Hauswand.

Nichts geschah.

Links von ihm rollte Maurice Quenaud mit den Augen. Er wusste nicht, was das sollte. Sie jagten sowieso hinter einem Phantom her. Sie vergeudeten Zeit und Ressourcen mit der Suche nach diesem Vampir, anstatt Serrier direkt anzugreifen. Als der Kieselstein keine Wirkung zeigte, schüttelte Maurice den Kopf. „Lasst uns gehen. Die Zeit läuft uns davon", drängte er und ging auf das Gebäude zu, ohne auf Alains Warnruf zu achten.

Es sollte das letzte Geräusch sein, das er hörte. Das verlassene Warenhaus explodierte und ging in Flammen auf.

„Zum Teufel!", schrie Leutnant Fouquet. Sie sprangen zurück und hielten sich schützend die Arme vors Gesicht.

Alain fluchte laut vor sich hin. Er hatte den toten Magier nicht gekannt, konnte sich aber erinnern, dass Marcel erwähnt hatte, Maurice hätte eine Frau und kleine Kinder. Alain konnte nicht verstehen, warum Marcel es ihm unter diesen Umständen erlaubt hatte, am aktiven Kampfgeschehen teilzunehmen. Aber was den alten Fuchs und seine Entscheidungen anging, gab es vieles, das Alain nicht verstehen konnte.

„Löscht das Feuer!", brüllte er und konzentrierte sich auf Schadensminimierung. Alles andere hatte Zeit, auch die Meldung vom Tod des jungen Magiers.

Die Einheit verteilte sich und begann mit ihren Beschwörungen, um das Feuer einzudämmen und ein Übergreifen auf die umliegenden Gebäude zu verhindern.

Alain arbeitete an ihrer Seite. Er war hin- und hergerissen. Ihm war klar, dass die Löschung des Feuers Priorität hatte, aber es fiel ihm schwer, sich in diese Notwendigkeit zu fügen. Glücklicherweise konnte er Orlando immer noch fühlen. Sein Geliebter war nicht in diesem Inferno umgekommen, musste also an einem anderen Ort gefangen gehalten werden. An einem Ort, an dem Alain jetzt *nicht* war, weil er hier löschen musste. Er ärgerte sich insgeheim über Maurice' voreiliges Handeln. Mit etwas mehr Zeit hätte er den Fluch aufspüren und neutralisieren können. Dann wären sie nicht einfach in die Falle gegangen und müssten sich jetzt nicht mit den Konsequenzen rumschlagen.

Dann hätten sie mehr Zeit gehabt, nach Orlando zu suchen.

In diesem Augenblick vibrierte das Handy an seinem Gürtel. Alain stöhnte frustriert und nahm den Anruf an. „Magnier", bellte er.

„Alain, du musst mit deiner Einheit sofort zurückkommen. Wir haben Berichte von Attacken überall in der Stadt. Wir brauchen jeden, der noch halbwegs bei Kräften ist", sagte Marcel bedauernd. „Es tut mir leid."

„Putain!", schimpfte Alain. „Wir haben hier unser eigenes Problem. Ich schickte sie zurück, sobald wir es gelöst haben."

„Alain", warnte Marcel.

„Befiehl mir nicht, sie zu begleiten", unterbrach ihn Alain. „Es täte mir leid, einen direkten Befehl missachten zu müssen."

„Du wirst ihm nicht damit helfen, dass du in den Tod läufst", erwiderte Marcel mahnend.

„Ich werde nicht in den Tod laufen", versprach Alain. „Aber ich muss nach ihm suchen. Ich kann seine Schmerzen spüren, trotz der Blockade, die ich errichtet habe. Ich lasse ihn nicht eine Sekunde länger in Serriers Händen, als es absolut unvermeidlich ist. Wenn mir das ein Verfahren wegen Befehlsverweigerung einbringt, kann ich es nicht ändern."

Marcel seufzte. „Du kennst mich doch besser, mein Junge. Geh. Tu, was du tun musst. Aber ich brauche deine Einheit im Hauptquartier."

„Wir löschen erst noch das Feuer. Danach schicke ich sie zurück", stimmte Alain zu.

Alain brodelte innerlich, als er den Anruf beendete. Frustration, Hilflosigkeit, Schuld und Gram vermengten sich zu einem bitteren Gebräu, an dem er fast erstickte. Er wollte toben, wollte seine Wut in die Nacht hinausschreien – aber das würde ihm Orlando auch nicht zurückbringen. Und besser fühlen würde er sich danach schon gar nicht. Alain erinnerte sich noch gut daran, wie es war, als er das letzte Mal die Kontrolle verloren hatte. Als er seine Wut an dem dunklen Magier ausgelassen hatte, der seine Frau und seinen Sohn auf dem Gewissen hatte. Diese Wut hatte Erics Familie das Leben gekostet.

Alain musste sich beherrschen und sich voll und ganz darauf konzentrieren, Orlando zu finden. Erst wenn Orlando wieder in Sicherheit war, konnte er seinen Gefühlen freien Lauf lassen und den magischen Feuersturm entfachen, der unausweichlich folgen würde. Oder er konnte es Orlando überlassen, ihn um den Verstand zu ficken, bis die Wut und die Anspannung sich wieder verflüchtigten. Ein ersticktes Geräusch – halb Schluchzen, halb Kichern – entfuhr seiner Kehle. Er betete zu allen Göttinnen und Göttern der Menschheit, von der Antike bis zur Gegenwart, dass sie ihm bei der Suche nach seinem Geliebten helfen mögen, bevor es zu spät war.

Alain war nie ein sehr gläubiger Mann gewesen, aber für Orlandos Sicherheit würde er jeden Kompromiss eingehen und nichts unversucht lassen. Selbst sein eigenes Leben würde er opfern, obwohl Orlando diese Geste wahrscheinlich nicht sonderlich zu schätzen wüsste. Für Alain wäre es nur ein kleiner Preis, den er ohne zu Zögern zahlen würde für die Gewissheit, Orlando aus den Klauen von Serriers Folterknechten befreit zu haben.

Fünfzehn Minuten später hatten sie das Feuer gelöscht – fünfzehn Minuten, die Alain wie eine halbe Ewigkeit vorgekommen waren und ihn an die Grenzen seiner Geduld gebracht hatten. Kaum war die letzte Flamme erloschen, rief er Leutnant Fouquet zu sich und erklärte ihm Marcels Befehle.

„Meinst du, die Explosion war ein Teil ihrer willkürlichen Attacken?", fragte Fouquet. „Oder hatte sie damit zu tun, dass sie unsere Suche behindern wollen?"

Alain zuckte mit den Schultern. „Keine Ahnung. Das eine oder das andere, vielleicht auch beides. Es spielt keine Rolle. Kehre mit der Einheit ins Hauptquartier zurück. Helft Marcel so gut ihr könnt."

„Du kommst nicht mit?"

Alain schüttelte den Kopf. „Ich kann Orlando nicht im Stich lassen. Wenn Serrier tatsächlich gemerkt hat, dass wir aktiv nach ihm suchen, wird er sich noch besser verstecken und verbarrikadieren. Je länger ich es aufschiebe, umso unwahrscheinlicher wird es, dass wir Orlando finden, bevor sie ihn töten."

Leutnant Fouquet nickte. „Ich war nicht immer deiner Meinung. Aber auf diese Weise wollte ich nicht das Kommando über eine Einheit bekommen. Ich will nicht, dass dir etwas zustößt. Bist du sicher, dass du keine Unterstützung brauchst?"

Alain schürzte die Lippen. „Danke, doch Marcel hat sich deutlich ausgedrückt. Er akzeptiert, dass ich nicht anders handeln kann, braucht aber jede verfügbare Kraft, um Serriers Angriffe zurückzuschlagen. Ich will nicht noch jemanden in das Schlamassel reinziehen."

Leutnant Fouquets Mundwinkel zuckten amüsiert. „Das wäre für keinen von uns ein Hinderungsgrund. Jeder Mann und jede Frau dieser Einheit würde dir sofort folgen. Du müsstest uns nur fragen."

„Genau aus diesem Grund frage ich nicht."

Fouquet schüttelte den Kopf. „Dann bist du ein besserer Mann als ich. Viel Glück. Und zögere nicht, uns um Verstärkung zu bitten, sollte dir die Situation aus den Händen gleiten. Wir kommen sofort, egal, was der General uns befiehlt."

Alain beobachtete, wie seine Patrouille sich versammelte. Er überließ es bewusst Leutnant Fouquet, Marcels Befehle weiterzugeben. Zu seiner Überraschung salutierten die Mitglieder der Einheit vor ihm, bevor sie sich ins Hauptquartier transportierten und ihn allein in der leeren Straße zurückließen.

9

JEAN STAND auf den Vorplatz von Notre-Dame und betrachtete die Kathedrale. „Bist du sicher, dass wir gehen können?"

„Wir können Thierry bei seiner Aufgabe nicht helfen", erwiderte Raymond. „Außerdem wird Sebastien sich wesentlich wohler fühlen, wenn wir nicht dabeistehen und ihnen zusehen. Und wir brauchen auch Ruhe, damit du trinken kannst. Ich weiß genau, wie sehr diese Flüche schmerzen und wie viel Kraft sie kosten."

„Es ist schon besser geworden", sagte Jean. „Deine Magie in meinem Blut kämpft dagegen an. Wir müssen uns um die Probleme zwischen Adèle und Jude kümmern. Ich kann nicht zulassen, dass ein Mitglied meines Cour seine Position in der Allianz auf diese Weise missbraucht."

„Ich bezweifle sehr, dass er allein dafür verantwortlich war", meinte Raymond, während sie zur U-Bahn gingen, um ins Hauptquartier zurückzufahren. „Ich möchte wetten, dass Adèle auch ihren Beitrag dazu geleistet hat."

Jean zuckte mit den Schultern. „Mag sein. Aber ich kann mir nicht vorstellen, dass sie damit angefangen hat. Kannst du dich noch an den Morgen nach dem Rite d'équilibrage erinnern? Bevor wir die wilde Magie wieder eingefangen hatten? Sie mag ebenfalls erregt gewesen sein, aber alles andere ist gegen ihren Willen geschehen. Und nur das zählt. Außerdem sind die Spannungen zwischen den beiden eine Belastung für die Allianz. Wir müssen rechtzeitig eingreifen, bevor sie sich weiter ausbreiten können."

Dem hatte Raymond nichts entgegenzusetzen. „Aber du musst mir sofort Bescheid sagen, falls die Schmerzen wieder schlimmer werden", verlangte er. „Wir können in mein Büro gehen, wenn du Blut brauchen solltest, bevor wir zurück in deiner Wohnung sind."

„Das mache ich", erklärte Jean. Sie stiegen die Treppen zur U-Bahn hinab. Auf dem Bahnsteig standen nur noch wenige Passagiere, die auf die letzten Züge dieser Nacht warteten. Jean und Raymond unterbrachen trotzdem ihr Gespräch, denn sie wollten nicht das Risiko eingehen, von falschen Ohren gehört zu werden. Als der Zug einfuhr, legte Raymond seinem Partner die Hand auf den Rücken, weil er den Kontakt zu seinem Geliebten brauchte. Auch heute hatten sie es geschafft, Serriers Angriff zurückzuschlagen. Aber sie waren ihm nicht unbeschadet entkommen, und darüber machte Raymond sich Sorgen. Er hätte Jean besser beschützen müssen. Der Fluch hätte nicht den Vampir, sondern ihn selbst treffen sollen. Raymond wusste, dass Jean dem widersprechen würde. Wahrscheinlich hätte er sogar recht damit, denn wäre Raymond zu Boden gegangen, wäre der Vampir den Angriffen der dunklen Magier schutzlos ausgeliefert gewesen. So hatte Raymond wenigstens noch einige von ihnen außer Gefecht setzen und so verhindern können, dass die Kathedrale einstürzte, bevor die Verstärkung eintraf. Trotzdem – Raymond konnte sich nicht damit abfinden, Jean nicht vor dem Fluch bewahrt zu haben.

„Hör auf zu grübeln", flüsterte Jean ihm ins Ohr. „Ich fühle mich von Minute zu Minute besser. Wahrscheinlich liegt es daran, dass ich dich kurz vor unserem Besuch in der Kathedrale noch gebissen habe."

Raymond lief eine Gänsehaut über den Rücken, als er Jeans Atem spürte, der ihm sanft ins Ohr blies und durch die kurzen Haare fuhr. Er musste sich immer noch an den Gedanken gewöhnen, dass Jean jetzt tatsächlich sein Geliebter war, nicht nur sein Partner. Es war ein sehr ungewohntes Konzept für den Magier, das ihn vor Begehren erschauern ließ. Sie hatten sich seit mehreren Tagen nicht mehr geliebt. Die Erfordernisse des Kriegs, Jeans Angst um Orlando und – nicht zu vergessen – Jeans Trauer um Karine hatten verhindert, dass sie Zeit dazu gefunden hatten. Sie waren kaum zum Schlafen gekommen und Raymond spürte, wie seine eigenen Reserven sich langsam erschöpften. Er brauchte seine Kraft, falls Jean von ihm trinken musste oder Alains Einheit Erfolg hatte und herausfand, wo Orlando gefangen gehalten wurde.

Sie kamen an ihrer Haltestelle an, verließen die Métro und machten sich auf den Weg zum Hauptquartier. Jean fasste Raymond in einem wortlosen Versprechen an der Hand und verschlang ihre Finger miteinander.

Im Hauptquartier herrschte das reine Chaos.

„Was ist hier los?", fragte Raymond den ersten Magier, der an ihnen vorbeirannte.

„Serriers Leute verüben überall in der Stadt Anschläge", rief ihm der Magier über die Schulter zu und rannte weiter zum Salle des Cartes.

„Merde", fluchte Raymond. „Ich hatte gehofft, der Angriff auf Notre-Dame wäre für heute alles gewesen."

„Lass uns Marcel finden", schlug Jean vor. „Er wird wissen, was los ist und wie wir helfen können."

Raymond schüttelte den Kopf. „Unsere Hilfe besteht darin, dass wir dich nach Hause bringen und für deine Heilung sorgen. Und widersprich mir nicht. Wenn du nicht der Chef de la Cour wärst, würde es keine Rolle spielen. Aber du musst für alle sichtbar und gesund an Marcels Seite stehen, wenn er seine Pressekonferenz gibt und die Öffentlichkeit über heute Nacht informiert. Dazu musst du erst die Folgen des Fluchs überwinden und wieder schmerzfrei sein."

Das hörte sich nicht so an, als ginge es Raymond nur um die Allianz. Jean lächelte über Raymonds Entschlossenheit. Er hatte gehofft, die Zuneigung des Magiers zu gewinnen, hätte aber nie damit gerechnet, dass sich diese Hoffnung so bald erfüllen würde. Vielleicht war er ja zu vorsichtig gewesen und hatte Raymond nicht genug zugetraut. „Na gut", stimmte er zu, obwohl er die Schmerzen kaum noch spüren konnte. „Aber lass uns vorher kurz bei Marcel vorbeischauen."

Beschwichtigt akzeptierte Raymond den Kompromissvorschlag Jeans und folgte ihm zu Marcels Büro. Marcel telefonierte gerade. Er nickte ab und zu als Reaktion auf seinen unsichtbaren Gesprächspartner. Als Raymond und Jean ins Zimmer kamen, sah er auf, schüttelte aber mit dem Kopf und deutete ihnen mit einer Geste an, ihn allein zu lassen.

Raymond schrieb eine kurze Notiz auf ein Blatt Papier, um den General über Jeans Verletzung zu informieren und ihm mitzuteilen, dass sie jetzt in sein Büro gingen. Marcel warf Jean einen abschätzenden Blick zu und zog fragend eine Augenbraue hoch. Als er sah, dass es Jean schon wieder besser ging, nickte er und widmete sich wieder seinem Telefongespräch. Dabei studierte er aufmerksam die Karte hinter seinem Schreibtisch, auf der die Namen der Angehörigen der Milice aufblinkten.

„Er weiß, wo er uns erreichen kann", sagte Raymond, während sie sich auf den Weg zu seinem Büro im Untergeschoss machten. „Er wird sich melden, falls er uns braucht."

Jean folgte ihm wortlos. Sie mussten sich zwar immer noch um die Angelegenheit zwischen Adèle und Jude kümmern, aber dazu war Marcels Anwesenheit erforderlich, und der hatte zurzeit wichtigere Dinge zu erledigen. Wenn Jean den besorgten Gesichtsausdruck des Generals und die vielen Namen auf der Karte richtig deutete, waren dafür die unerwarteten Attacken Serriers verantwortlich.

Im Moment konnte Jean also nichts unternehmen, außer Geduld zu bewahren. Er entspannte sich und dachte darüber nach, was gleich passieren würde, wenn sie allein in Raymonds Büro waren. Raymond würde darauf bestehen, dass Jean Blut brauchte, obwohl es lange nicht mehr so dringend war wie vorhin in der Kathedrale. Jean war sich sicher, dass der Biss wieder die Lust in ihnen wecken würde. Er hoffte sehr, dass Raymond bereit wäre, auch dieses Bedürfnis zu befriedigen.

Raymond schloss die Bürotür auf und schob Jean mit der Hand auf dem Rücken in den kleinen Raum. Der Vampir trat ein. Die vielen Bücherstapel und Papiere, die überall auf dem Schreibtisch und dem Boden lagen, entlockten ihm ein Lächeln. Er beschloss, die Sache etwas zu beschleunigen und stolperte scheinbar erschöpft auf den Schreibtisch zu. Sofort war Raymond an seiner Seite und stützte ihn ab. „Ich glaube, ich muss mich hinsetzen", murmelte Jean.

Raymond verwandelte einige Bücherstapel in ein bequemes Sofa, wie er es schon zuvor getan hatte. Er half Jean fürsorglich, es sich bequem zu machen. Dann zog er seinen Mantel aus, knöpfte sein Hemd bis zur Brust auf und bot Jean seinen Hals an. Jean schüttelte den Kopf und öffnete auch noch die restlichen Knöpfe. Er senkte den Kopf und legte ihn an Raymonds Brust, nur wenige Zentimeter über der Brustwarze. „Wir haben deinen Hals schon genug beansprucht in letzter Zeit", erklärte er, obwohl es ihn ungemein erregte, dass seine Bisse dort für jedermann sichtbar waren. Aber es gab ihm einen glaubhaften Grund, Raymond noch weiter auszuziehen.

„Ich habe nichts zu verbergen", erwiderte Raymond, doch darin erschöpfte sich sein Protest. Er bog den Rücken durch und drückte sich mit der Brust an Jeans verführerische Zähne.

Das heiße Blut strömte in Jeans Mund und er lächelte erfreut – nicht nur über Raymonds Bemerkung, sondern auch über die Tatsache, dass er in dem Blut nicht mehr die geringste Furcht oder Zurückhaltung schmecken konnte. Offensichtlich musste man die Furcht vor dem Biss nur durch eine noch größere Angst ersetzen, und schon entspannte sich Raymond. Jean konzentrierte sich auf seinen Magier und stellte fest, wie erschöpft Raymond war. Er wollte nicht noch dazu beitragen, indem er zu viel trank. Deshalb nippte er nur leicht, während er sich vorsichtig über Raymond beugte.

Jeans Biss löste die erwartete Reaktion aus. Raymonds Schwanz wurde steif und drückte gegen den Stoff seiner Hose. Er musste an die Angst der letzten Stunden denken, als er befürchten musste, seinen Partner zu verlieren. Raymond fuhr mit den Fingern in Jeans dunkle Haare und drückte den Kopf des Vampirs fest an die Brust. Er wollte sich zurückhalten, weil Jean immer noch unter seiner Verletzung litt und um Karine trauerte, aber mit jeder Bewegung der Zähne in seinem Fleisch ließ sein Widerstand nach.

Jean hob den Kopf und blickte Raymond in die Augen. Er hatte das Verlangen im Blut des Magiers geschmeckt. Jetzt konnte er es auch in dessen Gesicht erkennen. Es hüllte sich um Jean wie ein schützender Mantel, der die Wunden in seinem Herzen heilte. „Ich begehre dich auch", flüsterte er heiser. „Wir haben überlebt. Es ist nicht falsch, dafür dankbar zu sein und es zu feiern."

Raymond wollte Jean gerne Glauben schenken, doch er hatte dessen trauriges Gesicht bei Karines Beerdigung nicht vergessen. „Was ist mit Karine?"

„Sie hatte nicht verdient, was ihr meinetwegen angetan wurde, aber ich habe mich von ihr verabschiedet", antwortete Jean. „Sie war schon vor ihrem Tod ein Teil meiner Vergangenheit. Du bist meine Gegenwart und meine Zukunft."

Mit diesen Worten zerstreute er Raymonds Bedenken. Ein anderes Problem ließ sich nicht so leicht lösen. „Ich habe kein Gleitmittel hier", murmelte er.

Jean grinste. „Dann bist du heute wohl der Top." Er war sich sicher, dass Raymond eine Möglichkeit finden konnte, mit seiner Magie irgendein anderes Material in Gleitmittel zu verwandeln, aber dann hätten sie erst aufstehen und danach suchen müssen. Dazu fehlte ihnen beiden die Geduld. „Ich erhole mich wesentlich schneller als du, zumal ich gerade erst getrunken habe."

„Ich will dich nicht verletzen!", rief Raymond.

„Etwas Spucke ist zwar nicht optimal und es tut immer noch weh. Aber das ist es mir wert", meinte Jean und fing an, sich auszuziehen. „Komm schon, Raymond", drängelte er. „Ich habe es in deinem Blut schmecken können. Hör endlich auf, den Kavalier zu spielen. Fick mich."

Es war, als hätte jemand in Raymond einen Schalter umgelegt.

Er stürzte sich auf Jean und drückte ihn mit dem Rücken auf die Couch. Dann fiel er über den Mund des Vampirs her und küsste ihn, ohne Rücksicht auf die langen Eckzähne zu nehmen. Ungeduldig riss er dem Vampir die Kleider vom Leib. Als Jean nackt war, schob sich Raymond zwei Finger in den Mund und saugte daran, bis sie feucht glänzten. Er schob sie Jean zwischen die Beine. Seine Versuche, sich einen Rest an Selbstbeherrschung zu bewahren, waren endgültig zum Scheitern verurteilt, als Jean sich ihm entgegen drückte und sich auf die beiden Finger schob, ohne dabei auch nur mit der Wimper zu zucken. Raymond stieß mit den Fingern immer wieder durch den engen Muskel, bis er sich soweit gedehnt hatte, wie er es seiner schwindenden Geduld gerade noch zumuten konnte.

Es brachte ihn fast um den Verstand. Raymond hatte noch nie ein so überwältigendes Begehren gespürt, einen Mann zu besitzen. Sex sollte Spaß machen. Was er heute fühlte, war zu impulsiv und berauschend, war zu wild und ungezügelt, um noch Spaß genannt zu werden. Für einen kurzen Augenblick wünschte er sich, er hätte auch Zähne wie Jean – Zähne, mit denen er den Vampir so zeichnen konnte, wie er selbst gezeichnet worden war, um aller Welt zu zeigen, dass Jean *ihm* gehörte. Er begnügte sich notgedrungen damit, an Jeans Hals zu saugen, bis sich dort ein großer, roter Fleck abzeichnete, der die Bissspuren ersetzte, die Raymond seinem Geliebten nicht geben konnte. Währenddessen arbeiteten seine Finger weiter daran, Jean vorzubereiten, bis sein – und Jeans – Körper mehr verlangte und sich nicht mehr zurückhalten ließ. Raymond riss die Hose auf und schmierte sich etwas Spucke auf den harten Schwanz. Dann warf er sich auf Jean und stieß ihm den Schwanz zwischen die Arschbacken.

„Mein", knurrte er Jean ins Ohr, obwohl er befürchtete, dass Jean seinen Anspruch zurückweisen würde. Der Vampir hatte ihm heute das Leben gerettet, indem er sich vor den Fluch des dunklen Magiers geworfen hatte. Die Angst um Jean, den er mehr und mehr zu schätzen gelernt hatte, saß Raymond immer noch tief in den Knochen. Instinkte, von deren Vorhandensein er keine Ahnung gehabt hatte, kamen plötzlich zum Vorschein und verlangten Anerkennung und Befriedigung.

Jean wand sich unter ihm hin und her, machte aber keine Anstalten, ihn wegzustoßen. Stattdessen legte er hingebungsvoll den Kopf in den Nacken. Raymond wurde von dieser Geste überrascht. Sie feuerte seine Leidenschaft noch mehr an und er kehrte wieder zu dem Mal an Jeans Hals zurück, um daran zu saugen und es noch deutlicher sichtbar zu machen. Jean presste sich Raymonds Mund entgegen und gab ihm damit eine Macht über sich, wie der Magier sie noch nie gespürt hatte. Er fragte sich, ob Jean wohl so ähnlich empfand, wenn er seine Opfer biss. Dann wäre es ein Wunder, wenn der Vampir nicht ständig jemandem an die Kehle ging. Diese Vorstellung weckte Raymonds Eifersucht. Er biss fester zu und stieß mit aller Macht in Jeans Körper hinein, weil der Vampir *ihm* gehörte. Nur ihm und sonst niemandem!

Jean stöhnte überrascht auf. In der Nacht, in der sie erfolglos nach Edouard gesucht hatten, war der Magier schon einmal von seinen dominanten Instinkten überwältigt worden. Jean hoffte sehr, dass es heute wieder so sein würde. „Dein", stimmte er ihm leise zu. Raymond stieß tiefer und tiefer in ihn hinein. Die fehlende Feuchtigkeit gab dem Erlebnis eine besondere Würze und unterstrich das unstillbare Verlangen, das Jean in Raymonds Blut geschmeckt hatte. Ihm selbst ging es mittlerweile genauso, und der kleine Anflug von Schmerz trieb seine Leidenschaft noch weiter in die Höhe.

Jean legte Raymond die Hände auf den Rücken und suchte an den stoffbedeckten Schultern nach Halt. Er konnte die störende Barriere zwischen ihren nackten Körpern nicht mehr ertragen, riss und zerrte daran, bis sie verschwand und er Raymonds schweißbedeckte Haut unter den Händen fühlen konnte. Raymond ließ sich dadurch nicht ablenken. Was war schon ein Hemd im Vergleich zu dem fast schmerzhaften Verlangen, dem Körper und der Seele des Vampirs sein Zeichen einzubrennen – es so tief einzubrennen, dass Jean niemals wieder das Bedürfnis verspüren würde, einen anderen anzusehen, solange Raymond lebte.

Jean spürte die nackte Haut unter den Fingern und biss wieder zu. Er hielt sich nicht mehr mit Lappalien auf, wie der Frage, wie viel Zeit seit seinem letzten Biss vergangen war oder wieviel er schon von Raymond getrunken hatte. Jean hatte den Eindruck gewonnen, das die gleiche Magie, die ihn vor der Sonne schützte, auch dafür sorgte, dass er Raymond mit seinen Bissen nicht schaden konnte. Bisher war er noch nicht dazu gekommen, dieses Problem mit Raymond zu diskutieren, und jetzt war mit Sicherheit auch nicht der richtige Zeitpunkt dazu. Aber Jean konnte die Lebenskraft im Blut Raymonds schmecken und fühlte sich dadurch in seiner Vermutung bestätigt. Es war nichts von der üblichen Schwäche zu spüren, die seine Opfer normalerweise überkam, wenn er länger von ihnen trank. Jean saugte und nahm mit den Lippen den Rhythmus von Raymonds Hüften auf, die immer noch in ihn hineinstießen und sie beide verbanden. Ihm wurde schwindelig, so richtig, so schicksalhaft und so mächtig fühlte es sich an.

Dann wurde ihm aus einem anderen Grund schwindelig, denn er kam zwischen ihren Körpern zum Orgasmus, ohne dass einer von ihnen seinen Schwanz auch nur versehentlich berührt hätte. Raymond ließ sich dadurch nicht unterbrechen. Die Armlehne der Couch drückte Jean unangenehm in den Rücken und die verkrampften Muskeln ließen seine Beine zittern. Ihn schauderte, als ihm die Luft kühl über die samenbedeckte Brust und den Bauch fuhr. Jean ignorierte diese Würdelosigkeiten als unvermeidlichen Bestandteil der Erfüllung, die er in ihrer Liebe gefunden hatte. Stattdessen schwelgte er in dem Gefühl der Vereinigung mit seinem Geliebten, in Raymonds leidenschaftlichem Blick und in der Ekstase, die Raymonds Züge verzerrte.

Er kniff zärtlich in Raymonds Nippel, und der Magier kam aus dem Takt. Er ließ wieder los, und Raymond sackte mit einem tiefen Stöhnen über ihm zusammen. Jean zog Raymonds Kopf an sich heran, um ihn zu küssen. Bevor ihre Lippen sich fanden, flüsterte er leise: „Dein."

Dieses kleine, simple Wort löste in Raymond einen gewaltigen Orgasmus aus. Sein Körper zuckte und bebte und sein Schwanz ergoss sich tief in Jeans Körper, machte ihn schlüpfrig genug, um weiter und tiefer in ihn hineinzustoßen, bis sie sich beide völlig erschöpft hatten und nichts mehr ging.

„Jean, ich …"

Der Vampir brachte ihn mit einem Kuss zum Schweigen. „Sag jetzt nichts. Wir sind beide überarbeitet und bis an die Grenze der Belastbarkeit erschöpft. Wir sind schon so oft und so vollständig in diese Situation geraten, dass wir beide nicht mehr wissen, was wir wirklich denken oder fühlen. Wenn dieser Krieg vorüber ist, wenn Orlando wieder frei und Serrier in Ketten ist – dann haben wir Zeit und Gelegenheit, um herauszufinden, was wir empfinden und was wir daraus machen wollen."

„Und wenn dieser Tag niemals kommt? Wenn einer von uns oder gar wir beide ihn nicht erleben?", wollte Raymond wissen.

„Dann trösten wir uns damit, dass wir unser Bestes gegeben haben, um uns gegenseitig zu beschützen und beizustehen in der kurzen Zeit, die uns gegeben war", erwiderte Jean.

„Das ist ein schwacher Trost", schnaubte der Magier.

„Besser als keiner", sagte Jean.

„Soll ich in meine Wohnung zurückkehren, bis der Krieg vorbei ist?" Raymond wollte nicht in seine kalte, unpersönliche Wohnung zurück, wollte Jean dieses Angebot nicht machen, weil er sich hier bei dem Vampir so wohl fühlte, wie er sich noch nie in seinem Leben an einem Ort wohlgefühlt hatte. Aber die Worte des Vampirs hatten sein Selbstbewusstsein untergraben.

„Nein!", rief Jean. „Seigneur Jésus, nein!" Er klammerte sich an Raymond und zog ihn an sich, um ihn nicht entkommen zu lassen. „So habe ich es nicht gemeint. Ich will nur nicht, dass wir etwas sagen, was wir vielleicht später bereuen. Ich will dich an meiner Seite, im Kampf, bei den Besprechungen und – vor allem – im Bett. Aber die Lage ist zu angespannt und unsicher, um Entscheidungen zu fällen, die über die nächste Schlacht oder die nächste Abstimmung im Parlament hinausgehen. Unsere Zeit kommt noch."

„Ich werde dich zu gegebener Zeit daran erinnern", erklärte Raymond.

„Ich bitte darum", erwiderte Jean und besiegelte ihr Versprechen mit einem Kuss.

10

ADÈLE STAND vor der Tür zu Marcels Büro und trat nervös von einem Fuß auf den anderen. Der General hatte sie zu sich befohlen und sie war sich ziemlich sicher, dass ihr kein sehr erfreuliches Gespräch bevorstand. Allerdings würde es auch nicht besser, wenn sie noch länger zögerte; also klopfte sie schließlich an und wartete darauf, dass er sie hereinbat.

Marcel begrüßte sie mit einem herzlichen Lächeln und warf sie dadurch noch mehr aus dem Gleichgewicht. Falls es nicht um Jude ging, konnte sie sich nicht vorstellen, was er von ihr wollte.

„Wie geht es dir heute Abend, Adèle?", fragte der General.

„Es geht so", erwiderte sie.

„Dein Partner ist noch nicht eingetroffen?"

„Er ist hier. In meinem Büro", antwortete sie.

„Warum hast du ihn nicht mitgebracht?", fragte Marcel überrascht.

Adèle zögerte mit ihrer Antwort, weil sie nicht wusste, wieviel sie preisgeben sollte. Offensichtlich hatte Jean noch nicht mit Marcel gesprochen. Sie hatte dadurch die Chance, ihre Seite der Geschichte zuerst zu erklären. Nicht, dass sich dadurch an der beschissenen Lage etwas ändern würde. „Er ist nicht nur einfach in meinem Büro", fing sie an. „Er ist in meinem Büro *eingeschlossen*."

Marcel runzelte die Stirn. „Setz dich", befahl er. „Ich habe das Gefühl, uns steht ein längeres Gespräch bevor."

Gehorsam setzte Adèle sich auf einen der Stühle, die vor dem Schreibtisch standen. Sie hatte ein ungutes Gefühl im Magen und wusste nicht so recht, womit sie beginnen sollte. „Er ist das Ergebnis seiner Zeit", versuchte sie, es diplomatisch zu formulieren. „So wie ich auch. Unsere Vorstellungen von Frauen und ihrer Rolle in der Gesellschaft und im Krieg ... sind diametral entgegengesetzt."

Marcel nickte verständnisvoll. „Ich kann mir das Problem vorstellen. Besonders für eine Frau, die so unabhängig ist wie du."

„Er hält mich für eine Art Hure, nur weil ich meinen Job mache und kein schüchternes, bescheidenes Mauerblümchen bin", platzte es aus ihr heraus. „Er glaubt, dass er mich deshalb auch so behandeln kann."

„Hat er dich verletzt?", fragte Marcel mit scharfem Tonfall.

„Es bereitet ihm großes Vergnügen", erwiderte Adèle. „Wann immer sich die Gelegenheit dazu ergibt."

„Warum hast du dich nicht früher bei mir gemeldet?", wollte Marcel wissen.

„Ich hätte sofort mit ihm gesprochen. Oder Jean hätte es getan. Er ist dein Partner, aber das gibt ihm noch lange nicht das Recht, dich zu misshandeln!"

Adèle wurde rot. „So einfach ist das nicht."

Marcel zog verwundert eine Augenbraue hoch und fragte sich, was daran wohl kompliziert sein mochte. „Und was sollen wir in der Sache unternehmen?"

„Was meinst du damit?", fragte sie.

„Ich meine damit, dass ich nicht zulassen kann, dass ein Mitglied der Milice ein anderes vorsätzlich verletzt. Wie lange geht das schon so? Doch sicher nicht von Anfang an, oder?"

„Nicht ganz", gestand Adèle. „Erst seit dem misslungenen Rite d'équilibrage. Seit uns die wilde Magie in ihrem Bann hatte, führt jede Begegnung zu Sex. Und glaub mir, das ist bei uns beiden keine sehr schöne Sache."

Marcel runzelte missbilligend die Stirn. „Du hättest dich früher melden sollen."

Adèle wurde so rot wie das Feuerwerk, das zwischen ihr und Jude jedes Mal aufflammte. „Ich dachte, ich würde mit ihm fertig. Ich dachte, ich könnte den Sex von der Partnerschaft getrennt halten."

Marcel schüttelte den Kopf. „Es ist kein Zeichen von Schwäche, wenn man Hilfe braucht und darum bittet, meine Liebe", wies er sie behutsam zurecht. „Es ist sogar ein Zeichen von Stärke, wenn man sich das eingesteht."

Adèle senkte beschämt den Kopf. Seine sanfte Zurechtweisung traf sie mehr als jede Standpauke. „Ich brauche Hilfe."

„Jude ist ein Vampir, kein Magier. Ich kann in dieser Angelegenheit nicht allein entscheiden. Wir müssen auf Jean und Raymond warten. Jean ist bei dem Kampf in Notre-Dame verwundet worden und Raymond will sichergehen, dass er die beste Behandlung bekommt."

Adèle wunderte sich, wie die Mediziner einem verwundeten Vampir helfen konnten. Bevor sie Marcel danach fragen konnte, klopfte es an der Tür. „Entrez", rief Marcel.

Jean und Raymond betraten das Zimmer. Jean sah schon wesentlich besser aus, aber was Marcel vor allem auffiel, war Raymonds zufriedener Gesichtsausdruck. Offensichtlich hatte er der Beziehung zwischen den beiden Partnern bisher zu wenig Aufmerksamkeit gewidmet. Marcel nahm sich vor, mit ihnen zu reden, sobald sie sich um Adèles Problem mit Jude gekümmert hatten. Das hatte Vorrang. „Adèle hat uns um Hilfe mit ihrem Partner gebeten", sagte er zu Jean.

Der Chef de la Cour warf Adèle einen neugierigen Blick zu. Er fragte sich, was sie dem General wohl erzählt hatte. „Das hatte ich schon erwartet", war alles, was er dazu sagte. „Ich bin ihr nach dem letzten Zwischenfall mit Jude begegnet und habe ihr zugesichert, dass wir uns mit der Angelegenheit befassen, sobald du von deinem Treffen zurück bist."

„Hast du einen Vorschlag?", erkundigte sich Marcel. Er wollte sich nicht in die Geschäfte des Cours einmischen, falls Jean eine Möglichkeit sah, den anderen Vampir zur Ordnung zu rufen.

„Unglücklicherweise hat Jude nicht gegen unsere Regeln verstoßen", entschuldigte sich Jean. „Sein Verhalten mag unter moralischen Gesichtspunkten fragwürdig sein, aber es ist nicht verboten. Wir haben so lange als Ausgestoßene gelebt, dass unsere Gesetze nur unser Verhalten untereinander regeln. Konflikte mit Personen außerhalb unserer Gemeinschaft werden darin nicht berücksichtigt. Ich kann Jude mit Konsequenzen drohen, aber es wären leere Drohungen."

Marcel summte leise vor sich. „Wir profitieren von der engen Verbindung zwischen den beiden Partnern und der Tatsache, dass der Magier seinen Vampirpartner mit seinen Beschwörungen nicht verletzen kann. Das gibt uns eine Flexibilität, die wir unter anderen Umständen nicht hätten. Aber auch bevor wir um die schützende Wirkung des Magierbluts für Vampire wussten, haben wir uns von der Allianz schon Vorteile versprochen", überlegte er laut. „Die organisatorischen Details der Allianz, also beispielsweise die Dienstzeiten, sind eine Konzession an den Wunsch der Partner, gemeinsam auf Patrouille zu gehen. Rein strategisch betrachtet ist das nicht unbedingt notwendig."

„Es gibt sogar Umstände, unter denen es zu Komplikationen führt", ergänzte Raymond. „Da unsere Magie zwischen Partnern nicht wirkt, sind wir auf andere Magier angewiesen, wenn wir uns schnell an einen anderen Ort transportieren müssen. Das kann zu Verzögerungen führen und uns im Kampf behindern."

„Gibt es also überhaupt einen Grund, warum Adèle und Jude zusammen auf Patrouille gehen müssen?", fragte Marcel in die Runde.

„Ein Problem entstünde nur, wenn Jude bei Tagesanbruch in einen Kampf verwickelt ist und die schützende Wirkung von Adèles Blut nachlässt", meinte Jean.

Marcel nickte. „Es gibt Beschwörungen, die verhindern, dass sich zwei Personen über eine gewisse Distanz hinaus zu nahe kommen. Sie werden normalerweise nur auf gerichtliche Anordnung angewendet. Ich könnte die Beschwörung so modifizieren, dass Jude zwar noch unter Aufsicht trinken kann, aber Adèle ansonsten nicht mehr belästigt."

„Kann eine solche Beschwörung auf beide Partner wirken?", wollte Jean wissen, der sich sehr gut ausmalen konnte, was nach dem Piège-Pouvoir zwischen der Magierin und ihrem Partner passiert war.

„Das ist unter normalen Umständen nicht beabsichtigt", erwiderte Marcel. „Die Beschwörung wird wie eine einstweilige Verfügung eingesetzt in Fällen, in denen eine Person von einer anderen belästigt wird und ein Kontaktverbot erwirkt. Aber es gibt keinen Grund, sie nicht auf beide Betroffenen anzuwenden."

„Ich brauche keine Beschwörung, um mich von Jude fernzuhalten", mischte sich Adèle ein. „Ich will mit dem Bastard nichts zu tun haben."

Jean sah sie nur an und zog wortlos eine Augenbraue in die Höhe. Raymond war nicht so zurückhaltend. „Ich glaube dir gern, dass du es ernst meinst. Aber was passiert, wenn die Natur der Partnerschaft sich bemerkbar macht und die Elementarmagie euch zueinander treibt? Natürlich hast du immer eine Wahl.

Es ist deine freie Entscheidung. Selbst der wilden Magie, die nach dem Rite d'équilibrage freigesetzt wurde, konnte man widerstehen. Trotzdem hat Jean mit seinen Bedenken recht. Es mag dir nicht gefallen, wie Jude dich behandelt. Aber du kannst nicht leugnen, dass ihr perfekt zusammenpasst. Ein sanftmütiger Mann hätte gegen dich keine Chance."

Adèle biss sich auf die Zunge, um nichts Falsches zu sagen. Diese Diskussion wollte sie in Marcels Anwesenheit nicht führen. Außerdem hatte Jean ihr schon gezeigt, dass er seinen Standpunkt auch durchzusetzen vermochte. „Na gut. Wenn es euch glücklich macht, kannst du uns beide beschwören."

„Adèle", wies Marcel sie sanft zurecht. „Nichts daran macht uns glücklich. Aber es ist offensichtlich unumgänglich. Wir können solche Spannungen innerhalb der Milice nicht zulassen. Wir stehen schon genug unter Druck, nachdem Serrier heute Nacht mit seinen willkürlichen Attacken angefangen hat und die Stadt ins Chaos stürzen will."

„Das ist noch nicht alles", warf Raymond ein. „Aber darum können wir uns später kümmern. Soll ich jetzt Jude holen?"

Marcel nickte.

„Ich begleite dich", sagte Jean, dessen Beschützerinstinkte sich bemerkbar machten und nicht zulassen wollten, dass Raymond einem wütenden Jude allein gegenübertrat. Natürlich sagte ihm sein Verstand, dass Raymond sich mit seiner Magie jederzeit gegen den Vampir verteidigen konnte. Aber Jean konnte seine Reaktion nicht unterdrücken, auch wenn sie unvernünftig war.

Als Jean und Raymond sich Adèles Büro näherten, konnten sie schon von weitem Judes wütende Schreie hören. Die Beleidigungen und Flüche, die er über die abwesende Adèle ausschüttete, ließen selbst dem welterfahrenen Chef de la Cour vor Überraschung den Mund offen stehen. Nachdem Raymond die magisch verschlossene Tür wieder entriegelt hatte, stürmte Jude wild tobend aus dem Büro.

„Genug jetzt!", brüllte Jean in einer Lautstärke, die Raymond überraschte. Er hatte seinen Partner bisher nur als ausgesprochen höflichen Mann kennengelernt. Auch Jude verschlug es für einen Augenblick die Sprache und er verstummte. „Ich weiß nicht, was du dir dabei gedacht hast", fuhr der Chef de la Cour fort. Ein Mantel unumstößlicher Autorität umgab ihn, obwohl er keines seiner traditionellen Rangabzeichen trug. „Aber damit ist jetzt Schluss. Du wirst durch deine Unvernunft und deine Unfähigkeit, den Schwanz in der Hose zu lassen, weder den Zusammenhalt der Allianz gefährden noch unsere Chance, erstmals in der Geschichte Gleichberechtigung vor dem Gesetz zu erhalten. Und fang gar nicht erst damit an, Adèles provokativer Art die Schuld zu geben. Wir leben nicht mehr im 16. Jahrhundert, und Frankreich ist nicht das England von Königin Elisabeth. Gewöhne dich endlich daran. Wir werden jetzt nach oben gehen, und du wirst den Mund halten und die Konsequenzen für dein Verhalten akzeptieren."

„Und wenn ich das nicht tue?", fragte Jude missmutig.

„Dann bist du raus aus der Allianz", antwortete Jean ungerührt. „Sei froh, dass du noch von Adèle trinken kannst und den Schutz ihres Blutes hast. Wenn dir das nicht passt, werde ich dir eher auch noch das nehmen, als zuzulassen, dass du uns alle gefährdest."

„Ich sollte einfach von hier verschwinden", murmelte Jude.

„Von mir aus", erwiderte Jean. „Du hast uns mehr Probleme verursacht, als deine Hilfe wert ist. Der einzige Grund, warum ich mich für dich eingesetzt habe, ist, dass ich nicht nur dich kenne, sondern auch weiß, welche Art von Frau Adèle ist. Sie liebt eure Machtkämpfe genauso wie du. Unglücklicherweise befinden wir uns im Krieg. Euer Verhalten – und ich meine euch beide – gefährdet den Zusammenhalt der Allianz. Das können wir nicht zulassen."

„Du bist schon hinter mir her, seit ich aus England hierhergekommen bin", beschuldigte ihn Jude.

Jean schnaubte verächtlich. „Wenn das wahr wäre, hätte ich dich schon längst beseitigt, Jude. Ich mag dich nicht sonderlich, aber du bist ein Vampir und Mitglied in meinem Cour. Ich tue alles in meiner Macht stehende, um dich zu beschützen. Doch dieses Mal hast du eine Grenze überschritten. Falls es dir ein Trost ist – nicht, dass du den verdient hättest – freut es dich vielleicht, zu hören, dass Adèle mit den gleichen Konsequenzen zu rechnen hat wie du. Jetzt lass uns gehen. Marcel erwartet uns."

Jean und Raymond nahmen Jude zwischen sich und gingen mit ihm zurück zu Marcels Büro. Der Vampir sagte auf dem ganzen Weg kein Wort und schwieg auch noch, als er das Büro betrat und Adèle sah. Nur in seiner Miene spiegelte sich eine Mischung aus Wut und Begehren, die keinem der Anwesenden verborgen blieb. Marcel presste die Lippen zusammen, als ihm das Ausmaß der Abneigung zwischen den beiden bewusst wurde. Er hatte sich durch die vielen erfolgreichen Partnerschaften in Sicherheit wiegen lassen und war davon ausgegangen, dass sie der Normalfall waren. Selbst Raymond und Jean, deren Partnerschaft zu Beginn unter keinem sehr glücklichen Stern zu stehen schien, hatten sich zusammengerauft und ihre Probleme nicht nur überwunden, sondern zu einer guten Beziehung gefunden. Marcel nahm sich vor, sobald wie möglich mit den beiden zu reden. Er wollte wissen, ob es noch mehr Paare gab, die man genauer beobachten und denen man helfen musste. Die Allianz konnte sich, besonders in der gegenwärtigen Lage, keine offenen Wunden erlauben.

„Wir sind darüber unterrichtet worden, dass es zwischen Adèle und dir Probleme im Umgang miteinander gibt", eröffnete er das Gespräch.

Jude schnaubte, verkniff sich aber eine abschätzige Bemerkung, als Jean ihm einen scharfen Blick zuwarf.

„Um derartige Vorkommnisse in Zukunft zu vermeiden, haben Jean und ich beschlossen, dass ihr euch ab sofort nur noch unter Aufsicht im gleichen Raum aufhalten werdet", fuhr Marcel fort. „Ihr werdet euch nur noch treffen, wenn Jude trinken muss, um im Dienst vor der Sonne geschützt zu sein."

„Das werdet ihr kaum durchsetzen können", kommentierte Jude trocken.

Marcel lachte humorlos. „Mein Junge, du vergisst, mit wem du es zu tun hast." Jude schwoll der Kamm bei der Zurechtweisung, aber Jean fasste ihn an der Schulter und hielt ihn mit starkem Griff zurück. Jude wollte keinen offenen Widerstand leisten und ließ es zu, obwohl er sich hätte wehren können. „Junge? Wen meinst du damit?", fragte er trotzdem herausfordernd. „Ich bin Hunderte von Jahren alt."

„So lange du dich verhältst wie ein verzogener Balg, dem man sein Lieblingsspielzeug genommen hat, werde ich dich auch so nennen", erwiderte Marcel würdevoll. „Ich werde eine Beschwörung so modifizieren, dass sie einem Kontaktverbot gleichkommt und dir nur noch erlaubt, in meiner oder Jeans Gegenwart von Adèle zu trinken. Du wirst dich nicht mehr mit ihr im gleichen Zimmer aufhalten oder mit ihr auf Patrouille gehen können. Ich werde dafür sorgen, dass sie deinen Dienstplan kennt und zur Verfügung steht, wenn du Blut brauchst. Ansonsten werdet ihr keinerlei Anstalten unternehmen, euch zu sehen oder miteinander in Kontakt zu treten. Ist das klar?"

Adèle nickte sofort, weil sie die Angelegenheit so schnell wie möglich hinter sich bringen wollte. Sie spürte Judes Blick, der sich wie ein Pfeil in sie bohrte. Adèle wusste, dass er ihr die Schuld an allem gab, und sie war bereit, eine gewisse Mitverantwortung einzugestehen. Aber sie weigerte sich, ihn aus der Pflicht zu entlassen und die alleinige Verantwortung zu übernehmen.

Jude sah sie noch etwas länger durchdringend an. Er fühlte sich unwohl, weil er mit einer Autorität konfrontiert wurde, der er sich nicht entziehen und die er nicht ignorieren konnte. Seiner Meinung war die ganze Geschichte Adèles Unvernunft zuzuschreiben, und er nahm sich vor, insgeheim daran zu arbeiten, die magischen Restriktionen zu umgehen. Für den Augenblick fügte er sich scheinbar in sein Schicksal, nahm die Entscheidung nickend zur Kenntnis und ließ noch ein letztes Mal den Blick über Adèles vertrauten Körper schweifen. Er durfte sie vielleicht nicht berühren, aber er würde sie bald wieder so weit bringen, dass sie sich lüstern unter ihm rekelte. Er musste nur noch herausfinden wie.

„Jean, Raymond, ihr könnt bezeugen, dass sie der Beschwörung zugestimmt haben", stellte Marcel fest. Die beiden Männer nickten. „Dann wollen wir jetzt beginnen." Er begann mit der Beschwörung, die so stark war, dass sowohl Jude als auch Adèle dagegen ankämpfen mussten, nicht das Büro zu verlassen. Dann fügte Marcel die Modifikation hinzu, die ihnen erlaubte, sich unter seiner oder Jeans Aufsicht im gleichen Raum aufzuhalten. Als die Beschwörung wirksam wurde, beruhigten die beiden sich wieder. „Wann hast du das letzte Mal getrunken?", wollte Marcel von Jude wissen.

„Vor einigen Tagen", antwortete der Vampir.

Adèle krümmte sich innerlich zusammen. Sie konnte das nicht machen, wenn andere zusahen. Sie war durch die zurückliegende Konfrontation noch zu aufgeregt. Wenn Jude sie jetzt biss, würde sie wahrscheinlich allein durch seine

Zähne zum Orgasmus kommen. Wie das Luder, als das er sie bezeichnete. „Unser Dienst endet lange vor Sonnenaufgang", protestierte sie. „Er muss heute Nacht nicht mehr trinken."

Jude sah sie mit einem anzüglichen Grinsen an. „Warum nicht, Muschi? Hast du Angst, die alten Männer könnten sehen, dass du nicht der unschuldige Engel bist, als den du dich ausgibst?"

„Arschloch", fauchte sie ihn an und vergaß in ihrem Zorn, dass sie nicht allein waren. „Wenn ich dich überhaupt sehen will, dann von hinten. Wenn du auf den Arsch fällst, weil du mal wieder mit dem Schwanz gedacht hast, anstatt mit deinem Hirn."

Marcel seufzte. „Kinder", unterbrach er sie. „Es wäre nett, wenn ihr eure Meinungsverschiedenheiten für einen kurzen Moment vergessen könntet. Einige von uns müssen noch arbeiten und möchten die Angelegenheit hinter sich bringen. Adèle, lass ihn von deinem Handgelenk trinken. Wir drehen uns solange um."

Adèle gab resigniert nach, obwohl Marcels gut gemeinte Geste auch keinen großen Unterschied machte. Sie war noch nie sehr leise gewesen, wenn sie zum Höhepunkt kam. Sie streckte dem Arm aus und wandte sich von Jude ab, um sich auf Marcels väterliches Gesicht zu konzentrieren. Jude fasst sie am Gelenk und biss rasch zu. Adèle war erleichtert, dass er es offensichtlich auch eilig hatte, den Biss hinter sich zu bringen. Die anderen drei Männer drehten ihnen respektvoll den Rücken zu, um den Anschein der Intimität zu wahren. Adèle wusste nicht so recht, ob sie ihnen dafür dankbar sein sollte oder nicht. Zu ihrer Überraschung spürte sie nicht die gleiche Leidenschaft, die Judes Bisse in der Vergangenheit in ihr geweckt hatten. Sie konnte nicht entscheiden, ob es an der demütigenden Situation, an der Anwesenheit der anderen Männer oder an der Beschwörung lag.

Jude wusste genau, dass Jean nichts entgehen würde, deshalb trank er schnell und distanziert. Trotzdem nutzte er den unbeobachteten Moment des Bisses, um die Wirksamkeit der Beschwörung auszutesten. Während er mit der einen Hand Adèles Gelenk an den Mund presste, fasste er mit der anderen an ihre Brust. Jedenfalls war das seine Absicht. Er kam nämlich nur bis zu ihrem Ellbogen, dann ging nichts mehr. Wütend sah er Marcel an, der ihm nur wissend zuzwinkerte.

Adèle spürte seinen Versuch ebenfalls und blickte zu ihm herab. Als sie in sein Gesicht sah, erkannte sie sofort, was Marcel mit seiner Beschwörung getan hatte. Sie war ehrlich genug, um sich einzugestehen, dass sie zwischen Erleichterung und Enttäuschung schwankte. Wenn dieser verdammte Krieg nicht wäre … Adèle verdrängte den Gedanken, bevor er sich in ihrem Kopf einnisten konnte. Sie *waren* im Krieg und alles andere musste dahinter zurückstehen.

Es musste einfach.

11

NACHDEM JUDE getrunken hatte und die beiden widerspenstigen Partner verschiedenen Einheiten zugewiesen worden waren, ließ Marcel sich erschöpft in seinen Stuhl sinken und fuhr sich mit den Fingern durch die weißen Haare. „Kann es sein, dass es ein Fehler war, die Partnerschaften zu fördern?", fragte er ungewohnt unsicher.

„Nein!", riefen Raymond und Jean wie aus einem Mund. „Der Fehler – falls es überhaupt einer war – ist gewesen, dass wie ihre Auswirkungen unterschätzt haben", fügte Raymond noch hinzu.

„Ich hätte es ahnen müssen, nachdem ich Orlandos Reaktion auf Alain gesehen habe", gab Jean zu. „Er hat sich noch nie so verhalten, wie seinem Avoué gegenüber. Ich war so froh, dass er seine Vergangenheit endlich hinter sich lassen konnte, dass ich nicht weiter gedacht habe, als an sein unmittelbares Wohlergehen."

„Monsieur Lombard meint, dass auch die scheinbar unvereinbaren Partner auf eine unerkannte Weise zueinander passen", fuhr Raymond fort. „Unser Problem ist, dass diese ‚unerkannte Weise' nicht unbedingt mit unseren militärischen Erfordernissen übereinstimmt. Adèle kann sich über Judes Verhalten noch so empören und ihn verurteilen – er ist ihr gegenüber wirklich ein ziemlicher Bastard –, aber er ist einer der wenigen Männer, die ihr gewachsen sind. Sie mag ihn hassen, aber sie begehrt ihn auch. In sexueller Hinsicht ist er genau das, was sie braucht."

„Bedauerlicherweise ist das nicht das, was *wir* brauchen können", meinte Marcel trocken.

„Zumindest ist es nicht das Einzige, was wir brauchen können", korrigierte ihn Raymond. „Sexualmagie ist wie Blutmagie. Vielen Magiern ist sie unheimlich, weil sie sehr mächtig ist. Die Verbindungen, die wir mit den Partnerschaften geschaffen haben, stellen auch über den Krieg hinaus ein unglaubliches Potential dar, sowohl auf magischer wie auch persönlicher Ebene."

Marcel seufzte. „Das ist ein Fass, das ich jetzt noch nicht aufmachen möchte. Wir hätten beinahe Notre-Dame verloren und Serrier greift überall in der Stadt an. Alain ist kaum ansprechbar und steht nicht zur Verfügung, weil er immer noch nach Orlando sucht. Ja, ich weiß", kam er Jeans Protest zuvor. „Wir müssen ihn finden und Alain hat die besten Aussichten auf Erfolg. Aber es ist ein Problem mehr, das ich dem Conseil des Ministres nicht verständlich machen kann."

„Die verdammten Politiker können mich am Arsch lecken", fluchte Jean.

„Mich nicht", erwiderte Marcel sarkastisch. „Sie sind ganz und gar nicht mein Typ."

Jean musste lachen. Diese Antwort passte so wenig zu dem General der Milice, den Jean bisher kennengelernt hatte. Raymond schien weniger überrascht zu sein. Jean fragte sich, was sich wohl hinter der umgänglichen und immer kontrollierten Fassade des alten Mannes noch alles verbergen mochte.

„Und was ist dein Typ?", fragte er frech.

„Ah, wenn ich nur zwanzig Jahre jünger wäre …", scherzte Marcel. „… dann wäre dir Raymond nicht so einfach in den Schoß gefallen, junger Mann."

Jean lachte lauthals. „Wenn einer von uns beiden alt ist, dann bin ich das, mon Général", gab er den Scherz zurück. „Achte auf deine Worte, wenn du über das Alter sprichst."

Marcel kicherte und die Anspannung fiel von ihm ab. „Ich muss in einer Stunde am Elysée-Palast sein und Bericht erstatten", sagte er. „Der Präsident will über die Ereignisse dieser Nacht informiert werden und erwartet eine Erklärung dafür, warum Serrier sich mit solcher Macht zurückmelden konnte und wieder die Oberhand gewinnt."

„Das ist nicht richtig!", widersprach Raymond. „Seine Attacken sind ein Anzeichen von Verzweiflung, nicht von Siegesgewissheit. Selbst jetzt, wo er mehr über die Schwächen der Vampire weiß, haben wir ihn in Notre-Dame problemlos zurückschlagen können. Und seit Monique zu uns übergelaufen ist, haben wir seine sicheren Verstecke empfindlich reduzieren können. Es ist nur noch eine Frage der Zeit, bis sein Aufstand zusammenbricht."

„Zeit, die Orlando nicht mehr hat", murmelte Jean.

„Ich weiß, er ist dein Freund", entschuldigte sich Marcel. „Ich weiß auch, was er Alain bedeutet. Ich mag den Jungen auch sehr gern. Aber er ist nur einer von vielen. Ich muss an die ganze Stadt, das ganze Land denken. Es ist meine Aufgabe, sie zu verteidigen und zu schützen. Es tut mir leid, dass ich euch für eure Suche nicht mehr Hilfe anbieten kann."

„Ich verstehe", erwiderte Jean verbittert. „Das Schicksal des Einzelnen muss hinter dem Allgemeinwohl zurückstehen. Das heißt aber nicht, dass es mir gefallen muss."

„Mir gefällt es auch nicht", beschwichtigte ihn Marcel. „Aber ich kann keine andere Entscheidung fällen."

Jean entschloss sich, das Thema zu wechseln. „Soll ich dich begleiten? Wird es uns helfen, wenn wir dem Präsidenten eine geeinte Front zeigen?"

„Schaden kann es auf jeden Fall nicht", erwiderte Marcel dankbar. „Das Letzte, was wir brauchen können, ist ein Präsident, der die Allianz infrage stellt."

„Vampire halten ihr Wort, und mittlerweile geht es weit darüber hinaus", erklärte Jean nachdrücklich. „Serrier hat uns selbst den Grund geliefert, diesen Krieg persönlich zu nehmen. Das werden wir nicht vergessen."

„Wenn er noch einen Rest an Verstand besitzen würde, hätte er die Vampire niemals angegriffen", stimmte ihm Raymond zu. „Aber dann hätte er diesen Krieg auch nie begonnen, sondern andere Wege gefunden, um sich für seine Ziele einzusetzen."

„Wenn seine Wünsche nach Veränderung legitim wären, hätten wir darüber reden können", bestätigte Marcel. „Aber für seine Form der Intoleranz und oligarchischen Machtausübung ist in unserer Gesellschaft kein Platz. Dass wir Magier besondere Kräfte haben, kann und darf nicht dazu führen, uns Sonderrechte einzuräumen. Im Gegenteil, es gibt uns eine besondere Verantwortung für unser Handeln."

„So, wie man uns Vampiren keine Rechte vorenthalten sollte", ergänzte Jean.

„Ihr beiden lauft offene Türen ein", meinte Raymond lachend. „Hebt euch eure Argumente für die Zweifler auf, die immer noch überzeugt werden müssen. Ich bin schon auf eurer Seite."

„Raymond hat mir gesagt, dass du verletzt worden bist", sagte Marcel zu Jean. „Haben die Mediziner dir helfen können?"

Jean lächelte und warf Raymond einen liebevollen Blick zu. Seine Gefühle für seinen Partner waren ihm deutlich anzusehen. „Sie hätten nicht viel für mich tun können, wenn Raymond sich nicht um mich gekümmert hätte. Es geht mir wieder gut."

Raymond errötete, als er so offen daran erinnert wurde, was in seinem Büro zwischen ihnen geschehen war. Ihm wurde warm ums Herz bei dem Gedanken, dass Jean ihn genauso brauchte wie er ihn. „Es war doch das Mindeste, was ich tun konnte", wiegelte er ab.

„So leid es mir tut, aber wir müssen uns jetzt wieder anderen Problemen zuwenden", brachte Marcel sie in die Wirklichkeit zurück. „Gibt es noch andere Partnerschaften, die mit ähnlichen Schwierigkeiten zu kämpfen haben wie Adèle und Jude? Und wenn ja – welche Möglichkeiten haben wir, diese Probleme im Keim zu ersticken und zu lösen, bevor sie ebenfalls außer Kontrolle geraten?"

Jean und Raymond sahen sich kurz an, bevor Raymond auf die Frage antwortete. Er wägte seine Worte sorgfältig ab. „Als wir die Partnerschaften geschlossen haben, wussten wir nicht, auf was wir uns einlassen. Ich weiß, dass ich mich wiederhole. Aber wir haben alle mehr bekommen, als wir ursprünglich bestellt haben. Hätten wir das früher gewusst, hätten wir ahnen können, dass die Beziehung, die sich zwischen Alain und Orlando entwickelte, ein Vorbote für uns alle war und nicht der Sonderfall, für den wir sie viel zu lange gehalten haben … Dann hätten wir unsere Leute warnen können, besser auf der Hut zu sein. Man kann dem magischen Impuls widerstehen, aber man muss darauf vorbereitet sein und sich bewusst dafür entscheiden. Als die Allianz gegründet wurde, haben das die wenigsten von uns getan."

„Und was tun wir jetzt?", wollte Marcel wissen. „Sollen wir die Leute jetzt warnen?"

„Ich glaube nicht", meinte Jean. „Es ist mir klar, dass ich noch vor Kurzem anderer Meinung war, aber mit Ausnahme von Adèle – vielleicht in beschränktem Umfang noch Angélique – kenne ich keine Partnerschaft, in der der Vampir über die neue Beziehung unglücklich ist. Viele von ihnen sind sogar glücklicher, als ich sie jemals erlebt habe. Orlando ist mit Sicherheit nicht der Einzige, dem es so geht. Und Angélique hat mit ihrem Partner ebenfalls eine Form des zivilisierten Umgangs gefunden, auch wenn die Spannungen zwischen ihnen noch nicht vollständig abgebaut sind."

„Gibt es, abgesehen von Adèle, Magier, die sich beschwert haben?", fragte Raymond.

„Nein. Aber ich weiß nicht, ob sie mich angesprochen hätten. Selbst Adèle musste erst dazu überredet werden", stellte Marcel klar.

„Dann sollten wir vielleicht mit den leitenden Offizieren reden und sie fragen, ob sie von Spannungen in ihrer Einheit wissen", schlug Raymond vor. „Selbst wenn sie nicht direkt angesprochen worden sind, kann ihnen nicht entgangen sein, wenn ein Paar sich so destruktiv verhält, wie Adèle und Jude es getan haben. Ich will keine Probleme herbeireden, wo es keine gibt. Aber ein Gift, wie diese beiden es versprüht haben, bleibt auf Dauer nicht ohne Wirkung. Wir müssen geeint auftreten."

Marcel lachte leise, hörte sich aber nicht sehr amüsiert an. „Ich werde mit ihnen reden, sobald ich wieder hier bin und sie von ihrem Einsatz zurückkommen. Es kommt mir vor, als würde plötzlich alles aus dem Ruder laufen. Alain ist als Einzelgänger unterwegs, weil sein Partner entführt wurde. Adèle und ihr Partner können sich nicht unbeaufsichtigt in einem Raum aufhalten. Und Thierry habe ich seit dem Kampf um Notre-Dame nicht mehr zu Gesicht bekommen."

„Er und Sebastien sind zurückgeblieben, um die Kathedrale wieder zu stabilisieren", erinnerte ihn Raymond. „Ich habe getan, was ich konnte. Es war nicht viel. Die Erde ist Thierrys Element."

„Du hast bei der Suche nach Orlando geholfen und den Angriff auf Notre-Dame so lange zurückgeschlagen, bis Thierrys Einheit zur Verstärkung eingetroffen ist. Ich denke, unter diesen Umständen ist es verzeihlich, dass du die Kathedrale nicht eigenhändig vor dem Einsturz bewahrt hast", protestierte Jean aufgebracht.

„Niemand hat Raymond einen Vorwurf gemacht", beruhigte ihn Marcel. „Ich weiß sehr gut, wie wichtig und unverzichtbar Raymond für uns ist."

„Sorry", entschuldigte sich Jean. „Ich bin es nur leid, wie Raymond immer wieder runtergemacht wird. Unter anderem von sich selbst." Er sah Raymond mit blitzenden Augen an.

„Dann müssen wir ihm das abgewöhnen", stimmte Marcel ihm mit einem väterlichen Lächeln zu. „Aber ich muss jetzt zum Elysée-Palast, deshalb muss das warten, bis ich zurück bin. Raymond, willst du uns begleiten?"

Der Magier wollte gerade kopfschüttelnd ablehnen, da sah er den Ausdruck in Jeans Gesicht. „Wenn ihr mich dabei haben wollt", gab er nach.

THIERRY UND Sebastien waren im Salle des Cartes gewesen, um ihren Bericht zu geben, aber Marcel war schon zu seinem Treffen mit dem Präsidenten aufgebrochen. Jetzt waren sie endlich allein. Sebastien wirbelte Thierry herum und drückte ihn mit einem leisen Knurren an die Wand. „Was hast du dir nur dabei gedacht, mir nichts zu sagen? Warum hast du mir nicht gesagt, was passiert ist? Was hätte passieren können?", fragte er barsch. „Ich hätte dich verlieren können und noch nicht einmal darüber Bescheid gewusst!"

„Was hätte dir das noch genutzt, nachdem alles vorbei war?", fragte Thierry zurück. Er musste sich schwer beherrschen, um nicht die Fassung zu verlieren. „Es war ein dummer Anfängerfehler, denn ich nur gemacht habe, weil wir uns in einer so verzweifelten Lage befunden haben."

„Und jetzt ist die Lage weniger verzweifelt?", wollte Sebastien wissen. Er hörte sich immer noch verärgert an. „Ist das Risiko jetzt geringer, als es im Park gewesen ist?"

„Nein", gab Thierry zu. „Aber ich wusste, dass ich vorsichtig sein muss. Ich war gewarnt und habe dieses Mal darauf geachtet, wie tief ich mich auf die Verbindung mit der Elementarmacht einlasse. Und nach meiner Erfahrung heute Nacht in der Kathedrale glaube ich sogar, dass ich nicht in Gefahr bin, solange du von mir trinkst. Wenn du mich beißt, muss ich mir keine Sorgen machen, mich zu verlieren. Meine Verbindung zur Erde war tiefer als jemals zuvor. Trotzdem bin ich nicht schwächer geworden und hatte keinerlei Probleme, mich wieder zu lösen."

„Das ist vermutlich ein gutes Zeichen", lenkte Sebastien ein. „Aber es ändert nichts daran, dass du mir verheimlicht hast, was im Park passiert ist."

„Ich wollte nicht, dass du dir um mich Sorgen machst", versuchte Thierry es erneut. „Ich wusste genau, wie du reagieren wirst. Es hätte nur zu Streit geführt."

Sebastien fuhr sich seufzend mit den Fingern durch die Haare. „Du bedeutest mir sehr viel, deshalb möchte ich wissen, wie es dir geht. Ist das nicht Grund genug, mich zu informieren?"

Thierry zuckte mit den Schultern. „Es ist ziemlich lange her, dass sich jemand so um mich gesorgt hat. Ich wollte nur einen Streit vermeiden. Ich verspreche dir, es nicht wieder zu tun."

„Das erwarte ich auch", grummelte Sebastien und senkte den Kopf, um Thierry zu küssen. Sein Kuss, der so sanft begann, nahm schnell an Hitze zu. Die Anspannung der vergangenen Nacht und die Unsicherheit, die ihr Leben beherrschte, machten sich in der Intensität ihres Kusses bemerkbar.

„Ich brauche dich", keuchte Thierry. Er ließ den Kopf an die Wand fallen und bot Sebastien seinen Hals an.

Sebastien saugte leicht an der wunden Haut von Thierrys Hals, biss aber nicht zu. Das Blut, das er in der Kathedrale getrunken hatte, reichte ihm noch für einige Zeit. Außerdem wollte er Thierry nicht unnötig schwächen, denn sie wussten nicht, was in den nächsten Stunden und Tagen auf sie zukommen würde. Sebastien leckte über die Wunden und ließ die heilende Wirkung seines Speichels ihre Kraft entfalten. Thierry rieb sich an ihm und weckte damit schnell einen anderen Appetit. Sebastien legte ihm die Hände auf den Hintern, spreizte die Finger und drückte zu. Thierry fing an zu stöhnen und presste sich noch fester an ihn.

Während Sebastien mit einer Hand seine Entdeckungsreise fortführte, öffnete er mit der anderen Thierrys Hose und schob sie nach unten. Dann befreite er den harten Schwanz des Magiers aus dem Gefängnis der Boxershorts. Er fragte sich, ob Thierry wohl schon länger so erregt war. Der Gedanke, dass sein Partner schon mit einer Erektion herumlief, seit sie die Kathedrale verlassen hatten, amüsierte Sebastien. Er hob den Kopf, um ihn danach zu fragen.

Thierry stieg bei der Frage die Röte ins Gesicht. „Du musst mich nur leicht berühren, und schon werde ich steif", gab er zu.

„Das war keine Antwort auf meine Frage", neckte ihn Sebastien und rieb ihm über das harte Fleisch. Er bezweifelte, dass Thierry in seinem Büro Gleitgel deponiert hatte. Sie mussten also improvisieren. Die Lusttropfen, die aus Thierrys Schwanz zu quellen begannen, waren dazu bestens geeignet. Sebastien musste nur etwas abwarten, bis sich ausreichend Flüssigkeit angesammelt hatte. Er war sich sicher, dass Thierry sich nicht darüber beschweren würde.

Was immer Thierry möglicherweise gesagt hätte, verlor sich in Sebastiens Kuss, der Thierrys Schwanz unermüdlich mehr und mehr der köstlichen Flüssigkeit entlockte. Thierrys Hüften nahmen den Rhythmus von Sebastiens Hand auf. Er stieß mit dem Schwanz in den festen Griff von Sebastiens Faust und verlor mehr und mehr die Kontrolle.

„Ich kann nicht …", keuchte er.

„Halte dich nicht zurück", flüsterte Sebastien und fasste noch fester zu, um seinem Geliebten Erlösung zu bringen.

Thierry kam sich trotz Sebastiens Worten eigennützig vor und wollte dem Vampir etwas von dem zurückgeben, was er selbst fühlte. Sebastien fasste ihn an der Hand und hielt ihn zurück. „Komm für mich", verlangte er. Sein warmer Atem kitzelte in Thierrys Ohr.

Sebastiens tiefe, raue Stimme ließ Thierry keine andere Wahl mehr. Keuchend spritzte er in Sebastiens Hand, und mit seinem Samen schien ihn auch der letzte Rest an Kraft und Vernunft verlassen zu wollen.

Sebastien stützte ihn mit dem Bein ab und öffnete mit der sauberen Hand seinen eigenen Hosenschlitz. „Kannst du deine Hose ausziehen oder willst du dich umdrehen?", fragte er und drückte Thierrys Hintern. „Ich muss dich jetzt um mich fühlen."

Mit zitternden Händen schob Thierry die Hose nach unten, trat sich einen Schuh vom Fuß und befreite ihn aus den Fesseln des störenden Kleidungsstückes. Er schlang das Bein um Sebastiens Knie und öffnete sich der Berührung des Vampirs. Vermutlich hätte er die Hose auch magisch loswerden können, aber soweit reichten seine Gedanken nicht. Er musste ja auch nicht nackt sein – nur nackt genug, damit Sebastien ihn ficken konnte. Es war ein unglaublich erregendes Gefühl, sich so halb bekleidet zu befummeln, sich so sehr zu begehren, dass einfach keine Zeit mehr war, um sich auszuziehen. „Nimm mich."

„Oh, das werde ich", versprach Sebastien und zog Thierrys Bein höher. „Aber noch nicht jetzt. Erst will ich, dass du wieder genauso hart und geil bist wie ich."

Dazu war nicht viel nötig, wie Thierry schnell feststellte. Sein Schwanz füllte sich schon wieder mit Blut und richtete sich auf. „Fass mich nur an", bettelte er.

Sebastien ließ sich nicht zweimal bitten. Er fuhr mit der Hand zwischen Thierrys gespreizte Beine und verschmierte den abgekühlten Samen um dessen Loch, das sich bei der ungewohnten Berührung immer noch reflexartig zusammenzog. „Entspannen, Thierry. Lass mich rein", verlangte Sebastien und rieb ihm mit dem feuchten Finger sanft über die kleine Rosette.

Thierry holte Luft, um sich zu entspannen und sich Sebastiens zärtlicher Berührung zu öffnen. Ein dicker Finger drang in ihn ein. Es brannte mehr als beim ersten Mal, als sie Gleitgel benutzt hatten. Thierry zwang sich zur Ruhe, um sich nicht zu verkrampfen. Mit jeder aufreizenden, lockenden Bewegung fiel es ihm leichter. Dann spürte er Sebastiens Fingerspitze, die ihm über die Prostata rieb. Thierry zuckte am ganzen Körper und krümmte sich zusammen. Sein Schwanz wurde durch Sebastiens unermüdliche Massage härter und härter. „Putain", keuchte Thierry.

Sebastien nahm den Fluch als Aufforderung, einen zweiten Finger in Thierrys Loch zu schieben und ihn so weit zu dehnen, wie er sich traute. Nach dem frustrierenden Tag, der hinter ihnen lag, war es um seine Selbstbeherrschung nicht mehr gut bestellt und er konnte es kaum noch aushalten, seinen Magier dabei zu beobachten, wie er mehr und mehr alle Hemmungen verlor.

„Jetzt", bettelte Thierry wieder und ließ das Bein sinken, um sich mit dem Gesicht zur Wand zu drehen. Sebastien hielt ihn zurück und hob ihn hoch, damit Thierry ihm die Beine um die Hüften schlingen konnte.

„Ich will dein Gesicht sehen, wenn ich dich liebe", sagte Sebastien, rieb sich den Schwanz ein und positionierte ihn an Thierrys Loch. „Ich will sehen, ob du dich dabei genauso gut fühlst wie ich."

Thierry stöhnte, als der harte Schwanz langsam in ihn eindrang, unterstützt durch sein eigenes Körpergewicht. Dann ging es nicht weiter. Er ließ den Kopf mit einem lauten Schlag an die Wand fallen, als Sebastien sich endlich in ihm zu bewegen begann. Warme, starke Hände hielten ihn fest. Thierry blieb nichts anderes mehr, als nur noch zu fühlen.

„Fass dich an", verlangte Sebastien, der keine Hand frei hatte. „Ich will sehen, wie du für mich kommst."

Thierry gehorchte und imitierte die Bewegungen, mit denen Sebastien ihn vor wenigen Minuten das erste Mal zum Höhepunkt gebracht hatte. Er fuhr sich mit der Hand über den feuchten Schwanz, während Sebastien in ihn hineinstieß, bis er langsam aus dem Takt kam und die Kontrolle über seine Stöße verlor. „Komm schon", bat Thierry ächzend. „Ich bin gleich soweit."

Sebastien antwortete mit einem leidenschaftlichen Kuss, dann wurde er von seinem Orgasmus überwältigt und stieß ein letztes Mal mit zitternden Beinen in Thierry hinein. Als es vorbei war, sank er in die Knie und zog Thierry mit sich nach unten. Sie knieten zusammen auf dem Teppichboden und sahen sich an. Sie waren noch nahezu vollständig bekleidet, aber schweißbedeckt und verschmiert von Thierrys Samen. „Das habe ich seit Thibaults Tod nicht mehr erlebt", flüsterte Sebastien und küsste Thierry sanft auf die Lippen.

FRÖSTELND HÜLLTE Alain sich in seinen Mantel und wünschte, er hätte an Handschuhe gedacht. Seine Finger waren taub vor Kälte und er konnte kaum noch seinen Stab halten. Normalerweise war er für seine Beschwörungen nicht auf den Stab angewiesen, aber so erschöpft wie er war, brauchte er einen Ankerpunkt, um sich besser konzentrieren zu können. Er studierte die Karte, auf der Raymond die weißen Flecken eingetragen hatte, in denen er mit seiner Beschwörung nicht eingedrungen war, weil sie magisch geschützt waren. Alain machte zwar Fortschritte, aber es ging lähmend langsam voran. Seit Marcel seine Einheit zurückberufen hatte, hatte er nur zwei Gebäude durchsuchen und von seiner Liste streichen können. Acht weitere lagen noch vor ihm. Er suchte in einem Hauseingang Schutz vor dem beißenden Wind und schloss die Augen, um sich auf seine Verbindung zu Orlando zu konzentrieren. Er wollte sich vergewissern, dass es seinem Geliebten gut ging. Alain konnte ihn zwar spüren, aber er erhielt keinerlei Antwort auf die Liebe und die Sehnsucht, die er Orlando schickte. Alain sagte sich, dass Orlando sich wahrscheinlich nur ausruhte, aber trotzdem nagten die Zweifel an ihm. Hatte Orlando die Hoffnung aufgegeben? Glaubte er nicht mehr an Alains Liebe? Alain sank auf die Knie und riss all seine Kraft zusammen, um sich zu dem nächsten Ziel seiner Suche zu transportieren. Wider alle Vernunft hoffte er, dieses Mal Glück zu haben und wieder mit Orlando vereint zu werden.

12

THIERRY UND Sebastien hatten sich wieder halbwegs erholt und richteten ihre Kleidung. „Woran kann ich erkennen, ob deine Verbindung mit der Erde zu stark wird? Und wie kann ich dich wieder aus diesem Bann befreien?", kam Sebastien auf den Ausgangspunkt ihres Streites und der anschließenden Versöhnung zurück.

Thierry schüttelte den Kopf. „Du lässt dich aber auch durch nichts ablenken."

Sebastien zuckte mit den Schultern. „Ich will nicht, dass dir etwas passiert. Seit wir uns kennengelernt haben, hätte ich dich schon zweimal beinahe an die Elementarmagie verloren. Ich möchte wissen, wie ich dir in Zukunft helfen kann, weil ich nicht wieder unvorbereitet in eine ähnliche Situation geraten will."

„Jean hat mir eine Ohrfeige gegeben, als ich auf seine Rufe nicht reagiert habe", meinte Thierry. „Als nach dem Rite d'équilibrage die wilde Magie freigesetzt wurde, haben Raymond und Alain sie mit einer Beschwörung ferngehalten. Ich weiß nicht, ob du in dieser Lage hättest eingreifen können. Nach dem, was heute in der Kathedrale passiert ist – und falls das kein Zufall war –, reicht ein Biss von dir aus, um mir in einer vergleichbaren Situation zu helfen. Dein Biss gibt mir einen starken Schub an magischer Macht, mit der ich mich gegen den Sog der Elementarmagie wehren kann. Außerdem festigt er meine Verbindung zur Wirklichkeit."

„Dazu musst du mich nicht zweimal überreden", feixte Sebastien.

Thierry rollte mit den Augen. „Wir sollten nachsehen, ob Marcel schon zurück ist. Ich muss ihm noch meinen Bericht geben. Es ist mir ein Rätsel, warum wir über den magischen Fokus in der Kathedrale nicht Bescheid wussten. Ich kann es mir nur damit erklären, dass wir die Kirche immer gemieden haben, weil sie uns nicht toleriert und manchmal sogar verfolgt hat. Selbst wenn wir Notre-Dame nicht für unsere Zwecke nutzen können, müssen wir zumindest versuchen, auch Serrier daran zu hindern. Wenn er von der Kathedrale Besitz ergreift, verlieren wir jede Chance, ihn zu besiegen."

„Ist sie denn ein so mächtiger Ort?"

„Ich kenne nur einen einzigen Ort, der es – vielleicht! – mit der Macht von Notre-Dame aufnehmen kann, und das ist Stonehenge", antwortete Thierry. „Es heißt, dort wäre der Sitz von Merlins Macht gewesen."

„Und wer könnte über die Macht von Notre-Dame geboten haben?"

„Keine Ahnung", erwiderte Thierry. „Ich weiß nicht, was zuerst da ist. Der magische Fokus oder der mächtige Magier. Ich weiß auch nicht, ob das überhaupt eine Rolle spielt. Es ist, wie mit der Henne und dem Ei. Wichtig ist, was wir aus diesem neuen Wissen machen."

„Dann lass uns jetzt Marcel suchen gehen", meinte Sebastien. „Hast du Abwehrzauber zurückgelassen, um die Kathedrale zu schützen?"

Thierry schüttelte den Kopf. „Ich habe es versucht, aber sie hat sich dagegen gewehrt. Ihre Magie war zu stark, um sich durch meine kläglichen Fähigkeiten beeindrucken zu lassen."

Sebastien zog eine Augenbraue hoch. „Kläglich?"

„Vielleicht nicht im Vergleich zu anderen Magiern, und schon gar nicht, wenn du mich unterstützt und mit deine Kraft gibst. Aber im Vergleich zu der Macht, die sich in der Kathedrale manifestiert, bin ich nur ein kläglicher Dilettant", erklärte Thierry und machte sich auf den Weg zu Marcels Büro. „Ich habe dir doch gesagt, dass ich noch nie eine solche Macht gespürt habe."

„Und wie sollen wir Serrier von dieser Macht fernhalten?", wollte Sebastien wissen.

„Wenn ich das wüsste", meinte Thierry. „Vielleicht mit einer Art Koalition. Oder wir postieren eine Wache dort, die uns rechtzeitig warnt, falls ein Angriff droht. Wir können von Glück sagen, dass Jean und Raymond heute Nacht zufällig in der Kathedrale waren. Aber auf solche Zufälle dürfen wir uns nicht verlassen. Wir können diesen Krieg nicht mit Glück allein gewinnen, wir brauchen auch die richtige Strategie."

Im Flur vor Marcels Büro trafen sie auf Jean, Raymond und den General selbst. Marcel stand die Erschöpfung ins Gesicht geschrieben. Sein Anblick schockierte Thierry, der den alten Mann in den Jahren seit Beginn des Krieges noch nie so müde und ausgelaugt erlebt hatte. Als Marcel Thierry und Sebastien erkannte, kehrte ein leichtes Funkeln in seine Augen zurück. „Bitte, sagt mir, dass ihr gute Nachrichten habt", begrüßte er die beiden. „Egal, was. Nur gut muss es sein."

Thierry lächelte. „Dann habe ich vielleicht genau das Richtige für dich. Lass uns in dein Büro gehen. Möglicherweise hat Raymond dich schon darüber unterrichtet."

„Über die Kathedrale?", fragte Raymond nach, als sich die Bürotür hinter den fünf Männern geschlossen hatte. „Nein, wir mussten uns erst um andere Probleme kümmern. Ich nehme an, du hältst sie auch für einen magischen Fokus."

„Ein Fokus?", rief Marcel und riss erstaunt die Augen auf. „Hier? In Paris?"

„Ja", bestätigten ihm Raymond und Thierry. „Ich wollte es dir schon früher sagen", fuhr Raymond fort. „Aber durch die Sache mit Adèle und Jude, dann das Treffen mit dem Präsidenten ... Ich bin mir so gut wie sicher, dass Notre-Dame ein wichtiger Kreuzungspunkt der Magie ist."

„So gut wie? Nein", korrigierte ihn Thierry. „Es *ist* ein Fokus. Und er ist so mächtig, dass die Steine ... ein Bewusstsein haben. Ja, das ist das richtige Wort: Bewusstsein. Sie denken und fühlen. Ich habe die Geschichte der Kathedrale aus ihrer Perspektive erlebt."

„Das muss ein außergewöhnliches Erlebnis gewesen sein", bemerkte Marcel amüsiert.

„Du würdest staunen", gab ihm Thierry recht. „Einer der Baumeister war ein Magier. Aber ich glaube nicht, dass er der Ursprung der Macht ist. Ich halte sie für viel älter, als das Bauwerk selbst."

„Vermutlich war auf dem Gelände ein heiliger Hain, bevor die Kirche erbaut wurde", meinte Raymond. „Die Macht des Ortes fühlt sich so alt an, wie in Stonehenge, in Machu Picchu oder den Pyramiden. Ich habe schon immer vermutet, dass es noch einen vierten Fokus dieser Art geben muss – einen für jedes Element. Aber ich habe nie Hinweise darauf gefunden, wo er sich befinden könnte."

„Warum haben wir dann nicht schon früher davon erfahren?", fragte sich Marcel. „Es gibt in Paris schon seit tausenden von Jahren Magier."

„Die Alten wussten es vermutlich, auch wenn sie nicht begriffen haben, wie wichtig dieser Fokus ist", überlegte Raymond. „Doch als die frühen Christen damit begonnen haben, auf den heiligen Orten ihre Kirchen zu errichten, ist das Wissen um ihre Bedeutung verloren gegangen."

„Es gab an der gleichen Stelle schon vor Notre-Dame eine Kirche, St. Etienne. Sie war dem Heiligen Stephan geweiht und stand schon, als ich geboren wurde. Deshalb weiß ich nicht, was vorher dort war. Monsieur Lombard kann uns vielleicht mehr darüber sagen. Er ist fast tausend Jahre älter als ich."

„Das spielt jetzt keine Rolle", entschied Marcel. „Wir müssen nur dafür sorgen, dass Serrier es nicht erfährt."

„Seine Magier waren heute Nacht dort. Aguiraud war auch dabei", warnte Raymond. „Ich kann mir nicht vorstellen, dass es ihm entgangen ist."

„Zumal ihre Flüche jedes andere Gebäude zum Einsturz gebracht hätten", stimmte ihm Thierry zu. „Die Magie ist so stark, dass sie meine Schutzschilde abgewehrt hat. Ich habe es versucht, aber es war vergebens."

Marcel runzelte die Stirn. „Das macht unsere Aufgabe nicht leichter. Ich habe kaum genug Magier für unsere Patrouillen, besonders, seit Serrier mit der Hit-and-Run-Methode zuschlägt. Jetzt muss ich auch noch eine Einheit für die Kathedrale abstellen."

„Es muss keine ganze Einheit sein", widersprach Thierry. „Ein oder zwei Wachen reichen. Sie müssen die Angreifer nur aufhalten, bis Verstärkung eintrifft."

„Ich frage mich, ob wir die Magie des Ortes für einen Schutzschild anzapfen könnten", überlegte Raymond. „Wir müssten den Fokus davon überzeugen, dass wir in seinem Interesse handeln."

Marcel schürzte die Lippen. „Thierry, du hattest den engsten Kontakt mit ihm. Was meinst du dazu?"

Thierry dachte einen Moment über die Frage nach. „Möglich wäre es", sagte er dann bedächtig. „Die Steine waren entsetzt über die Brutalitäten der Nazis und über die Gewalt der dunklen Magier. Die Frage ist, ob sie zwischen den unterschiedlichen Formen der Magie und den Absichten, die dahinter stehen, unterscheiden können. Wir wissen natürlich, wer auf welcher Seite kämpft. Aber die Steine sind Elementarmagie. Können sie diese Unterscheidung auch treffen?"

„Haben wir etwas zu verlieren, wenn wir es versuchen?", warf Sebastien ein. „Selbst wenn wir den Fokus nur davon überzeugen können, sich gegen *jede* Art der Magie zu schützen, wäre das ein Gewinn für uns. Wir könnten ihn zwar nicht für unsere Zwecke benutzen, aber wir würden verhindern, dass Serrier ihn kontrollieren kann."

„Wie er reagiert, erfahren wir erst, wenn wir es versuchen", sagte Marcel. „Aber wir sollten vorläufig nicht darüber reden. Wenn ihr die Unterstützung eurer Partner habt, sollten wir drei stark genug sein, um einen Versuch zu wagen. Wir sind alle erschöpft, aber die Angelegenheit duldet keinen Aufschub. Thierry, Raymond – was meint ihr? Seid ihr bereit?"

Die beiden Magier nickten.

„Ich kann heute Nacht nicht mehr trinken", erinnerte sie Jean. „Selbst wenn Raymond es verkraften würde. Noch ein einziger Schluck, und ich werde krank."

„Mir geht es genauso", gestand Sebastien.

„Merde", fluchte Marcel leise. „Nun, dann müssen wir es auf die althergebrachte Weise versuchen – nur wir drei Magier."

„Jean und Sebastien sollten uns trotzdem begleiten", sagte Raymond. „Sie können Wache stehen für den Fall, dass Serrier auftaucht. Außerdem können sie verhindern, dass wir uns in der Elementarmagie verlieren."

„Das ist eine gute Idee", stimmte Marcel zu. „Ich denke auch, dass Vertreter aller vier Elemente teilnehmen sollten, wenn wir schon auf die Hilfe der Vampire verzichten müssen. Wir haben Erde und Wasser, nicht aber Feuer und Luft."

„Alain wird nicht kommen wollen", sagte Thierry sofort. „Ich weiß zwar nicht, wo er sich gerade aufhält, aber er wird seine Suche nach Orlando nicht unterbrechen wollen."

„Ich weiß", erwiderte Marcel traurig. „Ich dachte an Caroline als Vertreterin der Luft und an David für das Feuer."

„Nicht Adèle?", fragte Thierry überrascht.

„Adèle und ihr Partner reden nicht mehr miteinander", sagte Marcel kurz angebunden. „Sie sind nicht mehr in der gleichen Patrouille und stehen auch nicht mehr für Einsätze zur Verfügung, bei denen sie aufeinander angewiesen sind. Vielleicht haben wir Glück, und die Partner von Caroline und David haben schon länger nicht mehr getrunken. Dann haben wir wenigstens zwei Vampire, die an dem Ritual teilnehmen. Ich halte das für wichtig, nicht nur, weil wir dadurch an Stärke gewinnen."

Thierry und Sebastien sahen sich überrascht an, als sie die Neuigkeiten über Adèle und Jude hörten, fragten aber nicht nach. „Wir sollten uns so schnell wie möglich in der Kathedrale versammeln", schlug Thierry stattdessen vor. „Ich werde das unangenehme Gefühl nicht los, dass es auf jede Sekunde ankommt."

Marcel nickte. „Ich verständige die anderen und richte ihnen aus, dass sie sofort nachkommen sollen. Ihr vier könnt schon aufbrechen und auf uns warten. Es wird nicht lange dauern."

„Ich transportiere Jean, wenn du Sebastien übernimmst", bot Thierry an, dem es nicht schnell genug gehen konnte. Er hatte das Gefühl, die Steine von Notre-Dame würden nach ihm rufen.

Raymond signalisierte mit einer kurzen Handbewegung sein Einverständnis. Thierry fasste Jean am Arm und sie verschwanden. Einen Wimpernschlag später tauchten sie vor der Kathedrale wieder auf. Neben ihnen materialisierten sich Sebastien und Raymond. Thierry sank sofort auf die Knie und suchte den Kontakt zu den Steinen, um herauszufinden, ob in den letzten Stunden etwas vorgefallen war. Zu seiner Erleichterung konnte er keinerlei Veränderung feststellen. Er stand wieder auf und rieb sich die Hände. „Lasst uns hinein gehen. Es ist eiskalt hier draußen." Seine Gedanken schweiften für einen Augenblick zu Alain ab, der in dieser ungemütlichen Nacht allein unterwegs war. Thierry konnte nur hoffen, dass sein Freund endlich Erfolg hatte, denn lange würde Alain nicht mehr so weitermachen können.

„Was ist eigentlich mit Adèle passiert?", wollte er wissen, als sie die Kathedrale betraten.

Jean und Raymond warfen sich einen frustrierten Blick zu. Raymond winkte Jean zu, den Anfang zu machen. Der schilderte in kurzen Worten die Situation. Kopfschüttelnd erklärte er Thierry und Sebastien, dass sie Adèle und ihren Partner durch ein magisches Kontaktverbot voneinander fernhalten mussten.

Thierry verdrehte die Augen, als er die Geschichte hörte. „Ich mag diese Frau. Wirklich, ich mag sie. Sie ist eine verdammt gute Magierin und das Wort Furcht ist ihr unbekannt. Aber manchmal führt sie sich auf wie ein pubertierender Teenager."

„Ich kann dir versichern, dass Jude ihr diesbezüglich in nichts nachsteht", erwiderte Jean bedauernd. „Er ist fast fünfhundert Jahre alt und verhält sich immer noch, wie zu der Zeit seiner Umwandlung. Aber er achtet streng darauf, sich gerade eben noch an unsere Gesetze zu halten, sodass wir ihn nicht zur Rechenschaft ziehen können. Trotzdem sind Vampire wie er für unseren schlechten Ruf verantwortlich."

„Das Schlimmste an der Sache ist, dass die beiden bei Marcel Zweifel an der Allianz geweckt haben", fügte Raymond hinzu. „Ich meine damit nicht, dass er die Allianz bedauert. Aber er fürchtet, dass wir Fehler gemacht haben, als wir sie auf den Partnerschaften aufgebaut haben."

Thierry und Sebastien sahen sich resigniert an. „Es gibt keinen Grund, an der Struktur der Allianz zu zweifeln, nur weil zwei Personen nicht in der Lage sind, sich wie vernunftbegabte Lebewesen zu verhalten."

„So ähnlich haben wir es Marcel auch erklärt", versicherte ihnen Raymond. „Glücklicherweise gibt es bei weitem mehr funktionierende Partnerschaften, als abschreckende Beispiele."

In diesem Augenblick traf Marcel ein und sie unterbrachen ihr Gespräch. Der General sah sich in der Kathedrale um, als wäre er das erste Mal hier. „Ich war schon öfter hier, als ich zählen kann. Auf Schulausflügen als Kind, bei Staatsbegräbnissen als Präsident der ANS, mit Freunden, die zu Besuch kamen und denen ich die Stadt gezeigt habe. Aber es war immer nur ein ganz normales Gebäude für mich. Eine Kirche unter vielen. Zugegeben, sie war schon immer beeindruckend, aber eben doch nur eine Kirche."

„Berühre den Stein", forderte Thierry ihn leise auf. „Hast du das jemals getan? Ich nicht. Jedenfalls nicht mit Absicht. Selbst heute hätte ich es nicht getan, hätte mir Raymond nicht gesagt, sie wäre einsturzgefährdet. Ich dachte mir, ich müsste nur die Mauern etwas stärken, damit sie halten, bis sie wieder repariert werden können."

Marcel legte die Hand an eine Säule und schloss die Augen, um sich mit der Magie des Ortes zu verbinden. Sekunden später öffnete er sie wieder. Sie schienen von innen heraus zu leuchten und strahlten eine Macht aus, wie Thierry sie noch nie gesehen hatte. Instinktiv trat er einen Schritt zurück, obwohl er wusste, dass Marcel keine Bedrohung für ihn darstellte. Doch die unglaubliche Macht im Blick der blauen Augen ließ den sonst so freundlichen alten Mann regelrecht einschüchternd wirken.

„Er ist wirklich der mächtigste Magier unserer Zeit, nicht wahr?", murmelte Jean seinem Partner leise zu.

„Oh, er ist mit Abstand der mächtigste", bestätigte ihm Raymond. „Wir sollten froh sein, dass er auf unserer Seite steht. Sonst hätten wir keine Chance, den Krieg zu gewinnen. Wenn es uns gelingen würde, Serrier in die Ecke zu treiben und lange genug dort festzuhalten, dass es zu einem direkten Kampf kommt … Er hätte gegen Marcel nicht den Hauch einer Chance. Das Problem ist nur, dass Serrier jeder Konfrontation ausweicht und wir ihn nicht aufhalten können. Jedes Mal, wenn wir herausgefunden haben, wo er steckt, verschwindet er sofort in ein anderes Versteck. So, wie er es mit Orlando getan hat."

„Ich bin mir nicht sicher, warum wir eigentlich mitgekommen sind", meinte Thierry. „Er ist allein mächtiger, als wir vier zusammen."

„Stell dir nur vor, was ein Partner noch zu seiner Macht beitragen könnte."

Thierry sah ihn mit großen Augen an. „Das übersteigt meine Vorstellungskraft."

„Meine nicht", erwiderte Raymond leise. „Er würde die Nacht zum Leuchten bringen. Er tut es jetzt schon. Schaut ihn euch nur an."

Caroline und Mireille trafen ein, gefolgt von Angélique und David. Die Neuankömmlinge rissen Marcel aus seiner Konzentration und er unterbrach die Verbindung, aber das machtvolle Leuchten in seinen Augen ließ nicht nach.

90

„Was ist hier los?", fragte David.

„Stelle eine Verbindung mit den brennenden Kerzen her und sage mir dann, was du fühlst", forderte Marcel ihn auf.

David folgte der Anweisung und zuckte zurück, als hätte er sich verbrannt. „Mein Gott", flüsterte er ehrfurchtsvoll. „So viel Macht!"

Seine Miene und der Klang seiner Stimme machten Caroline neugierig. Sie richtete den Blick an die Decke und rief die Winde durch das weite Gewölbe der Kathedrale. Ihr stockte der Atem, als die bescheidene Beschwörung hundertfach verstärkt zurückkam. „Das ist ja unfassbar!"

„Ja, das ist es", sagte Marcel. „Und jetzt werden wir gemeinsam versuchen, dieser Quelle der magischen Macht klarzumachen, dass sie sich auf unsere Seite schlagen oder in diesem Krieg zumindest neutral bleiben muss."

Caroline und David starrten ihn ungläubig an. „Was sollen wir tun?", fragte Caroline, als sie ihre Stimme wiederfand.

„Kanalisiert eure Macht in Thierry, so, wie ihr es für das Rite d'équilibrage tun würdet", wies Marcel sie an. „Er wird uns führen. Wenn eure Partner die Freundlichkeit hätten, euch während des Rituals zu beißen, würde das die Wirkung eurer Magie noch beträchtlich verstärken."

Angélique und Mireille waren schockiert und warfen Jean einen fragenden Blick zu. Es dauerte einen Moment, bis dem Chef de la Cour einfiel, dass die beiden Vampire und ihre Partner nicht an der Besprechung teilgenommen hatten, als sie über die Wirkung des Bisses auf die Macht der Magier diskutiert hatten. Er erklärte ihnen das Konzept und versicherte ihnen, dass niemand sie dafür verurteilen würde, ihre Partner vor Publikum zu beißen.

Verlegen ging Mireille auf Caroline zu. Sie war es nicht gewöhnt, in der Öffentlichkeit und im Stehen zu trinken, wollte aber helfen. Außerdem hatte Jean es für richtig erklärt. „Wie wollen wir es tun?", fragte sie Caroline leise.

„Stell dich hinter mich, damit ich die Hände frei habe", schlug die blonde Magierin vor. „Kannst du mich aus dieser Position beißen?"

Mireille schüttelte frustriert den Kopf. „Ich bin zu klein."

Caroline hörte den Selbstvorwurf in der Stimme ihrer Partnerin und drehte sich zu ihr um. „Du bist perfekt", sagte sie und legte ihr die Hände um den Kopf. „Wir müssen uns nur eine andere Lösung ausdenken."

„Stell dich auf einen Betstuhl", schlug Sebastien vor und zog einen der kleinen Hocker heran, die vor dem Reliquiar standen. „Das gibt dir die fehlenden Zentimeter, die du brauchst, um an Carolines Hals zu kommen."

Mireille stieg auf den Hocker und stellte fest, dass er genau die richtige Höhe hatte. Sie lächelte Sebastien dankbar zu und schlang die Arme um Caroline, um sie an sich zu ziehen und ihr die Lippen an den Hals zu pressen. Die Hilfsbereitschaft und selbstverständliche Akzeptanz des anderen Vampirs hatten ihre verbliebenen Vorbehalte schneller beseitigt, als es die schönsten Worte hätten tun können. So sehr sie auch gegen sämtliche Tabus verstießen, die ihre bisherige Existenz als Vampirin bestimmt hatten, sie wusste doch, dass alles richtig war – diese Allianz, dieses Ritual und ihre Partnerschaft mit Caroline. Mireille war da, wo sie hingehörte. Zur richtigen Zeit und am richtigen Ort.

Sie schmiegte sich an Carolines zarte Haut und beobachtete gespannt, wie die anderen mit der Lage zurechtkamen. Zu ihrer Überraschung gingen weder Jean noch Sebastien zu ihren Partnern, um ihnen zu helfen. Mireille runzelte die Stirn und wollte nach dem Grund dafür fragen, aber Angélique kam ihr zuvor.

„Sebastien und ich haben heute schon getrunken, um unsere Partner zu unterstützen", erklärte Jean den beiden Frauen. „Wir wollen ihnen und uns nicht zu viel zumuten."

Mireille akzeptierte diese Erklärung und wartete ab, bis auch Angélique eine bequeme Position gefunden hatte. Es war mehr, als ein normaler Biss. Es war Teil eines bedeutsamen Rituals und daher nur angemessen, auf den richtigen Zeitpunkt zu warten.

Angélique machte sich nicht die Mühe, sich einen Hocker zu beschaffen. Sie stellte sich an Davids Seite, legte sich seinen Arm um die Schulter und öffnete sein Hemd, um sein Schlüsselbein freizulegen. Mireille beneidete Angélique um diese Kühnheit, hatte aber nicht den Mut, es ihr nachzumachen. „Du bist perfekt, so wie du bist", flüsterte Caroline wieder, als hätte sie Mireilles Gedanken lesen können. „Ich will aus unserer Beziehung auch kein öffentliches Spektakel machen. Wenn wir wieder allein sind, kannst du mich beißen, wo immer es dir auch gefällt."

„Versprochen?", fragte Mireille mit heiserer Stimme.

„Versprochen", erwiderte Caroline und drückte Mireilles Hand. Sie ließ sie nicht mehr los, während sie darauf warteten, dass Marcel ihnen das Zeichen gab, mit dem Ritual zu beginnen. Als der General die Hand hob, schloss sie die Augen und konzentrierte sich darauf, all ihre Magie an Thierry weiterzuleiten.

Als die Magier begannen, die Beschwörung zu skandieren, legte Mireille die Lippen auf Carolines Hals und biss vorsichtig zu. Sie genoss den vollen Geschmack des Blutes ihrer Geliebten. Carolines Magie war stärker als je zuvor und erfüllte Mireille mit ihrer Macht. Sie drückte Carolines Hand und gab ihr Halt, während der Geist der Magierin sich mit den Winden emporschwang und durch die Kuppeln der Kathedrale schwebte.

Thierry bereitete sich auf die einströmende Macht der anderen Magier vor. Er hatte schon oft als Ankerpunkt für Rituale gedient. Meistens waren dabei mehr als nur vier Magier involviert gewesen. Aber noch nie war die Macht, die er in sich kanalisierte, so überwältigend gewesen. Thierry konnte sich nur mühsam vorstellen, welche Machtfülle sie in sich vereinen würden, falls auch Jean und Sebastien an dem Ritual teilnehmen würden oder Marcel ebenfalls einen Partner gefunden hätte.

Als er die Magie unter Kontrolle hatte, stellte er die Verbindung zum Gemäuer von Notre-Dame her. Er fühlte die Elementarmagie wieder genauso stark, wie nach dem Kampf gegen die dunklen Magier. Durch die zusätzliche Magie, die ihm zur

Verfügung stand, konnte er die Verbindung dieses Mal besser kontrollieren und lenkte sie mehr, als dass er selbst gelenkt wurde. Die Kombination der vier Elemente ließ ihn die Macht des Fokus erst richtig wahrnehmen. Er rief die Erinnerungen an den gestrigen Kampf und den Horror, den er – und der Fokus – bei dem Gedanken an Gewalt an diesem heiligen Ort empfunden hatte, in sich wach. Dann projizierte er sie in die Steine. Die Elementarmagie reagierte sofort und vibrierte vor Zorn über die Respektlosigkeit, mit der die Kathedrale entweiht worden war. Thierry fügte seinen Erinnerungen erst die Bilder von Serriers Angriff auf die Vampire auf dem Place Pigalle hinzu, dann auch Bilder der Gemetzel, die überall in der Stadt angerichtet worden waren. Er zeigte dem Fokus die Anstrengungen der Milice, solche Gräueltaten zu verhindern, und schloss mit einem Ausblick in die Zukunft, indem er vor Serrier warnte, der in die Kathedrale kommen und den Fokus seinem Willen unterwerfen würde. Die Elementarmagie reagierte auf dieses Bild mit einem Ausbruch, der Thierry beinahe von den Beinen riss. Sebastien fing ihn in den Armen auf und drückte ihn an sich.

Auf Marcels Zeichen hin schickte er noch ein weiteres Bild an den Fokus. Es zeigte einen Magier der Milice, der die Kathedrale bewachte und vor solchem Missbrauch schützte. Dieses Mal erreichte ihn eine Woge der Zustimmung. Thierry löste die Verbindung zum Fokus und den anderen Magiern. „Ich glaube nicht, dass wir noch befürchten müssen, Serrier könnte den Fokus übernehmen", sagte er, als auch die anderen sich aus ihrer magischen Konzentration gelöst und die beiden Vampire ihre Partner wieder freigegeben hatten. „Um ehrlich zu sein, hoffe ich aber, dass er es trotzdem versucht. Er wird nämlich sein blaues Wunder erleben und ernsthaft geschwächt daraus hervorgehen."

„Dann ist alles gut gelaufen?", fragte Raymond.

„Hast du es nicht gespürt?"

Raymond schüttelte den Kopf. „Mein Element ist das schwächste an diesem Ort. Der Fluss ist zu weit entfernt, um eine starke Verbindung herzustellen. Ich habe nur gespürt, dass du die Elementarmagie erreicht hast, konnte aber nicht erkennen, mit welchem Ergebnis."

„Ich konnte es erkennen", meinte Marcel. „Thierry hat die Lage richtig eingeschätzt. Wir werden zur Sicherheit einen Wachtposten hier stationieren, obwohl ich nicht glaube, dass wir uns Sorgen machen müssen. Jetzt brauchen wir alle etwas Ruhe, um uns zu erholen. Ihr habt heute weit mehr geleistet, als von euch verlangt werden kann. Wir sehen uns morgen im Hauptquartier."

Dankbar ließen Thierry und Raymond sich an ihre Partner fallen. „Wärst du so gut, Marcel?", fragte Raymond erschöpft.

„Ja, bitte", kam das Echo der anderen Magier.

Marcel lächelte nur und transportierte die Paare nach Hause.

Raymond sah sich müde lächelnd in seinem vollgestopften, unordentlichen Apartment um. „Ich habe nicht erwartet, ausgerechnet hier zu landen."

„Wir sind zusammen", meinte Jean. „Nur das zählt. Du solltest dich jetzt hinlegen. Du schläfst ja schon im Stehen ein."

Raymonds Augen blitzten trotz seiner Erschöpfung. „Du willst mich nur ins Bett kriegen, das ist alles."

Jean grinste frech. „Wenn ich das wollte, wärst du schon dort. Aber ich bin noch wund und muss ein oder zwei Tage aussetzen. Du hast mich heute Nacht sehr gründlich geliebt."

„Es …"

„Wenn du dich entschuldigen willst, gebe ich dir gleich einen Grund, es wirklich zu bedauern", sagte Jean warnend. „Ich habe mich vorhin nicht beschwert und werde es auch jetzt nicht tun. Ich habe es selbst so gewollt, und in ein oder zwei Tagen geht es mir wieder gut. Und jetzt leg dich ins Bett, damit ich dich in die Arme nehmen kann, während du schläfst."

Auf der anderen Seite der Stadt nutzte Angélique die Gelegenheit, sich zum ersten Mal in Davids Wohnung umzusehen. Es war eine typische Junggesellenwohnung, aber sie war vergleichsweise geräumig, mit einem Wohn- und Esszimmer, einer separaten Küche und einem Schlafzimmer. „Bei deiner Haarfarbe hätte ich mir eigentlich denken können, dass dein Element das Feuer ist", sagte sie. Sie hatte heute Nacht eine neue Seite an David kennengelernt, so wie schon gestern, als er sich so liebevoll um sie gekümmert hatte.

David errötete und fuhr sich verlegen mit den Fingern durch die rotblonden Haare. „Es ist der Fluch meines Lebens", gestand er. „Ich wollte schon als Junge immer blond und sexy oder wenigstens ein verwegener dunkelhaariger Typ sein. Stattdessen war ich nur der komische Rotschopf mit blasser Haut und Sommersprossen."

„Du bist vielleicht nicht blond oder dunkelhaarig", widersprach ihm Angélique. „Aber sexy und verwegen bist du trotzdem."

„Du musst mich nicht aufmuntern. Ich weiß sehr gut, was Frauen von mir halten."

Angélique sah ihn prüfend an. „Mon œil!", rief sie. „Wenn das stimmt, sind sie entweder blind, oder du kennst die falschen Frauen. Du magst nicht der bestaussehende Mann der Allianz sein, aber du bist mit Sicherheit der ehrenwerteste. Die meisten Männer wären nach der letzten Nacht über mich hergefallen, wie Fliegen über ein Glas Honig. Ich hätte wahrscheinlich nicht Nein gesagt. Aber ich hätte am nächsten Morgen nicht die Hochachtung vor ihnen gehabt, wie ich sie vor dir hatte. Du hättest meine Lage leicht ausnutzen können, doch du hast es nicht getan. Das macht dich attraktiver, als jede Haar- oder Hautfarbe es jemals tun könnte."

David verstand sehr gut, wie viel Überwindung dieses Geständnis Angélique gekostet haben musste. Er zog sie sanft in die Arme und stützte sich mit dem Kinn auf ihren Kopf. Die unkomplizierte Nähe zu ihr tat ihm gut. „Wir werden beide wissen, wenn der richtige Moment gekommen ist. Bis dahin …"

„… genießen wir die Vorfreude", beendete Angélique den Satz und führte ihn ins Schlafzimmer, wo sie sich zu ihm ins Bett legte. Sie lächelte, als er sie in die Arme zog und sich an sie drückte. Vielleicht würde doch noch alles gut werden zwischen ihnen.

13

„Captain Dumont! Captain Dumont!"

Thierry ließ frustriert die Schultern hängen. Fast hätte er es geschafft gehabt. Fast wäre Dienstschluss gewesen und er hätte nach Hause gehen können. Und jetzt das – was immer es auch war. An Thierrys Seite machte Sebastien sich bereit, seinen Partner zu verteidigen, der in den letzten zwölf Stunden bis an das Ende seiner Kräfte gegangen war.

„Ja?"

„Orlandos Repère ... Er ist wieder sichtbar auf der Karte im Salle des Cartes."

Thierrys Erschöpfung war wie weggewischt. „Nun, worauf warten wir dann noch? Notiere die Position, damit wir sofort aufbrechen können."

Der Leutnant gab Thierry einen Zettel, auf dem eine Adresse notiert war. „Ich wollte eigentlich den General informieren, aber dann habe ich dich gesehen."

„Ich kümmere mich um alles", versprach Thierry und zog sein Handy aus der Tasche, um Alain anzurufen. Thierry hoffte, dass sein Freund nicht gerade in einen Kampf verwickelt war, aber selbst dann wäre seine Nachricht höchst willkommen.

„Thierry?"

Thierry zuckte zusammen, als er die Verzweiflung und Hoffnungslosigkeit in Alains Stimme hörte. „Wo steckst du?"

„Irgendwo nördlich der Stadt."

„Egal", entschied Thierry. „Wir treffen uns ..." Er unterbrach sich und schaute auf den Zettel. „... an der Ecke Rue du Harneau und Rue de Cadix. Orlandos Repère ist auf der Karte aufgetaucht."

Die kurze Stille am anderen Ende der Verbindung war mit Händen greifbar. „Thierry, das ..."

„Ja, ich weiß", erwiderte Thierry. „Wir können wenig tun, außer abzuwarten, was passieren wird."

„Wir treffen uns dort."

„Gib mir fünf Minuten, bis ich jemanden gefunden habe, der Sebastien transportieren kann. Und warte auf mich, hörst du? Ich will nicht, dass du ihm allein gegenüberstehst."

Die Verbindung wurde unterbrochen, ohne dass Thierry eine Antwort bekam. „Putain de merde!", fluchte er. „Wenn er sich umbringt, werde ich sein Grab heimsuchen, das schwöre ich!"

„Was ist los?", wollte Sebastien wissen, während er Thierry durch den Gang zurück folgte. „Was ist an der Adresse so besonders?"

Thierry schüttelte nur den Kopf, lief aber mit jedem Schritt schneller. „Das erkläre ich dir später. Wir müssen uns jetzt beeilen, weil Alain nicht auf uns warten wird. Und er ist noch erschöpfter als ich. Er kann Simonet nicht allein gegenübertreten."

Sebastien speicherte den Namen in seinem Gedächtnis. Er würde seine Erklärung schon noch bekommen. Für den Moment überließ er es Thierry, die unmittelbaren Entscheidungen zu fällen.

„Ist der Repère noch auf der Karte?", fragte Thierry, als sie den Salle des Cartes erreichten.

„Ja, Sir", antwortete der Leutnant.

„Gut. Sei so gut und schicke meinen Partner ebenfalls an die Adresse."

Der junge Mann hatte kaum mit dem Kopf genickt, da war Thierry auch schon aus dem Raum verschwunden. Er tauchte an einer beleuchteten Straßenecke wieder auf, die ihm einst so vertraut gewesen war, wie die Straßen seines eigenen Viertels. Kurz darauf war auch Sebastien wieder an seiner Seite.

„Wo ist Alain?"

„Wahrscheinlich schon im Haus", knurrte Thierry. „Obwohl ich noch kein Gebrülle hören kann."

In diesem Augenblick materialisierte Alain auf dem Bürgersteig, verlor bei der Ankunft das Gleichgewicht und ging in die Knie. Thierry verkniff sich einen weiteren Fluch, als er die Erschöpfung in Alains Gesicht sah. Sein Freund war leichenblass und hatte schwarze Ringe um die rot unterlaufenen Augen. Aber am schlimmsten war der gehetzte, leblose Blick in den sonst so lebhaft funkelnden blauen Augen Alains. Thierry hatte sich in den letzten Wochen an einen lächelnden, glücklichen Alain gewöhnt, der trotz der Herausforderungen des Krieges nie seine Lebensfreude verlor. Davon war jetzt nichts mehr zu spüren. Kein Lächeln lag in Alains Gesicht, kein Strahlen in seinen Augen. Nur seine müden Bewegungen zeigten, dass er noch am Leben war. Alain stieß Thierrys hilfreich ausgetreckte Hand zur Seite und kam mühsam wieder auf die Füße. „Schon gut."

„Nichts ist gut", schimpfte Thierry, ließ ihn aber allein aufstehen. „Wie wollen wir vorgehen?"

Alain starrte ihn verständnislos an, als würde Thierry unverständliches Kauderwelsch reden. Dann drehte er sich um und ging auf das Haus zu. Er spielte nervös mit seinem Stab und sah nicht ein einziges Mal zurück, um sich davon zu überzeugen, ob Thierry und Sebastien mitkamen. Ihn interessierte nur noch eines. In diesem Haus war Orlando.

„Wenn er da so einfach rein marschiert, bringt er uns alle um", warnte Sebastien leise, während sie ihm folgten.

„Nur, wenn ich es nicht verhindern kann", versicherte Thierry seinem Partner und zog ebenfalls den Stab aus der Tasche. Der Anblick seines verzweifelten und erschöpften Freundes hatte ihn mehr getroffen, als er sich eingestehen wollte. Während Alain durch die Tür stürmte und ins Haus lief, versiegelte Thierry das Gebäude, um zu verhindern, dass andere dunkle Magier Simonet zur Hilfe kamen. Sie hatten schon genug am Hals, auch ohne zusätzliche Komplikationen.

Alain nahm zwei Stufen auf einmal, als er die Treppe hinauflief. Jeder Schritt brachte ihn näher zu seinem Geliebten. Oben angekommen, fing er zu rennen an. Ganz am Rande nahm er wahr, dass Thierry und Sebastien ihm dicht auf den Fersen waren, aber seine ganze Aufmerksamkeit galt der Wohnung, in der er vor langer Zeit ein stets willkommener Gast gewesen war. Seine Züge verhärteten sich, als er potentielle Szenarien seines Wiedersehens mit Eric durchspielte. Alain wollte nur zu gerne glauben, dass irgendwo unter der verbitterten Fassade noch Reste des alten Eric überlebt hatten, der sein Freund gewesen war. Reste, an die er appellieren konnte, Orlando freizugeben. Aber Alain wusste auch, dass er Eric ohne zu zögern töten würde, wenn das der einzige Weg zu Orlandos Freiheit war. Was immer er auch tun musste – er würde seinen Geliebten keine Sekunde länger als nötig in den Händen des dunklen Magiers lassen.

„Er hat seine Schutzschilde nicht geändert", wunderte sich Thierry, als sie auf die Wohnungstür zugingen und den ersten Verteidigungsring ungehindert passieren konnten. „Warum hat er sie nicht geändert? Warte, Alain!"

Alain hörte nicht auf ihn und lief weiter. Er wollte nur noch zu Orlando, alles andere war nebensächlich.

„Mir gefällt das alles nicht", murmelte Thierry und verstärkte leise seine persönlichen Schutzschilde, um sich auf eine mögliche Attacke vorzubereiten. „Als er die Seiten gewechselt hat, hätte er sie sofort ändern müssen, damit wir ihn nicht fassen können."

„Vielleicht wollte er gefasst werden", sagte Sebastien leise. Als sie zum nächsten Schutzschild kamen, konnte er ihn nicht passieren. „Mich wollte er jedenfalls nicht hier sehen", meinte er trocken und wartete darauf, dass Thierry ihm mit einer Beschwörung den Zugang ermöglichte.

Es dauerte nur wenige Sekunden, in denen Alain jedoch die Wohnungstür erreichte, sie mit einem Schnicken seines Stabes öffnete und in den Flur stürmte. „Orlando!"

Stille.

„Orlando!", rief er wieder. „Wo bist du?"

Thierry fluchte laut genug, um die Luft um sich herum mit magischen Funken aufzuladen. Er lief Alain nach und suchte, den Stab einsatzbereit in der Hand, nach Eric oder anderen Bedrohungen. Die ganze Situation war extrem verdächtig und machte ihn nervös. Es war alles viel zu einfach und Thierry befürchtete, in eine Falle zu laufen. Aber nichts geschah.

„Orlando!" Mit jedem Ruf wurde Alains Stimme verzweifelter. Er lief durch die Wohnung, suchte in jedem Zimmer. Küche, Badezimmer, Gästezimmer, Wandschränke ... kein Orlando. Alain kam ans Ende des Flurs und stieß die

Tür zu Erics Schlafzimmer auf. Sicher hielt Simonet ihn hier gefangen. Aber auch dieses Zimmer war leer. Alains Knie gaben nach und er sank zu Boden, als die Hoffnung, die ihn getragen hatte, sich auflöste wie Nebelschwaden im Sonnenlicht. Ein ersticktes Schluchzen kam ihm über die Lippen. „Ich verstehe das nicht", krächzte er.

„Verdammter Mist", fluchte Thierry und zog sein Handy aus der Tasche, um im Hauptquartier anzurufen. „Wann ist der Repère verschwunden?", wollte er wissen, als sich der diensthabende Offizier meldete.

„Er ist immer noch auf der Karte, Sir", antwortete der Magier. „Wir wollten schon feiern. Er leuchtet direkt neben euch auf."

„Das Zimmer ist leer! Wie kann sein Repère nicht sichtbar sein?", fragte Thierry.

„Sein Repère ist an den Ring gebunden, nicht an ihn selbst", sagte Alain stumpf. „Wenn Simonet den Ring genommen und hierher gebracht hat, dann wird er auf der Karte sichtbar. Auch ohne Orlando." Er rappelte sich vom Boden auf und fing an, das Zimmer zu durchsuchen. Es dauerte nicht lange, da sah er den Ring auf Erics Nachttisch liegen. Den Ring, der perfekt zu dem Brandmal an seinem Hals passte. Alain nahm den Ring, schloss die Augen und drückte ihn an die Lippen, als wollte er ihn küssen, als könnte seine Berührung ihn in Orlando verwandeln.

„Was hat ihn dazu gebracht, sich von dem Ring zu trennen?", fragte er und fürchtete sich gleichzeitig vor der Antwort. „Er würde ihn niemals freiwillig aufgeben. Nicht nur, weil es sein Repère ist, sondern auch, weil er das Zeichen unseres Aveu de Sang ist." Alains Stimme wurde panisch, als er sich Orlandos leblosen Körper ausmalte und seinen Mörder, der ihm den Ring vom Finger riss, um ihn als Trophäe zu behalten.

„Hör auf damit, Alain", sagte Sebastien, fasste ihn an den Schultern und schüttelte ihn durch. „Du weißt auch ohne den Repère, ob Orlando noch am Leben ist. Du musst nur die Augen schließen und ihn fühlen. Vielleicht hat er ihn nicht freiwillig aufgegeben, aber er muss deshalb noch lange nicht tot sein."

Alain kämpfte um Beherrschung und konzentrierte sich auf seine Verbindung zu Orlando. Als er sich entspannte, spürte er die Woge der Liebe, die über ihn hereinbrach. Sebastien hatte recht gehabt. Trotzdem half es Alain wenig. „Wir haben immer noch nicht den geringsten Hinweis auf seinen Aufenthaltsort."

„Den hatten wir vorher auch nicht", erinnerte ihn Thierry. „Serrier hat offensichtlich einen Weg gefunden, sich gegen die Wirkung der Repères abzuschirmen. Es sollte uns nicht überraschen. Wir wussten, dass er daran arbeitet. Jetzt müssen wir weitersuchen, dann finden wir ihn auch. Komm, wir gehen wieder. Du musst dich ausruhen."

„Die Zeit läuft uns davon", protestierte Alain kopfschüttelnd. „Es sind schon fast drei Tage. Er hält nicht mehr viel länger durch. Er braucht Blut. Ich kann fühlen, wie er immer schwächer wird, Thierry. Ich kann mich erst ausruhen, wenn er wieder in Sicherheit ist."

Thierry dachte ernsthaft darüber nach, Alain wieder in einen magischen Schlaf zu versetzen. Doch das wäre ein Vertrauensbruch, den er nicht wiederholen wollte. Das letzte Mal hatte Alain ihm noch verziehen, ein zweites Mal wollte Thierry es nicht riskieren. „Dann lass uns gehen", erwiderte er. „Wo ist unser nächstes Ziel?"

Alain schüttelte den Kopf. „Du kannst nicht mitkommen. Marcel braucht jeden Mann."

Thierry sah auf die Uhr. „Ich bin seit einer halben Stunde außer Dienst", sagte er. „Was ich in meiner freien Zeit unternehme, geht niemanden etwas an."

„Doch, das tut es, wenn du anschließend nicht mehr diensttauglich bist", widersprach ihm Alain und sah Sebastien ernst an. „Ich bin mir nicht sicher, ob ich noch die Kraft habe, uns beide zu transportieren."

„Dann gehen wir auf die altmodische Art", meinte Thierry schulterzuckend. „Es dauert etwas länger, aber es ist immer noch besser, als wenn du alleine unterwegs wärst. Du bist so blass, ein Geist ist nichts dagegen."

Sebastien musste Thierrys Einschätzung zustimmen, bezweifelt aber, dass sein Partner nach dem Kampf um Notre-Dame und dem anschließenden Ritual in viel besserer Verfassung war. Wenn sie mit der Métro fuhren, sparten sie nicht nur Energie, sondern konnten sich auch etwas ausruhen. Er beschloss, Thierry nicht aus den Augen zu lassen – auf Alain konnten sie sowieso keinen Einfluss mehr nehmen – und nickte zur Tür. „Dann los, bevor Simonet hier auftaucht. Vermutlich warnen ihn seine Schutzschilde, wenn jemand hier eindringt."

„Das sollte man eigentlich meinen", gab Thierry zu, als sie Erics Wohnung verließen. „Andererseits hätte er sie auch ändern sollen, und das hat er auch nicht getan."

„Dann erkläre mir, worum es geht", verlangte Sebastien, während sie Alain zurück auf die Straße folgten und sich auf den Weg zur nächsten Haltestelle machten. Alain bewegte sich mehr wie ein Roboter, als wie ein lebender Mensch. Es war ein beunruhigender Anblick. Der Magier hatte die Augen stur auf den Bürgersteig vor sich gerichtet, ohne nach links oder rechts zu schauen. „Zu dieser Geschichte gehört mehr als nur ein Mann, der die Seiten gewechselt hat."

„Simonet – Eric – war wie ein kleiner Bruder für uns", erwiderte Thierry leise. Er wollte Alain durch seine Erinnerungen nicht noch mehr verstören. „Als wir noch Kinder waren, ist er uns höllisch auf die Nerven gegangen, weil er uns ständig nachgelaufen ist. Später, als wir älter waren, wurden wir unzertrennlich. Die drei Musketiere. So wurden wir genannt."

„Und was ist dann passiert?"

„Dann fing der Krieg an und Alains Haus wurde angegriffen. Seine geschiedene Frau und sein Sohn wurden getötet. Erics Frau Edwige und dessen Kinder waren zu Besuch. Sie haben sich rechtzeitig in einem Schrank versteckt und wurden von den dunklen Magiern nicht entdeckt. Wie auch immer, wir wussten nicht, dass sie da waren, als wir eingetroffen sind. Wir haben uns verteidigt und versucht, die dunklen Magier zu überwältigen, als einer von Alains Flüchen aus dem Ruder lief", erklärte Thierry. „Wir wussten nichts von Edwige und den Kindern. Als wir sie gefunden haben, war es schon zu spät. Alains Fluch hatte sie getötet. Eric hat ihm das nie verziehen. Und als ob das nicht schon schlimm genug wäre, musste Eric auch noch einer der Magier sein, die Orlando auf dem Place Pigalle entführt haben."

„Und hat ihm seit dem Gott weiß was angetan", zischte Alain, während sie auf dem Bahnsteig standen und auf die U-Bahn warteten.

„Du weißt doch gar nicht, ob Eric dafür verantwortlich ist, was mit Orlando geschehen ist", versuchte Thierry, seinen Freund zu bremsen.

„Und du weißt das Gegenteil genauso wenig", erwiderte Alain. „Er ist keinen Deut besser, als der Rest der Bande. Ich wünschte, es wäre nicht so. Aber wir dürfen uns nichts mehr vormachen. Sein Fluch hat Orlandos Entführung ermöglicht. Er hatte Orlandos Ring, also muss er Orlando gesehen haben und in seiner Nähe gewesen sein. Ich kann mir nicht vorstellen, dass Orlando den Ring freiwillig aufgegeben hat. Und das heißt, er wurde ihm mit Gewalt abgenommen."

„Es ist nicht so einfach, einem Vampir etwas mit Gewalt abzunehmen", sagte Sebastien bedächtig. Er wollte sich nicht einmischen, verspürte aber das Bedürfnis, Thierry zu verteidigen. „Orlando ist sehr klug. Er hat Eric den Ring vielleicht in der Hoffnung überlassen, dass er dich zu ihm führt."

„Selbst wenn das der Fall wäre …", erwiderte Alain kalt, obwohl sich neue Hoffnung in ihm breitmachte, „Simonet muss trotzdem in seiner Nähe gewesen sein, um den Ring zu bekommen. Ich habe Orlandos Schmerzen spüren können. Simonet ist ein toter Mann, wenn wir uns begegnen."

Thierry sah ihn erschrocken an. Sie hatten immer mit dieser Möglichkeit gerechnet. Aber es war eine hypothetische Möglichkeit geblieben, weil sie Eric nie in einem direkten Kampf gegenübergestanden hatten. Alain sprach über etwas anderes. Alain meinte es ernst. Thierry konnte es am Tonfall seines Freundes erkennen, und der verhieß nichts Gutes. „Alain", sagte er tadelnd. „Du weißt genau, dass wir das nicht tun können."

„Er weiß gar nichts", mischte sich Sebastien ein. In diesem Augenblick fuhr der Zug ein. Sie stiegen ein, ohne ihr Gespräch zu unterbrechen. „Orlando würde nicht anders reagieren, wenn die Situation umgekehrt wäre. Diese Gefühle sind rational nicht zu erklären, Thierry, und daran wird sich auch nichts ändern, bis er Orlando endlich wieder in den Armen halten kann. Der Aveu de Sang lässt wenig Raum für Vernunft, wenn sich ein Avoué in Gefahr befindet."

Für einen kurzen Moment flackerte so etwas wie Dankbarkeit in Alains Blick auf, aber sie erlosch schnell wieder. Nur kalte Wut blieb zurück und wirkte noch grausamer durch den Kontrast, den dieses kurze Aufflackern der Menschlichkeit in Alains Fassade der Trauer und der Wut geschlagen hatte. Thierry erkannte einmal mehr, wie sehr Orlandos Schicksal Alain innerlich zerriss. „Wohin gehen wir als Nächstes?", fragte er, um das Thema zu wechseln.

„Nach Norden", erwiderte Alain müde. „Die restlichen weißen Flecken, die Raymond mit seiner Magie nicht durchdringen konnte, befinden sich alle nördlich der Stadt. In St. Denis und noch weiter außerhalb."

„Wie viele sind noch übrig?", erkundigte sich Thierry.

„Drei", antwortete Alain mit rauer Stimme. „Ich hoffe nur, dass wir ihn an einem dieser Orte finden, denn sonst weiß ich nicht mehr weiter."

„Falls wir ihn nicht finden, versuchen wir es mit einem neuen Aufspürzauber. Wenn mehr von uns mithelfen, können wir die Reichweite erhöhen", versicherte ihm Thierry. „Ich verspreche dir, dass wir Orlando nicht aufgeben."

Alain wollte lächeln, doch in diesem Augenblick spürte er durch seine Verbindung zu Orlando einen scharfen Schmerz. Das Lächeln gefror ihm auf den Lippen. „Wir müssen uns beeilen." Eine neue Welle des Schmerzes durchfuhr ihn und er sah seine Freunde mit wilder Verzweiflung an. „Sie tun ihm weh."

„Geht", befahl Sebastien, obwohl es ihm schwerfiel, Thierry in einer gefährlichen Situation allein zu lassen. „Benutzt eure Magie und geht. Ich fahre zum Hauptquartier zurück und warte dort auf euch."

„Bist du sicher?", fragte Thierry nach.

„Begleite ihn, sonst wird er alleine gehen", erwiderte Sebastien. „Aber seid vorsichtig."

Thierry sah ihm noch einmal in die Augen, dann drehte er sich zu Alain um. „Gib mir die nächste Adresse."

Alain wusste sie auswendig. Er hatte sie kaum ausgesprochen, da war er auch schon verschwunden. Eine Sekunde später folgte ihm Thierry. Sebastien blieb allein in der U-Bahn zurück und studierte die Karte mit dem Streckennetz, um den schnellsten Weg ins Hauptquartier zu finden.

Als sie an ihrem Ziel ankamen, wartete Alain nicht lange auf Thierry. Er verließ sich darauf, dass sein Freund ihm folgen würde. Er wollte Orlando keine Sekunde länger in den Klauen der dunklen Magier lassen, als absolut unvermeidlich war. In der Hoffnung, endlich die richtige Adresse zu haben, lief er los. Hinter ihm fluchte Thierry laut über so viel unvorsichtige Tollkühnheit, aber auch das konnte Alain nicht mehr zurückhalten. Er stolperte vor Erschöpfung, landete mit allen Vieren auf dem Boden und rappelte sich sofort wieder auf, um weiterzulaufen. In der Zwischenzeit hatte Thierry ihn eingeholt.

„Du bringst uns noch um", warnte er und packte Alain am Arm, um ihn aufzuhalten. Thierry konnte kaum glauben, wie entschlossen und tatkräftig Alain plötzlich wieder war. Trotz der Erschöpfung, die ihm immer noch anzumerken war, hatte Alain das roboterhafte Verhalten verloren, das Thierry solche Sorgen bereitet hatte. Vielleicht lag es ja daran, dass Alain jetzt nicht mehr allein auf sich gestellt war. Vielleicht lag es auch daran, dass sie den Ring gefunden hatten und wussten, dass Eric in Orlandos Nähe gewesen war. Wie dem auch sein mochte, Thierry hoffte, dass sich Alains geistige Erholung auch körperlich auswirken würde und ihm die Kraft gab, ihre Suche noch einige Stunden fortzusetzen. „Es hilft Orlando nicht viel, wenn wir uns umbringen lassen."

„Vergiss es!", rief Alain. „Wenn wir ihnen die Chance geben, sich von unserem ersten Angriff zu erholen, kommen wir nie in das Gebäude."

Thierry seufzte resigniert. „Schon gut. Ich hoffe nur, dass wir es überleben. Dann los jetzt!"

14

„ICH WEIß wirklich nicht, ob er uns noch viel verraten kann", sagte Eric mit ernster Miene zu Serrier. „Wir können es noch mit anderen Beschwörungen und Flüchen versuchen, aber wir sind schon an einem Punkt, wo wir selbst voraussagen können, welche wirken werden und welche nicht. Es wäre reine Zeitvergeudung, noch weiter mit ihm zu experimentieren. Außerdem hat er solche Schmerzen, dass wir die Wirkung nicht mehr richtig einschätzen können. Vielleicht würden einige Tage Erholung helfen, aber das ist auch keine Option."

„Was schlägst du also vor?", fragte Serrier.

„Dass ich ihn beseitige", bot Eric an, dem sich der Magen umdrehte. Es war seine erste Taktik und ließe sich am einfachsten in die Tat umsetzen. „Er ist für uns wertlos geworden und nimmt uns nur Platz weg. Ich bringe ihn irgendwo an die Sonne, wo er nicht gefunden wird. Heute Nacht können Vincent und ich einen anderen Vampir besorgen, an dem wir hoffentlich etwas länger haben."

„Du willst uns also um das Vergnügen bringen, dabei zuzusehen, wie er sich im Sonnenlicht in ein Häufchen Asche verwandelt?" Serrier schüttelte den Kopf. „Nein, das ist keine gute Idee. Wir werden ihn morgen draußen auf dem Boden anketten, falls Claude bis dahin den Spaß an ihm verloren hat."

„Wenn du das Vergnügen haben willst, ihn brennen zu sehen, solltest du ihn nicht Claude ausliefern", warnte Eric. „Ich glaube nicht, dass er Claudes Art der Folter noch überleben wird, selbst wenn es nur für eine Nacht ist."

„Seit wann bist du unser Vampirexperte?", wollte Serrier wissen.

„Das bin ich nicht", erwiderte Eric zurückhaltend, weil er genau wusste, dass er mitten durch ein Minenfeld navigierte. „Aber selbst ein Blinder kann sehen, wie unterschiedlich er reagiert, seit wir ihn vor einem Tag zwangsernähren wollten. Er wehrt sich nicht mehr so wie früher, versucht auch nicht mehr zu fliehen, sobald ihm jemand den Rücken zudreht. Er hat sich aufgegeben. Er ist zu schwach für Claudes Folter."

Serrier kniff die Augen zusammen. „Da bin ich mir nicht so sicher. Er hat seit der ersten Nacht nicht ein einziges Mal geschrien. Für mich hört sich das nicht nach einem Mann an, der vor Schmerzen geschwächt ist. Sicher, sein Körper reagiert. Aber gebrochen ist er noch lange nicht."

„Ist das denn nötig?", fragte Eric.

Serriers grausames Lachen war nichts für schwache Nerven. „Du verlierst den Biss, Simonet", schalt er. „Pass gut auf, sonst frage ich mich noch, wem deine Loyalität gilt."

„An meiner Loyalität hat sich nichts geändert", versicherte Eric dem dunklen Magier. „Das heißt noch lange nicht, dass ich Grausamkeit um ihrer selbst willen gutheißen muss. Wenn wir von dem Vampir noch etwas lernen könnten, wäre das eine andere Sache. Aber es ist vollkommen unsinnig, ihn Claude zu überlassen."

„Bei der Frau hast du dich nicht beschwert", bemerkte Serrier. „Und bei den jungen Mädchen auch nicht, die wir unserem Hausvampir zum Spielen gegeben haben. Was ist an diesem Vampir so besonders?"

„Nichts", erwiderte Eric hastig. „Ich dachte nur …"

„… dass jetzt ein guter Zeitpunkt wäre, um meine Entschlusskraft zu testen?", wollte Serrier wissen. „Dafür ist kein Zeitpunkt gut, das kannst du mir glauben."

Eric fand nicht mehr die Zeit, sich auf den Schmerz einzustellen, der ihm in die Seite fuhr. Er krümmte sich zusammen und unterdrückte einen lauten Aufschrei, weil er Orlando nicht nachstehen wollte. Er besann sich auf einen Trick, den er vor vielen Jahren gelernt hatte, und schloss die Augen, um sich an seine erste Nacht mit Vincent zu erinnern. Es war eine mächtige Erinnerung, die ihm sehr teuer war. Sie setzte Endorphine frei, die den Schmerz erträglicher machten, ohne dass Eric Magie benutzen musste, die Serrier sofort aufgefallen wäre.

Der zweite Fluch traf ihn stärker und erforderte mehr Konzentration, aber nach einigen schmerzhaften Sekunden hatte Eric ihn im Griff. Erst der dritte Fluch riss ihn aus seiner Trance. Er brach zusammen und wälzte sich auf dem Boden. Später konnte er nicht sagen, wie lange es dauerte, bis starke Hände seinen Kopf hoben und ihm ein Glas Wasser an den Mund hielten, um ihn wieder zu sich zu bringen.

„Es scheint nicht sehr gut ausgegangen zu sein", sagte Vincent, während er Eric half, sich aufzusetzen.

Eric schüttelte den Kopf und verzog das Gesicht, als die plötzliche Bewegung seine malträtierten Nerven erreichte. Vincent musste dafür gesorgt haben, dass sie niemand belauschen konnte, sonst hätte er ihren Plan nicht erwähnt. „Ich glaube, es war mehr Ärger, als Misstrauen. Sonst hätte er mich sofort umgebracht. Aber er hat mich nur quälen wollen. Wenn er einen Verdacht gehabt hätte, wäre ich jetzt tot."

„Das ist kein besonders beruhigender Gedanke."

Eric zuckte mit den Schultern. „Es war ein kalkuliertes Risiko. Sie wollen Orlando morgen früh töten. Wir müssen ihn sofort hier rausholen."

„Unmöglich", erwiderte Vincent. „Claude hat schon angefangen. Ich hätte nichts dagegen, diesen Bastard umzubringen, aber du bist nicht in der Verfassung, dich auf einen Kampf einzulassen, und allein schaffe ich es nicht. Du musst dich erholen. Orlando wird die paar Stunden noch durchhalten können."

Eric wollte widersprechen. Er konnte den Gedanken nicht ertragen, Alains Geliebten in den Händen dieses sadistischen Schinders zu wissen. Aber er musste sich geschlagen geben, als er aufstand und ohne Vincents Hilfe kaum einen Schritt laufen konnte. „Ich hoffe nur, dass du recht hast."

„Serrier wird Blanchet nicht erlauben, ihn umzubringen. Er will zusehen, wie Orlando in der Sonne verbrennt", sagte Vincent angeekelt. „Wir kommen vor der Dunkelheit zurück und machen uns ein Bild von der Lage. Jetzt musst du dich ausruhen. Ich bringe dich hier raus."

Eric nickte behutsam. „Du musst mir helfen. Allein schaffe ich es nicht."

„Hat er dich so schlimm zugerichtet?", erkundigte sich Vincent.

„Ziemlich schlimm. Es tut so weh, dass ich mir nicht zutraue, eine Beschwörung zuverlässig durchführen zu können. Ich kann mich kaum konzentrieren." Eric sah die Besorgnis in Vincents Gesicht. „Ja, es ist ein Risiko. Aber hierzubleiben, ist das größere Risiko. Bring mich nach Hause."

Vincent runzelte die Stirn und transportierte sie in seine Wohnung.

Dort angekommen, half er Eric zum Bett und fuhr ihm mit den Händen über den Körper. „Wo tut es weh?"

„Überall", keuchte Eric. „Ich glaube nicht, dass es ernsthafte Verletzungen sind. Ich habe nur Flüche gehört, die Schmerzen auslösen sollen."

„Leg dich hin und lass mich nachsehen", verlangte Vincent.

Eric ließ sich auf die Matratze sinken. Es tat ihm gut, sich hinlegen zu können, deshalb protestierte er nur halbherzig. Er ignorierte die verspannten Muskeln und die gereizten Nerven, und wartete nur darauf, dass die Krämpfe endlich nachließen. Vincent zog ihn behutsam aus und untersuchte ihn, aber Eric wusste bereits, dass nichts zu finden sein würde.

„Kein Blut und keine gebrochenen Knochen", stellte Vincent erleichtert fest. „Wir müssen nur abwarten, bis die Schmerzen abklingen." Er schubste Eric an der Hüfte. „Rutsch zur Seite, damit ich mich zu dir legen kann. Du brauchst dringend Schlaf, aber es wird wohl einige Zeit dauern, bis die Schmerzen nachlassen und du Ruhe findest. Vielleicht fällt uns in der Zwischenzeit ein, wie wir unseren Vampir wieder befreien können."

Eric machte ihm Platz. Als Vincent ebenfalls im Bett lag, schmiegte Eric sich so eng an ihn, wie seine schmerzenden Gliedmaßen es ihm erlaubten. So blieben sie einige Zeit liegen. Eric wurde immer noch von den Krämpfen durchgeschüttelt, die Serriers Flüche hinterlassen hatten. „Ich kann es mit einer Gegenbeschwörung versuchen", bot Vincent ihm an. „Ich bin darin nicht besonders gut, aber vielleicht hilft es trotzdem."

„Es wäre einen Versuch wert", stimmte ihm Eric zu. Vincent nahm seinen Stab vom Nachttisch und belegte Erics zuckenden Körper mit dem Heilzauber. Die Schmerzen verschwanden nicht vollständig, aber sie ließen nach und Eric konnte endlich wieder still liegen. „Danke", murmelte er und schloss erleichtert die Augen.

Vincent war froh, dass er ihm hatte helfen können und ließ ihn schlafen. Seinen Stab hielt er fest umklammert. Er wusste nicht, ob sie nach ihnen suchen würden, aber er wollte vorbereitet sein, falls einer von Serriers Magiern auftauchte. Tausend Gedanken schossen ihm durch den Kopf und er wälzte ein Szenarium nach dem anderen. Er suchte nach einer Lösung für ihr Problem, sowohl den Vampir zu befreien, als auch selbst unbeschadet zu entkommen.

Als Eric sich nach mehreren Stunden wieder regte, war Vincent zu einem Entschluss gekommen. Und dieser Entschluss raubte ihm fast den Verstand. Allein hatten sie kaum eine Chance auf Erfolg.

„Fühlst du dich besser", fragte er gezwungen ruhig.

„Ja, etwas", bestätigte ihm Eric. „Danke."

Vincent zuckte mit den Schultern. „Du hättest für mich das Gleiche getan."

Eric lächelte und küsste ihn sanft. „Wie spät ist es?"

„Es wird bald dunkel", antwortete Vincent. „Ich habe nachgedacht. Und es gefällt mir überhaupt nicht, zu welchen Ergebnissen ich gekommen bin."

„Wieso?", fragte Eric und stütze sich auf einen Unterarm, um Vincent ins Gesicht sehen zu können.

„Ich glaube nicht, dass wir es allein bewerkstelligen können. Aber ich weiß nicht, wen wir noch ins Vertrauen ziehen könnten."

Eric sah ihn erstaunt an. War das die Möglichkeit, auf die er gewartet hatte? Er holte tief Luft und ging in Gedanken sämtliche Optionen durch. Dann holte er noch einmal tief Luft und die Würfel rollten. „Aber ich."

Vincent blinzelte ihn überrascht an und zog fragend die Augenbrauen hoch. „Die Milice."

„Hast du den Verstand verloren?", rief Vincent, setzte sich auf und fasste ihn an den Schultern. „Wieso sollten die uns glauben? Selbst wenn der Vampir ihnen wirklich so viel bedeutet, wie du annimmst – warum sollten sie uns helfen? Sobald wir ihnen die nötigen Informationen liefern, befreien sie ihn selbst und wir können sehen, wo wir bleiben."

„Wenn du sie anrufen würdest, wäre das wahrscheinlich der Fall", gab Eric zu, obwohl er hoffte, Marcel würde trotzdem zuhören. „Aber mir werden sie glauben. Ich gebe schon Informationen an sie weiter, seit ich die Seiten gewechselt habe."

„Du bist ein Spion?" Vincent hatte Schwierigkeiten, die Größenordnung dieser Enthüllung zu erfassen. Er wusste, dass Eric früher für Chavinier gekämpft hatte, aber seit sie Freunde geworden waren, hatte Eric nicht den geringsten Zweifel an seiner Loyalität zu Serrier aufkommen lassen – wenn man von der jüngsten Vergangenheit absah, und auch dann erst, nachdem Vincent selbst das Thema angesprochen hatte. Ihm drehte sich der Magen um, als er darüber nachdachte, wie viel Informationen er der Milice in den letzten beiden Jahren unbeabsichtigt geliefert hatte.

„Einer von ihnen jedenfalls", gestand Eric. „Ich kann nicht sagen, ob Monique oder Dominique auch Spione waren. Aber ich weiß, dass Marcel mehr als eine Informationsquelle hatte."

„Und was tun wir jetzt? Den Hörer in die Hand nehmen und anrufen?"

107

„So ungefähr", meinte Eric. „Ich habe eine Nummer, die mich direkt mit Marcels Büro verbindet. Wenn ich Informationen habe, rufe ich diese Nummer an. Falls er sich meldet, gebe ich sie direkt weiter, wenn nicht, versuche ich es später wieder. Ich rufe nie zweimal vom selben Telefon aus an und nie öfter, als einmal in der Woche. Außer in Ausnahmefällen, wenn es sich um kritische Informationen handelt."

„Wie viel hast du ihm verraten?", fragte Vincent und schüttelte ungläubig den Kopf. „Und warum hast du mir nicht früher Bescheid gesagt, verdammt?"

„Hättest du das an meiner Stelle getan?", erwiderte Eric ruhig, obwohl er sich vor Vincents Antwort fürchtete. Er wollte seinen Geliebten nicht verlieren, aber diese Entscheidung lag jetzt nicht mehr in seiner Hand. „Ich kenne die Identität von Marcels anderen Spionen nicht. Allerdings bin ich mir ziemlich sicher, dass ich der hochrangigste unter ihnen bin. Ich darf diese Position nicht gefährden. Bis vor Kurzem war ich mir nicht sicher, ob ich mich dir anvertrauen kann. Es tut mir leid, wenn dich das verletzt, denn das war nicht meine Absicht. Aber meine oberste Priorität ist es, diesen Krieg gegen Serrier zu gewinnen."

Vincent rollte sich mit einem tiefen Knurren auf Eric, ohne auf dessen Zustand auch nur die geringste Rücksicht zu nehmen. „Vergiss die Scheiße", sagte er. „Vergiss den Krieg, vergiss die Milice und vergiss Serrier. Vergiss alles, außer uns und diesem Bett. *Ich* bin deine oberste Priorität, und *du* bist meine."

Eric hatte das Gefühl, widersprechen zu müssen, aber mit Vincents Gewicht auf seinem Körper waren ihm die Worte ausgegangen. Als sein Geliebter sich an ihm rieb, folgte sein Verstand und setzte ebenfalls aus, bis er sich nur noch stöhnend in Vincents Verlangen ergeben konnte.

Vincent fühlte sich durch Erics Hingabe ermutigt und zerrte ihm und sich die Kleidung vom Leib, bis kein störender Fetzen Stoff mehr zwischen ihn lag und sich ihre nackte Haut berührte. Erics Hände fuhren ihm anspornend über den Körper und trugen zu dem machtvollen Gefühl der Dominanz bei, das Vincent erfasst hatte. Er beschloss, es in vollen Zügen zu genießen, denn es war nicht selbstverständlich, dass Eric ihm diese Freiheit einräumte.

Vincent spürte Erics harten Körper unter sich, der sich ihm entgegenpresste, bis sie beide vor Erregung hart waren und sich aneinander rieben. „Welche Geheimnisse hältst du noch vor mir verborgen?", fragte er.

„Keine", schwor Eric. „Jedenfalls nicht absichtlich. Frag mich. Du kannst mich alles fragen, und ich werde dir ehrlich antworten."

„Das reicht mir nicht", knurrte Vincent. „Ich will die ganze Wahrheit, nicht nur Bruchstücke."

„Frag mich", wiederholte Eric und blieb still unter Vincent liegen, ein seltenes Eingeständnis seiner Hingabe. Er hatte sich Vincent ausgeliefert, sein Leben in die Hände seines Geliebten gelegt. Er musste ihn nur noch von seiner Aufrichtigkeit überzeugen.

„Wie viel von dem, was du Serrier gesagt hast, war die Wahrheit?", wollte Vincent wissen.

„Alles", antwortete Eric. „Danielles Tod, meine Wut auf Alain, sogar meine Unzufriedenheit, weil er so nachgiebig behandelt wurde. Alles war wahr, aber ich habe es hochgespielt, habe so getan, als ob ich es nie überwunden hätte. Mir war immer – selbst als ich vor Trauer noch außer mir war – klar gewesen, dass Alain es nicht mit Absicht getan hat. Ich habe ihm trotzdem Vorwürfe gemacht, aber als meine Trauer nachließ, habe ich erkannt, dass er genauso darunter litt wie ich. Marcel hat mich dazu überredet, meinen Verlust und meine Wut als Vorwand zu nehmen, die Seiten zu wechseln. Er sagte, dass nur ein so verheerender Schicksalsschlag, wie ich ihn erlebt habe, Serrier davon überzeugen könnte, dass ich es ernst meine."

„Dann hast du also vom ersten Tag an für Chavinier gearbeitet und ihn mit Informationen versorgt?"

Eric nickte. „Zu Beginn waren es nur Kleinigkeiten. Mehr konnte ich damals noch nicht in Erfahrung bringen. Aber Marcels Anweisungen waren eindeutig. Ich sollte alles mir mögliche unternehmen, um in Serriers Hierarchie aufzusteigen und kritische Informationen zu bekommen. Das habe ich getan."

„Und jetzt?", fragte Vincent kalt. „Ist das jetzt auch nur ein Beispiel für deinen Einsatzwillen?"

„Nein!", rief Eric und versuchte, sich aus Vincents Griff zu befreien. „Mein Gott, nein! Du bist der einzige Lichtblick in zwei höllischen Jahren!" Nachdem er sich endlich befreit hatte, legte er die Hände um Vincents Gesicht. „Ohne deine Freundschaft wäre ich innerhalb weniger Wochen wahnsinnig geworden. Ich wusste nicht mehr, wo oben und unten war, musste mich bei Serrier an meine neue Rolle anpassen und hatte meine Trauer noch nicht überwunden. Das hier …" Er gestikulierte mit den Händen. „… das hier zwischen uns war niemals eingeplant. Was immer es ist, es ist einfach passiert. Merlin sei Dank dafür. Ich hatte nicht damit gerechnet, diesen Einsatz zu überleben. Ehrlich gesagt, rechne ich immer noch nicht damit. Ich war mir sicher, Serrier würde mir eines Tages auf die Schliche kommen und niemand würde mich vermissen. Und dann bist du gekommen und hast mir einen Grund gegeben, nicht aufzugeben und um mein Leben zu kämpfen, hast mir die Hoffnung gegeben, dass es ein Leben nach diesem Krieg geben kann. Was immer ich Serrier in seinem Dienst auch vorgespielt habe, meine Gefühle für dich sind ehrlich."

Vincent entspannte sich wieder. Erics Eingeständnisse hatten seine gerechtfertigte Empörung besänftigt und Vincent fragte sich, ob sein Geliebter wirklich so viel hatte preisgeben wollen. Aber er war froh, dass Erics Gefühle nicht geheuchelt waren und dass Eric offensichtlich an einem Punkt angekommen war, an dem er an eine Zukunft für sie beide glaubte. „Wir werden es überleben", versprach er Eric. „Egal, wen wir dazu anrufen müssen, aber wir werden es überleben." Ohne auf eine Antwort von Eric zu warten, senkte er den Kopf und küsste ihn. Eric erwiderte seine Umarmung und öffnete den Mund, um Vincents Zunge Einlass zu gewähren.

Vincent wollte jeden Gedanken aus Erics Kopf verjagen, der sich nicht um sie beide drehte. Er fiel über den Mund seines Geliebten her, rieb sich an ihm und spürte, wie die Leidenschaft wieder zwischen ihnen aufflammte und sie wieder hart wurden. Bald war es nicht mehr genug. Eric wimmerte leise, ein Ton, der so wenig zu dem großen Mann und seinem männlichen Image passte, dass Vincent lächeln musste. „Was brauchst du, mein Geliebter?", neckte er ihn zärtlich.

„Dich", erwiderte Eric. „In mir und auf mir, um mich und unter mir, es ist mir egal. Ich brauche nur dich."

„Und du hast mich", versprach ihm Vincent.

15

ALAIN MACHTE einen Schritt auf ihr Ziel zu. Es war die vorletzte Adresse auf
Raymonds Liste. Er brach in die Knie und versuchte vergebens, wieder auf die
Beine zu kommen. Verzweifelt kroch er auf allen Vieren auf die Tür zu, aber
nach wenigen Metern gaben auch seine Arme nach. Alain lag mit dem Gesicht im
Schlamm. Tränen liefen ihm über die Wangen, als er sich eingestehen musste, am
Ende seiner Kräfte angelangt zu sein.

„Du bist vollkommen erschöpft", schimpfte Thierry wohl schon zum
hundertsten Mal, während er Alain wieder auf die Beine half. „Du kannst deinen
Stab nicht mehr halten. Wie willst du so gegen die dunklen Magier kämpfen oder
gar Orlando helfen?"

„Ich darf jetzt nicht aufgeben", flüsterte Alain mit müder Stimme. Er
wusste, dass Thierry recht hatte, wollte es sich aber nicht eingestehen. Es wäre
gleichbedeutend damit, Orlando im Stich gelassen zu haben. Wieder im Stich
gelassen zu haben. „Es gibt nur noch diese zwei Adressen, die wir überprüfen
müssen. Ich muss durchhalten."

„Aber wie?", fragte der blonde Magier. „Du kannst kaum noch stehen, viel
weniger kämpfen. Kannst du überhaupt noch deine Magie einsetzen?"

Alain versuchte es, aber nichts geschah. Die Tränen, gegen die er seit Tagen
angekämpft hatte, brachen sich jetzt freie Bahn. Er hatte versagt. „Bring mich nach
Hause", verlangte er mit niedergeschlagener Stimme. „Hilf mir, für einige Stunden
schlafen zu können. Danach suchen wir weiter."

„Ich habe eine bessere Idee", erwiderte Thierry und ein Lächeln erhellte
sein Gesicht. „Wir gehen nicht nach Hause, sondern in die Kathedrale. In Notre-
Dame wirst du dich schneller erholen als an jedem anderen Ort, Orlandos Arme
ausgenommen."

„Notre-Dame?", wiederholte Alain verwirrt. „Warum?"

„Stimmt, du weißt ja nicht, was seit gestern passiert ist", sagte Thierry
kopfschüttelnd. „Wir haben gestern Nacht eine interessante Entdeckung gemacht."
Während er Alain stützte, erzählte er ihm die ganze Geschichte. „Die Kirche ist ein
so mächtiger Ort, dass du dich dort schneller erholen wirst, als durch Schlaf allein.
Und du bist dort in Sicherheit."

„Wenn du meinst", erwiderte Alain skeptisch. Aber er vertraute Thierry und
ließ sich deshalb von ihm in die Kathedrale transportieren. Thierry spürte sofort
die freundliche Aufnahme durch die Steine des Gemäuers. „Kannst du es auch
fühlen?", fragte er Alain leise.

Alain schüttelte den Kopf. Er war zu schwach, um sich der Magie zu öffnen. „Es spielt keine Rolle. Ich bin so müde, dass ich überall schlafen kann. Bring mich einfach irgendwo hin und sorge dafür, dass ich einschlafe."

Die Lethargie in Alains Stimme beunruhigte Thierry mehr, als alles andere, was seit ihrem Treffen heute früh in Erics Wohnung mit seinem Freund geschehen war. Er führte Alain zu einem Seitenaltar, vor dem ein Teppich lag. „Leg dich hin", forderte er ihn auf. „Hier bist du sicher, bis du wieder aufwachst."

Alain sank erschöpft auf den rauen Teppich und schloss wiederstrebend die Augen. „Wecke mich sofort, falls ihr etwas Neues in Erfahrung bringt", verlangte er. „Ich muss dabei sein, wenn … wenn wir Orlando finden."

„Schlaf jetzt", befahl Thierry, ohne auf Alains Bitte einzugehen. Er konnte seinen Freund verstehen, aber im Moment war nicht daran zu denken, ihn irgendwohin mitzunehmen. So sehr Alain es sich auch wünschte, er hatte einfach nicht die Kraft dazu. Mit einer einfachen Beschwörung ließ Thierry ihn einschlafen und überlegte dann, wie er weiter vorgehen sollte. Er legte vorsichtshalber noch einen Schutzschild um die Kathedrale, damit Alain nicht gestört werden konnte. Dann transportierte er sich zurück ins Hauptquartier der Milice.

Er folgte der Frau durch die Straßen. Ihr Gesicht war ihm unbekannt, aber er vertraute ihr instinktiv, als sie ihn durch die unterirdischen Gänge und Tunnels führte. Ab und zu blieb sie stehen und murmelte leise eine Beschwörung oder ein Losungswort, das ihnen erlaubte, die Fallgruben und Abwehrzauber zu passieren, die sie von Orlando trennten. Aus keinem anderen Grund wäre er ihr allein so weit gefolgt, aber für Orlando ging er jedes Risiko ein. Er musste seinen Geliebten retten, bevor Hunger, Erschöpfung und Folter ihn Alain für immer raubten.

Alain wusste schon lange nicht mehr, wo sie sich gerade befanden. Falls die Frau ihn verriet, konnte er sich jederzeit hier weg transportieren. Es ging nach rechts und nach links, Treppen hinauf und Treppen hinab, durch verschlungene Gassen und verwirrende Labyrinthe. Alain folgte ihr und ließ sie keine Sekunde aus den Augen. Schließlich kamen sie auf einen Hügel. Unter ihnen lag ein Tal, in dessen Mitte ein großes Anwesen stand. „Dort", sagte die Frau leise. „Dort hat Serrier ihn versteckt."

„Und wie kommen wir dort hinein?", fragte Alain.

„Das ist der schwierige Teil", bekannte sie. „Ich konnte dich sicher auf diesen Hügel bringen. Aber sobald wir die Schutzschilde passieren, wird er von unserer Anwesenheit erfahren. Die Frage ist, wer schneller sein wird – er oder wir."

„Ich habe keine andere Wahl", sagte Alain. „Ich kann Orlando nicht länger hierlassen. Ich kann ihn jetzt schon kaum noch fühlen."

Die Frau nickte. „Dann lass uns gehen."

Die Frau transportierte Alain und sich mit einer Beschwörung an den Rand des Anwesens. Wie schon zuvor, fing sie leise zu singen an, als sie die Schutzschilde außer Kraft setzte, um ihnen Einlass zu verschaffen. Aber dieses Mal war ein lauter

Alarm zu hören, als Alain ihr folgte. „Beeil dich", befahl sie und lief los. Tiefer und tiefer wurde Alain in das Wirrwarr der Gänge geführt.

Er folgte der Frau dicht auf den Fersen. Im Laufen zog er seinen Stab, um auf eine mögliche Konfrontation vorbereitet zu sein, aber die Frau war gut darin, den dunklen Magiern auszuweichen. Schließlich kamen sie zu einer Art Autowerkstatt, in der sich unzählige Maschinen und Werkzeuge befanden. Erst auf den zweiten Blick erschloss sich die erschreckende Funktion des Raumes. Es waren keine gewöhnlichen Werkzeuge, sondern Folterinstrumente. Alain war sich sicher, dass sein Geliebter damit gequält worden war. „Wo ist er?", fragte er die Frau.

Die Frau zeigte auf einen merkwürdigen, eiförmigen Behälter, der auf der anderen Seite des Raumes stand. Durch das weißlich opake Plastik war sein Inhalt nicht zu erkennen. Alain riss erschrocken die Augen auf. Orlando musste wie ein Paket zusammengeschnürt sein, um da hineinzupassen. Alains Wut nahm kosmische Dimensionen an, als er auf den Behälter zuging und die Schrauben löste, die ihn verschlossen. Aus dem Inneren war ein leises Wimmern zu hören. Die Mischung aus Furcht und Qual zerriss Alain das Herz. „Ich bin es, Orlando", rief er, als er die erste Schraube aus dem Gewinde zog. „Ich, Alain."

Das beunruhigende Wimmern nahm zu und spornte ihn an, sich zu beeilen. Alain brach sich an der zweiten Schraube einen Fingernagel ab, aber er spürte es kaum. Nur noch ein einziger Gedanken beherrschte ihn: Orlando zu befreien. Die zweite Schraube war gelöst und die dritte riss Alain einfach aus ihrer Verankerung. Der Deckel des Behälters fiel zu Boden und gab den Blick auf Orlando frei, der blutend und zerschlagen darin eingezwängt war. Der Vampir sah Alain mit leeren Augen an und drückte sich Schutz suchend an die Wand seines Gefängnisses. „Orlando", bettelte Alain. „Ich bin es. Komm, ich hole dich da raus."

Orlando schüttelte wild den Kopf. „Du bist nur ein Trick", fauchte er. „Du bist nicht wirklich. Du willst mir auch wehtun, so wie die anderen. Geh weg und lass mich sterben."

Schluchzend streckte Alain die Arme nach seinem Geliebten aus und zog ihn an seine Brust. Zu seiner Erleichterung sahen ihn die dunklen Augen aufmerksam an. Dann hob Orlando die blutbedeckte Hand und streichelte ihm über die Wange. „Alain?" Orlandos Stimme zitterte anklagend.

„Richtig, mein Engel", flüsterte Alain beruhigend. „Ich bin hier. Wir bringen dich von hier weg. Ich verspreche es."

Alain drehte sich zu der Frau um, als die Türen aufgebrochen wurden und von allen Seiten dunkle Magier in den Raum stürmten. Die Vernunft sagte Alain, dass er sich in Sicherheit transportieren sollte, aber dann hätte er Orlando hier zurücklassen müssen, und das kam nicht infrage. Er schirmte Orlando mit seinem Körper ab und schleuderte einen Abbatoire auf den nächsten Magier. Bevor er einen zweiten Fluch folgen lassen konnte, hatte die Frau ihn und Orlando aus der Folterkammer heraus und in Sicherheit transportiert.

Erleichtert wandte sich Alain seinem geschundenen Geliebten zu und umarmte ihn zärtlich. Unter dem Schweiß und dem Blut war immer noch Orlandos süßer Geruch zu erkennen. Sanft streichelte Alain über die dunklen Locken, ohne sich um das viele Blut in Orlandos Haaren zu kümmern. Zum Waschen war später noch Zeit. Jetzt musste Orlando erst heilen. Jetzt musste Alain ihn in seiner Nähe spüren. Orlando klammerte sich an ihn wie ein Ertrinkender. Unter der Berührung schwand Alains tief sitzende Furcht, dass Orlando durch die Folter wieder in seinen alten Zustand zurückfallen und körperlichen Kontakt meiden würde. Er atmete erleichtert aus und legte Orlando einen Finger unters Kinn. Alain wollte ihn küssen, bevor er ihm seinen Hals zum Biss anbot. Er senkte den Kopf und erwartete, Orlandos geliebten Mund unter den Lippen zu spüren, aber ... Nichts. Leere Luft. „Orlando!"

Alain wurde durch den Klang seiner eigenen Stimme aus seinem Traum gerissen. Ein leises Schluchzen entfuhr ihm, als er erkannte, wo er sich befand. Es war ihm ein Rätsel, warum er aufgewacht war, denn er konnte sich noch gut an die Beschwörung erinnern, mit der Thierry ihn in Schlaf versetzt hatte. Sein Traum musste mächtig und realistisch genug gewesen sein, um den Schlafzauber zu überwinden.

Alain wünschte sich, er könnte weiterträumen, um Orlando in den Armen zu halten, ihn zu küssen und ihm sein Blut zu geben, auch wenn es nur eine Illusion war. Aber alle Bemühungen waren umsonst. Der Schlaf entzog sich ihm genauso, wie das Bild von Orlando, endlich frei und sicher in Alains Armen. Alain konnte die Wirklichkeit nicht mehr ignorieren. Er brach in Panik aus, als er feststellte, dass er Orlando nicht mehr über ihre Verbindung spüren konnte. Er hatte einen bitteren Geschmack in der Kehle vor Angst. Mühsam nahm er seine fünf Sinne zusammen und erinnerte sich daran, dass seine magischen Kräfte erschöpft waren. Sicher war das der Grund, warum er Orlando nicht fühlen konnte.

Als Alain nach einigen Sekunden immer noch keine Spur von Orlando fühlen konnte, ließ er einen lauten, jammernden Schrei durch die Kathedrale schallen. Sein Herz hämmerte wild und die unvorstellbarsten Horror-Szenarien schossen ihm durch den Kopf, während er gegen seine Übelkeit ankämpfte. Orlando durfte nicht von ihm gegangen sein. Es waren noch keine vier Tage. Sebastien hatte gesagt, Orlando könnte vier Tage ohne Blut überleben, und Serriers Magie konnte Orlando nicht verletzen, konnte ihn nicht vernichten. Und wenn sie ihn der Sonne ausgesetzt oder verbrannt hätte, dann hätte Alain das spüren müssen, oder? Auch wenn er es nicht hätte verhindern können, er hätte es spüren müssen. Oder war das vielleicht der Grund für seine Träume gewesen? Alain rollte sich zusammen und tauchte tiefer und tiefer in sich hinein, aktivierte seine letzten Kräfte und suchte den Kontakt zum Fokus der Kathedrale, bis er es endlich wieder spürte. Es war nur ein kleiner, flackernder Kontakt, aber es war ein unwiderlegbarer Beweis für Orlandos Existenz.

Alain klammerte sich mit aller Macht an dieses Fünkchen Hoffnung und versuchte, den Kontakt zu verstärken und die Verbindung wieder herzustellen, ohne die er den Verstand zu verlieren drohte. Langsam, viel zu langsam, kam er zustande und Alain konnte seinen Geliebten auch ohne die zusätzliche Konzentration wieder spüren. Ein reißender Schmerz durchfuhr ihn, raubte ihm den Atem und ließ ihn zitternd auf dem Boden zurück.

Dieses Mal war es anders. Es fiel Alain sofort auf, als er sich wieder im Griff hatte und die Übelkeit nachließ, die ihn mit Orlandos Schmerzen überkommen hatte. Alain konnte nicht genau sagen, was anders war und woher er es wusste. Aber es war so, und es verstärkte noch die Angst, die ihn nicht mehr loslassen wollte.

Jetzt, wo er nicht mehr so erschöpft war, konnte Alain die vibrierende Macht des Fokus um sich herum besser wahrnehmen. Er fragte sich, ob sie ihm wohl helfen könnte, seine Verbindung zu Orlando zu verstärken und vielleicht sogar herauszufinden, wo er sich aufhielt. Auf Raymonds Liste waren nur noch zwei Adressen, an denen sie nicht gesucht hatten. Natürlich war nicht auszuschließen, dass Serrier Orlando zwischenzeitlich an einen anderen Ort gebracht hatte. Diese Taktik hatte der dunkle Magier schon häufiger angewendet. Alain brauchte mehr Sicherheit. Und er brauchte Orlando an seiner Seite. Jetzt. Sofort. Er holte tief Luft und konzentrierte sich auf die Macht, die ihn umgab. Dann kanalisierte er seine gesamte Kraft in die Suche nach seinem Geliebten.

ORLANDO GING in die Knie, als die Wärter ihn losließen. Er blieb auf dem Boden der Zelle liegen, bis er hörte, dass sie hinter sich die Tür geschlossen hatten. Nachdem er sicher war, allein zu sein, kroch er zu der Pritsche an der Wand. Er ließ sich auf die alte Matratze fallen und suchte nach einer Position, in der er die Schmerzen nicht so stark spürte. Dieses Mal war es keine magische Folter gewesen. Dieses Mal waren sie auch körperlich zur Sache gekommen. Orlandos Rücken brannte entsetzlich von den Peitschenhieben. Es erinnerte ihn an die langen Jahre, die er in der Gefangenschaft seines Schöpfers verbracht hatte. Wenigstens hatten sie ihn heute nur misshandelt, nicht auch sexuell missbraucht. Das konnte er aushalten. Für Alain. Für Alain konnte er die Schläge und was auch immer den dunklen Magiern sonst noch einfallen mochte ertragen. Aber vor den Folgen einer weiteren Vergewaltigung hätte ihn wahrscheinlich auch der Gedanke an seinen Avoué nicht mehr retten können.

Schließlich fand er eine Position, die einigermaßen erträglich war – soweit man mit einem Rücken, der wie Feuer brannte und den er wegen seiner Schwäche nicht heilen konnte, von erträglich reden konnte. Orlando gab sich seinen Erinnerungen hin. Er dachte an die Tage und Nächte an Alains Seite. Orlando hatte nie erwartet, nie die Hoffnung gehegt, jemals einen Geliebten zu finden. Er hatte sich immer eingeredet, seine Freundschaft mit Jean wäre mehr als genug. Aber dann war Alain in sein Leben getreten und ihm war klar geworden, auf was er verzichtet hatte und wieviel mehr er für einen Menschen empfinden konnte.

Orlando schloss die Augen und rieb sich mit der Hand über die Brust. Er stellte sich vor, es wäre Alain, der ihn berührte, ihn tröstete und heilte. Natürlich war die Magie Alains bei ihm nicht wirksam, aber allein die Berührung seiner Hände konnte weit mehr heilen, als nur die Striemen auf Orlandos Rücken. Seit sie Geliebte waren, hatte Alain angefangen, Orlandos Herz zu heilen.

Orlando strich sich mit den Fingern sanft über die Brustwarzen. Sie waren noch unverletzt, aber wahrscheinlich würde es nicht mehr lange so bleiben. Sein Schöpfer hatte schnell erkannt, wie sensibel sie waren, deshalb hatte er Orlando dort besonders gerne gequält. Aber daran wollte er jetzt nicht mehr denken. Er wollte nur noch an Alains Hände und Mund denken, an die zärtlichen, aufreizenden Berührungen, unter denen sich die kleinen Knospen aufrichteten und hart wurden, bis Orlando es vor Erregung kaum mehr aushalten konnte.

Der sanfte, liebevolle Alain, der so viel Geduld bewiesen hatte, um Orlando Schritt für Schritt zu helfen, wieder vertrauen zu können. Orlando musste ein Schluchzen unterdrücken, als er daran dachte, was er sich und Alain durch seine Ängste vorenthalten hatte. Ein Grund dafür war auch seine Unerfahrenheit gewesen. Aber vor allem hatte es an seiner Weigerung gelegen, die Kontrolle aufzugeben, selbst Alain gegenüber, der ihn niemals verletzt hätte.

Orlando hatte erst wieder in die Hände eines Monsters fallen müssen, um die wahren Unterschiede zu erkennen. Da er nicht zum ersten Mal mit diesem grausamen Wahnsinn konfrontiert wurde, durchschaute er die Signale und Eigenarten, hinter denen sich die wahre Absicht der dunklen Magier versteckte. Sein Schöpfer hatte sich vor hundert Jahren genauso verhalten. Aber sie hatten nicht die geringste Ähnlichkeit mit Alains Verhalten. Orlando fragte sich, wie er so dumm gewesen sein konnte, diesen Unterschied nicht sofort zu erkennen, auch wenn ihm seine Ängste vor einigen Wochen noch vollkommen verständlich erschienen waren. Jetzt lag er hier und wusste nicht, ob er überleben und Alain jemals wiedersehen würde. Doch falls er entfliehen konnte oder Alain ihn aus diesem Gefängnis befreite, würde er diesen Fehler kein zweites Mal machen.

Orlando ließ die Hände über seinen Körper nach unten gleiten und verdrängte die allgegenwärtigen Schmerzen durch glückliche Erinnerungen an zärtlichere Berührungen. Er stellte sich vor, dass es Alain wäre, der ihm über den Bauch streichelte und seinen Schwanz in die Hand nahm. Sein Geliebter hatte ihn noch nicht oft so berührt, aber jedes einzelne Mal hatte sich in Orlandos Erinnerung eingebrannt und wärmte ihm das Herz. Jede Berührung, jede Zärtlichkeit Alains war ein Ausdruck der Liebe gewesen, schon lange, bevor diese Worte zwischen ihnen ausgesprochen worden waren. Ihr Leben war eins geworden – körperlich, emotional und magisch –, schon als sie sich das erste Mal begegnet waren. Nur Alains Tod konnte diesen Bund brechen und Orlando überlegte, ob sie ihn auch legal machen sollten. Doch das musste warten, bis sie wieder vereint waren. Orlando konzentrierte sich mit seiner ganzen Kraft auf seine Gefühle und schickte sie über ihre Verbindung zu seinem Geliebten. Wenn sie sich niemals wiedersahen, sollte Alain zumindest wissen, dass Orlando bis zum Schluss an ihn gedacht hatte.

Nach drei Tagen magischer und physischer Folter sehnte Orlandos Körper sich nach Zärtlichkeit. Die Erinnerungen an Alain trugen ihr Übriges dazu bei, und bald pochte dem Vampir das Blut in den Adern und sein Schwanz wurde hart. Er streichelte sich schneller, wollte die Reaktion seines Körpers mit seinen Erinnerungen in Einklang bringen, um eine Wand aufzurichten zwischen sich und den Qualen, die die dunklen Magier ihm zugefügt hatten.

Orlandos Vernunft warnte ihn, seine schwindende Kraft zu vergeuden, in dem er sich selbst befriedigte. Aber er brauchte diese Bestätigung seiner Liebe, diese Erinnerung an eine Welt jenseits von Schmerz und Einsamkeit. Wenn sein Ende dadurch schneller kam, würde er wenigstens mit einem Lächeln auf den Lippen gehen und mit der Gewissheit, zu lieben und geliebt zu werden. Er bedauerte, Alain durch seinen Tod Leid zuzufügen, aber es schien ihm unausweichlich. So sehr er sich auch an seine Hoffnung klammerte, er wusste doch, dass ihm nicht mehr viel Zeit blieb. Er hatte zu viel Blut verloren. Vielleicht konnte er sich mit einem Höhepunkt und dem Gedanken an Alain von dieser Welt verabschieden. Orlando musste wieder lächeln bei dieser Vorstellung. Wenn er Alain schon verlassen musste, dann gab es keinen besseren Weg.

Orlando zuckte zusammen, als er Erlösung fand, aber sein Rücken brannte immer noch und seine Lungen verlangten nach Luft. Als er wieder zu sich kam, stellte er fest, dass auch sein Verstand noch funktionierte und seine Verbindung zu Alain stärker wurde. Orlando klammerte sich mit aller Macht daran fest und schickte ihm seine Liebe.

Eine Woge der Kraft und der Liebe kam von Alain zurück. Orlando schnappte überwältigt nach Luft und spürte, wie Schmerz, Verzweiflung und Erschöpfung hinweggespült wurden. Er fasste sich an den Rücken und suchte nach den Striemen, die die Peitsche des dunklen Magiers hinterlassen hatte. Sie waren immer noch da, aber die Wunden schlossen sich. Es war fast, als hätte er Alains Blut getrunken, anstatt sich zu befriedigen. Zu seiner Überraschung fühlte er auch, dass er wieder stärker wurde. Orlando konnte keine Erklärung dafür finden, aber er hatte keine Zweifel daran, dass es real war.

„Danke", flüsterte er leise in den leeren Raum. Vielleicht konnte Alain ja spüren, wie sehr er ihm geholfen hatte. Und selbst wenn das nicht so war – Orlando liebte seinen Magier mehr als je zuvor.

16

„RUFT ALLE zusammen", befahl Serrier. Er lief im Zimmer auf und ab wie ein Löwe im Käfig. „Wer in einer Stunde nicht hier ist, wird gefeuert. Es ist mir ein verdammtes Rätsel, wie die Milice die Standorte unserer sichersten und geheimsten Verstecke herausfinden konnte. Payet wusste jedenfalls nicht Bescheid. Monique auch nicht, und der tollpatschige Bengel erst recht nicht. Was immer Chavinier auch getan hat, um sie zu finden, er ist uns zu dicht auf den Fersen. Wir müssen uns an einen neuen Standort zurückziehen, an dem er niemals nach uns suchen wird."

„Und wo ist das?", fragte Vincent. Er wich Erics Blick bewusst aus und überlegte, wie ein Standortwechsel ihre Pläne beeinflussen würde. Bisher hatten sie Chavinier noch nicht erreichen können, doch Eric hatte ihm versichert, dass der alte Magier am Abend wieder in seinem Büro wäre. Dann wollten sie erneut anrufen. Nach Serriers Ausbruch zweifelte Vincent allerdings daran, dass sich ein passender Moment anbieten würde.

„Das erfährst du, wenn wir dort sind", erwiderte Serrier. „Solange ich nicht weiß, wie Chavinier an die Informationen gekommen ist, erfährt niemand etwas. Und wenn wir an unserem neuen Standort sind, wird niemand das Gebäude verlassen, bis die Angriffe der Milice aufhören. Ich lasse nicht zu, dass alles, was ich aufgebaut habe, jetzt in Trümmer fällt!"

Ein Raunen ging durch den Raum, aber niemand wagte es, Serrier direkt anzusprechen. „Was wird aus dem Vampir?", fragte Simonet.

„Den nehmen wir mit. Wir können ihn dort, wo wir hingehen, genauso gut in die Sonne ketten, wie hier", antwortete Serrier. „Ich will ihn nicht hier lassen, wo die Milice ihn finden kann."

„Wenn sie ihn zurückbekommen, werden sie uns wahrscheinlich nicht so beharrlich verfolgen", regte Eric an und kalkulierte in Gedanken das Risiko seiner Bemerkung.

„Das wäre ein Eingeständnis unserer Niederlage!", tobte Serrier. „Ich gebe Chavinier nichts zurück."

Wieder ging ein Raunen durch den Raum. Dieses Mal war es spürbar lauter, denn der Wahnsinn, der sich hinter Serriers Ausbruch verbarg, wurde immer deutlicher. Dennoch wagte auch jetzt keiner der Magier, ihrem Führer zu widersprechen. Keiner war sich der Unterstützung der anderen sicher und wollte sein Leben riskieren.

„Dann los", bellte Simon und brach damit die angespannte Atmosphäre. „Kontaktiert jeden, der euch einfällt. Ihr habt eine Stunde Zeit."

Die Anwesenden verstreuten sich. Vincent warf Eric über die Köpfe der anderen Magier hinweg einen bedeutungsvollen Blick zu, aber der schüttelte nur unmerklich den Kopf. Was immer jetzt auch vor ihnen lag, sie waren auf sich allein gestellt. Es blieb ihnen nichts anderes übrig, als wachsam zu sein und auf eine passende Gelegenheit zu warten.

„RUH DICH aus", sagte Jean zu Raymond. „Mireille erwartet Monsieur Lombard heute Nacht zurück. Ich werde auf ihn warten. Wenn ich etwas Neues erfahre, komme ich sofort wieder hierher."

„Du willst dich doch nicht einfach auf seine Türschwelle setzen?", fragte Raymond ungläubig.

„Doch. Genau das werde ich tun", meinte Jean. „Wir haben keine andere Option mehr und die Zeit läuft uns davon. Unsere einzige Hoffnung ist, dass sich irgendwo in Lombards Kopf oder in seiner Bibliothek verborgenes Wissen findet, das uns weiterhilft. Und ich habe nicht vor, Zeit zu vertrödeln und auch nur eine Sekunde länger zu warten, als unbedingt nötig."

Raymond runzelte die Stirn, konnte aber gegen Jeans Argumente nichts einwenden. Sie hatten alles Erdenkliche versucht, um Orlando zu finden. Alains Suche war erfolglos geblieben und er war vollkommen erschöpft, ohne Orlando einen Schritt näher gekommen zu sein. Die Zufallsattacken der dunklen Magier hatten aufgehört und niemand wusste, wo Serrier sich versteckte. Jetzt lag eine unheimliche Stille über der Stadt. Sebastien fiel auch nichts Neues ein, obwohl keiner den Aveu de Sang so gut kannte wie er. Wenn sie den gefangenen Vampir befreien wollten, bevor er verhungerte oder Serrier seiner müde wurde, brauchten sie einen neuen Plan. „Na gut. Aber zieh das an", drängte Raymond und gab ihm seinen Mantel, der an der Garderobe hing. „Ich habe ihn beschworen und er hält dich warm, egal, wie kalt es draußen wird. Ich weiß, dass du nicht so empfindlich auf Kälte reagierst wie ich, aber ich will nicht, dass du dadurch beeinträchtigt wirst."

Jean lächelte ihm dankbar zu und zog den Mantel an. Die Wärme hüllte ihn ein wie eine sanfte Umarmung. „Ich bin zurück, sobald ich etwas Hilfreiches von ihm erfahren habe", wiederholte er.

„Sei vorsichtig", mahnte Raymond, knöpfte den Mantel zu und nahm Jeans Kopf zwischen die Hände. „Ich weiß nicht, was Serrier vorhat, aber ich traue dieser Ruhe nicht. Sie ist trügerisch. Er war schon einmal hinter Vampiren her und könnte es erneut versuchen."

„Ich suche den Kampf nicht", versicherte ihm Jean. „Ich will nur Orlando finden."

Raymond schnaubte ungläubig. „Das kannst du mir nicht erzählen. Du suchst vielleicht nicht aktiv, aber ich weiß genau, dass du auf Vergeltung aus bist.

Du willst Rache für Karine und Orlando. Du wirst einem Kampf nicht ausweichen, wenn er zu dir kommt."

Raymonds Besorgnis rührte Jean. „Ich verspreche dir, vorsichtig zu sein", sagte er. „Ja, ich will Vergeltung. Aber ich habe auch einen Grund, diesen Krieg überleben zu wollen, und der ist mir wichtiger, als jede Rache."

Raymond lächelte liebevoll. „Es tut gut, das zu hören", sagte er und gab Jean einen zarten Kuss. Der Vampir hatte offensichtlich andere Vorstellungen von einem Abschiedskuss. Es dauerte einige Zeit, bis er Raymond wieder freigab.

„Ruh dich aus. Wenn alles gut geht, wirst du noch gebraucht, bevor diese Nacht zu Ende ist."

Raymond war in seinem Leben selten etwas so schwergefallen, wie Jean allein zu Monsieur Lombard aufbrechen zu lassen. Aber er brauchte wirklich Ruhe. Alle Angehörigen der Milice brauchten Ruhe, aber niemand so sehr wie er, Alain und Thierry. Alain wegen seiner verzweifelten Suche nach Orlando, Thierry, weil er Alain nicht im Stich lassen wollte, und Raymond, weil er Erfahrung mit Serrier hatte und ahnte, was auf sie zukommen würde. Wenn Jean recht behielt und Monsieur Lombard ihnen helfen konnte, Orlando zu finden, dann mussten sie jeden noch so geringen Vorteil zu ihren Gunsten nutzen, bevor sie sich in die Höhle des Löwen wagten. Raymond konnte nicht riskieren, dass es an ihm scheiterte. Er ließ sich auf die Couch fallen und grinste, als ihm Jeans Mahnung in den Ohren klingelte, sich ein richtiges Bett zu machen, um besser schlafen zu können.

Jean war in dem kalten Winterwind unterwegs. Raymonds Mantel – Raymonds Magie – umhüllte ihn wie die wärmenden Arme seines Geliebten. Ganz so, wie Raymond es ihm versprochen hatte, schützte ihn der Mantel vor Wind und Wetter. Er zog den Kragen hoch, weil es zu nieseln begann. Nur eine Kapuze fehlte. Jean musste für einige Minuten Schutz in einem Hauseingang suchen, wenn er nicht – Mantel oder kein Mantel – bis auf die Knochen durchgeweicht sein wollte, bevor er an seinem Ziel ankam.

Er traf später an Monsieur Lombards Haus ein, als er ursprünglich geplant hatte. Ein Streik der Métro hatte sämtliche Fahrpläne durcheinander gewirbelt und es gab Anschlussprobleme beim Umsteigen. Jean war versucht, zu Fuß zu gehen. Durch seine übernatürliche Schnelligkeit würde er früher ankommen, als mit der Métro oder einem Taxi. Aber die Sonne war noch nicht untergegangen und er wollte keine unnötige Aufmerksamkeit auf sich ziehen, bevor es dunkel wurde. Es war nicht auszuschließen, dass einer von Serriers Schergen unterwegs war und ihn beobachtete.

Während er durch die Straßen von St. Louis ging, brach die Nacht herein. Monsieur Lombards Haus lag noch im Dunkel, aber das war nicht verwunderlich. Der alte Vampir hatte sich nie mit elektrischem Licht anfreunden können und zog den warmen Schein einer Gaslampe oder eines Kaminfeuers dem kalten Licht einer Glühbirne vor. Jean klopfte voller Hoffnung an die Tür, aber niemand antwortete.

Wenigstens hatte der Regen nachgelassen. Die Nacht war zwar immer noch kalt und neblig, aber dagegen schützte ihn Raymonds Mantel. Er schätzte sich erneut glücklich, einen Magier als Geliebten, Partner und Freund zu haben.

Nachdenklich schüttelte er den Kopf. Sie waren in dieser kurzen Zeit so weit gekommen, dass Jean große Hoffnung für ihre Zukunft hatte, nicht nur in der Allianz, sondern auch darüber hinaus. Wenn zwei so unterschiedliche Menschen, zwei Einzelgänger wie Raymond und er selbst, Partner werden konnten und sich so gut verstanden, dass sie ein gemeinsames Leben beginnen wollten, dann musste es auch anderen Paaren so gehen. Verständnis und Toleranz würden sich verbreiten, nicht nur unter den Magiern, sondern auch in der übrigen Gesellschaft. Jean war nicht naiv und wusste, dass solche Veränderungen nicht über Nacht kamen. Aber er war ein geduldiger Mann. Selbst wenn es ein Menschenleben lang dauern sollte, Jean würde es noch erleben und mit eigenen Augen sehen können.

Marcel hatte ihn heute Nachmittag über den derzeitigen Stand des Gesetzgebungsverfahrens zur Gleichstellung der Vampire informiert. Er sagte, der Gesetzentwurf würde in ein bis zwei Tagen dem Parlament zur Abstimmung vorgelegt werden, wie sie es gefordert hatten. Die Neuigkeiten hatten Jean mehr ermutigt, als er in der gegenwärtigen Situation erwartet hatte. Was immer ihre Allianz auch erreichen oder nicht erreichen mochte, eines war sicher – er hatte es geschafft, die Vampire rechtlich gleichzustellen. Jean wusste sehr gut, dass es nur ein erster Schritt auf einem langen Weg war, doch es war ein großer Schritt in die richtige Richtung. Ein Schritt, der ihnen einen sicheren Stand gab, um den Respekt einzufordern, den sie sich nach ihrem Alter und ihrer Erfahrung verdient hatten. Mit Magiern wie Marcel und Raymond, Thierry und – hoffentlich – Alain auf ihrer Seite konnten sie auch die Herausforderungen der Zukunft meistern, wenn es so weit kam. Aber erst mussten sie Serriers Aufstand niederschlagen, sonst wären all diese Anstrengungen umsonst gewesen. Sollte Serrier diesen Krieg gewinnen, wären die neuen Gesetze das Papier nicht mehr wert, auf dem sie geschrieben standen. Serrier hatte bereits deutlich gezeigt, dass er sich als über dem Gesetz stehend betrachtete. Dieses Verhalten hatte dazu geführt, dass die Vampire – zumindest die meisten von ihnen – sich auf die Seite der Milice gestellt hatten. Dadurch waren sie für Serrier, sollte der dunkle Magier den Krieg gewinnen, zu einem perfekten Sündenbock und dem Ziel seiner Vergeltungsmaßnahmen geworden. Jean konnte sich allerdings nicht mehr vorstellen, dass es soweit kommen würde. Zu Beginn der Allianz war er sich da noch nicht so sicher gewesen, aber die weitreichenden Auswirkungen der Partnerschaften hatten mehr bewirkt, als nur eine schlagkräftige Einsatztruppe für die Milice zu schaffen. Jean hatte die Macht gespürt, die Raymond während des Piège-Pouvoir gerufen und in sich kanalisiert hatte. Das Gleiche war bei Raymonds Suche nach Orlando wieder geschehen. Serrier würde all seine Macht aufbieten müssen, wenn er einem Paar

121

wie Raymond und Jean Paroli bieten wollte. Gegen die vereinte Macht der Milice hatte der dunkle Magier keine Chance.

Wenn sie den Kerl nur finden könnten.

„WAS SOLLEN wir jetzt tun?", zischte Vincent und zog Eric in einen verlassenen Seitengang, wo sie nicht belauscht werden konnten.

„Keine Ahnung", murmelte Eric. „Ich komme hier nicht weg, um unseren Freund anzurufen. Und selbst wenn, ich weiß nicht, wohin Serrier das Hauptquartier verlegen will. Ich könnte ihm den Ort nicht sagen."

„Dann warten wir einfach ab?"

Eric zuckte hilflos mit den Schultern. „Fällt dir etwas Besseres ein? Ich wage es nicht, ihn so kurz nach meinem letzten Versuch schon wieder unter Druck zu setzen. Er vertraut mir zurzeit nicht sehr. Wenn wir nicht vorsichtig sind, wird er sein Misstrauen auch auf dich übertragen."

„Es interessiert mich einen feuchten Kehricht, ob er mir vertraut oder nicht", fluchte Vincent. „Ich will mir einfach nur den Vampir schnappen und von hier verschwinden."

Eric nickte. In seinem Kopf überschlugen sich die Gedanken. „Wenn wir hier abziehen, musst du versuchen, die Verantwortung für den Transport von Orlando zu bekommen. Dann könnt ihr einfach verschwinden, sobald Serrier den Befehl dazu gibt. Bringe Orlando ins Hauptquartier der Milice. Du weißt, wo es ist. Du brauchst mich nicht. Der Vampir wird dir Zugang verschaffen und dir ihren Schutz sichern. Ich komme nach, wenn ich einen Weg finde."

„Auf keinen Fall!", protestierte Vincent mit scharfer Stimme, obwohl er nur leise reden konnte. „Ich überlasse dich nicht Serriers Wut, wenn er merkt, dass er seine Geisel verloren hat. Du hast es selbst gesagt – er misstraut dir jetzt schon. Wenn der Vampir verschwindet und du bist noch hier, wird er dich umbringen."

„Dieses Risiko bin ich eingegangen, seit ich mich ihm angeschlossen habe", wischte Eric Vincents Befürchtungen zur Seite.

„Aber *ich* will dieses Risiko nicht eingehen", erwiderte Vincent. „Wir schaffen das gemeinsam oder gar nicht. Ich lasse dich nicht zurück, damit du den Preis für meinen Verrat bezahlst."

„Wenn ich dich in Sicherheit wüsste, wäre es mir jeden Preis wert", sagte Eric leise.

„Ich sterbe lieber an deiner Seite, als ohne dich weiterzuleben", erwiderte Vincent beharrlich. „Gemeinsam oder gar nicht."

Für Eric war ‚Gar nicht' keine Option mehr. Seine Schutzschilde hatten ihm Alain und Thierrys Anwesenheit in seiner Wohnung gemeldet, kaum dass er sie verlassen hatte. Als er später zurückgekommen war, hatte er den Ring des Vampirs nicht mehr vorgefunden. Es hatte Eric in seinem Entschluss bestätigt, die beiden Männer wieder zu vereinen, die er unwissentlich getrennt hatte. Er konnte sich noch gut an seine Trauer um den Verlust Danielles erinnern. Eric wollte jede Chance wahrnehmen, um Alain ein ähnliches Schicksal zu ersparen. „Dann haben wir keine andere Wahl mehr. Gemeinsam."

„Wir könnten jetzt sofort gehen", schlug Vincent vor. „Wir schnappen uns den Vampir und verschwinden."

„Die Schutzschilde würden uns nicht passieren lassen", erwiderte Eric. „Ist dir nicht aufgefallen, dass Serrier sie verstärkt hat? Es ist noch möglich, in das Gebäude zu kommen. Aber bevor Serrier nicht den Befehl dazu gibt, kann es niemand wieder verlassen. Was immer er auch vorhat, es ist sein letzter, großer Schachzug. Dieses Mal geht es um alles oder nichts für ihn. Heute entscheidet sich, wer diesen Krieg gewinnt und wer ihn verliert."

„Hast du es dir anders überlegt?", fragte Vincent vorsichtig.

Eric schnaubte verächtlich. „Wohl kaum. Wenn Serrier gewinnt, werden Blanchets Foltermethoden alltägliche Normalität. Ich könnte nicht mehr mit mir selbst leben, wenn ich das zulassen würde."

Vincent lächelte erleichtert. „Gut. Dann holen wir jetzt den Vampir. Vielleicht können wir auf deinen ursprünglichen Plan zurückgreifen – gemeinsam! –, sobald Serrier die Schilde außer Kraft gesetzt hat."

DIE NACHT wurde kälter und Jean wartete immer noch auf Monsieur Lombard. Er stand ab und zu auf, um einige Schritte zu gehen und dann an seinen Wachposten vor dem Haus zurückzukehren. Er hatte ein flaues Gefühl im Magen, wenn er an die Zeit dachte, die er schon untätig hier verbracht hatte. Die kurze Frist, die Sebastien Orlando noch eingeräumt hatte, lag ihm wie eine zentnerschwere Last auf den Schultern. Serrier würde Orlando erbarmungslos beseitigen, wenn er ihn nicht mehr für nützlich hielt. Der dunkle Magier musste mittlerweile wissen, dass ein Vampir nur schwer zu verletzen war. Er würde bald zu härteren Methoden greifen, um Orlandos Widerstandsfähigkeit zu testen oder ihn zu vernichten. Sonnenlicht und Feuer. Diese Methoden hatte Jean selbst preisgegeben, ohne einen Gedanken daran zu verschwenden, dass sie gegen seinen besten Freund eingesetzt werden könnten.

Jean hoffte, dass Orlando nicht mehr bei Bewusstsein wäre, falls es soweit kommen sollte. Er hatte schon miterlebt, wie Vampire in der Sonne zu Asche verbrannten. Glücklicherweise geschah es nicht oft, aber die Erinnerung daran verfolgte ihn immer noch. Wenn ihre Körper nicht vorher zerstört wurden, litten sie entsetzlich, während das Sonnenlicht sie langsam, Zentimeter um Zentimeter, in Asche verwandelte. Es war eine bedrückende Vorstellung, dass Orlando das gleiche Schicksal bevorstehen könnte. Jean hatte den jungen Vampir schon einmal gerettet. Ihn jetzt wieder so leiden zu sehen und dieses Mal hilflos zu sein …

„Jean?", war Monsieur Lombards Stimme durch die Dunkelheit zu hören. „Was willst du denn hier?"

Jeans Füße waren eiskalt. Er erhob sich mühsam und drehte sich zu seinem Mentor und Vorgänger um. „Ich bin gekommen, um deine Hilfe zu erbitten. Serriers Magier haben vor drei Tagen Orlando entführt und wir können ihn nicht finden."

17

ALS ERIC und Vincent in Orlandos Zelle eintrafen, stellten sie fest, dass Simon ihnen zuvorgekommen war. „Geht nach oben", befahl er ihnen. „Serrier will bald aufbrechen und ihr wollt sicher nicht zurückgelassen werden. Er hat sich entschieden, uns selbst zu transportieren, damit niemand unterwegs verloren geht."

Vincent griff nach seinem Stab, um Simon außer Gefecht zu setzen, aber Eric schüttelte den Kopf. „Danke für die Warnung", sagte er und gab Vincent mit einem Kopfnicken zu verstehen, dass er ihn begleiten sollte.

„Wir hätten ihn da rausholen können", zischte Vincent, als sie wieder allein waren.

„Das hätten wir", gab Eric zu. „Aber wenn wir mit ihm nach oben gekommen wären, hätte Serrier von uns eine Erklärung verlangt. Und selbst wenn er unseren Kampf mit Simon nicht gehört hätte und gekommen wäre, um nachzusehen, möchte ich darauf lieber verzichten. Es ist erst Mitternacht. Wir haben noch einige Stunden Zeit, bis die Sonne aufgeht. Wir finden eine Lösung, wenn wir an unserem neuen Standort angekommen sind."

Vincent schien nicht sehr überzeugt davon, folgte Eric aber zurück in den großen Raum, in dem sich alle versammelt hatten, um die letzte Runde von Serriers Wahnsinn über sich ergehen zu lassen. Einige Augenblicke später stieß auch Simon zu ihnen. Er hatte sich den Vampir über die Schulter geworfen. Orlando rührte sich nicht. Simon hatte ihn offensichtlich magisch gefesselt.

Als hätte Serrier nur auf die beiden gewartet, fing er an, mit Beschwörungen um sich zu werfen. Zuerst versiegelte er die Türen, sodass niemand mehr den Raum betreten oder verlassen konnte. Dann züngelten Flammen die Wände hoch. Noch schien das Feuer diesen Raum zu verschonen, aber Eric war sich sicher, dass er nach ihrem Aufbruch auch ein Opfer der Flammen würde. Mit einer dritten Beschwörung verdammte Serrier die anwesenden Magier zu der gleichen Bewegungslosigkeit, mit der Simon Orlando gebunden hatte. Eric wurde zusehends nervös. Sie hatten keine Möglichkeit mehr, ihre Stäbe zu ziehen. Sie waren Serrier hilflos ausgeliefert und konnten sich nicht wehren, sollte er etwas mit ihnen vorhaben. Auch den Flammen konnten sie nicht mehr aus eigener Kraft entkommen. Eric konnte nur hoffen, dass Serrier noch nicht so verrückt war, sie alle umzubringen. Doch wenn er ehrlich war, traute er diesem Wahnsinnigen auch das jederzeit zu.

Mit einer letzten Beschwörung wurden alle Anwesenden umschlungen und auf Serriers Kommando hin aus dem langsam in sich zusammenfallenden Gebäude an ein unbekanntes Ziel transportiert. Als sie sich endlich wieder bewegen konnten, sah Eric sich neugierig in ihrem neuen Hauptquartier um. Er verglich es mit all den anderen Gebäuden, die Serrier in den letzten beiden Jahren als Basis für seine Operationen benutzt hatte, konnte es aber nicht zuordnen.

Nichts gab Eric einen Hinweis darauf, wo sie sich aufhielten. Es machte ihn nervös, ihren Standort nicht zu kennen. Es erschwerte den magischen Transport und konnte dadurch ihre Flucht behindern. „Wo sind wir?", flüsterte er Vincent zu. Er hoffte, dass sein Geliebter das Gebäude vielleicht erkannte, weil er schon länger bei Serrier war, als Eric selbst.

„Nördlich der Seine, in der Nähe von Beaubourg", flüsterte Vincent zurück. „Es ist eines unserer ersten Verstecke gewesen und wurde schon sehr früh aufgegeben."

Er kam nicht mehr dazu, Eric mehr mitzuteilen, denn Serrier fing an, Befehle zu erteilen. Die Schilde mussten verstärkt werden, der nächste Angriff und – nicht zu vergessen – die Hinrichtung des Gefangenen waren vorzubereiten. „Sperrt ihn irgendwo ein, bis die Sonne aufgeht. Dann kümmern wir uns um ihn. In der Zwischenzeit müssen noch andere Dinge erledigt werden."

Simon machte sich auf die Suche nach einem Raum, in dem er den Vampir verstauen konnte. Vincent und Eric folgten ihm unauffällig, konnten aber nicht mehr unternehmen, weil in den Fluren zu viel Betrieb herrschte. Immerhin wussten sie jetzt aber, wo sie Orlando finden konnten, wenn – und falls – sich endlich eine Möglichkeit ergab, ihn zu befreien.

Um keinen Verdacht zu erregen, halfen sie mit, das Gebäude gegen Angriffe von außen zu sichern. Dadurch wussten sie nicht nur, wo die Schutzschilde sich befanden, sondern auch, wie sie zu durchdringen waren. Sollte ihr Rettungsversuch scheitern, mussten die Schilde stark genug sein, um einem Angriff der Milice standzuhalten, der mit Sicherheit kommen würde, wenn Orlandos Tod bekannt wurde. Eric zweifelte nicht daran, dass Serrier die Milice davon in Kenntnis setzen würde. Der Mann war verrückt genug, Chavinier damit zu provozieren.

MONSIEUR LOMBARD nahm die Neuigkeit stirnrunzelnd zur Kenntnis. „Komm mit ins Haus", sagte er. „Und erzähle mir alles von Anfang an."

Nickend folgte Jean Monsieur Lombard ins Haus und wartete ungeduldig ab, bis der alte Vampir Mantel und Schal ausgezogen und mit der Präzision jahrelanger Übung in dem Garderobenschrank aufgehängt hatte. Er bot Jean an, ebenfalls den Mantel abzulegen, aber der lehnte ab, weil er nicht auf diese Verbindung zu Raymond verzichten wollte.

Monsieur Lombard führte ihn in die Bibliothek, zündete im Kamin ein Feuer an und wartete, bis das Holz richtig brannte. Dann drehte er sich zu Jean um. „Und nun will ich wissen, was passiert ist."

„Wir haben vor drei Tagen die Nachricht von einem geplanten Angriff auf dem Place Pigalle bekommen, der gegen die Vampire gerichtet war", berichtete Jean. „Wir haben alle erdenklichen Schutzmaßnahmen eingeleitet und uns Serriers

Magiern im Kampf gestellt. Wir konnten sie zurückschlagen, aber kurz vor Ende des Kampfes haben zwei der dunklen Magier Orlando mit einem Fluch belegt und sind mit ihm verschwunden. Seitdem suchen wir nach ihm, hatten aber bisher keinen Erfolg."

„Er ist also nicht vernichtet worden?", fragte Monsieur Lombard nach.

„Gott sei Dank nicht", bestätigte Jean. „Sein Avoué kann ihn noch fühlen, aber seinen Aufenthaltsort nicht feststellen. Serrier muss eine Möglichkeit gefunden haben, die magischen Peilsender der Milice außer Kraft zu setzen, weil Orlando damit ebenfalls nicht zu finden war. Auch andere Beschwörungen, ihn aufzuspüren, haben nicht funktioniert. Ich habe jedes einzelne Buch in meiner Bibliothek und der meines Partners nach Hinweisen abgesucht, aber es war nichts zu finden. Es muss doch eine Möglichkeit geben, ihn zu finden! Wir dürfen ihn nicht verlieren."

Monsieur Lombard sah ihn schweigend an. Sein Blick war auf das qualvoll verzerrte Gesicht des Chef de la Cour gerichtet, aber seine Gedanken waren weit weg, an einem anderen Ort und in einer anderen Zeit, als er verzweifelt nach einem Mann suchte, der ebenfalls entführt worden war.

Er hatte ihn nicht gefunden.

Aber damals hatte es sich um einen Sterblichen gehandelt. Während Lombard noch erfolglos nach ihn suchte, hatten die dunklen Magier, die Reims überfallen hatten, den Mann bei ihrem Rückzug aus der Stadt lieber umgebracht, als ihn lebend zurückzulassen. Monsieur Lombard schloss die Augen und kämpfte gegen seine Erinnerungen an. Sie hatten gesiegt, aber ihr Sieg hatte jeden Glanz verloren, als er in den Ruinen des alemannischen Lagers den geschunden, leblosen Körper seines jungen Avoué fand und in den Armen hielt. Sie hätten noch viele gemeinsame Jahrzehnte vor sich gehabt. Monsieur Lombard wurde von einer Wut erfasst, als wäre es erst gestern geschehen. Er holte tief Luft und öffnete die Augen. „Wer sucht nach dem Jungen?", fragte er. „Nur du und sein Avoué? Oder die gesamte Milice?"

„Wenn wir wüssten, wo wir suchen müssten, würde Chavinier die Milice zur Hilfe schicken", versicherte ihm Jean. „Wo immer Orlando auch sein mag, sind auch dunkle Magier, vielleicht sogar Serrier persönlich."

„Und nicht zu vergessen, auch der Gesetzlose", fügte Monsieur Lombard hinzu.

„Den nicht zu vergessen", stimmte Jean zu. „Er ist *extorris* und wird nicht mehr lange existieren, auch wenn Serrier ihn noch sanktioniert. Er hat eine Frau getötet, die unter meinem Schutz stand. Damit hat er die Unterstützung des Cours verloren."

„Das ist Sache des Cours", erklärte Lombard. „Als solche musst du sie behandeln. Die Entführung des Jungen ist eine persönliche Angelegenheit. Ich werde nicht zulassen, dass sich die Geschichte in ihm wiederholt."

Jean nickte. „Niemand sollte solche Folterqualen auch nur ein einziges Mals ertragen müssen. Ihnen gar zweimal im Leben ausgeliefert zu sein, ist nicht hinnehmbar."

Das war zwar nicht die Geschichte, auf die Monsieur Lombard angespielt hatte, aber als er seinen Avoué verlor, war Jean noch nicht geboren. Der Chef de la Cour konnte also über die damaligen Ereignisse nicht Bescheid wissen, und Lombard war auch nicht in der Stimmung, ihn darüber aufzuklären. „Wir brauchen den Avoué des Jungen und jeden Magier, den Chavinier für seine Rettung entbehren kann."

„Dann lass uns ins Hauptquartier gehen", erwiderte Jean erstaunt, weil Monsieur Lombard freiwillig seine Teilnahme an der Rettungsaktion angeboten hatte. „Marcel ist noch dort und kann sofort eine Einheit zusammenstellen. Er wird auch wissen, wo sich Alain aufhält."

Monsieur Lombard holte seinen Mantel wieder aus dem Schrank und überließ Jean mit einer Geste den Vortritt. „Geh du voraus."

ORLANDO GING in dem kleinen Raum auf und ab, in den sie ihn gesperrt hatten, nachdem sie sein vorheriges Gefängnis verlassen hatten. Er wusste nur, dass er die alte Zelle gegen eine neue ausgetauscht hatte, aber wo er sich genau befand, hatte er vorher nicht gewusst und wusste es auch jetzt nicht. Er hatte sich zwar während des Transports hierher wegen Simons Beschwörung nicht rühren können, war aber bei Bewusstsein gewesen und hatte genau gehört, worüber Serrier gesprochen hatte. Er wusste daher auch, was der dunkle Magier bei Sonnenaufgang mit ihm vorhatte. Natürlich würde Orlando nicht kampflos aufgeben. Aber wenn er wieder magisch gefesselt wurde, konnte er nichts mehr gegen ihre finsteren Absichten unternehmen. Orlando hegte immer noch die Hoffnung, dass Alain ihn finden würde oder Eric eine Möglichkeit fand, ihn zu befreien. Doch diese Hoffnung wurde von Minute zu Minute schwächer. Er spürte, dass es nicht mehr lange dauern würde, bis am Horizont die ersten Sonnenstrahlen auftauchten. Dann würden sie ihn vernichten und seinen Bund mit Alain vorzeitig beenden.

Seine Zelle hatte zu einem früheren Zeitpunkt offensichtlich als Büro gedient. Auf einem alten Schreibtisch lagen unordentlich einige Papierstapel und Orlando überlegte, ob er nach einem Stift suchen und Alain einen Abschiedsbrief schreiben sollte. Vielleicht konnte Eric ihn Alain zukommen lassen, wenn es ihm schon nicht gelang, Orlando zu befreien. Orlando setzte sich an den Schreibtisch, aber seine Hand zitterte so stark, dass er den Stift kaum halten konnte und kein Wort zu Papier brachte.

Er gab sein Vorhaben wieder auf und stellte sich stattdessen vor, Alain wäre hier bei ihm, könnte aber sein Schicksal nicht ändern. Er versuchte, seine Gefühle in Worte zu fassen und über seine Verbindung zu Alain zu schicken. Er wollte seinem Geliebten erklären, dass er sich nicht freiwillig in sein Schicksal ergab, es aber als unvermeidlich akzeptiert hatte.

„Lebwohl, mein Geliebter", flüsterte er in den leeren Raum, schloss die Augen und dachte an Alain. „Es tut mir leid, dass uns nicht mehr Zeit gegeben wurde, aber ich bereue nichts. Ich bereue es nicht, dich gekannt und geliebt zu haben. Du hast mir gezeigt, was es heißt, zu lieben. Dafür werde ich dir ewig dankbar sein.

Es gibt vieles, was wir uns nie gesagt haben, was wir nie getan haben. Ich wünschte, es wäre anders gekommen. Ich wünschte, ich hätte mich nicht so lange von meinen Ängsten beherrschen lassen. Doch das ändert jetzt nichts mehr, denn in wenigen Stunden geht die Sonne auf. Aber du musst wissen, dass ich meine Ängste hinter mir gelassen habe, dass ich mir alles wünsche, was du mir geben kannst und was ich uns so lange verweigert habe. Wenn wir nur mehr Zeit gehabt hätten. Du hättest mir zeigen können, wie gut es ist, sich einem Geliebten hinzugeben. Wir hätten herausfinden können, wie machtvoll und erregend mein Biss ist, wenn wir uns lieben. Ich hätte dich über und über mit kleinen Bissen bedeckt, um dir meine Liebe zu zeigen und …"

Ihm brach die Stimme und er schluchzte leise vor sich hin. Tränen, die er nicht weinen konnte, verschlossen ihm die Kehle. Er schlug die Hände vors Gesicht und versuchte, stark zu sein und Alain nur seine Liebe zu schicken, nicht seine Angst, aber es schien, als wäre ihm sein Schicksal doch nicht so gleichgültig, wie er es sich vorgemacht hatte. „Beeil dich, Alain", bettelte er. „Ich will der Sonne nicht gegenübertreten, ohne dich an meiner Seite. Ich will noch nicht von dir getrennt werden. Oh bitte, Gott, tu mir das nicht an. Tu es ihm nicht an. Er hat doch schon einmal seine Liebsten verloren. Lass es ihn nicht schon wieder erleiden."

Er verstummte schlagartig, als er hörte, wie sich der Schlüssel im Schloss drehte. Mit weit aufgerissenen Augen starrte er auf die Tür und wartete darauf, dass sie sich öffnete. *Zu früh!*, schrie es in ihm. *Die Sonne ist noch nicht aufgegangen. Lasst mich nicht dort draußen auf ihre Strahlen warten. Lasst mich hierbleiben, bis es soweit ist, damit ich schnell sterben kann. Guter Gott, ich bin noch nicht bereit!*

ALAIN LIEF in der kleinen Chor-Kapelle von Notre-Dame auf und ab. Er war verwirrt durch die widersprüchlichen Gefühle, die er von Orlando empfangen hatte. Von entsetzlichen Schmerzen zu sexueller Euphorie und abgrundtiefer Verzweiflung schwankend, ließen sie Alain an seiner eigenen Wahrnehmung zweifeln. War ihre Verbindung irgendwie gestört worden? Und war das überhaupt möglich?

Alain wusste es nicht. Er wusste auch nicht, wen er danach fragen konnte, denn selbst Sebastien hätte ihm keine eindeutige Antwort geben können. Keiner der existierenden Vampire war jemals einen Aveu de Sang mit einem Magier eingegangen, und selbst die normalen Partnerschaften hatten Auswirkungen, mit denen niemand gerechnet hatte.

Alain hoffte, Orlandos Schmerzen nur verzerrt wahrgenommen zu haben, befürchtete aber, dass sie das am wenigsten missverständliche Gefühl waren, das er von Orlando empfangen hatte. Er konnte sich den Orgasmus nicht erklären, den er sich kurz darauf wahrscheinlich nur eingebildet hatte, obwohl er von einer überwältigenden Liebe begleitet worden war, an der wiederum kein Zweifel bestand. Alain hatte versucht, Orlando diese Liebe zurückzugeben, konnte aber nicht sagen, ob seine Botschaft durchgedrungen war.

Am meisten Angst hatte ihm die Woge der Verzweiflung gemacht, die kurz darauf folgte. Verwundungen, die Schmerzen bereiteten, konnten geheilt werden. Doch wenn Orlando sich aufgegeben hatte, wenn er zu der Überzeugung gelangt war, keine Chance mehr zu haben, dann war er für Alain verloren. Alain konnte vieles heilen, aber nicht den Tod. Als ihre Verbindung für einen kurzen Augenblick unterbrochen wurde, hatte ihm das einen Schrecken eingejagt, wie er ihn noch nie im Leben empfunden hatte. Er war sich sicher gewesen, Serrier hätte endlich einen Weg gefunden, um Orlando zu vernichten. Bei seinem Aufschrei hatten die Fenster der Kathedrale geklirrt und die Luft um ihn herum vibriert, weil seine Trauer so übermächtig gewesen war, dass die Magie des Ortes darauf geantwortet und seine Gefühle verstärkt hatte.

Glücklicherweise hatte es nur wenige Sekunden gedauert, dann war der Kontakt wieder hergestellt. Trotzdem hatte sich Alain gefragt, was wohl geschehen sein mochte. Kurz darauf musste er sich neue Sorgen machen, denn nun kam eine Welle der Verzweiflung von Orlando bei ihm an, die ihm mehr Angst machte, als alles, was er zuvor gespürt hatte. Orlando hatte aufgehört, an seine Rettung zu glauben, war davon überzeugt, dass seine Vernichtung unmittelbar bevorstand. Alain war die Zeit davongelaufen. „Wo bist du, Orlando?", rief er frustriert und seine Worte endeten mit einem lauten Klagen, als Orlandos Verzweiflung durch panische Angst abgelöst wurde. Dann konnte Alain ihn nicht mehr spüren.

Alain richtete seine ganze Konzentration auf die Elementarmagie, versuchte, sie in sich aufzunehmen und mit ihrer kombinierten Macht jeden Schild zu durchbrechen, der ihn von Orlando fernhielt. Er spürte, wie er sich verlor, als die Elemente seine Magie in sich aufnahmen. Alain schlug alle Warnungen in den Wind. Er suchte die Verbindung zur Luft, die rund um ihn herum in der sonst so stillen Kathedrale immer noch angespannt vibrierte, ließ sich von ihr in die Stadt hinaustragen und suchte die beiden Orte auf, die von Raymonds Liste noch übrig geblieben waren. Die Schutzschilde der Gebäude brachen unter seinem Ansturm zusammen, aber Orlando konnte er nicht finden. Das eine Gebäude war leer, das andere abgebrannt. In keinem der beiden war auch nur eine Spur seines Geliebten zu entdecken.

„Nein!", brüllte er und löste mit seiner Wut und Trauer einen Sturm aus, der die Fensterscheiben der Kathedrale zerspringen ließ und die Statuen von ihren Sockeln warf. „Du kannst ihn mir nicht nehmen!"

„Alain!"

Thierrys befehlsgewohnte Stimme brachte ihn in die Wirklichkeit zurück.

„Lass das. Wir wissen jetzt, wie wir ihn finden können."

„WAS HAST du getan?", fragte Orlando anklagend, als der Magier durch die Tür kam. „Warum kann ich Alain nicht mehr fühlen?"

„Schhh!", zischte Eric. „Wir holen dich hier raus. Aber es kann sein, dass Serrier dich mit einer Beschwörung belegt hat, die ihn warnt, wenn du einen Fluchtversuch unternimmst. Dieses Risiko können wir nicht eingehen. Ich habe einen einfachen *Vide* benutzt, der keine Magie zu dir durchdringen lässt. Sobald ich ihn wieder aufhebe, ist alles wie vorher."

„Meine Verbindung zu Alain ist kein einfacher Zauber", erwiderte Orlando, während er zur Tür ging, um endlich wieder frei zu sein. „Es geht viel tiefer."

„Trotzdem wird es von dem *Vide* blockiert, wenn es auf Magie beruht", erklärte Eric. „Komm jetzt. Vincent ist im Flur und hält Wache."

Orlando nickte und verließ das Zimmer. Er hoffte, dass die Tage seiner Gefangenschaft dieses Mal wirklich vorbei waren. „Wo sind wir?"

„In der Nähe von Beaubourg", sagte Eric.

Orlando überlegte, wo er hier so kurz vor Sonnenaufgang einen sicheren Ort finden könnte. Alains Magie hatte längst ihre Wirkung verloren. Er war anfällig gegen die Sonnenstrahlen, wie jeder andere Vampir auch. Jeans Wohnung war westlich von hier. Vielleicht war er zuhause. Monsieur Lombards Haus auf der Île-de-France war auch eine Möglichkeit. Der alte Vampir war vermutlich eher zuhause anzutreffen, als der Chef de la Cour. Andererseits würde Lombard tagsüber wahrscheinlich nicht an die Tür kommen, weil er keinen Partner hatte, der ihn vor der Sonne beschützte.

„Und wo bringt ihr mich hin?"

„Wohin du willst", erwiderte Eric. „Es muss nur weit genug weg sein von hier und unter dem Schutz der Milice stehen."

Orlando dachte spontan an seine Wohnung, aber er bezweifelte, dass er Alain dort antreffen würde. Außerdem wurden sie vielleicht verfolgt, und er wollte keine dunklen Magier zu seiner Wohnung führen. Der sicherste Ort war das Hauptquartier der Milice, allerdings stellte sich in diesem Fall die Frage, wie er die beiden Magier durch Marcels Schutzschilde bringen sollte.

„Hey!", rief eine Stimme hinter ihnen.

„Ruhig weitergehen", flüsterte Eric ihm von der Seite zu. „Nicht stehenbleiben und nicht umdrehen. Wenn wir können, kommen wir nach. Aber du musst gehen, sonst bringt Serrier dich um."

„Was ist los, Blanchet?", fragte Eric ungeduldig und drehte sich zu dem sadistischen Magier um. „Wir haben zu tun."

„Serrier hat versprochen, dass ich ihn nach draußen bringen darf", nörgelte Claude.

„Nun, die Pläne haben sich geändert", schnappte Vincent ihn an. „*Abbatez!*"

Eric riss überrascht die Augen auf, sagte aber keinen Ton, als der tödliche Fluch den Magier traf, der so viele unschuldige Seelen zu Tode gequält hatte. Dann drehten sie sich um und folgten Orlando nach draußen.

„Eine Sorge weniger", meinte Vincent, als sie um eine Ecke bogen. Die Eingangstür des Hauses stand offen und sie hofften, dass Orlando bereits entkommen war. In diesem Augenblick stellte sich ihnen ein Magier in den Weg. Sie warfen sich einen kurzen Blick zu, hoben ihre Stäbe und bereiteten sich auf den Kampf vor.

18

„WIE?", FRAGTE Alain und drehte sich zu Thierry um. „Wir müssen uns beeilen. Ich fühle ihn nicht mehr."

„Dann gib mir dein Handgelenk", sagte Monsieur Lombard mit einer Autorität, die keinen Widerspruch duldete.

„Aber ...", Alain zögerte dennoch und sah Jean und Sebastien, die neben dem unbekannten Vampir standen, unsicher an. „Was ist mit dem Aveu de Sang?"

„So wird er ihn finden können", erklärte Jean geduldig. „Monsieur Lombard will dein Blut nicht trinken. Er muss es nur schmecken, damit er uns zu Orlando führen kann."

Alain fühlte sich nicht wohl in seiner Haut. Es kam ihm vor, als würde er Orlando betrügen. Trotzdem schob er den Ärmel hoch und hielt Monsieur Lombard die Hand hin. Der alte Vampir neigte ehrfurchtsvoll den Kopf und ritzte mit seinen scharfen Fingernägeln die Haut an Alains Handgelenk auf. Er konnte die Unruhe des Magiers spüren, der es nicht mehr abwarten konnte, wieder mit seinem Geliebten vereint zu sein. Monsieur Lombard wollte das Gelöbnis Alains ehren, sich von keinem anderen als seinem Avoué beißen zu lassen. Er drückte einige Tropfen Blut aus der Wunde an Alains Handgelenk und ließ sie sich auf die Hand tropfen. „Es gibt Dinge, die sollte man heilig halten", sagte er, bevor er das Blut aufleckte.

Monsieur Lombard schloss die Augen, um sich besser konzentrieren zu können. Einige Sekunden später drehte er sich zu den anderen um. „Lasst uns gehen."

Sie verließen die Kathedrale und rannten durch die Straßen nach Norden. Das Wissen um den bevorstehenden Sonnenaufgang beschleunigte ihre Schritte. Diejenigen unter den Vampiren, die einen Partner hatten, waren gegen die Sonne gefeit, aber auf viele andere traf das nicht zu. Sie wollten trotzdem dabei sein und erklärten, sie würden kämpfen, bis die Sonne es nicht mehr zuließ und sie Schutz suchen mussten. Sie wollten nicht tatenlos zusehen, wie einer der ihren von Serrier vernichtet wurde.

Jean hatte erwogen, sie zurückzuschicken, aber sie hätten wahrscheinlich nicht auf ihn gehört. Er selbst hätte auch nicht zurückbleiben wollen. Jean staunte immer noch über die Schnelligkeit, mit der Marcel die Milice zusammengerufen hatte, nachdem er von Monsieur Lombards Neuigkeiten gehört hatte. Die beiden Männer hatten sich nur einen langen, angespannten Augenblick lang angesehen, dann hatten sie sich umgedreht und es war, als hätten sie seit Jahren zusammengearbeitet. In kürzester Zeit waren die Magier und Vampire zur Stelle gewesen und alles war einsatzbereit.

Sie rannten über die Rue d'Arcole und überquerten die Seine. Marcel lief fast so schnell wie Monsieur Lombard, und Jean fragte sich, ob der alte Vampir endlich jemanden gefunden hatte, der es mit ihm aufnehmen konnte. Überall um ihn herum versuchten die Magier durch Beschwörungen, mit den Vampiren Schritt zu halten. Vor ihm lief Raymond, der offensichtlich keine Probleme hatte, sich dem Tempo anzupassen. Es hätte eigentlich nicht möglich sein sollen, aber Jean hatte in den letzten Monaten viel über die Magier gelernt. Er wusste, dass ‚möglich' ein relativer Begriff war.

Nachdem sie die Brücke hinter sich gelassen hatten, wandten sie sich weiter nach Norden – ein nahezu lautloses, aber furchteinflößendes Heer von Vampiren und Magiern, das nur ein Ziel kannte: Orlando zu retten und diejenigen zu bestrafen, die es gewagt hatten, ihn zu verletzen. Auf der Rue du Renard teilte sich der Berufsverkehr und ließ sie passieren. Fahrer standen mit ihren Autos unvermittelt auf dem Bürgersteig und wussten nicht, wie ihnen geschehen war. Hinter ihnen brach ein wildes Hupkonzert los, dem sie keinerlei Beachtung schenkten. Nachdem sie das Centre Georges Pompidou passiert hatten, bog Monsieur scharf rechts in die Rue Rambuteau ab, dann sofort wieder links in die Cité Noël.

In der schmalen Sackgasse standen nur wenige Gebäude, aber an ihrem Ende wartete ein Anblick auf Alain, den er sich schöner nicht vorstellen konnte. Orlando stolperte die Treppen herab und fiel, als er auf der Straße ankam, auf die Knie. Mit letzter Kraft spurtete Alain los, überholte die anderen und rannte an die Seite seines Geliebten, um ihn in die Arme zu schließen. Er sah nicht die zerrissene Kleidung, nicht das Blut in Orlandos Gesicht und an seinen Armen, nicht die Striemen auf seinem Rücken. Er sah nur Orlando. „Du bist am Leben."

Orlando lächelte schwach. Er konnte schon die Wirkung der Sonne spüren, obwohl die umstehenden Häuser sie noch vor ihren Strahlen abschirmten. „Eric … hat mich … befreit", keuchte er und versuchte, die Augen offenzuhalten. Aber die Welt um ihn herum wurde grau und alles verengte sich auf das Gesicht seines Geliebten. Dann wurde ihm schwarz vor Augen.

In diesem Augenblick brach die Sonne über den Dächern hervor.

„Bringt ihn in Sicherheit", befahl Jean. „Er kann nicht im Freien bleiben. Er hat zu lange kein Blut getrunken."

„Thierry!", rief Alain. Sofort kam Thierry an seine Seite gerannt. „Du musst uns in Orlandos Wohnung transportieren."

Thierry schüttelte den Kopf. „Geht zurück in die Kathedrale. Die Magie von Notre-Dame wird euch helfen."

„Dann schicke uns dorthin", schnappte Alain ihn an, als er die aschgraue Farbe von Orlandos Haut sah. „Er hält es nicht mehr lange aus. Und lasst Eric am Leben. Er hat Orlando zur Flucht verholfen. Nehmt ihn gefangen, den Rest klären wir später auf."

Thierry nickte und schwenkte seinen Stab, dann waren Alain und Orlando verschwunden. „Er ist nicht der einzige Vampir, der nicht mehr länger im Freien bleiben kann", sagte er warnend zu Jean, bevor er die Nachricht über Eric bekannt gab.

„Dann lasst uns jetzt da reingehen und diese lästige Angelegenheit hinter uns bringen", sagte der Chef de la Cour mit einer Stimme, die so kalt war wie Eis. Der Anblick seines jungen Freundes hatte ihm alle Skrupel genommen. Er wollte nur noch diese Bastarde finden, die Orlando so zugerichtet hatten. Sie würden die Gerechtigkeit der Vampire kennenlernen.

„Général Chavinier", sagte Monsieur Lombard und streckte die Hand aus. „Würden Sie mir die Ehre erweisen?"

Marcel hielt dem früheren Chef de la Cour lächelnd den Arm hin, um ihn an seinem Handgelenk trinken zu lassen. Der alte Vampir hielt sich nicht lange auf, nahm, was er brauchte und ließ den Arm des Magiers wieder los. Die Magie des Generals umhüllte und stärkte in, bis von dem unangenehmen Kribbeln nichts mehr zu spüren war, das die Strahlen der aufgehenden Sonne auf seiner Haut verursacht hatten. „Dann lasst uns jetzt der Gerechtigkeit Genüge tun."

„Und keine Minute zu früh", stimmte Marcel zu und führte seine Einheiten auf das Gebäude zu, das Orlando soeben verlassen hatte.

Die Milice war gerade an der Treppe angekommen, da fiel der einzige Magier, der die Tür bewachte, einem Fluch aus dem Gebäudeinneren zum Opfer. Als sie durch die Tür stürmten, sahen sie sich Eric gegenüber, der sich schützend vor Vincent stellte und fieberhaft nach einem bekannten Gesicht suchte. Er atmete erleichtert durch, als er Marcel an der Spitze der Milice erkannte, und ging sofort auf ihn zu. Bevor er ihn erreichte, wurde er von einem alten Mann an Marcels Seite zurückgehalten. „Habt ihr Orlando gefunden?", fragte Eric und versuchte erst gar nicht, sich aus dem unerbittlichen Griff des Mannes zu befreien. Er wollte nicht den Anschein erwecken, feindliche Absichten zu haben, schon gar nicht gegen Marcel.

„Wir haben ihn gefunden", erwiderte Marcel. „Er ist bei Alain und in Sicherheit."

Eric nickte dankbar. „Vincent hat mir geholfen, ihn zu befreien. Er ist jetzt auf unserer Seite."

„Auf *unserer* Seite?", fragte David ungläubig. „Seit wann sind wir auf einer Seite?"

„Schon immer", unterbrach ihn Marcel. „Eric hat mich von Anfang an mit Informationen versorgt." Er wandte sich Vincent zu. „Und obwohl ich seinem Wort vertraue, muss ich euch leider in Schutzhaft nehmen, bis wir die Angelegenheit genauer untersuchen können."

Vincent nickte verständnisvoll und hielt seinen Stab mit der Spitze zum Boden. „Tu, was du für nötig hältst."

Marcels Beschwörung fesselte sie und schickte sie in eine der Zellen im Untergeschoss des Hauptquartiers. Dort waren sie bis zum Ende der Schlacht in Sicherheit. Marcel stieg über die Leiche des dunklen Magiers und gab seinen

Einheiten den Befehl, sich in dem Gebäude zu verteilen, es zu durchkämmen und jeden zu töten, der sich gegen die Festnahme zur Wehr setzte. „Es muss endlich Schluss sein", fügte er noch hinzu.

Jean schickte die Vampire ohne Partner als erste in das Gebäude. „*Extorris*", erinnerte er sie an den Gesetzlosen, der sich hier aufhielt. Selbst diejenigen, die Jeans Urteil anfänglich widersprochen hatten, weil Karine nicht seine offizielle Gefährtin gewesen war, schwiegen jetzt. Sie hatten alle gesehen, was hier mit Orlando geschehen war. Selbst Luc Cabalet, der Chef de la Cour von Amiens, der mit seiner Partnerin nach Paris gerufen worden war, akzeptierte Jeans Urteil. Wenn der Gesetzlose sich hier aufhielt, dann hatte er die Misshandlung Orlandos zumindest in Kauf genommen, weil er nicht dagegen eingeschritten war. Vielleicht war er sogar aktiv daran beteiligt gewesen.

Sie verteilten sich über das gesamte Gebäude und sicherten Zimmer um Zimmer. Eine Einheit wurde von Marcel und Monsieur Lombard befehligt, eine zweite von Thierry und Sebastien. Die dritte stand unter der Führung von Jean und Raymond. Thierry hatte noch nie einen so erbitterten Widerstand erlebt, wie ihn die dunklen Magier heute leisteten. Normalerweise zogen sie sich schnell zurück, nachdem sie ihr Ziel erreicht und genügend Schaden angerichtet hatten. „Sie wissen genau, dass es ihr letztes Gefecht ist", flüsterte er Sebastien zu, als sie ein kleines Zimmer belagerten, in dem sich zwei dunkle Magier verbarrikadiert hatten.

„Umso erbitterter wehren sie sich", stimmte ihm Sebastien zu und rollte elegant zur Seite, um einem Fluch der Magier auszuweichen, der harmlos hinter ihm an der Wand verpuffte. „Fürchten sie ihre Gefangennahme wirklich so sehr, dass sie lieber sterben, als sich zu ergeben?"

„Ich vermute, Serrier hat sie davon überzeugt, dass Marcel sie foltern wird. Oder er hat es ihnen selbst angedroht, falls sie versagen sollten. In diesem Fall wäre der Tod die angenehmere Alternative", meinte Thierry und erwiderte die Flüche, die auf sie einstürmten, mit einer Gegenoffensive. „Es ist lächerlich. Wir kommen nicht rein und sie nicht raus. Wenn das so weitergeht, sitzen wir hier noch stundenlang fest."

„Ich kann versuchen, reinzugehen", schlug Sebastien vor. „Ihre Flüche wirken gegen mich nicht."

„Die tödlichen nicht, aber andere schon", widersprach ihm Thierry. „Das wissen sie mittlerweile auch."

„Dann musst du mir eben Feuerschutz geben und dafür sorgen, dass sie mich nicht treffen, ja?", erwiderte Sebastien herausfordernd und bereitete sich darauf vor, das Zimmer zu stürmen.

„Merde!", schimpfte Thierry, als Sebastien mit seiner übernatürlichen Schnelligkeit nach vorne sprang und sich auf dem Boden abrollte, um der Salve an Flüchen zu entgehen, die ihn in Empfang nahm. Thierry feuerte im Stakkato zurück und versuchte, die Flüche der dunklen Magier zu neutralisieren. Einer entging ihm und traf Sebastien vor die Brust. Der Vampir stolpert und ging kurz in die Knie, kam aber schnell wieder auf die Beine. Thierry grummelte vor sich hin und drohte, seinem Partner den Hintern zu versohlen, sobald sie wieder zuhause waren. Aber zuerst musste er sich noch um die dunklen Magier kümmern.

Sebastien schrak zusammen, als ihn der Fluch traf. Seine Brust schmerzte, aber es war keine ernsthafte Verwundung, sondern nur Magie. Er schüttelte den Schock ab und drang weiter in den Raum vor. Hinter einem plüschbezogenen Sessel ging er in Deckung und wartete die nächste Salve der dunklen Magier ab. Dann nahm er eine passende Gelegenheit wahr und stürzte sich auf den nächsten Magier, warf ihn zu Boden und schlug ihm den Stab aus der Hand. Hinter ihm forderte Thierry den anderen Magier auf, sich zu ergeben. Ihm stockte der Atem, als zwei Stimmen gleichzeitig „*Abbatez!*" schrien. Kurz darauf hörte er zu seiner Erleichterung, wie Thierry den anderen Magier mit einer Beschwörung fesselte.

„Du hast mir eine Heidenangst eingejagt!", rief er anklagend und erhob sich vom Boden.

„*Ich* habe *dir* Angst eingejagt?", erwiderte Thierry aufgebracht, packte Sebastien an den Schultern und schüttelte ihn durch. „*Ich* war es nicht, der sich ohne jeden Schutz koppheister mitten in ein magisches Feuergefecht gestürzt hat!"

„Ich hatte allen Schutz, den ich brauchte", versicherte ihm Sebastien und gab ihm einen Kuss. „Ich wusste doch, dass du nicht zulassen wirst, dass mir etwas passiert."

„Das habe ich aber", grummelte Thierry. „Ich habe den Fluch gesehen, der dich getroffen hat."

„Aber der Fluch war entweder zu schwach, oder er wirkt nicht so gut auf Vampire, wie der Magier erwartet hat", erwiderte Sebastien. „Der Schmerz lässt schon nach."

„Und der Magier, der ihn abgefeuert hat, ist jetzt tot", ergänzte Thierry. „Diese Art Fluch hält sich nicht sehr lange, wenn der Verursacher nicht mehr lebt. Bei anderen ist das allerdings nicht der Fall, also sei in Zukunft vorsichtiger."

Sebastien lächelte nur und ließ Thierry seine eigenen Schlussfolgerungen ziehen. Thierrys skeptisches Stirnrunzeln zeigte ihm, dass der Magier ihm nicht abnahm, das nächste Mal sehr viel anders zu handeln.

„Lass uns gehen. Wir haben noch den Rest des Flurs und das nächste Stockwerk vor uns", sagte Thierry kurz darauf. „Wir sollten hier nicht unsere Zeit vertrödeln."

Sebastien fasste ihn an der Schulter und gab ihm noch einen Kuss, bevor sie ihre Einheit weiter führten.

Je tiefer sie in das Gebäude eindrangen, desto mehr leere Räume fanden sie vor. Dafür drängten sich in den anderen Zimmern umso mehr dunkle Magier, als ob sie hofften, durch den Zusammenschluss in größere Gruppen den Angriff der Miliz leichter abwehren zu können.

„Wir werden sie nicht alle außer Gefecht setzen können, Captain Dumont", meinte einer von Thierrys Leuten besorgt, als sie auf ein Zimmer mit dreißig Magiern stießen. „Sie sind in der Überzahl."

Thierry dachte über verschiedene Angriffstaktiken nach, aber keine war das Risiko wert. „Versiegelt den Raum", befahl er schließlich. „Wenn sie durch die Tür fliehen wollen, können wir uns einen nach dem anderen vornehmen. Wenn nicht, kümmern wir uns um sie, sobald wir den Rest des Gebäudes in der Hand haben."

David nickte und übernahm es, den Raum mit einer Beschwörung magisch abzuriegeln und zu verhindern, dass die Eingeschlossenen durch einen Transportzauber entkommen konnten. Danach blieb ihnen nur noch die Tür als Fluchtweg.

Thierry ließ vier Magier und zwei Vampire als Wachen zurück, um Fluchtversuche zu verhindern. Dann befahl er dem Rest seiner Einheit, weiter vorzurücken. Er sprach es nicht laut aus, aber er hoffte sehr, dass sie Serrier aufstöbern konnten. Thierry wollte sich den Bastard persönlich vorknöpfen für all die Leben, die er vernichtet hatte, und für die Angst, die Alain seinetwegen in den letzten Tagen ausgestanden hatte. Leider schien sich dieser Wunsch nicht zu erfüllen. Sie fanden noch mehrere Gruppen dunkler Magier in dem Gebäude verteilt, aber Serrier blieb unauffindbar. Thierry hoffte, dass eine der anderen Einheiten mehr Glück haben würde. Sie mussten seiner habhaft werden, bevor er einen Weg fand, zu entkommen und seine restlichen Truppen wieder zu sammeln. Sonst würde der Krieg von vorne losgehen.

Thierry hatte schon längst den Überblick verloren, wie viele der dunklen Magier sie gefangen genommen oder getötet hatten, als sie sich dem Ende ihres Flügels des Gebäudes näherten. Er hätte es vorgezogen, mehr von ihnen lebend in Gewahrsam zu nehmen, kannte aber Serriers Verständnis von Gesetz und Ordnung. Viele der dunklen Magier, die unter Serriers Kommando gekämpft hatten, zogen wahrscheinlich den Tod der Folter vor, die sie bei einer Niederlage erwartet hätte. Thierry fragte sich zwar, warum sie sich nicht einfach in Sicherheit transportiert hatten, aber in der Hitze des Gefechts hatte er keine Zeit, nach Antworten zu suchen. Serriers Leute konnten oder wollten sich vermutlich nicht vorstellen, dass Marcel etwas Derartiges nie dulden würde, denn sie kämpften bis zum Tod. Nur die wenigen, die von Vampiren entwaffnet wurden, konnten mit einer Beschwörung bewegungsunfähig gemacht und festgenommen werden.

Thierrys Respekt für die Vampire, sowohl diejenigen mit als auch ohne Partner, wuchs, je länger der Kampf andauerte. Sie warfen sich vorbehaltlos und ohne Rücksicht auf ihre eigene Existenz in den Kampf, setzten sich Flüchen aus, die einen Sterblichen niedergestreckt hätten, nur, um sich sofort wieder zu erheben und erneut in den Kampf zu stürzen. Dabei verließen sie sich auf den Schutz der Magier und überließen den Rest ihrer Natur als Unsterbliche. Dass sie überhaupt Gefangene machen konnten, war nur dem Mut und der Einsatzbereitschaft der Vampire zu verdanken. Thierry nahm sich vor, ihnen bei der nächsten sich bietenden

Gelegenheit öffentlich seinen Dank auszusprechen. Er kümmerte sich nur wenig um die politische Seite der Milice, kannte aber Marcels Pläne und wusste, wie wichtig die öffentliche Anerkennung der Vampire für die Zukunft und das Zusammenleben in der Gesellschaft war.

Sebastien legte ihm die Hand auf die Schulter und riss ihn aus seinen Gedanken. „Wir haben es noch nicht geschafft", warnte er. „Da vorne ist noch eine Gruppe, die sich offensichtlich zum Ausgang durchkämpfen will."

„Warum transportieren sie sich nicht einfach hier raus?", überlegte Thierry laut. „Wenn sie sowieso fliehen wollen, anstatt zu kämpfen, könnten sie doch einfach von hier verschwinden."

„Keine Ahnung", erwiderte Sebastien. „Aber sie sehen ziemlich verzweifelt aus, als hätten sie alle Möglichkeiten ausgeschöpft und wüssten nicht mehr weiter."

Thierry runzelte die Stirn. Das war kein gutes Zeichen. Die dunklen Magier würden sich unerbittlich gegen ihre Gefangennahme wehren, weil sie sich in die Enge gedrängt fühlten. Nun, daran ließ sich nichts ändern. Marcels Befehle waren eindeutig. *Es muss endlich Schluss sein*", hatte der General gesagt. Der Aufstand musste endgültig niedergeschlagen werden. Das hieß, alle und jeden in diesem Gebäude so schnell wie möglich außer Gefecht zu setzen.

„Können wir versuchen, sie in die Zange zu nehmen?", fragte er. „Wenn wir einige Leute hinter sie schicken und gleichzeitig ihren Fluchtweg blockieren, ergeben sie sich vielleicht."

„Ich weiß nicht, ob das geht", meinte Sebastien. „Die Flure hier sind ein einziges Labyrinth. Ich habe keinerlei Orientierung mehr. Ich könnte versuchen, mit einer kleinen Gruppe in ihren Rücken zu gelangen, aber ich glaube, wir gehen ein größeres Risiko ein, wenn wir uns trennen, als wenn wir sie einfach frontal angreifen."

„Vermutlich hast du recht", stimmte ihm Thierry nach kurzem Überlegen zu. Er überzeugte sich davon, dass alle einsatzbereit waren, dann wandte er sich an die dunklen Magier. „Milice! Lasst eure Stäbe fallen und niemandem geschieht etwas", rief er ihnen zu.

Die dunklen Magier antworteten mit einem Hagel Flüche. Thierrys Einheit duckte sich weg und ließ die Flüche über ihre Köpfe ins Leere laufen. „Versucht erst, sie zu binden", befahl Thierry leise, während sie den geeigneten Moment abwarteten, um den Angriff zu erwidern. „Ich möchte sie lebend in die Hände bekommen, damit ich sie verhören kann. Ich habe einige Fragen an sie."

Seine Leute nickten und stürmten auf ihre Gegner zu. Beschwörungen flogen durch die Luft, um die dunklen Magier zu fesseln. Dann liefen die Vampire unter Sebastiens Führung nach vorne, um so viele wie möglich zu entwaffnen.

Als sich das Getümmel nach einigen Minuten legte, hatten sie die gesamte Gruppe entweder magisch oder körperlich in ihre Gewalt gebracht, aber auch einige Magier der Milice waren zu Boden gegangen.

Thierry sah sich unzufrieden um. Er war froh, dass es weder unter seinen Leuten noch unter den dunklen Magiern Tote zu beklagen gab. Aber einige waren verletzt und konnten nicht weiterkämpfen. „Kannst du die Verwundeten auf die Krankenstation transportieren, David?", fragte er.

„Ich denke schon", erwiderte David.

„Damit unterzeichnest du dein Todesurteil", zischte einer der dunklen Magier. „Dieses Ort ist so stark abgeschirmt, dass ihr euch den Schädel einschlagt, wenn ihr ihn magisch verlassen wollt."

Damit war Thierrys Frage beantwortet, auch wenn ihm das im Moment nicht viel half. Seine Leute brauchten medizinische Betreuung. „Putain", fluchte er leise. „Na gut. Hugues, lass dir von zwei Vampiren helfen und bringt David, Stéphanie und Jérôme hier raus und zurück ins Hauptquartier. Kommt zurück, falls es irgendwie möglich ist. Aber die Behandlung der Verwundeten hat Priorität. Wir erledigen hier den Rest. Nehmt den gleichen Weg, auf dem wir gekommen sind. Er sollte sicher sein."

„Ich begleite euch", bot Sebastien an. „Und ich bin mir sicher, dass Angélique bei ihrem Partner bleiben möchte." Er wollte Thierry nicht verlassen, aber sie konnten keine partnerlosen Vampire ins Freie schicken, weil die Sonne schien. Damit blieben nur er und Angélique übrig. „Ich bin schneller zurück als du denkst", versprach er Thierry, der schon den Mund öffnete und Widerspruch einlegen wollte. „Pass auf dich auf."

Thierry sah ihn wütend an, konnte seinem Partner aber schlecht das Gegenteil befehlen. „Beeil dich", meinte er nur und drehte sich wieder zu den Gefangenen um. Einer von ihnen musste ebenfalls behandelt werden, doch Thierry wollte seine Einheit nicht noch mehr schwächen, indem er auf einen weiteren Magier verzichtete, der den Verletzten auf die Krankenstation brachte. Der dunkle Magier musste wohl oder übel die Zähne zusammenbeißen, bis das Gebäude erobert und die Schutzschilde neutralisiert waren.

Sie brachten die Gefangenen in ein leeres Zimmer und versiegelten hinter sich die Tür, sodass sie nicht entkommen oder befreit werden konnten. „Es gibt nur noch zwei Zimmer auf diesem Flur, dann gehen wir ins nächste Stockwerk", sagte er zu seiner Einheit und stöhnte innerlich. Mit jedem Fluch und jeder Beschwörung erschöpften sich seine magischen Energiereserven mehr. Thierry bezweifelte, dass es den anderen besser ging. Aber sie mussten jetzt durchhalten, denn eine solche Chance, den Krieg zu beenden, durften sie nicht verspielen.

19

SIE LANDETEN unbeholfen in dem Vorraum direkt hinter dem Haupttor von Notre-Dame. Alain presste seine wertvolle Last an sich und ging in die Knie, um nicht ins Stolpern zu geraten. Dann erhob er sich vorsichtig wieder und lief zu der Chor-Kapelle, in der er sich vorhin ausgeruht hatte. Orlando hing schlaff in seinen Armen und atmete nur schwach. Alain musste schnell einen Platz finden, an dem er sich um ihn kümmern konnte. Vorsichtig legte er Orlando auf den Teppich der kleinen Kapelle, zog sich die Ärmel hoch und kratzte an der Wunde, die Monsieur Lombard an seinem Handgelenk hinterlassen hatte, als sie vorhin nach Orlando suchten.

Als das Blut langsam aus der Wunde lief, überkamen ihn Schuldgefühle. Auch wenn der alte Vampir ihn nicht gebissen hatte, Alain hatte ihn sein Blut schmecken lassen. Er betete im Stillen, dass er dadurch nicht seinen Bund mit Orlando gebrochen hatte. Wenn Orlando wieder aufwachte, musste Alain es ihm erklären und konnte nur hoffen, dass sein Geliebter es verstehen würde. Ohne Lombards Hilfe wären sie zu spät gekommen und das Sonnenlicht hätte Orlando zerstört, nachdem Eric ihn befreit hatte und er allein auf die Straße gelaufen war, weil Eric ihn nicht an einen sicheren Ort transportieren konnte.

Als das Blut stark genug lief, um es in Orlandos Mund tropfen zu lassen, presste ihm Alain sein Handgelenk an die Lippen. Er massierte die Haut an der Wunde, damit das Blut schneller lief und Orlando genug davon bekam, um endlich aufzuwachen und selbst zu trinken.

Aus Sekunden wurden Minuten und Orlando reagierte immer noch nicht. Kein Saugen, keine langen Zähne, die sich in Alains Handgelenk bohrten, nicht einmal ein reflexartiges Schlucken war zu spüren. Besorgt legte Alain ihm die andere Hand auf die Brust, um das beruhigende Auf und Ab des vertrauten Herzschlags zu fühlen. Nichts. Nichts regte sich in dem Körper unter seiner Hand.

„Nein!", heulte er und seine Stimme hallte durch das Kirchengewölbe. Er zog Orlando in die Arme und drückte sich den Kopf seines leblosen Geliebten an die Brust. Jammernd und schluchzend wiegte er ihn hin und her. Nach allem was sie durchgemacht, was sie riskiert hatten, waren sie doch um Sekunden zu spät gekommen. Tränen liefen ihm übers Gesicht und tropften auf Orlandos bleiche Wangen. Tränen, die Orlando selbst nicht mehr weinen konnte, die ihm auch schon versagt geblieben waren, bevor Alain ihn im Stich gelassen hatte. „Das kannst du uns nicht antun", stieß Alain aus und wurde von Zorn gepackt. „Das kannst du mir nicht antun!" Seine Stimme durchbrach die andächtige Stille der Kathedrale und kurz darauf kam ein Priester an seine Seite gerannt.

„Was ist passiert?", fragte der Priester. „Kann ich helfen?"

Alain wiegte Orlando in den Armen. „Nein", sagte er gebrochen. „Lasst uns nur allein."

„Ich kann eine Ambulanz verständigen", bot der Priester an.

„Das wird auch nichts nützen", erwiderte Alain. „Er ist ein Vampir. Sie können ihm nicht helfen. Ich hätte ihm helfen können, aber ich bin zu spät gekommen."

Als der Mann Gottes das Wort ‚Vampir' hörte, trat er unvermittelt einen Schritt zurück. Doch egal, wie gefährlich der Mann auch früher gewesen sein mochte, jetzt konnte er offensichtlich niemandem mehr etwas antun. Aber der andere Mann, der ihn in den Armen hielt, brauchte Trost, und den konnte der Priester ihm spenden. „Dann ist seine Seele jetzt in Gottes Händen", sagte er mitleidvoll und kniete sich neben Alain auf den Teppich. „Wir sollten für ihn beten, damit sie Frieden findet."

„Er hat immer gesagt, er wäre verdammt", schluchzte Alain. „Aber er war mein Engel. Er hat Licht in meine Dunkelheit gebracht." Er sah den Priester mit tränennassen Augen an. „Das wird Gott ihm doch anrechnen, nicht wahr? Er war ein guter Mann. Dass er ein Vampir war, hat daran nichts geändert. Er hat für das gekämpft, woran er glaubte. Er hat nie einem Menschen Schaden zugefügt, selbst wenn er einen Grund dafür gehabt hätte." Seine Stimme brach und er vergrub das Gesicht in Orlandos dunklen Haaren, die schon feucht waren von seinen Tränen. Alain trauerte um seinen Geliebten.

„Alles zählt", versprach ihm der Priester. „Gott sieht alles. Nichts entgeht ihm und er vergibt uns. Wenn er der Mann war, als den du ihn beschrieben hast, wird Gott ihn mit offenen Armen empfangen." Dem Geistlichen wurde bewusst, dass die beiden Männer vor ihm entweder Brüder oder Geliebte gewesen sein mussten, denn anders ließ sich die tiefe Trauer des blonden Mannes nicht erklären. Wahrscheinlich Letzteres, da sie keinerlei äußere Ähnlichkeiten miteinander aufwiesen. Den meisten seiner Kollegen wäre dazu einiges eingefallen, aber der Priester sah es nicht als seine Aufgabe an, die beiden Männer zu verurteilen. Der trauernde Mann hatte den Verstorbenen offensichtlich zutiefst geliebt, und das zählte in den Augen des Gottesmannes mehr, als ihre Herkunft oder ihr Geschlecht. Der blonde Mann brauchte Trost und die Gewissheit, dass sein Geliebter von Gott aufgenommen wurde. Das konnte und wollte der Priester ihm geben. „Was ist mit ihm geschehen?"

„Serriers Folterknechte haben ihn gequält, bis er zu schwach war, um weiterzuleben. Diese Bastarde", fluchte Alain rücksichtslos. „Ich dachte, er müsste nur mein Blut trinken, um geheilt zu werden. Aber er hat es einfach nicht geschluckt." Er sah Orlando an und weinte wieder. „Er kann mich nicht verlassen. Er darf es einfach nicht."

„Er wird in deinem Herzen weiterleben", erinnerte ihn der Priester. „Ich weiß, dass du es nicht hören willst, aber seine Seele wird weiterleben. So lange du ihn liebst und ihn nicht vergisst, wird er ein Teil von dir sein. Und wenn deine Zeit gekommen ist, werdet ihr in Gottes Gnade wieder vereint sein."

Alain versuchte, in diesen Worten Trost zu finden, aber es wollte ihm nicht gelingen. Er konnte sich einfach nicht vorstellen, sein restliches Leben ohne Orlando an seiner Seite zu verbringen. „Ich muss gehen. Ich muss helfen, Serriers Schlächterei ein für alle Mal ein Ende zu bereiten", verkündete er. Er wollte alles für diesen Kampf gegen die dunklen Magier geben, und falls das sein eigenes Ende bedeutete, wäre er nur umso schneller wieder mit Orlando vereint. „Könnt … könnt Ihr bei ihm bleiben, bis ihn jemand abholt?"

Der Priester sah ihn durchdringlich an. „Ich bleibe bei ihm, bis du zurückkehrst, mein Sohn. Aber du musst zurückkehren und dich selbst um ihn kümmern. Er hat mehr verdient, als deinen vorzeitigen Tod."

„Ich bin Magier", sagte Alain tonlos. „Mein Platz ist bei der Milice. Er würde nicht wollen, dass ich meine Pflichten vernachlässige. Er würde mich daran erinnern, dass ich nichts mehr für ihn tun kann. Und er würde von mir erwarten, dass ich ähnliche Gräueltaten von Serrier und seinen Schergen für die Zukunft verhindere. Werdet Ihr bei ihm bleiben?"

„Wenn du darauf bestehst, ihn hier zu lassen, dann bleibe ich bei ihm. Aber ich bin kein Magier. Ich werde ihn nicht beschützen können", warnte der Priester.

„Die Kathedrale selbst wird ihn beschützen", versicherte ihm Alain. „Die Elementarmagie ist hier so stark, wie an keinem anderen Ort des Kontinents. Sie weiß um die dunklen Magier und wird sie fernhalten."

Der Priester zog überrascht die Augenbrauen hoch, nahm Alains Erklärung jedoch unwidersprochen hin. Er hatte schon als Junge darum gebetet, eines Tages hier, in Notre-Dame, dem Herrn dienen zu dürfen. Schon damals hatte er gespürt, dass von diesem Gotteshaus eine besondere Macht ausging, obwohl es fast nur noch als Touristenattraktion diente. Der Priester war ein belesener Mann und hatte in seinem Leben schon viel gesehen. Er wusste, dass es mehr Dinge zwischen Himmel und Erde gab, als seine Glaubenslehre öffentlich eingestand. Viele seiner Brüder im Glauben würden ihm vorwerfen, die Kirche infrage zu stellen, wenn sie davon wüssten. Aber der Priester hatte einen weiteren Horizont, ein tieferes Verständnis, daher wunderte er sich nicht darüber, dass Notre-Dame ein Ort der Macht war. Es bestätigte nur seine eigenen Erfahrungen. „Dann werde ich bei ihm wachen und für ihn beten, während du tust, was du für deine Pflicht hältst. Aber du musst mir versprechen, zurückzukehren, denn ich werde ihn keinem anderen übergeben."

„Und wie willst du verhindern, dass ein anderer Magier oder ein Vampir ihn holt? Du hast selbst gesagt, dass du ihn nicht beschützen könntest", fragte Alain herausfordernd und gab respektlos die übliche Anrede auf.

„Und du hast selbst gesagt, dass ihn die Kathedrale beschützen würde", erwiderte der Priester unbeeindruckt. „Sie kennt nur dich. Wieso sollte sie einen anderen in seine Nähe lassen?"

„Jeder Magier kann mit der Elementarmagie in Kontakt treten und ihr seine Absichten erklären", fing Alain an.

Der Priester unterbrach ihn kopfschüttelnd. „Schon gut. Geh jetzt. Aber ich erwarte *dich* zurück."

Alain beschloss, den Disput aufzugeben. Es würde zu nichts führen. „Es kann allerdings länger dauern. Niemand weiß, wie sich der Kampf entwickeln wird", gab er mit einem Nicken nach.

„Ich habe Zeit", sagte der Priester. „Geh jetzt und kehre gesund zurück."

Alain sah Orlando ein letztes Mal an und küsste ihn auf die Lippen, weil er auch das nie wieder tun könnte. Orlandos Lippen waren immer noch zart und warm, als würde er nur schlafen. Aber kein Atemzug war zu spüren, keine Bewegung wahrzunehmen. Nichts, außer Leblosigkeit und Tod. „Ich liebe dich, mon ange", flüsterte Alain ihm zu. „Es tut mir so leid, dass ich zu spät gekommen bin."

Er sah Orlando ins Gesicht, als würde er darauf warten, dass sein Geliebter die Augen aufschlüge und ihn ansah. Aber sie blieben geschlossen und die Wimpern warfen leichte Schatten auf die dunklen Ringe unter Orlandos Augen. Alain unterdrückte ein Schluchzen und erhob sich vom Boden. Dann schwenkte er den Stab und transportierte sich an den Ort zurück, den er erst vor wenigen Minuten voller Hoffnung verlassen hatte.

„Alain!"

Der Magier drehte sich nach dem Rufer um und erkannte Sebastien, der mit David, Angélique, Mathieu, Jérôme und Stéphanie vor Serriers Hauptquartier stand. „Wo ist Thierry?", fragte er sofort.

„Im Haus. Die Kämpfe sind noch in vollem Gang. Ich habe mich bereit erklärt, beim Rücktransport der Verwundeten zu helfen", berichtete Sebastien. „Wo ist Orlando?"

„Tot", krächzte Alain. „Wir sind zu spät gekommen. Ich habe versucht, ihm Blut zu geben, aber er hat es nicht geschluckt und ist nicht aufgewacht."

„Wo ist er jetzt?", fragte Sebastien aufgeregt.

„Notre-Dame."

„Vor der Sonne geschützt?"

Alain nickte.

„Hör gut zu. Du musst Jean finden. Wenn jemand aus Orlandos Abstammungslinie noch existiert, können wir ihn vielleicht retten. Und du musst dafür sorgen, dass sein Körper unbeschädigt bleibt, bis wir das richtige Blut finden", erklärte Sebastien. „Ich kenne Orlandos Geschichte und Abstammung nicht, aber vielleicht weiß Jean mehr darüber. Er hat Unterlagen über alle Vampire von Paris. Es gehört zu seinem Job."

„Sebastien, wir müssen los", drängte Angélique, als David sich schwer auf sie stützte.

„Finde Jean", wiederholte Sebastien und drehte sich zu den anderen um. „Also los."

Leutnant Fouquet transportiert die kleine Gruppe auf die Krankenstation des Hauptquartiers. Ein verstörter Alain blieb zurück und sah baff auf die Stelle, an der eben noch Sebastien gestanden hatte. Er schwankte zwischen Hoffnung und Verzweiflung. Sebastien schien zu glauben, dass Orlando noch gerettet werden könnte; aber Alain hatte Angst, sich wieder falsche Hoffnungen zu machen. Es war schlimm genug gewesen, den Geliebten einmal zu verlieren. Eine weitere enttäuschte Hoffnung konnte er nicht überleben. Sollte er erst dafür sorgen, dass Orlando vor der Sonne sicher war? Oder sollte er sich auf die Suche nach Jean begeben? Er konnte sich nicht entscheiden und war wie gelähmt vor Unentschlossenheit. Alain wusste, dass Orlandos Schöpfer vernichtet worden war, nachdem Jean den jungen Vampir aus den Klauen dieses Monsters befreit hatte. Das war allerdings alles. Viel mehr wusste er nicht über Orlandos Vergangenheit. Alain wollte an einen Ausweg glauben, aber Thurloes Vernichtung sprach dagegen. Ein Schmerzensschrei ließ ihn wieder zu sich kommen. Er riss sich zusammen und lief ins Haus, wo immer noch gekämpft und er gebraucht wurde.

Als er in dem Gebäude ankam, suchte er sofort nach Hinweisen, wo sich Jean aufhalten könnte. Das einzige, was er fand, waren jedoch dunkle Magier, die überall in den Gängen und Zimmern herumlagen – entweder tot oder magisch gebunden. Es gab keine Möglichkeit, das Vordringen der Milice zu rekonstruieren oder gar Jean ausfindig zu machen. Er musste systematisch vorgehen und das Gebäude absuchen, bis er mehr in Erfahrung bringen konnte. Alain entschied sich, es zuerst auf der rechten Seite zu versuchen. Er kam an Räumen vorbei, die alle von der Milice versiegelt worden waren, aber jedes Mal schien ein anderer Magier die Beschwörung vorgenommen zu haben. Einige davon gehörten zu Thierrys Einheit, andere nicht. Das Durcheinander machte Alains Suche nicht einfacher. Wenn er irgendwo in diesem Labyrinth Raymonds Magie identifizieren könnte, wäre das ein entscheidender Hinweis auf Jeans Anwesenheit, aber ausgerechnet Raymond war verdächtig unauffindbar.

Alain kam am Ende eines Flures an und musste sich erneut entscheiden, ob er nach rechts oder links gehen wollte. Rechts konnte er Thierrys Magie spüren. Er könnte also seinem Freund folgen und an dessen Seite kämpfen, wie sie es sich vor Jahren versprochen hatten. Wenn der Kampf vorbei war, wäre es leichter, Jean ausfindig zu machen. Oder er konnte in die andere Richtung gehen, wo die Magie der Milice so gut wie nicht zu spüren war. Dann konnte er nur hoffen, nicht in mehr dunkle Magier zu laufen, als er allein überwältigen konnte. Alains Selbsterhaltungstrieb setzte sich durch und er ging nach rechts. Schon nach wenigen Metern traf er auf eine Gruppe von Magiern und Vampiren, die vor einem Zimmer Wache standen. „Was ist hier los?", fragte er.

„In dem Zimmer sind zu viele dunkle Magier, um es zu stürmen", sagte Leutnant Raynaud de Lage. Sie sprach ihn nicht auf Orlando an, aber dessen Abwesenheit blieb ihr nicht verborgen. Sie litt mit Alain und wollte sich nicht vorstellen, wie es wäre, Justin zu verlieren. „Captain Dumont hat uns hier

145

zurückgelassen, um die Tür zu bewachen und sie in Gewahrsam zu nehmen, falls sie einen Fluchtversuch unternehmen. Wenn nicht, werden wir uns nach dem Kampf um dieses Widerstandsnest kümmern."

Thierry hatte, wie immer, die einzig richtige und logische Entscheidung getroffen. „Waren Raymond und Jean bei eurer Einheit?", erkundigte sich Alain bei ihr und ignorierte das Mitleid in ihrem Blick. Er wollte jetzt nicht darauf angesprochen werden, was mit Orlando geschehen war. Wollte nicht erklären müssen, was Sebastien ihm gesagt hatte. Er musste seine Gefühle unter Kontrolle behalten, sonst würde er den Verstand verlieren und nicht mehr kämpfen können.

Leutnant Raynaud de Lage schüttelte den Kopf. „Nein. Sie haben eine andere Einheit übernommen. Die dritte wird von Marcel und dem alten Vampir – mir ist sein Name entgangen – angeführt."

„Lombard", unterbrach Justin seine Partnerin. „Das ist Monsieur Lombard."

„Ich muss Jean finden", ließ Alain sich nicht von seinem Ziel abbringen. „Wisst ihr, in welchem Teil des Gebäudes er und Raymond sind?"

Catherine schüttelte den Kopf. „Sorry, Alain. Unsere Einheit ist als erste aufgebrochen und ich habe nicht gesehen, wohin die beiden anderen gegangen sind."

Alain nickte. „Dann muss ich weitersuchen."

„Das ist allein viel zu gefährlich", warnte Catherine. „Suche Thierry. Er soll dir jemanden als Unterstützung zuteilen. Hier sind überall dunkle Magier, und die wenigsten von ihnen sind allein."

Alain schüttelte den Kopf. Er hatte immer noch Angst, sich durch Sebastiens Worte zu neuer Hoffnung verleiten zu lassen. Es war zu unwahrscheinlich, dass jemand der gleichen Abstammung war wie Orlando. Er wollte nur Jean finden und Serriers Schreckensherrschaft ein schnelles Ende bereiten. Das hieß nicht, dass er unnötige Risiken eingehen würde. Vielleicht konnte Orlando ja doch noch gerettet werden, und dann wollte Alain am Leben und bei bester Gesundheit sein, um dieses Wunder zu erleben. Aber selbst wenn die Zeit für Orlando keine Rolle spielen sollte, Alain konnte es nicht länger aushalten. Jede Minute, die dieser Schrecken noch länger andauerte, lag ihm wie eine zentnerschwere Last auf den Schultern. Er rannte durch den Flur, bis er auf Thierry und dessen Einheit traf.

„Alain, was machst du denn hier?", rief Thierry. „Wo ist Orlando?"

„Notre-Dame", antwortete Alain kurz angebunden. „Ich muss Jean finden."

„Er ist im anderen Flügel des Gebäudes, aber ich habe keine Ahnung, wo genau er dort sein könnte. Was willst du von ihm?", fragte Thierry, dem Alains verstörtes Verhalten nicht entgangen war. Er konnte sich nicht erklären, wieso Alain plötzlich in diesem Getümmel auftauchte, anstatt bei Orlando zu bleiben. Das konnte nichts Gutes verheißen. „Ist mit Orlando alles in Ordnung?"

Alain schüttelte den Kopf. „Ich dachte, er wäre gestorben. Aber Sebastien meint, es gäbe vielleicht noch eine Möglichkeit, ihn zu retten. Ich muss Jean finden, um mehr in Erfahrung zu bringen."

Thierry warf einen Blick auf die letzten beiden Türen in diesem Flur. Für ihn war die Sache damit klar. Orlando brauchte Hilfe. Alain liebte Orlando. Thierry würde alles tun, um Orlando zu helfen. Wenn das hieß, dass sie Jean suchen mussten, dann suchten sie ihn. Jetzt. „Versiegelt die beiden Räume", befahl er seiner Einheit. „Wir kommen zurück und kümmern uns später darum, wer sich dort aufhält. Erst müssen wir Jean finden."

Sofort führten einige Magier die nötigen Beschwörungen aus, um die beiden Zimmer zu versiegeln, sodass niemand daraus entkommen konnte. „Los jetzt", rief Thierry und zeigte in die Richtung, aus der sie gekommen waren. „Jean und Raymond haben den Westflügel übernommen. Wir gehen zurück zum Eingang und arbeiten uns von dort aus in diese Richtung vor, bis wir sie gefunden haben."

In Alains Augen glänzte die Hoffnung wieder auf, die er so mühsam unterdrückt hatte. Mit Thierry an seiner Seite musste alles gut gehen. Zusammen konnten sie nicht versagen. Die Frage war nur, ob Jean wirklich die nötigen Informationen besaß, um Orlando vor der Vernichtung zu bewahren.

20

„WIR GEHEN nach unten", beschloss Marcel, nachdem sich die drei Einheiten formiert und getrennt hatten. Er hatte Serriers Verhaltensmuster intensiv studiert. In jedem der Gebäude, die sie bisher durchsucht hatten, hatten sie irgendwo im Keller ein Schlupfloch vorgefunden. Einen Raum, der stärker abgesichert war, als der Rest des Gebäudes. In einigen Fällen war es ihnen nicht gelungen, in diesen Raum einzudringen. Erst in den letzten Monaten hatte Marcel eine Möglichkeit gefunden, die Schutzzauber Serriers außer Kraft zu setzen. Wenn Serrier sich hier irgendwo versteckte, dann in einem solchen Kellerraum.

Marcel hatte sich fest vorgenommen, ihn aufzuspüren und zu stellen. In der Hitze des Gefechts konnten die Vampire ihre Partner nicht beißen, um ihnen zusätzliche Kräfte zu verleihen. Damit war Marcel der mächtigste Magier der Milice und derjenige, der die besten Chancen hatte, den Anführer der Rebellen in einem Zweikampf zu besiegen. Dieser Krieg dauerte schon viel zu lange. Heute würde er enden.

Eine schmale Treppe brachte sie in den Keller. In den engen Gängen konnten nur zwei Personen nebeneinander gehen. An manchen Stellen mussten sie sogar einzeln passieren. Sie durchsuchten das Untergeschoss methodisch und deaktivierten jeden Schutzzauber und jede Falle, die sie auf ihrem Weg fanden. Marcel überließ diese Arbeit seinen Untergebenen, denn er musste sich seine Energie und Wachsamkeit für die Auseinandersetzung mit Serrier aufsparen.

Sie trafen nur wenige dunkle Magier an, die überraschend wenig Widerstand leisteten. Die Natur der Beschwörungen und Flüche, die sie auf ihrem Weg ins Innere des Kellerlabyrinths antrafen, ließ Marcel vermuten, dass Serrier sich ganz auf seine magischen Fähigkeiten verließ, um jeden Eindringling fernzuhalten und zu vernichten. Und damit hatte er recht, denn ein weniger umsichtiges und organisiertes Vorgehen hätte der Milice große Opfer abverlangt. Marcel dankte allen Göttern und Göttinnen, dass Raymond sein Wissen um die hinterhältigen Flüche Serriers mit ihnen geteilt und sie so in die Lage versetzt hatte, Gegenzauber zu entwickeln.

Aber so vorsichtig sie auch waren, nach kurzer Zeit war der erste Schmerzensschrei zu hören. Marcel drehte sich nach dem Schrei um und sein Blick fiel auf Georges Pantin, der auf dem Boden lag und sich vor Schmerzen krümmte. „Marie, bring ihn hier raus", befahl er sofort. „Transportiere ihn und seinen Partner auf die Krankenstation, sobald die Schutzschilde entfernt sind. Danach kommst du so schnell wie möglich zurück."

„Was hat ihn getroffen?", fragte Marie, um den Medizinern genaue Informationen über die Ursache von Georges' Verletzung geben zu können. Das ersparte mühselige Diagnosen und die Suche nach der passenden Heilmethode, sodass sie Georges sofort helfen konnten.

„Innere Blutungen", murmelte Marcel.

Fabienne, die hinter ihnen stand, erbleichte. Ihr Partner Mathieu war ebenfalls verwundet worden und hatte darauf bestanden, dass sie an dem Kampf auch ohne ihn teilnahm. „André, es ist besser, wenn du nicht so lange wartest, sondern ihn sofort beißt. Du kannst ihn zwar nicht heilen, aber es verlangsamt die Ausbreitung des Fluches in seinem Körper. Die Mediziner haben mir gesagt, dass Mathieu ohne meinen Biss wahrscheinlich nicht überlebt hätte."

„Hier?", fragte André erstaunt. Er hatte schon davon gehört, dass in der Allianz viele Tabus gefallen waren, aber damit hatte er nicht gerechnet.

„Du bist ein Vampir", mischte sich Monsieur Lombard ein. „Dein Partner braucht dich. Worauf wartest du?"

Marcel sah den alten Vampir überrascht an. Lombard hatte sich erst vor wenigen Stunden aktiv der Allianz angeschlossen, doch das schien für den Vampir keine Rolle zu spielen. Sein Einfluss war immer noch groß genug, um André umzustimmen. Der Vampir beugte den Kopf, biss seinen Partner in den Hals und saugte mit dem Blut auch die dunkle Magie aus dessen Körper.

„Kannst du ihn gleichzeitig tragen und beißen?", fragte Marie. „Wir können ihn nicht aus dem Gebäude transportieren, weil Serriers Schutzschilde es verhindern."

André warf ihr einen kurzen Blick zu, ohne seinen Biss zu unterbrechen. Vorsichtig nahm er Georges in die Arme und stand vom Boden auf. Marie wollte ihn stützen und fasste nach seinem Arm, aber er schüttelte ihre Hand ab. Dann bedeutete er ihr mit einer Geste, vorauszugehen. Geneviève, Maries Partnerin, flankierte sie auf der anderen Seite. Sie wollte Marie keine Sekunde aus den Augen lassen.

Marcel sah ihnen nach, bis sie um die Ecke verschwunden waren. „Los jetzt", befahl er dann. „Wir müssen weiter. Sie werden uns finden, falls sie zurückkommen können."

Hinter der nächsten Ecke trafen sie einen Abwehrzauber an, der den Gang komplett blockierte und jedes weitere Vordringen verhinderte. Caroline versuchte, ihn zu neutralisieren, aber ihre Beschwörung löste eine Explosion aus. Sie hob die Hände vors Gesicht, doch es war bereits zu spät. Glasscherben flogen wie Geschosse durch die Luft, zerschnitten ihr die Hände, das Gesicht und die Augen. „Caroline!", schrie Mireille und fing ihre Partnerin auf.

Marcel fluchte leise. „Geht!", befahl er. „Lauft Marie nach. Sagt ihr, sie soll auf der Straße bleiben und sich für Nottransporte in die Krankenstation zur Verfügung halten."

149

Mireille nickte, nahm ihre Partnerin in die Arme und rannte den Gang entlang in die Richtung, aus der sie gekommen waren.

Marcel sicherte den Gang zwischen seiner Einheit und Serriers Abwehrzauber durch einen Schutzschild. Dann machte er sich daran, Serriers Magie zu entwirren und zu neutralisieren. Sie war typisch für den dunklen Magier – voller Schlingen und Fallstricke, die, wenn sie versehentlich ausgelöst wurden, eine verheerende Wirkung besaßen. Marcel wünschte sich, dass Raymond hier wäre und ihm mit seiner Erfahrung helfen könnte, aber der war mit Jean unterwegs, um den Gesetzlosen aufzuspüren. In diesem Kampf durften sich Partner nicht trennen, solange es nicht ein außergewöhnlicher Notfall erforderte. Marcel schloss die Augen, um sich besser konzentrieren zu können. Er umhüllte Serriers Falle mit seiner eigenen Magie, untersuchte jedes Detail und jede Verbindung, bis er endlich den Ausgangspunkt des Fluchs ausfindig gemacht hatte. Langsam löste er das verworrene Netz auf und ließ sich dabei mehr von seinem magischen Instinkt leiten, als sich auf seine fünf Sinne zu verlassen, die leicht durch eine geschickte Illusion getäuscht werden konnten.

Hinter ihm hielten die Magier den Atem an und warteten ab, ob Marcels Magie mächtig und geschickt genug war, um Serriers Zauber zu brechen. Schicht um Schicht arbeitete Marcel sich vor und riss die magische Wand nieder, die ihr Vordringen verhinderte. Ein Fluch entging ihm und hätte beinahe einen von ihnen erwürgt, aber Marcels Schutzschild hielt stand und der Fluch prallte wirkungslos daran ab. Marcel war erleichtert, ging aber danach noch langsamer und vorsichtiger vor, weil er kein zweites Mal das Risiko eingehen wollte, dass einer seiner Magier verletzt wurde.

Jude war sich nicht sicher, ob er die Aufmerksamkeit des ältesten Vampirs, von dem er jemals gehört hatte, auf sich lenken wollte. Er schluckte und es dauerte einige Minuten, bis seine Nervosität soweit nachgelassen hatte, dass er den Mut dazu aufbrachte, Monsieur Lombard anzusprechen. „Der General ist Ihr Partner, nicht wahr?", fragte er zaghaft.

Monsieur Lombard nickte.

„Wenn Sie ihn beißen, während er seine Beschwörung ausführt, wird ihn das stärker machen", erklärte Jude. „Ich weiß nicht, wie lange die Wirkung anhält, aber wenn sie nur verhindert, dass er seine magischen Energiereserven zu schnell erschöpft, wird uns das schon helfen."

Monsieur Lombard sah ihn fragend an.

„Er sagt die Wahrheit", mischte sich Fabienne ein. „Wir wissen nicht, warum es wirkt, aber es stimmt."

Jude fiel es schwer, seinen Unmut darüber zu verbergen, dass ihm die Vorteile der Partnerschaft verwehrt blieben, weil seine Partnerin nicht zugeben konnte, an dem rohen Sex zwischen ihnen Spaß zu haben. Ihr Blut hatte Jude nicht belogen und Adèle in seinen Augen als scheinheilig entlarvt. Allerdings würden seine Argumente in dieser Runde kaum auf Zustimmung stoßen. Jude war aufgebracht über die Selbstverständlichkeit, mit der sie dem magischen Kontaktverbot zugestimmt und akzeptiert hatte, dass sie nicht mehr zusammenarbeiten würden. Gerade in einer Situation wie heute hätten sie die zusätzliche Stärke brauchen können, die ihnen ihre Partnerschaft gab. Aber sie hatte sich ohne Widerspruch Jeans Patrouille zuweisen lassen, ein weiterer Verrat an ihrer Partnerschaft, der Jude in seiner Meinung bestätigte, dass Adèle für wenig gut war – außer für Sex.

„Général?"

Marcel unterbrach seine Arbeit und drehte sich zu dem Vampir um.

„Ich glaube, ich könnte Ihnen helfen", sagte Monsieur Lombard freundlich.

Marcel nickte und neigte den Kopf zur Seite. Er wollte beide Hände frei haben, falls sie erneut angegriffen wurden. Als die scharfen Zähne in seine ledrige Haut eindrangen, zuckte er leicht zusammen. Er schnappte überrascht nach Luft, als er die Macht der Partnerschaft fühlte, die ihn mit magischer Energie vollzupumpen schien. Serriers Abwehrzauber kam ihm wie Kinderspielzeug vor und die Komplexität der Beschwörung war keine Herausforderung mehr für Marcels neugefundene Stärke. Der Schild brach unter seinem Ansturm zusammen und der Weg vor ihnen war wieder frei.

Bedauernd hob Monsieur Lombard den Kopf. „Geht voraus, Général", sagte er mit einer ausholenden Handbewegung. „Ich bin nur einen Schritt hinter Ihnen."

Zum ersten Mal seit Ausbruch des Krieges war Marcel zuversichtlich, Serrier im Zweikampf schlagen zu können. Mit diesem Partner an seiner Seite konnte ihn nichts und niemand besiegen.

Schon zwei Schritte weiter trafen sie auf einen weiteren Abwehrzauber, der dem eben beseitigten fast aufs Haar glich. Dahinter konnte er den Unterschlupf erkennen, den sie gesucht hatten. Marcel drehte sich zu seiner Einheit um.

„Serriers Schutzraum ist nur wenige Meter hinter diesem Schutzschild", informierte er seine Leute. „Der Gang ist zu schmal, um ihn mit unserer ganzen Truppenstärke wirkungsvoll anzugreifen. Wenn ihr hierbleibt, geht ihr das Risiko ein, von Querschlägern der Flüche getroffen zu werden. Monsieur Lombard wird natürlich bei mir bleiben. Darüber hinaus möchte ich nur Magali und ihren Partner bitten, als Verstärkung ebenfalls in der Nähe zu bleiben. Der Rest von euch macht sich auf die Suche nach Raymond und Jean, um sie zu unterstützen. Dieser Kampf war immer nur zwischen Serrier und mir. Ich will nicht, dass jemand ins Kreuzfeuer gerät."

„Selbstverständlich bleiben wir hier", sagte Magali sofort.

„Aber erwarte nicht, dass der Rest von uns dich hier allein lässt", protestierte Charlotte. „Was passiert, wenn du ihm unterliegst? Soll sich Magali ihm dann allein stellen?"

„Er wird Serrier nicht unterliegen", sagte Monsieur Lombard. „Ihr habt keine Vorstellung von der Macht, die er schon vor meinem Biss hatte. Und jetzt ist er noch stärker geworden."

„Was ist, wenn der Gesetzlose sich hier aufhält? Vielleicht stärkt er Serrier auch mit seinem Biss", ließ Charlotte nicht locker.

„Glaubst du wirklich, Serrier würde einen Vampir so nahe an sich heranlassen? Sich gar von ihm beißen lassen?", schnaubte Magali verächtlich.

„Und selbst wenn …", meldete sich Luc zu Wort, „Die Macht eines Vampirs wächst mit dem Alter. Gegen Monsieur Lombard hat auf Dauer kein Vampir eine Chance. Couthon kann Serrier nicht ansatzweise die Hilfe sein, die Monsieur Lombard für den General ist."

„Außerdem würde Serrier sein Schlupfloch nie mit einem anderen teilen", versicherte Marcel ihnen. „Raymond und Thierry stehen in den oberen Stockwerken fast seiner gesamten Streitmacht gegenüber. Ich will überflüssige Opfer vermeiden. Ihr habt mir bis hierher vertraut. Vertraut mir auch jetzt. Ich kenne meine Stärke und weiß auch, was mein Partner für mich getan hat."

Unter seinem unerbittlichen Blick ließ der Widerstand der Magier nach und sie machten sich auf den Rückweg zur Treppe, um die beiden anderen Einheiten zu suchen. Charlotte harrte am längsten bei Marcel aus, aber auch sie machte sich schließlich auf den Weg nach oben. Nur noch Marcel, Magali, Luc und Monsieur Lombard blieben vor dem Schutzschild zurück, der als letztes Hindernis zwischen ihnen und Serriers Schlupfloch lag. Marcel schickte Magali und Luc um eine Ecke im Gang, wo sie in Sicherheit waren, falls er an dem Schutzschild scheiterte und eine Falle auslöste. „Darf ich erneut bitten?", fragte er seinen Partner.

„Selbstverständlich", erwiderte Monsieur Lombard und stellte sich direkt hinter ihn. Seine Zähne fanden die Löcher in Marcels Haut, die sie vor wenigen Minuten hinterlassen hatten. Dann biss er zu.

Marcel nahm seine Umgebung kaum noch wahr. Er spürte das Anschwellen der Macht, die von jeder Zelle seines Körpers Besitz ergriff. Selbst die Steine des alten Gemäuers kamen ihm zur Hilfe. Langsam aber sicher gab Serriers Magie unter seinem Ansturm nach und wich zurück.

Marcel verzog angewidert das Gesicht, als er eine neue Schicht von Serriers Fluch freilegte. Sie war so bösartig, dass er nachträglich froh darüber war, die anderen weggeschickt zu haben. Jeder dieser Flüche hätte seine Einheit im Bruchteil einer Sekunde kampfunfähig machen können, und viele davon waren noch schlimmer. Mit seiner Abscheu wuchs auch seine Entschlossenheit, die Welt ein für alle Mal von Serrier zu erlösen.

Als auch der zweite Schild zusammenbrach, stand nur noch Serriers Schutzraum zwischen Marcel und dem Sieg. Monsieur Lombard zog die Zähne aus Marcels Hals und trat respektvoll einen Schritt zurück. „Was jetzt?", fragte er.

„Jetzt begeben wir uns in die Höhle des Löwen."

Sie hatten erst einen Schritt gemacht, als durch die geschlossene Tür ein Fluch auf sie zuflog. Marcel konterte ihn mit einer einfachen Handbewegung. „Da musst du dir schon mehr einfallen lassen", stichelte er.

„Glaubt ihr zwei alten Männer wirklich, mich besiegen zu können?", rief Serrier zurück. Seine Stimme kam von überall und nirgends.

„Nein", erwiderte Marcel. „Ich glaube, dass einer von uns ausreicht." Seine Beschwörung schlug nur einige harmlose Funken, als sie gegen Serriers Schild prallte. Der dunkle Magier lachte höhnisch, doch Marcel lächelte nur. Seine Beschwörung hatte ihren Zweck erfüllt. Sie hatte ihm die Machart des Schutzschilds verraten. Er winkte Lombard einen Schritt zurück und fing an, eine Beschwörung zu murmeln, die Schicht um Schicht des Schilds auflöste und in ihm selbst kanalisierte. Mit einer letzten Handbewegung verteilte er sie auf das gesamte Gebäude und sah, wie sich vor ihm die Wände auflösten, hinter denen sich Serrier verborgen gehalten und auf deren hartes Mauerwerk er vertraut hatte.

„*Abbatez!*", rief Serrier sofort, aber in seiner Panik schleuderte er den Fluch an Marcel vorbei an die Decke des Ganges. Der Verputz löste sich und kleine Bröckchen rieselten auf Marcel herab. Sie färbten seine Schultern so weiß wie sein Haar, aber das war der einzige Schaden, den sie anrichteten.

„Du musst schon etwas besser zielen, wenn du gegen mich eine Chance haben willst", stellte Marcel seelenruhig fest. Die Macht von Monsieur Lombards Biss pulsierte in ihm und suchte ein Ventil. Ohne ein Wort zu sagen, ließ er sie auf Serrier zufließen, um ihn zu binden. Er wollte diesen Bastard vor Gericht sehen, wo er sich für seine Schreckenstaten verantworten sollte.

Der dunkle Magier wich der Beschwörung im letzten Moment aus und ließ sich zu Boden fallen. Die ungewöhnliche Macht, die hinter Marcels Magie steckte, war ihm jedoch nicht entgangen. „Wer muss jetzt besser zielen?", höhnte er und sprang wieder auf die Beine.

Monsieur Lombard stand hinter seinem Partner und runzelte die Stirn. Er konnte sich nicht vorstellen, dass Serrier der Macht Marcels sehr lange standhalten konnte. Aber dennoch – ein unglücklich abgewehrter Fluch, und auch Marcel würde fallen, zumal die körperliche Anstrengung des Kampfes an dem alten Mann nicht spurlos vorüberging. Der General war zwar besser in Form, als andere Männer seines Alters, aber er war keine dreißig mehr. Er war auch keine sechzig mehr. Lombard entschloss sich, in das Geschehen einzugreifen. Der erste *Abbatoire* Serriers hatte sein Ziel glücklicherweise verfehlt, aber das zweite Mal würde er vielleicht besser zielen. Lombard schob sich langsam und unauffällig zur Seite, ohne Serrier aus den Augen zu lassen oder dessen Aufmerksamkeit auf sich zu ziehen.

Wie er erwartet hatte, nahm Serrier ihn nicht als Bedrohung wahr. Er sah nur einen alten Mann, der auf seine späten Jahre noch in einen Vampir umgewandelt worden war. Dass die übernatürliche Kraft und Geschicklichkeit nichts mit dem Alter ihrer Umwandlung zu tun hatte, schien der dunkle Magier nicht in Betracht zu ziehen. Tatsächlich war Monsieur Lombard durch sein hohes Alter und seine Erfahrung aber sogar stärker und schneller, als die meisten jüngeren Vampire. Während die Flüche hin und her durch den Raum flogen, schlich er sich an der Wand entlang, bis er hinter Serrier ankam. Er konnte an der Art der Flüche erkennen, dass Marcel den dunklen Magier lebend fassen wollte, bemerkte aber auch, dass Marcel müde wurde. Der Kampf konnte nicht mehr lange so weitergehen.

Lombard konnte sich noch deutlich an den letzten Krieg unter den Sterblichen erinnern, an dem Vampire teilgenommen hatten. Damals waren sie von den Magiern als unbedeutend abgetan worden. Clovis hatte sie an der Seite seiner Soldaten in die Schlacht geschickt und ihre Existenzen genauso leichtfertig aufs Spiel gesetzt, wie das Leben seiner Männer. Sie hatten hart gekämpft, sowohl gegen Magie als auch Stahl. Aber sie hatten nur sterbliche Männer zum Schutz an ihrer Seite gehabt. Es war nicht gut ausgegangen für die Vampire. Clovis hatte schließlich den Krieg gewonnen und war als erster König Frankreichs in die Geschichte eingegangen. Die wenigen überlebenden Vampire hatten die Wunden, die dieser Krieg ihnen geschlagen hatte, nicht so schnell vergessen. Lombard hatte schwerer darunter gelitten als die meisten, denn er hatte nicht nur Freunde, sondern auch seinen Avoué verloren, einen Soldaten, der die seltene Begabung besessen hatte, hinter die Fassade zu blicken und in Lombard nicht nur den alten Mann zu sehen, sondern den dynamischen, kraftvollen Mann, der sich dahinter verbarg. Ihre gemeinsame Zeit war viel zu kurz gewesen. Sie wäre auch ohne Auberons vorzeitigen Tod zu kurz gewesen. Aber die Erinnerung an die Hinrichtung seines Avoué durch die alemannischen Magier hatte Lombard noch viele Jahre heimgesucht. Der Magier, der jetzt für ihre Zukunft kämpfte, war nicht sein Avoué, war kaum so etwas wie sein Partner. Trotzdem wollte Lombard ihn nicht verlieren. Er wollte dieser Beziehung eine Chance geben und sehen, wie sie sich entwickelte.

Lombard wartete ab, bis er sicher sein konnte, dass Serriers ganze Aufmerksamkeit Marcel galt. Dann sprang er mit seiner typischen Schnelligkeit auf den dunklen Magier zu und fasste ihn am Handgelenk, um ihn zu entwaffnen. Es gab ein kurzes Gerangel, dann ließ Serrier seinen Stab los, der zu Boden fiel. Damit hörten die Flüche zwar nicht auf, aber sie waren jetzt nicht mehr auf Marcel, sondern auf Lombard gerichtet. Der alte Vampir spürte die dunkle Magie und den Hauch eines Schmerzes, der normalerweise viel stärker hätte sein sollen. Aber die Kombination seiner eigenen Macht mit Marcels Magie reichte aus, um ihn gegen Serriers Fluch abzuschirmen, bevor daraus ein ernsthafter Schaden entstand.

Marcels Puls pochte wie wild, als er die beiden Männer miteinander ringen sah. Serriers erster Fluch schien nicht die gewünschte Wirkung erzielt zu haben, aber das musste nicht so bleiben. „Du kannst uns nicht beide besiegen, Serrier. Ergib dich, solange du noch die Möglichkeit dazu hast."

„Va te faire foutre!", tobte Serrier und schickte einen Fluch in Marcels Richtung. Marcel reagierte nicht schnell genug und wurde getroffen. Blut lief ihm aus der Nase und den Ohren. Der Fluch hatte die Blutgefäße zum Platzen gebracht.

„Du solltest uns nicht leichtfertig unterschätzen", knurrte Lombard. „Du hast diesen Krieg an dem Tag verloren, als die Milice uns um unsere Hilfe bat."

Serrier warf ihm einen wütenden Blick zu, in dem der ungezügelte Wahnsinn des dunklen Magiers deutlich sichtbar wurde.

„Und was willst du gegen meine Magie ausrichten, alter Mann?", zischte er. „Vampire mögen andere Schwächen haben als Sterbliche, aber sie sind nicht immun gegen Magie. Der kleine Jammerlappen hat es uns bewiesen, bevor wir ihn vernichtet haben. Ich muss dich nur hier raus an die Sonne bringen, und schon bist du tot."

„Ich bin schon sehr, sehr lange tot", widersprach ihm Lombard. Solange Serrier seinen Unsinn redete, war er von Marcel abgelenkt. „Außerdem müssen wir selbst die Sonne nicht mehr fürchten, wenn wir an der Seite der Milice kämpfen." Während Lombard noch redete, kam Magali aus ihrer Deckung hervor und brachte Marcels Blutungen mit einem Heilzauber zum Stillstand. „Und dennoch bin ich menschlicher, als du es jemals sein wirst."

In Serriers Miene wechselten sich Erkenntnis und Wahnsinn ab. Für einen kurzen Augenblick empfand Lombard so etwas wie Mitleid mit dem dunklen Magier. Welche Dämonen den Mann auch immer im Griff haben mochten, er konnte ihnen offensichtlich nicht entkommen. Serrier würde sich niemals ändern. Lombards Hände bewegten sich fast schneller, als der menschliche Blick ihnen folgen konnte. Er legte die eine Hand unter Serriers Kinn, fasste ihn mit der anderen um den Hals und brach ihm dann mit einer kurzen, ruckartigen Bewegung das Genick.

„Ich wollte ihn lebend fassen", sagte Marcel und wischte Magalis besorgten Protest zur Seite. „Ich wollte ihn vor Gericht stellen und der Welt damit zeigen, dass der Krieg vorbei ist." Monsieur Lombard ließ Serrier los und der leblose Anführer der Rebellen fiel zu Boden.

„Einen tollwütigen Hund stellt man nicht vor Gericht, Général. Man bringt ihn um", korrigierte Lombard den General.

21

RAYMOND SAH sich nach der Einheit um, die ihm und Jean folgte. Er kam zu der unangenehmen Erkenntnis, dass ihnen nichts anderes übrig blieb, als die Zimmer zu versiegeln und zu hoffen, nicht auf organisierten Widerstand durch eine größere Gruppe dunkler Magier zu stoßen. Die Vampire ohne Partner hatten zwar darauf bestanden, Jean zu begleiten, aber Raymond und Adèle konnten nicht überall gleichzeitig sein. „Wir kämpfen nur, wenn wir angegriffen werden", entschied er. „Unser Ziel ist es, den *Extorris* festzunehmen. Adèle und ich werden alle Räume versiegeln, an denen wir vorbeikommen. Wir können sie später durchsuchen und uns um die dunklen Magier kümmern, die sich möglicherweise darin aufhalten. Zuerst müssen wir den Gesetzlosen finden."

„Hältst du das für eine gute Idee?", fragte Adèle leise.

Raymond zuckte mit den Schultern. „Das spielt keine Rolle. Du hast Orlando gesehen. Jean wird für nichts zu gebrauchen sein, bevor der Cour den Gesetzlosen nicht in Gewahrsam hat."

„Nur mit uns beiden?"

Raymond zuckte mit den Mundwinkeln. „Es wird unsere Fähigkeiten auf eine harte Probe stellen. Um ehrlich zu sein, habe ich keine großen Bedenken wegen der dunklen Magier. Sie sehen schließlich auch, wie viele wir sind. Außerdem sind wir beiden nicht die einzigen Magier der Einheit. Worum ich mich mehr sorge, sind Serriers Fallen. Jean ist ziemlich aufgebracht und ich befürchte, dass er unüberlegt handeln könnte."

„Wird er uns vorausgehen lassen, damit wir uns um die Fallen kümmern können?", wollte Adèle wissen.

„Wahrscheinlich nicht, weil so viele partnerlose Vampire in unserer Einheit sind. Aber er erlaubt uns vielleicht, ihn zu flankieren", erwiderte Raymond.

„Wenn er in eine von Serriers Fallen läuft, wird er gegen den Gesetzlosen keine große Hilfe mehr sein", gab Adèle zu bedenken.

„Er muss vor den Vampiren das Gesicht wahren", erklärte Raymond. „Er ist der Chef de la Cour und sollte als solcher nicht auf fremde Hilfe angewiesen sein."

„Das ist Unsinn."

„Das habe ich ihm auch schon gesagt", meinte Raymond lachend. „Es hat ihn nicht allzu sehr beeindruckt."

„Seid ihr jetzt endlich soweit?", fragte Jean sarkastisch. „Wir müssen einen Gesetzlosen fangen."

Raymond grinste seinen Partner reuelos an. „Lauf nicht voraus", befahl er ihm. „Es hält uns nur auf, wenn Serriers Fallen ausgelöst werden, bevor Adèle und ich sie neutralisieren können. Außerdem kannst du nicht gegen den Gesetzlosen kämpfen, wenn du verwundet bist. Und ich kann dir nicht dagegen helfen, weil du vermutlich nicht vor den Augen des halben Cour von mir trinken willst."

Jean knurrte grimmig, lief aber nicht schneller, als die beiden Magier ihm folgen konnten. Er verließ sich darauf, dass Raymond die Gänge sicherte oder ihn zurückhielt, falls es länger dauern sollte.

Raymond erblasste, als er einige der Flüche identifizierte, die Serrier an den Wänden und Türen zurückgelassen hatte. Er hätte sich gerne die Zeit genommen, jeden einzelnen außer Kraft zu setzen, aber Jean würde keine Verzögerung dulden. Der Vampir hatte gesehen, in welchem Zustand Orlando nach seiner Flucht gewesen war. Raymond beschränkte sich darauf, die Flüche mit einer magischen Schutzschicht zu umgeben, sodass sie nicht mehr durch zufälligen Kontakt ausgelöst werden konnten. Viele der Flüche waren nur Illusionen, aber es waren auch andere darunter. Raymond erkannte bald ein Muster. Erst kam ein Illusionszauber, der den Magier genug um den Verstand bringen sollte, um durch den Gang zu stolpern und die nächsten Flüche auszulösen, die immer zerstörerischer wurden, bis schließlich ein tödlicher Fluch den benebelten und verletzten Magier endgültig umbrachte. Es tröstete Raymond wenig, dass seine Einheit überwiegend aus Vampiren bestand, denn gegen die geballte Wirkung der rasch aufeinanderfolgenden Flüche würde vermutlich selbst die untote Natur der Vampire keinen Schutz mehr gewähren. Außerdem widerstrebte es Raymond, seine Arbeit nur halb zu erledigen. Aber er hatte Verständnis für Jeans Ungeduld und wusste, dass nur ein Kompromiss seinen Partner zurückhalten konnte.

Während sie sich durch die verschlungenen Gänge des Gebäudes vorarbeiteten, wuchs Jeans Wut von Minute zu Minute. Er konnte kaum noch abwarten, bis Raymond und Adèle ihren Weg abgesichert hatten. Bilder von Alain suchten ihn heim, der an Orlandos Seite zusammengebrochen war. Sie feuerten sein Verlangen nach Vergeltung zusätzlich an. Er wollte Edouards habhaft werden, würde sich aber auch mit Serrier oder sogar Blanchet zufriedengeben. Raymond hatte ihm bestätigt, dass dieser sadistische Bastard für die Qualen verantwortlich war, die Karine erlitten hatte, bevor der Gesetzlose sie zu Tode folterte. Jean konnte spüren, welche Kraft es Raymond kostete, die vielen Flüche zu neutralisieren, damit sie schneller vorankamen. Aber Jeans Instinkt hatte noch nie viel Rücksicht auf praktische Erwägungen genommen. Er wollte den *Extorris* finden, alles andere war ihm egal.

Eine Bewegung im Flur vor ihnen erregte seine Aufmerksamkeit. „Dort", zischte er Raymond zu. „Kannst du den Flur abriegeln, sodass er nicht entkommen kann?"

Raymond runzelte die Stirn. „Ich kann es versuchen. Aber ich weiß noch nicht, welche Flüche Serrier in diesem Gang benutzt hat. Es könnte sein, dass ich eine Kettenreaktion auslöse, die uns alle umbringt."

Jean knurrte frustriert. „Dann müssen wir uns noch mehr beeilen."

Raymond nickte. „Sag unseren Leuten, dass sie unter keinen Umständen die Wände berühren sollen. Es geht schneller, wenn ich mich nur auf die Flüche konzentrieren muss, die auf dem Boden oder quer über dem Flur angebracht sind."

Jean gab den Befehl weiter und machte klar, welche Konsequenzen seine Missachtung haben würde. Die Vampire drängten sich enger zusammen, um jeden zufälligen Kontakt mit den Wänden zu vermeiden.

„Wenn er sich wirklich in diesem Flur aufhält, sollten wir doch schneller vordringen können. Was meinst du?", flüsterte Adèle Raymond zu.

Raymond zögerte mit einer Antwort. „Mag sein", gab er dann zu. „Aber wenn wir uns täuschen und Serrier den Gesetzlosen gegen die Flüche immunisiert hat, laufen wir geradewegs in eine Falle."

„Vergiss die dämlichen Fallen", fauchte Jean. „Du kannst mitkommen oder später nachkommen, aber ich gehe jetzt da durch." Bevor Raymond ihn zurückhalten konnte, war Jean auch schon um die Ecke verschwunden und lief durch den Gang, in dem er die Bewegung gesehen hatte.

„Couthon!", brüllte er. „Ergib dich dem Cour, wenn du dich nicht dem Zorn von Cour und Milice aussetzen willst."

„Und warum sollte ich das tun?", erwiderte eine höhnische Stimme. Von Couthon selbst war nichts zu sehen. „Was haben der Cour oder die Milice jemals für mich getan? Wenn Serrier diesen Krieg gewinnt …"

„Serrier wird diesen Krieg aber nicht gewinnen", rief Jean und schlich sich vorsichtig auf die Stimme zu. „Er ist ausmanövriert, hat weder genug Truppen, noch genug Format. Und du bist *extorris*." Jean sprang um die Ecke und erwartete, dem Gesetzlosen gegenüberzustehen. Der Gang war leer und verlassen.

„Und du bist das letzte, erbärmliche Überbleibsel einer zum Untergang verurteilten Gesellschaft", rief es vom anderen Ende des Flurs zurück.

Die Lächerlichkeit dieser Behauptung ließ Jean laut lachen. „Dann erkläre mir doch, warum der Cour *mir* gefolgt ist, anstatt sich Serrier anzuschließen", forderte er Couthon heraus und ging vorsichtig weiter auf die Stelle zu, von der er dessen Stimme das letzte Mal gehört hatte.

Raymond folgte ihm und versiegelte auf seinem Weg nur noch die schlimmsten Flüche. Das Bedürfnis, bei Jean zu sein, setzte sich über seine tief sitzende Vorsicht hinweg. Glücklicherweise verstand Adèle ihn auch ohne lange Erklärungen. Sie blieb zurück und neutralisierte die restlichen Flüche, an denen Raymond achtlos vorbeigegangen war.

„Warte, Jean!", rief er, als Jean auf eine besonders hinterhältige Falle zulief. Raymond konnte nicht sagen, ob seine Warnung zu spät kam oder Jean nicht darauf hörte. Der Vampir löste den Fluch aus. Er fiel zu Boden und hielt sich die Ohren zu. Ein ohrenbetäubender Schrei ließ ihm fast das Trommelfell platzen und er rollte sich schmerzverzerrt hin und her. Dann versuchte er, dem Schrei zu entkommen und wegzukriechen, aber die Magie des Fluches hatte ihn fest im

Griff. Der entsetzliche Schrei kam aus seinem eigenen Kopf, und keine noch so große Entfernung ließ ihn verstummen.

„Adèle!", rief Raymond und rannte zu Jean, um den Vampir festzuhalten, bevor er weitere Flüche auslösen konnte. „Ich brauche deine Hilfe!"

Adèle kam um die Ecke gerannt. „Was ist es?", wollte sie wissen.

„Ein *Assourdi*", sagte Raymond und drückte das Handgelenk an Jeans Mund, um ihn trinken zu lassen. „Er kann mich nicht mehr hören und versteht nicht, dass er trinken muss, um davon zu heilen."

Adèle runzelte die Stirn. „Ich will versuchen, den Bann zu brechen. Ohne den Lärm in den Ohren kommt er vielleicht wieder einigermaßen zu sich und kann deine Gesten verstehen."

Raymond nickte und sie begann mit ihrer Beschwörung.

„Erbärmlicher Jammerlappen von einem Chef", höhnte Edouard und kam durch den Flur auf sie zu.

Ohne aufzusehen, wollte Raymond ihn mit einer Beschwörung binden, war aber nicht schnell genug. Der Gesetzlose sprang mit der übernatürlichen Geschwindigkeit aus dem Weg, über die alle Vampire verfügten. Raymond gab es ungern zu, aber er würde es Jean überlassen müssen, den Gesetzlosen außer Gefecht zu setzen. Selbst wenn Adèle ihn unterstützte, wären sie vermutlich nicht schnell genug, um Couthon zu fassen zu kriegen.

Er richtete seine Aufmerksamkeit wieder auf seinen Partner, der mittlerweile still in seinen Armen lag. Raymond strich ihm die Haare aus der Stirn und ermutigte ihn, die Augen zu öffnen. Als Jean sie wieder wahrnehmen konnte, hielt Raymond ihm erneut das Handgelenk an den Mund.

Jean nickte und biss sofort zu. Das heilende Blut floss in seinen Mund, die Kopfschmerzen ließen nach und er konnte wieder hören. „Was war das?", fragte er und ließ Raymonds Hand los.

„Ein *Assourdi*", erwiderte Raymond. „Er nimmt dir das Gehör, und wenn er nicht schnell wieder außer Kraft gesetzt wird, können die Kopfschmerzen Schäden in Gehirn verursachen, die tödlich sind. Nun, bei dir vielleicht nicht. Aber ein Magier kann dadurch sterben."

Jean erschauerte bei der Erinnerung an den durchdringenden Schrei und die entsetzlichen Schmerzen, die dadurch in seinen Ohren und seinem Kopf ausgelöst worden waren. „Vermutlich würde er uns innerhalb kürzester Zeit ans Sonnenlicht treiben, damit wir ihn nicht mehr aushalten müssen."

„Kannst du wieder aufstehen?", fragte Raymond besorgt. „Wir können die Jagd nach dem Gesetzlosen den anderen überlassen und hier warten, bis sie ihn zurückbringen."

Jean schüttelte den Kopf. „Nein, das muss ich selbst erledigen. Es ist meine Verantwortung als Chef de la Cour." Vorsichtig erhob er sich auf die Beine und teste seine Bewegungen. „Ich glaube, es ist alles wieder in Ordnung. Aber ich werde mich von jetzt an sicherheitshalber in deiner Nähe halten."

Raymond konnte sich trotz der angespannten Lage ein Grinsen nicht verkneifen. „Eine kluge Entscheidung. Couthon ist in dieser Richtung verschwunden. Wenn ich mich recht erinnere, führt dieser Gang in einen großen Kellerraum, zu dem es nur noch einen weiteren Zugang gibt. Wenn Adèle mit einer Hälfte der Einheit diesen Gang absperrt, können wir durch den anderen Gang gehen und ihn in die Zange nehmen."

Jean nickte und teilte die Vampire in zwei Gruppen auf. Eine ließ er bei Adèle zurück, die andere begleitete ihn und Raymond. Wie Raymond vorhergesagt hatte, kamen sie an eine Tür, hinter der eine Art Gymnastikraum lag. Raymond zog seinen Stab, öffnete vorsichtig die Tür und fand sich Auge in Auge mit dem Gesetzlosen.

„Keine Bewegung", befahl er und hob den Stab, aber Couthon ignorierte ihn und sprang mit der Geschwindigkeit eines Untoten und der Geschicklichkeit eines Kampfsportlers aus der Reichweite von Raymonds Magie.

„Lass mich durch", knurrte Jean.

„Bist du schon wieder stark genug?", erkundigte sich Raymond besorgt.

„Ich muss es sein", erwiderte Jean. „Bewacht die Tür und lasst ihn nicht entkommen. Aber mischt euch nicht ein."

Raymond sah Jean nach, der allein den höhlenartigen Raum betrat. Es fiel ihm schwer, seinem Partner nicht zu folgen. Er konnte sich nur an eine Sache erinnern, die ihm jemals schwerer gefallen war – als er vor zwei Jahren den Mut aufbringen musste, mit Marcel Kontakt aufzunehmen. Jean bewegte sich mit der gleichen tödlichen Anmut wie der andere Vampir, aber ohne die zusätzliche Theatralik. Raymond kam er dadurch noch bedrohlicher vor, denn die ruhigen Bewegungen Jeans betonten in den Augen des Magiers die Kraft und die Macht, die sich dahinter verborgen hielten.

„Es gibt keinen Ausweg mehr, *Extorris*", verkündete Jean, als er die Mitte des Raums erreichte. „Die Türen werden von Angehörigen des Cours und der Milice bewacht. Dir bleibt nur noch, dich mir zu stellen. Du kannst es freiwillig tun oder es mir überlassen, dich deiner gerechten Strafe zuzuführen."

„Ich habe keines der Gesetze des Cours gebrochen", sagte Edouard verächtlich. „Trotz deiner hochfliegenden Ambitionen hast du es nicht erreicht, dass der Cour es verboten hat, ein Opfer auszusaugen."

„Das ist nicht der Grund, weshalb du *extorris* bist", erwiderte Jean. „Es hat mir nicht gefallen, wie du deine zufälligen Opfer getötet hast. Aber ich habe dich erst *extorris* erklärt, nachdem du dir das falsche Opfer ausgesucht hast."

„Und welches Opfer soll das gewesen sein?", fragte Edouard herausfordernd.

„Das Opfer, das du auf den Stufen des Sang Froid zurückgelassen hast", sagte Jean. „Das Opfer, das du in die Hände der dunklen Magier ausgeliefert hast. Das du vergewaltigt und gefoltert hast, bevor du sie an einen Ort gebracht hast, an dem ich sie finden musste, weil du genau wusstest, dass ihr Tod mich treffen wird."

160

„Ich habe nicht den Hauch einer Ahnung, wovon du sprichst", bluffte Edouard.

„Lügner!", rief Jean, verlor die Beherrschung und sprang auf den Gesetzlosen zu. Edouard wich ihm aus, unterschätzte aber Jeans Schnelligkeit. Sie prallten aneinander und Edouard nutzte den Schwung aus, um Jean von sich wegzustoßen.

„Beweis es doch!", fauchte er. „Du kannst mir nicht das Geringste beweisen."

„Es war ein Vampir, der Karine an die dunklen Magier verraten hat", erwiderte Jean und sprang wieder auf ihn zu. Dieses Mal griff er ernsthaft an, denn die verächtlichen Worte des Gesetzlosen hatten seine Wut entfacht.

Edouard wehrte Jeans Angriffe mit der Leichtigkeit jahrelanger Erfahrung ab. Ihre Sprünge und Drehungen waren so elegant, dass Adèle und Raymond mit offenen Mündern in der Tür standen und den beiden zusahen. Sie konnten den Bewegungen der Vampire kaum mit den Augen folgen.

„Und ein Vampir hat sie auch umgebracht", fuhr Jean keuchend fort. Er kämpfte nicht nur gegen den Gesetzlosen, er kämpfte auch immer noch mit den Auswirkungen des *Assourdi*. „Selbst wenn du mich davon überzeugen könntest, dass die Schuld nicht dich trifft, so hast du nichts getan, um dem anderen Vampir zu helfen, den Serrier in seiner Gewalt hatte. Und das, *Extorris*, ist ein Verbrechen, das du nicht leugnen kannst."

„Du redest, als hätte ich ihn persönlich gefoltert", zischte Edouard. „Ich habe den Jammerlappen mit keinem Finger angefasst. Er hat sich selbst in diese Lage gebracht, indem er sich an einen schwachen Sterblichen gebunden hat, sodass er nicht trinken und sich von Serriers Flüchen erholen konnte. Dumm für ihn, dass er Serrier nicht davon in Kenntnis gesetzt hat, bevor sie ihm fremdes Blut in die Kehle gestopft haben. Nicht, dass ich mich darüber beschweren will. Er wollte das Opfer nicht, also hatte ich das Vergnügen, ihr letzter Anblick zu sein."

Jean drehte sich der Magen um, als er sich Orlandos Qualen ausmalte. Es war nicht nur die Folter, es war auch das giftige Blut der armen Frau, mit dem sie ihn zwangsweise gefüttert hatten. „Du hast keine Ahnung, welche Stärke ihm dieser Bund verleiht", erwiderte der Chef de la Cour. „Er kann sich den Strahlen der Sonne aussetzen und sie überleben, aber du … du hast diese Chance vergeben, als du dich Serrier angeschlossen hast. Du hast heute deinen letzten Sonnenaufgang erlebt."

Er sprang wieder auf Edouard zu und bekam ihn dieses Mal am Arm zu fassen. Der Gesetzlose wehrte sich und setzte jeden Trick ein, den er in seiner Existenz gelernt hatte. Aber er hatte die Stärke des Chef de la Cour unterschätzt, eine Stärke, die Jean seinem Alter, seiner Position und seiner Partnerschaft mit Raymond verdankte. Edouard gelang es nicht, sich aus Jeans Griff zu befreien. Kurz darauf drehte Jean ihm den Arm auf den Rücken und führte ihn auf die Tür zu, wo Raymond sie erwartete.

„Ihr könnt mir ja doch nichts tun", stichelte Edouard. „Ich seid genauso Gefangene der Sonne wie ich."

In Jeans barschem Lachen lag keine Spur von Humor. „Du weißt gar nichts, *Extorris*. Mit dir ist jetzt Schluss."

„Nicht, Jean", mahnte Raymond ihn leise. „Begib dich nicht auf seine Stufe."

„Du hast Karine gesehen", erwiderte Jean genauso leise. „Du hast gesehen, was er mit ihr getan hat. Und du hast heute früh Orlando gesehen. Die Verbrechen dieses Mannes sind unentschuldbar."

„Darin widerspreche ich dir nicht", sagte Raymond. „Aber du schadest dir und deiner Sache, wenn du ihn jetzt tötest. Du hast mir selbst gesagt, dass Vampire bestimmten Regeln folgen, wenn sie mit einer solchen Angelegenheit befasst sind. Diese Regeln gelten auch für dich. Das Gleichstellungsgesetz ist noch nicht verabschiedet. Wenn du ihn jetzt tötest und es wird bekannt, was du getan hast, wird das die Neinsager in ihrer ablehnenden Haltung bestärken. Sie werden dir vorwerfen, selbst gegen eure eigenen Gesetze verstoßen zu haben."

„Was sagt der Cour?", rief Jean und drehte sich zu den Vampiren um, die in den Raum geströmt waren, nachdem er Edouard überwältigt hatte. „Welches Schicksal hat er verdient?"

„So funktioniert das *Judicium* nicht", unterbrach Monsieur Lombard, der in diesem Moment durch die Tür kam. Die Vampire drehten sich zu ihm um und machten ihm den Weg frei. Er schritt durch die Menge und kam vor Jean zum Stehen.

Jean senkte die Augen wie ein gescholtenes Kind.

„Deine Einsatzbereitschaft für deinen Freund ehrt dich, aber du kannst nur verlieren, wenn du unsere Gesetze missachtest", fuhr der alte Vampir tadelnd fort. „Du hast ihn in deine Gewalt gebracht. Mit der Hilfe deines Partners kannst du ihn so lange in Gewahrsam behalten, bis der Cour zusammengerufen werden kann, um ein offizielles *Judicium* durchzuführen. Es wird am Ausgang nichts ändern, aber es wird euer Verlangen nach Gleichstellung unterstützen."

„Wir können ihn in eine der Zellen im Hauptquartier der Milice bringen", bot Marcel an, der jetzt ebenfalls den Raum betreten hatte. „Die Zellen liegen im Keller und sind fensterlos. Es wird keine Probleme mit der Sonne geben. Ich kann euch einen offiziellen Saal für das *Judicium* beschaffen, damit das Verfahren in der Öffentlichkeit des Landes bekannt wird und eurem Ansehen dient."

„Du musst einen Weg wählen, der Karine in Ehren hält und deine Autorität öffentlich legitimiert", verlangte Raymond leise.

Jean gab seinen Widerstand auf und nickte bedächtig. „Ich brauche einen *Accusator*, weil ich nicht gleichzeitig Richter und Ankläger sein kann."

„Das sollte kein Problem sein", meinte Marcel, während der Rest seiner Einheit eintraf. „Es sind genug Vampire hier versammelt, um einen Freiwilligen zu finden."

Jean runzelte skeptisch die Stirn. Marcel hatte zwar recht, aber der Chef de la Cour wollte diese Funktion nicht jedem beliebigen Vampir überlassen. Er musste sichergehen, dass am Ausgang des Verfahrens keine Zweifel aufkommen würden.

„Dürfte ich diese Rolle an deiner Stelle übernehmen?", fragte Sebastien respektvoll.

Jean starrte ihn überrascht an und wusste vor Verwirrung nicht, was er dazu sagen sollte. Das änderte sich erst, als Thierry an die Seite seines Partners trat und Jean erkannte, dass sie alle nur einzelne Bindeglieder eines engen Geflechts aus Freundschaften und Partnerschaften waren – von Sebastien zu Thierry, von Thierry zu Alain, von Alain zu Orlando. Sebastien war nach Jean selbst der Vampir, dem am meisten daran gelegen sein musste, dass den Opfern des Gesetzlosen Gerechtigkeit widerfuhr. „Ich wüsste nicht, wem ich diese Aufgabe lieber anvertrauen würde", erklärte er mit fester Stimme und reichte Sebastien die Hand, um mit einem Händedruck die Vergangenheit endgültig zu begraben.

Sebastien lächelte und nahm das Friedensangebot an.

22

„JEAN!"

Unruhe brach aus und lenkte die Anwesenden von dem Gesetzlosen ab, um den sie sich versammelt hatten.

„Wo ist Jean? Ich muss Jean finden!"

„Alain? Was machst du denn hier?", fragte Jean, als der blonde Magier sich durch die Menge drängte. Er hatte nicht erwartet, Alain in den nächsten Stunden oder gar Tagen zu Gesicht zu bekommen. „Wo ist Orlando?"

„In ..." Alains Stimme brach.

„Er hat zu lange nicht getrunken", unterbrach ihn Sebastien.

„Ich habe es versucht", keuchte Alain und streckte die Arme aus. Seine Handgelenke waren zerkratzt und blutig von seinem Versuch, Orlando zum Trinken zu bewegen. „Er ist nicht aufgewacht und hat das Blut nicht geschluckt. Es ist ihm einfach wieder aus dem Mund gelaufen. Er atmet nicht mehr, Jean. Ich habe es versucht!"

„Du bist es also, dem der Schwächling in die Falle gegangen ist", kommentierte Edouard höhnisch. „Du hast ihn in dem Augenblick verdammt, als du zugelassen hast, dass er gefangen genommen wird. Wenn er genug Verstand gehabt hätte, um dir zu widerstehen, hätte er in den letzten Tagen trinken können und wäre noch am Leben."

Edouard wurde zurückgeschleudert, als ihn unvermutet Sebastiens Faust ins Gesicht traf. Er wäre zu Boden gegangen, hätte nicht Jean direkt hinter ihm gestanden. „Halt dein dreckiges Maul", fauchte Sebastien ihn an. „Du hast keine Ahnung, worüber du redest."

„Das hättest du wohl gerne", zischte Edouard zurück.

Sebastien machte einen Schritt auf den Gesetzlosen zu, um ihn zum Schweigen zu bringen, als Edouard aus drei Richtungen gleichzeitig von Beschwörungen getroffen wurde, die ihm zuvorkamen. „Das sollte ihm für die nächste Zeit das Mundwerk stopfen", meinte Raymond trocken.

„Hat Sebastien recht?", fragte Alain und brachte das Gespräch wieder auf das einzige Thema zurück, das ihn momentan interessierte. „Kannst du Orlando helfen?"

„Ich weiß es nicht", gestand Jean und suchte in seinem Gedächtnis nach Informationen, wie man Vampire wieder reanimieren konnte, wenn sie zulange nicht getrunken hatten. Wäre einer von ihnen Orlandos Schöpfer, hätten sie kein Problem. Aber dieser Bastard war vor hundert Jahren vernichtet worden. „Sebastien hat recht. Es gibt einen Weg. Aber ich weiß nicht, wer Orlandos Schöpfer umgewandelt hat. Ohne diese Information kann ich nichts tun."

„Was ist mit den Genealogien?", mischte sich Monsieur Lombard ein. „Du hast sie doch unter Verwahrung, oder?"

„Natürlich habe ich sie aufbewahrt!", erwiderte Jean empört. „Aber Orlando wusste nichts über seinen Schöpfer, außer dem Namen. Und ich habe mir auch nicht die Zeit genommen, den Bastard zu befragen, nachdem ich gesehen habe, in welchem Zustand Orlando war. Wir haben ihn seiner gerechten Strafe zugeführt und die Sache war erledigt. Vielleicht weiß einer der britischen Vampire mehr über ihn. Viele von ihnen sind zur gleichen Zeit nach Frankreich gekommen wie Thurloe. Es war seine Schuld, dass sie nicht in England bleiben konnten."

„Was immer du auch tun musst", unterbrach Marcel. „Hier ist der falsche Ort. Serrier ist tot und der Gesetzlose festgenommen. Im Haus wimmelt es von dunklen Magiern, und nur ein Teil von ihnen ist gebunden. Wir müssen das Gebäude sichern, uns um die Gefangenen kümmern und dem Präsidenten Bericht erstatten."

„Nicht alle Vampire können das Gebäude schon verlassen", erinnerte Monsieur Lombard den General.

„Wir haben genug Magier, um sie nach Hause zu transportieren", versicherte ihm Marcel. „Sie können auch mit uns ins Hauptquartier kommen, wo sie sicher sind, bis Jean alle Informationen von ihnen gesammelt hat und wir sie nach Hause schicken können."

„Ich muss zurück zu Orlando", sagte Alain. Er kam sich vor wie ein Löwe im Käfig.

„Bringt ihn am besten auch ins Hauptquartier", schlug Jean vor. „Wenn der Vampir, den wir suchen, nicht in Paris lebt, könnte es einige Zeit dauern, bis wir ihn aufgespürt haben. Im Hauptquartier oder in seiner Wohnung ist Orlando sicherer. Die Kathedrale ist zu öffentlich."

„Wie viel Zeit hat er noch?", fragte Alain besorgt.

„Solange er nicht der Sonne ausgesetzt wird, gibt es keine zeitliche Begrenzung", beruhigte ihn Jean.

„Geh schon", sagte Thierry, dem Alains Reaktion nicht entgangen war. „Geh zu ihm. Ich komme nach und bringe Orlando aus der Kathedrale, sobald wir die Vampire ins Hauptquartier transportiert haben."

Alain nickte und wollte sich gerade zurück zu Orlando transportieren, als Thierry ihn zurückhielt. „Nicht von hier", sagte er. „Du kommst nicht durch Serriers Schutzschilde."

Alain brach die Beschwörung ab und lief zur Tür. Er konnte es kaum aushalten, wieder zu seinem Geliebten zu kommen.

„Wir müssen Serriers Schilde deaktivieren, bevor wir jemanden hier rausbringen können", schlug Raymond vor, während er gleichzeitig die Natur der Beschwörungen analysierte. „Sie sind nur dazu bestimmt, niemanden passieren zu lassen. Sobald wir die Schilde entfernt haben, können sich auch die dunklen Magier, die wir nicht in den versiegelten Räumen eingeschlossen haben, wieder aus dem Gebäude transportieren. Diese Konsequenz müssen wir bedenken."

„Wir haben das Gebäude mit drei Einheiten durchsucht", meinte Marcel, aber Raymond fiel ihm kopfschüttelnd ins Wort.

„Wir haben nur einen Teil der Fallen neutralisiert. Gerade genug, um den Gesetzlosen aufzuspüren", erklärte er. „Wir sind nicht auf Widerstand gestoßen, haben allerdings auch nicht jedes Zimmer durchsucht. Dort könnten sich noch dunkle Magier verbergen."

„Dann müssen wir sie zuerst durchsuchen", entschied Marcel und warf Jean einen bedauernden Blick zu. „Wir haben zu viel investiert, um sie jetzt noch entkommen zu lassen. Sonst könnte sich dieser Krieg, trotz Serriers Tod, noch Wochen oder Monate hinziehen."

Jean verkniff sich seinen Protest. Solange Orlando vor Sonnenlicht geschützt war, konnte er sich wieder erholen. Sie mussten nur den richtigen Vampir finden, der ihm sein Blut gab. So sehr es Jean auch drängte, Orlando zu helfen, sie konnten sich die Zeit nehmen, erst die dringenderen Probleme zu lösen. „Teilt euch auf", befahl er den Vampiren. „Die eine Hälfte geht mit Marcel und Monsieur Lombard, die andere Hälfte mit Thierry, Sebastien, Raymond und mir. Je schneller wir das Gebäude sichern, umso schneller können wir Orlando helfen und wieder nach Hause gehen."

Die Vampire vergeudeten keine Zeit und schlossen sich einer der beiden Gruppen an. Dann machten sich die beiden Einheiten auf den Weg, um ihre Mission zu Ende zu führen.

Auf der anderen Seite der Stadt kam Alain vor Notre-Dame an. Er war nicht sicher, ob ein Transportzauber direkt in die Kathedrale funktioniert hätte. Außerdem hatte er zu viel Respekt vor dem heiligen Ort, um ihn so profan zu entweihen. Mit dem Stab locker in der Hand, betrat er die Kathedrale und lief sofort zu der kleinen Kapelle, in der er Orlando und den Priester zurückgelassen hatte. Der Priester hatte sein Versprechen gehalten und kniete immer noch an Orlandos Seite. Er hatte die Hände segnend auf den Kopf des Vampirs gelegt und betete um Alains sichere Rückkehr.

„Vielen Dank, mon Père", sagte Alain leise. Dann kniete er ebenfalls nieder und zog Orlando in die Arme. „Ich bleibe jetzt bei ihm."

Der Priester sah ihn aufmerksam an. „Du bist ruhiger und gefasster als vorhin. Hattest du Erfolg?"

„Serrier ist tot, die Rebellion ist niedergeschlagen und die Verantwortlichen für Orlandos Folter sind in Gewahrsam genommen worden", berichtete Alain. „Die Vampire müssen nur noch einen Weg finden, um Orlando zu helfen."

„Dann ist er also nicht tot?"

Alain lachte leise und strich Orlando die Haare aus der Stirn. „Er ist tot. Selbst wenn sie ihm helfen können, wird er immer noch tot sein. Aber sie glauben, sie können ihn wieder aufwecken und zu dem machen, was er vor seiner Gefangennahme war."

„Das ist eine gute Nachricht", bestätigte der Priester. „Kann ich euch jetzt allein lassen und wieder zu meinen Pflichten zurückkehren?"

„Ja, mon Père. Mein Freund kommt bald und holt uns ab. Dann hast du deine Kapelle wieder für dich."

Der Priester zuckte mit den Schultern. „Ihr seid im Haus Gottes immer willkommen. Es steht mir nicht zu, euch Gottes Gastfreundschaft zu verweigern, sei es, um euch zu beschützen oder damit ihr euch erholen oder Frieden und Trost finden könnt." Er erhob sich vom Boden. „Gott segne euch, mein Sohn."

Alain sah Orlando lächelnd an, während sich die Schritte des Priesters entfernten. „Das hat er schon getan", flüsterte er. „Er hat uns gesegnet, als du in mein Leben getreten bist. Jetzt müssen wir nur noch dafür sorgen, dass du da auch bleibst."

Er drückte Orlando einen sanften Kuss auf die Stirn. Am liebsten hätte er ihn auf den Mund geküsst, aber dazu war die Kathedrale nicht der richtige Ort. „Es wird alles wieder gut", versprach er. „Jean wird einen Vampir deiner Abstammungslinie finden und zu uns bringen. Oder wir bringen dich zu ihm oder ihr. Dann bekommst du das Blut, das du brauchst. Und danach werden wir uns nie wieder trennen. Der Krieg ist vorüber. Jedenfalls so gut wie vorüber. Jean hat den Gesetzlosen gefangen und Marcel hat Serrier im Kampf getötet. Wir müssen nur noch die Scherben zusammenfegen, dann können wir beide zusammen ein neues Leben beginnen. Wir haben ein ganzes Leben vor uns und müssen uns nur entscheiden, was wir damit anfangen wollen. Was würdest du gerne tun? Gibt es etwas, das du dir schon immer gewünscht hast? Einen Ort, den du schon immer sehen wolltest? Jetzt können wir ihn besuchen. Oder dort leben. Wie du willst. Du musst es nur sagen, und wir können gehen."

Schweigen antwortete ihm. Alain hatte nichts anderes erwartet, aber es zerriss ihm dennoch das Herz. Der Platz in seinem Kopf, in dem er Orlando gefühlt hatte, war jetzt leer. Er war so kalt und leblos, wie der Körper in seinen Armen. Alain klammerte sich mit aller Macht an die Hoffnung, dass Jean sein Versprechen erfüllen und einen Vampir finden konnte, der Orlando helfen würde. Er wusste, dass es nur eine geringe Chance gab, Thurloes Schöpfer zu identifizieren oder gar ausfindig zu machen. Aber die Alternative – Orlando zu verlieren – war undenkbar. Es musste einen Weg geben. Alain konnte sich eine Zukunft ohne Orlando nicht mehr vorstellen.

Er hob den Kopf und beobachtete die bunten Schatten der Kirchenfenster, die dem Verlauf der Sonne folgten und langsam über die gegenüberliegende Wand wanderten. Wo blieb Thierry? Es hätte nur wenige Minuten dauern sollen, die Vampire zurück ins Hauptquartier zu transportieren. Während Alain zur Untätigkeit verdammt war und wartete, suchte er nach Gründen für Thierrys Ausbleiben. Sie würden erst Serriers Schutzschilde neutralisieren müssen, bevor sie die Vampire aus dem Gebäude transportieren konnten. Aber Raymond hätte damit sicher kein Problem. Eine solche Beschwörung würde ihn höchstens fünf Minuten kosten. Alain hatte selbst erlebt, wie Raymond wesentlich kompliziertere Beschwörungen in kürzester Zeit außer Kraft gesetzt hatte. War es ein Problem mit den Vampiren? Wirkten die Beschwörungen nicht auf sie? Konnten sie, aus welchem Grund auch immer, nicht transportiert werden? Oder war die Milice noch auf Widerstand gestoßen, nachdem Alain das Gebäude verlassen hatte? Waren die Kämpfe wieder aufgeflammt oder wurden die Einheiten der Milice gar von dunklen Magiern belagert?

Alain wurde zunehmend unruhiger. Er stand auf und lief in der kleinen Kapelle auf und ab. Mit jeder Minute nahm seine Besorgnis zu und verwandelte sich langsam in Panik. Er war kurz davor, Orlando zurückzulassen und in Serriers Hauptquartier zurückzukehren, als er Thierry sah, der aus dem Dunkel des Seitenschiffes auf ihn zukam. Schnell lief Alain in den Mittelgang, wo Thierry ihn sofort bemerken würde, ohne dass sie sich laut zurufen mussten.

„Wieso hat es so lange gedauert?", wollte er wissen.

„Wir konnten die Schilde nicht sofort neutralisieren", erklärte Thierry. „Wir hatten noch nicht alle dunklen Magier festgenommen und wollten sie nicht entkommen lassen. Wir mussten erst das gesamte Gebäude durchsuchen und die Gefangenen sichern, bevor Raymond die Schilde neutralisieren konnte. Aber jetzt ist alles erledigt. Alle sind schon in unserem Hauptquartier oder auf dem Weg dorthin, bis auf dich und Orlando. Wo willst du hin? Ins Hauptquartier oder in eure Wohnung?"

Darüber hatte Alain auch schon nachgedacht. Einerseits wollte er gerne in ihrer Wohnung sein, wo er sich ungestört um Orlando kümmern konnte, bis Jean Hilfe gefunden hatte. Andererseits konnte er im Hauptquartier besser über den Fortschritt von Jeans Suche auf dem Laufenden bleiben. Sobald Orlando wieder wach war, konnten sie sich dann in ihre Wohnung bringen lassen. „Ins Hauptquartier. Dann sehen wir weiter."

Thierry nickte und wartete ab, bis Alain Orlando vom Boden aufgehoben hatte und in den Armen hielt. Als Alain so weit war, brachte er sie alle drei in das Büro, das er mit Alain teilte. „Leg ihn aufs Sofa", schlug er vor. „Dort liegt er bequem und ist bei geschlossenen Jalousien vor der Sonne geschützt, bis wir Hilfe gefunden haben."

Vorsichtig legte Alain Orlando aufs Sofa und streckte ihn so bequem wie möglich aus. Wenn man nicht auf die blutbefleckte Kleidung und die unnatürliche Regungslosigkeit achtete, sah es fast so aus, als würde er nur schlafen. Alain wollte nicht daran denken, dass Orlando aus diesem Schlaf vielleicht nicht wieder erwachen würde.

„Ich will ihn hier nicht allein zurücklassen", gestand er. „Ich weiß, dass ich nichts tun kann, bevor Jean nicht einen Vampir mit dem passenden Blut gefunden hat. Trotzdem habe ich das Gefühl, als ob ich hier gebraucht werde."

„Dann bleibe hier", meinte Thierry. „Ich halte dich über Jeans Fortschritte bei der Suche auf dem Laufenden. Ich kann ihn auch bitten, sich mit den Vampiren nicht in Raymonds Büro, sondern hier zu treffen. Dann kannst du selbst dabei sein und bekommst alles mit."

„Ich will nicht, dass sie hier rumlaufen und Orlando anstarren", entschied sich Alain nach kurzem Überlegen. „Falls Jean mich braucht, kannst du mich benachrichtigen. Ansonsten reicht es aus, wenn du mich regelmäßig über seine Fortschritte informierst."

„Dann sehe ich jetzt nach, wie weit sie gekommen sind", bot Thierry an. „Soll Sebastien dir Gesellschaft leisten? Er weiß von uns allen am besten, wie du dich fühlst."

„Danke. Aber nur, wenn er nicht mit anderen Dingen beschäftigt ist", erwiderte Alain.

Thierry lächelte. „Das ist er nicht. Nicht, wenn du ihn brauchst."

Thierry hatte den Eindruck, dass sein Freund ihm schon nicht mehr zuhörte. Alain hatte sich zu Orlando aufs Sofa gesetzt und streichelte ihm über die reglosen Gliedmaßen, als könnte er ihn dadurch irgendwie wieder zum Leben erwecken. Kopfschüttelnd verließ Thierry das Büro und machte sich auf die Suche nach Sebastien und Jean. Er traf Sebastien, der offensichtlich auch auf Neuigkeiten aus war, vor Raymonds Büro an. „Gibt's was Neues?", fragte er.

Sebastien schüttelte den Kopf. „Noch nicht. Aber er hat erst mit wenigen gesprochen. Die meisten sind noch zu jung, um etwas zu wissen. Thurloe hat Mitte des 17. Jahrhunderts gelebt. Es gibt nicht mehr viele, die aus dieser Zeit stammen. Jedenfalls nicht in Paris."

„Wen gibt es denn noch?"

Sebastien schüttelte erneut den Kopf. „Das weiß ich ehrlich gesagt auch nicht. Ich habe zu lange nicht am Leben des Cours teilgenommen. Ich fürchte, Jean muss den Chef de la Cour von London kontaktieren und hoffen, dass es dort noch Unterlagen aus dieser Zeit gibt. Thurloe hat durch sein Verhalten eine ziemliche Unruhe verursacht, sodass die meisten Vampire vor über hundert Jahren aus England emigrieren mussten."

„Wen könnte ich ansprechen, damit er Jean helfen kann?", wollte Thierry wissen. „Jude, und wen noch? Falls Jean nicht schon mit Jude gesprochen hat."

„Nein, Jude war noch nicht hier", sagte Sebastien. „Was kann ich tun, während du Jean mit neuen Informanten versorgst?"

„Dafür sorgen, dass Alain nicht den Verstand verliert", erwiderte Thierry. „Er ist mit Orlando in meinem Büro. Im Moment ist er noch einigermaßen gefasst, aber das kann sich jede Sekunde ändern. Ich habe schon nach Henris Tod befürchtet, dass er vor Trauer verrückt wird. Aber so wie heute habe ich ihn noch nie erlebt."

Sebastien lächelte traurig. „Ich hatte nie Kinder und kann mir nicht vorstellen, wie es sein muss, ein Kind zu verlieren. Schon gar nicht, wenn es ermordet wird. Aber ich weiß dafür umso besser, wie Alain leiden wird, wenn wir Orlando nicht retten können. Ich gehe zu ihm. Ich bin mir ziemlich sicher, dass Jude älter ist, als Thurloe gewesen wäre. Selbst wenn er uns keine Antwort geben kann, weiß er vielleicht, wen wir fragen könnten."

Thierry nickte. „Dann mache ich mich jetzt auf die Suche nach ihm."

„Vermutlich schleicht er im Flur vor dem Zimmer rum, in dem sich Adèle gerade aufhält, wo immer das auch sein mag. Er kann sich nicht im gleichen Raum aufhalten wie sie, aber gleichzeitig kann er sich ihrer Anziehungskraft nicht entziehen."

„Es ist alles so was von im Arsch mit den beiden", meinte Thierry kopfschüttelnd.

„So ist Jude eben", stimmte ihm Sebastien zu und gab ihm einen Kuss. „Ich gehe jetzt zu Alain. Melde dich, wenn du Neuigkeiten hast."

Thierry sah Sebastien noch kurz nach, drehte sich dann um und machte sich auf die Suche nach Jude. Wenige Minuten später fand er ihn. Jude hielt sich, wie Sebastien vorausgesagt hatte, an der Grenze seiner Verbotszone zu Adèle auf. „Jean muss mit dir reden", teilte Thierry ihm mit.

„Warum?", wollte Jude wissen. „Ich habe es Jean zu verdanken, dass ich Adèle nicht mehr unbeaufsichtigt beißen darf. Ich will mit dem Mann nichts mehr zu tun haben."

„Das war weder eine Bitte noch ein Vorschlag", erwiderte Thierry und packte ihn am Arm. „Du bist unsere beste Chance, Orlando zu helfen."

„Und warum sollte ich das tun wollen?", fauchte Jude. „Er ist wie ein dummes Kind und hat sich leichtsinnig in eine Situation begeben, in der ihm sein Avoué nicht helfen konnte."

„Du solltest es tun, weil ich sonst dafür sorge, dass du Adèle überhaupt nicht mehr siehst", knurrte Thierry. „Der Krieg ist so gut wie vorbei. Wir brauchen dich nicht mehr und werden dich nicht vermissen. Und ich gehe jede Wette ein, dass Jean dich vor Gericht bringt, wenn er erfährt, dass du uns deine Hilfe verweigert hast. So, wie er es mit dem Gesetzlosen vorhat, der Serrier geholfen hat. Er hat mehr als deutlich gemacht, dass er zwischen unterlassener Hilfeleistung und aktivem Widerstand keinen Unterschied macht."

„Das kannst du nicht tun!", protestierte Jude.

„Willst du es wirklich darauf ankommen lassen?", fragte Thierry herausfordernd.

„Arschloch", fluchte Jude, folgte Thierry aber trotzdem zu Raymonds Büro.

„Ihr habt gerufen?", fragte er spöttisch, als sie die überfüllte Besenkammer betraten, die Raymond als Büro diente. Jean saß mit seinem Partner am Schreibtisch. Unter normalen Umständen hätte Jude sich darüber amüsiert, unter welchen Bedingungen der Chef de la Cour heute Hof hielt.

„Sebastien hat darauf bestanden, er würde aus der richtigen Zeit stammen, um uns vielleicht weiterzuhelfen", entschuldigte sich Thierry schulterzuckend. „Deshalb habe ich ihn gesucht und hierhergebracht, damit ihr ihn befragen könnt."

170

„Und was genau wollt ihr wissen, um eurem geschätzten Orlando zu helfen?", fragte Jude.

„Den Namen des Vampirs, der seinen Schöpfer umgewandelt hat", erklärte Jean.

„Und wer war sein Schöpfer?"

Jean durchbohrte den dreisten Vampir fast mit seinem Blick. „Thurloe. Der Chef von Cromwells Geheimdienst."

Jude zog überrascht eine Augenbraue hoch. „Ich hätte nie gedacht, diesen Namen jemals wieder zu hören."

„Du hast ihn gekannt?", fragte Jean und lehnte sich aufgeregt über den Schreibtisch.

„Ich hatte das zweifelhafte Vergnügen. Er ist der einzige Vampir, den zu erschaffen ich jemals bedauert habe."

23

„WARUM HAST du uns das nicht früher gesagt?", brüllte Jean. „Du wusstest doch, dass wir einen Vampir aus Orlandos Abstammungslinie suchen!"

„Ich habe Thurloe fallengelassen, sobald mir klar wurde, was ich da geschaffen hatte", verteidigte sich Jude. „Ich habe mir nicht die Mühe gemacht, eine Liste seiner vielen Nachkömmlinge zu erstellen. Er hat sie umgewandelt, als wäre es nichts. Die meisten haben nicht überlebt. Und viele, die nicht von ihm abstammten, haben wegen seiner Grausamkeit auch nicht überlebt. Victoria hat seinetwegen die Vernichtung aller Vampire auf britischem Boden befohlen. Wer nicht rechtzeitig fliehen konnte, wurde gefangen und hingerichtet. Ich bin davon ausgegangen, dass seine Schöpfungen mit ihm verschwunden wären."

„Er wurde nicht in England vernichtet", erklärte Jean. „Er ist nach Frankreich emigriert und hat sich hier dreißig Jahre lang verborgen gehalten. Dann habe ich von Orlando erfahren und Thurloes Treiben ein Ende gemacht."

Jude zuckte mit den Schultern. „Damals war ich noch nicht in Paris. Ich habe bis nach dem 1. Weltkrieg in Rouen gelebt. Wo ist der arme Junge? Ich nehme doch an, ihr habt ihn sicher gelagert?"

Thierry ballte die Fäuste, um Jude nicht sein großes Maul zu polieren.

„Halt' den Mund, Jude", knurrte Jean. „Mit deinen Unverschämtheiten beeindruckst du hier niemanden."

„Oh, mir macht es schon Spaß, euch alle so aufgeregt und vor Wut schäumend zu erleben", frohlockte Jude mit einem hämischen Grinsen. „Meinst du wirklich, dass du es verkraften kannst, mir für das Wohlergehen deines kleinen Freundes Dank zu Schulden, Jean?"

„Pass auf, was du sagst", warnte Jean. „Wenn du einem Vampir die Hilfe verweigerst, kann ich dich vor den Cour zitieren. Und so, wie die Stimmung nach der Festnahme des *Extorris* derzeit ist, kannst du nur verlieren."

„Meinst du wirklich, du kannst meine Zusammenarbeit durch Drohungen erzwingen?", provozierte ihn Jude. „Damit gehst du ein ziemliches Risiko ein, Chef de la Cour."

„Das ist meine Entscheidung. Nun, Leighton? Wie lautet deine Antwort? Wirst du uns helfen oder ziehst du ein Verfahren vor dem Cour vor?"

„Ich helfe euch", gab Jude nach. „Aber nur, wenn das Kontaktverbot aufgehoben wird."

„Das kann ich dir nicht gewähren", sagte Jean. „Ich bin kein Magier."

„Du nicht, aber dein Partner. Und der Avoué des Jungen auch. Lass es widerrufen. Der Krieg ist vorüber. Disziplin spielt keine Rolle mehr."

172

„Der Krieg ist alles andere als vorbei", widersprach ihm Thierry. „Wir werden noch Monate damit beschäftigt sein, Serriers letzte Anhänger aufzuspüren."

„Dazu braucht ihr mich nicht."

„Wenn wir dich nicht brauchen, brauchst du Adèle noch weniger", schoss Thierry zurück. „Und wenn du sie nicht brauchst, ist auch das Kontaktverbot kein Thema mehr. Es verhindert nur, dass du sie misshandelst. Du kannst jederzeit das Blut von anderen Opfern trinken."

„Misshandeln?", schnaubte Jude. „Sie hat jede Minute genossen."

„Das hat sie uns aber anders erzählt."

„Verlogenes Luder."

„Das ist doch lächerlich", mischte sich Jean ein. „Du hilfst Orlando. Ich rede mit Marcel und Adèle und frage sie nach ihrer Meinung dazu. Aber ich werde nicht zulassen, dass du Orlando als Geisel nimmst, um deine Forderungen durchzusetzen. Wenn du ihm hilfst, setze ich mich für dich ein. Aber ich kann dir keine Garantie geben, und du wirst ihm vorher dein Blut geben. Wenn du dich weigerst, lade ich dich vor das *Judicium*."

„Und wenn du deine Zusage nicht hältst, sorge ich dafür, dass du abgesetzt wirst", warnte ihn Jude. „Wo ist der Junge?"

„In meinem Büro", sagte Thierry. „Alain und Sebastien sind bei ihm."

Jude verdrehte die Augen. „Also gut. Wir wollen ihn nicht warten lassen."

Sie gingen zu Alain und Thierrys Büro. Thierry bestand darauf, vor dem Eintreten anzuklopfen. „Du bringst ihnen Hoffnung und Hilfe. Aber Alain wacht über ihn und es ist nur höflich, dass wir uns vorher ankündigen."

„Der Junge ist kein Mitglied des Königshauses", murrte Jude. „Er ist ein infantiler, liebeskranker Idiot, der sich an einen Magier gebunden hat, der zu schwach war, um ihn zu beschützen."

Damit brachte er das Fass zum Überlaufen. Thierry wirbelte wütend herum und wollte Jude am Kragen fassen. Magische Funken blitzten auf und erloschen zischend wieder. Doch Jean kam Thierry zuvor und schleuderte Jude mit aller Macht an die Wand.

„Noch ein Wort", zischte der Chef de la Cour. „Noch ein Wort, und ich entziehe dir den Schutz des Cours. Dann wirst du die Allianz und Paris verlassen und kannst sehen, wie weit du alleine kommst."

„Wenn du das tust, wird dein Freund auf Ewigkeit in diesem Limbo verbleiben. Ich bin der älteste meiner Linie."

„Ich kann ihn zum Schweigen bringen", schlug Thierry vor und richtete seinen Stab auf Jude. „Es schadet ihm nicht, aber wir müssten uns sein Geschwätz nicht mehr anhören."

„Und ich müsste Marcel nicht berichten, dass ich eine *Forçage* anwenden musste, um ihn zur Kooperation zu bewegen", fügte Raymond hinzu. „Wie ihr wollt."

„Jude?", fragte Jean.

„Leckt mich doch", fauchte Jude und stieß die Tür auf. „Also, wo steckt er?", rief er ins Zimmer.

Alain verzog das Gesicht, als er den Eindringling erkannte. Aber da der Vampir von Jean, Raymond und Thierry begleitet wurde, vermutete er, dass Jude die erhoffte Hilfe für Orlando bringen würde. „Auf dem Sofa."

„Du kannst bleiben", sagte Jude zu Alain. „Er wird dich vielleicht brauchen, wenn er wieder aufwacht. Der Rest von euch wartet im Flur. Ich brauche kein Publikum."

„Und woher sollen wir wissen, dass du dein Versprechen hältst?", verlangte Thierry zu wissen.

„Der Junge wird aufwachen. Und danach werden wir sehen, ob der Chef de la Cour auch zu seinem Wort steht."

Jetzt hatte auch Raymond von Judes ständigen Beleidigungen genug. Er belegte den Vampir mit einer *Forçage*, die ihn in die Knie zwang. „Hier wirst du bleiben, wenn du nicht augenblicklich den Mund hältst und Orlando hilfst", warnte er Jude. „Ich bin mir sicher, Adèle wird sich die Chance nicht entgehen lassen, dich hilflos zu ihren Füßen knien zu sehen." Er verstärkte die Beschwörung, bis Jude in der lächerlichen Imitation eines Kotaus die Stirn auf den Boden presste. Danach gab er den Vampir wieder frei. „Lasst uns gehen. Er hat einen Job zu erledigen", sagte er, ohne auf Judes wütendes Geschimpfe einzugehen.

Nachdem die vier Männer das Büro verlassen hatten, ging Jude zu dem Sofa, auf dem Orlando lag. „Und du bist dir sicher, dass ich es tun soll?", fragte er Alain spöttisch.

„Natürlich!", rief Alain. „Ich habe Himmel und Hölle in Bewegung gesetzt, um ihn wiederzufinden!"

„Ah ja. Du glaubst also, du bekommst ihn zurück", sagte Jude. „Aber ich erschaffe ihn neu. Es kann sein, dass er alle Erinnerungen an seine vorherige Existenz verliert. Es kann sein, dass der Aveu de Sang gebrochen wird und er nicht mehr der Orlando ist, der er vorher war. Kannst du damit leben? Willst du das Risiko eingehen, dass er dich nicht wiedererkennt? Dass er dich nicht mehr liebt?"

„Sebastien hat nur davon gesprochen, dass er wieder aufgeweckt werden muss", erwiderte Alain.

Jude zuckte mit den Schultern. „Vielleicht stimmt das. Aber was ist, wenn Sebastien nicht recht hatte?"

„Dann ist Orlando wenigstens wieder wach", sagte Alain mit einer Spur Verzweiflung in der Stimme. „Ich habe einmal sein Vertrauen und seine Liebe gewonnen. Wenn es sein muss, kann ich es auch ein zweites Mal tun."

Jude lächelte. „Wie du meinst."

„Was sagst du mir nicht?", fragte Alain. „Warum willst du mich umstimmen?"

„Ich will dich nicht umstimmen", sagte Jude und legte Alain beruhigend die Hand auf die Schulter. „Ich will nur, dass du auf alle Eventualitäten vorbereitet bist. Du bist dir so sicher, dass alles gut geht. Ich hoffe, du behältst recht." Das entsprach nicht der Wahrheit. „Aber ich würde dir keinen Gefallen tun, wenn ich dir die Risiken verschweige."

Alain zögerte. Jean hatte keine Risiken erwähnt. Er hatte davon gesprochen, als wäre es eine Routineangelegenheit, Orlando wieder aufzuwecken, wenn sie nur den richtigen Vampir finden würden. Ohne Jean wäre Jude jetzt nicht hier. Er musste also der richtige Vampir sein. Entweder hatte Jean die Schwierigkeiten herabgespielt, oder Jude wollte ihm Angst einjagen. Alain traute Jude jederzeit zu, sich auf dieses Niveau herabzulassen. Andererseits traute er aber auch Jean zu, die Situation zu beschönigen, um Orlando zu retten. Alain sah Orlando an, der reglos auf der Couch lag. Sein dunkler Engel. Orlando hatte Alains gebrochenes Herz geheilt und ihm den Glauben an die Zukunft wiedergegeben. Orlando hatte ihn wieder von einem Leben nach dem Krieg träumen lassen. Jetzt hatte Alain die Möglichkeit, Orlando eine neue Existenz zu schenken. Selbst wenn er dadurch seinen Geliebten verlor, Alain konnte ihn nicht im Stich lassen.

„Tu es."

„Wie du wünschst", meinte Jude gleichgültig. Insgeheim freute er sich jedoch über seine subtile Revanche für die Demütigung, der Alain und die anderen ihn ausgesetzt hatten. Er ging zu Orlando ans Sofa, hob die Hand und riss sich mit den Zähnen die Haut am Handgelenk auf. Als das Blut zu fließen begann, drückte er die Wunde an Orlandos Mund und ließ es ihm in die Kehle tropfen.

Es dauert nicht lange. Sekunden später schnappte Orlandos Hand plötzlich nach der Quelle seiner Kraft und presste sie sich fest an die Lippen. Jude zog seinen Arm grob zurück. „Es ist nicht mein Blut, das du brauchst, Junge. Du brauchst sterbliches Blut." Er drehte sich zu Alain um und winkte ihn ans Sofa. „Ich hoffe, der Aveu de Sang ist noch aktiv, sonst saugt er dich bis auf den letzten Tropfen aus, ohne auch nur das geringste Bedauern zu empfinden." Mit diesen Worten ging er zur Tür und verließ das Büro.

Alain kniete sich neben Orlando auf den Boden und neigte den Kopf zur Seite. Blind vor Heißhunger stürzte Orlando sich auf ihn, rollte ihn unter sich und schlug die Zähne tief in seinen Hals. Dann saugte er das lebensspendende Elixier ein, als wollte er gar nicht mehr aufhören.

Orlandos gedankenloses Verhalten machte Alain Angst. Er hatte seinen Partner noch nie so unbesonnen und grob erlebt. Hatte Jude doch recht? Konnte sich Orlando so sehr verändert haben? Alain verdrängte seine Zweifel und konzentrierte sich nur noch auf seine Liebe zu Orlando, ließ sich entspannt auf den Rücken fallen und ihn ungehindert trinken. Wenn der Aveu de Sang sie nicht im Stich ließ, würde Orlando ihm nichts antun können und sich bald wieder beruhigen. Wenn nicht, würde Alain in den Armen des Mannes sterben, den er über alles liebte.

Orlando klammerte sich an den Körper des Mannes wie ein Ertrinkender. Der Hunger, der nach seiner Wiedererweckung in ihm brannte, ließ ihn an nichts anderes denken als an das heiße Blut, das ihm in den Mund strömte. Als das Biest in ihm langsam gesättigt wurde und sich wieder beruhigte, drangen andere Gefühle zu ihm durch. Zuerst waren es nur körperliche Wahrnehmungen – das Brennen in seinem Rücken und die Schmerzen in den Gelenken, dann die Hitze, die der Körper unter ihm ausströmte und die Zärtlichkeit der Hände, die ihm über die Haare strichen. Dann kamen die Emotionen – die Liebe und das Verlangen, die er im Blut des Mannes schmecken konnte, die langsam nachlassende Furcht und Verzweiflung. Träge suchte Orlandos Verstand sich einen Weg durch das Labyrinth der Erinnerungen, bis er auf einen Namen stieß. „Alain."

Alain traten Tränen in die Augen, als die geliebte Stimme seinen Namen flüsterte. Er zog Orlando fester an sich. „Du erinnerst dich."

Orlando nickte langsam. „Ich erinnere mich an dich." Er fuhr ehrfurchtsvoll mit den Fingern über das Brandmal an Alains Hals. „Du liebst mich."

„Ich werde dich immer lieben", versprach Alain.

Immer mehr Erinnerungen kamen zurück. Es war ein wildes Durcheinander von Vergangenheit und Gegenwart, von Orten und Menschen, einige schon lange tot, andere noch am Leben. Und dann Alain. „Du hast mich gerettet."

Alain schüttelte den Kopf. „Nein. Ich habe gesucht und gesucht, aber ich konnte dich nicht finden. Monsieur Lombard musste uns helfen."

Orlando brachte ihn mit einem Kuss zum Schweigen. „Du hast mich gerettet. Eric hat mich deinetwegen freigelassen. Du hast mich gerettet."

Alain wollte erneut widersprechen, wollte Orlando die Bissspuren an seinem Handgelenk erklären, die Monsieur Lombard hinterlassen hatte. Aber das konnte warten. Für den Moment gab er sich damit zufrieden, Orlando in den Armen zu halten und ihn zu küssen.

„Ich habe immer noch Hunger", entschuldigte sich Orlando.

„Dann nimm dir, was du brauchst", erwiderte Alain, ließ den Kopf in den Nacken fallen und keuchte leise, als Orlandos Zähne ihm über die Haut glitten. Das Blut kochte ihm in den Adern. Aus dem Verlangen wurde Erregung. Alain kämpfte dagegen an, gab seinen Widerstand aber bald als sinnlos auf. Seit Orlandos erstem Biss auf dem Père Lachaise hatte er der verführerischen Anziehungskraft von Orlandos Zähnen nicht ein einziges Mal widerstehen können. Er lachte laut. Er lachte vor Freude, Orlando wieder in den Armen zu halten. Er lachte vor Freude über die strahlende Zukunft, die ihnen jetzt wieder weit offen stand. Orlando konnte sich erinnern. Orlando liebte ihn immer noch, begehrte ihn immer noch. Alain schloss die Augen. Die Leidenschaft erfasste jede Zelle seines Wesens, sie explodierte in seinem Kopf, in seinem Herzen, in seiner Lunge. Sie schoss aus ihm heraus in heißen Strahlen und lautem Stöhnen. Sie brachte die Luft in dem stillen Zimmer zum Vibrieren. „Ich liebe dich", flüsterte Alain wieder und wieder.

Die Litanei seiner Worte, das Versprechen in seiner Stimme und die Leidenschaft in seinem Blut lösten die letzten Nebel auf, die noch über Orlandos Erinnerung lagen. Die Bilder in seinem Kopf und in seinem Herzen nahmen Gestalt

176

an, so gestochen scharf, als wäre es erst gestern gewesen. Als er seinen Hunger gestillt hatte, hob er den Kopf und blickte Alain in die blauen Augen.

„Ich kann mich erinnern, dass ich dir erzählt habe, wie Eric mich befreit hat", sagte er. „Ich weiß nicht, wie viel Zeit seitdem vergangen ist und was seitdem geschehen ist."

„Serrier ist tot, der Gesetzlose gefangen und der Krieg so gut wie vorbei", erzählte Alain. „Das war vor ..." Er warf einen Blick auf die Uhr. „... acht Stunden."

„Dann bin ich in einer brandneuen Welt aufgewacht", meinte Orlando nachdenklich.

Alain nickte. „In einer Welt, die wir uns neu gestalten können."

„Wie habt ihr mich gefunden? Oder war es nur Zufall?"

Alain zuckte zusammen. „Nein. Monsieur Lombard wusste einen Weg, um dich zu finden. Es tut mir leid, aber ich hatte keine andere Wahl."

Orlando war besorgt über den dumpfen Klang von Alains Stimme. „Was tut dir leid?"

„Er konnte dich nur durch mein Blut finden. Ich ... ich habe ihn mein Blut schmecken lassen, damit er uns zu dir führen konnte. Es tut mir so leid."

Orlandos Instinkte wollten ihren Besitzanspruch herausschreien bei der Vorstellung, dass sein Avoué von einem anderen Vampir berührt worden war. „Wo hat er dich gebissen?"

„Gar nicht", sagte Alain hastig. „Er hat mich geschnitten und etwas Blut auf seine Hand tropfen lassen. Ich wollte es erst nicht erlauben, aber ich konnte spüren, dass deine Kraft nachließ und die Schmerzen immer schlimmer wurden. Es war schon so viel Zeit vergangen und Sebastien meinte, dass dir nur noch wenige Stunden blieben. Ich wusste keinen anderen Ausweg", erklärte Alain niedergeschlagen. Panik stieg in ihm auf, weil er das Versprechen des Aveu de Sang gebrochen hatte. Würde er Orlando verlieren, kaum dass er ihn zurückbekommen hatte? Der Vampir war auf Alains Blut angewiesen, aber Orlandos Vertrauen, seine Liebe – würde Alain die jetzt verlieren? Es wäre fast so schlimm für ihn, als hätte er ihn an den Tod verloren.

Orlando holte tief Luft, um seine Instinkte unter Kontrolle zu bekommen und der Vernunft eine Chance zu geben. Monsieur Lombard, als der älteste Vampir von Paris und frühere Chef de la Cour, hätte Orlandos Avoué nicht um sein Blut gebeten, wenn es nicht absolut unvermeidbar gewesen wäre. Orlando wusste, dass Alain nach ihm gesucht hatte. Er hatte die wachsende Verzweiflung und Hoffnungslosigkeit seines Avoué gespürt, als ein Versuch nach dem anderen sich als erfolglos erwies. Unter diesen Umständen konnte er mit einer kleinen Untreue leben. „Du hast nur getan, was getan werden musste."

„Ich wollte mein Versprechen nicht brechen", sagte Alain. „Ich habe mich erst geweigert, weil ich ihm nicht geben wollte, was nur dir gehört. Aber ich konnte dich auch nicht verlieren. Ich konnte es einfach nicht."

Orlando konnte ihn gut verstehen. Er selbst war sich beständig der Tatsache bewusst, dass Alain sterblich war. Und er würde alles tun, um dieses unvermeidliche Ende hinauszuzögern, würde jedes Opfer bringen und jedes Tabu brechen, um auch nur den geringsten Aufschub zu erwirken. Aber das war heute nicht ihr Problem. „Wenn Monsieur Lombard keinen anderen Weg gesehen hat, dann gab es keinen", sagte er mit fester Stimme.

In diesem Augenblick wurden sie durch ein lautes Klopfen an der Tür unterbrochen.

„Das wird Jean sein", vermutete Alain. „Er war auch sehr besorgt um dich."

„Ich habe genug getrunken", entschied Orlando. „Lass uns mit ihm reden. Dann will ich nach Hause gehen, ein Bad nehmen und in unserem Bett schlafen."

„Ich kann mir keinen besseren Plan vorstellen", stimmte Alain begeistert zu.

Orlando grinste frech. „Auch nicht, meine Zähne im Hals zu spüren, wenn wir uns lieben?"

Alains Pupillen weiteten sich verdächtig und er wurde allein von dem Gedanken hart. „Worauf warten wir dann noch?"

„Herein!", rief Orlando, setzte sich auf und zog Alain an seine Seite. Die Tür flog auf und Jean stürmte, dicht gefolgt von den anderen, ins Zimmer. „Ist alles wieder in Ordnung?"

„Noch nicht ganz", gestand Orlando. „Ich muss mehr als einmal trinken, bis alles wieder geheilt ist, was Serrier mit seiner Magie und seinen Peitschen angerichtet hat. Aber es dauert nicht mehr lange. Die Verwundungen sind nur körperlicher Natur. Mit etwas Zeit und Alains Blut werden sie wieder heilen."

Jean schaute ihm ins Gesicht und sah die tiefen Linien um Orlandos Mund und Augen, die Schmerz und Erschöpfung hinterlassen hatten. Aber seine braunen Augen blickten Jean klarer und selbstbewusster an, als jemals zuvor. Was immer auch Serrier mit ihm angestellt hatte, er hatte Orlando nicht brechen können. Alles andere ließ sich mit etwas Geduld wieder in Ordnung bringen. „Gut. Ich würde dich umarmen, aber … du stinkst."

„Alain hat sich daran nicht gestört", scherzte Orlando.

Jean rollte mit den Augen. „Geh nach Hause. Nimm eine Dusche und ruhe dich aus. Ich will dich vor Sonnenuntergang morgen Abend nicht mehr sehen. Wenn wir Ort und Zeit des *Judiciums* für den *Extorris* festgelegt haben, brauche ich deine Aussage. Ansonsten bis du vom Dienst befreit, bis es dir wieder besser geht."

„Und was ist mit Alain?"

„Marcel hat ihn ebenfalls freigestellt, solange du ihn brauchst", antwortete Thierry. „Jetzt, nachdem Serrier tot ist, werden die Kämpfe nachlassen und bald ganz aufhören. Wir können auf Alain verzichten, bis du wieder auf den Beinen bist."

„Wie geht es den anderen?", erkundigte sich Alain. Nachdem Orlando wieder bei ihm war, kam die Sorge um seine Freunde in der Milice zurück. „Mathieu und David und …"

„Geh nach Hause, Alain", unterbrach ihn Thierry. „Ich verspreche dir, morgen vorbeizukommen und dir alle Fragen zu beantworten. Aber du bist beinahe so erschöpft wie Orlando, auch wenn du einen Teil der Nacht in Notre-Dame verbracht hast. Es gibt nichts, was nicht bis morgen Zeit hätte."

„Ich kann mich in der Öffentlichkeit so nicht sehen lassen", sagte Orlando und blickte an sich herab. Seine Kleidung war zerrissen und blutverschmiert. „Kann uns jemand nach Hause schicken?", fragte er Thierry. „Ich verspreche auch, dafür zu sorgen, dass er sich ausruht."

„Vergiss meinen Ratschlag nicht", fügte Sebastien leise hinzu, bevor Thierry mit seiner Beschwörung begann. „Es ist jetzt wichtiger als je zuvor."

Orlando lächelte und fasste Alain mit strahlenden Augen an der Hand. „Ich werde daran denken. Sobald Thierry uns nach Hause gebracht hat."

Das war Thierrys Stichwort. Er hob den Stab und sprach seine Beschwörung.

„Welchen Ratschlag?", fragte Jean neugierig. Er wundert sich, was zwischen den beiden Vampiren vorgefallen war, um diese auffällige Veränderung in Orlandos Verhalten hervorzurufen.

„Von seinem Avoué zu trinken, wenn sie sich lieben."

179

24

„LANGSAM GEWÖHNE ich mich daran", scherzte Orlando, als er mit Alain in ihrem Schlafzimmer ankam. „Es ist das erste Mal, dass ich nicht gestolpert bin."

Alain lächelte abwesend. Er war in Gedanken immer noch bei Sebastiens rätselhaftem Kommentar. „Über welchen Ratschlag hat Sebastien gesprochen?"

„Das verrate ich dir später", versprach Orlando. „Jetzt brauche ich erst ein Bad. Jean hat es ernst gemeint – ich stinke." Er warf Alain einen gespielt verschämten Blick zu. „Kommst du mit?"

Alains Lächeln wurde breiter. Er war sich zwar nicht sicher, wie er auf den Anblick von Orlandos Verletzungen reagieren würde, aber er wollte sich nicht davor verstecken. Sie durften nicht verdrängen, was ihm angetan worden war. Sich den Schmerzen zu stellen, würde Orlando helfen, wieder zu heilen. Und vielleicht würde es auch verhindern, dass Alain die Fehler der Vergangenheit wiederholte, als er unwissentlich Orlandos Erinnerungen an Thurloe geweckt hatte. „Auf jeden Fall", sagte er und gab Orlando einen Kuss.

Er folgte Orlando ins Badezimmer. Der Vampir schloss die Tür hinter ihnen und dreht das Wasser auf, das heiß und dampfend die Wanne füllte. Der Heilprozess hatte schon begonnen, aber das heiße Wasser würde in den Wunden brennen, die sich immer noch nicht ganz geschlossen hatten. Doch das interessierte ihn nicht. Er wollte endlich wieder sauber sein, wollte Alain in den Armen halten und die letzten vier Tage vergessen.

Alain zog sich aus und ließ seine Kleidung einfach zu Boden fallen. Sein Blick war auf Orlando gerichtet, der sich steif und unbeholfen bewegte. Als Orlando sich aufrichtete, nahm Alain ihn von hinten in die Arme. Orlando versteifte sich für einen kurzen Augenblick, aber bevor Alain ihn wieder loslassen konnte, hatte der Vampir schon den Kopf umgedreht und ihn geküsst. „Das kann selbst deine Magie nicht mehr retten", sagte Orlando und zerrte an seiner zerfetzten Kleidung.

Alain half ihm und ihre Hände berührten sich, als sie Knöpfe öffneten und Orlando das Hemd auszogen. Alain unterdrückte einen Aufschrei, als er die blutigen Striemen der Peitschenhiebe sah, die Orlandos Rücken bedeckten. „Ich bringe ihn um", knurrte er.

„Das haben Eric und sein Freund schon erledigt", erwiderte Orlando. „Es wird wieder heilen. Wenn ich noch einige Male getrunken habe, sind nur noch blasse Narben übrig, und auch die verschwinden in einigen Wochen. Vertrau mir, ich weiß es."

Natürlich wusste Alain das auch, aber dieses Wissen minderte nicht seinen Zorn über das, was Orlando erlitten hatte.

„Alain", sagte Orlando, nahm Alains Kopf zwischen die Hände und sah ihm in die Augen. „Ja, es tut weh. Aber es ist nichts im Vergleich zu dem, was mir Thurloe angetan hat. Es wird wieder heilen und nicht mehr sein, als eine schlechte Erinnerung."

Alain hoffte, Orlando würde recht behalten und nicht nur die körperlichen, sondern auch die emotionalen Narben würden bald verblassen. „Ich liebe dich", sagte er hilflos, weil ihm nichts Besseres einfiel.

Orlando lächelte. „Das weiß ich. Es hat mir geholfen, nicht den Verstand zu verlieren. Was immer Serrier auch gesagt oder getan hat, nichts konnte unseren Bund brechen, solange ich dich gefühlt habe und wusste, dass alles wieder gut wird. Komm jetzt. Das Bad ruft nach mir." Er ließ die Jeans zu Boden fallen und stieg in die Wanne. Als das warme Wasser seine verletzte Haut berührte, zischte er leise vor Schmerz.

„Hältst du das wirklich für eine gute Idee?", fragte Alain und stieg hinter ihm in die Wanne. Er biss die Zähne zusammen, als er Orlandos Rücken aus der Nähe sah. Die Striemen setzten sich über Orlandos Hintern bis auf die Oberschenkel fort.

„Oh ja", erwiderte der Vampir. „Ich bin noch nicht sehr sicher auf den Beinen. Ich will nur deine Arme und das warme Wasser spüren, bis der ganze Schmutz und das Blut sich aufgelöst haben und weggeschwemmt sind."

„Meinst du, ich könnte es für dich abwaschen?", fragte Alain vorsichtig. Er war sich nicht sicher, welche Auswirkungen Serriers Folter auf ihre körperliche Beziehung haben würde, und ob Orlando die Berührung ertragen konnte.

„Aber sei vorsichtig", bat Orlando und gab ihm den Waschlappen. „Einige der Wunden haben sich noch nicht geschlossen."

Alain seifte den Waschlappen ein und forderte Orlando auf, sich nach hinten zu lehnen. Als Alain spürte, wie Orlando sich entspannte, wusch er ihm vorsichtig das Blut und den Schmutz von der Brust. Das Wasser färbte sich schwarz und rot, als der Schmutz sich unter Alains sanften Händen auflöste. „Das fühlt sich gut an", flüsterte Orlando. „Letzte Nacht, als ich glaubte, ich würde den nächsten Sonnenaufgang nicht mehr erleben, habe ich auf der Pritsche in meiner Zelle gelegen und mich berührt. Ich habe mir vorgestellt, dass du es wärst. Aber so gut es auch war, nichts ist mit deinen Händen vergleichbar."

„Das habe ich über unsere Verbindung gespürt", sagte Alain und spülte den Waschlappen aus. Er gab sich Mühe, nicht bei jeder neuen Verletzung zusammenzuzucken, die er an Orlandos Körper entdeckte. „Ich dachte erst, es wäre ein Traum. Ich konnte mir nicht vorstellen, dass du nach den entsetzlichen Schmerzen eine solche Freude empfinden kannst."

„Ich wünschte, ich wäre früher auf diese Idee gekommen", gestand Orlando. „Es hat mir geholfen, die Schmerzen zu überwinden. Es war, als würde unsere Verbindung die dunkle Magie bekämpfen und mich stärken. Nicht so sehr, wie dein Blut, aber mehr, als wenn ich mich nur ausgeruht hätte."

„Du kannst jederzeit trinken, soviel du brauchst", versprach Alain. „Aber wenn dir die Freude am Sex beim Heilen hilft, werden wir dafür sorgen, dass du in nächster Zeit nichts anderes mehr fühlen wirst." Er streichelte versuchsweise mit der Fingerspitze über Orlandos Brustwarzen. Sie richteten sich sofort auf und Orlando entfuhr ein leises Stöhnen, als sein Schwanz es ihnen gleichtat.

„Wenn du damit nicht aufhörst, werde ich mein Bad nicht zu Ende bringen", warnte Orlando.

„Dann verschieben wir es auf später. Das Bad meine ich."

Orlando kicherte. „Wisch mir den Rücken ab, während ich mir die Beine wasche. Der Rest kann warten."

Alain nickte und beeilte sich, ihm den Rücken zu waschen. Er verzog das Gesicht, als er die Striemen sah. Zwei besonders tiefe Wunden platzten trotz aller Vorsicht wieder auf und färbten mit ihrem Blut das Wasser rot. Es würde ihm schwerfallen, sich bei Eric für Orlandos Rettung zu bedanken. Alain hätte das Biest lieber persönlich umgebracht, das für diese Striemen verantwortlich war.

Orlando schrubbte sich hastig die Füße und Beine, die relativ unversehrt davongekommen waren. Dann wusch er sich den Schwanz und die Hoden. Er hatte schon wieder Hunger, aber nach der Angst und den Schrecken der letzten Tage reichte es ihm nicht, Alain nur zu beißen. Er wollte den Magier offen und erregt unter sich spüren, wollte ihre Körper wie ihre Herzen miteinander vereinen, um ihren Bund und ihre Liebe wieder zum Leben zu erwecken. Orlando weigerte sich, ihre Beziehung durch die Auswirkungen von Serriers dunkler Magie beschmutzen zu lassen. Er stand auf und drehte sich zu Alain um. Bei den Gedanken an die kommende Nacht fing sein Schwanz zu pochen an. „Ich brauche dich."

Alain stand ebenfalls auf. Das Wasser glänzte auf seiner nackten Haut, als er die Wanne verließ und nach einem Handtuch greifen wollte. „Nicht", sagte Orlando und hielt ihn zurück. „Lass mich das machen."

Alain sah ihn überrascht an und wartete ab, was Orlando beabsichtigte. Er rechnete nicht mit der feuchten, warmen Zunge seines Geliebten, die ihm das Wasser von der Schulter und der Brust leckte. Er rechnete auch nicht mit den kleinen Bissen, die kaum die Haut durchdrangen und Alain so erregten, dass sein Schwanz innerhalb weniger Sekunden hart wurde. Er musste an Sebastiens Worte und das Grinsen denken, das sie bei Orlando ausgelöst hatten. „Was hat Sebastien vorhin gemeint?", fragte er mit rauer Stimme.

Orlando gab ihm keine Antwort. Er kniete sich vor Alain auf den Boden des Badezimmers und streichelte ihm über den harten Schwanz, während sich seine Zähne direkt über dem Hüftknochen durch Alains Haut bohrten. Orlando hatte schon mehr als einmal das Verlangen in Alains Blut geschmeckt. Auch den Geschmack von Alains Orgasmus kannte er gut, aber so war es noch nie gewesen. Sein Biss war nie ein Bestandteil ihrer Liebe gewesen, und Alains Blut hatte noch nie so unglaublich gut und saftig geschmeckt wie jetzt, wo er sich nicht mehr zurückhalten musste. Er konnte seine Zähne lassen, wo sie waren. Oder er konnte Alain an vielen anderen

Stellen beißen und ihn schmecken, bis sie beide zum Höhepunkt kamen. Orlando konnte am Geschmack des Blutes genau den Moment erkennen, in dem Alain sich dessen bewusst wurde. Er schmeckte das Verlangen, das urplötzlich durch Alains Adern schoss. Orlando wollte das und noch viel mehr. Er wollte alles, was er sich und Alain durch seine Angst bisher vorenthalten hatte. Während er mit den Zähnen Alains Erregung noch weiter in die Höhe trieb, sammelte er mit dem Finger die Flüssigkeit auf, die aus Alains Schwanz tropfte, um ihn auf mehr vorzubereiten. Orlando wollte damit warten, bis sie im Bett waren, wo er Alain auf den frischen Laken ausbreiten und mit kleinen Bissen bedecken konnte. Doch vorher wollte er erleben, wie Alain sich seinen Händen und Zähnen hingab, so, wie er es vor der unglücksseligen Schlacht auf dem Place Pigalle getan hatte.

Alain stöhnte, als Orlando wieder zubiss. Ihn durchfuhr ein Schauer, als er erkannte, dass es kein Biss aus Hunger war. Orlando wollte ihn erregen. Alain tastete hinter sich nach dem Waschbecken, um sich abzustützen. Wenn diese Nacht vorbei war, würde er genau wissen, wie es war, von einem Vampir geliebt zu werden. Schon jetzt konnte Alain nicht mehr klar denken und ihm war schwindelig von den Empfindungen, die von allen Seiten auf ihn einstürmten. Er fühlte Orlandos Hand an seinem Schwanz, Orlandos Finger in seinem Arsch und Orlandos Zähne in seinem Bauch. Vor allem die Zähne fühlte er, die ihn in Besitz nahmen als Orlandos Avoué und Geliebten. So oft sie das auch schon getan hatten, so oft sie sich flüsternd ihre Liebe erklärt hatten – Alain hatte es noch nie so tief empfunden.

„Orlando", keuchte er und der Name seines Geliebten war das Einzige, was er noch denken konnte, bevor er von einer Woge der Liebe und der Lust überschwemmt wurde.

Orlando gab keine Antwort, aber seine Zärtlichkeiten wurden leidenschaftlicher. Er war fest entschlossen, den Geschmack von Alains Höhepunkt – einem von vielen in dieser Nacht, wenn es nach Orlando ging – auszukosten und sich nichts entgehen zu lassen. Orlando wusste, dass er der Vernichtung nur knapp entgangen war und ohne Judes Kooperation … Er wollte nicht mehr darüber nachdenken. Jetzt war er wieder mit Alain vereint, und sein einziger Wunsch war, es sich und Alain auf jede erdenkliche Weise zu bestätigen.

Er suchte und fand Alains Prostata und massierte sie, um Alain noch mehr in Erregung zu versetzen. Als Alains Hände sich in seine Haare krallten und sanft daran zogen, zuckte er nicht zusammen, sondern zog nur die Zähne aus Alains Fleisch und sah ihm in die Augen. In seinem Blick lag eine stumme Frage. Alain beantwortete sie, indem er mit seinem harten Schwanz an Orlandos Lippen stieß.

„Meine Zähne", warnte Orlando. „Ich will dich nicht verletzen."

„Das wirst du auch nicht", erwiderte Alain zutiefst überzeugt. „Bitte. Ich brauche …" Er traute sich nicht, in Worte zu fassen, was er sich wirklich wünschte – Orlando unter sich zu fühlen. Aber das hier hatten sie schon getan und Orlandos Mund war das Nächstbeste, was Alain sich für seinen Schwanz wünschte.

Er vertraute darauf, dass Orlando ihn nicht beißen würde, aber er hätte auch nichts dagegen, an die übernatürliche Natur seines Geliebten erinnert zu werden.

Orlando dachte an Sebastiens Versprechen, dass ein Vampir seinen Avoué nicht verletzen konnte. Er öffnete den Mund und leckte Alain zärtlich über den Schwanz, während er versuchte, seine Zähne außer Reichweite zu halten. So hungrig wie er war, konnte er kaum glauben, dass sie ihm gehorchten und sich in seinen Gaumen zurückzogen. Jetzt musste Orlando sich nicht mehr zurückhalten und konnte Alains Schwanz in den Mund nehmen, konnte ihn so tief in sich hineinsaugen, wie er es sich immer gewünscht hatte. Er schob die Finger tiefer in Alain hinein und rieb ihm im Rhythmus seines saugenden Mundes über die Prostata.

„Orlando!"

Alains Schrei war Bitte, Aufforderung und Warnung zugleich. Orlando hatte gerade noch Zeit, tief Luft zu holen, bevor Alains Schwanz sich in seiner Kehle ergoss. Er leckte und saugte weiter, bis der Magier wieder zur Ruhe kam, nur noch auf den Beinen gehalten durch das Waschbecken im Rücken und Orlandos Hand auf der Hüfte.

Orlando ließ Alains Schwanz aus dem Mund gleiten. „Bist du bereit fürs Bett?", schnurrte er. „Ich habe immer noch Hunger."

Alain nickte verwirrt und erschauerte vor Befriedigung. Das Verlangen in Orlandos Stimme war unüberhörbar. „Alles für dich", versprach Alain. „Nimm dir, was du brauchst."

Orlando stand lächelnd auf. Sebastien hatte recht behalten. Blut und Liebe waren eine machtvolle Kombination. Bisher hatte Orlando ihre heilende Wirkung nur getrennt erlebt, aber zusammen stärkten sie ihn mehr, als er jemals erwartet hätte. Er konnte den Unterschied jetzt schon fühlen, obwohl er nur wenige Tropfen von Alains Blut getrunken hatte. Unter diesen Umständen konnte er sich nicht vorstellen, dass seine Heilung wirklich einige Wochen dauern sollte. Es kam ihm nahezu lächerlich pessimistisch vor. „Das werde ich", sagte er. „Solange ich dir gleichzeitig auch geben kann, was *du* brauchst."

„Ich brauche nur dich, sicher und unbeschadet in meinen Armen", erwiderte Alain und zog ihn an sich, ohne an die Wunden auf Orlandos Rücken zu denken. Orlando ließ es geschehen. Er brauchte diese Nähe genauso wie sein Geliebter. Fest an Alain gedrückt schob er ihn zum Bett, wo er ihn vorsichtig auf die Matratze legte. Alain spreizte die Beine, um für Orlando Platz zu machen. Dann legte er den Kopf zur Seite und bot ihm seinen Hals an.

Orlando biss nicht sofort zu. Er leckte sanft über die Bisswunden, die schon wieder verheilten. Jetzt, nachdem er seine Ängste hinter sich gelassen hatte, kam ihm Alains Körper wie eine leere Leinwand vor, die er mit den Bildern seiner Liebe und Zuneigung bedecken wollte. Später. Später würde er von dieser pulsierenden Ader trinken, während er sich tief in Alains Körper versenkte. Aber erst wollte er seinen Avoué mit allen Sinnen genießen und keine der Köstlichkeiten auslassen, die vor ihm ausgebreitet lagen.

Orlando stützte sich auf die Unterarme und schlängelte sich über Alains Körper nach oben. Bevor sie sich liebten, wollte er seinen Magier genauso erregen, wie er selbst erregt war. Er suchte blind mit den Lippen nach Alains Mund, rieb über die mehrere Tage alten Bartstoppel – den spürbaren Beweis für Alains unermüdliche Suche nach ihm –, bis er sein Ziel fand und ihn leidenschaftlich küsste. Alains Mund öffnete sich einladend und Orlando hatte weder den Willen noch die Kraft, der Versuchung länger zu widerstehen. Er genoss den Geschmack, genoss jede Berührung, als wäre es das erste Mal. Wenn er in der Gefangenschaft etwas gelernt hatte, dann die Botschaft von der Endlichkeit des Lebens, vor der auch die Vampire nicht gefeit waren. Er wollte jede Minute, jede Sekunde mit Alain auskosten, als wäre es die letzte. Ihre Lippen berührten sich, trennten sich dann kurz, nur um sich wieder zu berühren. Die Welt existierte nicht mehr und es gab nur noch sie beide – ihre Herzen, ihre Seelen, die sich miteinander vereinten, so wie ihre Münder zusammenfanden. Sie atmeten die gleiche Luft, feierten ihr Leben und ihre Liebe in diesem einen, nicht enden wollenden Kuss.

Schließlich machten sich andere, drängendere Bedürfnisse bemerkbar. Orlando hob keuchend den Kopf. Er konnte Alains Erektion am Bauch spüren. Schnell gab Orlando ihm noch einen Kuss, dann richtete er den Oberkörper auf und setzte sich zwischen Alains Beinen auf die Fersen. Er betrachtete seinen Geliebten und überlegte, wo er anfangen sollte. Als könnte Alain Gedanken lesen, zog er ein Bein an und öffnete sich Orlandos Blicken, Orlandos Berührungen und Orlandos Biss.

Der Hunger drohte Orlando zu überwältigen und er griff nach dem Gleitgel, rieb sich damit die Finger ein und leckte über die Innenseite von Alains Oberschenkel. Dann biss er zu. Seine Zähne bohrten sich im gleichen Moment in den harten Muskel, wie sein Finger in Alains heißen Körper, um ihn zu dehnen und zu lockern. Er wollte seinen Avoué nicht verletzen und wusste, wenn er erst in Alain war, würde er sich nicht mehr kontrollieren können.

Alain entfuhr ein leiser Aufschrei des Verlangens, als er Orlandos Zähne in seinem Fleisch spürte. Es war nicht so sehr der Biss selbst, sondern die Gewissheit, dass Orlando endlich seine Ängste überwunden hatte, die Alain erleichterte und mit Stolz auf seinen Geliebten erfüllte. Er wünschte sich fast, es wäre Sommer. Dann könnte er Shorts anziehen und jeder würde sehen, wie vorbehaltlos und grenzenlos die Liebe seines Vampirs war.

Orlando konnte Alains wachsende Erregung in dem köstlichen Blut schmecken, das ihm in den Mund strömte. Jedes Mal, wenn er mit den Fingern über Alains Prostata fuhr, löste er einen neuen Schub der Leidenschaft in dem Magier aus. Orlando verfluchte sich innerlich über seine eigene Dummheit, ihnen dieses Erlebnis so lange vorenthalten zu haben. Dann dachte er nur noch an seinen

Geliebten und daran, wie er ihn vor Verlangen um den Verstand bringen konnte, wenn sie sich vereinigten.

Orlando wollte ihn so hoch fliegen lassen wie niemals zuvor, wollte Alain mit jeder Berührung, jeder Bewegung immer wieder an die Grenzen seiner Beherrschung treiben, bis er ihm endlich Erlösung gewährte. Sebastien hatte ihm gesagt, die Sucht, seinen Avoué zu lieben, wäre genauso unwiderstehlich wie die nach dem Blut seines Geliebten. Er brauchte das Blut, um die Bedürfnisse seines Körpers zu befriedigen, aber noch mehr brauchte er die Verbindung zu Alain, die die Sehnsucht seiner Seele nach Liebe erfüllte. Orlando konnte sich kaum vorstellen, wie er sich in wenigen Minuten fühlen würde, wenn sich diese beiden Sehnsüchte gleichzeitig erfüllten.

Alain schlängelte sich unruhig unter ihm hin und her. Der Magier war zwischen Orlandos Fingern und Zähnen gefangen und das Blut pochte ihm in den Adern. Orlando war die Erfüllung seiner Träume. Ihm fehlte nur noch eines – den Vampir in die gleiche Ekstase zu versetzen, die er selbst in diesem Moment empfand. „Bitte", keuchte er. „Liebe mich."

Orlando zog die Zähne aus Alains Schenkel und leckte über die Wunde, um die Blutung zu stillen. „Ich dachte, das würde ich schon tun", neckte er.

„Ich will dich in mir spüren", flüsterte Alain und zog ihn zu sich nach oben, um ihn zu küssen. „Deinen Schwanz in meinem Arsch und deine Zähne in meinem Hals."

Orlandos Verstand setzte aus und er gab Alains Wunsch nach, bevor er selbst es merkte. Sein Schwanz glitt in Alains Körper, als wäre er dafür geschaffen worden. Seine Zähne fanden das Mal an Alains Hals und bissen zu, ohne dass er sich dessen bewusst wurde. Der Kreis war endlich geschlossen, der ihr Leben und ihre Liebe im Aveu de Sang vereinte. Alains Nerven waren bis ans Äußerste angespannt und konnten der doppelten Stimulation nicht mehr widerstehen. Er zuckte zusammen und kam sofort zu Höhepunkt.

„Noch mal", forderte Orlando ihn auf. „Komm noch mal für mich."

Alain hätte es für unmöglich gehalten, aber dann fühlte er Orlandos Zähne, die sich wieder in seinen Hals bohrten, fühlte Orlandos Schwanz, der in ihn hineinstieß, und sein Körper reagierte. Er krampfte sich um Orlando zusammen, der ihn höher und höher mitnahm, bis er sich an Orlando festklammerte und laut schluchzte.

Orlando hätte am liebsten noch stundenlang so weitergemacht, aber sein geschundener Körper ließ es nicht zu. Als Alain wieder zum Höhepunkt kam und sich um ihn zusammenzog, gab er seinem Verlangen nach und stieß noch einmal hart und schnell in Alain hinein, bevor er auch zum Orgasmus kam. Alain zischte leise vor Schmerz, als Orlando die Kontrolle über seine Zähne verlor und ihm die Haut aufriss.

Orlando hob den Kopf und wollte sich gerade entschuldigen, als er den glücklichen Ausdruck im Gesicht seines Geliebten sah. Er schloss den Mund, weil er

Alain diesen Moment der absoluten Befriedigung nicht durch eine Entschuldigung verderben wollte. Stattdessen senkte er den Kopf und leckte zärtlich über die Wunde, die seine Zähne gerissen hatten. Sie hörte sofort auf zu bluten und begann, sich wieder zu schließen.

„Das hätte ich nie zu träumen gewagt", flüsterte Alain und öffnete die Augen. Orlando sah ihn an. „Ich auch nicht. Ich habe dir doch nicht wehgetan, oder?"

Alain schüttelte den Kopf. „Ich habe mich noch nie so durch und durch glücklich gefühlt. Wie geht es dir? Ist alles in Ordnung?"

„Ich fühle mich von Minute zu Minute besser", beruhigte ihn Orlando und merkte zu seiner eigenen Überraschung, dass es die Wahrheit war. Er rollte sich auf die Seite und drehte den Kopf, um einen Blick auf die Wunden an seinem Rücken zu werfen. Da er sie nicht richtig erkennen konnte, drehte er sich mit dem Rücken zu Alain. „Es tut nicht mehr so weh. Sieht es schon besser aus?"

Alain riss erstaunt die Augen auf, als er Orlandos Rücken vor sich sah. Vorhin waren die Wunden noch verschorft gewesen, einige hatten sogar noch geblutet. Jetzt waren sie alle geschlossen und von manchen nur noch leichte Schwielen zu erkennen. „Es sieht aus, als wären sie schon vor Tagen verheilt. Wie ist das möglich?"

„Du liebst mich", meinte Orlando nur. „Du hast mir dein Blut gegeben, deine Magie und dein Herz. Ich glaube, für uns ist alles möglich."

Alain lächelte, bis das Adrenalinhoch, das ihn seit vier Tagen wach hielt, plötzlich nachließ und er laut gähnen musste. Der Schlafmangel machte sich jetzt mit aller Macht bemerkbar.

„Schlaf jetzt", sagte Orlando sofort. „Ich bin morgen auch noch da."

„Lass mich nicht so lange warten", verlangte Alain gähnend. „Ich werde dich schon früher brauchen."

Orlando grinste und gab ihm einen Kuss. „Schlaf jetzt", wiederholte er. „Ich bewache deine Träume."

25

„ICH SOLLTE jetzt auf die Krankenstation gehen", sagte Thierry, nachdem Alain und Orlando das Hauptquartier verlassen hatten. „Einige Magier aus meiner Einheit sind verwundet worden, und sie sind bestimmt nicht die Einzigen. Alain ist außer Dienst und Marcel im Elysée-Palast; damit bin ich der ranghöchste Offizier."

„Ich begleite dich", bot Sebastien sofort an, weil er Thierry nicht aus den Augen lassen wollte. Vermutlich würde dieses Gefühl wieder nachlassen, wenn die Gefahr erst endgültig vorbei war. Aber noch konnte er den Gedanken nicht ertragen, Thierry weiter als auf Armeslänge aus den Augen zu lassen, ohne dass sein Beschützerinstinkt sich bemerkbar machte.

„Ich werde nachsehen, ob auch Vampire unter den Verwundeten sind", beschloss Jean. Jetzt, nachdem Orlando bei Alain in Sicherheit war und auch der *Extorris* keine Gefahr mehr darstellte, musste er sich wieder um seine anderen Verpflichtungen kümmern. Er warf Raymond einen Blick zu. „Falls du nicht zu müde bist?"

„Ich kann noch einige Stunden durchhalten", versicherte Raymond seinem Geliebten, obwohl er die Erschöpfung schon in sämtlichen Gliedmaßen spürte.

„So lange wird es hoffentlich nicht dauern", erwiderte Jean, der Raymond auch lieber in seinem Bett hätte, und sei es nur, um zu schlafen.

„Das glaube ich auch nicht", stimmte Thierry zu und ging voraus. „Außer, es gibt schwere Verletzungen, von denen ich noch nichts erfahren habe. Aber auch dann können wir nicht mehr tun, als die Mediziner schon versucht haben. Es ist mehr eine Frage der moralischen Unterstützung, als eine medizinische Notwendigkeit."

„Wir sollten die Mediziner informieren, dass es den Verletzten hilft, wenn ihre Partner von ihnen trinken", überlegte Raymond, als sie sich der Krankenstation näherten. „Selbst wenn es nur die Schmerzen lindert, wird es für die Verwundeten eine große Erleichterung sein."

„Sie dürfen nur nicht zu viel Blut dabei verlieren", meinte Thierry. „Sonst ist das Risiko größer als der Gewinn."

„Ich glaube, die Partnerschaft verhindert das. Sonst hätten die Vampire in den letzten Tagen nicht so oft von ihren Partnern trinken können, ohne dass sich eine Schwächung bemerkbar gemacht hätte", sagte Jean nachdenklich. „Nicht ganz so stark, wie beim Aveu de Sang, aber dennoch – ich hätte Raymond unter normalen Umständen nicht so oft beißen können, wie ich es getan habe. Er scheint nicht die geringsten Nachwirkungen zu spüren."

„Noch eine dieser Fragen, auf die wir keine Antwort haben", meinte Thierry kopfschüttelnd. „Aber darüber müssen wir uns bald keine Gedanken mehr machen.

Wir haben nicht mehr viele Kämpfe vor uns, bis wir auch den Rest von Serriers Magiern außer Gefecht gesetzt haben. Sobald wir die Gefangenen vernommen haben, wissen wir mehr darüber, wie viele von ihnen sich noch versteckt halten. Aber nach Serriers Tod und nach unserem Erfolg heute kann ich mir nicht vorstellen, dass es sehr viele sind."

„Nach dem Krieg haben wir Zeit, die Natur der Partnerschaften zu erforschen", stimmte ihm Sebastien zu. „Ich kann mir nicht vorstellen, dass das Ende des Kriegs für die Vampire ein Grund ist, ihre Partner wieder zu verlassen. Von Ausnahmen natürlich abgesehen. Obwohl diese Allianz erst einen Monat alt ist, wird sie Auswirkungen haben, die weit über alles hinausgehen, was wir uns vorgestellt haben."

„Könntest du einfach wieder Schluss machen?", wollte Raymond von Thierry wissen. „Könntest du dich einfach freundlich bei Sebastien bedanken und ihn für immer aus deinem Leben verschwinden sehen?"

„Könntest du es mit Jean so machen?", konterte Thierry.

Raymond schüttelte den Kopf. „Allein der Gedanke tut weh."

„Und du?", fragte Sebastien und warf seinem Partner, der einer Antwort auf Raymonds Frage ausgewichen war, einen nervösen Blick zu.

„Nein", gab Thierry zu. „Unsere Partnerschaften sind zwar nicht mehr aus magischen oder militärischen Gründen erforderlich, aber es müsste schon viel passieren, bevor ich dich verlassen könnte."

„Wer sagt denn, dass sie nicht mehr erforderlich sind?", hakte Raymond nach. „Wir wissen, dass sie das magische Gleichgewicht fördern. Wir wissen auch, dass sie die Magier persönlich stärken und den Vampiren ungeahnte Freiheiten geben. Wer behauptet denn, dass diese Auswirkungen nicht genauso erforderlich sind, wie der Sieg in diesem Krieg? Ja, wir können wieder zu den alten Zuständen zurückkehren, als wir jedes Mal, wenn ein Ungleichgewicht aufgetaucht ist, ein Rite d'équilibrage durchgeführt haben. Aber wir können auch vorwärtsgehen, das Potential der Partnerschaften erkunden und ausschöpfen, um unsere Welt zum Besseren zu verändern. Wir können damit unsere eigene Revolution machen, und im Gegensatz zu Serriers Aufstand wird sie den Menschen nützen."

„Ich hätte nicht erwartet, dass du ein solcher Idealist bist."

„Das bin ich auch nicht", wehrte Raymond ab. „Ich bin Historiker. Das gibt mir einen etwas weiteren Blickwinkel auf die Ereignisse. Wir stehen an einem Scheideweg. Serriers Vision einer neuen Gesellschaft war krank und destruktiv, aber das heißt nicht, dass wir in einer perfekten Welt leben, die nicht verbesserungswürdig wäre. Nach dem Ende der Feindseligkeiten wird die öffentliche Meinung auf unserer Seite sein. Wir sollten das ausnutzen, um eine neue Zukunft zu gestalten. Marcel hat mit den Gleichstellungsgesetzen den ersten Schritt in diese Richtung gemacht. Sie stehen kurz vor der Verabschiedung. Die Vampire haben sich als wertvolle Verbündete erwiesen. Jetzt müssen wir uns fragen, welche Veränderung wir außerdem für nötig erachten, um diese Gesellschaft so zu gestalten, dass wir alle eine bessere Zukunft haben."

Raymond drehte sich von Thierry zu Jean um und erkannte den hungrigen Blick in den Augen seines Partners. „Entschuldige", sagte er verlegen. „Ich habe mich mitreißen lassen."

Jean entschuldigte sie kurz bei Thierry und Sebastien, dann fasste er Raymond am Arm und zog ihn wortlos in das nächste leere Zimmer.

Sebastien kicherte. „Es ist immer wieder interessant, zu sehen, was andere Leute anmacht."

„Und was macht dich an?", fragte Thierry nur halb im Scherz.

„Dich zu erleben, wenn du deinen Job machst", antwortete Sebastien spontan. „Lass uns jetzt nach den Verwundeten sehen, ich habe nämlich für später noch meine Pläne mit dir."

Thierry schluckte bei dem Gedanken an Sebastiens Pläne mit ihm. Hätte Sebastien ihn nicht an seinen Job erinnert – und auf so verlockende Weise daran erinnert –, er hätte sich seinen Vampir geschnappt, in sein Büro gezerrt und die Tür hinter ihnen abgeschlossen. Aber Sebastiens Bemerkung und sein eigenes Pflichtbewusstsein hielten ihn zurück. Thierry tröstete sich damit, dass er sich nicht mehr lange gedulden musste, dann konnte er Sebastien reinen Gewissens beim Wort nehmen. Und morgen konnte er direkt zu Alain und Orlando gehen, um sie über die neueste Entwicklung zu informieren, ohne vorher im Hauptquartier vorbeisehen zu müssen.

Thierry riss sich zusammen und öffnete die Tür zur Krankenstation. Es gefiel ihm nicht, wie viele der Betten belegt waren. Glücklicherweise schienen die meisten Patienten bei Bewusstsein zu sein. Einige saßen sogar in ihren Betten und unterhielten sich mit Besuchern. Es fiel Thierry auf, dass es sich dabei meistens um Vampire handelte.

„Captain Dumont", wurde er von einem Mediziner begrüßt. „Sie sehen nicht so aus, als ob sie meine Hilfe bräuchten."

„Nein, danke. Es geht mir gut", versicherte ihm Thierry. „Ich wollte mich nur erkundigen, wie es den Verwundeten geht."

„Wir hatten viel zu tun", antwortete Dr. Périssé wahrheitsgemäß. „Aber jetzt sind alle über den Berg. Die Vampire waren eine große Hilfe. Sie haben sich um ihre Partner gekümmert und uns auch mit den anderen Patienten geholfen."

„Jean wird sich freuen, das zu hören", sagte Sebastien. „Er wollte eigentlich auch kommen, aber er muss sich erst noch um eine andere Angelegenheit kümmern."

Thierry fiel es schwer, bei Sebastiens Formulierung ein Kichern zu unterdrücken. Er hatte eine ziemlich gute Vorstellung davon, um welche Angelegenheit Jean sich gerade kümmerte. „Ich schließe daraus, dass ihr darüber informiert worden seid, welche heilende Wirkung der Biss eines Vampirs auf seinen Partner hat?", fragte er, ohne weiter auf Jean und Raymond einzugehen.

Dr. Périssé nickte. „Ohne die Vampire hätte wir einige Tote zu beklagen gehabt", bestätigte er Thierry. „Es scheint, als hätte die Allianz magische Potentiale freigesetzt, die bisher unbekannt waren. Wenn nur jeder verwundete Magier einen Partner hätte ... Aber glücklicherweise hatten unsere partnerlosen Magier keine lebensgefährlichen Verwundungen. Es wird etwas dauern, bis sie geheilt sind, und es wird in einigen Fällen nicht sehr angenehm sein, aber sie werden sich wieder erholen."

„Kann ich David sehen?", erkundigte sich Thierry. „Er hat von allen Angehörigen meiner Einheit die schwersten Verwundungen davongetragen."

„Selbstverständlich", erwiderte der Mediziner. „Seine Partnerin ist bei ihm. Das letzte Bett links."

Thierry und Sebastien gingen den Gang hinab an den Kabinen vorbei, bis sie die letzte erreichten. „Klopf, klopf", sagte Thierry und raschelte mit dem Vorhang, ohne ihn aufzuziehen. Er wusste nicht, wie es mit der Beziehung zwischen David und Angélique stand, wollte die beiden aber nicht stören.

„Herein", rief die Vampirin.

Thierry öffnete den Vorhang und ließ Sebastien den Vortritt. „Wie geht es David?", fragte er, als sich der Vorhang wieder hinter ihnen geschlossen hatte.

„Er schläft endlich", flüsterte Angélique. „Der Doktor sagt, Ruhe wäre jetzt das Beste für ihn."

„Hat er erwähnt, von welchem Fluch David getroffen wurde?", wollte Thierry wissen. „Ich habe es in dem Durcheinander nicht erkennen können."

„Er hatte innere Blutungen", erklärte Angélique. „Der Doktor hatte Angst, dass er es nicht überleben würde, aber er scheint sich stabilisiert zu haben."

„Du hast ihn gebissen, nicht wahr?", fragte Thierry.

Angélique nickte. „Dr. Périssé sagte, es würde seine Heilung beschleunigen."

„So merkwürdig sich das anhören mag, aber es stimmt. Jedenfalls dann, wenn die Ursachen der Verletzung magischer Natur sind", sagte Thierry. „Wie lange muss er hierbleiben?"

„Es hängt davon ab, ob er weiterhin so schnell heilt. Dann kann er in ein bis zwei Tagen entlassen werden, braucht aber noch Aufsicht und Pflege."

„Aufsicht? Keine sehr eindeutige Anweisung", bemerkte Sebastien.

Angélique schüttelte den Kopf. „Ich nehme ihn mit ins Sang Froid und lasse ihn nicht aus den Augen", erwiderte sie. „Ich kann ihn pflegen, und falls er magische Hilfe braucht, bringe ich ihn hierher zurück oder bitte einen der Mediziner, ins Sang Froid zu kommen."

„Bei deiner Fürsorge wird es ihm bestimmt bald wieder besser gehen", meinte Thierry grinsend. „Wir sollten jetzt noch nach den anderen sehen. Wende dich an die Mediziner, wenn du Hilfe brauchst. Falls sie dir nicht helfen können, werden sie mich benachrichtigen und ich organisiere alles Nötige."

„Ich muss meinen Geschäftsführer sprechen", sagte Angélique. „Er muss über die Lage informiert werden und ich bin mir sicher, dass er nicht weiß, wo sich das Hauptquartier befindet. Außerdem würde er wahrscheinlich nicht eingelassen werden."

„Wann ist er im Sang Froid? Wir können ihn abholen lassen", bot Thierry an.

„Er arbeitet normalerweise tagsüber, weil er sich mehr um die Verwaltung und die Buchhaltung kümmert, als um die Kunden", erklärte Angélique. „Sein Name ist François Roche."

Thierry nickte. „Ich schicke jemanden zu ihm, sobald wir hier fertig sind. Soll er dir etwas mitbringen? Saubere Kleidung oder was auch immer?"

„Ich würde mich gerne umziehen", erwiderte Angélique dankbar und sah an sich herab. „Im Moment mache ich nicht mehr den allerfrischsten Eindruck."

Thierry konnte sich dem nur anschließen, wenn er seine eigene Kleidung sah. „Da bist du nicht die Einzige. Wir sehen alle nicht viel besser aus. Selbst diejenigen, die sich magisch hätten reinigen können, waren zu müde, um es auch nur zu versuchen."

„So wichtig ist es auch nicht", meinte Angélique. „Ich könnte eine Dusche brauchen, aber das hat Zeit bis später. Ich will nicht, dass David allein aufwacht und mich vermisst."

„Einer der Pfleger könnte dich ablösen, damit du dich waschen kannst", bot ihr Thierry an. „Im Moment scheint es hier einigermaßen ruhig zu sein."

Angélique lächelte. „Ich werde später jemanden darum bitten. Aber erst möchte ich mit François reden und abwarten, bis David wieder aufwacht. Ich will nicht, dass er als erstes einen Fremden sieht."

„Dann habt ihr eure Meinungsverschiedenheiten beigelegt?", erkundigte sich Thierry. Das Gespräch mit Jude hatte ihm ins Gedächtnis zurückgerufen, dass nicht alle Partnerschaften sich so harmonisch entwickelt hatten, wie die zwischen ihm selbst und Sebastien.

„Wir machen Fortschritte", antwortete Angélique nach kurzem Nachdenken. „Mehr, als ich vor einigen Wochen für möglich gehalten hätte."

Thierry lächelte. „Das freut mich. Wir müssen jetzt die anderen Verwundeten besuchen, aber ich schicke jemanden zu deinem Geschäftsführer. Bitte um Hilfe, wenn du sie brauchst, während du hier bei David bist."

„Das werde ich tun. Wie geht es Orlando?", fragte sie noch schnell, bevor Thierry wieder gegangen war. „Konnten sie ihm helfen?"

Thierry strahlte übers ganze Gesicht. „Ich habe die beiden gerade erst nach Hause geschickt", beruhigte er Angélique. „Er war wach, konnte reden und sogar schon wieder scherzen. Er wird noch Zeit brauchen, um zu heilen, so wie alle, die von Serriers Flüchen getroffen wurden. Aber es sieht aus, als ob er sich wieder komplett erholen würde."

„Oh, das ist eine wunderbare Nachricht!", rief Angélique erfreut. „Richte ihm aus, dass ich mich nach ihm erkundigt habe. Du siehst ihn bestimmt vor mir, falls Alain ihn nicht hierher bringt."

„Er braucht jetzt nur noch Alains Blut", meinte Sebastien lachend. „Ich kann mir nicht vorstellen, dass die beiden freiwillig das Bett verlassen, bevor Orlando vor dem *Judicium* aussagen muss."

„Dann hat Jean den *Extorris* also gefangen genommen", bemerkte Angélique nickend. „Das ist gut. Wir werden alle ruhiger schlafen können, wenn er nicht mehr die Straßen unsicher machen kann."

„Es ist noch kein Datum für das *Judicium* festgelegt worden", sagte Sebastien. „Aber es wird eine reine Formalität sein, nachdem Orlando so schwer verwundet wurde."

Angélique nickte wieder. Es befriedigte sie zutiefst, dass dieses Monster, das Karine zu Tode gefoltert und auf ihrer Schwelle abgelegt hatte, zur Rechenschaft gezogen wurde. Dann wurde ihre Aufmerksamkeit abgelenkt, als David sich zu rühren begann.

Thierry fiel der Blick auf, den sie ihrem Partner zuwarf. Er und Sebastien verabschiedeten sich, um die beiden allein zu lassen. Als sie wieder im vorderen Bereich der Krankenstation ankamen, sahen sie Mireille vor einer der Kabinen sitzen. Die Vampirin hatte die Hände vors Gesicht geschlagen.

„Mireille?", fragte Sebastien. „Was ist los?"

„Es ist Caroline", antwortete Mireille. „Sie ist von einem Fluch getroffen worden. Sie konnten die Glasscherben aus ihren Augen entfernen und die Blutungen stoppen, aber sie sind nicht sicher, ob sie den Schaden heilen können. Caroline wird wahrscheinlich nie wieder sehen können."

„Hast du von ihr getrunken?", erkundigte sich Sebastien.

„Noch nicht", erwiderte Mireille. „Sie haben mir gesagt, dass es ihr helfen könnte. Aber da war so viel Blut. Ich wollte sie nicht noch mehr schwächen. Sie besteht darauf, dass ich mir überflüssige Sorgen mache, aber die Mediziner schienen mir nicht sehr optimistisch zu sein."

„Sobald sie das nächste Mal aufwacht, musst du von ihr trinken", riet ihr Thierry. „Es hilft ihr, wieder zu heilen – warum auch immer."

Mireille runzelte die Stirn. „Das hat der Mediziner auch gesagt, aber ich wollte es nicht glauben. Was war denn mit Laurent? Blair hat sofort von ihm getrunken, nachdem Laurent von dem Fluch getroffen wurde. Es hat ihm nicht geholfen. Er ist trotzdem gestorben."

Thierry zuckte hilflos mit den Schultern. „Ich weiß auch nicht, worin der Unterschied lag. Ich glaube, das weiß niemand. Was die Partnerschaften angeht, stochern wir im Dunkel. Vielleicht war ihre Verbindung noch zu neu. Vielleicht war die Verletzung zu schwerwiegend. Vielleicht hat Blair nicht ernsthaft versucht, ihn umzuwandeln. Ich weiß es nicht. Aber Caroline schwebt nicht in Todesgefahr, oder?" Mireille schüttelte den Kopf.

„Was habt ihr dann zu verlieren?", warf Sebastien ein. „Du musst früher oder später trinken, und ich kann mir nicht vorstellen, dass du wieder anonyme Opfer suchen willst, wenn du Blut brauchst. Caroline ist nur zu froh, dir alles zu geben, was du brauchst. Es würde eure Verbindung stärken und euch beiden helfen. Und vielleicht hat sie ja auch recht, und es hilft ihren Augen."

Mireille seufzte. „Ich will sie nicht entmutigen. Ich weiß, wie wichtig es ist, dass sie die Hoffnung nicht verliert. Aber ich habe den Eindruck, dass sie der Realität ausweicht und sich an einen Strohhalm klammert. Ich habe Angst vor ihrer Reaktion, wenn sie erkennt, dass die Mediziner recht behalten."

„Zum einen weißt du nicht, ob die Mediziner recht behalten", erinnerte sie Thierry. „Selbst wenn sie nichts tun können, weil es keine magische, sondern eine physische Verletzung ist, gibt es immer noch Spezialisten in der Stadt, die ihr vielleicht helfen können. Und selbst wenn sie blind bleibt, heißt das noch lange nicht, dass sie kein erfülltes Leben haben kann. Sie muss lernen, ihre Sehkraft durch andere Sinne zu ersetzen. Sie ist eine Magierin. Sie hat viele Möglichkeiten. Die ANS hat Programme für Magier mit Behinderungen. Sie kann einen neuen Beruf erlernen. Jetzt, wo der Krieg vorbei ist, haben wir wieder die Zeit und die Ressourcen, uns um solche Dinge zu kümmern."

Mireille atmete tief durch. „Das weiß ich. Aber der Schock war so groß. Ich muss für sie stark sein, damit sie den Mut nicht verliert, selbst wenn ihre Sehkraft nicht zu retten ist. Ich habe nur ein paar Minuten gebraucht, um mich wieder zu fangen."

„Du bist nicht allein", versprach ihr Thierry. „Du musst keine Angst haben und kannst uns jederzeit um Hilfe bitten. Das gilt auch für Caroline."

„Ich habe mich schon gefragt, ob sie nicht mit mir in Monsieur Lombards Haus leben möchte", gestand Mireille. „Dann könnten wir zu zweit auf sie aufpassen, bis sie gelernt hat, mit ihrer Blindheit umzugehen. Außerdem hätte sie noch einen zweiten Gesprächspartner, der ihr Ratschläge geben kann."

„Das ist eine gute Idee", stimmte ihr Sebastien zu. Sein Respekt für den alten Vampir war in den letzten Tagen noch mehr gewachsen. „Obwohl sie in der ersten Zeit vielleicht lieber in ihrer gewohnten Umgebung sein möchte."

„Ihr müsst es nicht sofort entscheiden", fügte Thierry hinzu. „Aber wie immer ihr euch auch entscheidet, ihr könnt euch auf unsere Hilfe verlassen."

„Merci", sagte Mireille und lächelte zaghaft.

„Gib die Hoffnung nicht auf", erwiderte Sebastien. „Orlando war so gut wie tot. Er war leblos vor Hunger. Aber wir haben ihn wieder aufgeweckt. Carolines Zustand ist viel weniger ernst."

Hinter dem Vorhang war ein Rascheln zu hören. „Ich glaube, sie wacht auf", sagte Mireille. „Ich richte ihr aus, dass ihr euch nach ihr erkundigt habt. Und wenn ihr Orlando seht, richtet ihm bitte aus, wie froh ich über seine Genesung bin." Ohne auf eine Antwort zu warten, verschwand sie hinter dem Vorhang. Thierry und Sebastien konnten noch hören, wie sie mit fröhlicher Stimme ihre Partnerin begrüßte.

Sebastien nahm Thierry an der Hand und zog ihn zum Ausgang. Als sie auf dem Flur ankamen, drückte er ihm leicht die Hand und ließ sie dann los. „Es wird alles gut. Mireille ist viel stärker, als sie aussieht."

Thierry nickte. „Caroline auch. Wir müssen nur darauf achten, dass sie die bestmögliche Hilfe bekommen. Besonders, wenn Carolines Augen nicht zu retten sind." Er lehnte sich seufzend an die Wand.

„Hast du jetzt deine Pflicht erfüllt?", fragte Sebastien mit ernster Miene. „Du siehst fast so schlimm aus, wie die Patienten da drin. Du musst dich ausruhen." So sehr er auch darüber gescherzt hatte, dass er Thierrys Pflichtbewusstsein erregend fand, so deutlich konnte er doch sehen, wie erschöpft der Magier war. Thierry brauchte Ruhe, und das war wichtiger, als Sebastiens Wünsche. Sie hatten noch ein ganzes Leben vor sich. Sie konnten bis morgen früh warten, bevor sie ihrem Verlangen nachgaben.

„Ich muss erst essen", meinte Thierry. „Ich weiß nicht, wann ich das letzte Mal etwas gegessen habe. Mein Magen denkt schon, ich wüsste nicht mehr, was das ist."

„Willst du in der Stadt essen oder nach Hause gehen?", fragte Sebastien.

„Lass uns zu Hause essen", sagte Thierry. „Es muss noch etwas im Kühlschrank zu finden sein, das nicht verdorben ist. Und selbst wenn nicht – so kann ich mich in keinem Restaurant blicken lassen. Ich muss mich erst waschen und umziehen."

„Wir bestellen Pizza", entschied Sebastien. „Dann musst du das Haus nicht wieder verlassen. Du kannst dich hinlegen und ich wecke dich, wenn sie gebracht wird."

„Wenn ich erst eingeschlafen bin, kann mich für die nächsten zwölf Stunden nichts und niemand aufwecken", warnte ihn Thierry. Sebastien gab keine Antwort. Wahrscheinlich waren zwölf Stunden noch zu niedrig geschätzt.

„Lass uns gehen. Wir vergeuden nur unsere Zeit, wenn wir hier noch länger rumstehen."

Thierry stieß sich von der Wand ab und ging auf den Ausgang zu. Er wollte nach Hause, sich waschen und essen. Und dann wollte er endlich ungestört schlafen.

26

„JEAN!", PROTESTIERTE Raymond lachend, als er von dem Vampir in das leere Zimmer geschoben wurde. „Ich dachte, du willst nach den Verwundeten sehen."

„Das wollte ich auch", schnurrte Jean und schmiegte sich mit dem Gesicht an Raymond Hals. „Bis du so ernst geworden bist, dass ich auf andere Ideen gekommen bin."

„Und auf welche?", neckte Raymond und überließ sich entspannt Jeans Zärtlichkeiten. Natürlich kannte er die Antwort auf seine Frage, aber er wollte sie trotzdem von Jean persönlich hören.

„Auf die Idee, dich zu belästigen", sagte Jean mit einem lüsternen Grinsen und ließ die Hände über Raymonds Körper nach unten gleiten, bis sie auf seinem Hintern landeten und zudrückten. „Du hast doch nichts dagegen, oder?"

„Dagegen?", wiederholte Raymond abwesend und drückte sich an Jeans fordernde Hände. „Ich habe nie etwas dagegen. Das solltest du mittlerweile wissen."

Jeans Grinsen wurde noch breiter und er beugte den Kopf, um Raymond zu küssen. „Es kann nicht schaden, das hin und wieder zu hören." Er gab Raymond nicht die Möglichkeit, darauf zu antworten, sondern küsste ihn mit zärtlicher Leidenschaft.

Raymond erwiderte den Kuss. Sein Verlangen nach Jean ließ ihn die Furcht und die Gefahren der letzten vierundzwanzig Stunden vergessen. Sie waren jetzt in Sicherheit. Serrier war tot. Der *Extorris* war gefangen. Das erste Mal seit zwei Jahren konnte Raymond wieder ruhig schlafen, weil kein Preis mehr auf seinen Kopf ausgesetzt war. Er fuhr Jean mit den Fingern durch die dunklen Haare und klammerte sich an ihn, als ginge es um sein Leben. Jeans ahmte jede seiner Bewegungen nach und wurde von der gleichen Leidenschaft erfasst wie sein Geliebter.

„Wir müssen nach Hause gehen", keuchte Raymond und hob den Kopf. „Ich brauch mehr, als einen Quickie im Büro."

„Aber die U-Bahn-Fahrt dauert so lange", beschwerte sich Jean und versuchte alles, um Raymond auf andere Gedanken zu bringen.

Er hatte den Magier unterschätzt.

„Im Salle des Cartes hat noch jemand Dienst", beharrte Raymond auf seinem Vorschlag. „Wir sind in wenigen Minuten zuhause."

Lachend gab sich Jean geschlagen, ließ Raymond los und nahm ihn an der Hand. „Na gut. Aber *du* erklärst dem Mann, warum wir es so eilig haben."

„Ich bin lediglich zu müde, um die U-Bahn zu nehmen und will nicht, dass du alleine fährst. Er wird uns gerne den Gefallen tun und uns transportieren", meinte Raymond, als wäre das die selbstverständlichste Sache der Welt.

„Wenn ich nicht die Leidenschaft unter deiner kühlen Oberfläche geschmeckt hätte, würde ich dir das sogar abnehmen", meinte Jean lachend, während sie sich auf den Weg zum Salle des Cartes machten. „Die Frage ist nur, ob der diensthabende Magier auch so leichtgläubig ist."

Raymond zuckte mit den Schultern. „Spielt das eine Rolle? Mir ist so ziemlich egal, was er denkt, solange er uns nur nach Hause transportiert. Ich muss mir um meine Autorität keine Gedanken mehr machen. Thierry mag es noch nicht so sehen, aber der Krieg ist vorbei."

Jean musste Raymond zustimmen. „Und was ist mit meiner Autorität?", fragte er und zog Raymond hinter sich her, während er zu rennen anfing.

„Ich kann mir nicht vorstellen, dass sich im Salle des Cartes noch Vampire aufhalten. Orlando ist in Sicherheit und die Milice muss sich erst neu formieren, um ihr weiteres Vorgehen zu planen", erwiderte Raymond, während sie den Saal betraten. Er hatte recht. Bis auf den diensthabenden Magier war niemand zu sehen. Der kam müde auf die Beine und ging auf die beiden zu.

„Kannst du meinen Partner nach Hause schicken, wenn ich meinen Repère bei mir behalte?", fragte Raymond, ohne dem Mann eine Erklärung zu geben.

„Natürlich", erwiderte der Magier. Raymond sah Jean fragend an, und als der zustimmend nickte, transportierte er sich in die Wohnung des Vampirs. Kurz darauf tauchte Jean an seiner Seite auf.

Raymond wollte auf ihn zugehen und ihn umarmen, aber die Beschwörung für den magischen Transport in Jeans Wohnung hatte ihm den letzten Rest an Kraft geraubt, der ihm nach den anstrengenden Kämpfen gegen die dunklen Magier noch geblieben war. Er stolperte über seine eigenen Füße und war Jean dankbar dafür, schnell genug zu reagieren und ihn aufzufangen.

„Was ist los?", fragte Jean besorgt, hob ihn auf und trug ihn ins Schlafzimmer. „Vor wenigen Minuten ging es dir noch gut."

„Ich habe mein Pensum an Magie für diesen Tag übererfüllt", erklärte Raymond, gerührt von Jeans galanter Geste. Sein Verstand sagte ihm zwar, dass es ihm peinlich sein sollte, aber Raymond war zu müde, um darauf zu hören. Er war nur erleichtert darüber, wie diese Nacht geendet hatte und dass er endlich die schützenden Mauern niederreißen konnte, die er um sein Herz errichtet hatte. „Ich brauche nur etwas Schlaf, dann ist alles wieder in Ordnung."

Die Lust, die Raymond mit seinem Vortrag im Hauptquartier geweckt hatte, schoss Jean immer noch durch die Adern, während er den Mann in seinen Armen ansah. Wenn er darauf bestand, würde Raymond wahrscheinlich alles tun, um wach zu bleiben und sie zu befriedigen. Doch Jean sah auch die Erschöpfung, die Raymond ins Gesicht geschrieben stand. Die braunen Augen waren von dunklen Ringen umgeben. Jean war Rücksichtslosigkeit nicht fremd, aber heute konnte er nicht nur an sich denken. „Hältst du noch durch, bis ich dich gewaschen habe?", fragte er besorgt.

„Ich kann es versuchen", erwiderte Raymond, während Jean ihn wieder auf die Füße stellte und ihm die verschmutzte Kleidung auszog.

Als Raymond nur noch seine Unterwäsche trug, zog Jean die Decke zurück und forderte ihn auf, sich aufs Bett zu setzen. „Ich wasche dir den schlimmsten Dreck ab, dann kannst du besser schlafen."

Jean verschwand im Badezimmer. Raymond sah ihm schmunzelnd nach. Ob sauber oder nicht – heute Nacht würde er so tief schlafen, wie schon lange nicht mehr. Das sagte er aber nicht laut. Es fühlte sich zu gut an, als Jean ihm mit dem feuchten, warmen Tuch die Spuren dieses Tages von der Haut wischte und er den Schmutz endlich loswurde, den Serriers Magie hinterlassen hatte. „Danke", flüsterte er leise. „An manchen Tagen glaube ich, dieses Übel wird immer an mir kleben bleiben."

„Er ist tot", sagte Jean, legte das Tuch zur Seite und nahm Raymonds Kopf zwischen die Hände. „Er kann dir nichts mehr tun. Dafür hast du selbst gesorgt, als du die Seiten gewechselt hast. Du brauchst weder mich noch einen anderen, um ihn für immer aus deinem Leben zu verbannen."

Raymond lächelte. „Doch, ich brauche dich. Vielleicht nicht, um mich von Serriers Einfluss zu befreien, aber bis auf Marcel haben alle an meiner Loyalität gezweifelt. Das hat sich erst geändert, als du für mich eingestanden bist. Du hast mich in ihren Augen rehabilitiert, und das wird immer so bleiben. Jetzt sieht niemand mehr in mir den Magier, der Serriers Propaganda aufgesessen ist. Sie sehen nur noch den Partner des Chef de la Cour. Und das ist ein sehr großer Unterschied."

Jean gefiel es nicht, dass Raymond so lange unter den Vorurteilen der anderen Magier gelitten hatte. Aber so war die menschliche Natur. „Du bist weitaus mehr, als nur mein Partner", sagte er. „Und ich verspreche dir, dass es jeder erfahren wird, der mir zuhört."

„Jean", erwiderte Raymond leise und verkniff sich mühsam einen weiteren Vortrag. „Es ist schon gut. Ich bin vollkommen zufrieden damit, der unbekannte Geschichtsprofessor zu sein, der zufällig einen bedeutenden Mann zum Geliebten hat. Mich stört es nicht, wenn für die Öffentlichkeit die Narbe auf meinem Rücken wichtiger ist, als die Berichte über meine Rolle in diesem Krieg. Du kennst die Wahrheit. Ich werde in der Milice akzeptiert und werde auch nach dem Krieg ihre Unterstützung haben, wenn ich wieder in meinem alten Beruf arbeiten will. Ich brauche weder die Presse noch die öffentliche Meinung. Sie interessieren mich nicht."

Jean ließ das Thema fallen, weil er Raymond heute Nacht nicht mehr vom Gegenteil überzeugen konnte. Er drückte ihn sanft auf die Matratze. „Ich räume hier noch schnell auf, dann können wir uns ausruhen und schlafen", versprach er und stand auf, um ins Badezimmer zu gehen. „Ich bin gleich zurück."

198

Raymond sah ihm müde nach. Er lauschte dem leisen Plätschern des Wassers, das ihn beinahe einschläferte. Dann wurde das Wasser abgedreht. Er öffnete wieder die Augen und beobachtete, wie Jean zurück ins Schlafzimmer kam. Der Vampir trug einen schwarzen Bademantel aus Seide, der seinen Körper vor Raymonds Blicken verbarg. Raymond runzelte die Stirn.

„An was denkst du?", wollte Jean wissen.

„Du bist nicht nackt", nuschelte Raymond schmollend.

Jean lächelte. Raymonds Tonfall passte so gar nicht zu dem Bild, das der Vampir von seinem Partner hatte. „Du bist viel zu müde, um noch für mehr zu gebrauchen zu sein, als zu kuscheln und zu schlafen. Morgen früh darfst du mich ausziehen."

„Ich will aber deine Haut fühlen", grummelte Raymond und gähnte.

„Schlaf jetzt", schalt ihn Jean, zog sich den Bademantel aus und legte sich hinter Raymond ins Bett. Dann zog er den Magier fest an seine Brust und bewachte seine Träume.

SIE SAßEN im Zug nach Versailles. Sebastien fragte sich zum wiederholten Male, warum Thierry nicht einen der Magier gebeten hatte, ihn – oder sie beide – nach Hause zu transportieren. Der Magier hatte die Augen geschlossen und sich erschöpft an das Zugfenster gelehnt. Bei jeder Unebenheit und jedem Geschwindigkeitswechsel schlug er mit dem Kopf an die Scheibe. Sebastien konnte es nicht mehr mitansehen, legte den Arm um ihn und zog ihn an seine Schulter. Thierry seufzte leise und kuschelte sich in Sebastiens Arme. Sebastien konnte seinen Partner nicht verstehen. Thierry hatte felsenfest darauf bestanden, dass der Krieg noch nicht vorbei wäre, und doch schien ihn diese Tatsache nicht im Geringsten zu bekümmern. Nicht, weil er jetzt eingeschlafen war – Thierry war vier Tage im Einsatz gewesen und hatte in den letzten vierundzwanzig Stunden kein Auge zugemacht –, sondern, weil er offensichtlich keinerlei Bedenken hatte, mit dem Zug zu fahren. Sebastien jedenfalls beschloss, auf Nummer Sicher zu gehen und wachsam zu bleiben. Er beobachtete die Mitreisenden mit Argusaugen, jederzeit auf einen Angriff gefasst.

Als sie an ihrem Ziel ankamen, war Thierry wach genug, um durch die Straße zu seinem Haus zu gehen. Er kam Sebastien wie ein Schlafwandler vor, der sich darauf verließ, dass seine Füße den Weg alleine fanden. Vor dem Hoftor fummelte er hilflos mit dem Schlüsselbund am Schloss herum, bis Sebastien die Sache in die Hand nahm, das Tor öffnete und ihn hinein führte. Sobald das Tor sie vor neugierigen Blicken verbarg, bückte sich Sebastien, hob Thierry auf die Arme und trug ihn zum Haus. Thierry grummelte unverständlich vor sich hin, aber Sebastien ignorierte den Protest. Thierry konnte ihn später noch ausschelten, wenn er ausgeschlafen war und wieder in zusammenhängenden Sätzen reden konnte. Aber erst brauchte er Schlaf.

Vorsichtig, um Thierry nicht zu wecken, brachte Sebastien ihn zum Bett, zog ihm die Schuhe und die Jeans aus und knöpfte sein Hemd auf. Das musste reichen. Sebastien deckte ihn zu, drückte ihm noch einen zärtlichen Kuss auf die Stirn und ging ins Badezimmer, um zu duschen.

Das heiße Wasser fühlte sich gut an auf seiner kalten Haut. Im Laufe des Tages war es immer kälter geworden, fast, als hätte Serriers Niederlage die Jahreszeiten wieder ins Gleichgewicht gebracht, die sich jetzt alle Mühe gaben, um die verlorene Zeit aufzuholen. Sebastien schloss die Augen, hielt das Gesicht unter den Wasserstrahl und dachte nach. Die Ereignisse des letzten Monats hatten sein Leben komplett durcheinandergewirbelt. Er hatte auch vor der Gründung der Allianz schon über den Krieg der Magier Bescheid gewusst, aber damals war ihm das alles vollkommen belanglos erschienen. Den Magiern waren die anderen übernatürlichen Wesen scheinbar sowieso egal. Erst Marcel und die Allianz hatten Sebastien eines Besseren belehrt, und dafür würde er ihnen immer dankbar sein.

Sebastien hatte den größten Teil seines Lebens in den Schatten verbracht. Nicht nur, weil er ein Wesen der Nacht war, sondern auch wegen seiner Vergangenheit und der Feindschaft zwischen Jean und ihm, die ihn vom Cour ferngehalten hatte. Das alles hatte sich seit der Allianz geändert. Jetzt war er nicht nur ein vollwertiges Mitglied des Cours, sondern auch immun gegen das Sonnenlicht. Doch das war noch nicht alles. Er hatte Thierry kennengelernt und war in dessen Haus und Bett willkommen. Er war willkommen in den Armen des Mannes, der im Nachbarzimmer schlief. Sebastien hatte nach Thibaults Tod nie nach einem neuen Geliebten, nach einer neuen Liebe gesucht, aber das Schicksal hatte anders entschieden. Er lächelte und griff nach dem Shampoo – Thierrys Shampoo –, um sich die Haare zu waschen.

Sebastien hätte nie erwartet, nach Thibault wieder einen Menschen zu finden, mit dem er sich so gut verstand. Es zog ihm das Herz zusammen, nicht, weil er sich vor der Zukunft fürchtete, sondern weil die Erinnerungen an die Vergangenheit immer noch schmerzten. Thierry war noch jung – wenn auch älter als Thibault damals – und würde als Magier viel länger leben, als Normalsterbliche. Sie hatten noch viele gemeinsame Jahre vor sich, bevor Thierry alt und gebrechlich wurde und Sebastien gezwungen war, seinen Hunger wieder bei einem anderen Menschen zu stillen. Ihm lief ein Schauer über den Rücken bei dem Gedanken, einen Menschen zu lieben, nur um ihn wieder zu verlieren; doch die Alternative Thierry jetzt zu verlassen – war unvorstellbar. Nach Thibaults Tod war es auch so gewesen und Sebastien hatte es überlebt. Wenn es soweit war, würde er auch einen Weg finden, Thierrys Tod zu überleben. Bis dahin wollte er jeden Augenblick genießen und die Erinnerung an ihre gemeinsame Zeit in seinem Herzen bewahren, bis der Tag kam, an dem er wieder in die Schatten zurückkehren musste.

Aber jetzt war nicht die Zeit für solche morbiden Gedanken. Jetzt war die Zeit, ihren Sieg zu feiern. Er drehte das Wasser ab, trocknete sich ab und schlich sich leise ins Schlafzimmer zurück, um Thierry nicht zu wecken. Dann kroch er hinter seinem Partner ins Bett, legte den Arm um ihn und schloss die Augen, um sich auszuruhen. In diesem Augenblick drehte Thierry sich verschlafen um und drückte ihm einen Kuss auf die Lippen.

„Du brauchst Schlaf", sagte Sebastien.

Thierry murmelte eine unverständliche Antwort, aber er streichelte Sebastien mit unmissverständlicher Absicht über die nackte Haut und weckte damit dessen Verlangen. „Thierry", flüsterte Sebastien tadelnd.

Thierry schüttelte den Kopf und öffnete die Augen. Nachdem er sich davon überzeugt hatte, dass der Vampir ihm zuschaute, rieb er ihm mit den Fingern über die Brustwarzen, bis sie sich zusammenzogen und aufrichteten. „Liebe mich."

Sebastien schnappte überrascht nach Luft und fing an, leise zu stöhnen, als er Thierrys Hand spürte, die ihm fest über den Schwanz rieb, bis er nach wenigen Sekunden hart wurde. Thierry rollte sich auf die Seite und presste seinen Hintern an Sebastiens Schwanz. „Liebe mich", wiederholte er. Seine Stimme klang müde, ließ aber keinen Widerspruch zu.

Sebastien tastete nach der Tube mit dem Gel, befeuchtete seine Finger und schob die Hand zwischen ihre Körper, um nach Thierrys Öffnung zu suchen. Mit dem anderen Arm presste er Thierry fest an sich und streichelte ihn überall in Reichweite seiner Hand – an der Brust, am Bauch und am Schwanz.

Thierry bewegte sich träge zwischen Sebastiens Händen hin und her – zwischen der geballten Faust um seinen Schwanz und den Fingern, die sich in ihn geschoben hatten und ihn dehnten. Er schloss die Augen, um sich ganz dem Verlangen hinzugeben, das Sebastien in ihm weckte. Nach einigen Minuten ersetzte der Vampir seine Finger durch seinen Schwanz. „Beiß mich", bettelte Thierry. Er vermisste Sebastiens Zähne in seinem Hals.

„Das ist zu gefährlich", protestierte Sebastien. „Ich habe in den letzten Tagen schon so oft getrunken. Du bist erschöpft."

„Beiß mich", wiederholte Thierry.

Sebastien riss all seine Selbstbeherrschung zusammen, senkte den Kopf und biss Thierry in den Hals, ohne von dem Blut zu trinken, das er auf der Zunge schmeckte. Die Versuchung zu saugen war stark, aber er widerstand ihr, weil er Thierry nicht noch mehr schwächen wollte. Er stieß sanft in Thierry hinein, ließ die Erregung langsam und beständig ansteigen. Thierry rieb sich an ihm und wollte ihn zu mehr anspornen, doch Sebastien ließ sich nicht aus der Ruhe bringen und machte weiter wie bisher. Für hart und fest hatten sie noch oft genug die Gelegenheit. Heute Nacht wollte er die Zärtlichkeit einer warmen, sanften und etwas verschlafenen Vereinigung.

Thierry passte sich der Stimmung schnell an und kam nur Minuten später in Sebastiens Hand. Sein Inneres zog sich zusammen und brachte auch Sebastien zum Höhepunkt. Der Vampir zog die Zähne aus Thierrys Schulter und leckte über die kleinen Wunden direkt hinterm Ohr. „Schlaf jetzt", forderte er den Magier auf, ohne seinen erschlafften Schwanz aus Thierry herauszuziehen.

201

Thierry nickte. Die Verbindung zwischen ihren Körpern entspannte ihn. Er konnte endlich seine Wachsamkeit aufgeben und Ruhe finden.

VINCENT GING unruhig in der Zelle im Untergeschoss des Hauptquartiers der Milice auf und ab. Er war viel zu nervös, um sich hinzusetzen. Immer wieder faltete er die Arme vor der Brust, nur um sie wieder fallenzulassen. „Der Kampf ist bestimmt schon vorbei", sagte er schließlich und drehte sich zu Eric um. „Warum haben sie uns noch nicht geholt?"

„Weil wir jetzt nicht gerade ganz oben auf ihrer Prioritätenliste stehen, selbst wenn der Kampf vorbei sein sollte", erwiderte Eric ruhig. „Sie müssen sich zuallererst um die Verwundeten kümmern, dann um die gefangenen Magier, die nicht erst hierher, sondern direkt ins Gefängnis gebracht werden. Wir sind nur hier, weil Marcel sich persönlich mit uns befassen wird. Aber er muss erst dem Präsidenten und – wahrscheinlich – auch dem Parlament über die Schlacht und ihren Ausgang Bericht erstatten. Ich glaube nicht, dass Serrier sich lebend ergeben hat. Wie dem auch sei, sein Schicksal muss offiziell bestätigt werden. Ich verspreche dir, dass sie uns nicht vergessen haben."

„Das sagst du so einfach", meinte Vincent unbehaglich. „Du hast die ganze Zeit für sie gearbeitet. Dich werden sie wieder freilassen. Aber was ist mit mir?"

Eric stand auf, ging zu Vincent und legte ihm den Arm über die Schulter. „Marcel ist ein fairer Mann", beruhigte er Vincent und zog ihn zu der Pritsche, auf der er gesessen hatte. „Er wird dich anhören und berücksichtigen, was du getan hast. Außerdem werde ich für dich bürgen, und das würde ich für keinen anderen tun."

„Sie werden uns trennen wollen", vermutete Vincent.

„Das mag sein", gab ihm Eric recht. „Es wird jedoch nur vorübergehend sein. Ich kann dir nicht versprechen, wie weit mein Einfluss reicht, aber ich werde alles in meiner Macht stehende tun, damit du bald wieder freikommst. Vielleicht können wir eine Art Übereinkunft erzielen, wenn ich die Verantwortung für dich übernehme."

„Du glaubst also, sie werden mich vor Gericht stellen."

Eric zuckte mit den Schultern. „Ich weiß es nicht, aber ich halte es für höchstwahrscheinlich. Nicht, weil Marcel dich bestraft sehen will. Aber er kann dich – und übrigens auch Monique – benutzen, um Serrier endgültig zu diskreditieren. Wenn ihn selbst seine Gefolgsleute verlassen, war er wirklich ein Wahnsinniger, dem seine politischen Ziele nur als Vorwand dienten."

Vincent nickte bedächtig. „Hört sich logisch an. Ich bin jederzeit bereit, gegen ihn auszusagen, falls es hilft."

„Das würde es wahrscheinlich tun", meinte Eric. „Wir müssen mit Marcel darüber reden, wenn er hierherkommt und wir uns seiner Gnade ausliefern."

„Du wirst seine Gnade nicht brauchen", erwiderte Vincent. „Du warst immer auf ihrer Seite."

Eric zuckte mit den Schultern. „Ich brauche vielleicht keine Gnade, aber ich brauche ihre Vergebung. Vielleicht nicht Marcels, aber die von Alain und Thierry. Ich habe sie sehr verletzt, als ich die Seiten gewechselt und gegen sie gekämpft habe. Als ich Alains Geliebten entführt habe."

„Das wusstest du damals nicht", erinnerte ihn Vincent.

„Das ändert aber nichts daran, wie sehr ich ihn verletzt habe", erwiderte Eric leise. „Alain hat Danielle und die Kinder nicht wissentlich getötet, doch das hat ihren Verlust für mich nicht weniger schmerzhaft gemacht. Nur weil ich nicht wusste, wer Orlando war, wird Alain sich nicht weniger um seinen Geliebten geängstigt haben."

„Aber du hast ihn am Ende gerettet", sagte Vincent. „Du musst es Magnier nur erklären."

„Wir beide haben ihn gerettet", korrigierte Eric seinen Geliebten. „Ich hätte ihn vielleicht auch allein befreien können, aber ohne dich hätte ich es nicht überlebt. Wenn Blanchet mich nicht erwischt hätte, dann spätestens die Wache an der Tür."

Vincent lächelte und küsste ihn zärtlich. „Wir sind ein gutes Team. Jetzt müssen wir nur noch dafür sorgen, dass die Milice das auch erkennt."

„Das werden wir", versprach Eric und gab ihm den Kuss zurück. „Ich werde nicht zulassen, dass wir lange getrennt bleiben."

27

ERIC HATTE den Kopf auf Vincents Schulter gelegt und döste vor sich hin, bis er durch ein Geräusch geweckt wurde. Die Tür öffnete sich und ein schlanker Mann betrat die Zelle. Eric erkannte in der schlanken Gestalt sofort Marcel. Er gab Vincent einen kleinen Schubs, um ihn zu wecken, dann stand er auf.

„Serrier ist tot", verkündete Marcel ohne Umschweife. „Vielen Dank, mein Sohn. Ohne dich hätten wir es nicht geschafft."

Eric zuckte verlegen mit den Schultern. Es war ihm unangenehm, wenn Marcel seine Rolle in diesem Krieg betonte. „Und ich hätte es ohne Vincent nicht geschafft", fügte er hinzu.

„Das hast du gestern schon gesagt", bestätigte Marcel. „Könntest du mir erklären, wie du das genau meinst?"

„Es war Vincents Idee, Orlando zu befreien. Er hoffte, dass du uns nach dieser Geste des guten Willens aufnehmen würdest, so wie du es mit Raymond und Monique getan hast. Damals wusste er noch nicht, dass ich für dich arbeite", erklärte Eric. „Ich hätte auf jeden Fall zu verhindern versucht, dass Serrier Orlando in die Sonne bringt, aber ich weiß nicht, ob es mir gelungen wäre. Vermutlich hätte ich den Versuch nicht überlebt."

„Ich kann mir vorstellen, warum du Orlando retten wolltest, Eric", sagte Marcel lächelnd. „Aber was war Ihr Grund, Monsieur Jonnet?"

Vincent zuckte leicht zusammen. „Nennen Sie mich bitte Vincent, Général. Ich hatte mehrere Gründe, um Orlando retten zu wollen. Ich fühlte mich für ihn verantwortlich, weil ich dabei war, als er gefangen genommen wurde. Und ich habe ihn dafür bewundert, wie er Serriers Experimenten standgehalten hat. Sein Körper hat zwar reagiert, aber er selbst nicht. Ich war auch nicht damit einverstanden, wie Serrier die Gefangenen behandelte. Eric kann Ihnen darüber mehr sagen. Ich habe oft meine Meinung über Blanchet und seine Foltermethoden geäußert. Und dann ist Monique entkommen. Ich war mir ziemlich sicher, dass sie der Milice Informationen über Orlando gegeben hat. Ich wollte auch aussteigen. Ich wollte, dass wir beide da rauskommen. Serrier wurde von Tag zu Tag verrückter und ich war nicht bereit, mit ihm unterzugehen. Orlando war unser Ticket in die Freiheit. Das hört sich sehr eigennützig an, und vielleicht ist es das auch. Aber es war die Chance, auf die ich lange gewartet habe. Ein Weg, von Serrier wegzukommen, ohne zu Tode gehetzt zu werden – weder von Serrier, noch von der Milice."

„Der Selbsterhaltungstrieb ist ein natürliches Bedürfnis", sagte Marcel verständnisvoll. „Ich weiß ihn besonders dann zu schätzen, wenn er einen unserer wichtigsten Verbündeten rettet."

„Und was passiert jetzt?", fragte Eric und sprach damit das Thema an, das sie bisher gemieden hatten.

„Du bist frei und kannst gehen, wohin du willst", erwiderte Marcel. „Du hast im Auftrag der Milice gehandelt, um uns kriegswichtige Informationen zu liefern. Vermutlich musst du in den Verhandlungen gegen die dunklen Magier aussagen, aber ansonsten kannst du tun und lassen, was du willst."

Eric schüttelte den Kopf und fasste nach Vincents Hand. „Ich gehe nicht ohne Vincent."

Marcel seufzte. „So ist das also", murmelte er und dachte nach. „Das hört sich zwar sehr nobel an, aber es wird Vincent nicht helfen", sagte er dann. „Wenn es zu einer Verhandlung kommt – und sowohl er als auch Monique werden sich vor Gericht verantworten müssen – braucht er deine Aussage. Dann musst du, unabhängig von eurer Beziehung, unvoreingenommen bezeugen können, wie es dazu kam, dass er die Seiten gewechselt hat und ihr einen Plan gemacht habt, um Orlando zu befreien. Wenn du bei ihm bleibst, setzt du deine Glaubwürdigkeit als Zeuge aufs Spiel. Ich kenne Orlando nicht gut genug, um euch zu versprechen, dass er für Vincent aussagen wird. Ich werde versuchen, mich bei der Staatsanwaltschaft für ein Schuldeingeständnis und Haftminderung einzusetzen, aber letztendlich hängt alles von deiner Zeugenaussage ab. Du darfst nicht voreingenommen wirken."

Eric wollte schon den Kopf schütteln, da mischte sich Vincent ein. „Er hat recht, Eric. Es gefällt mir zwar auch nicht, aber er hat recht. Es wird nicht für immer sein. Ich schaffe das schon. Mir wird im Gefängnis nichts passieren."

Das mochte zwar stimmen, aber Marcel wollte es nicht dabei belassen. „Darüber müsst ihr euch keine Sorgen machen", versprach er. „Ich habe mit der Justizministerin über Monique gesprochen, und was für sie gilt, lässt sich auch auf dich übertragen. Wenn du willst, kannst du als Gast der Milice hierbleiben, bis die Verhandlung stattfindet. Moniques Termin ist in zwei Wochen. Ich versuche, für dich einen sofortigen Anschlusstermin zu bekommen. Ich schlage euch dringend vor, euren Kontakt auf ein absolut notwendiges Minimum zu beschränken. Aber es spricht nichts dagegen, dass Eric ab und zu einen alten Freund besucht."

Eric atmete tief durch. „Du weißt, dass wir nicht nur Freunde sind."

Marcel lächelte. „Ich bin nicht blind, mein Junge. Aber ich weiß auch, wie schwierig es sein wird, für Vincent mildernde Umstände oder gar einen Freispruch zu erreichen. Wenn ihr eure Beziehung bekannt macht, kann das nur schaden. Es sind nur wenige Wochen, so lange müsstet ihr euch doch betragen können. So. Ich kann mich nicht erinnern, wann ich das letzte Mal geschlafen habe. Ich werde diese Tür mit einem Schutzschild versehen, durch den du die Zelle verlassen kannst, Eric. Ich bezweifle sehr, dass in den nächsten Stunden jemand hier auftaucht, um nach euch zu sehen. Die anderen sind wahrscheinlich noch müder als ich. Aber lasst euch nicht zu viel Zeit. Vergesst nicht, was ich euch über den äußeren Anschein gesagt habe."

Mit einer kurzen Handbewegung aktivierte Marcel den Schild und verschwand aus der Zelle. Die beiden Magier sahen sich an.

„Glaubst du, dass er recht hat?", fragte Vincent. „Kann es wirklich so einfach sein?"

Eric schüttelte erstaunt den Kopf. „Marcel hat immer recht. Das heißt nicht, dass es einfach wird, aber es heißt, dass am Ende alles gut wird. Wirst du hier allein zurechtkommen?"

„Ich bin schon ein großer Junge", sagte Vincent lachend. „Es ist alles in Ordnung. Außerdem kannst du mich besuchen, obwohl das wahrscheinlich keine gute Idee ist. Es könnte der Eindruck entstehen, als wollten wir unsere Aussage absprechen."

„Das hängt vermutlich davon ab, wie die Angehörigen der Milice über uns denken", überlegte Eric. „Die Öffentlichkeit wird von meinen Besuchen nichts erfahren, und wenn die anderen Magier sich an Marcel orientieren, können wir uns hier so oft sehen, wie wir wollen. In einem staatlichen Gefängnis wäre die Situation eine andere."

„Machst du dir Sorgen über die Reaktion der anderen Magier?", brachte Vincent das Problem auf den Punkt.

„Bei den meisten nicht", erwiderte Eric. „Sie werden Marcels Wort akzeptieren und keinen Gedanken mehr an uns verschwenden. Bei Thierry und Alain sieht die Sache anders aus. Ich habe einige schreckliche Dinge zu ihnen gesagt, als ich um meine Familie getrauert habe und dieses ganze Versteckspiel begonnen hat. Sie haben allen Grund, mich zu hassen, auch ohne die Entführung Orlandos. Gott, wenn ich das gewusst hätte … Ich hätte es niemals getan." Ihm brach die Stimme.

Vincent schloss Eric tröstend in die Arme. „Wir hatten keine andere Wahl", sagte er. „Er war der einzige Vampir, der sich lange genug von seinem Magier entfernt hat, damit wir ihn fassen konnten."

„Wir hätten auf einen anderen Vampir warten können", erwiderte Eric kleinlaut.

Vincent schüttelte den Kopf. „Sie waren kurz davor, die Schlacht zu gewinnen. Ich verstehe deine Gefühle, aber du weißt genau, dass wir in dieser Situation nicht anders handeln konnten. Wir hätten uns verraten oder einen Befehl missachtet."

„Vielleicht hätten wir das tun sollen."

„Lass das!", befahl Vincent. „Du hast den General gehört. Orlando wird sich erholen. Er und Alain sind wieder zusammen. Wenn wir unseren Befehl missachtet hätten, wären wir beide tot und ein anderer Vampir – vielleicht sogar doch Orlando – wäre gefangen genommen und gefoltert worden."

Natürlich wusste Eric das auch. Aber er wusste auch, wie es war, geliebte Menschen zu verlieren. Deshalb war er todunglücklich, Alain solchen Kummer gemacht zu haben, auch wenn am Ende alles gut ausgegangen war.

„Du musst so bald wie möglich mit den beiden reden", drängte Vincent. „Du darfst es nicht auf die lange Bank schieben."

RAYMOND KAM langsam wieder zu sich. Es ging ihm nach – er sah auf die Uhr – zwölf Stunden Schlaf schon viel besser. Er lächelte, als er Jean an seiner Seite liegen sah. Raymond konnte immer noch nicht begreifen, dass er ein solches Glück gefunden hatte. Die Erkenntnis amüsierte ihn, als er an seine ursprüngliche Reaktion auf die Allianz und Jean insbesondere zurückdachte. Raymond drückte seinem Partner einen Kuss auf die Stirn und lächelte ihm zu, als er die Augen öffnete.

„Guten Morgen", krächzte er mit verschlafener Stimme.

„Guten Morgen", sagte Jean. „Wie fühlst du dich?"

„Besser", erwiderte Raymond. „Nicht mehr so müde. Ich könnte wahrscheinlich noch zwölf Stunden weiterschlafen, aber es war schon ein guter Anfang und Marcel braucht uns heute. Wie geht es dir?"

„Ich fühle Müdigkeit nicht so, wie normale Sterbliche", erinnerte ihn Jean. „Solange ich genug Blut getrunken habe, kann ich nahezu unbegrenzt durchhalten. Und in den letzten Tagen habe ich mehr als genug von dir bekommen, also geht es mir gut."

„Schön", meinte Raymond, rollte sich auf die Seite und sah ihn an. „Dann können wir also da weitermachen, wo wir gestern Nacht aufgehört haben."

„Und wo war das?", fragte Jean amüsiert.

„Fick mich um den Verstand."

Raymonds Antwort blieb nicht ohne Wirkung auf Jeans Libido, aber er schüttelte den Kopf. „Das war gestern ganz und gar nicht meine Absicht. Wenn du mich natürlich bitten würdest, dich zu lieben, bis dir die Luft wegbleibt … dann wäre mir das ein Vergnügen."

Raymond senkte den Kopf und küsste ihn sanft auf den Mund. „Ich bin für beide Angebote offen", flüsterte er.

„Wir hatten schon zu viele harte, schnelle Ficks, bei denen wir uns von Furcht, Instinkt oder fremder Magie haben leiten lassen", sagte der Vampir. „Monsieur Lombard hat dir erklärt, was passiert, wenn sich ein Vampir auf einen Menschen fixiert hat. Es wird Zeit, dass du es persönlich erlebst."

Raymond lief ein Schauer über den Rücken bei dem Versprechen, das in Jeans heiserer Stimme mitschwang. Die wenigen Male, die sie sich geliebt hatten, waren schon umwerfend gewesen. Dass Jean noch mehr auf Lager haben sollte, ließ Raymond schon vor Erregung zittern, bevor sie richtig begonnen hatten. „Ich kann mir kaum vorstellen, was noch besser werden soll."

Jeans samtweiches Lachen war wärmend und erregend zugleich. „Vertrau mir", flüsterte er. „Ich zeige dir, wie es ist, einen Vampir zum Geliebten zu haben."

Raymond nickte, rollte sich auf den Rücken und bot Jean seinen Hals an, aber der schüttelte den Kopf. „Heute nicht. Du bist noch zu erschöpft und ich habe dich gestern erst gebissen. Ich brauche meine Zähne nicht, um dich meine Verehrung fühlen zu lassen."

Raymond stützte sich überrascht auf den Unterarm. „Aber ich dachte …"

„… dass ich dich nicht lieben kann, ohne dich zu beißen?", unterbrach ihn Jean. „Sicher, ich kombiniere es oft. Aber ich kann auch trinken ohne Sex, und ich kann dich lieben, ohne dich zu beißen."

„Aber das erste Mal …"

„… kannte ich dich noch nicht als Geliebten", erklärte Jean. „Ich war mir nicht sicher, ob du mich wirklich begehrst. Dein Blut hat es mir bestätigt. Und danach ist es einfach passiert, weil wir es beide so wollten. Das heißt aber nicht, dass ich mich nicht beherrschen kann, wenn es angebracht ist."

„Es geht mir aber gut!", protestierte Raymond. „Ich kann …"

„Nein", sagte Jean streng. „Nicht vor heute Abend. Es gibt keinen Grund, ein überflüssiges Risiko einzugehen." Er streichelte Raymond über die Brust. „Es wird dir bestimmt auch ohne den Biss gefallen."

„Ich will nur nicht, dass dir etwas fehlt", meinte Raymond.

Jean lachte wieder. „Ich habe eher den Eindruck, dass *dir* etwas fehlen wird."

Raymond wurde rot. „Na ja, bisher hast du mich jedes Mal gebissen, wenn wir Sex hatten."

Mehr musste Jean nicht hören. „Aber dieses Mal haben wir keinen Sex. Dieses Mal lieben wir uns."

„Soll das etwa heißen, ich muss mich mit Sex zufriedengeben, wenn ich gebissen werden will?", scherzte Raymond, den der unerwartete Ernst ihrer Unterhaltung verlegen machte.

„Raymond", erwiderte Jean tadelnd. „Ich werde dich heute früh nicht beißen, egal, ob wir uns lieben, Sex haben oder ficken wie die Karnickel. Außerdem möchte ich nicht, dass mir schlecht wird von dem vielen Blut. So oft, wie ich dich in der letzten Woche gebissen habe, bin ich vollkommen übersättigt. Darf ich dich jetzt lieben oder willst du dich weiter mit mir streiten?"

Raymond lächelte ihn strahlend an. „Vielleicht will *ich* ja *dich* lieben."

Jeans Augen blitzten, als er sich auf Raymond warf. Er fasste den Magier an den Handgelenken, zog ihm die Arme über den Kopf und drückte sie auf die Matratze. „Niemand kann mich so provozieren wie du", knurrte er. „Aber dieses Mal kommst du damit nicht durch."

Raymond lachte, schlängelte sich unter Jean hin und her und rieb sich mit seinem steifen Schwanz an Jeans Erektion. „Ich habe nicht vor, mich darüber zu beschweren", versicherte er seinem Geliebten. „Nicht, solange es damit endet, dass wir beide nackt im Bett liegen." Er streichelte über Jeans Rücken und kniff ihm in den Hintern. „Oder auf der Couch. Oder an der Wand. Oder wo auch immer. Hauptsache, wir sind zusammen."

„Ich hätte dich nicht für einen solchen Exhibitionisten gehalten", neckte Jean und presste sich an ihn. Er fuhr Raymond mit den Lippen übers Gesicht, über jede Linie und jede Kante, bis er schließlich zu Raymonds Mund kam. Jean musste Raymonds Blut nicht schmecken, um dessen Reaktion zu erkennen. Der Magier würde ihn nicht aufhalten, wenn er sich einfach zwischen seine Beine legte und ihn nahm. Und es würde ihnen beiden gefallen. Aber Jean hatte sich fest vorgenommen, dass er sich dieses Mal mehr Zeit lassen würde, dass er seinem Partner mehr Wertschätzung zeigen würde, als er es bei Karine getan hatte. Raymond sollte niemals daran zweifeln, dass er in Jeans Leben die wichtigste Rolle spielte, auch wenn sie nicht jeden Tag darüber sprachen. Es war nicht Jeans Art, über seine Gefühle zu reden. Er glaubte auch nicht, dass Raymond es ständig hören wollte. Fühlen ja, aber viele Worte zu machen, war Raymond genauso unangenehm wie Jean.

Während Raymond immer tiefer in Jeans Kuss versank, gab er Jean innerlich recht. Er hatte wirklich keine Ahnung gehabt, wie es war, im Mittelpunkt der Aufmerksamkeit eines Vampirs zu stehen. Bis jetzt. Jean fachte die Leidenschaft zwischen ihnen mit einer Geschicklichkeit an, die ihresgleichen suchte. Er wechselte perfekt zwischen liebevoller Zärtlichkeit und gelegentlicher Aggressivität, sodass Raymond immer wieder überrascht wurde und nie wusste, was als Nächstes auf ihn zukam.

Seine Sinne wurden von allen Seiten überflutet und er konnte nicht mehr klar denken. Es kam ihm vor, als hätte Jean ein extra Paar Hände und Lippen, denn er schien überall gleichzeitig zu sein. Raymond wollte sich erkenntlich zeigen, aber jedes Mal, wenn er es versuchte, hielt Jean ihn an den Händen fest und drückte sie wieder auf die Matratze. Dabei knurrte er leise und jagte Raymond damit eine Gänsehaut nach der anderen über den Rücken. Er gab schließlich auf und überließ sich ganz und gar Jean. Seine letzte Entscheidung war, sich sobald wie möglich bei Jean zu revanchieren. Dann entspannte er sich und genoss nur noch, ließ sich von Jean dirigieren und von Kopf bis Fuß mit Zärtlichkeiten überschütten.

Jede Berührung Jeans ließ ihn weiter abheben. Mit geschlossenen Augen entschwebte Raymond langsam der Wirklichkeit. Es war, wie Monsieur Lombard gesagt hatte – er war der Mittelpunkt in Jeans Universum, und mit jedem Kuss des Vampirs wurde ihm diese Tatsache aufs Neue ins Bewusstsein gerufen. Es dauerte nicht lange, bis Raymond zu betteln anfing und mehr wollte – mehr von allem, vor allem aber mehr von Jean. Raymond erwartete, mit einem Grinsen weiter auf die Folter gespannt zu werden, aber das war nicht der Fall. Jean erfüllte ihm jeden Wunsch, und als er Raymond schließlich nahm, geschah es mit einer solchen Liebe und Zärtlichkeit, dass Raymond nur noch hilflos wimmerte. Noch nie war er von einem Geliebten so behandelt worden. Noch nie hatte ein Geliebter Raymonds Bedürfnisse so in den Mittelpunkt gestellt und nur an ihn gedacht.

Raymond wurde mit einem Schlag klar, warum Monsieur Lombard mit keinem Wort daran gezweifelt hatte, dass Alain seine Entscheidung, Orlandos Avoué zu werden, niemals bedauern würde.

Mit klopfendem Herzen unterdrückte Raymond sich das Betteln, das ihm auf den Lippen lag, als er plötzlich von seinem Orgasmus überrascht wurde. Kaum war es vorbei – er lag noch keuchend und vollkommen ausgelaugt unter Jean –, fing sein unermüdlicher Verstand schon wieder an, dieses neue und unerwartete Bedürfnis zu analysieren, Jeans Ein und Alles sein zu wollen. Aber genauso schnell, wie dieser Wunsch in ihm aufgeflammt war, verdrängte er ihn auch wieder. Er konnte den Chef de la Cour nicht mit einem schwarzen Schaf belasten, dessen Loyalität in den Augen der Öffentlichkeit wahrscheinlich immer mit einem Makel behaftet sein würde. Sicher, irgendwann würde die Geschichte dieses Bild von ihm korrigieren, aber damit war Jean jetzt nicht geholfen. Selbst unter Berücksichtigung der überdurchschnittlichen Lebenserwartung eines Magiers würde er nicht damit rechnen können, noch zu Lebzeiten rehabilitiert zu werden. Es war schon schlimm genug, dass der Cour über ihn Bescheid wusste. Dazu kam, dass auf Jean eine zusätzliche Verantwortung zukam, wenn die Gleichstellungsgesetze verabschiedet waren und die Integration der Vampire in die Gesellschaft auch praktisch umgesetzt werden musste. Da war Raymond mit seiner Vergangenheit nur ein weiterer Mühlstein am Hals des Chef de la Cour, und das wollte Raymond seinem Geliebten nicht zumuten. Er musste sich damit begnügen, im Schatten zu leben, Jean im Stillen zu unterstützen und zu versuchen, ihm seine Aufgabe zu erleichtern. Was auch immer geschah, Raymond durfte nicht zulassen, dass er durch seine eigene Vergangenheit noch zusätzliche Probleme verursachte.

Nachdem auch Jean zum Höhepunkt gekommen, streichelte Raymond ihm über die Haare und küsste ihn, bis der Vampir die Augen wieder öffnete. „Was immer die Zukunft bringen mag, eines musst du wissen", sagte er liebevoll. „Ich werde dich immer unterstützen. Im Jeu des Cours, im Parlament, in der ANS und vor der Öffentlichkeit."

Es war zwar keine Liebeserklärung, aber es war eine so vorbehaltlose Loyalitätserklärung, wie sie Jean von seinem reservierten Partner niemals erwartet hätte. Zärtlich erwiderte er Raymonds Kuss. „Und der Chef de la Cour wird dich ebenfalls immer unterstützen."

Raymond wollte den Kopf schütteln, aber Jean ließ keinen Widerspruch zu. „Sieh es als eine weitere Maßnahme, meine Position zu sichern. Letztendlich wird alles, was über dich gesagt wird, auf mich zurückfallen."

Raymond runzelte die Stirn und fragte sich, ob Jean nicht doch besser gedient wäre, wenn er ihre Beziehung sofort beendete. Aber er hatte den Gedanken kaum zu Ende gedacht, da wusste er auch schon, dass ihm das niemals möglich wäre. Er konnte Jean nicht verlassen. Im Guten wie im Bösen – er war an Jean gebunden. Es war eine Verbindung, die sein Begriffsvermögen überstieg und die er wahrscheinlich niemals ganz verstehen würde.

„Soit."

28

THIERRY WARF sich unruhig hin und her. Bilder der vergangenen Schlachten geisterten durch seine Träume. Immer wieder sah er sich Eric gegenüberstehen und seinen Stab ziehen, um den früheren Freund und jetzigen Feind zu töten und durch Orlando aufgehalten zu werden, der ihm zuschrie, Eric habe ihm das Leben gerettet.

Er wurde aus seinen Albträumen geweckt, als eine Hand ihn an der Schulter packte. „Was ist los, Thierry?"

Thierry blinzelte verwirrt und sah das besorgte Gesicht Sebastiens vor sich. „Ich muss herausfinden, was mit Eric passiert ist", sagte er verschlafen. „Ich weiß nur, dass Marcel ihn ins Hauptquartier geschickt hat. Aber in dem ganzen Durcheinander gestern habe ich vergessen, mich bei Marcel zu erkundigen, was er mit Eric vorhat."

„Mit dem Spion?"

Thierry nickte. „Eine Entschuldigung ist das Mindeste, was ich ihm schulde", gestand er. „Ich habe wirklich geglaubt, er hätte die Seiten gewechselt. Wenn einer in der Milice es hätte besser wissen müssen, dann ich. Ich hätte wissen müssen, dass es dafür einen triftigeren Grund gab, als nur seine Trauer. Ich hätte nicht an ihm zweifeln dürfen."

„Du hattest nach Lage der Dinge jeden Grund, an ihm zu zweifeln", widersprach ihm Sebastien, der seinen Partner instinktiv – auch gegen dessen Selbstvorwürfe – in Schutz nahm. „Niemand kann dir einen Vorwurf machen, dass du geglaubt hast, was Marcel euch glauben machen wollte."

„Trotzdem muss ich mich bei ihm entschuldigen", beharrte Thierry auf seiner Meinung. „Es lässt mir keine Ruhe."

„Na gut", meinte Sebastien kopfschüttelnd. „Dann stehen wir jetzt auf und gehen ins Hauptquartier, damit du es hinter dich bringen kannst. Ich hatte zwar für diesen Morgen andere Pläne, aber das kann warten."

„Welche Pläne?", fragte Thierry, während er das Bett verließ. Das klebrige Gefühl zwischen den Beinen erinnerte ihn an die Aktivitäten der gestrigen Nacht.

Sebastien grinste, als er die begeisterte Reaktion von Thierrys Schwanz sah. Er schnappte sich seinen Partner und zog ihn aufs Bett zurück. Dann streichelte er ihm über den steifen Schwanz. „Wir beiden müssen uns noch besser kennenlernen."

„Wie viel besser willst du ihn denn noch kennenlernen?", fragte Thierry keuchend.

Sebastiens Grinsen wurde breiter. „Ich weiß immer noch nicht, wie er sich in mir anfühlt."

„Putain", stöhnte Thierry. Die Bilder flackerten wie im Zeitraffer durch seinen Kopf – Sebastien unter ihm, Sebastien, der auf ihm saß, Sebastien ... Sein dringendes Bedürfnis, mit Eric zu reden, wurde mehr und mehr in den Hintergrund gedrängt. „Sag so was nicht, wenn du genau weißt, dass ich an meine Pflicht denken muss."

„Die Entscheidung liegt bei dir", meinte Sebastien. Er respektierte Thierrys Wunsch, die Angelegenheit mit seinem Freund zu regeln. Er hatte auch Verständnis dafür, dass Thierry versuchen wollte, eine Beziehung zu retten, die sich in den letzten Jahren durch Erics Rolle in Serriers Aufstand bis zur Unkenntlichkeit verändert hatte. Sebastien erkannte, dass Thierry erst sein Gewissen beruhigen musste, bevor sie sich unbeschwert ihrer eigenen Beziehung widmen konnten. Und wenn man bedachte, wie lange es her war, seit ein anderer Mann ihn getoppt hatte, kam es auf die paar Stunden auch nicht mehr an.

Thierry riss sich zusammen und ignorierte Sebastiens verführerisches Angebot. Er setzte sich wieder auf und rieb sich mit den Händen übers Gesicht. „Ich muss mit Eric reden", wiederholte er, auch wenn er damit weniger Sebastien, als sich selbst von der Dringlichkeit seines Anliegens überzeugen musste. „Aber so kann ich mich schlecht im Hauptquartier sehen lassen."

Sebastien lächelte. „Für den Fall, dass du es vergessen hast – aber es gibt auch andere Möglichkeiten, dein Problem zu lösen. Komm, wir duschen zusammen. Dann helfe ich dir dabei. Danach, wenn alles andere geregelt ist, können wir uns richtig lieben, ohne abgelenkt zu sein."

Thierry ließ sich von Sebastien ins Badezimmer und unter die Dusche führen. Die Kabine war so eng, dass sie sehr, sehr eng beieinander stehen mussten. Thierry beschwerte sich nicht darüber, dass Sebastien die Dusche heiß und hart einstellte. Das Wasser spülte alles von ihnen ab, was an den Sex der letzten Nacht und an den Kampf gegen die dunklen Magier erinnerte. Sebastien schäumte sich die Hände ein und rieb Thierry erst über die Brust, dann über den Schwanz. Stöhnend lehnte sich der Magier mit dem Rücken an seinen Partner und vertraute sich ihm an.

Sebastien lehnte sich an die Wand, um Thierrys Gewicht besser halten zu können. Während er ihm mit einer Hand über den harten Schwanz rieb, massierte er ihm mit der anderen die Arschbacken. Es dauerte nicht lange, da fing Thierry zu stöhnen an und drückte sich fest an Sebastiens Schwanz. Der Vampir wünschte sich, sie hätten mehr Zeit, als die paar Minuten unter der Dusche. Natürlich hätte er Thierry einfach an die Wand schieben und ficken können, aber er wollte seinen Partner nicht zu etwas drängen, was sie nicht vereinbart hatten. Sebastien wusste, wie wichtig es für Thierry war, sich mit seinem Freund zu versöhnen. Er fasste fester zu und rieb schneller, bis er Thierry zum Höhepunkt gebracht hatte.

Der Magier ließ sich erschöpft keuchend an Sebastien fallen. „Ich schwöre dir, es wird jedes Mal besser", sagte er, als er wieder zu Atem kam. Dann drehte er sich in Sebastiens Armen um und küsste ihn zärtlich. „Und jetzt, mein Geliebter, will ich wissen, was ich für dich tun kann."

Sebastien schüttelte den Kopf. „Das hat Zeit, bis wir wieder zuhause sind. Ich warte lieber, bis ich dich in mir fühlen kann." Er schäumte sich die Hände ein und gab die Seife an Thierry weiter. „Und jetzt wasch dich. Dein Freund wartet auf dich."

Thierry hatte keine Ahnung, woher Sebastien seine Geduld nahm. Vermutlich hatte der Vampir sie durch seine lange Existenz gelernt. „Sobald wir wieder zuhause sind ...", versprach er und beendete seine Dusche, um sich anzuziehen. Die Aussicht auf Sebastiens Arsch musste reichen, um die Hochs und Tiefs des Tages zu überstehen. Und die würden mit Sicherheit nicht ausbleiben.

Sebastien folgte ihm langsam und versuchte, seine Erektion unter Kontrolle zu bekommen. Das Versprechen in Thierrys Stimme war keine große Hilfe. Sebastien fragte sich mittlerweile, ob es ein Fehler gewesen war, bis heute Abend warten zu wollen. Außerdem wollte er sich diesem Eric bei ihrer ersten Begegnung nicht gerade mit einem steifen Schwanz präsentieren. Das war wirklich nicht der Eindruck, den er hinterlassen wollte. Aber jetzt war es zu spät, daran noch etwas zu ändern. Thierry schien entschlossen, den Tag in Angriff zu nehmen, und Sebastiens Chance, den Magier wieder ins Bett zu locken, war verstrichen. Resigniert zog er sich an und beobachtete seinen Partner aus dem Augenwinkel. In seiner Fantasie war er schon wieder mit Thierry allein.

Thierry spielte in Gedanken durch, wie seine Begegnung mit Eric verlaufen könnte. Er hatte seinem früheren Freund so viel zu sagen, wollte so vieles von ihm wissen. Thierry hoffte sehnlichst, dass sie die letzten beiden Jahre hinter sich lassen und wieder an ihre alte Freundschaft anknüpfen konnten. Er warf einen Blick über die Schulter auf seinen Partner, der sich schweigend anzog. Sein Geliebter. Thierry fragte sich, wie er Eric sein Verhältnis zu Sebastien erklären sollte. Nicht, dass Eric etwas dagegen hätte. Aber es war ... kompliziert. Thierry seufzte. „Du musst nicht mitkommen", sagte er zu Sebastien. „Es gibt keinen Grund, warum du die lange Fahrt ins Hauptquartier machen musst, nur um rumzusitzen und Däumchen zu drehen, während ich mit Eric rede. Du kannst hierbleiben und dir etwas Ruhe gönnen."

Sebastien zog eine Augenbraue hoch. Er hatte vieles erwartet, aber nicht, von Thierry komplett ausgeschlossen zu werden. „Es macht mir nichts aus, mit dir ins Hauptquartier zu fahren", sagte er nur. „Außerdem will ich sehen, wie es Orlando und den anderen Vampiren geht. Und deinen Freund würde ich auch gerne kennenlernen."

Thierry zuckte mit den Schultern. „Ich bin mir nicht sicher, ob wir noch Freunde sind", gab er leise zu.

„Umso mehr Grund für mich, ihn kennenzulernen", brummte Sebastien unwirsch, weil ihm die Vorstellung nicht gefiel, dass Eric Thierry verletzen könnte.

„Du solltest ihn nicht allein aufsuchen, wenn du dir nicht sicher bist, wie er reagieren wird."

Thierry bezweifelte sehr, dass Eric ihm etwas antun und sich dadurch unglaubwürdig machen wollte. Es war mehr die Frage, ob sie sich überhaupt noch etwas zu sagen hatten. Was Thierry allerdings irritierte, war Sebastiens Verhalten. Der Vampir glaubte – nach allem, was sie miteinander durchgemacht hatten – offensichtlich immer noch, Thierry könne nicht selbst auf sich aufpassen. „Wenn du unbedingt dabei sein willst, dann lass uns gehen", sagte er steif. „Zu dieser Tageszeit dauert es mindestens eine halbe Stunde, bis wir in der Stadt sind."

Die Fahrt verlief in angespanntem Schweigen. Keiner der beiden wollte von seiner Position abrücken oder sich in der Öffentlichkeit streiten. Als sie im Hauptquartier ankamen, ging Thierry sofort zu den Zellen im Untergeschoss, um herauszufinden, wo sich Eric aufhielt.

„Der General hat ihn in der Nacht entlassen", sagte der wachhabende Magier bedauernd. „Simonet ist heute früh gegangen, aber ich weiß nicht, wohin. Nur der andere ist noch hier."

„Es scheint, als müsste euer Gespräch noch einen Tag warten", meinte Sebastien, als sie sich auf den Weg zu Thierrys Büro machten.

Thierry schüttelte den Kopf. „Er wird nicht weit gegangen sein. Unter diesen Umständen kann er sich kaum frei bewegen, weil es zu unsicher für ihn wäre. Was hältst du davon, wenn du jetzt deine Krankenbesuche erledigst, während ich nach ihm suche? Dann können wir schneller wieder nach Hause gehen. Ich habe noch ein Versprechen zu erfüllen …", schlug Thierry vor und wackelte übertrieben mit den Augenbrauen, um die Stimmung zwischen ihnen wieder aufzuhellen.

Sebastien verzog nur knurrend das Gesicht. Thierry zuckte gleichgültig mit den Schultern und machte sich auf den Weg zum Salle des Cartes, ohne auf Sebastien zu warten.

Die Magierin, die hier Dienst hatte, konnte ihm mehr über Eric sagen. „Ja, er war noch hier, bevor er aufgebrochen ist. Général Chavinier hat ihm gesagt, er könnte das Hauptquartier verlassen. Aber er hat seinen Repère dabei, falls wir ihn kurzfristig finden müssen. Er ist …" Die Magierin sah auf die Karte. „Sieht aus, als wäre er nur einige Häuser weiter."

Thierry bedankte sich bei der Frau und ging wieder. Er ignorierte die leise Stimme in seinem Kopf, die ihn mahnte, Sebastien Bescheid zu geben. Falls sein Partner etwas von ihm wollte, konnte er ihn durch den Repère auf der Karte finden.

Eric saß drei Querstraßen weiter in einem kleinen Café. Er hielt eine abgebrannte Zigarette zwischen den Fingern und starrte ins Leere. „Das Zeug bringt dich noch um. Gegen Krebs ist selbst Magie machtlos", sagte Thierry und setzte sich Eric gegenüber an den Tisch.

Eric schnaubte und warf die Zigarette in den Aschenbecher, ohne Thierry eines Blickes zu würdigen. „Es ist die erste, die ich seit Monaten geraucht habe. Es ist das erste Mal seit Monaten, dass ich die Ruhe finde, mich hinzusetzen und eine Zigarette anzuzünden."

„Das Gefühl kenne ich", meinte Thierry und überlegte, ob er weiter Smalltalk machen oder, wie ein Elefant im Porzellanladen, direkt zum Thema kommen sollte. Er konnte sich nicht entscheiden und schwieg.

Keiner der beiden sagte ein Wort. Ein Kellner kam vorbei, um Thierrys Bestellung aufzunehmen. Thierry brach die Stille und bestellte einen Espresso.

„Ich nehme an, du erwartest eine Erklärung", sagte Eric, nachdem der Kellner den Tisch verlassen hatte.

„Wenn du mir eine geben kannst", erwiderte Thierry.

Eric seufzte. So schwer es auch werden würde, sein Gespräch mit Thierry war noch das einfachere von den beiden, die ihm bevorstanden, bevor er mit seiner Zeit bei Serrier abschließen konnte. „Du kannst dich doch erinnern, wie es war, als der Krieg begann. Wir dachten damals, er wäre bestimmt in wenigen Wochen wieder vorbei. Aber dann wurde es immer schlimmer und es sah aus, als würden wir verlieren, bevor es richtig losging. Raymond war noch nicht bei uns. Wir wussten nicht, dass er Serrier bald verlassen würde. Serrier hatte viele mächtige Magier auf seiner Seite und wir fanden keinen Weg, das sich ausbreitende Chaos aufzuhalten."

„Ich kann mich gut erinnern." Es war die Wahrheit. Nach der anfänglichen Überraschung über Serriers Aufstand hatte die Regierung zunächst Schwierigkeiten, den gut organisierten Kräften Serriers wirkungsvoll Gegenwehr zu leisten. Dann wurde die Milice gebildet und Marcel gebeten, die Führung zu übernehmen. Marcel hatte sich sofort dazu bereit erklärt, aber es dauerte seine Zeit, bis die Milice aufgebaut war. Und diese Zeit hatte Serrier genutzt, um die Oberhand zu gewinnen.

„Dann sind Danielle und die Kinder ums Leben gekommen."

Thierry zuckte zusammen. „Du weißt …"

„Es war ein Unfall", unterbrach ihn Eric. „Ich weiß. Ich habe es immer gewusst, aber ich habe um sie getrauert. Marcel hat mich zu sich gerufen. Er hat gesagt, meine Trauer und meine verständliche Wut auf Alain – ich konnte ihm den Tod meiner Familie vorwerfen – wären wahrscheinlich die besten Voraussetzungen, um von Serrier aufgenommen zu werden. Selbst wenn ich keinen hohen Rang einnahm, konnte ich Informationen erhalten und weitergeben. Die Milice war dringend darauf angewiesen. Für mich war es eine Möglichkeit, den Tod meiner Familie zu rächen. Trotzdem habe ich es erst nicht tun wollen. Ich wollte Alain nicht die Verantwortung dafür in die Schuhe schieben, die Seiten gewechselt zu haben. Marcel und ich haben stundenlang darüber geredet. Dann hatte er mich davon überzeugt, dass es die einzige Möglichkeit war, um Serriers Misstrauen zu überwinden."

„Du hättest uns einweihen können", sagte Thierry.

„Das wollte ich auch", erwiderte Eric. „Aber Marcel ließ sich nicht umstimmen. Niemand durfte davon erfahren, weil ihr sonst vielleicht verdächtig reagiert hättet, wenn wir uns im Kampf gegenübergestanden hätten. Das hätte meine Position bei Serrier gefährdet. Es war besser so; nicht nur wegen der Informationen, die ich beschafft habe, sondern auch zu meinem Schutz."

„Wir hätten dich töten können!", rief Thierry. „Wir hätten es getan, wenn wir dir begegnet wären!"

„Das Risiko musste ich eingehen. Wenn ich ehrlich bin, habe ich nicht damit gerechnet, diesen Krieg zu überleben. Ich wollte nur, dass mein Tod einen Sinn hat", gab Eric zu. „Ich hätte nie erwartet, das Ende dieses Kriegs zu erleben. Ohne Vincent hätte ich es vermutlich auch nicht erlebt. Ich konnte Blanchet ausschalten, als ich Orlando befreit habe; aber gegen den Wachposten an der Tür hätte ich ohne Vincent keine Chance gehabt."

„Orlando hat uns berichtet, dass du ihm geholfen hast. Hast du …?" Thierry verstummte. Er wusste nicht, wie er seine Frage in Worte fassen sollte.

Eric hatte diese Frage erwartet. „Aguiraud und Serrier haben ihn für Experimente benutzt. Blanchet hat ihn gefoltert. Ich habe mehr mitangesehen, als mir lieb war. Aber ich habe nicht daran teilgenommen. Ich habe ihn nur in seine Zelle getragen, wenn Serrier ihn gebunden hat. Orlando ist ein starker Mann. Ist Alain glücklich mit ihm?"

„Glücklicher, als ich ihn jemals erlebt habe", erwiderte Thierry ohne nachzudenken. „Woher hast du es gewusst?"

„Orlando hat es mir gesagt. Natürlich nicht gleich, aber nachdem er erfahren hat, wer ich bin, wollte er mich überreden, zur Milice überzulaufen. Er hat mich sogar an unseren alten Code erinnert."

Thierry schmunzelte. „Das hört sich nach Orlando an. Dann hat er dich also überzeugt?"

Eric zuckte mit den Schultern. „Er hatte Unterstützung. Vincent hatte es auch schon seit einiger Zeit versucht. Aber ich konnte nicht zugeben, dass sie recht hatten. Ich hatte eine Aufgabe. Das hat sich erst geändert, als Orlandos Leben auf dem Spiel stand. Ich konnte nicht zulassen, dass Serrier ihn der Sonne aussetzt. Hat Orlando seinen Ring wiederbekommen?"

„Alain hat ihn", sagte Thierry. „Ich weiß nicht, ob er ihn Orlando schon zurückgegeben hat. Du bist ein großes Risiko eingegangen, als du ihn in deine Wohnung gebracht hast. Er wurde sofort auf der Karte sichtbar. Wenn wir dich zuhause angetroffen hätten, hätte Alain dich umgebracht."

„Als Orlando sich so leicht von dem Ring getrennt hat, war mir sofort klar, dass es sich um einen Repère handeln musste", bestätigte Eric. „Es war ein kalkuliertes Risiko. Ich hatte gehofft, dass ihr bemerkt, dass ich meine Schutzschilde nicht geändert habe. Ich dachte, dann würdet ihr vielleicht auch auf den Gedanken kommen, dass ich nicht wirklich auf Serriers Seite stehe."

„Wenn wir zu diesem Zeitpunkt noch klar gedacht hätten. Aber Alain hatte nur noch eine Sache im Kopf – seinen Geliebten. Und der war in den Händen von Serrier, wurde gefoltert und hatte Schmerzen."

Eric runzelte verwirrt die Stirn.

„Sie können sich durch ihre Verbindung fühlen", erklärte Thierry. „Er hat jeden Fluch, jeden Schlag gefühlt, als wäre er gegen ihn selbst gerichtet."

Eric erblasste. „Das wusste ich nicht. Mein Gott, Thierry, das wusste ich wirklich nicht."

„Ich bin es nicht, bei dem du dich entschuldigen musst."

Eric nickte. „Ich werde mit ihnen reden, sobald ich die Möglichkeit dazu habe. Ich kann mir nicht vorstellen, dass Alain mir jemals verzeihen wird. Aber ich werde mit ihnen reden."

„Vor zwei Monaten hätte er dir vielleicht noch nicht verziehen", stimmte ihm Thierry zu. „Aber seit er Orlando gefunden hat, hat sich vieles geändert. Lass ihm Zeit. Es wird dich überraschen, wie überzeugend Orlando sein kann. Er war der Erste, der unsere Allianz ernst genommen hat und ihr Potential erkannte. Er hat darauf bestanden, dass wir endlich offen zusammenarbeiten, anstatt uns nur misstrauisch zu beäugen. Und ich glaube auch, dass er dich mag, nachdem du ihm zur Flucht verholfen hast."

„Ich habe dich vermisst", flüsterte Eric so leise, dass Thierry es beinahe nicht verstanden hätte. „Ich habe mich mit der Zeit an vieles gewöhnt, aber daran nie."

„Imbécile", schalt Thierry ihn freundlich und zog ihn an sich. „Wir haben dich auch vermisst."

Ein lauter Wutschrei erschreckte die beiden Männer. Alle Augen in dem Café waren auf die Tür gerichtet, durch die ein dunkler Wirbelwind von einem Mann gestürmt kam. Eric suchte im Reflex nach seinem Stab, aber Thierry schüttelte nur den Kopf. Er hatte seinen Geliebten sofort erkannt. „Lass das, Sebastien", befahl er scharf, weil er vor Eric keine Szene machen wollte.

Sebastiens Augen blitzten vor Wut. Er starrte den Mann an, der es gewagt hatte, *seinen* Magier zu berühren. „Warum? Sag mir, warum ich ihn nicht in seine Einzelteile zerlegen soll", fragte er aufgebracht.

„Eric, würdest du uns bitte für einen Augenblick entschuldigen? Ich muss mit Sebastien unter vier Augen reden."

Eric nickte stumm. Thierry stand auf und zog einen wutschnaubenden Sebastien zu den Toiletten. Er schob seinen Partner in eine der kleinen Kabinen, schloss hinter ihnen die Tür und sah in zornig an. „Was sollte das, zum Teufel? Du weißt genau, dass Eric und ich nur Freunde sind. Und selbst das ist im Moment noch fraglich."

„Er hat dich angefasst", blaffte Sebastien ihn an.

Thierry rollte mit den Augen. „Bist du etwa eifersüchtig?"

„Nein", wehrte Sebastien ab.

Thierry schnaubte. „Hört sich aber ganz so an. Du bist der erste Mann, den ich zum Geliebten habe. Das weißt du. Du bist mein einziger Geliebter. Eric ist keine Bedrohung für dich, selbst wenn er nicht für die Milice spioniert hätte. Er ist für mich wie der kleine Bruder, den ich nie hatte. Das ist alles."

„So hat es aber nicht ausgesehen", grummelte Sebastien.

Thierry seufzte. „Ich trinke jetzt meinen Kaffee und beende meine Unterhaltung mit meinem *Freund*. Falls mein *Geliebter* uns Gesellschaft leisten möchte, würde mich das sehr freuen. Falls nicht, geh bitte zurück ins Hauptquartier und warte dort auf mich."

Mit diesen Worten drehte Thierry sich um und verließ die Toilette. Sebastien blieb zurück und kam sich wie ein kompletter Idiot vor. Er holte tief Luft, um seine aufgewühlten Gefühle wieder unter Kontrolle zu bekommen. Dann ging er ins Café zurück, um den ‚kleinen Bruder' seines Geliebten kennenzulernen.

29

„WER WAR das?", wollte Eric wissen, als Thierry zu ihrem Tisch zurückkam.

Thierry schüttelte seufzend den Kopf. „Das war Sebastien Noyer", sagte er, als würde der Name allein alles erklären.

Eric sah ihn fragend an und wartete auf mehr.

„Mein Partner in der Allianz", fuhr Thierry fort.

Eric wartete weiter ab. Er konnte sich nach der Reaktion des Mannes denken, dass mehr dahinterstecken musste.

„Mein Geliebter."

Eric riss die Augen auf und blinzelte verwirrt. „Dein …?"

„Ja, sein Geliebter", unterbrach Sebastien und legte Thierry besitzergreifend die Hand auf die Schulter. „Du wirst dich daran gewöhnen müssen."

„Sebastien", sagte Thierry tadelnd. „Es reicht. Setzt dich hin und verhalte dich wie ein zivilisierter Mensch. Wenn nicht, kannst du nach Hause gehen."

Sebastien gab nach und setzte sich auf den Stuhl neben Thierry, legte aber seine Hand deutlich sichtbar auf den Arm des Magiers.

Eric sah mit großen Augen zwischen den beiden Männern hin und her. Er versuchte, die Signale und Worte, die bei ihm angekommen waren, mit dem in Übereinklang zu bringen, was er über Thierry wusste. Oder zu wissen glaubte.

„Die Allianz ist mehr, als nur eine Kampfgemeinschaft zwischen Vampiren und Magiern", fing Thierry an. Er wusste nicht recht, wie er einem Außenstehenden die Partnerschaften erklären sollte. „Wir haben festgestellt …"

An seiner Seite prustete Sebastien los.

„Na gut", gab Thierry zu. „Wir haben durch *Zufall* entdeckt, dass zwischen Vampiren und Magiern eine magische Verbindung besteht. Die richtige Kombination führt zu einer Partnerschaft, die den Vampir vor der Sonne schützt, das magische Gleichgewicht bewahrt und die Macht des Magiers stärkt. Wer weiß, was sonst noch alles möglich ist. Jedes Mal, wenn wir denken, alles verstanden zu haben, erleben wir eine neue Überraschung."

„Das erklärt die Allianz und die merkwürdigen Ereignisse, die Serrier aufgefallen sind, nachdem die Vampire sich der Milice angeschlossen haben. Aber es erklärt nicht, warum ihr Geliebte seid", bemerkte Eric. Ihm schwirrte immer noch der Kopf, als er Thierrys Enthüllung mit den ungelösten Rätseln der letzten Monate in Einklang zu bringen versuchte. „Als wir uns das letzte Mal gesprochen haben, warst du noch heterosexuell und bis über beide Ohren in deine Frau verliebt."

„Sie hat mich verlassen", gestand Thierry. Sebastien fasste ihn fester am Arm und warf Eric einen wütenden Blick zu, weil der Magier es gewagt hatte, in

Thierry schmerzhafte Erinnerungen zu wecken. „Sie wollte in meinem Leben nicht an zweiter Stelle stehen, auch nicht wegen des Krieges. Sie ist Mitte Oktober bei einem Angriff in Versailles ums Leben gekommen."

„Das tut mir leid", sagte Eric. Er konnte immer noch nicht verstehen, wie Aleth' Trennung von Thierry und ihr Tod zu der aktuellen Situation geführt haben konnten. Der einschüchternde Blick des Vampirs hielt ihn jedoch davor zurück, der Sache auf den Grund zu gehen. Eric akzeptierte Thierrys Erklärung und nahm sich vor, demnächst einen der anderen Magier nach Details zu fragen.

Thierry zuckte mit den Schultern. „Es ist vorbei. Das wichtigste ist, dass wir die machtvolle Verbindung entdeckt haben, die sich zwischen Vampiren und Magiern entwickeln kann. Sebastien ist jetzt mein Partner, so, wie Orlando Alains Partner ist. Vielleicht findest du ja auch einen Partner, jetzt, wo du wieder bei uns bist."

Eric runzelte die Stirn und dachte an Vincent, der immer noch in seiner Zelle im Hauptquartier der Milice saß. „Ich habe schon einen Partner", erwiderte er ablehnend. „Ich bin nicht daran interessiert, einen neuen zu suchen."

„Es ist auch nicht mehr nötig", meinte Sebastien. „Es hätte zwar immer noch Vorteile, aber es gibt keinen Grund, jemanden dazu zu zwingen, der es nicht will. Es ist eine *viel* umfassendere Partnerschaft, als wir es uns zu Anfang vorgestellt haben."

Dem konnte Thierry nur zustimmen, obwohl er es keinen Augenblick bereute, die Partnerschaft mit Sebastien eingegangen zu sein. „Diese Entscheidung müssen Marcel und Jean fällen", entschied er dann. Er konnte spüren, wie angespannt Sebastien auf ihr Gespräch reagierte. Thierry stand auf und bot Eric die Hand. „Ich bin froh, dass du wieder bei uns bist."

Eric schüttelte ihm die Hand. „Und ich bin froh, wieder bei euch zu sein. Ich habe mich in den letzten beiden Jahren so schmutzig gefühlt. Es ist schön, dass sich das jetzt wieder geändert hat."

Sebastien nickte dem dunkelhaarigen Magier kurz zu, als er mit Thierry das Café verließ. Sobald sie nicht mehr in Erics Sichtweite waren, drückte er Thierry an die Hauswand und küsste ihn leidenschaftlich. Thierry erbebte unter dem Überfall und streichelte Sebastien zärtlich übers Gesicht, als der Vampir endlich wieder den Kopf hob.

„Du hast mir nicht gesagt, dass du das Hauptquartier verlässt", sagte Sebastien anschuldigend.

„Ich musste allein mit ihm reden", wiederholte Thierry. „Ich musste ihm die Allianz und die Partnerschaften erklären, obwohl es nicht mehr dazu gekommen ist, bevor du dazwischen geplatzt bist. Ich wollte hören, was er über die letzten beiden Jahre zu sagen hatte. Er hätte nicht so offen mit mir gesprochen, wenn du dabei gewesen wärst, und ich musste es wissen."

„Du hast ihm umarmt", sagte Sebastien schmollend.

Thierry verdrehte die Augen. „Ich habe auch Alain schon umarmt und es hat dich nicht gestört."

„Alain hat Orlandos Mal am Hals", erwiderte Sebastien, als würde das alles erklären. „Er hat für keinen anderen Mann Augen."

Thierry schüttelte den Kopf über so viel Dummheit. „Als ob ich Augen für einen anderen Mann hätte", schnaubte er. „Du trinkst seit einem Monat mein Blut und teilst seit zwei Wochen mein Bett. Ist dir noch nicht in den Sinn gekommen, dass ich dich lieben könnte?"

Der geschockte Ausdruck in Sebastiens Gesicht sagte alles.

„Wir sollten jetzt nach Hause gehen", beschloss Thierry. „Ich habe offensichtlich noch einiges nachzuholen."

„Ich habe dir angeboten, dass du toppen darfst", krächzte Sebastien, von dessen Wut und Eifersucht nach Thierrys unerwarteter Liebeserklärung keine Spur mehr übrig war. Das Herz pochte ihm wie wild in der Brust und ihm war plötzlich schwindelig. Thierry liebte ihn.

Thierry grinste. „Was immer ich auch tun muss, um dich davon zu überzeugen, dass ich *dich* will. Nicht Eric, und auch keinen anderen. Nur dich."

„Hier ist wirklich der denkbar ungeeignetste Ort, um mir das zu sagen", stöhnte Sebastien. Auf der Straße hinter ihm rauschten die Autos vorbei und Fußgänger warfen ihnen empörte Blicke zu, bevor sie den Kopf abwandten und weitergingen.

„Das Hauptquartier ist nur einige Blocks entfernt." Thierry gestikulierte die Straße entlang, machte aber keinerlei Anstalten, sich aus Sebastiens Griff zu befreien. „Mein Büro ist leer. Und die Tür hat ein Schloss."

„Gel oder Creme?", fragte Sebastien hoffnungsvoll.

Thierry konnte nicht mehr an sich halten und brach in lautes Gelächter aus. Die Situation war einfach zu komisch. Sebastien wirkte allerdings nicht sehr amüsiert, sodass Thierry sich aufrichtete und ihm in die Seite pikste. „Mehr Optimismus!", verlangte er.

Sebastien fing den frechen Finger ein, zog ihn an den Mund und fing zu knabbern an. „Vorsichtig", warnte er, halb scherzend und halb im Ernst. „Sonst muss ich dir den Hintern versohlen."

Thierry lachte nur noch lauter. Dann stieß er sich von der Wand ab und nahm Sebastien an der Hand. „Komm jetzt, Geliebter. Wir machen uns hier nur zum Narren."

Sebastien wartete ab, bis Thierry an ihm vorbeigegangen war, dann gab er ihm einen lauten Klaps auf den Allerwertesten, gerade hart genug, um ihm zu zeigen, dass er es nicht nur als Spaß gemeint hatte.

Der Schlag erschreckte Thierry und er fing wieder zu lachen an. Die Erleichterung über den Tod von Serrier, über Orlandos Rettung und selbst über seine eigene Liebeserklärung an Sebastien ließen ihn eine Leichtigkeit fühlen, wie er sie seit dem Beginn des Krieges nicht mehr empfunden hatte. Er nahm Sebastien an beiden Händen und ging rückwärts in Richtung Hauptquartier, den Vampir übermütig hinter sich herziehend.

Sebastien wollte nicht mehr an seine Eifersucht denken, nicht mehr an seinen überwältigenden Trieb, Thierry zu markieren, sodass ihn nie wieder ein anderer Mann anfassen würde. Er ließ sich von Thierry die Straße entlang ziehen, und als sie das Hauptquartier erreichten, hatte er nur noch einen Wunsch – er wollte Thierry unter sich fühlen, als Beweis für die Worte, die dem Magier im Café so leichtfertig von der Zunge gegangen waren.

Als sie in Thierrys Büro ankamen, umarmte Sebastien seinen Geliebten, legte ihm die Hände auf den Hintern und presste ihn an sich. „Wir brauchen irgendeine Creme oder Lotion", keuchte er. „Ich kann dich nicht trocken ficken."

„Ich sollte mir demnächst einen Vorrat in die Tasche stecken", scherzte Thierry und rieb sich aufreizend an seinem Geliebten. „Ich sehe in Alains Schreibtisch nach. Vielleicht hat er etwas, das wir benutzen können. So oft, wie ich ihn und Orlando hier schon überrascht habe, müsste er eigentlich vorbereitet sein."

Sebastien kicherte und ließ Thierry lange genug los, um in Alains Schreibtisch nachzusehen. Nach wenigen Sekunden zog Thierry triumphierend eine Tube aus der Schublade und warf sie Sebastien grinsend zu.

„Das Haltbarkeitsdatum ist abgelaufen", meinte Sebastien nach kurzer Inspektion.

„Wann?", fragte Thierry und überlegte schon, wie er Alain deswegen hochnehmen konnte.

„Vor zwei Monaten."

Thierry prustete. „Das heißt gar nichts. Es ist bestimmt noch in Ordnung. Aber ich werde Alain trotzdem ermahnen, besser darauf zu achten."

Sebastien verdrehte die Augen, doch die gute Laune des Magiers war ansteckend und vertrieb auch noch den Rest seiner Eifersucht. „Wir sollten ihn ernsthaft vor den Konsequenzen warnen, die er zu erwarten hat, wenn er die Gesundheit eines Vampirs gefährdet."

„Ich glaube nicht, dass Orlando uns das erlauben würde", erwiderte Thierry und kam um den Schreibtisch herum zu Sebastien zurück. „Hattest du nicht erwähnt, dass ich dieses Mal ran dürfte?"

Sebastien wich grinsend zum Sofa zurück. Als er mit den Beinen an die Kante stieß, ließ er die Tube fallen und zog sich aus. Die Kleidungsstücke flogen in allen Richtungen durchs Zimmer, so eilig hatte er es. Thierry folgte seinem Vorbild, und bald darauf waren sie beide nackt. Thierry wartete immer noch darauf, dass Sebastien die Initiative übernahm.

Sebastien legte sich mit dem Rücken auf die Couch und gab Thierry die Tube, während er sich mit der anderen Hand über den Schwanz und die Eier und noch weiter hinten rieb und grinsend abwartete, welche Einsatzmöglichkeiten der Magier für den Tubeninhalt finden würde. Thierry starrte die Tube wie hypnotisiert an, dann drückte er sich genügend Gel auf die Hand, um sie beide komplett damit einzureiben.

„Die Hälfte hätte auch gereicht", neckte ihn Sebastien.

Thierry kniete sich zwischen Sebastiens Beinen auf die Couch. „Ich will kein Risiko eingehen", krächzte er und wurde unvermittelt ernst, als ihm bewusst wurde, was jetzt geschehen würde.

Sebastien fasste lächelnd nach Thierrys Hand und führte sie sich zwischen die Beine. „Ich bin schon so hart, dass du dir das Vorspiel ersparen kannst. Lass dir etwas Zeit, um mich zu dehnen, dann kann's losgehen."

Thierry stöhnte. „Wenn du nicht aufhörst, so zu reden, übernehme ich keine Garantie mehr für meine Selbstbeherrschung", warnte er den Vampir.

Sebastien war versucht, ihn beim Wort zu nehmen und an die Grenzen zu gehen. Dann fiel ihm ein, dass er seit vierhundert Jahren nicht mehr gefickt worden war, und er verschob es auf einen anderen Tag.

Thierry erinnerte sich daran, wie Sebastien ihn vorbereitet hatte. Er schob einen Finger in den kleinen Muskelring und zischte leise, als er spürte, wie eng er war. „Putain, Sebastien. Wie lange ist es her?", fragte er, während Sebastien sich alle Mühe gab, sich zu entspannen. Aber selbst jetzt war er noch unglaublich eng.

„Einige Zeit", antwortete Sebastien, der jetzt nicht Thibaults Geist beschwören, sondern sich auf seinen neuen Geliebten konzentrieren wollte.

„Vierhundert Jahre?", riet Thierry und bewunderte die tiefen Gefühle, die Sebastien für seinen Avoué empfunden haben musste. Er hatte bei Orlando und Alain mit eigenen Augen gesehen, wie tief und innig der Bund des Aveu de Sang war. Jetzt wurde ihm das durch Sebastien bestätigt. Thierry konnte seine eigene Beziehung zu dem Vampir schon kaum in Worte fassen und der Gedanke, dass es etwas noch Mächtigeres gab, raubte ihm fast den Atem.

„So ungefähr", meinte Sebastien und schob sich auf Thierrys Finger, um ihn tiefer in sich zu spüren. Er wollte jetzt wirklich nicht über Thibault reden.

Thierry ließ das Thema fallen und widmete sich wieder Sebastien, der sich lüstern unter ihm rekelte. Er rieb ihm mit dem Finger unerbittlich über die Prostata, bis Sebastien es nicht mehr aushielt. „Das reicht", stöhnte der Vampir. „Den zweiten Finger."

Thierry befeuchtete seine Finger mit dem Gel und erfüllte ihm seinen Wunsch. Er überkreuzte seine beiden Finger, um sie besser durch den engen Muskel einführen zu können. Sebastien warf sich auf der Couch hin und her und stieß mit den Hüften gegen Thierrys Hand. Der Magier senkte den Kopf, nahm Sebastiens tropfenden Schwanz in den Mund und fing zu saugen an, so, wie Sebastien es bei ihm selbst schon so oft getan hatte. Der leicht salzige Geschmack überraschte ihn, aber er ließ sich dadurch nicht abhalten und saugte Sebastiens dicken Schwanz tiefer in den Mund, während er mit den Fingern den engen Eingang dehnte. Thierry konnte Sebastien nicht so tief in die Kehle nehmen, wie der Vampir es bei ihm getan hatte, aber er gab sein Bestes, das auf andere Weise wettzumachen.

Und wenn er die Reaktion Sebastiens richtig einschätzte, war er mit seinen Bemühungen mehr als erfolgreich.

Die bittere Flüssigkeit, die aus Sebastiens Schwanz tropfte, bedeckte Thierrys Zunge und lenkte ihn mit ihrem Geschmack so sehr ab, dass er ganz vergaß, seine Finger zu bewegen. Sebastien konnte sie dennoch tief in sich fühlen und die Wirkung war unglaublich erregend. Er bebte am ganzen Leib, versuchte, still zu liegen und sich nicht zwischen Thierrys Mund und Fingern entscheiden zu müssen, konnte aber nicht widerstehen und stieß mit dem Schwanz in den Mund des Magiers.

Thierry musste würgen und hob den Kopf, als sich Sebastiens Schwanz in seine Kehle bohrte. Er wusste, dass er ihn ganz schlucken konnte, aber heute Nacht war nicht der Zeitpunkt, das auszuprobieren. Thierry leckte die glänzende Flüssigkeit von Sebastiens Eichel ab und fuhr dann mit der Zunge nach unten, über den harten Schwanz bis zu den Hoden. Sebastien verlor unter ihm immer mehr die Kontrolle über seine Bewegungen. „Ist das gut?", fragte Thierry mit rauer Stimme.

„Zu gut", keuchte Sebastien. „Wenn du so weitermachst, komme ich gleich."

„Warum nicht?", neckte Thierry. „Es muss ja nicht bei dem einen Mal bleiben, oder?"

„Ich will aber warten, bis ich dich in mir fühle", erwiderte Sebastien und zog Thierry an den Schultern nach oben. Dann fuhr er ihm mit der Hand genüsslich über den harten Schwanz. „Ich will dich ganz in mir spüren und einen langen, harten Ritt, bis wir zusammen kommen."

Thierry keuchte, als er Sebastiens Hand fühlte. Er tastete blind nach der Tube. Sebastiens Hand machte es ihm schwer, nicht alle guten Vorsätze zu vergessen und auf der Stelle zu kommen.

Sebastien spreizte die Beine und rutschte auf dem Sofa weiter nach unten. „Komm schon, Geliebter", drängte er. „Jetzt."

Thierry rieb sich mit zitternder Hand den Schwanz ein und positionierte ihn mit der Spitze an Sebastiens pochender Rosette.

„Drück ihn langsam rein", instruierte ihn Sebastien keuchend. „Los jetzt. Du tust mir nicht weh."

Thierry war sich da nicht so sicher, aber er befolgte Sebastiens Anweisungen und stieß leicht an die enge Öffnung, bis der Muskel nachgab und ihn in die lodernde Hölle einließ, die sich dahinter verbarg. „Putain", stöhnte er. „Das fühlt sich so gut an."

Sebastien ließ das anfängliche Brennen über sich ergehen und schwelgte in dem Gefühl, nach so langer Zeit endlich wieder komplett ausgefüllt zu werden. „Langsam", krächzte er. „Leicht stoßen, bis du ganz drin bist."

Thierry nickte und fing an, einen langsamen, behutsamen Rhythmus aufzunehmen. „Sag mir, wenn es zu viel wird."

Sebastien lächelte keuchend, während der dicke Schwanz ihn mehr und mehr dehnte und füllte. „Du tust mir nicht weh. Mach nur weiter so."

Thierry bezweifelt, dass er diese Zurückhaltung noch lange ertragen konnte. Der heiße Druck von Sebastiens Körper ließ ihn jetzt schon vor Erregung zittern, dabei hatten sie noch gar nicht richtig angefangen. Er biss die Zähne zusammen und nahm sich vor, dass – egal, wie – Sebastien zuerst kommen würde.

Sebastien stand auch schon an der Schwelle zum Orgasmus. Er hatte dieses Gefühl zu lange entbehren müssen. Als sein Avoué noch lebte, hatten sie es fast immer so gemacht – Thibault liebte ihn, während Sebastien seinen Avoué biss und von ihm trank. Nach Thibaults Tod hatte Sebastien sich nie wieder einem anderen Mann hingegeben.

Bis zu diesem Tag.

Heute konnte er sich wieder einem Mann hingeben, wie er es seit seiner Umwandlung nur für Thibault getan hatte, denn heute war es mehr als Sex. Heute war er mit dem Herzen dabei. Er zog Thierrys Kopf nach unten und küsste ihn, drang mit der Zunge in Thierrys Mund ein und nahm den Rhythmus auf, den Thierrys Hüften ihm vorgaben. Dann legte er ihm die Hände auf den Rücken und auf den Hintern und forderte ihn mit leichtem Druck auf, jetzt schneller und härter zu stoßen.

Thierry warf den Kopf in den Nacken, wollte sich beherrschen, aber es gelang ihm nicht. Schneller und schneller kamen seine Stöße und sein lang gestreckter Hals war eine Versuchung, der Sebastien nicht widerstehen konnte. Tief bohrte er die Zähne in Thierrys Fleisch. Das heiße Blut seines Geliebten lief ihm in den Mund. Sebastien konnte es schmecken. Er schmeckte in aller Klarheit die Gefühle, die er bisher nicht zur Kenntnis nehmen wollte, weil er befürchtete, sie falsch zu interpretieren. Jetzt, da der Krieg vorbei war, schmeckte er die Liebe, die ihm Thierry so beiläufig erklärt hatte, mit einer Klarheit wie nie zuvor. Es war, als hätten die Ereignisse des letzten Tages alle Ängste, alle Zweifel hinweggefegt. Nur noch Liebe war zu spüren, und sie konnte mit allem mithalten, was Sebastien jemals in Thibaults Blut geschmeckt hatte.

Er saugte stärker, bis er zum Höhepunkt kam und seine Gefühle mit dem Magier teilen konnte. Sein Körper zog sich um Thierrys Schwanz zusammen und Thierry schrie auf, als er Sebastien in die Erlösung folgte.

Sebastien zog ihn zärtlich an sich und leckte mit der Zunge über die Bisswunden am Hals des Magiers. Das Leder der Couch klebte an seinem schweißbedeckten Körper. Als Thierry nach einigen Minuten den Kopf hob, nahm Sebastien sein Gesicht zwischen die Hände und sah ihm in die Augen. „Ich hätte es dir früher sagen sollen", flüsterte er. „Ich liebe dich auch."

Thierry lächelte. „Ich hatte gehofft, dass du auch so empfindest. Sonst hättest du schon längst die Flucht ergriffen."

Sebastien streichelte ihm lachend über die Haare. „Ja. Ich habe in all den Jahren meiner Existenz erst einmal so gefühlt, und das ist lange her."

Thierry nickte bedächtig und griff nach Sebastiens Hand. „Nach Aleth' Tod habe ich mir versprochen, alles zu tun, um diesen Krieg zu gewinnen, selbst wenn ich dafür ein Zeichen am Hals tragen müsste, so wie Alain. Damals habe ich das für ein Opfer gehalten." Er holte tief Luft. „Jetzt ist das nicht mehr der Fall."

Sebastien schloss bedauernd die Augen. „Ich kann dir mein Zeichen nicht geben. Es tut mir so leid."

„Warum nicht?", fragte Thierry und unterdrückte mühsam die Eifersucht, die in ihm zu explodieren drohte.

„Weil die Magie des Aveu de Sang nur ein einziges Mal wirkt", erklärte Sebastien. „Wenn ich dir mein Zeichen einbrenne, würdest du nur den Schmerz fühlen, aber wir beide hätten keinen der anderen Vorteile davon. Ich dachte nach Thibaults Tod, dass ich nie wieder einen Menschen so lieben würde, wie ich ihn geliebt habe. Ich habe mich getäuscht. Wenn ich es könnte, ich würde keine Sekunde zögern, dir mein Zeichen zu geben. Aber so kann ich dir nur mein Versprechen geben und hoffen, dass du es annimmst. Ich werde dich nie verlassen. Solange du mich willst, bleibe ich bei dir."

„Ich will dich", schwor Thierry. Er war enttäuscht, aber er wusste auch, dass nur die wenigsten Menschen die Chance auf einen magischen Bund von der Macht des Aveu de Sang hatten. Sebastien war diesen Bund einmal eingegangen und hatte ihn erfüllt. Wenn er Thierry versprach, ihn nie zu verlassen, konnte ihm Thierry vertrauen und musste sich damit zufriedengeben. „Ich werde dich immer lieben."

30

„WIR SOLLTEN jetzt zu Marcel gehen", sagte Raymond, nachdem sie einige Zeit gedöst hatten. Er hatte nicht die geringste Lust, die gemütliche Höhle hinter den Vorhängen von Jeans Himmelbett zu verlassen.

„Das sollten wir", stimmte Jean zu, rührte sich aber nicht vom Fleck. „Aber er war genauso erschöpft wie du. Wir können uns noch Zeit lassen."

„Ich habe nur das Gefühl, wir sollten ..."

Jean brachte ihn mit einem Kuss zum Schweigen und Raymond ließ sich wieder auf die Matratze sinken. Jean rollte sich auf ihn und stützte sich auf die Unterarme. Dann küsste er ihn mit einer Intensität, deren Wildheit sie beide überraschte. Jean hob keuchend den Kopf.

„Was war das?", fragte Raymond. „Nicht, dass ich mich beschweren will. Aber ich wüsste gerne, was ich tun muss, damit du so reagierst."

„Du hast davon gesprochen, wegzugehen."

„Aber nicht weg von dir", meinte Raymond. „Nur zurück ins Hauptquartier. Mit dir."

Jean zuckte verlegen mit den Schultern und rieb sich das Genick. „Das war meinen Instinkten offensichtlich egal. Sie wollen nur, dass du hierbleibst. Für immer."

Raymond lächelte. „Ich glaube nicht, dass du den Cour vom Bett aus führen kannst."

„Du musst dir schon ein besseres Argument einfallen lassen, damit ich dich gehen lasse", erklärte der Vampir, rollte Raymond auf den Bauch und streichelte ihm zärtlich über den Rücken. Als er Raymonds Narben berührte, senkte er den Kopf und leckte sie mit der Zunge der Länge nach ab, als könnte er sie damit heilen, so wie er die Bisswunden in Raymonds Hals geheilt hatte. Raymond erschauerte vor Genuss und entfachte damit das Verlangen, das dicht hinter Jeans beherrschter Fassade schlummerte.

„So habe ich das nicht gemeint", erwiderte Raymond entspannt und spreizte die Beine, um Jeans Schwanz zwischen seinen Arschbacken zu fühlen. „Aber irgendwann müssen wir aufbrechen."

Jean brummte leise. „Später. Erst will ich dir zeigen, wie froh und dankbar ich bin, dich an meiner Seite zu haben. Du bist meine Stimme der Vernunft, wenn ich sie brauche."

Raymond wollte widersprechen und ihn darauf hinweisen, dass es Monsieur Lombard gewesen war, dessen Eingreifen verhindert hatte, dass Jean seinen Impulsen nachgegeben und Edouard an Ort und Stelle getötet hatte. Aber Jean lenkte ihn mit seinen Küssen ab, die langsam den Weg über Raymonds Rücken zu seinem Hintern fanden. Raymond spürte, wie Jeans Zähne ihm sanft über die Haut glitten. Es war ein erregendes Gefühl und er wünschte sich, Jean würde ihn beißen – hier und jetzt. Aber Jean hatte ihm schon deutlich gemacht, dass er damit bis heute Nacht warten musste, und bis dahin dauerte es noch einige Stunden. Raymond drückte sich trotzdem stöhnend an Jeans Lippen, weil er mehr Kontakt brauchte.

Jean lag ein Lächeln auf den Lippen. Dann drang ihm der Geruch des Begehrens in die Nase, den sein Geliebter verströmte, und er konnte an nichts anderes mehr denken, als Raymond mehr von diesen wunderbaren Geräuschen zu entlocken. Er fuhr mit den Daumen zwischen Raymonds Arschbacken und teilte sie, um direkt an die Quelle des Geruchs zu kommen. Er leckte über die sensible Haut und wünschte sich, noch mehr und noch besser schmecken zu können, drückte dann die Zunge in Raymonds Körper und fing zu saugen an, bis der Magier sich unter ihm unruhig an der Matratze rieb.

Raymond wimmerte. Er würde es nie zugeben, aber nur so konnte man das Geräusch nennen, das seinen Lippen entwich, als Jeans Zunge in ihn eindrang. Er war kein unbeschriebenes Blatt, aber er sammelte auch keine Kerben an seinem Bettpfosten. In der Vergangenheit war er immer zu sehr auf seine Forschungen konzentriert gewesen und hatte damit alle Liebhaber vertrieben, bevor sie diese besondere Art von Kreativität im Bett erreicht hatten. Deshalb war es eine neue Erfahrung für ihn und er konnte sich gut vorstellen, dass er sich bei einem anderen Mann viel zu verwundbar gefühlt hätte, um es zuzulassen. Bei Jean war das nicht der Fall. Sein liebevoller, und doch so entschlossener und beherrschender Vampir hatte ihm schon mehr als einmal bewiesen, dass er Raymond niemals verletzen würde. Raymond konnte sich ihm vorbehaltlos ausliefern, und das war ein Erlebnis, das ihn jedes Mal aufs Neue um den Verstand brachte. Zwischen ihnen gab es keine Zurückhaltung und keine Furcht mehr. Raymond verspürte nicht mehr die Nervosität, die seine Erfahrungen mit anderen Männern bestimmt hatte. „M-mehr", stammelte er und versuchte, auf die Knie zu kommen, um sich fester an Jeans Mund pressen zu können.

Jean fasste ihn mit seinen starken Händen an den Hüften und zog ihn hoch. Raymond stützte sich mit den Händen auf dem Bett ab und zog die Knie unter die Brust, bewegte die Hüften vor und zurück und versuchte mit jedem Stoß, Jeans wunderbare Zunge tiefer in sich zu spüren. Er konnte seine Gefühle nicht mehr in Worte fassen und schrie nur noch leise, wenn Jeans Zunge in ihn eindrang. Rein und raus, rein und raus stieß sie in Raymonds Loch. Hilflos ließ er den Kopf zwischen die Arme fallen. Er keuchte, stöhnte und bettelte – worum, wusste er selbst nicht. Er wusste nur noch, dass er etwas brauchte. Was auch immer.

Dann war die Zunge plötzlich verschwunden. Raymond protestierte mit einem lauten Schrei, aber noch bevor sein Schrei verhallt war, wurde die Zunge durch Jeans Schwanz ersetzt, der sich tiefer als jemals zuvor in ihn hineinbohrte.

Bis zum Anschlag stieß er in Raymond hinein, füllte ihn aus, ließ ihn in Flammen aufgehen und neu entstehen, nahm ihn vom Kopf bis zu den Füßen in Besitz, bis Raymond nur noch ein Ziel kannte – mit jeder Faser seines Wesens diesem Mann zu gehören, den er liebte und der ihn liebte.

Dann stießen Jeans Zähne zu – direkt in die Narbe, die sich über Raymonds Rücken zog. Raymond schrie gellend auf und sein ganzer Körper verkrampfte sich, doch Jean war unerbittlich und trieb ihn höher und höher, bis Raymond schluchzend das zweite Mal zum Höhepunkt kam. Sein Körper kapitulierte, aber die magische Verbindung zwischen ihnen hatte Bestand und überschwemmte seine Sinne mit Lust, Liebe, Magie und Verlangen, bis alles in einer gewaltigen Woge aus ihm herausschoss und er das Bewusstsein verlor.

Jean spürte Raymond unter sich erschlaffen und kam ebenfalls zum Orgasmus. Der Geschmack von Raymonds Erlösung auf der Zunge ließ ihn am ganzen Leib erzittern. Erst als Raymond sich nicht mehr rührte, wurde ihm klar, dass es nicht nur die Befriedigung war, die den Magier so bewegungslos unter ihm liegen ließ. Er zog vorsichtig die Zähne aus Raymonds Rücken und verschloss die Wunden mit seiner Zunge. Dann rollte er seinen Geliebten auf die Seite. Raymonds Atem ging harsch, beruhigte sich aber langsam. Jean schmiegte sich mit dem Gesicht an Raymonds Hals und wartete geduldig, bis sich die braunen Augen wieder öffneten. Als es endlich soweit war, raubte ihm der Ausdruck in Raymonds Blick fast den Atem.

Jean wollte etwas sagen, aber alles, was er sich zu sagen traute, war schon gesagt. Er beschränkte sich darauf, den Magier zärtlich zu küssen und seine Taten für sich sprechen zu lassen.

„Jetzt müssen wir aber zu Marcel", murmelte Raymond einige Sekunden später. Es war ihm unangenehm, dass er seinen Gefühlen erlaubt hatte, alle Mauern niederzureißen und so ungehemmt an die Oberfläche zu kommen.

Jean schüttelte den Kopf. „Erst müssen wir schlafen. Marcel kann noch einige Stunden warten."

Raymond wollte widersprechen und Jean an ihre Pflichten erinnern, aber das Bett war warm und Jean hielt ihn in den Armen, als wollte er ihn nie wieder loslassen. Raymond hatte nicht mehr die Kraft, sich dagegen zu wehren. Mit einem leisen Seufzer schloss er die Augen und schlief ein.

„Du siehst schon viel besser aus", meinte Marcel, als Raymond einige Stunden später zusammen mit Jean das Büro des Generals betrat.

„Du auch", erwiderte Raymond. „Es ist schon erstaunlich, was zwölf Stunden Schlaf bewirken können."

Marcel warf einen Blick auf die Uhr. „Nur zwölf Stunden?", scherzte er und grinste, als Raymond rot anlief und sich ein zufriedenes Lächeln auf Jeans Gesicht ausbreitete. Für einen seiner Jungs war alles gut gelaufen. Jetzt musste sich Marcel nur noch um die drei anderen kümmern. Allerdings – wenn er die Lage richtig beurteilte, hatte sich das Problem für Eric und Vincent schon von selbst erledigt.

Raymond dachte über eine passende Antwort auf Marcels Scherz nach, aber ihm fiel nichts Unverfängliches ein, womit er Marcel nicht noch mehr Munition geliefert hätte. Also drehte er sich einfach zu Jean um und wartete darauf, dass sein Partner das Gespräch eröffnete und Marcel den Grund für ihren Besuch erklärte.

Jean hatte Mitleid mit Raymond und wandte sich an den General. „Hattest du schon Zeit, einen Termin für das *Judicium* zu finden?", erkundigte er sich. „Ich weiß, du hattest viel zu tun, aber wenn wir den Gesetzlosen noch länger in der Zelle festhalten, müssen wir ihm Blut besorgen. Ich habe keine sonderliche Lust, dieses Fass aufzumachen."

„Wir können morgen Abend einen der Gerichtssäle im Palais de Justice benutzen", antwortete Marcel. „Was genau ist ein *Judicium*?"

„Es ist eine ganz normale Gerichtsverhandlung", erklärte Jean. „Allerdings gibt es keine gewählte Jury, sondern der gesamte Cour versammelt sich und fällt sein Urteil anhand der Beweise, die der *Accusator* präsentiert. Als Chef de la Cour sitze ich der Verhandlung vor und vollstrecke das Urteil."

„Und welche Urteile kann der Cour fällen?", fragte Marcel.

„Es gibt drei Arten der Bestrafung: Verbannung, Gefängnis und Vernichtung."

„Gefängnis?", fragte Marcel nach. „Wie wird ein Gefangener mit Blut versorgt?"

„Gar nicht", antwortete Jean. „Wer zu Gefängnis verurteilt wird, versinkt in einen Tiefschlaf, so ähnlich, wie es mit Orlando geschehen ist. Wenn die Zeit abgelaufen ist, wird der Gefangene wieder geweckt – falls es noch einen Vampir gibt, der ihm das passende Blut spenden kann. Ich kenne nur einen Fall, in dem das möglich war."

„Ist das nicht ziemlich hart?", wollte Marcel wissen.

„Wer sich dem Cour widersetzt, ist selbst dafür verantwortlich", erwiderte Jean. „Jeder Vampir kennt die Strafen, die auf die Missachtung unserer Gesetze stehen."

„Das müssen wir berücksichtigen, wenn wir die Vampire integrieren wollen", überlegte Marcel. „Unser Strafrecht kennt die Todesstrafe nicht. Ich kann mir auch nicht vorstellen, dass es ein Äquivalent für eure Gefängnisstrafe gibt."

„Umso mehr sollten wir uns beeilen, das *Judicium* abzuhalten", erklärte Jean. „Der *Extorris* wird die Konsequenzen seines Verhaltens nach den Gesetzen der Vampire zu spüren bekommen. Ein Urteil nach französischem Recht wäre nur ein Tropfen auf den heißen Stein, wenn man die lange Lebenszeit eines Vampirs berücksichtigt. Ich habe nicht vor, diesen Mann jemals wieder in Freiheit zu entlassen. Er ist eine Bedrohung für uns alle."

„Noch geht das, weil die Gleichstellungsgesetze noch nicht verabschiedet sind", sagte Raymond, der sich unwohl fühlte, diese unerbittliche Seite in der Persönlichkeit seines Partners kennenzulernen. „Aber was wird danach? Wir werden dieses Problem ansprechen müssen. Der Conseil des Ministres wird von dir und Marcel Lösungsvorschläge erwarten."

Jean schnaubte und sah den General amüsiert an. Er konnte sich nur zu gut an ihr letztes Gespräch mit diesem erlauchten Kreis erinnern. „Es ist kein alltägliches Problem", sagte er dann. „Es ist erst das zweite *Judicium*, das ich in meinen vierhundert Jahren als Chef de la Cour einberufe."

„Und was ist mit all den kleinen Gesetzesüberschreitungen, die vor unseren Gerichten landen würden, aber kein *Judicium* rechtfertigen?", wollte Raymond wissen. „Als die Mordserie des Gesetzlosen begann, haben wir uns über die Gesetze der Vampire und ihre Grenzen unterhalten."

Jean zuckte mit den Schultern. „Ich kann nicht auf alles Antworten geben", gestand er ein. „Im Augenblick interessiert mich nur ein Fall. Wenn wir das Problem mit dem *Extorris* gelöst haben, können wir uns über die restlichen Fragen unterhalten." Er erkannte die Besorgnis in Raymonds Augen und fügte noch schnell hinzu: „Wir finden schon eine Lösung. Wir werden alles vernünftig diskutieren und einen Weg finden, der sowohl die Gesellschaft als auch die Vampire zufriedenstellt. Aber der *Extorris* ist kein guter Testfall. Er ist nicht repräsentativ für die Vampire und ich will nicht, dass er als schlechtes Beispiel dienen kann. Wir werden uns im Cour mit ihm befassen, so, wie wir es schon immer getan haben."

„Was können wir dazu beitragen, damit das *Judicium* stattfinden kann?", mischte sich Marcel ein, um die drohende Auseinandersetzung zu unterbinden. Raymond hatte zwar recht, aber Marcel kannte sich mit menschlicher Sturheit aus. Jetzt eine Entscheidung zu erzwingen, würde weder den Vampiren, noch der Milice oder einem der Anwesenden hier nützen.

„Sebastien muss mit Orlando reden", sagte Jean. „Als *Accusator* muss er dem Cour den Fall vortragen. Es reicht vollkommen aus, wenn Orlando bestätigt, dass er Edouard gesehen hat, während Serrier mit ihm experimentierte. Einem Vampir die Hilfe zu verweigern, kommt vor unserem Gesetz der Verletzung oder Ermordung eines Vampirs gleich."

„Der Gesetzlose könnte behaupten, dass er nicht erkannt hat, was sie mit Orlando gemacht haben", warf Raymond ein. „Oder dass er in Orlandos Interesse gehandelt hat, indem er sich Serrier anschloss."

Jean schnaubte verächtlich. „Nach dem, was er während seiner Gefangennahme gesagt hat, wird ihm das niemand abnehmen. Er hat seine Meinung über Orlando unmissverständlich zum Ausdruck gebracht."

„Dann muss Sebastien darauf hinweisen", erwiderte Raymond beharrlich.

„Edouard steht vor dem Cour, nicht vor einer menschlichen Jury, die das Jeu des Cours nicht kennt. Sie werden seine Lügen durchschauen", sagte Jean. „Viele von ihnen waren dabei, als wir ihn gefangen genommen haben. Sie haben dafür gesorgt, dass jeder weiß, was er gesagt und wie er sich verhalten hat."

Ihr Gespräch wurde durch ein Klopfen an der Tür unterbrochen.

„Herein!", rief Marcel.

Zur Überraschung der Anwesenden waren es Alain und Orlando, die Hand in Hand das Büro betraten. Die beiden wirkten noch etwas mitgenommen, aber ihr Lächeln sagte Jean alles, was er wissen wollte.

„Du hast gesagt, wir sollten wegen des *Judiciums* heute hier sein", sagte Orlando, als er Jeans fragenden Blick bemerkte.

„Wir haben es auf morgen verschoben", sagte Marcel entschuldigend. „Wir haben gerade darüber gesprochen. Aber wir sind alle noch ziemlich erschöpft und wollten Sebastien genügend Zeit geben, sich richtig vorzubereiten."

„Sebastien ist dein *Accusator*", erklärte Jean, der sich nur zu gut erinnerte, warum er vor hundert Jahren das erste Mal ein *Judicium* einberufen musste. „Du musst mit ihm reden, damit er den Fall morgen Abend präsentieren kann."

„Was wird mit dem Gesetzlosen geschehen?", fragte Alain, dessen Wut auch nach vierundzwanzig Stunden Schlaf und Liebe mit seinem Vampir kaum nachgelassen hatte. Orlando war jetzt zwar wieder in Sicherheit, aber die Verantwortlichen für seine Leiden hatten alle Qualen der Hölle verdient. Blanchet war nicht mehr greifbar, doch der Gesetzlose sollte seine gerechte Strafe erhalten.

„Das muss der Cour entscheiden", erwiderte Jean. „Er hat die Wahl zwischen Verbannung, Gefängnis und Vernichtung."

„Das ist viel zu gut für dieses Monster", fauchte Alain. „Er soll genauso leiden, wie Orlando gelitten hat."

Orlando legte ihm beruhigend die Hand auf den Arm. „Es ist vorbei, Alain", sagte er leise. „Sie können mir nichts mehr tun. Edouard zu foltern, hilft weder mir, noch seinen anderen Opfern."

„Aber ich würde mich besser fühlen", grummelte Alain und dachte an die Tage zurück, in denen er Orlandos Schmerzen und Angst durch ihre Verbindung gefühlt und mit ihm gelitten hatte. Jean lächelte ihm verständnisvoll zu.

„Er wird hingerichtet werden", versicherte der Chef de la Cour dem blonden Magier. „Die meisten Mitglieder des Cours wissen schon, welchen Schmutz er gestern von sich gegeben hat. Diejenigen, die es nicht wissen, müssen sich nur Orlando ansehen und hören, dass Edouard nichts unternommen hat, um ihm zu helfen, dann werden sie das gleiche Urteil fällen. Daran gibt es keinen Zweifel, so wenig, wie es einen Zweifel an der Verurteilung Thurloes gab. Für diese Verbrechen gibt es nur eine Strafe."

„Er hat mich nie selbst angefasst", warnte Orlando. „Das war bei diesem Hundesohn von Thurloe anders."

„Hat er dich gesehen?", gab Jean zurück. „Wusste er, was sie mit dir machen?"

„Er hat mir ins Gesicht gelacht, als sie mich gezwungen haben, fremdes Blut zu trinken und als er erkannte, dass ich einen Avoué habe", erinnerte sich Orlando.

Alain und Jean sahen ihn entsetzt an.

„Allein dafür wird er vernichtet werden", versprach Jean.

„Ich wünschte, das wäre mir eine Hilfe", gestand Alain. „Ich hasse es, nach Rache zu schreien. Aber wenn ich an Orlandos Qualen denke, möchte ich den Kerl am liebsten eigenhändig in Stücke reißen."

„Es fällt schwer, die Gesetzte zu akzeptieren, wenn das Opfer jemand ist, den wir lieben", meinte Marcel. „Aber dafür sind Gesetze da. Sie sollen dafür sorgen, dass ein kühler Kopf das zornige Herz regiert."

„Ich habe die beiden letzten Jahre für unsere Gesetze gekämpft", erwiderte Alain. „Trotzdem bin ich froh, dass sich die Vampire auf ihre Art um ihn kümmern und er nicht vor ein französisches Gericht gestellt wird. Ich will diesen Kerl brennen sehen."

„Das wird er auch", versprach Jean. „Und als Orlandos Avoué darfst du dabei sein und es bezeugen."

Orlando sah Alain traurig an. Er konnte die Wut seines Avoué nur zu gut verstehen, aber er wusste auch, dass diese Wut ein Herz von innen heraus zerfressen konnte. Orlando schüttelte den Kopf. „Dieses Mal will ich nicht dabei sein", teilte er Jean mit. „Es hat mir nicht geholfen, Thurloe brennen zu sehen. Es hat mich nur noch wütender gemacht, als ich erkannt habe, dass seine Vernichtung meine Wunden nicht heilen konnte. Es reicht mir, zu wissen, dass der *Extorris* vernichtet wird. Ich will diese Wut nicht mehr erleben. Ich habe andere Dinge vor, die mir wichtiger sind."

Alain war hin- und hergerissen. Er wollte den Gesetzlosen brennen sehen, wollte sich mit eigenen Augen davon überzeugen, dass Edouard niemandem mehr etwas antun konnte. Aber Alain wollte auch Orlando nicht enttäuschen, und der schien die Vergangenheit hinter sich lassen zu wollen. Alain entschied sich, abzuwarten, was der morgige Abend bringen würde.

31

ALS SIE Marcels Büro verließen, nahm Orlando Alain an der Hand. „Du weißt, dass alles wieder gut ist", sagte er leise. „Es ist vorbei, Alain."

„Ich kann nicht so einfach vergessen, was sie mit dir gemacht haben", protestierte Alain.

Orlando drückte ihm lächelnd die Hand. „Ich bin auch nicht sehr erpicht darauf, dieses Erlebnis zu wiederholen. Aber ich verwende meine Zeit und Energie lieber darauf, *dich* zu lieben, als *sie* zu hassen."

„Das möchte ich auch gern tun", gab Alain zu. „Ich weiß, dass Rache es nicht ungeschehen macht. Ich habe mich auch nicht besser gefühlt, nachdem ich vor zwei Jahren den Mörder von Hedwige und Henry umgebracht habe. Aber ich fühle mich so hilflos. Ich hätte dich fast verloren, und ohne den Überläufer hätte ich dich nicht retten können."

„Bist du dir da so sicher?", fragte Orlando. „Sicher, ohne ihn hätte ich nicht entkommen können. Aber ist er wirklich ein Überläufer?"

„Was sollte er sonst sein?", wollte Alain wissen.

„Marcels Spion."

Die beiden Männer drehten sich überrascht um, als sie die Stimme hörten. Es war eine Stimme, die Alain seit zwei Jahren nicht mehr gehört hatte. Seine Miene verdüsterte sich, als er das Gesicht dazu erkannte, das ihm einst so vertraut gewesen war, wie das Gesicht Thierrys. „Wieso bist du nicht in deiner Zelle?"

„Alain", mahnte Orlando. „Eric hat mich gerettet. Gib ihm wenigstens die Chance, dir alles zu erklären."

„Erklären? Was ist da zu erklären? Wie er dich entführt hat, damit Serrier dich vier Tage lang foltern konnte?"

„So war das nicht", widersprach Eric. „Ich wusste nichts über die Partnerschaften und nicht, wer Orlando war. Ich hatte den Befehl, einen Vampir zu fangen. Wenn ich ihn nicht ausgeführt hätte, wäre ich gefoltert, vielleicht sogar umgebracht worden. Marcel hat mir verboten, es soweit kommen zu lassen. Ich hätte Orlando niemals entführt, wenn ich gewusst hätte, wer er war. Ich wollte dich nicht verletzen."

„Bevor du zu Serrier übergelaufen bist, hast du noch anders geredet", erwiderte Alain wütend.

„Ich war nach dem Tod von Danielle und den Kindern ziemlich außer mir", verteidigte sich Eric. „Nachdem ich mich wieder beruhigt hatte, ist Marcel zu mir gekommen und hat mir vorgeschlagen, meine Trauer und Wut zu benutzen, um von Serrier aufgenommen zu werden. Seitdem habe ich alles getan, um in Serriers Gunst zu stehen und Marcel mit Informationen zu versorgen."

„Orlando wäre beinahe vernichtet worden, damit du in seiner Gunst stehen kannst", schrie Alain ihn an.

„Und Eric hat mich rausgeholt, bevor es dazu kommen konnte", mischte sich Orlando ein. „Warum suchen wir uns nicht einen besseren Ort, an dem ihr euch unterhalten könnt, als diesen Flur, wo ständig jemand vorbeikommt? Und bis wir den gefunden haben, könnt ihr beiden euch wieder abregen."

Keiner der beiden Magier gab ihm eine Antwort. Alain nahm Orlandos Vorschlag offensichtlich an, denn er schlug den Weg in sein Büro ein. Er wollte sich nicht mit Eric streiten. So verbittert er auch war, Eric hatte Orlando das Leben gerettet, auch wenn er ursprünglich für dessen Entführung verantwortlich war. Dafür schuldete Alain seinem früheren Freund Dank. Er blieb vor seinem Büro stehen und wollte gerade die Tür öffnen, als er die unmissverständlichen Geräusche hörte, die aus dem Zimmer drangen.

„Vielleicht sollten wir uns einen anderen Platz suchen", schlug Orlando mit anzüglichem Grinsen vor. „Ich bezweifle sehr, dass Thierry und Sebastien sich über die Unterbrechung freuen würden."

Eric riss die Augen auf. „Dazu habe ich nicht die geringste Absicht", sagte er hastig. „Ich bin dem Vampir heute schon über den Weg gelaufen, und das reicht für einen Tag."

Orlando lachte. „Wir Vampire sind ein besitzergreifendes Pack, wenn es um unsere Geliebten geht", gab er zu. „Alain, gibt es ein anderes Zimmer, das wir benutzen können?"

„Am Ende des Flurs ist ein Besprechungszimmer."

Orlando überließ ihm mit einer ausholenden Geste den Vortritt und positionierte sich strategisch geschickt zwischen den beiden Magiern, als sie zu dem Besprechungszimmer gingen. Dann blieb er in der Tür stehen. „So", sagte er streng. „Ich warte vor der Tür, bis ihr euch ausgesprochen habt. In zehn Minuten bin ich zurück und erwarte, dass ihr euch bis dahin wieder vertragt und aufhört, euch wie die beleidigten Leberwürste aufzuführen."

Die beiden Magier sahen ihn schockiert an, aber Orlando ging in den Flur zurück und ließ sie allein. Eine Minute lang schwiegen sie sich an. In der zweiten Minute sagte keiner ein Wort. Es war Eric, der schließlich resigniert die Arme hob und das Schweigen brach. „Ich gebe dir einen Hieb frei, ohne mich zu wehren. Das bin ich dir schuldig, nach allem, was ich dir zugemutet habe."

Alain sah ihn wütend an. Er hatte selbst darunter gelitten, unschuldige Menschen getötet zu haben. Er hatte auch darunter gelitten, sich für Erics Seitenwechsel verantwortlich zu fühlen. Und nicht zuletzt hatte es ihn fast um den Verstand gebracht, nicht zu wissen, ob er Orlando jemals lebend wiedersehen würde. Seine Finger schlossen sich um den Stab in seiner Tasche, aber sein Schmerz saß so tief, dass ihm Magie zu unpersönlich erschien, um sich an Eric zu rächen.

Alain ließ den Stab wieder los, ging einen Schritt auf ihn zu und hob die Faust, um auszuholen und den Mann zu Boden zu schlagen.

All seine Angst, all seine Frustration und sein Schmerz wallten wieder in ihm auf und suchten nach einem Ventil. Er erkannte, wie Eric sich auf den Hieb vorbereitete, aber nicht auswich. Alain ließ den Arm wieder sinken.

Er ließ sich auf einen Stuhl fallen und sah seinen ehemaligen Freund mit funkelnden Augen an. „Sag mir einfach nur die Wahrheit, um Gottes Willen. Was ist wirklich passiert?"

Eric setzte sich in den Stuhl neben Alains, hielt aber respektvoll Abstand. Dann rieb er sich mit beiden Händen übers Gesicht. „Ich weiß nicht, wo ich anfangen soll", gestand er und sah Alain entschuldigend an. „Ich meine … Du kennst die Geschichte ja schon. Marcel hat gehört, welchen Unsinn ich in meiner Trauer geredet habe und hat mich angesprochen. Er hatte die Idee, dass ich mich bei Serrier einschleichen könnte."

„Aber warum hast du uns nicht darüber informiert?", wollte Alain wissen. „Es hat mich fast wahnsinnig gemacht. Ich habe nicht nur deine Familie getötet, ich war auch dafür verantwortlich, dass du zu Serrier übergelaufen bist. Du hättest uns Bescheid sagen sollen."

Eric schüttelte den Kopf. „Ich wollte es euch sagen – dir und Thierry. Ich habe Marcel gesagt, ich würde es nur unter dieser Bedingung tun. Er hat es nicht erlaubt. Er hat gesagt, es könnte euch beeinflussen und ihr würdet euch vielleicht auffällig verhalten, wenn ihr Bescheid wüsstet. Das könnte Serrier misstrauisch machen und mich verraten. Wenn ich das Risiko schon einging, wollte ich wenigstens so lange wie möglich durchhalten. Und wenn Serrier es herausgefunden und mich getötet hätte … Nun, dann hätte die Milice nicht nur ihren Informanten verloren, sondern es auch für meinen Nachfolger ungleich schwieriger gemacht, sich bei Serrier einzuschleichen."

„Du hast das ganz alleine auf dich genommen. Du bist entweder unglaublich tapfer oder unglaublich dumm."

Eric zuckte mit den Schultern. „Ich habe damit gerechnet, es nicht zu überleben, obwohl Marcel nicht wollte, dass ich unnötige Risiken eingehe. Ich habe nur gehofft, einige von ihnen mitnehmen zu können und der Milice so wenigstens eine kleine Hilfe gewesen zu sein, wenn es soweit käme."

„Und doch sitzt du jetzt hier", sagte Alain. „Was ist passiert?"

Eric schüttelte den Kopf. „Vincent. Ich hätte nie damit gerechnet und ich habe auch nicht danach gesucht, aber ich habe einen Freund gefunden, der für mich da war. Ohne seine Hilfe hätte ich nicht überlebt. Orlando wahrscheinlich auch nicht. Ich hätte auf jeden Fall versucht, ihn in Sicherheit zu bringen, aber uns lief die Zeit davon. Serrier hatte schon seine Hinrichtung beschlossen. Dann kam noch die plötzliche Verlagerung unseres Hauptquartiers dazu. Als wir in Orlandos Zelle gekommen sind und ihn endlich befreien konnten, hat Blanchet uns erwischt. Wenn ich allein gewesen wäre, hätte Blanchet mich wahrscheinlich umgebracht, bevor

Orlando entfliehen konnte. Und wenn nicht, dann wäre ich spätestens an der Wache am Eingang gescheitert. Ich verdanke Vincent mein Leben. Und wir beide – du und ich – verdanken ihm Orlandos Leben, denn nur durch Vincents Hilfe konnte er entkommen."

Alains Wut war schon lange verraucht. Es warf einen Blick zur Tür und kicherte leise. „Ich weiß sehr gut, wie es ist, wenn man nicht mit etwas gerechnet hat. Aber wenn es passiert, passiert es eben. Erzähl mir mehr über Vincent. Ich habe ihn nie kennengelernt, auch nicht vor dem Krieg."

Eric zog eine Augenbraue hoch. „Ich weiß auch nicht, wie ich es dir erklären soll. Wir kannten uns vom ersten Tag an. Er hatte den Befehl, mich im Auge zu behalten, obwohl er selbst es nicht so bezeichnet hat. Wir wurden Freunde und Partner in diesem Krieg, haben gemeinsam Angriffe geplant und befehligt. Aber das war es auch schon. Erst vor ungefähr einem Monat hat sich das geändert. Es war nach dem Angriff auf Sainte-Chapelle. Ich hatte plötzlich das Gefühl, ihn erst jetzt richtig kennengelernt zu haben. Wir haben die Nacht zusammen verbracht. Danach war nichts mehr so wie zuvor. Er hat sich mir anvertraut und darüber gesprochen, Serrier verlassen zu wollen. Dann hat Serrier uns befohlen, einen Vampir zu fangen. Wir haben es getan, aber es war der Tropfen, der das Fass zum Überlaufen brachte. Danach haben wir nur noch auf den geeigneten Moment gewartet, Orlando zu befreien und dabei selbst lebend zu entkommen."

Alain rechnete schnell nach. „Samhain", flüsterte er. „Als das Rite d'équilibrage aus dem Ruder lief und die wilde Magie sich in der Stadt ausgebreitet hat. Wir wussten, welches Chaos dadurch in der Allianz ausgelöst wurde. Es ist nur logisch, dass es sich auch auf die dunklen Magier auswirkte."

„Was meinst du damit?", fragte Eric misstrauisch.

„Thierry wurde von der Elementarmagie beinahe aufgesogen", erklärte Alain. „Raymond und ich konnten ihn befreien, aber wir haben in der Aufregung das Ritual nicht korrekt abgeschlossen. Die wilde Magie ist außer Kontrolle geraten und hat einige Partnerschaften der Allianz in ihren Bann geschlagen. Zwischen den Partnern hat sie sich als Sexualmagie manifestiert. In einige Fällen sogar ziemlich extrem. Es scheint, als hätte sie dich und Vincent in dieser Nacht auch beherrscht."

Der Gedanke, dass seine Beziehung zu Vincent nur die Nebenwirkung von wilder Magie war, behagte Eric ganz und gar nicht. Er schüttelte abwehrend den Kopf. „Nein, das kann es nicht gewesen sein. Es ist nicht nur ein magischer Unfall. Vincent hat sein Leben riskiert, um Orlando zu helfen und uns da rauszuholen."

„Beruhige dich", sagte Alain. Erics betroffene Reaktion überzeugte ihn mehr von der Aufrichtigkeit seines Freundes, als jede rationale Erklärung es vermocht hätte. „Die Magie mag der Auslöser gewesen sein, aber sie kann eure Gefühle nicht manipulieren. Das weißt du auch. Das gilt auch für die Partnerschaften. Die Magie des Blutes schafft eine machtvolle Verbindung zwischen den Partnern, aber wie die Betroffenen darauf reagieren, hängt letztendlich doch von ihren persönlichen Eigenschaften ab. Adèle hasst ihren Partner, trotz der magischen Natur der Partnerschaft."

„Thierry hat erwähnt, dass es eine Art magische Resonanz zwischen Vampiren und Magiern gibt", überlegte Eric, der noch verarbeiten musste, was Alain ihm berichtet hatte. „Er hat mir nicht erklärt, wie es funktioniert."

Alain lächelte bedauernd. „Das kann er auch nicht. Keiner von uns könnte es dir wirklich erklären, weil wir es selbst nicht richtig verstehen. Es fing mit Orlando und mir an. Wir haben festgestellt, dass mein Blut ihn immun macht gegen die Sonne. Er wird von ihren Strahlen nicht mehr verbrannt. Aber das ist noch nicht alles. Orlando und ich haben ein Gelübde abgelegt, das unseren Bund besonders machtvoll macht. Auch bei den anderen Partnerschaften entdecken wir ständig neue Auswirkungen. Mein Gott, ich habe seit der Gründung dieser Allianz mehr über Magie gelernt, als in all den Jahren meiner Ausbildung zum Magier. Und es gibt immer noch so vieles, das wir nicht wissen."

„Dann verrate mir, was du weißt", bat Eric. „Wenn es auch Vincent um mich betrifft, möchte ich wissen, worum es geht."

„Ich glaube nicht, dass ihr davon betroffen seid", erwiderte Alain, um Erics Vorbehalte endgültig auszuräumen. „Ihr habt nur für kurze Zeit die wilde Magie gespürt, und die haben wir wieder eingefangen. Die Partnerschaften geben den Magiern eine zusätzliche Macht, deren Grenzen wir noch nicht kennen. Was wir wissen, ist, dass ihre Magie nicht auf den Vampir wirkt, der ihr Partner ist. Aber wer weiß schon, was wir noch nicht wissen. Es übersteigt unser Vorstellungsvermögen. Mir hat es eine neue Liebe und neue Hoffnung gegeben, als ich schon nicht mehr damit gerechnet hatte."

„Und es stört dich nicht, dass die Magie und deine Gefühle so untrennbar miteinander verbunden sind?", wollte Eric wissen. Er hatte nach Danielles Tod auch alle Hoffnung aufgegeben und sie in Vincent – vollkommen unerwartet – wieder gefunden. „Thierry sagte, du konntest Orlandos Schmerzen spüren, als er gefangen war", fügte er bedauernd hinzu.

Alain schüttelte den Kopf. „Magie kann unsere Gefühle nicht beeinflussen. Die Partnerschaft hat nur dazu geführt, dass ich diese Gefühle schneller erkannt und akzeptiert habe. Es gibt keine Liebestränke. Wenn du etwas für Vincent empfindest, dann ist dieses Gefühl real – egal, wodurch es ausgelöst oder dir bewusst gemacht wurde. Und es tut mir auch nicht leid, dass ich Orlandos Schmerzen spüren konnte. So wusste ich wenigstens, dass er noch am Leben war."

Eric konnte kaum glauben, wie nüchtern Alain die Ereignisse der letzten Tage beschrieb. Aber Alain schien bereit, Erics Rolle darin zu vergeben, deshalb wollte er sich nicht länger damit aufhalten. Er hatte andere Sorgen, und die hingen damit zusammen, was Alain ihm über seine Gefühle zu Vincent gesagt hatte. Davon abgesehen wusste Eric nicht, ob er die letzten beiden Jahre wirklich so einfach vergessen und in sein altes Leben zurückkehren konnte. „Ich habe nicht damit gerechnet, als Spion bei Serrier den Krieg zu überleben", meinte er. „Jetzt habe ich wieder ein ganzes Leben vor mir, und es ist so anders als das, war ich hinter mir gelassen habe."

„Es ist eine neue Welt", stimmte Alain ihm zu. „Du musst dich nur entscheiden, was du für dich daraus machen willst."

„Das hängt wohl davon ab, was Marcel für Vincent tun kann", erwiderte Eric. „Ich kann mit eine Zukunft ohne ihn nicht vorstellen."

Alain lächelte. „Das Gefühl kenne ich. Vertraue auf Marcel. Er ist ein alter Fuchs und wird einen Weg finden, um euch zu helfen."

„Wir haben fürchterliche Dinge getan", sagte Eric. „Und im Gegensatz zu mir kann Vincent nicht behaupten, er hätte damit der Milice helfen wollen. Ich konnte mir wenigstens einreden, dass es nur ein Mittel zum Zweck war."

„Das wird für dich vor Gericht einen Unterschied machen", war Alain überzeugt. „Serrier und seine Anhänger haben wirklich geglaubt, dass der Zweck die Mittel heiligt. Du hast es bis zum Schluss nicht geglaubt, und dadurch unterscheidest du dich von ihnen. Raymond hat aus dem gleichen Grund die Seiten gewechselt, und wir hätten diesen Krieg ohne seine Hilfe und sein Wissen nicht gewinnen können. Du darfst deinen – und Vincents – Beitrag nicht unterschätzen. Ich hätte Orlandos Vernichtung nicht überlebt, falls dir das ein Trost ist."

„Die zehn Minuten sind um", wurden sie von Orlando unterbrochen, der zurück ins Zimmer kam und die beiden Männer neugierig musterte. „Nun, ich sehe kein frisches Blut. Ich nehme an, das ist ein gutes Zeichen."

„Ich habe ihn nicht angerührt", informierte Alain seinen Partner selbstgefällig. „Außerdem bist du der Einzige, der meinem Blut zu nahe kommt."

Orlando konnte nicht widerstehen und küsste ihn, ohne auf ihr Publikum Rücksicht zu nehmen. Er knabberte an Alains Unterlippe und biss leicht zu, bis er einen Hauch von Blut schmeckte.

„Er hat mich nicht einmal angebrüllt", fügte Eric hinzu, als die beiden Männer sich wieder trennten. Er hätte nie geglaubt, Thierry und Alain würden eine neue Liebe finden – und dann auch noch Vampire –, aber mit diesem Beweis vor Augen war es nicht mehr zu leugnen.

„Ihr werdet mir das Leben nicht leicht machen, oder?", fragte Orlando. „Jetzt hast du nicht nur Thierry, sondern auch noch Eric auf deiner Seite."

„Sebastien würde niemals zulassen, dass Thierry sich einmischt", sagte Alain im Brustton der Überzeugung.

Eric schnaubte. „Hat er wirklich so viel Einfluss auf unseren Heißsporn?"

Orlando lachte. „Ich denke, die beiden stehen sich in nichts nach, was ihr Temperament betrifft. Aber Alain hat recht. Sebastien wird Thierrys Aufmerksamkeit in der nächsten Zeit mit niemandem teilen wollen."

„Und dir macht es nichts aus, Alains Aufmerksamkeit zu teilen?", wollte Eric wissen. Er konnte sich nicht recht erklären, wieso es zwischen den Paaren einen Unterschied geben sollte.

„Er weiß ganz genau, dass er meine Aufmerksamkeit nie sehr lange mit anderen teilen muss", erklärte Alain und zeigte auf das Brandmal an seinem Hals. „Das hier ist ein stärkerer Bund, als jedes Versprechen oder offizielle Dokument. Orlando kann nur noch mein Blut trinken."

„Und was hast du davon?", erkundigte sich Eric.

Alains strahlendes Lächeln erhellte das Zimmer. „Orlando."

32

„KÖNNEN WIR gehen?", fragte Angélique David, der auf dem Krankenhausbett saß. Er war bekleidet, wirkte aber immer noch angeschlagen. Doch die Mediziner hatten ihnen versichert, dass er außer Gefahr war und zuhause genauso gut heilen konnte, wie hier auf der Krankenstation.

„Und ich falle dir wirklich nicht zur Last?", fragte David mindestens schon zum zehnten Mal.

Und mindestens zum zehnten Mal antwortete Angélique: „Natürlich nicht. François hat alles vorbereitet. Du musst dich nur noch ausruhen und wieder gesund werden. Es ist schon recht lange her, seit ich das letzte Mal kochen musste, aber ich habe nicht vergessen, wie es geht. Und falls es dir nicht schmeckt, rufen wir einen Lieferservice an."

„Bist du …"

„David", unterbrach Angélique ihn mit einem warnenden Unterton. Dann setzte sie sich zu ihm aufs Bett, nahm sein Gesicht zwischen die Hände und gab ihm einen Kuss. „Du warst für mich da, als ich dich gebraucht habe, nachdem der *Extorris* Jeans Freundin getötet hat. Jetzt will ich für dich da sein."

David kam nicht mehr dazu, ihr eine Antwort zu geben, weil ein Mediziner ins Zimmer kam, um ihnen letzte Anweisungen zu geben und sie nach Hause zu transportieren. Angélique nahm das Angebot an und gab ihm die Adresse des Sang Froid. Der Mediziner erinnerte sie erneut daran, sofort anzurufen, falls David sich wieder schlechter fühlen sollte. Dann zog er seinen Stab aus der Tasche und schickte sie nach Hause.

Als sie im Sang Froid ankamen, ließ Angélique es sich nicht nehmen, David beim Ausziehen zu helfen und ihn ins Bett zu packen. Dann beschäftigte sie sich damit, Davids Kleidung einzuräumen. Sie lächelte, als sie sie in der Schublade neben ihren eigenen Sachen liegen sah. Obwohl es nur vorübergehend war, freute sie sich darüber, ihn hier zu haben.

„Wie fühlst du dich?", fragte sie und setzte sich zu ihm aufs Bett. Jetzt, wo sie endlich allein waren, erlaubte sie sich den Luxus, ihn zu berühren. In der Krankenstation hatte sie das nicht tun wollen, weil sie sich seiner Reaktion nicht sicher war, falls es jemand gesehen hätte. Während sie auf seine Antwort wartete, strich sie ihm mit den Fingern über den Arm.

„Im Augenblick recht gut", erwiderte David. Er erkannte die Absicht hinter ihrem Handeln, aber nachdem er erlebt hatte, wie sie um sein Leben gekämpft hatte, konnte ihre Vergangenheit ihn nicht mehr abschrecken.

„Gut", schnurrte sie, und ihre Finger glitten über seinen Arm auf seine Schulter und über seine Brust. „Wenn du willst, würde ich gerne etwas für dich tun."

Davids Körper wollte, daran gab es keinen Zweifel. Sein Schwanz wurde hart unter der schweren Decke und seine Brustwarzen zogen sich zusammen. „Was willst du für mich tun?", krächzte er.

„Als ich mich das letzte Mal mit Henna bemalt habe, war das für mich. Heute Nacht würde ich es gerne für dich tun."

David unterdrückte mühsam ein Stöhnen. „Das musst du nicht", erwiderte er.

Angélique lächelte. „Ich weiß. Aber ich will es tun. Und dann will ich an deiner Seite schlafen und du kannst mich morgen früh von oben bis unten erkunden. Bleib einfach liegen und sieh mir zu. Du bist der Einzige, der diese Muster zu Gesicht bekommen wird."

Davids Augen glänzten vor Lust, als er sich auf die Seite rollte, um sie besser beobachten zu können. Sie verließ das Zimmer und kam einige Minuten später mit den Zutaten für die Hennapaste zurück. Nachdem sie sie angerührt hatte, stellte sie den großen Spiegel so ins Zimmer, dass sie sich darin von allen Seiten sehen konnte, ohne David den Blick zu versperren.

Die Decke rutschte David von den Schultern und sie unterbrach ihre Vorbereitungen, kam ans Bett und deckte ihn wieder zu, damit er sich nicht erkältete. David fasste nach ihrer Hand, zog sie an die Lippen und fuhr mit der Zunge über die Tätowierungen, die dort für immer eingeprägt waren. Angélique schloss genussvoll die Augen und stellte sich vor, wie es sich anfühlen würde, wenn er morgen früh den Rest ihres Körpers so erkundete.

Als David ihre Hand endlich wieder losließ, brannte Angélique vor Begehren. Sie trat einige Schritte zurück, um außerhalb seiner Reichweite zu sein. Dann zog sie sich langsam aus. Zuerst den Schal und die Bluse, dann den Rock, die Schuhe und die Strümpfe. Schließlich trug sie nur noch ihre Spitzenunterwäsche. Sie ging zurück ans Bett und küsste ihn zärtlich. „Als ich noch im Harem lebte, konnte ich mir nicht aussuchen, für wen ich bemalt wurde. Heute Nacht kann ich es. Heute Nacht bemale ich mich für dich."

David war versucht, das Henna zu vergessen und sie einfach ins Bett zu ziehen. Aber nach den Spannungen, die er durch seine Ignoranz schon zwischen ihnen ausgelöst hatte, wollte er ihre Vorbehalte ein für alle Mal überwinden. Er fuhr ihr mit dem Finger über die Haut und einen spitzenbedeckten Nippel. „Ich kann es kaum erwarten."

Angélique drehte sich lächelnd um und ging zu dem Spiegel zurück. Sie öffnete den BH und ließ ihn zu Boden fallen. Dann nahm sie den Pinsel, tunkte ihn in die Hennapaste und strich sie über die verblassenden Muster auf ihrer Haut. Sie konnte Davids Blick auf sich gerichtet fühlen, als sie die grünbraune Paste auftrug und ihren Körper mit wirbelnden Linien bemalte. Ihr wurde von Minute zu Minute wärmer und sie warf ihm ab und zu Blicke zu, um sich davon zu überzeugen, dass er ihr noch zusah und verstand, was die Erneuerung der Muster ihr bedeutete. Diese Muster waren für ihn. Sie waren immer für ihn gewesen.

David folgte mit den Augen jeder noch so kleinen Bewegung ihrer Hand und stellte sich vor, ihr mit den Fingern, den Lippen und der Zunge zu folgen. Sein Verlangen wuchs mit jedem Eintauchen des Pinsels in das Schälchen mit der Hennapaste, mit jedem Pinselstrich, den sie auf ihre blasse Haut auftrug. „Du bist wunderschön", flüsterte er. „Absolut perfekt."

Angélique hob den Kopf und sah ihn mit sanften Augen an. „Noch nicht", sagte sie. „Aber mit deiner Hilfe werde ich es bald sein."

David sah sie verwirrt an, aber sie schüttelte nur den Kopf und arbeitete weiter – über den Bauch und bis zum Rand ihres Höschens. Als sie mit den Mustern, die sie auf ihre Vorderseite aufgetragen hatte, zufrieden war, zog sie eine Haarspange aus der Schublade und steckte sich die Haare auf. „Jetzt bist du an der Reihe", sagte sie und kam mit dem Schälchen und dem Pinsel zu David ans Bett. Sie gab ihm den Pinsel und drehte sich mit dem Rücken zu ihm. „Du darfst mich bemalen, wie es dir gefällt."

„Ich habe das noch nie gemacht!", protestierte David.

Angélique zuckte mit den Schultern. „Du bist auch noch nie von einem Vampir gebissen worden, bevor wir Partner wurden. Du brauchst keine speziellen Kenntnisse. Bemale mich mit dem Henna einfach so, wie es dir gefällt. Es muss kein traditionelles Muster sein. Es muss überhaupt kein Muster sein, wenn du es nicht willst. Es geht nicht um das Ergebnis, wenn man seine Geliebte bemalt. Es ist das Erlebnis, das zählt."

„Sind wir das?", fragte David und tauchte mit zitternder Hand den Pinsel in die Paste. Dann malte er eine lange, dünne Linie über ihre Wirbelsäule, von oben nach unten, bis er an ihrem Höschen ankam und es nicht mehr weiterging. Mutig zog er den Bund nach unten und malte weiter, bis die Linie in der Spalte ihres Hinterteils verschwand. Als Angélique den Kopf zu ihm umdrehte, hielt er erschrocken inne. Aber sie wackelte nur mit den Hüften, um sich den Slip ganz auszuziehen. Sie empfand keine Scham, sich ihm nackt zu zeigen. Hier und jetzt war ihr Körper nur die Leinwand, die sie gemeinsam in ein Kunstwerk verwandeln wollten.

„Ich hoffe, wir werden es bald sein", antwortete sie ehrlich.

Wieder war David versucht, den Pinsel einfach zur Seite zu legen und aufzuhören. Er wollte nicht mehr warten, wollte sie bei sich im Bett haben. Aber er war noch geschwächt durch seine Verwundung. Außerdem war es ein unglaublich erotisches Erlebnis, Angélique bemalen zu dürfen. Er wünschte nur, er wäre künstlerisch begabt und könnte ihrer Schönheit Genüge tun, doch er musste sich damit begnügen, sein Bestes zu geben. Die Absicht zählte. David tauchte den Pinsel wieder in die Paste und widmete sich ihrer Schulter, setzte ihn außen an und führte ihn übers Schulterblatt zu ihren Rippen und von dort über die Taille zur Hüfte, bis auch diese Linie an ihrem Hintern endete. Sie beugte sich etwas vor, damit er sie nach unten fortsetzen konnte und er verlängerte sie, bis er an ihrem Oberschenkel ankam. Dann wurde der Anblick zu viel für ihn und er konnte sich nicht mehr beherrschen. Er zog sie an sich und küsste sie auf die andere, die unbemalte Seite ihres Hinterteils.

„Heute Nacht noch nicht", tadelte sie ihn zärtlich und entzog sich seinem Griff. „Heute Nacht malst du nur. Morgen kannst du mich berühren, wo und wie du willst."

David nickte stumm. Wenn er seine Hände nicht benutzen durfte, wollte er den Pinsel für sich sprechen lassen. Und morgen … Morgen wollte er mit den Fingern jeder Linie folgen, wollte jeden Winkel ihres Körpers erkunden, bis sie wahrhaftig Geliebte waren. Mit diesem Entschluss widmete er sich wieder seiner ursprünglichen Aufgabe und malte auf die andere Seite ihres Rückens ein Spiegelbild der Linie, die er eben vollendet hatte. Er schob ihre Beine etwas auseinander und malte Linien um ihre Oberschenkel, dort, wo sie endeten und ihr Hintern begann. Sie keuchte leise, als er mit dem Pinsel zwischen ihre Beine fuhr, aber er ging nicht darauf ein. Mit dem Ende der Linie verschwand der Pinsel wieder, und damit auch seine Berührung. Er kehrte zu ihren Schultern zurück und verband die senkrechten Linien durch Wellenbänder, eines nach dem anderen, von oben bis unten.

Angélique schloss genießerisch die Augen und überließ sich den zarten Pinselstrichen. Es fiel ihr schwer, stillzuhalten und das Muster nicht durch eine plötzliche Bewegung zu zerstören. Mit jeder Berührung des Pinsels fuhr ihr ein Schauer über die Haut. Ihr ganzer Rücken schien in eine erogene Zone verwandelt zu werden. Sie wusste nicht, wie lange sie so dastand und der Versuchung widerstand, ihre guten Vorsätze aufzugeben und sich einfach auf ihn zu setzen, bis sie beide Erlösung fanden.

Schließlich legte David den Pinsel zur Seite. „Was jetzt?", fragte er mit vor Erregung bebender Stimme.

„Jetzt wird es fixiert und eingewickelt", erklärte Angélique und reichte ihm die Sprayflasche mit dem Fixiergel. Sie drehte sich zu ihm um und deutete ihm an, oben an ihrem Körper zu beginnen und sich nach unten vorzuarbeiten.

David schluckte tief beim Anblick ihrer vollen Brüste. Dann folgte er ihren Anweisungen und besprühte ihre Brust und den Bauch mit dem Gel. Als er fertig war, drehte sie sich um und er sprühte ihren Rücken ein. Danach gab sie ihm eine Rolle dünner Gaze, um die Hennapaste auf ihrer Haut damit zu bedecken.

Er wickelte die Gazebinde langsam um ihren Körper, bis die Muster langsam unter dem schützenden Stoff verschwanden. Dann sah er sie mit einer Mischung aus Lust und Sehnsucht an, die Angéliques Standfestigkeit fast ins Wanken gebracht hätte. „Leg dich hin. Ich kümmere mich um dich", sagte sie, während er sie regungslos anstarrte.

David rutschte über die Matratze, um ihr Platz zu machen. Sie hob die Decke und schlüpfte zu ihm ins Bett. Dann presste sie sich mit ihrer ganzen Körperlänge an ihn. Er fühlte die Gaze, die ihm über die nackte Brust rieb, und sein steifer

Schwanz wurde zwischen ihre Beine gedrückt. Dann stöhnte er leise, als sie ihm über die Brust streichelte. „Entspann dich", flüsterte sie und küsste ihn auf die Schulter. „Ich bin für dich da."

David ließ alles mit sich geschehen. Er war wie Wachs in ihren Händen, als sie ihn von sich weg rollte, sich an seinen Rücken presste und mit ihren scharfen Zähnen leicht in seine Schulter biss. Er bog den Rücken durch, als er den Schmerz ihres Bisses spürte. Ihre sanften Hände streichelten ihm über die Brust und kneteten seine Nippel, sodass er den Schmerz gleich wieder vergaß. Sie schob die Hand in den Bund seiner Unterhose und zog sie ihm über die Hüften. Dann fasste sie nach seinem harten Schwanz und er stieß mit den Hüften in ihre Hand. Bei jedem Saugen ihres Mundes zuckte sein Schwanz in ihrem Griff, als wäre er durch eine unsichtbare Schnur mit ihren Zähnen verbunden. Die Mediziner hatten ihr empfohlen, ihn regelmäßig zu beißen, um die Heilung zu beschleunigen. Aber wie medizinische Therapie fühlte sich das ganz und gar nicht an. Nein, hier ging es nur um sie beide und das Verlangen zwischen ihnen, das selbst durch die Missverständnisse und Vorurteile der letzten Wochen nicht zerstört worden war. Alles andere waren nur Nebenwirkungen.

Angéliques erfahrene Hände jagten erregte Schauer durch Davids Körper. Er kämpfte nicht mehr dagegen an. Er entspannte sich und konnte endlich das Geschenk ihrer Erfahrung annehmen und nur noch genießen. Angéliques Vergangenheit war ein Teil von ihr, aber die Vampirin wurde nicht dadurch beherrscht, das hatte David endlich begriffen. Stöhnend presste er sich an sie, um ihr etwas von dem zurückzugeben, was er selbst empfand. Er wollte nach ihr greifen, doch sie packte seine Hand und hielt sie fest. Sie machte ihren Willen deutlich, ohne die Zähne aus seiner Schulter zu ziehen und auch nur ein Wort zu sagen.

Es dauerte nicht mehr lange, bis sich der Stress und die aufgestaute Leidenschaft der letzten Tage in einem Orgasmus entluden und David in Angéliques Armen zusammensackte. Sie hörte nicht auf, ihn zärtlich zu streicheln, und als er schließlich wieder normal atmen konnte, zog sie die Zähne aus seiner Schulter und leckte ihm über die Wunde. „Fühlst du dich jetzt besser?", hauchte sie ihm ins Ohr.

„Ja", murmelte er und drehte sich in ihren Armen um. „Was kann ich jetzt für dich tun?"

„Gar nichts", erwiderte sie und zog seine Hand in ihren feuchten Schoß. „Dein Geschmack hat mir schon alles gegeben."

„Aber ...", protestierte David.

„Aber nichts", unterbrach ihn Angélique. „Du wärst vor sechsunddreißig Stunden beinahe gestorben. Ja, ich weiß – Magie heilt schneller als eine normale Behandlung. Aber du hast dich noch nicht vollständig erholt. Du wirst jetzt schlafen. Morgen sehen wir weiter."

David wollte ihr widersprechen, aber ihr Tonfall sagte ihm, dass es sinnlos wäre. Sie würde nicht nachgeben, was immer er auch an Argumenten vorbrachte.

Also ließ er es bleiben, schloss träge die Augen und stellte sich vor, was der Morgen bringen würde. In Gedanken wickelte er die Gaze ab, wusch die Paste von Angéliques Körper und legte die Muster auf ihrer Haut bloß. Sie war warm vom Badewasser und die feuchten Locken kringelten sich um ihr Gesicht, die Wangen rot von einer Mischung aus warmen Dampf und Begehren, während er jeden Quadratzentimeter ihres Körpers erkundete, der von ihren und seinen Mustern überzogen war. Sie würden im Bett landen und zu Ende bringen, was sie in der Badewanne begonnen hatten. Er würde sie endlich lieben können, aber er wusste nicht, was danach folgen würde. Der Krieg war vorüber und er hatte Angst vor dem, was die Zukunft bringen würde. Wenn die Allianz sie nicht mehr brauchte und seine Verletzungen geheilt waren, würde Angélique vielleicht das Interesse an ihm verlieren. Oder würde sie ihn noch lieben, auch wenn die Politik ihre Partnerschaft nicht mehr bestimmte? David kannte die Antwort nicht, aber er hoffte, Angélique würde Ja sagen.

An seiner Seite lag Angélique und hing ihren eigenen Gedanken nach. Sie wusste genau, was ihnen der nächste Morgen bringen würde. Sie freute sich darauf, endlich zu erleben, wie es war, den Mann zu lieben, der seit Beginn der Allianz durch ihre Träume geisterte. Aber danach? David hatte sie von Anfang an abgelehnt – wegen ihrer Vergangenheit, wegen ihrer Tätowierungen und wegen der Art, wie sie ihren Lebensunterhalt verdiente. In den letzten Tagen schien er seine Bedenken zurückgestellt zu haben, aber sie wusste nicht, ob das ehrlich gemeint oder nur den politischen Erfordernissen geschuldet war. Sie hatte in Davids Blut mehr Akzeptanz geschmeckt als jemals zuvor, auch sein Begehren war noch nie so groß gewesen. Doch das allein reichte nicht aus, um darauf eine gemeinsame Zukunft aufzubauen. Sie brauchte mehr als nur Begehren, um wieder einen Mann in ihr Leben zu lassen. Und das wollte sie mit David – ihn in ihr Leben lassen. Aber dazu musste er ihre Gefühle erwidern. Angélique unterdrückte ein Seufzen und schmiegte sich enger an ihn. Sie ärgerte sich über die Gaze, die verhinderte, dass sie Davids nackte Haut an ihrer fühlen konnte. Morgen würde sie für diese Unannehmlichkeit ihren Lohn ernten. Sie musste sich nur noch wenige Stunden gedulden. Und Geduld hatte sie gelernt in den Jahren, die sie im Harem des Sultans verbracht hatte.

33

ANGÉLIQUE WURDE in ihrer Ruhe gestört, als die Sonne aufging und sie sich instinktiv in Sicherheit bringen wollte, obwohl Davids Blut und die geschlossenen Fensterläden sie vor den tödlichen Strahlen schützten. Sie rollte sich auf den Rücken und zitterte leicht, weil sie die Wärme von Davids Körper vermisste. Dann wickelte sie einen Teil der Gazebinde ab, um zu sehen, ob die Hennapaste schon eingetrocknet war. Alles sah gut aus und die Muster waren während der Nacht nicht verschmiert worden. Angélique warf dem schlafenden Mann an ihrer Seite noch einen kurzen Blick zu. Dann schlüpfte sie leise aus dem Bett. David sah schon viel besser aus als gestern, obwohl sein Gesicht auch im Schlaf noch etwas schmerzverzerrt war. Angélique ging unter die Dusche, um die Paste abzuwaschen. Danach wollte sie David wecken und ihm das Ergebnis ihrer Künste präsentieren.

Angélique hatte in ihrer langen Existenz schon viele Männer verführt. Oft hatte sie bei ihren Vorbereitungen Vorfreude verspürt, oft auch Beklommenheit. Aber noch nie hatte sie eine solche Mischung widersprüchlicher Gefühle empfunden wie jetzt, während sie im Badezimmer stand und die Gaze entfernte, die David gestern Nacht um ihren Körper gewickelt hatte. Der Magier beanspruchte schon jetzt einen Platz in ihrem Leben, den noch nie zuvor ein Mann eingenommen hatte. Angélique hatte auch in der Vergangenheit schon Geliebte gehabt, aber immer auch Blut von anderen Männern getrunken. Noch nie hatte sie sich auf eine Person beschränkt, um ihren Hunger zu stillen. Seit dem Beginn der Allianz hatte sie nur ein einziges Mal fremdes Blut getrunken. Wenn sie David jetzt auch ihren Körper schenkte, würde das die Verbindung zwischen ihnen noch enger werden lassen. Es war ein Schritt, den sie gleichzeitig fürchtete und herbeisehnte. Gestern Nacht war ihr der Weg noch hell erleuchtet erschienen, den sie zu gehen beabsichtigte. Aber jetzt, bei klarem Licht betrachtet und ohne Davids Nähe, zweifelte sie an der Klugheit ihrer Entscheidung.

Verärgert über ihre Unentschlossenheit riss Angélique die restlichen Gazebinden ab und ging unter die Dusche. Sie stellte das Wasser so heiß wie möglich ein, griff sich frustriert eine Bürste und schrubbte dann wütend die Hennapaste von ihrer Haut ab.

Ihre Haut brannte schon feuerrot, als sanfte Hände ihr die Bürste abnahmen. „Du musst dir die Haut nicht mit abreiben", tadelte David sie zärtlich und kam zu ihr in die Duschkabine. „Etwas Seife und Wasser reichen auch aus." Er nahm einen Waschhandschuh, seifte ihn ein und zeigte ihr, was er damit meinte. Vorsichtig rieb er ihr das Gel und die Paste von der Haut, bis nur noch die orangefarbenen Muster zu sehen waren. Als er sie das letzte Mal gewaschen hatte, war sie sehr niedergeschlagen gewesen und er hatte ihre Schwäche nicht ausnutzen wollen. Heute musste er darauf keine Rücksicht nehmen. Er ließ sich ausgiebig Zeit, um das Henna von ihren Brüsten abzuwaschen. Schließlich ließ er den Waschhandschuh fallen und streichelte sie mit den Händen. Angélique lehnten sich an ihn und hob die Arme über den Kopf, damit er sie überall erreichen konnte. Sie musste genau wissen, welches Bild sie ihm damit bot, aber das dämpfte Davids Erregung nicht im Geringsten. Im Gegenteil – sie machte es für ihn, und nur das zählte für den Magier.

Er nutzte ihre Position aus und presste sich an ihren Rücken, während er jeden Quadratzentimeter ihrer Brüste und ihres Bauches mit den Händen erkundete. Dann kam er zu dem haarigen Dreieck zwischen ihren Beinen und war versucht, sich für den Gefallen zu revanchieren, den sie ihm gestern Nacht getan hatte. Aber erst musste er die Muster komplett enthüllen, mit denen er sie bemalt hatte. David drehte sie in seinen Armen um, damit er ihren Rücken erreichen konnte. Als sie sich provozierend an seinem Körper rieb, lächelte er sie an. „Später", versprach er ihr. „Und dieses Mal werde ich dich nicht nur in den Armen halten. Vorher will ich aber noch unser Kunstwerk sehen."

Angélique nickte atemlos, als seine Hände über ihren Rücken rieben. Sie hatte gestern Nacht die Bewegung seiner Pinselstriche gefühlt, aber seine Muster noch nicht gesehen. Der Gedanke, dass er ihren Körper mit seinem Zeichen markiert hatte, weckte einen ganzen Schwarm Schmetterlinge in ihrem Bauch. Normalerweise war sie es, die mit ihrem Biss ihr Zeichen hinterließ. Jetzt hatte David ihr das zurückgegeben. Ein Schauer der Wollust durchfuhr sie, als er die Hände auf ihren Hintern legte und die Hennapaste abrieb, die er gestern Nacht dort aufgetragen hatte. Mit jeder Bewegung seiner Hände stieg ihre Erregung. „Im Harem musste der Rücken einer Frau genauso perfekt verziert werden, wie ihre Brüste und ihr Bauch", sagte sie keuchend. „Das war wichtig, weil sie den Sultan oder seine Gäste immer auf den Knien begrüßte und die Stirn auf den Boden presste. Deshalb waren ihr Rücken und ihr Hintern das erste, was er von ihr erblickte. Wenn es ihm gefiel, wählte er sie aus für die Nacht und sicherte damit ihre Position im Harem. Wenn es ihm nicht gefiel, ging er weiter und erwählte eine andere." Sie entzog sich seinen Armen und drehte sich um, damit er ihren Rücken sehen konnte. Als sie aus dem Harem entkommen war, hatte sie sich geschworen, nie wieder vor einem Mann zu knien. Das hielt sie jedoch nicht davon ab, sich David im Stehen zu präsentieren. „Gefällt dir, was du siehst?"

„Ja", antwortete David heiser und wollte nach ihr greifen. Angélique schüttelte den Kopf und drehte das Wasser ab.

„Nicht hier", sagte sie und verließ die Dusche. „Das Bett ist viel bequemer."

Angélique reichte ihm ein Handtuch und nahm ein zweites für sich selbst, doch David zog sie wieder an sich und wickelte sie in das flauschige Tuch ein.

Dann rubbelte er sie langsam trocken. „Du verwöhnst mich", neckte sie ihn. „Ich werde mich daran gewöhnen und es in Zukunft immer erwarten."

David lächelte. „Das solltest du auch tun."

Angélique riss die Augen auf und sah in fragend an.

„Soll das heißen …?" Sie verstummte, weil sie ihm keine Worte in den Mund legen wollte.

„Ich weiß nicht, was uns der nächste Tag bringen wird und noch weniger, was im nächsten Monat oder Jahr sein wird", erwiderte David. „Aber eines weiß ich … Ich möchte nirgendwo lieber sein, als bei dir. Ich würde es gerne mit uns beiden versuchen, wenn du es auch willst."

„Ich bin immer noch die Besitzerin des Sang Froid. Jetzt, nachdem der Krieg vorbei ist, muss ich mich wieder um meine Geschäfte kümmern", warnte sie ihn.

David nickte. „Ich hoffe, dass ich wieder an meinen früheren Arbeitsplatz zurückkehren kann. Wenn nicht, muss ich mir eine neue Arbeit suchen. Du musst also nicht befürchten, dass ich Tag und Nacht um dich herumschleiche. Ich habe von dir und Jean oft genug gehört, dass du ein ehrenwertes Geschäft betreibst und wichtige Dienstleistungen anbietest. Ich werde mich nicht wieder darüber beschweren."

Es war fast zu schön, um wahr zu sein. Angélique beschloss dennoch, ihre Bedenken zurückzustellen und David zu vertrauen. Die magische Kraft ihrer Partnerschaft war eine Garantie, die sie bei ihren früheren Beziehungen noch nie gehabt hatte. „Dann bring mich jetzt ins Bett und verwöhne mich noch mehr."

David lachte leise und ließ das Badetuch auf den Boden fallen. Er fuhr ihr mit den Händen durch die Haare und öffnete die Spange, sodass die langen, dunklen Locken ihr über die Schultern und den Rücken fielen. Sie kringelten sich und einige Strähnen glitten ihr über die Brüste. David beugte sich vor und küsste Angélique, dann schob er sie rückwärts zum Bett, ohne den Mund von ihren Lippen zu lösen.

David zog die Bettdecke zur Seite und legte Angélique aufs Bett. Anstatt sich zu ihr zu legen, blieb er noch einen Augenblick vor dem Bett stehen und betrachtete sie vom Kopf bis zu den Füßen, nahm jede ihrer Kurven in sich auf. Dann wanderte sein Blick wieder nach oben, von den schlanken Fesseln über die langen Beine, den flachen Bauch und die vollen Brüste, bis zu ihrem fein geschnittenen Gesicht. Als er ihr schließlich in die Augen sah, lächelte sie ihn an. Seine Begutachtung schien sie zu amüsieren, aber auch zu erregen. „Fällt alles zu deiner Zufriedenheit aus?", fragte sie neckisch.

„Das kann ich noch nicht sagen", krächzte er. „Ich habe bisher nur die eine Seite gesehen."

Angélique rollte sich lachend auf den Bauch und reckte den Kopf nach hinten, um ihren Rücken zu betrachten. Sie konnte nicht viel erkennen, denn David beugte sich über sie und leckte über die Linien auf ihrem Hintern. Er verfolgte die

249

roten Linien mit der Zunge über ihren Rücken nach oben, bis er an ihrer Schulter ankam. Dann küsste er sie gierig und drängte mit der Zunge in ihren Mund.

Angélique ließ es zu.

Als sie keine Luft mehr bekamen und die Position ihnen unangenehm wurde, trennten sie sich wieder. Ihr Atem ging keuchend. David wollte sie wieder auf den Rücken drehen, aber Angélique schüttelte den Kopf und stützte sich auf Händen und Knien ab. „So", sagte sie. „Ich will, dass du deine Zeichen auf meiner Haut sehen kannst."

David stöhnte tief und ließ seinen harten Schwanz zwischen ihre Arschbacken gleiten, bis er sein Ziel fand. Sie drängte sich ihm entgegen. David hätte erwartet, dass sie sich Zeit lassen wollte, um die Verbindung zwischen ihnen dauerhaft zu zementieren, aber ihre Worte und Taten sagten das Gegenteil. Er konnte nicht mehr widerstehen und drückte sich tief in ihren feuchten Schoß, bis sie ihn bis zum Anschlag in sich spüren konnte. David hielte sie mit einer Hand an den Hüften fest und knetete mit der anderen ihre Brüste. Er wollte alles tun, damit sie ihm in die gleichen Höhen folgen konnte, in die ihn die feuchte Hitze ihres Körpers entführte.

Zu seiner Freude war sie sofort dabei. Sie erhob sich auf die Knie, hockte sich mit gespreizten Beinen auf seinen Schoß und kam seinen Stößen entgegen. „Schau dir das an", flüsterte sie und zeigte auf den Spiegel an ihrer Kommode. „Schau dir an, wie perfekt wir zusammenpassen."

David sah in den Spiegel und musste zugeben, dass sie unterschiedlicher kaum sein konnten. Seine blasse Haut hob sich von ihrem dunklen Teint ab, ein lebhafter Kontrast, der durch die Hennamuster noch verstärkt wurde. In dieser Position hatte David die Hände frei, und das nutzte er jetzt weidlich aus. Er streichelte sie über die Brüste und den Bauch, ließ die Finger zwischen ihre Beine gleiten, fand ihre Klitoris und fing zu reiben an. Ihr Mund öffnete sich zu einem leisen Schrei und die langen Eckzähne glänzten im Licht der kleinen Lampe, die das Zimmer erhellte. David wünschte sich fast, sie würden sich ansehen und sie könnte ihn beißen. Aber das hatte Zeit. Er senkte den Kopf und biss sie spielerisch in die Schulter. Angélique schrie auf, während David sie höher und höher schweben ließ.

Nach kurzer Zeit fing sie an, zu betteln und sich hin und her zu winden.

„Ich will fühlen, wie du auf mir kommst", flüsterte David und knabberte an ihrem Ohrläppchen.

Mehr Aufforderung brauchte Angélique nicht, um sich gehen zu lassen. Der Orgasmus brach aus ihr heraus und erfasste David in seinem Sog, bis er ihr folgte und ebenfalls zu Höhepunkt kam. Angélique erbebte, als er in ihr kam und die heiße Flüssigkeit sie auch von innen zeichnete. Sie sackte in Davids Armen zusammen und ließ sich von ihm halten, bis sie wieder normal atmen konnte.

Nachdem sie ihr Verlangen gestillt hatten, spürte David wieder die Nachwirkungen seiner Verwundung und wurde müde. Vorsichtig legte er sich auf die Seite und zog Angélique mit sich auf die Matratze. Die Bewegung trennte die beiden, aber Angélique drehte sich um, legte den Kopf auf Davids Schulter und schmiegte sich an ihn. „Ich muss Jean anrufen und ihn fragen, wann das *Judicium* stattfindet. Aber ansonsten haben wir nichts zu tun, außer uns auszuruhen und zu erholen. Schlaf jetzt. Ich bin gleich zurück."

„WIE FÜHLST du dich, Orlando?", fragte Sebastien, als Orlando und Alain das Büro betraten, das Thierry sich mit Alain teilte.

„Besser", erwiderte Orlando mit einem gezwungenen Lächeln. Es zehrte ihm an den Nerven, von seinem Avoué getrennt zu sein, und sei es auch nur für kurze Zeit. Doch Sebastien musste das *Judicium* vorbereiten, das heute Abend stattfinden würde, und dazu brauchte er Orlandos Aussage. Dieser Fall war nicht so offensichtlich wie der gegen Thurloe, als Orlando das erste Mal vor einem *Judicium* ausgesagt hatte. Alles hing davon ab, wie Sebastien den Fall vortrug und welche Beweise er präsentieren konnte. Orlando wünschte sich, Alain wäre hier und könnte ihm beistehen. „Ich fühle mich sogar besser, als ich es erwartet hätte. Ich weiß nicht, ob es nur die Partnerschaft ist oder ob es am Aveu de Sang liegt, aber als ich meinem Schöpfer entkommen bin, habe ich mich nicht so schnell erholt."

„Dieses Mal bist du auch nicht so lange gefoltert worden", meinte Sebastien.

„Nein", gab ihm Orlando recht. „Aber dafür hat mich mein Schöpfer nie hungern lassen, so wie es dieses Mal war. Wie auch immer – ich fühle mich gut genug, um an dem *Judicium* teilzunehmen. Ich habe Serriers Tod nicht miterlebt und will wenigstens dabei sein, wenn der *Extorris* verurteilt wird. Ich will sicher sein, dass er nie wieder so etwas tun kann."

„Das wird er auch nicht", sagte Sebastien im Brustton der Überzeugung. „Er hat sich im Cour zu viele Feinde gemacht. Dass er dir nicht zur Hilfe gekommen ist, war nur das i-Tüpfelchen auf einer langen Reihe von Vergehen. Kannst du mir jetzt genau erzählen, was er während deiner Gefangenschaft gesagt oder getan hat? Wir müssen beweisen, dass er genau wusste, in welche Lage du dich befunden hast."

Orlando berichtete ihm von dem fremden Blut, das Serrier ihm aufgezwungen hatte, und der anschließenden Konfrontation mit Edouard. Er erzählte auch, mit welcher Verachtung der *Extorris* vom Aveu de Sang gesprochen hatte, der Orlando die Kraft gegeben hatte, die Gefangenschaft zu überleben, ohne den Verstand zu verlieren.

„Dann wusste er also, dass du von deinem Avoué getrennt worden bist?", hakte Sebastien nach.

Orlando nickte. „Er war es selbst, der den dunklen Magiern erklärt hat, dass ich einen Avoué hätte und was das für mich bedeutet. Er hat ihnen gesagt, warum ich kein fremdes Blut trinken kann und dass ich ohne Alain für sie nicht mehr nützlich wäre. Er hat mich sehr verächtlich behandelt und sich über mich lustig gemacht."

„Das passt zu ihm", meinte Sebastien. „Er hat keinerlei Respekt für unsere Gesetze und Traditionen. Das könnte uns ziemlich egal sein, würde er nicht andere Menschen misshandeln und töten. Kannst du mir noch mehr über ihn sagen?"

Orlando schüttelte den Kopf. „Ich habe ihn danach nicht wieder gesehen, aber Serrier hat ihn als seinen Hausvampir bezeichnet. Er hat auch mehrfach erwähnt, dass er mit dem Gesetzlosen über meine Reaktion auf seine Flüche gesprochen hat und darüber, wie sich Blanchets Folter auf mich ausgewirkt hat. Der *Extorris* wusste genau, was sie mit mir machen, auch wenn er nicht selbst anwesend war."

„Er könnte behaupten, dass er keine Möglichkeit gefunden hat, dir zu helfen", warf Sebastien ein.

„Ich bin in meiner Zelle nicht bewacht worden", erwiderte Orlando. „Eric und sein Freund haben mich daraus befreit, nachdem sie sich dazu entschlossen hatten. Der *Extorris* hätte das Gleiche tun können, wenn er es nur gewollt hätte. Er hat es aber nicht gewollt, und das war seine freie Entscheidung."

„Und es war der letzte Fehler, den er in seiner Existenz gemacht hat", erklärte Sebastien kühl. „Gehe jetzt zu Alain. Ich kann mir vorstellen, dass du es kaum noch aushältst, von ihm getrennt zu sein. Jean wird heute Abend ausnahmsweise auch Nicht-Vampire zulassen, sodass Alain und Marcel an der Verhandlung teilnehmen können. Alain ist dein Avoué, es sollte also kein Problem sein. Wie der Cour auf Marcel reagiert, werden wir abwarten müssen."

Orlando nickte. „Danke für deine Hilfe. Ich will auf Alains Anwesenheit nicht verzichten, auch wenn ich es könnte. Und ich will es so schnell wie möglich hinter mich bringen, damit Alain und ich endlich an unsere Zukunft denken können."

„Es sind nur noch wenige Stunden, dann ist alles vorbei", versprach ihm Sebastien. „Und vergiss in der Zwischenzeit nicht, dass du nicht allein bist. Ich weiß nicht, wer dir – außer Jean – das letzte Mal zur Seite gestanden hat, aber dieses Mal wird es die gesamte Milice und die Mehrheit des Cours sein. Und dieses Mal hast du Alain. Mit ihm an deiner Seite kannst du dich jeder Herausforderung stellen."

„Das weiß ich", erwiderte Orlando. „Ohne dieses Wissen hätte ich die letzte Woche nicht bei gesundem Verstand überlebt. Er wartet auf mich. Wir beide sehen uns heute Abend."

Sebastien nickte und sah Orlando nachdenklich nach. Er bewunderte die gefasste Haltung des jungen Vampirs. Es gab nur wenige Vampire, denen er zugetraut hätte, eine solche Tortur mit so viel Würde zu ertragen.

Vor dem Büro wartete Alain schon mit ausgestreckten Armen auf Orlando. Sie umarmten sich. „Sebastien sagt, dass Jean meint, du könntest heute Abend dabei sein", sagte Orlando ohne große Vorrede. „Ich weiß, dass es dir schwerfällt, das alles noch einmal anzuhören, aber ... kommst du mit mir, falls sie es dir erlauben?"

„Natürlich", antwortete Alain sofort. „Ich möchte an deiner Seite sein, wo auch immer du bist. Selbst mitten in einer Gerichtsverhandlung des Cours."

„Ich muss vorher noch trinken", flüsterte Orlando. „Ich glaube nicht, dass ich es ohne zusätzliche Stärkung verkrafte."

Angesichts dessen, was er heute Abend zu hören bekommen würde, brauchte Alain diesen Kontakt mindestens so sehr wie Orlando. Aber das sagte er nicht laut. Er musste Orlando helfen, die nächsten Stunden zu überstehen, und dazu musste er stark sein. Er musste sich jetzt zusammenreißen, bis das *Judicium* vorüber und das Urteil vollstreckt war. „Sebastien benutzt unser Büro, aber wir finden bestimmt irgendwo ein leeres Zimmer. Momentan ist nur eine Notbesetzung im Dienst, die anderen hat Marcel nach Hause geschickt, damit sie sich vom Kampf erholen können. Wir suchen uns ein unbesetztes Büro. Viele sind noch auf der Krankenstation und ihre Büros stehen leer."

„Dürfen wir das so einfach?"

„Wir nehmen das Büro von jemandem, der es verstehen wird", versprach Alain und ging im Kopf die Liste der Verwundeten durch, die ihm Thierry gegeben hatte. „Ich bin mir sicher, dass Caroline noch nicht wieder im Dienst ist. Sie hat bestimmt nichts dagegen, wenn wir ihr Büro benutzen. Wenn du willst, können wir vorher zur Krankenstation gehen und sie fragen. Thierry meint, sie wird erst in drei oder vier Tagen wieder entlassen."

„Nein, das ist nicht nötig", erwiderte Orlando ungeduldig. „Wenn du meinst, dass es sie nicht stören wird, reicht mir das."

Alain führte Orlando zu Carolines Büro. Die Topfpflanzen auf dem Fensterbrett waren ein eindeutiger Hinweis darauf, dass dieses Büro von einer Frau benutzt wurde. Alain schloss die Tür hinter ihnen und hatte noch die Geistesgegenwart, den Schlüssel umzudrehen, da zog ihn Orlando auch schon in die Arme und er vergaß die Welt um sie herum.

Orlando leckte Alain über den Hals, um die Haut auf seinen Biss vorzubereiten. „Das wird heute Nacht jeder sehen können", warnte er Alain. „In der kurzen Zeit bis zum *Judicium* wird es nicht heilen."

„Das ist mir egal", erwiderte Alain. „Es hat mich noch nie gestört."

„Meistens ist es auch egal, ob so oder so. Aber heute Nacht will ich, dass es alle sehen können", gestand Orlando. „Ich will sie daran erinnern, dass der Gesetzlose nicht nur mich persönlich bedroht hat, sondern auch den unantastbarsten Bund, den ein Vampir eingehen kann."

„Dann sorge dafür, dass niemand es übersehen kann", sagte Alain und zog ihn zu der Couch an der Wand. Er setzte sich und legte den Kopf zur Seite, damit Orlando freien Zugang zu seinem Hals und – falls er das wollte – auch seinem Körper hatte. Alain wollte seinem Geliebten nichts vorenthalten.

Orlando hatte noch nie ein so tiefes Bedürfnis verspürt, einem Menschen sein Zeichen zu geben. Das Brandmal an Alains Hals war nur der Anfang. Er wollte Alains Körper von oben bis unten mit seinen Zähnen markieren, bis keiner mehr daran zweifeln konnte, zu wem der Magier gehörte. Noch vor einem Monat hätte Orlando sich mit jeder Faser seines Seins gegen dieses Bedürfnis gewehrt, doch Alain hatte ihm die Erlaubnis dazu gegeben. Mehr noch – Alain hatte Orlandos Biss niemals als ein Schandmal gesehen oder war davor zurückgeschreckt, sondern der Magier sehnte sich geradezu danach. Orlando senkte den Kopf und biss kräftig zu. Das heiße Blut floss ihm in den Mund, bedeckte seine Zunge und seinen Gaumen mit dem unverwechselbaren Geschmack Alains. Orlando hasste es, immer noch Reste von Angst und Wut schmecken zu können, aber diese Gefühle konnte nur die Zeit aus Alains Herz vertreiben. Dann wurden Orlandos Geschmacksnerven von einer Welle der Liebe und des Begehrens überschwemmt, die alles andere in den Hintergrund drängten. Er leckte über die Wunden, um sie zu schließen. Dann ließ er die Lippen einige Zentimeter weiter über Alains Haut nach unten gleiten und biss erneut zu, um ein zweites Mal zu hinterlassen.

Als er den zweiten Biss spürte, wusste Alain sofort, was Orlando beabsichtigte. Träge überlegte er, wie viele Bisse wohl an seinem Hals Platz hätten. Vermutlich würde er es bald herausfinden. Jeder Biss Orlandos überschüttete Alain mit neuen, stärkeren Gefühlen. Nachdem Orlando endlich seine Zurückhaltung aufgegeben hatte und sich nicht mehr davor scheute, seine Bisse mit Sex zu kombinieren, fiel es Alain zunehmend schwerer, die Beherrschung zu wahren. Er wollte sich und Orlando die Kleider vom Leib reißen, wollte nackte Haut spüren und Orlando etwas von dem zurückgeben, was er selbst empfand. Aber Alain wusste nicht, wie viel Zeit sie noch hatten, bevor sie zum Palais de Justice aufbrechen mussten. Sie durften sich nicht verspäten und er musste sich mit Orlandos Bissen zufriedengeben. Die Liebe musste warten bis nach dem *Judicium*, bis sichergestellt war, dass der Gesetzlose keine Gefahr mehr darstellte.

Orlandos Zähne hatten die vorhersehbare Wirkung auf Alain. Der Magier versuchte, seinen steifen Schwanz zu ignorieren, aber Orlando konnte es deutlich im Blut seines Geliebten schmecken und ließ die Hand über Alains Körper nach unten gleiten, bis er am Hosenbund angelangte. Er öffnete den Reißverschluss und schob die Hand in den Hosenschlitz. Alain schrie auf, als Orlandos Finger sich um seinen Schwanz schlossen und ihn durch den Schlitz an die kühle Luft zogen. Orlando streichelte ihn im Rhythmus seines Saugens und Alain erkannte, dass er es nicht mehr lange aushalten würde. „Bitte", bettelte er, weil ihm die Worte fehlten, sein Verlangen auszudrücken.

Orlando wusste auch so, was Alain sich von ihm wünschte. Er zog gesättigt die Zähne aus Alains Hals, senkte den Kopf und nahm den harten Schwanz seines Geliebten in den Mund. Dann saugte er ihn tief ein und spürte, wie Alains Samen ihm in die Kehle schoss, als der Magier mit einem lauten Schrei zum Höhepunkt kam.

„So macht es weniger Dreck", scherzte er zufrieden, als er Alains Schwanz wieder in der Hose verpackte. „Die Sonne geht unter. Der Cour wird sich bald versammeln. Wir sollten aufbrechen."

„Und was ist mit dir?", fragte Alain, dem immer noch der Kopf schwirrte, so wunderbar und unglaublich war dieser neue Orlando. Er legte die Hand an den Hals und fühlte stolz die vielen kleinen Bisswunden, die ein unübersehbarer Beweis ihres Bundes waren. Er selbst konnte an Orlando kein so deutlich sichtbares Zeichen hinterlassen, aber das spielte keine Rolle. Alain wusste, dass Orlando genauso ihm gehörte, wie er dem Vampir.

„Ich kann warten", versicherte ihm Orlando. „Ich warte lieber, bis ich in dir kommen kann, als mich jetzt mit einem Quickie zufriedenzugeben. Komm jetzt, Geliebter. Der Cour wartet auf uns."

34

DAS INNERE des Justizpalasts war taghell beleuchtet, aber im Kassationshof hatten sich nur Wesen der Nacht versammelt. Alain kannte viele von ihnen als Mitglieder der Allianz, andere hatten an der Schlacht von Beaubourg teilgenommen, aber mindestens die Hälfte der Anwesenden war ihm unbekannt. Ihm wurde deutlich, wie viel er über den Cour und die Gesellschaft der Vampire noch lernen musste.

Soweit Alain erkennen konnte, war er der einzige Nicht-Vampir im Raum. Marcel und Jean hatten darüber diskutiert, ob sie ausgewählte Medienvertreter zu dem *Judicium* zulassen sollten, sich nach reiflicher Abwägung aber dagegen entschieden. Vampire waren, wie die Magier auch, sehr verschlossen, wenn es um ihre Rituale ging.

Alain wurde von einigen Vampiren diskret, von anderen ziemlich unverblümt beobachtet. Er ignorierte sie und hielt sich an Orlandos Seite. Diejenigen unter den Vampiren, die Alain nicht kannten oder nicht wussten, dass Orlando einen Avoué genommen hatte, konnten sich allein durch die Nähe der beiden Männer zueinander alle offenen Fragen selbst beantworten. Die Minuten vergingen und sie warteten immer noch auf das Eintreffen von Jean, der das *Judicium* eröffnen würde. Alain fiel auf, dass mehr und mehr der Anwesenden Orlando respektvolle Blicke zuwarfen, als sich die Berichte von seiner Gefangenschaft und Flucht herumsprachen. Orlando schien von all dem nichts zu bemerken. Er stand gelassen an Alains Seite, während um sie herum die Anspannung immer mehr anstieg.

Dann öffnete sich eine Seitentür. André Perrot und Blair Nichols betraten den Raum. Zwischen sich hielten sie den *Extorris* an den Armen gepackt und zogen ihn mit sich. Alain fragte sich, ob der Vampir immer noch magisch gefesselt war, denn er schien sich entweder nicht bewegen zu wollen oder nicht bewegen zu können. Es geschähe dem Bastard nur recht, dachte Alain bei sich. Die beiden Vampire brachten den *Extorris* zur Bank des Angeklagten, wo sie ihn zurückließen und sich unter die anderen Anwesenden mischten. Ihre grimmigen Gesichter zeigten deutlich, auf welcher Seite ihre Sympathien lagen.

Einen Augenblick später öffnete sich eine weitere Tür und Sebastien kam in den Raum. Er nickte Orlando und Alain zu, dann nahm er auf der Seite der Anklage Platz. Für Alain war es ein seltsamer Anblick, Sebastien ohne Thierry hier zu sehen. Er erkannte einmal mehr, wie sehr die Allianz ihrer aller Leben verändert hatte und fragte sich, was nach dem Krieg wohl davon übrig bleiben mochte. Sein Bund mit Orlando würde sicherlich fortbestehen, und auch die Partnerschaften zwischen Sebastien und Thierry sowie Jean und Raymond würden vermutlich überleben. Aber trotz allem, was sie in der Zwischenzeit über die Natur der Partnerschaften gelernt hatten, konnte niemand sagen, ob ihre Macht und Anziehungskraft jetzt nachlassen würde oder nicht. Einige der Paare waren mittlerweile so sehr zusammengewachsen, dass der magische Ursprung ihrer Beziehung keine Rolle mehr spielte, aber Alain wusste nicht, was aus den anderen werden würde und wie viele es von ihnen gab.

Als sich die Tür hinter dem Richterpult öffnete und Jean den Raum betrat, verstummten die Stimmen schlagartig und alle Gesichter wandten sich dem Chef de la Cour zu. Jean trug keine traditionelle Robe, war aber sehr viel formeller gekleidet, als Alain ihn jemals erlebt hatte. Um den Hals trug er die Symbole seines Rangs, er hätte allerdings auch in Lumpen erscheinen können. Jean strahlte allein durch seine Persönlichkeit eine Macht und Autorität aus, die keinerlei Zweifel daran zuließ, dass er zu Recht hinter dem Richterpult Platz nahm.

Die Anwesenden erhoben sich, um seiner Position und dem Anlass ihres Zusammentreffens ihren Respekt zu bezeugen. Jean nickte Sebastien und Orlando zu, warf einen finsteren Blick auf Edouard und bedeutete den anderen Vampiren, sich wieder hinzusetzen, als sich unerwartet die große Tür des Gerichtssaals öffnete. Die Vampire drehten sich zu dem Geräusch um. Sie hätten keine Sekunde gezögert, den Störenfried wieder aus dem Saal zu entfernen, nickten dem Neuankömmling aber nur ehrfurchtsvoll zu, als sie ihn erkannten.

Monsieur Lombard kam, flankiert von Marcel und Raymond, in den Raum geschritten. „Ich hoffe, Sie haben nichts dagegen, dass ich meine Gäste mitgebracht habe", sagte er nonchalant, obwohl er die Antwort des Chef de la Cour bereits kannte.

„Ganz und gar nicht", erwiderte Jean großzügig. Er war mehr als erleichtert darüber, dass Monsieur Lombard ihm die Diskussion über Marcels Teilnahme erspart hatte. „Willkommen, Général Chavinier und Monsieur Payet. Und willkommen, sehr verehrter Monsieur Lombard."

„Ich hätte es nie gewagt, diesem *Judicium* fernzubleiben", erwiderte Monsieur Lombard mit getragener Stimme. „Es ist die Verantwortung eines jeden Mitglieds des Cours, selbst derjenigen, die sich bereits aus dem öffentlichen Leben zurückgezogen haben, dafür zu sorgen, dass der Gerechtigkeit Genüge getan wird."

Und das, dachte Alain bei sich, *war das Todesläuten für den Gesetzlosen, ob er es erkannt hat oder nicht.*

„In der Tat", stimmte Jean zu. „Dann lasst uns beginnen. Monsieur Noyet, als *Accusator* des Cours, hat das erste Wort. Würden Sie bitte die Anklage gegen den *Extorris* vortragen?"

Sebastien erhob sich und ging in die Mitte des Saals, wo er von allen gesehen und gehört werden konnte.

„Der *Extorris*, Edouard Couthon, wird angeklagt, sich mit den Feinden des Cours, insbesondere Pascal Serrier, verschworen zu haben, um die frühere Gefährtin des Chef de la Cour zu entführen. Er wird weiterhin angeklagt, sie vergewaltigt und ermordet zu haben. Darüber hinaus wird er angeklagt, sich mit besagtem Serrier verschworen zu haben, einen Vampir zu entführen und Orlando St. Clair nach dessen Gefangennahme jede Hilfe verweigert zu haben, als der gefoltert wurde. Schließlich wird er noch des Mordversuchs an Monsieur St. Clair angeklagt, den er mit Blut vergiften wollte, das nicht von dessen Avoué stammte."

Das Raunen, das nach der Erwähnung von Serriers Namen durch die Menge gegangen war, wurde lauter und mündete in wütenden Zwischenrufen, als der *Accusator* den letzten Anklagepunkt vortrug. Alain wurde ein weiteres Mal daran erinnert, wie unantastbar und heilig der Aveu de Sang für die Vampire war.

Jean wartete geduldig ab, bis sich der Aufruhr wieder gelegt hatte. Dann sprach er Sebastien an: „Haben Sie Beweise für diese Anschuldigungen?"

„Die habe ich, Monsieur le Chef", antwortete Sebastien und drehte sich wieder zum Cour um. „Die Leiche von Karine Gaudier, der früheren Gefährtin des Chef de la Cour, wurde auf der Schwelle des Sang Froid gefunden. Sie war gefoltert, vergewaltigt und letztendlich von einem Vampir getötet worden."

„Das hätte jeder Vampir sein können", unterbrach ihn Couthon, der bisher geschwiegen hatte. „Woher willst du wissen, dass ich es war?"

„Du bist in der jüngeren Vergangenheit der einzige Vampir in Paris, der dafür bekannt ist, seine Opfer zu töten", erwiderte Sebastien ungerührt. „Diese Tatsache hast du während deiner Gefangennahme vor zwei Tagen selbst eingestanden, und viele von uns haben es gehört."

„Ich habe nicht zugegeben, diese Nutte umgebracht zu haben."

Wieder ging ein Raunen durch den Saal.

„Lass diese Gossensprache!", befahl Jean. „Du hast das Recht, dich zu verteidigen, aber du wirst den Cour nicht missachten mit deinen vulgären Manieren."

„Ich habe nicht zugegeben, seine *Gefährtin* umgebracht zu haben", wiederholte Edouard.

„Nein. Aber du hast zugegeben, die Frau umgebracht zu haben, mit deren Blut Monsieur St. Clair vergiftet werden sollte", erwiderte Sebastien. „Du hast gesagt, und ich zitiere wörtlich: ‚Er wollte das Opfer nicht, also hatte ich das Vergnügen, ihr letzter Anblick zu sein'. Mach dir nicht die Mühe, es zu leugnen. Zu viele von uns haben es gehört."

„Ich wusste nicht, dass er einen Avoué hat, bis ich seine Reaktion auf das Blut der Frau gesehen habe", fauchte der Gesetzlose. „Ich habe nur versucht, einem Vampir so gut zu helfen, wie die Umstände es mir erlaubten."

Sebastien redete weiter, ohne sich um den Einwand des Gesetzlosen und die ungläubigen Zwischenrufe der anderen Vampire zu kümmern. „Darüber hinaus wird Monsieur St. Clair bezeugen, dass du ihm nicht geholfen hast, obwohl du über seine Gefangennahme informiert warst und auch wusstest, dass er von Serrier gefoltert wurde."

„Dieser Jammerlappen", murmelte Edouard.

Monsieur Lombard überragte alle Anwesenden, als er sich von seinem Stuhl erhob. Er warf Jean einen fragenden Blick zu und ging dann, als der Chef de la Cour keine Einwände erhob, auf den Gesetzlosen zu. Er packte Couthon am Kragen, zog ihn auf die Füße und sah ihm ins Gesicht. „Hör mir jetzt gut zu, mein Junge. Du denkst, deine Morde würden dich zu einem echten Mann machen. Aber da täuschst du dich. Die Toten, die du auf dem Gewissen hast, beweisen lediglich, dass du nicht Manns genug bist, um die Macht über Leben und Tod ausüben zu dürfen, die du über deine Opfer hast. Du glaubst, wir wären es, denen es an Kontrolle fehlt. Auch darin täuschst du dich. Es erfordert wesentlich mehr Macht und Reife, seine Instinkte zu beherrschen, als ihnen nachzugeben. Und noch mehr Mut erfordert es, einen Aveu de Sang einzugehen. Wenn es in diesem Raum einen Jammerlappen gibt, dann bist du das. Orlando hat es mehr als verdient, ein Mann genannt zu werden."

Edouard öffnete den Mund, um etwas darauf zu erwidern, aber Monsieur Lombard ließ ihn nicht zu Wort kommen und drehte sich zu seinen beiden Begleitern um. „Könnte einer von euch ihn bitte zum Schweigen bringen? Ich bin es leid, mir seine jammerhaften Ausflüchte anzuhören."

„Ich erledige das", mischte sich Alain ein und stand auf. „Er hat Orlando beleidigt, und damit auch mich."

Monsieur Lombard neigte anerkennend den Kopf. „Ich bitte um Entschuldigung. Ich habe dich nicht bei deinem Avoué sitzen sehen."

Sie hatten mit diesem Wortwechsel den Verlauf der Verhandlung unterbrochen, aber der Chef de la Cour beobachtete sie nur ungerührt und zeigte keinerlei Anzeichen von Irritation. Alain fasste das als Zustimmung auf und brachte Edouard mit einer Beschwörung zum Schweigen.

„Monsieur St. Clair", sagte Sebastien, nachdem Monsieur Lombard wieder Platz genommen hatte. „Würden Sie dem Cour bitte berichten, was Ihnen während Ihrer Gefangenschaft bei Serrier widerfahren ist und welche Rolle der *Extorris* dabei spielte?"

Orlando drückte Alains Hand, stand dann auf und ging in den Zeugenstand. Seinem steifen Gang war anzusehen, dass sein Körper die Misshandlungen noch nicht ganz überwunden hatte, die ihm in den vier Tagen seiner Gefangenschaft zugefügt worden waren. „Am Anfang habe ich ihn nicht gesehen", begann er. „Ich wusste aber, dass er in dem Gebäude sein musste, denn wir hatten erfahren, dass ein Vampir mit Serrier zusammenarbeitet. Ich war in einer Zelle eingesperrt, deshalb hätte ich auch schlecht nach ihm suchen können. Aber er muss von meiner Anwesenheit gewusst haben, denn Serrier hat ziemlich viel Aufhebens um mich gemacht."

„Haben Sie ihn jemals zu Gesicht bekommen?", fragte Sebastien.

Orlando nickte. Er schluckte, weil ihm bei der Erinnerung die Galle hochkam. „Es muss ungefähr nach zwei Tagen gewesen sein, genau kann ich es nicht mehr sagen. Ich habe nie ein Fenster gesehen, und durch den magischen

Schutz des Blutes meines Avoué habe ich den Sonnenaufgang nicht so gespürt, wie es üblich ist. Außerdem war ich in schlechter Verfassung. Serrier hat einen Fluch nach dem anderen an mir ausprobiert, weil er herausfinden wollte, welche Flüche auf Vampire wirken und welche nicht. Ich war erschöpft, hatte Schmerzen und Hunger. Dann kam Serrier mit einer Frau in meine Zelle und bot mir ihren Arm zum Trinken an. Er sagte, ich müsste bei Kräften bleiben, damit er noch weiter mit mir experimentieren könne. Ich habe mich natürlich geweigert, die Frau zu beißen. Serrier hat mich dann dazu gezwungen. Er hat ihr das Handgelenk aufgeschnitten und mich mit einer Beschwörung gelähmt, um mir das Blut in die Kehle laufen zu lassen. Als ich angefangen habe, zu würgen, hat er nach dem *Extorris* geschickt, weil er wissen wollte, warum ich das Blut nicht vertrage. Serrier hat dabei auch erwähnt, dass es der Angeklagte gewesen wäre, der ihm geraten hätte, mir Blut zu besorgen."

Alain schüttelte sich. Er konnte sich nur noch zu gut an den Schmerz erinnern, den er durch seine Verbindung zu Orlando gefühlt hatte. Es war ein besonderer Schmerz gewesen, anders als bei Serriers Experimenten. Die Vorstellung, dass sein Geliebter fremdes Blut trank – und sei es auch unter Zwang – brachte all seine Wut wieder zum Vorschein, und sie richtete sich gegen den Vampir auf der anderen Seite des Saals. Wenn es nicht den gesamten Cour in Aufruhr versetzt hätte, er hätte sämtliche Höllenfeuer beschworen und diesen Bastard zu Asche verbrannt. Allein der Gedanke, dass dem Gesetzlosen bei Sonnenaufgang ein ähnliches Schicksal bevorstand, beruhigte ihn wieder.

„Haben Sie ihn danach noch einmal gesehen?", fragte Sebastien weiter.

„Nein", antwortete Orlando. „Er hat noch einige abfällige Bemerkungen darüber gemacht, dass ich einen Avoué habe, dann ist er gegangen. Zwei abtrünnige Magier, die Serrier verlassen wollten, haben mich kurz vor Sonnenaufgang befreit. Es war der Tag, an dem Serrier mich vernichten wollte. Den *Extorris* habe ich erst wieder in diesem Gerichtssaal zu Gesicht bekommen."

„Gab es Hinweise darauf, dass er ebenfalls ein Gefangener Serriers gewesen sein könnte, so ähnlich wie Sie?"

Orlando schüttelte den Kopf. „Als ich ihn sah, verhielt er sich ganz so, als würde er auf Serriers Seite stehen. Ich konnte keinerlei Anzeichen von Zwang erkennen."

„Vielen Dank", sagte Sebastien und entließ Orlando mit einer Geste aus dem Zeugenstand.

Orlando ging erleichtert zu Alain zurück, setzte sich auf seinen Stuhl und griff nach der Hand seines Geliebten. Alain wollte eine Unterbrechung beantragen, um ihn nach Hause zu bringen, ins Bett zu stecken und zu lieben. Aber sie mussten diese Angelegenheit jetzt hinter sich bringen.

„Haben Sie dem Gericht noch weitere Beweise zu präsentieren?", fragte Jean. Sebastien nickte.

„Einige Vampire waren bei der Gefangennahme des *Extorris'* anwesend. Sie können übereinstimmend bezeugen, dass der *Extorris* sich in Serriers Hauptquartier frei bewegen konnte und sich vehement gegen seine Gefangennahme zur Wehr gesetzt hat. Seine Worte ließen keinen Zweifel daran aufkommen, dass er mit den dunklen Magiern im Bunde war, die den Angriff auf die Vampire zu verantworten haben, der auf dem Place Pigalle stattfand. Falls das Gericht geneigt ist, die Aussage eines Sterblichen zuzulassen, so kann auch ein Spion der Milice, der sich bei Serrier aufhielt, diese Tatsache bestätigen", sagte Sebastien abschließend. „Dieser Zeuge hat uns auch berichtet, dass Serrier die Gefährtin des Chef de la Cour auf Anraten des Angeklagten entführt hat und dass der Angeklagte selbst für ihren Tod verantwortlich ist, wenn auch nur teilweise für die Folterungen, die sie erlitten hat."

„Was ist mit den anderen, die sie und Orlando gefoltert haben?", wollte einer der Vampire wissen.

„Tot", antwortete Marcel von seinem Sitz aus. „Monsieur Lombard hat die Welt von Serrier befreit. Sein Folterknecht wurde von meinem Agenten während Orlandos Befreiung getötet. Der Einzige, der sich noch für seine Taten verantworten muss, steht heute hier vor dem Cour."

„Vielen Dank, Général", sagte Sebastien und nickte Marcel zu. „Die Unterstützung der Milice in dieser Angelegenheit hat uns diese Aufgabe sehr erleichtert."

„Hat noch jemand etwas hinzuzufügen?", fragte Jean und sah sich unter den Anwesenden um. „Fragen, Beweise oder Gegenargumente?"

Einige Vampire bestätigten durch ihre Zwischenrufe Sebastiens Stellungnahme über das Verhalten Couthons während dessen Gefangennahme, andere beschimpften den Angeklagten. Es meldete sich jedoch niemand mehr zu Wort, um noch einen offiziellen Beitrag zu leisten.

Jean wandte sich Alain zu. „Du kannst die Beschwörung jetzt aufheben. Er hat noch das Recht, etwas zu seiner Verteidigung zu sagen", sagte er und fuhr, an Edouard gerichtet, fort: „Aber ich warne dich, *Extorris*. Wenn du noch ein einziges Mal das Gericht missachtest, gebe ich dir keine zweite Chance mehr."

Edouard sah Alain wütend an. „Du hast mich doch schon verurteilt", warf er Jean vor, als er wieder reden konnte. Dann drehte er sich zum Cour um. „Ihr alle habt mich schon verurteilt. Ich könnte hier noch tagelang reden, ohne dass ihr mir zuhört. Warum sollte ich also meine Zeit und Energie damit vergeuden, mich zu verteidigen? Ihr glaubt, der Gipfel des Fortschritts zu sein, aber ihr seid nichts anderes, als ein bemitleidenswerter Abklatsch dessen, was Vampire ursprünglich waren. Wir sind Vampire, keine zahmen Haustiere, die sich von irgendwelchen Magiern an die Leine legen lassen." Diejenigen unter den Vampiren, die mit der Milice gekämpft hatten, protestierten entrüstet. Jean wartete ab, bis im Saal wieder Ruhe einkehrte.

„Was hat der *Accusator* noch zu sagen?", fragte er dann.

„Schuldig", sagte Sebastien würdevoll.

„Was sagt der Geschädigte?"

„Schuldig", wiederholte Orlando mit fester Stimme.

„Was sagt sein Avoué?"

Alain hob überrascht den Kopf. Er hatte nicht erwartet, nach seinem Urteil gefragt zu werden, da er kein Vampir war. Aber er zögerte keine Sekunde. „Schuldig."

„Monsieur Lombard?"

„Schuldig."

„Was sagt der Cour?"

„Schuldig", tönte es ohrenbetäubend zurück.

„Möchte noch jemand zugunsten des Angeklagten das Wort ergreifen?", erkundigte sich Jean. „Beantragt jemand mildernde Umstände?"

Die Stille, die auf Jeans Frage folgte, war fast so ohrenbetäubend, wie der Schuldspruch.

„Edouard Couthon, der Cour de Paris hat dich für schuldig befunden, die Gesetze der Vampire gebrochen zu haben. Du wirst für deine Vergehen verurteilt und das Urteil wird unverzüglich vollstreckt werden. Welches Strafmaß hält der *Accusator* für angemessen?"

„Vernichtung", sagte Sebastien mit harter Stimme. „Verbannung würde ihm erlauben, seine Verbrechen in einem anderen Cour zu wiederholen. Eine Gefängnisstrafe ist angesichts der Toten, die er auf dem Gewissen hat, eine zu milde Strafe."

Jean verkürzte das Verfahren und verzichtete darauf, jedes einzelne Mitglied des Cours nach seiner Meinung zu fragen. Er wusste noch, wie schwer es Orlando gefallen war, vor dem *Judicium* Thurloes Vernichtung zu fordern, und damals waren es schwerwiegendere Vergehen gewesen, über die sie zu Gericht gesessen hatten. Er wollte auch nicht, dass Orlando mitanhören musste, wie sein Avoué diesen Antrag stellte. Also fragte Jean stattdessen nur: „Was sagt der Cour?"

„Vernichtung", schallte es unisono zurück.

„Beantragt jemand ein milderes Urteil?" Jean musste es fragen, obwohl er nicht hoffte, dass sich jemand melden würde. Seine Hoffnung wurde erfüllt.

„Edouard Couthon, du bist dazu verurteilt worden, bei Sonnenaufgang hingerichtet zu werden", verkündete Jean. „Deinem Opfer ist es überlassen, die Art der Hinrichtung zu bestimmen."

Orlando zuckte zusammen. Obwohl er auf diese Worte vorbereitet war, zuckte er zusammen. Als er das letzte Mal in dieser Situation gewesen war, hatte er hundert Jahre Folter und Misshandlungen hinter sich, für die der verurteilte Vampir verantwortlich war. Damals hatte es ihm große Befriedigung verschafft, eine besonders grausame Hinrichtungsart zu wählen. Aber jetzt war er ein anderer Mann. Er erhob sich von seinem Stuhl. „So schnell wie möglich", sagte er nur und ein bitterer Geschmack stieg in ihm auf. „Ich will kein zusätzliches Leiden mehr."

Jean nickte und winkte Alain zu, Orlando nach draußen zu bringen. Alain war erschrocken über Orlandos Reaktion. Er nahm seinen kreidebleichen Geliebten an der Hand und führte ihn auf den Flur. „Ist alles in Ordnung mit dir?"

Orlando schüttelte sich. „Ich will so etwas nie wieder erleben. Einmal war schon zu viel. Zweimal ist unvorstellbar. Bring mich nach Hause. Bitte."

Im Gerichtssaal erhob sich Jean von seinem Stuhl. „Das Urteil ist gefällt. Der *Extorris* wird bei Sonnenaufgang so schnell wie möglich hingerichtet. Wer der Vollstreckung beiwohnen möchte, darf das tun. Allen anderen spreche ich jetzt schon meinen Dank aus, verbunden mit dem Wunsch, dass viele, viele Jahre vergehen mögen, bevor wir uns wieder zu einem solchen Anlass versammeln müssen. Allerdings – wenn Général Chaviniers Pläne Wirklichkeit werden, benötigen wir vielleicht kein eigenes Gericht mehr. Er hat mich gebeten, dieses *Judicium* mit der Ankündigung zu beenden, dass sich unsere Arbeit ausgezahlt hat. Morgen werden die Gleichstellungsgesetze der Ergänzungsvorlage 49-3 zur Verfassung Frankreichs dem Parlament zur Abstimmung vorgelegt. Spätestens am Morgen darauf werden wir wissen, ob wir einen Erfolg feiern können."

„Wir werden erfolgreich sein", meldete sich Marcel zu Wort. „Niemand kann leugnen, dass der Cour einen unverzichtbaren Beitrag geleistet hat, um Serriers Aufstand niederschlagen zu können. Ich habe wiederholt auf diese Tatsache hingewiesen und werde das auch morgen wieder tun, sowohl vor der ehrenwerten Nationalversammlung, als auch vor den Mitgliedern des Ministerrats. Monsieur Pequignot, der Premierminister, wird persönlich an der Debatte teilnehmen und sich für unsere Sache einsetzen. Wir haben für morgen früh eine Pressekonferenz anberaumt, um die Öffentlichkeit von der bevorstehenden Abstimmung zu informieren. Aber ihr seid heute alle hier versammelt, daher wollte ich es euch gerne persönlich und im Voraus sagen."

Als Marcel seine kurze Ansprache beendete, brachen die Vampire in lauten Jubel aus. André und Blair brachten Couthon in seine Zelle zurück, während die anderen wild durcheinander diskutierten – über die Verhandlung, das Urteil und die Abstimmung im Parlament. Marcel nickte Monsieur Lombard zu und die beiden älteren Herren zogen sich zurück. Raymond schüttelte den Kopf, als sie auf ihn warten wollten. Sein Platz war jetzt bei Jean. Raymond war wahrscheinlich der Einzige, der erkannte, welche Kraft dieses *Judicium* den Chef de la Cour gekostet hatte. Sie hatten schon darüber gesprochen, was ein Urteil, wie es heute gefällt worden war, für Jean bedeuten würde. Als Chef de la Cour könnte er die Verantwortung für die Hinrichtung delegieren, aber Jean hatte sich geweigert, einem anderen Vampir zuzumuten, was ihm selbst unangenehm war. Raymond wünschte sich, er könnte seinen Partner aus diesem Dilemma befreien, doch der Cour würde nicht akzeptieren, dass ein Magier die Hinrichtung vollstreckte. Ihm blieb also nichts anderes übrig, als Jean zur Seite zu stehen und ihm die stille Unterstützung zu geben, die er ihm versprochen hatte.

35

„DU HAST das einzige Verbrechen begangen, das einem Vampir nicht verziehen werden kann. Du bist zur Vernichtung verdammt." Jeans Stimme klang fest und kalt. Nur Stunden, nachdem er Orlando gefunden hatte, war der Cour von Jean in Thurloes Haus zusammengerufen worden, um über den Vampir zu richten. Jean hätte es vorgezogen, ein solches Urteil nicht fällen zu müssen, aber die Gesetze der Vampire waren eindeutig und es war seine Aufgabe, für ihre Einhaltung zu sorgen. „Dein Opfer wird entscheiden, auf welche Weise."

Der schockierte Ausdruck in Orlandos Gesicht wurde schnell durch Wut, dann durch Schadenfreude abgelöst. Den Schock und die Wut konnte Jean verstehen, die Schadenfreude machte ihm Angst. Aber er sagte nichts dazu, denn er wollte sich nicht einmischen. Orlando hatte das Recht, über die Hinrichtungsart zu entscheiden. Später, wenn der Junge wieder Vertrauen in andere Vampire hatte – falls es jemals soweit kommen würde –, wollte Jean versuchen, ihn in eine ... positivere Richtung zu lenken.

Thurloe wiederum hatte diese Skrupel nicht. Er stürzte sich auf Orlando, um an dem jungen, schwächeren Vampir vorbei in die Dunkelheit der Nacht zu entfliehen. Thurloe war es gewohnt, Orlando körperlich zu beherrschen. Mit Jean hatte er nicht gerechnet. Der stellte sich dem Verbrecher sofort in den Weg, und die beiden mächtigen Vampire prallten mit aller Wucht zusammen. Die Angst vor der Vernichtung schien Thurloe zusätzliche Kräfte zu verleihen. Er wehrte sich verzweifelt gegen Jean, während die anderen Vampire, die sich für das Judicium hier versammelt hatten, tatenlos um die beiden kämpfenden Männer herumstanden. Sie wussten, dass Jean keine Einmischung duldete, solange er nicht ihre Hilfe brauchte.

Es dauerte einige Zeit, dann setzte Jean sich durch und zwang Thurloe in die Knie. „Wie hast du dich entschieden?", fragte er Orlando.

„Ich will ihn leiden sehen", sagte Orlando. „So, wie er mich hat leiden lassen. Ich will, dass seine Vernichtung so schmerzhaft und unerträglich sein wird, wie er mein Leben schmerzhaft und unerträglich gemacht hat. Bringt ihn in die Sonne, sodass ihre Strahlen ihn langsam, Stück für Stück, verbrennen."

Jean zuckte zusammen, gab aber mit einem Kopfnicken sein Einverständnis. „Es soll geschehen, wie du es gesagt hast."

Thurloe wehrte sich wieder, aber Jean überwältigte ihn und behielt ihn fest im Griff. „Finde etwas, um ihn zu fesseln", sagte er zu Orlando.

Das war kein Problem. Orlando kannte den Inhalt jedes Schranks und jeder Kommode hier. Er öffnete eine Schublade und zog daraus ein Paar silberner Handschellen hervor, die er Jean reichte. „Leg du sie ihm um", befahl Jean.

Thurloe zischte drohend, aber Orlando fürchtete ihn nicht länger. Er legte seinem Schöpfer die Handschellen um und wartete ab.

„Welches Zimmer in diesem Haus hat Fenster?", fragte Jean.

Orlando schüttelte den Kopf. „Ich weiß es nicht. Ich kenne nur diesen Raum und meine Zelle. Aber ich bin mir sicher, dass es Fenster gibt."

Jean nickte. „Wir werden es schon finden. Wenn nicht, halten wir ihn so lange gefangen, bis wir einen anderen Ort für seine Hinrichtung finden."

Nach kurzer Suche fanden sie einen Raum, der ein Fenster mit Blick nach Osten hatte. Thurloe brüllte und tobte, als Jean ihn auf dem Boden des Zimmers festband, mit den Füßen zu der Wand hin, die dem Fenster gegenüber lag. So würden sie zuerst verbrennen, wenn die Sonne sich ihren Weg ins Zimmer bahnte. Keiner der anderen Vampire war geblieben, um der Hinrichtung beizuwohnen. Sie verließen sich darauf, dass der Chef de la Cour sich um alles kümmerte.

Als die ersten Sonnenstrahlen ins Zimmer drangen, durchfuhr die drei Vampire ein Schauer der Furcht und der Abscheu. Jean und Orlando traten zurück, um der Gefahr auszuweichen. Thurloe hatte diese Möglichkeit nicht. Die Minuten vergingen und das tödliche Licht kam ihm immer näher. Aus seinem Protest wurden verzweifelte Bitten, aber die einzigen Ohren, die ihn hören konnten, waren taub für seine Bitten, so wie er taub gewesen war für die Qualen seiner Opfer.

Als aus den Bitten Schmerzensschreie wurden, hätte Jean fast den Kopf abgewendet. Wenn er allein gewesen wäre, hätte er es mit Sicherheit getan. Aber Orlandos Blick war unbeirrt auf Thurloe gerichtet, und als Chef de la Cour konnte Jean nicht anders reagieren.

Das Fünkchen Mitleid, das sich irgendwo tief in Orlandos Herz verborgen hielt, protestierte gegen diesen langsamen, qualvollen Tod, doch Orlando brachte es zum Schweigen. Diese Kreatur, die sich schreiend vor ihm auf dem Boden krümmte, hatte sich ihr Schicksal selbst zuzuschreiben. In all den Jahren seiner Gefangenschaft hatte Orlando von diesem Monster nicht ein einziges Mal Mitleid, Freundlichkeit oder auch nur eine Geste des Anstands erfahren. Thurloe hatte sich diesen Tod redlich verdient. Orlando konnte spüren, wie die Last der Sklaverei von ihm abfiel, während sein ehemaliger Herr sich vor seinen Augen langsam in Asche verwandelte.

Als die Schreie schließlich verstummten, drehte Jean sich zu Orlando um. „Wir müssen hierbleiben, bis die Sonne untergeht. Danach bist du frei, zu gehen, wohin du willst. Hast du schon eine Vorstellung davon, was du tun willst?"

Orlando dachte darüber nach. „Ich weiß es nicht", sagte er schließlich. „Ich kenne hier niemanden. Ich kenne auch diese Stadt nicht. Das Einzige, was ich gelernt habe, ist, Soldat zu sein und zu gehorchen. Aber ich bin jetzt ein Vampir und kann deshalb nicht mehr als Soldat kämpfen. Ich ... Vielleicht wäre es am einfachsten, wenn ich jetzt auch aufhören würde, zu existieren."

„Sag das nicht", wies ihn Jean zurecht. „Es gibt immer einen Weg, der nach vorne führt. Wenn du willst, kannst du mit mir kommen. Dann kannst du dich einige Tage ausruhen und dir überlegen, was du als Nächstes zu tun gedenkst."

„Ich werde nicht den einen Herrn durch einen anderen ersetzen", fauchte Orlando ihn an.

„Das erwarte ich auch nicht von dir", versicherte ihm Jean. „Du schuldest mir nicht mehr, als ein einfaches ‚Danke'. Danach bist du frei. Ich wollte dir nur meine Hilfe anbieten. Es ist deine Entscheidung, ob du sie annimmst."

Orlando überlegte. Wäre es so schlimm, Hilfe anzunehmen? Sich von diesem Vampir die neue Welt erklären zu lassen? Jean hatte ihm schon jetzt mehr Freiheiten gegeben, als Thurloe in hundert Jahren. Orlando wollte Jeans Hilfe annehmen, wenigstens so lange, bis er wieder auf eigenen Füßen stehen konnte. Aber er würde nie wieder zulassen, dass ein anderer Mensch über sein Leben bestimmte. Von diesem Tag an würde er selbst – und nur er selbst – entscheiden, was er mit seinem Leben anfing. „Merci", sagte er. „Ich nehme dein großzügiges Angebot gerne an."

Ganz oben auf Jeans Tagesordnung stand es, sich um Orlandos zahlreiche Verletzungen zu kümmern, und dazu brauchte der junge Vampir Blut. Die sterblichen Gefangenen, die sie in Thurloes Kerker vorgefunden hatten, waren schon freigelassen worden. Nach allem, was diese Menschen hier erlebt hatten, wären sie auch nicht bereit gewesen, einem Vampir freiwillig ihr Blut anzubieten. Und Jean wollte kein unwilliges Opfer, denn Orlandos erster Biss in Freiheit sollte nicht nach Furcht schmecken.

Jean bezweifelte, dass Orlando selbst in der Lage war, sich ein Opfer zu suchen. Der Jüngling war seit seiner Umwandlung seinem Schöpfer ausgeliefert gewesen und hatte es nie gelernt. Das mussten sie nachholen, aber dazu war später noch Zeit. Jetzt brauchte er schnellstmöglich Blut, um seine Wunden zu heilen, und das hieß, sie würden Angélique im Sang Froid einen Besuch abstatten. Die clevere Geschäftsfrau und frühere Konkubine hatte genau das, was sie jetzt brauchten.

Die Stunden bis zum Sonnenuntergang vergingen quälend langsam. Keiner der beiden Vampire fühlte sich in Thurloes Unterschlupf wohl, wenn auch die Gründe für ihr Unwohlsein sehr unterschiedlicher Natur waren. Jean hatte in der Zeit bis zum Eintreffen des Cours das Haus nach passender Kleidung für Orlando durchsucht. Was er gefunden hatte, war nicht gerade nach der neuesten Mode und passte auch nicht sehr gut, aber es hatte Orlando erlaubt, dem Cour in Würde gegenüberzutreten. Es würde ihm auch erlauben, einigermaßen unbemerkt durch die Straßen von Paris zu gehen, jedenfalls so lange, bis Jean etwas Passenderes für seinen Schützling fand. Schließlich ging die Sonne unter. „Komm, mein neuer Freund", sagte Jean und verbeugte sich theatralisch vor Orlando. „Lass uns die Wonnen deiner neuen Heimat erkunden."

266

Orlando blieb unschlüssig an der Schwelle seines Gefängnisses stehen. Er war hier so lange eingekerkert gewesen, dass er sich an seine neue Freiheit erst gewöhnen musste. „Ich weiß gar nicht, wo ich beginnen soll", gestand er leise.

Jean lächelte traurig. Ein erfahrener Vampir hätte eine solche Schwäche niemals zugegeben, um seine Position im Jeu des Cours nicht zu gefährden. Dass dieser Junge, obwohl schon hundert Jahre alt, solche Vorbehalte nicht hatte, sagte Jean mehr über den Missbrauch, dem er ausgesetzt worden war, als all die Wunden an seinem Körper. Thurloe hatte Orlando komplett isoliert und unwissend gehalten. Jean nahm sich vor, dem Jungen alles zu geben, damit er heilen konnte. Dann wollte er ihm helfen, genug zu lernen, um sich nach oben zu arbeiten und wirklich frei zu werden. „Lass uns mit dem ersten Schritt beginnen", schlug er vor und führte Orlando weg von diesem Albtraum zum Montmartre, wo sich die Vampire nachts trafen. „Du musst Blut trinken, um zu heilen. Ich kann mir nicht vorstellen, dass du auf die Jagd gehen willst. Deshalb werden wir Madame Bouaddi besuchen, die darauf spezialisiert ist, willige Spender zu finden, die ihr Blut Vampiren zur Verfügung stellen, die nicht jagen wollen."

„Ich habe kein Geld und ... ", fing Orlando an.

„Du hast alles, was Thurloe gehörte", korrigierte ihn Jean. „Er hat dich geschaffen. Du bist sein Erbe."

„Ich will nichts von dem, was ihm gehört hat", fauchte der junge Vampir.

„Dann verkaufe alles und benutze das Geld, um dir neue Dinge zu kaufen", sagte Jean mit einem Schulterzucken. „Es ist mehr als genug, um dich unabhängig zu machen. Das Haus allein ist ein kleines Vermögen wert. Heute Nacht lade ich dich ein. Sieh es als Willkommensgeschenk für ein neues Mitglied meines Cours."

Orlando runzelte die Stirn. Dieses Wort hatte er noch nie gehört, aber er wollte nicht nachfragen und damit seine Unerfahrenheit noch mehr zur Schau stellen. Jean orderte eine Kutsche, als wäre das die natürlichste Sache der Welt. Als wäre es selbstverständlich, dass die Kutscher nachts Vampire durch die Stadt fuhren. „Sie sehen nur zwei junge Männer, die einen Abend in der Stadt verbringen wollen", flüsterte Jean ihm zu, als die Kutsche den Weg zum Moulin Rouge einschlug, das erst vor Kurzem eröffnet worden war. „Unser Ziel lässt sie denken, wir sind auf der Suche nach fleischlichen Genüssen. Womit sie nicht ganz unrecht haben."

Orlando erschauerte. „Ich werde nicht ... Ich kann nicht ... "

„Angélique ist eine sehr wählerische Frau", erklärte ihm Jean. „Sie beschäftigt nur Mitarbeiter, die freiwillig zu ihr kommen. Ich nehme an, du kennst den Geschmack von Furcht nur zu gut. Ich habe die Opfer gesehen, die Thurloe in seinem Kerker gefangen hielt. Diesen Geschmack wirst du bei Angélique niemals finden. Sie sorgt sehr gut für ihre Mitarbeiter." Die Kutsche hielt am Straßenrand an. „Komm, ich stelle dich ihr vor."

„Jean", sagte Orlando zögernd. „Ich weiß nicht, ob das eine gute Idee ist. Ich weiß nicht, was ich tun soll."

„Du musst trinken, damit du heilen kannst", erwiderte Jean und verließ die Kutsche. „Wenn du willst, kann ich bei dir bleiben, obwohl ich glaube, dass du lieber allein sein möchtest. Es ist schließlich eine sehr intime und persönliche Handlung."

Orlando schnaubte verächtlich, während er ebenfalls auf den Bürgersteig sprang. „Du glaubst doch nicht etwa, dass Thurloe jemals auf meine Intimsphäre Rücksicht genommen hat?"

„Lass uns ins Haus gehen und mit Angélique reden", meinte Jean. „Wir werden schon jemanden nach deinem Geschmack finden."

Insgeheim bezweifelte Orlando, dass er jemals wieder Geschmack an einem Opfer oder gar einer Beziehung finden könnte. Die Jahre bei Thurloe hatten zu tiefe Narben hinterlassen. Sicher, er brauchte Blut, um zu überleben. Deshalb wollte er alles von Jean lernen, was dazu notwendig war. Er würde auch Thurloes Eigentum verkaufen und sich notgedrungen damit abfinden, ein regelmäßiger Kunde im Sang Froid zu werden.

In der Zwischenzeit unterhielt sich Jean mit Angélique darüber, wie sie Orlando am besten helfen konnten. Sie entschieden sich für ein junges Mädchen, das etwa so alt war wie Orlando, als er umgewandelt wurde. Orlando lehnte diesen Vorschlag rundweg ab. Er hatte vor seiner Umwandlung keine Erfahrungen mit Frauen gesammelt, und durch seine Erlebnisse bei Thurloe fühlte er sich noch unwohler in ihrer Gegenwart.

„Dann ein junger Mann", schlug Angélique vor.

„Nein", widersprach Jean, als er Orlandos niedergeschlagenen Blick bemerkte. „Ein Mann, der Erfahrung hat und die Sensibilität, auf einen unerfahrenen Vampir einzugehen. Ich denke, Raoul wäre gut geeignet."

Angélique lächelte. „Da hast du wahrscheinlich recht. Geh mit Orlando schon nach oben. Ich suche Raoul und komme dann nach."

Orlando ließ sich von Jean zu einem Boudoir im ersten Stock des Gebäudes führen. In dem Zimmer befanden sich eine Couch, ein Chaiselongue und ein Bett. Orlando schüttelte den Kopf.

„Du musst ihn nicht mehr berühren, als für den Biss unvermeidlich ist", beruhigte Jean den nervösen Vampir. „Du musst dich auch nicht von ihm berühren lassen, wenn du es nicht willst. Es wird nichts passieren, was ihr nicht beide wollt."

Sie wurden durch ein Klopfen an der Tür unterbrochen. „Das werden Raoul und Angélique sein."

Die Eigentümerin des Sang Froid betrat das Zimmer. Ein gut aussehender Mann mit schulterlangen, dunklen Haaren folgte ihr. Das offene Hemd des Mannes ließ die breite Brust erkennen und Orlando wandte verschämt den Blick ab. „Das ist Orlando", stellte Angélique ihn dem Mann vor. „Orlando, ich möchte dir Raoul vorstellen. Wir lassen euch jetzt allein."

Als die beiden älteren Vampire das Zimmer verließen, blickte Orlando sich panisch um. „Ganz ruhig", sagte Raoul und setzte sich auf die Couch. „Angélique hat mich vorbereitet. Ich fasse dich nicht an. Setz dich einfach nur zu mir."

Zögernd folgte Orlando dem Vorschlag. Raoul drehte sich zur Seite und hielt ihm den Arm hin. „Wenn es dir lieber ist, kannst du von meinem Handgelenk trinken."

Orlando starrte auf den ausgestreckten Arm, als wäre es eine Schlange, die ihn beißen wollte. Raoul wartete geduldig ab, bis der Vampir nach seiner Hand griff. „Siehst du die Adern an meinem Gelenk? Dort kannst du mich beißen. So bekommst du das meiste Blut und ich das meiste Vergnügen."

„Vergnügen?", fragte Orlando mit erstickter Stimme. „Es wird dir nicht wehtun?"

„Ganz und gar nicht", versicherte ihm Raoul. „Versuch es. Du wirst schon sehen."

„Ich ..." Orlando wusste nicht weiter.

„Ganz ruhig", wiederholte Raoul. „Leck mir über die Haut. Dein Speichel bereitet mich auf den Biss vor."

Orlando sah den Mann ungläubig an, folgte aber seinem Rat und leckte über die Stelle, die der Mann ihm gezeigt hatte. Dann biss er zögernd zu.

„Du musst tiefer beißen", instruierte ihn Raoul. „Du tust mir nicht weh und bekommst mehr Blut, wenn deine Zähne tiefer eindringen."

Orlando schloss die Augen und ließ die Zähne bis zum Anschlag in das Handgelenk eindringen. Das Blut, das ihm in den Mund floss, war von einem Geschmack, wie er ihn noch nie erlebt hatte. Er brauchte einen Moment, bis er den Grund für den Unterschied erkannte. Raoul empfand keine Schmerzen und keine Furcht, und das gab dem Blut einen unvergleichlich süßen Geschmack. Orlando schluckte und fing zu saugen an, ließ sich Schluck um Schluck durch die Kehle rinnen. Während er trank, entdeckte er einen neuen Geschmack. Überrascht sah er auf und erkannte den Ausdruck der Erregung im Gesicht des Mannes.

„Du solltest jetzt aufhören", sagte Raoul kurz darauf. „Falls du noch Hunger hast, musst du ihn bei einem anderen stillen."

„Es tut mir leid", entschuldigte sich Orlando und zog sofort die Zähne aus dem Handgelenk des Mannes. „Ich wollte dich nicht belästigen."

„Das hast du auch nicht getan", beruhigte ihn Raoul. „Aber du bist nicht der erste Vampir, den ich heute Nacht sehe. Ich kenne meine Grenzen." Er hielt Orlando den Arm hin. „Verschließe die Wunden mit deiner Zunge. Danach bringe ich dich zurück zu Madame Bouaddi."

„Vielen Dank", sagte Orlando erleichtert, nachdem er die Wunden an Raouls Handgelenk geheilt hatte. „Ich wusste nicht, was ich tun soll."

Der Mann beugte sich vor und wollte Orlando küssen, aber der legte ihm die Hand auf die Brust und hielt ihn zurück. „Nicht", bat er. Er hatte im Blut Raouls schmecken können, was der Mann sich wünschte. „Ich kann nicht ... Was

du dir wünschst ... Ich kann es dir nicht geben. Nicht jetzt." Vielleicht niemals,
*dachte Orlando, aber er wollte seine Ängste nicht laut aussprechen und dadurch
die erste Nacht verderben, in der er jemals ohne Furcht getrunken hatte. Wenn er
das nächste Mal Blut brauchte, würde er hierher zurückkehren.*
    *Raoul nickte traurig und stand auf. „Du bist mir jederzeit willkommen."
Orlando nickte wortlos.*

ALS ORLANDO aufwachte, brauchte er einen Augenblick, um sich zurechtzufinden.
Dann erkannte er den warmen Körper im Bett neben sich und seufzte erleichtert.
Er hätte sich denken können, dass das *Judicium* die Erinnerung an Thurloes
Verhandlung und Hinrichtung wieder wachrufen würde. Er hätte aber nicht damit
gerechnet, dass sie so lebendig sein und auch seine erste Nacht als freier Vampir
einschließen würden. Er lächelte, als er an Raoul zurückdachte. Er hatte den Mann
nach dieser ersten Nacht viele Jahre lang regelmäßig besucht. Als Raoul sich
schließlich zur Ruhe setzte, hatte Orlando schon gelernt, allein auf die Jagd zu
gehen. Er hatte Angéliques Dienste danach nicht mehr in Anspruch genommen.

Orlando hatte an Raoul nur gute Erinnerungen. Der Mann hatte ihm nicht nur
gezeigt, dass man trinken konnte, ohne seinem Opfer Schmerzen zuzufügen oder
es zu töten. Er hatte ihm auch gezeigt, wie es schmeckte, wenn ein Opfer Begehren
empfand. Dadurch hatte Orlando es in Alains Blut sofort erkennen können, und
allein dafür war er Raoul zu Dank verpflichtet.

Aber die Dankbarkeit, die Orlando für Raoul empfand, wurde in den
Schatten gestellt durch seine Gefühle für den Mann, der neben ihm im Bett lag
und schlief. Er streichelte Alain sanft über die blonden Haare, weil er ihn nach der
anstrengenden Nacht, die hinter ihnen lag, noch nicht wecken wollte. Alain war
während des Prozesses Orlandos Fels in der Brandung gewesen, obwohl er fast
vier Tage lang kaum geschlafen hatte. Der Aveu de Sang beschützte den Magier
vor den Folgen, die Orlandos Hunger für einen anderen Menschen hatten, aber
gegen alles andere konnten Alain nur Ruhe und Zeit helfen. Orlando war froh,
dass sie das *Judicium* hinter sich hatten und er hoffte, dass auch die Entscheidung
über die Gleichstellungsgesetze bald fallen würde. Dann konnte sich Alain endlich
richtig erholen und wieder zu Kräften kommen. Die paar Stunden Schlaf hier und
da reichten dazu nicht aus.

„Warum bist du wach?", murmelte Alain verschlafen und schmiegte sich mit
dem Gesicht in Orlandos Hand.

„Ein Traum hat mich geweckt", sagte Orlando.

„Thurloe?", wollte Alain wissen.

„Ja", gab Orlando zu. „Thurloe und der erste menschliche Freund, den
ich als Vampir hatte. Ich habe ihn in der Nacht kennengelernt, als ... Es war
nach Thurloes Hinrichtung." Es fiel ihm immer noch schwer, den Namen seines
Schöpfers auszusprechen. Er hatte ihn viele Jahre nicht über die Lippen gebracht.

Jetzt war er froh, diese letzte Fessel abzustreifen und fühlte sich wie ein zweites Mal befreit. Solange Orlando sich geweigert hatte, das Monster beim Namen zu nennen, hatte er ihm Macht über sein Leben eingeräumt. Eine Macht, die Thurloe nicht verdient hatte. Jetzt war die Zeit gekommen, diesen Dämon ein für alle Mal auszutreiben. Orlando rollte sich auf den Rücken und zog Alain mit sich. „Wollen wir uns lieben?", fragte er seinen Geliebten und küsste ihn zärtlich.

36

„WANN IMMER du willst", sagte Alain und fuhr Orlando mit den Fingern durch die Haare.

„Und wie immer ich will?", wollte Orlando wissen.

„Natürlich", versicherte ihm Alain. „Du musst mir nur sagen, wie du mich willst."

Orlando schüttelte den Kopf. „Dieses Mal nicht. Dieses Mal will ich, dass *du* mir sagst, wie du *mich* willst."

„Ich will nicht, dass es dir unangenehm ist", erwiderte Alain zögernd.

„Putain, Alain. Muss ich es dir buchstabieren?", fragte Orlando lachend. „Ich will wissen, wie es sich anfühlt, dich in mir zu haben."

Alains Mund öffnete und schloss sich ein paarmal, ohne dass ihm ein Wort über die Lippen kam. Sicher, er hatte gehofft, dass dieser Tag kommen würde. Insgeheim hatte er sich jedoch damit abgefunden, dass es vielleicht niemals passieren würde. Jetzt so unerwartet von Orlando darauf angesprochen zu werden, machte ihn sprachlos. Und geil. „Bist du dir sicher?"

Orlando lächelte strahlend. „Ja. Liebe mich. Ich will wissen, wie es sich anfühlt."

Alain streichelte ihm mit zitternder Hand über die Wange. In seinem Kopf überschlugen sich die Gedanken auf der Suche nach einer Antwort.

„Es ist doch nicht zu viel verlangt, oder?", neckte ihn Orlando.

Alain wurde rot. „Ich will, dass es perfekt wird. Nach allem, was du durchgemacht hast …"

„Nicht", unterbrach ihn Orlando. „Du hast mir niemals wehgetan, und du wirst es auch jetzt nicht tun. Außerdem bin ich sehr gut in der Lage, dir selbst zu sagen, was ich will und was nicht. Vertrau mir, so wie ich dir vertraue. Zeige mir, was ich verpasst habe."

Alain nickte, küsste Orlando zärtlich und hielt ihn fest an sich gedrückt. Es war ein tiefer und inniger Kuss. Alain stellte sein eigenes Begehren zurück und konzentrierte sich ganz auf Orlando. Es war vielleicht seine einzige Chance, Orlando zu beweisen, dass sein Vertrauen in Alain gerechtfertigt war. Diese Chance wollte er nicht verspielen.

Alain rollte sich auf die Seite, um Orlando nicht durch sein Gewicht einzuengen. Er fuhr ihm mit den Händen über den Körper und zuckte jedes Mal zusammen, wenn er mit den Fingern eine der vielen unverheilten Wunden berührte. Orlando schien es gar nicht wahrzunehmen, so sehr hatte er sich in ihrem Kuss verloren. Alain erkundete mit seiner Zunge jede Nische und jeden Winkel von

Orlandos heißem Mund – Lippen, Zähne, Gaumen und Zunge. An der Innenseite von Orlandos Backe spürte er eine kleine Narbe, die er ebenfalls auf Serriers Konto verbuchte. Er wollte nicht daran denken, dass Orlando sich selbst in die Backe gebissen hatte, um unter Serriers Folter seinen Schmerz nicht herauszuschreien. Dieser Spuk hatte in ihrem Bett nichts verloren. Sie hatten auch ohne Serrier schon genug Hürden zu überwinden. Alain unterbrach ihren Kuss und knabberte zärtlich an Orlandos Unterlippe, bis der Vampir die Augen öffnete und ihn verträumt ansah. Alain hatte das Gefühl, im Blick dieser dunklen Augen zu versinken. Dafür war er verantwortlich. Er hatte diesen Ausdruck in Orlandos Augen gezaubert. Der Gedanke ermutigte ihn und er streichelte Orlando mit den Fingerspitzen über die Brustwarzen. Dann zwickte er sie leicht, erst rechts und dann links und immer hin und her, bis Orlando sich stöhnend an ihn rieb.

Orlando hatte damit gerechnet, nervös zu werden und gegen die Erinnerung an Thurloes Vergewaltigungen ankämpfen zu müssen. Aber dieser Mann in seinem Bett war Alain. Sein Geliebter. Sein Avoué. Alain würde ihn niemals absichtlich verletzen, und falls es unabsichtlich geschehen sollte, würde ihn ein einziges Wort von Orlando aufhalten. Diese Sicherheit half Orlando, seine alten Ängste zu überwinden und sich ganz und gar Alains Händen auszuliefern. Die Wunden an seinem Körper, schon fast verheilt durch die Wirkung von Alains Blut, schmerzten nicht mehr, wenn Alains Hände sie berührten. Sie hatten jede Bedeutung verloren angesichts der Tiefe seiner Gefühle, seines Begehrens. Alain kannte jede sensible Stelle an Orlandos Körper. Seine Hände fanden diese Stellen, eine nach der anderen, und erkundeten sie sanft, bis Orlando ein Kribbeln durch den Körper lief und er sich vor Erregung kaum noch beherrschen konnte.

Dann brachte Alain auch seinen Mund ins Spiel. Orlando erschauerte, als Alains Lippen ihm über den Hals und das Schlüsselbein glitten, jeden Quadratzentimeter Haut neu entdeckten und zum Singen brachten. Ihm entwich ein leises Stöhnen. Sofort hob Alain den Kopf und sah ihn fragend an. Orlando lächelte ihn an und streichelte ihm aufmunternd über die Haare. Beruhigt nahm Alain seine Erkundungsreise wieder auf und fing an, sanft an Orlandos Nippel zu saugen. Orlando warf sich hin und her, versuchte, Alain näher zu ziehen und ihre Körper verschmelzen zu lassen, so, wie ihre Herzen und Seelen eins geworden waren.

Er konnte Alain auf eine Art wahrnehmen, wie es noch nie zuvor der Fall gewesen war. Durch die Feuerprobe, die sie in den letzten Tagen bestanden hatte, war ihre Verbindung so intensiv geworden, dass Orlando sie selbst dann spürte, wenn sie zusammen waren. Orlando fühlte Alains wachsende Leidenschaft, aber auch noch Spuren der Sorgen, die der Magier sich um ihn gemacht hatte. Er konzentrierte sich auf die Leidenschaft und schickte Wellen der Liebe und des Vertrauens zu seinem Avoué. Als sie bei Alain ankamen, konnte Orlando spüren, wie der Magier sich entspannte und die Ehrlichkeit von Orlandos Begehren akzeptierte.

„Beiß mich", flüsterte Orlando. „Nicht zu hart. Aber ich will deine Zähne spüren."

„Sicher?", fragte Alain überrascht. Das war eines der ersten und unverrückbarsten Tabus, die Orlando ihm auferlegt hatte.

„Sicher", bestätigte Orlando. „Ich will mich nicht länger von Thurloe beherrschen lassen und ihm erlauben, mein Verhalten und meine Erfahrungen zu kontrollieren. Ich hätte diese Chance beinahe endgültig verloren, und das wird mir nicht wieder passieren."

Orlando befürchtete, dass Alain sich weigern würde, aber der nickte nur und widmete sich wieder seiner gegenwärtigen Leidenschaft – er knabberte und leckte an Orlandos Nippel, bis der sich zu einem kleinen, harten Knubbel zusammenzog. Orlando wollte seine Bitte wiederholen, weil Alain sie zu ignorieren schien. Er hatte kaum den Mund geöffnet, als er Alains Zähne fühlte, die ihm über die Haut fuhren – nicht so hart, dass es schmerzte, aber fest genug, um kleine Funken der Erregung von seinem Nippel aus durch den ganzen Körper zu jagen. Orlando stöhnte und verfluchte bei sich die vielen verpassten Gelegenheiten. Wie oft hatte er aus Furcht Alain solche Berührungen untersagt?

Alain stelle überrascht fest, dass er Orlandos Reaktion auf seinen Biss nicht nur an dessen Körper, sondern auch in seinem eigenen Kopf spüren konnte. Er biss erneut zu, um herauszufinden, ob sich das Erlebnis wiederholen würde. Als das der Fall war, ließ er sich nur noch von seiner Verbindung zu Orlando leiten. Sie zeigte ihm, worauf Orlando reagierte und worauf nicht. Orlandos Rippen beispielsweise lösten bei dem Vampir zwar eine Reaktion aus, aber von den Funken, die sein Biss in Orlandos Nippel geschlagen hatte, war diese Reaktion weit entfernt. Anders war es mit Orlandos Nabel. Wie ein Blitz schoss Orlandos Erregung durch ihre Verbindung, sodass Alain sich noch länger hier aufhielt, leckte, saugte und knabberte, bis ein kleiner Knutschfleck zu sehen war. Er würde zwar bald wieder verschwinden, aber für einige Stunden hatte er Orlando mit seinem Zeichen markiert.

„Du kannst den Knutschfleck jederzeit erneuern", bot Orlando an. Ihm war Alains Befriedigung über das Zeichen auf seiner Haut nicht entgangen. „Von mir aus kannst du mich von oben bis unten zeichnen."

„Außer uns beiden sieht es sowieso niemand", meinte Alain.

„Dann suche dir eine Stelle, an der es besser sichtbar ist."

Hätte Alain nicht schon gelegen, er wäre umgekippt, so schwach wurde er in den Knien, als Orlando ihm dieses Angebot machte. Alain drückte ihm einen letzten Kuss auf den Bauch und rutschte wieder nach oben, um den Hals seines Geliebten erreichen zu können. „Sag mir, wenn es dir zu viel wird."

„Mache ich", versprach Orlando, während Alains Lippen ihr Ziel fanden. Als Alain ihn das letzte Mal in den Hals gebissen und in ihm unbeabsichtigt die Erinnerungen an Thurloe geweckt hatte, war Orlando davongerannt. Heute sollte ihm das nicht passieren, das schwor er sich. Nie wieder. Er wollte nie wieder vor Alain davonrennen, sich nie wieder von seinen Erinnerungen beherrschen lassen.

Nur noch seine Gefühle für Alain zählten und die Gefühle, die sein Magier in ihm auslöste. Alain küsste ihn an den Hals und fing zu saugen an, sodass das Blut an die Oberfläche stieg und die Haut sich rot färbte. Dann biss er sanft zu und wartete Orlandos Reaktion ab.

„Es fühlt sich gut an", versicherte Orlando seinem Geliebten. „Du kannst fester zubeißen."

Alain biss etwas fester und Orlando lief eine Gänsehaut über den Rücken. Jeder würde diesen Biss sehen können und wissen, wie sehr Orlando von seinem Avoué geliebt wurde. „Mehr", bat er. „Ich will, dass jeder sehen kann, wie sehr wir uns lieben."

Alain knabberte wieder und wieder an Orlandos Hals, bis der Vampir leise keuchte. „Wie sieht es aus?", wollte er wissen.

„Wie eine Bissspur", meinte Alain schmunzelnd.

„Hol den Spiegel", verlangte Orlando. „Ich will es sehen."

Alain stand auf und ging zu der Kommode, wo Orlandos altmodischer Handspiegel lag. Er brachte ihn Orlando und musste sich dann ein Lachen verkneifen, als Orlando seinen Kopf hin und her drehte, seinen Hals streckte und fast zu schielen anfing, nur um den Knutschfleck von allen denkbaren Blickwinkeln aus betrachten zu können.

Nach einiger Zeit legte er den Spiegel aufs Bett und sah Alain mit strahlenden Augen an. „Es ist zwar nicht so dauerhaft wie mein Brandmal an deinem Hals, aber es bedeutet mir sehr viel. Jetzt gehöre ich dir genauso, wie du durch den Aveu de Sang mir gehörst. Jedenfalls wird das spätestens dann so sein, wenn wir nach diesem Morgen das Bett verlassen."

„Du musst das nicht tun", wiederholte Alain. „Ich will nicht, dass du es nur aus Pflichtgefühl tust, oder weil du glaubst, mir einen Gefallen zu schulden."

Orlando legte ihm einen Finger auf die Lippen und brachte ihn zum Schweigen. „Schließe die Augen und konzentriere dich. Du kannst meine Gefühle spüren. Ich will es tun, weil ich frei sein will. Weil ich wissen will, wie es sich anfühlt. Auch wenn es mir nicht gefällt und es bei diesem einen Mal bleibt, will ich das selbst entscheiden – rational und aufgrund meiner eigenen Erfahrungen. Ich will mir meine Entscheidungen nicht mehr durch meine Vergangenheit und meine Ängste diktieren lassen. Du bist nicht Thurloe und ich nicht mehr der Mann, der ich damals war."

Die Aufrichtigkeit von Orlandos Worten war deutlich zu spüren. Ihre Verbindung übermittelte Alain eine Sicherheit und ein Selbstbewusstsein, wie er es von Orlando bisher nicht gewohnt war. Er gab seine Bedenken auf und akzeptierte Orlandos Wünsche so offen und ehrlich, wie sie gemeint waren. Auch als er die Tube mit dem Gleitgel vom Nachttisch holte, änderte sich nichts an Orlandos Gefühlen. Alain seufzte erleichtert und zog ihn lächelnd zu sich aufs Bett zurück. Orlando erwiderte Alains hungrigen Kuss mit einer Leidenschaft, die ihre bisherigen Küsse in den Schatten stellte.

Nachdem seine letzten Zweifel beseitigt waren, musste Alain sich keine Zurückhaltung mehr auferlegen und konnte Orlando endlich berühren, ohne darauf achten zu müssen, nicht versehentlich verbotenes Gelände zu betreten. Er kostete diese neue Freiheit weidlich aus, streichelte Orlandos Hintern und zog sich ein Bein Orlandos über die Hüften. Orlando kam ihm mit einer so unmissverständlichen Bewegung entgegen, dass Alain beinahe vergaß, wie neu das alles für seinen Geliebten noch war. Er wollte sich Zeit lassen und seine Selbstbeherrschung nicht ganz aufgeben. Mit zitternden Händen griff er nach der Tube mit dem Gel, weil er Orlando vorsichtig vorbereiten musste und nicht wusste, wie lange er noch durchhalten konnte.

Er stützte sich auf einem Arm ab und sah Orlando von oben ins Gesicht. „Schau mich an", verlangte er zärtlich. „Ich will deine Augen sehen, damit ich erkennen kann, ob alles mit dir in Ordnung ist."

Orlando öffnete die Augen. In seinem Blick lag so viel Liebe und Verlangen, dass es Alain den Atem verschlug. Langsam, fast ehrfurchtsvoll, ließ er die Finger über Orlandos Körper bis an ihr Ziel gleiten. Er hätte nie erwartet, Orlando jemals dort berühren zu dürfen. Orlando zog sein Bein höher, um Alain mehr Platz zu geben und ihm noch einmal zu zeigen, dass er es wirklich aus tiefstem Herzen so wollte.

Alain überlegte, ob er Orlando auffordern sollte, sich auf den Bauch zu legen, um ihn leichter vorbereiten zu können. Aber er verwarf den Gedanken sofort wieder, weil er seinem Geliebten in dieser Position nicht in die Augen sehen konnte. Alain brauchte die Gewissheit, dass er dem Mann seines Lebens nur Freude bereitete, und dazu musste er ihm in seine ausdrucksstarken, dunkelbraunen Augen sehen können. Als Alains feuchte Finger die kleine Öffnung fanden und massierten, flatterten Orlandos Augenlider, aber sein Gesichtsausdruck blieb gelöst und entspannt. Weder zuckte er zusammen vor Furcht, noch stieß er Alain von sich. Alain drückte vorsichtig mit einem Finger zu und wartete darauf, dass der enge Muskel nachgab.

Orlando hatte damit gerechnet, dass er auf Alains Berührungen wieder mit seinen alten Reflexen reagieren würde. Er war darauf vorbereitet gewesen, sie zügeln zu müssen, um seinen Geliebten nicht zu erschrecken. Aber offensichtlich war seine Liebe zu Alain so übermächtig, dass auch sein Körper mittlerweile den Unterschied zwischen Alains Zärtlichkeiten und den Grausamkeiten Thurloes erkannte. Orlando hatte nicht mehr das instinktive Bedürfnis, sich gegen Alains Berührungen zu wehren und ihnen zu entfliehen. Im Gegenteil, er spürte nur noch das ständig wachsende Verlangen nach mehr. Er wollte die Finger und den Schwanz Alains in sich fühlen und endgültig ihm gehören. Nichts anders zählte mehr für ihn. Jetzt nicht und auch in Zukunft nicht. „Mehr", verlangte er keuchend.

Alain ließ sich nicht zweimal bitten und schob einen zweiten Finger in die enge, feuchte Höhle. Orlando rutschte leicht zur Seite, aber ein schneller Blick in sein Gesicht zeigte Alain, dass der Vampir sich nicht entziehen wollte, sondern nur eine bequemere Position suchte. Alain rieb mit den Fingern an den weichen Innenwänden, bis er die Prostata fand. Orlando schrie auf und klammerte sich an Alains Oberarmen fest. „Oh, merde! Mach das noch mal!", rief er.

Alain massierte grinsend über Orlandos Prostata und trieb ihn damit höher und höher, bis der Vampir am ganzen Körper bebte und zu betteln anfing. Alain ließ sich nicht aus der Ruhe bringen. Er massierte unerbittlich weiter, senkte aber den Kopf und nahm Orlandos tropfenden Schwanz in den Mund. Orlando verlor jetzt auch noch den Rest an Beherrschung. Sein Körper verkrampfte sich und er zuckte zusammen, dann ergoss er sich tief in Alains Kehle.

Als Orlandos Schwanz endlich zu zucken aufhörte, hob Alain lächelnd den Kopf und wartete darauf, dass sich die dunklen Augen wieder öffneten. Kaum sah Orlando ihn an, krümmte er den Finger und fing wieder zu reiben an. „Wir sind noch nicht fertig", schnurrte er, befeuchtete seine Finger mit mehr Gel und schob auch noch einen dritten in Orlandos Körper. Der Schließmuskel war jetzt so entspannt, dass er sich mühelos dehnen ließ.

„Auf keinen Fall", stimmte Orlando ihm zu und schnappte nach Luft, als Alains Finger sich wieder in ihn schoben. „Du hast mich noch nicht geliebt."

„Ich war noch nicht in dir", verbesserte Alain ihn. „Geliebt habe ich dich schon oft. Seit wir das erste Mal zusammen in diesem Bett gelegen haben, liebe ich dich jedes Mal, wenn ich dich berühre."

„Dann komm jetzt und vollende, was in dieser Nacht auf dem Père Lachaise zwischen und begonnen hat", sagte Orlando und zog ihn an den Hüften zwischen seine Beine. „Vereine uns auch auf diese Weise."

Alain sah ihn unter sich auf dem Bett liegen. Er konnte immer noch nicht glauben, dass diese Liebe, dieser Augenblick wirklich gekommen war. Dann fühlte er Orlandos Hand, die sich um seinen Schwanz schloss und ihn nach unten führte, wo seine Finger immer noch damit beschäftig waren, den Muskel zu dehnen. „Komm jetzt", wiederholte der Vampir.

Alain zog vorsichtig die Finger aus Orlando und stieß mit dem Schwanz an die feuchte Rosette. Der Muskel gab nach, ließ ihn ein und umhüllte ihn mit seiner engen, feuchten Hitze. Alain biss sich auf die Lippen, um nicht die Kontrolle zu verlieren und sich mit einem einzigen, gewaltigen Stoß in Orlando zu versenken. Er konnte nicht komplett stillhalten, dazu war die Versuchung zu groß und er konnte Orlandos verführerischer Schönheit nichts entgegensetzen. Der Vampir fasste ihn an der Hüfte und gab mit seiner Hand den Takt vor, um Alain zu zeigen, wie der seinen Vampir am besten lieben konnte.

Alain ließ die Hüften kreisen und drang mit jeder Bewegung etwas tiefer ein. Schließlich hatte er sich bis zum Anschlag im unberührten Arsch seines Geliebten versenkt. Alain wusste sehr wohl, dass Orlando dieser Beschreibung widersprechen würde, aber das war ihm egal. Für ihn zählte Thurloe nicht. Heute, in diesem Augenblick, hatte Orlando sich das erste Mal freiwillig für einen Mann geöffnet. In Alains Augen war er damit unberührt, war so unschuldig wie jeder junge Mann, der sich zum ersten Mal seinem Geliebten hingab. Alain senkte den Kopf und legte all die Liebe, all die Verehrung in seinen Kuss, die er für Orlando empfand.

Orlando erwiderte Alains Kuss, aber bald wollte er mehr. Er stupste den Magier am Kinn, bis Alain den Kopf hob und an seinem Hals die Bisspuren sichtbar wurden, mit denen er Orlando Heilung gebracht hatte. Orlando leckte über das Brandmal, das nie wieder verblassen würde, spürte das Beben, das Alain erfasste und den Schwanz tief in Orlandos Arsch zucken ließ. Vorsichtig presste er seine Zähne an Alains Hals, genau dorthin, wo er sie wollte. Dann biss er zu. Und er biss fest zu, mitten in das Brandmal. Alains Blut strömte ihm in den Mund und der Magier geriet vollkommen außer Kontrolle. Wild und unbeherrscht stieß er zu, wieder und wieder.

Alains Kontrollverlust war auch in seinem Blut zu schmecken. Die Kombination war unwiderstehlich und Orlando konnte seine Erregung nicht mehr zügeln, sehnte sich nach einem zweiten Orgasmus. Alain schien wild entschlossen, ihn nicht warten zu lassen. Er stieß unermüdlich an Orlandos Prostata, fasste ihn am Schwanz und rieb ihn hart, immer im Rhythmus seiner unerbittlichen Stöße. Dann krallte er sich mit der anderen Hand an Orlandos Arsch fest, bis seine Knöchel weiß anliefen. Orlando wehrte sich nicht dagegen. Er konnte Alains Erregung auf der Zunge schmecken, hatte seinen Geliebten noch nie so leidenschaftlich, so ungezügelt erlebt. Dass er selbst für diese Ekstase verantwortlich war, verlieh ihm zusätzlich Flügel und brachte ihn innerhalb kürzester Zeit zum Höhepunkt. Er schrie auf, alles an ihm verkrampfte sich und riss Alain mit, der Orlando mit seinem heißen Samen füllte. Orlando konnte nicht fassen, wie sehr sich seine Welt verändert hatte. Wie sehr Alain seine Welt verändert hatte.

Vorsichtig zog er seine Zähne aus Alains Hals und leckte liebevoll über die kleinen Wunden. Als Alain sich aus ihm zurückziehen wollte, schlang er die Beine um ihn und hielt ihn fest. „Bleib bei mir", bat er. „Ich will dich fühlen. Ich will dich noch nicht gehen lassen."

„Dann kleben wir aber zusammen", meinte Alain, ließ sich aber trotz seines scheinbaren Widerspruchs entspannt auf Orlando fallen.

Orlando zuckte mit den Schultern. „Und was wäre daran so ungewöhnlich?"

Alain musste lachen. „Na gut. Du hast ja recht."

Orlando küsste ihn. „Das habe ich."

37

„AUFWACHEN, ALAIN", sagte Orlando und schüttelte seinen Geliebten sanft an der Schulter. „Es geht gleich los."

Alain rappelte sich blinzelnd auf. Er war so verschmiert und verklebt, wie er es vorausgesagt hatte, aber es kümmerte ihn nicht im Geringsten. „Was?", fragte er verschlafen.

„Die Fernsehübertragung der Debatte in der Nationalversammlung beginnt", erinnerte ihn Orlando. „Es geht gleich los."

„Hast du Thierry gesehen? Oder jemanden aus seiner Einheit?", erkundigte sich Alain. „Haben sie die Gendarmerie davon überzeugen können, dass zusätzliche Sicherheitsmaßnahmen nötig sind?"

„Keine Ahnung", gestand Orlando. „Ich habe bisher kein bekanntes Gesicht entdecken können. Das muss nicht heißen, dass sie nicht im Gebäude sind. Die Fernsehsender interessieren sich nicht für zufällig anwesendes Publikum, und nur so würden sie dort auftreten."

„Stimmt. Thierry würde sich nie zu erkennen geben oder auffällig verhalten", gab ihm Alain recht. Nachdem er sich mit Eric ausgesprochen hatte, waren sie auf die Suche nach Thierry gegangen und hatten zu dritt mehrere Stunden damit verbracht, Listen der getöteten und gefangen genommenen dunklen Magier mit den Namen zu vergleichen, an die Eric sich noch aus seiner Zeit bei Serrier erinnerte. Es gab erstaunlich wenige Lücken, aber eine dieser Lücken war dafür umso besorgniserregender. Eric war sich sicher, dass Aguiraud sich vor dem Angriff der Milice in Serriers Hauptquartier aufgehalten hatte, und trotzdem tauchte sein Name weder bei den Gefangenen auf, noch war seine Leiche gefunden worden. Sie diskutierten hin und her, ob Aguiraud wohl die Reste von Serriers Truppen neu strukturieren und einen Angriff auf die Nationalversammlung wagen würde, um die Abstimmung zu verhindern. Obwohl sie sich nicht einigen konnten, stimmten sie überein, dass er dazu durchaus in der Lage wäre. Das hatte Thierry ausgereicht, um darauf zu bestehen, dass eine komplette Einheit von Magiern und Vampiren während der Beratungen des Gesetzes in der Nationalversammlung anwesend war, um die Abgeordneten vor einem möglichen Angriff zu schützen.

„Du machst dir wahrscheinlich vollkommen unnötig Sorgen", sagte Orlando, als sie sich aufs Sofa setzten, um die Übertragung zu verfolgen. „Aguiraud hat nur drei Tage Zeit gehabt. So schnell kann er keinen Gegenschlag organisiert haben."

„Darauf dürfen wir uns nicht verlassen", erwiderte Alain. „Er war, von Serrier selbst abgesehen, der Einzige, dem ich im Kampf nicht hätte begegnen wollen. Ich hätte natürlich auch nicht gegen Eric kämpfen wollen, aber wenn es passiert wäre, hätte ich mir keine Sorgen gemacht, ihn besiegen zu können. Aguiraud ist Raymond sehr ähnlich, hat aber nicht Raymonds Fairness. Auch wenn es nur symbolische Wirkung hat – wenn sie die Abstimmung nicht verhindern können, haben Serriers Anhänger ihre Niederlage eingestanden. Ich kann mir nicht vorstellen, dass Aguiraud, sollte er noch am Leben sein, das zulassen wird."

„Kann es sein, dass eine Leiche übersehen wurde?", fragte Orlando.

„Möglich ist es schon", erwiderte Alain. „Es könnte auch sein, dass er verwundet entkommen und danach seinen Verletzungen erlegen ist. Wenn ich mich recht erinnere, waren seine Heilkräfte nicht sonderlich gut. Aber das werden wir nicht erfahren, solange wir ihn nicht ausfindig machen – lebend oder tot."

„Dann sollten wir hoffen, dass die Chance, die Nationalversammlung, den Kommandeur der Milice und den Chef de la Cour auf einen Schlag zu erledigen, ihn aus seinem Versteck lockt", meinte Orlando. „Das ist doch der Grund, warum alle dort versammelt sind, oder?"

„Ja", sagte Alain und zog Orlando in die Arme.

Pünktlich auf die Sekunde eröffnete der Président de l'Assemblée die Debatte. Er legte den Abgeordneten den Gesetzentwurf vor und erläuterte das Verfahren. Es gab noch Gelegenheiten für Stellungnahmen, dann sollte die Abstimmung erfolgen. Bei einer Ablehnung des Gesetzes würde die Regierung ihren Rücktritt erklären. Ein Raunen ging durch den Saal, als die Abgeordneten erkannten, wie wichtig der Regierung dieses Gesetz war und welche Konsequenzen das Ergebnis ihrer Abstimmung haben würde.

„Das heißt noch gar nichts", meinte Alain und wartete auf Marcels Rede.

Wie erwartet, erhob sich Marcel als erster und ging ans Rednerpult. Er wartete ab, bis wieder Ruhe einkehrte, dann fing er zu reden an. „Ich weiß, dass die Skeptiker unter uns sich fragen werden, warum uns dieses Gesetz so wichtig ist und warum wir es in dieser Weise zur Abstimmung stellen. Andere werden sich fragen, warum ich mich in eine Angelegenheit einmische, die auf den ersten Blick die Magier und die Milice nicht im Geringsten betrifft."

Alain und Orlando prusteten vor Lachen. Ihre Leben konnten wohl kaum enger miteinander verwoben sein. Alles, was die Vampire anging, wirkte sich automatisch auch auf jeden Magier aus, der einen Vampir zum Partner hatte.

„Die Antwort darauf ist ganz einfach. Ohne die Unterstützung durch die Vampire würden wir jetzt immer noch gegen Serriers Rebellen kämpfen. Nur dank ihrer Hilfe ist Serrier jetzt tot und der Aufstand niedergeschlagen. Wir sind nicht so naiv, zu denken, damit wäre alles vorbei und es gäbe nicht die Gefahr, dass sich Reste der Aufständischen neu formatieren und uns angreifen. Aber wir haben in einer entscheidenden Schlacht vor drei Tagen alle, bis auf etwa fünfzig Überlebende, außer Gefecht setzen können. Serrier selbst wurde von einem Vampir im Kampf getötet, ein gesetzloser Vampir wurde gefangen genommen, verurteilt und hingerichtet. Nach zwei Jahren des Kampfes hat die Allianz den Krieg innerhalb von sechs Wochen siegreich beenden können. Das wäre nicht möglich gewesen ohne die starken Partnerschaften, die zwischen Magiern und Vampiren entstanden sind."

Wieder ging ein Raunen durch den Saal, dieses Mal noch lauter als zuvor. Orlando saß zuhause auf seinem Sofa und ein Schauer lief ihm über den Rücken, als er an das *Judicium* zurückdachte. „Es ist vorbei", beruhigte ihn Alain und legte ihm einen Arm über die Schulter. „Er ist tot. Wir können das alles jetzt vergessen und wieder normal weiterleben."

Auf dem Bildschirm winkte Marcel jemanden zu sich heran. Die Kameras schwenkten zu Jean, der sich von seinem Platz erhob. Der Chef de la Cour trat an Marcels Seite. Die Anstrengungen der letzten Tage waren ihm nicht mehr anzusehen. Orlando hoffte, dass sein Freund zwischen der Hinrichtung heute früh und dem Beginn der Debatte wenigstens einige Stunden Zeit gefunden hatte, um mit seinem Partner allein zu sein.

„Ich bin mir sicher, Sie alle kennen Monsieur Bellaiche", stellte Marcel ihn vor. „Aber für diejenigen, die ihn noch nicht kennen, möchte ich ihn kurz vorstellen. Er ist der Chef de la Cour Parisienne, das Oberhaupt der Vampire unserer Hauptstadt. Er hielt es für angemessen, heute anwesend zu sein, da unsere Entscheidung vor allem ihn und seine Leute betrifft."

„Wie kann er hier sein?", rief einer der Abgeordneten aus dem Saal. „Es ist Tag und die Sonne scheint."

„So ist die Magie eben, verstehen Sie?", erwiderte Jean und löste unter den Angehörigen der Milice und den Sympathisanten unter den Abgeordneten zustimmendes Gelächter aus. Auch Orlando und Alain mussten lachen. Orlando drückte Alain einen Kuss auf die Wange und drehte sich wieder zum Fernseher um. „Der Vorteil, den die Vampire von dieser Allianz haben, ist ihre Immunität gegen das Sonnenlicht", fuhr Jean fort. „Wir alle, sowohl der General und ich, als auch die Magier und Vampire der Milice, hoffen sehr, dass unsere militärische Zusammenarbeit nicht länger erforderlich sein wird. Aber die Allianz hat unzählige Möglichkeiten eröffnet, die Magiern und Vampiren zum Vorteil gereichen können. Die Partnerschaften und Freundschaften, die die Allianz zwischen uns geschmiedet hat, werden nicht einfach wieder verschwinden und sich in Luft auflösen, nur weil der Krieg beendet wurde. Wir stehen an der Schwelle zu Entdeckungen, deren magische Auswirkungen weit über die persönlichen Beziehungen der Betroffenen hinausreichen und unsere gesamte Gesellschaft beeinflussen werden. In Ihren Händen liegt es, diese Realität anzuerkennen und uns die Möglichkeit zu eröffnen, diese Zukunft gemeinsam und als gleichberechtigte Partner zu gestalten."

Jean ging unter donnerndem Applaus an seinen Platz zurück.

„Sie verstehen es nicht wirklich, oder?", fragte Orlando, der zu seiner Erleichterung feststellte, dass auch Raymond anwesend war und direkt neben Jean saß. Sein Freund war nicht ohne Unterstützung.

„Marcel wird sein Bestes tun, aber auch wenn das Gesetz heute abgelehnt werden sollte, werden die Magier euch nicht im Stich lassen. Die ANS wird weiter für die Vampire eintreten, bis wir alle die gleichen Rechte haben", versprach Alain. „Und Marcel wird an vorderster Front dafür kämpfen."

Orlando drückte lächelnd seine Hand. „Ich weiß. Und selbst wenn es niemals verabschiedet wird, lässt sich die Zeit nicht zurückdrehen. Die Partnerschaften haben zu viel verändert."

„Nein, es wird niemals wieder so sein wie vorher", stimmte ihm Alain zu. Und um seinen Worten Nachdruck zu verleihen, küsste er Orlando und streichelte ihm zärtlich über die Haare.

Der Président de l'Assemblée wollte gerade die Debatte eröffnen, da brach im Saal Unruhe aus und laute Schreie waren zu hören. Die aufgeregte Stimme des Reporters riss Orlando und Alain aus ihrer Versunkenheit. Sie sahen erschrocken auf den Bildschirm.

„Was ist da los?", fragte Orlando.

Alain runzelte die Stirn. „Aguiraud. Ich gehe jede Wette ein, dass es Aguiraud ist."

„Was passiert jetzt?"

„Thierry und seine Patrouille sind im Einsatz. Sie sind auf einen solchen Angriff vorbereitet", beruhigte ihn Alain. „Marcel und Raymond sind auch nicht gerade wehrlos. Schau hin. Sie legen schon ein Sicherheitsnetz über den Saal."

Orlando starrte angestrengt auf den Bildschirm, konnte aber nicht erkennen, wovon Alain redete. „Woher willst du das wissen?"

„Ich kann ihre Beschwörung hören", erklärte Alain. „Sie haben alle Abgeordneten in ein Sicherheitsnetz gehüllt. Falls jemand an Thierry und seiner Einheit vorbeikommt, kann ihnen nichts passieren."

In diesem Augenblick tauchte Justin an der Seite des Reporters auf und zog ihn mit sich in den Saal. „Draußen ist eine Patrouille im Einsatz, aber Sie sind sicherer, wenn sie nicht so nahe an der Tür stehen", erklärte er dem Mann.

„Sie haben diesen Angriff also erwartet?", fragte der Reporter.

„Die Milice ist immer auf alle Eventualitäten vorbereitet, sowohl die Magier, als auch die Vampire", antwortete Justin. „Wir nehmen unsere Verantwortung sehr ernst."

Orlando konnte sich bei diesem Kommentar ein Kichern nicht verkneifen. „Er wird sie so oft an uns erinnern, bis sie nachts von uns träumen, nicht wahr?"

„Das werden wir alle tun", murmelte Alain, ohne den Blick vom Bildschirm abzuwenden. Er suchte nach Hinweise, was passiert war und wie sich die Dinge entwickelten. Da die Reporter mit den Abgeordneten im Saal waren und auch nichts mitbekamen, waren nur Spekulationen und aufgeregte Schreie zu hören.

„Warum dauert das so lange?", fragte Orlando nach einigen Minuten. „Hätten wir nicht schon längst etwas hören sollen?"

Alain zuckte mit den Schultern. „Es kommt ganz darauf an, wie viele Angreifer es waren und wie sie vorgegangen sind", meinte er. Im Kopf ging er alle Vorbereitungen durch, die sie getroffen hatten, stellte sich vor, wo jeder Magier und jeder Vampir postiert worden war und wie sie auf die unterschiedlichsten Bedrohungen hätten reagieren können. Er hoffte nur, die Gendarmerie würde sich raushalten. Sie hatte keine Chance gegen einen Angriff der dunklen Magier.

Nach langen, scheinbar endlosen Minuten richteten sich die Kameras wieder auf Marcel, Raymond und Jean. Dann kamen auch Thierry und Sebastien ins Bild. Die Mikrophone waren zu weit weg, um ihre Worte zu übertragen, aber allein ihr Anblick beruhigte Alain ungemein. Thierry wirkte so souverän und ruhig, dass Alain sich sicher war, dass sie die Lage im Griff hatten. Es stellte sich nur noch die Frage, wie viele der dunklen Magier gefangen genommen oder getötet worden waren, und vor allem, ob Aguiraud unter ihnen war oder nicht.

Nach einer kurzen Besprechung verschwanden Thierry und Sebastien aus dem Bild, vermutlich, um wieder an ihren Posten zurückzukehren. Marcel, Raymond und Jean kehrten ebenfalls wieder auf ihre Plätze zurück.

„Ist alles wieder in Ordnung, Général?", fragte der Président de l'Assemblée, als er sie zurückkommen sah.

„Das ist es", meldete Marcel. „Wir hatten damit gerechnet, dass Simon Aguiraud versuchen wird, die Abstimmung zu verhindern. Ein letztes Aufbäumen, bevor er sich geschlagen gibt. Jetzt sind alle Anführer der Rebellen tot oder in Gewahrsam. Wahrscheinlich werden die Verhöre noch einige Namen ans Licht bringen, die zu Festnahmen führen. Aber dann ist dieser Aufstand endgültig vorbei."

„Dann können wir also die Debatte ungestört fortführen?"

„Jawohl, Monsieur le Président", erwiderte Marcel würdevoll.

„Gott sei Dank", seufzte Alain. „Ich hoffe nur, wir hatten keine Verluste. Das werden wir wohl erst erfahren, wenn wir wieder im Hauptquartier sind."

„Thierry war die Ruhe selbst", meinte Orlando. „Er hätte anders ausgesehen, wenn jemand schwer verwundet oder gar tot wäre."

Alain war sich da nicht so sicher, ließ sich aber von Orlandos Worten beruhigen.

Der Président eröffnete die Debatte. Der Abgeordnete von Marseille, ein Mitglied der Front National, meldete sich als erster zu Wort. Alain verdrehte die Augen. „Wie kann ein Mensch nur so rassistisch sein?", kommentierte er sarkastisch. Orlando gab ihm keine Antwort auf die rhetorische Frage. Es wäre auch überflüssig gewesen. Aber der Mann hatte das Recht, seine Meinung zu äußern, so sehr er ihnen mit seinem Geschwätz auch auf die Nerven ging.

„Monsieur le Président", begann er und nickte respektvoll zur Begrüßung. „Général Chavinier, Monsieur Bellaiche, verehrte Kolleginnen und Kollegen. Ich bin davon überzeugt, dass der Premierminister nur die besten Absichten hatte, als er dieses Gesetz einbrachte. Dennoch wäre es verantwortungslos von uns, es zu verabschieden, ohne auf die ernsten Probleme einzugehen, die es aufwirft. Es ist nicht die Aufgabe der Nationalversammlung, die Interessen bestimmter Gruppen durchzusetzen, auch nicht die Interessen unserer Regierung. Der Beitrag der

Vampire zur Niederschlagung dieser Revolte ist durch nichts bewiesen. Wir haben nur das Wort von Général Chavinier ..."

„Unsinn!", schrie Alain wütend und wollte aufspringen, aber Orlando hielt ihn zurück. Der Mann würde seine Meinung nicht dadurch ändern, dass sie den Bildschirm anbrüllten.

„... und selbst wenn sein Bericht der Wahrheit entsprechen sollte, müssen wir doch bedenken, welche Auswirkungen ein solches Gesetz auf unsere Gesellschaft als Ganzes hat", fuhr der Abgeordnete fort. „Vampire sind nicht so, wie der Rest von uns. Sie schleichen durch die Schatten ..." Jean hüstelte. „Na gut, sie sind durch die Schatten geschlichen. Ihr Lebenswandel ist nicht respektabel in unserem Sinne. Sie tragen nichts zum Wohl der Gesellschaft bei. Sie ernähren sich von unseren Mitmenschen. Dieses Verhalten gesetzlich zu legitimieren ... Das können wir unseren Mitbürgern einfach nicht zumuten."

Einige Abgeordnete applaudierten, aber die meisten kommentierten den Redebeitrag mit eisigem Schweigen. Raymond stand sichtlich erregt auf. „Darf ich auf die Bedenken des Herrn Abgeordneten eingehen?", fragte er.

„Oh, jetzt müssen sie sich auf einiges gefasst machen", murmelte Alain. Er hatte Raymond schon vor dem Krieg reden hören und wusste, wie leidenschaftlich der Magier seine Argumente verteidigte. Die Assemblée würde einiges zu hören bekommen.

„Das ist ein sehr unübliches Verfahren", erwiderte der Président de l'Assemblée zögernd.

„Die ganze Situation ist unüblich", gab Raymond zu bedenken.

Der Président nickte und gab ihm Rederecht.

„Sie müssen sich nicht allein auf die Worte des Generals verlassen", sagte Raymond zu den Abgeordneten. „Sie alle haben die letzten Minuten in diesem Saal verbracht, sicher und unter dem Schutz einer gemischten Patrouille. Werfen Sie einen Blick auf die Zuschauertribünen. Sie werden von Vampiren bewacht, und es ist Ihnen vielleicht aufgefallen, dass die Angreifer nicht bis dorthin vordringen konnten. Was die Lebensweise der Vampire betrifft, kann ich Ihnen aus eigener Erfahrung berichten, dass sie regelmäßig zum Wohl der Gesellschaft beitragen. Sie besitzen und führen Geschäfte und Unternehmen, die nicht nur Vampire, sondern auch ‚normale Menschen' zu ihren Kunden zählen. Ich war in Clubs, traditionellen Cafés und Internet-Cafés, um nur einige Beispiele zu nennen. Sicher, die Eigentümer können erst nach Sonnenuntergang arbeiten, aber sie haben Manager und Angestellte, die sich tagsüber um die Geschäfte kümmern. Und egal, um welche Geschäfte es sich handelt, sie bezahlen Steuern, sie bezahlen Miete, sie schaffen Arbeitsplätze. Sie leisten ihren Beitrag zur wirtschaftlichen Entwicklung unseres Landes, wie andere Geschäftsleute auch. Von sehr wenigen Ausnahmen abgesehen – und ich rede über einen Zeitraum von Jahrhunderten, Mesdames et Messieurs, von *Jahrhunderten* – haben Vampire sich immer nur von freiwilligen Spendern ernährt, denen sie damit nicht mehr und nicht weniger geschadet haben, als jede freiwillige Blutspende es auch tut. Wenn dem nicht so wäre, würde ich heute nicht vor Ihnen stehen. Darüber hinaus sind die Vampire Partnerschaften mit Magiern eingegangen. Wir haben dadurch eine neue, eine sehr effektive Methode zur Aufrechterhaltung des magischen Gleichgewichts gefunden. *Unsere Mitbürger* leben bereits jetzt mit Vampiren zusammen und profitieren davon, selbst diejenigen, denen es noch nicht bewusst ist. Und das Einzige, was Sie dagegen unternehmen können, wäre, die Vampire komplett aus dem Land zu vertreiben. Wollen Sie das?"

Die Vampire auf den Zuschauertribünen und viele Abgeordnete applaudierten Raymond. „Verdammt, er ist gut", sagte Alain bewundernd. „Raymond verschwendet als Historiker und Forscher sein Talent."

Raymond wollte wieder Platz nehmen, doch der Président hielt ihn zurück. „Was haben Sie mit der Bemerkung über das magische Gleichgewicht gemeint, Monsieur Payet? Ich wüsste gerne mehr darüber, falls es sich nicht um vertrauliche Informationen handelt."

Raymond warf Marcel einen fragenden Blick zu. Der General nickte zustimmend. „Die Allianz diente nicht nur dem Zweck, gemeinsam gegen die dunklen Magier zu kämpfen. Wir sind Partnerschaften eingegangen, jeweils ein Vampir und ein Magier, die zusammenarbeiten. Diese Partnerschaften haben vielfältige Auswirkungen. Eine davon ist, dass das Blut des Magiers dem Vampir Immunität gegen das Sonnenlicht verleiht. Eine andere, dass das magische Gleichgewicht aufrechterhalten oder wieder hergestellt wird. Allein dadurch, dass ein Vampir die richtige Person beißt und ihr Blut trinkt, trägt er dazu bei, die Sicherheit der ganzen Welt zu gewährleisten."

„Vielen Dank, Monsieur Payet", sagte der Président und gab dem nächsten Angeordneten das Wort. Alain atmete erleichtert auf, als er eine sozialistische Abgeordnete aus Paris erkannte, die schon seit Beginn des Krieges zu Marcels zuverlässigsten Unterstützern zählte.

„Die Situation ist doch ganz einfach", begann die Frau. „Wir haben eine Gruppe von Menschen, die einen substantiellen Beitrag geleistet hat, damit wir diesen Krieg gewinnen konnten. Diese Gruppe ist bereits heute Teil unserer Gesellschaft und wir haben gerade erfahren, dass sie einen noch größeren Beitrag für unser Wohlergehen leistet, als uns bisher bewusst war. Das Gesetz, über das wir heute zu entscheiden haben, erkennt ihr Existenzrecht an und gibt ihnen die Möglichkeit, weiterhin so zu leben wie bisher. Ihnen dieses Recht zu verweigern, bedeutet nichts anderes, als ihre Existenz zu leugnen. Ich bin mir sicher, einigen von Ihnen wäre es in der Tat lieber, sie würden nicht existieren. Aber wir haben uns heute hier nicht versammelt, um ihnen dieses Recht abzusprechen. Es gibt andere Kollegen, die halten Vampire für unregierbar. Aber die Ereignisse der letzten Nacht haben uns gezeigt, dass sie sich selbst sehr gut regieren können. Sie haben ein Mitglied ihrer Gruppe zur Rechenschaft gezogen, das gegen ihre Gesetze verstoßen hat. Ich habe noch eine Frage an den Chef de la Cour, der heute unter uns weilt.

Monsieur Bellaiche, werden sich die Vampire an die französischen Gesetze halten, wenn dieses neue Gesetz heute verabschiedet wird?"

„Das tun wir bereits, Madame", antwortete Jean würdevoll. „Wenn wir es nicht tun würden, müssten wir mit Verfolgung rechnen. Der einzige Unterschied, den das neue Gesetz machen wird, ist der Respekt und die Sicherheit, die wir dadurch bekommen. Die Sicherheit, nicht mehr verfolgt zu werden, wenn wir *keine* Gesetze gebrochen haben."

„Dann verstehe ich wirklich nicht mehr, welche Probleme mein verehrter Kollege vom Front National noch hat", fuhr die Abgeordnete fort und wandte sich wieder der Versammlung zu. „Das Einzige, was die Vampire durch dieses neue Gesetz bekommen, ist Schutz vor Verfolgung. Dafür helfen sie uns auf verschiedene Weise, wie wir soeben gehört haben. Ihnen den Schutz des Gesetzes zu verweigern, ist so grundlegend falsch und unmoralisch, wie einem Menschen den Schutz zu verweigern, der eine andere Hautfarbe, einen anderen Glauben oder eine andere Sexualität hat, oder der in dieses Land eingewandert ist. Alle diese Menschen stehen unter dem Schutz des Gesetzes und es ist verboten, sie zu diskriminieren. Warum sollten wir die Diskriminierung der Vampire noch länger erlauben?"

„Mesdames et Messieurs", verkündete der Président, nachdem sie das Rednerpult verlassen hatte. „Wir haben Argument für und gegen das neue Gesetz gehört. Wir haben gehört, was Betroffene dazu zu sagen haben und diejenigen, die an dem Gesetzentwurf mitgearbeitet haben. Wir könnten wahrscheinlich noch tagelang darüber reden. Aber der Premierminister hat uns eine Frist gesetzt, innerhalb der wir über die Ergänzungsvorlage 49-3 unserer Verfassung entscheiden sollen. Wir treten jetzt in die Abstimmung ein."

Je mehr Abgeordnete abstimmten, umso mehr Punkte leuchteten an der Anzeigetafel auf. Die ersten Stimmen lehnten das Gesetz ab. „Das kann doch nicht wahr sein", murmelte Alain, als immer mehr Nein-Stimmen aufleuchteten.

„Du weißt doch, von wem diese Stimmen kommen", beruhigte ihn Orlando. „Gib den anderen etwas Zeit. Es wird nicht so bleiben."

Dann änderte sich das Bild. Mehr und mehr Ja-Stimmen wurden abgegeben, bis schließlich die Mehrheit erreicht war. Als der Président de l'Assemblée die Annahme des Gesetzes verkündete, drehte Alain sich um und zog Orlando in die Armen. „Wir haben es geschafft!"

Orlando lächelte und küsste ihn. Als sie sich wieder trennten, strahlte er Alain an. „Ich wusste es. Ich habe es von dem Augenblick an gewusst, als du mir gesagt hast, Marcel würde sich für uns einsetzen."

38

„ES IST schon vier Tage her", beschwerte sich Jude, als Jean, Raymond und Marcel ins Hauptquartier der Milice zurückkamen. „Ich habe meine Partnerin seit vier Tagen nicht gesehen. Seit vier Tagen lebe ich ohne den Schutz ihres Blutes."

„In diesen Tagen ist einiges geschehen", meinte Jean kühl.

„In der Tat", stimmte Jude ihm zu. „Das *Judicium* ist vorüber und die Gleichstellungsgesetze sind beschlossen worden. Jetzt wird es Zeit, dass ihr euer Versprechen einlöst."

„Marcel, können wir kurz mit dir reden?", fragte Jean seufzend. „Leighton hat ein Anliegen."

„Selbstverständlich", erwiderte Marcel und führte sie in sein Büro. „Worum geht es?"

„Leighton war der Vampir, dessen Blut Orlando wiederbelebt hat", erklärte Jean. „Er glaubt, dass er sich dadurch die Aufhebung des Kontaktverbots verdient hat."

„Nun, wir sind dir ohne Zweifel für deine Hilfe dankbar", sagte Marcel zu Jude. „Aber das entschuldigt nicht dein früheres Verhalten."

„Die Allianz wird nicht mehr gebraucht. Das hast du heute früh in der Nationalversammlung selbst gesagt. Und ohne die Allianz und ihre militärischen Erfordernisse entfallen die Gründe für das Kontaktverbot. Es ist nicht mehr nötig", widersprach Jude.

„Das mag sein", erwiderte Marcel. „Doch die bürgerlichen Gesetze haben noch weniger Verständnis für dein Verhalten gegenüber Adèle, als die Regeln der Milice. Ich kann das Kontaktverbot aufheben, aber wenn du dein Verhalten nicht änderst, findest du dich innerhalb kürzester Zeit vor einem französischen Gericht wieder. Außerdem kann ich nur den Teil der Beschwörung aufheben, der an dich geknüpft ist. Ich brauche Adèles Zustimmung für den anderen Teil. Glaubst du, sie wird sie mir geben?"

„Es ist mir egal, was sie tut oder nicht tut", sagte Jude. „Ich will diese Beschwörung loswerden."

„Wie du willst." Marcel schwenkte seinen Stab und hob die Beschwörung ohne weitere Diskussionen auf. „Aber du wirst feststellen, dass der Teil der Beschwörung, der an Adèle geknüpft ist, dich genauso effektiv von ihr fernhält, als wärst du selbst noch daran gebunden", warnte er. „Du wirst dich ihr genauso wenig unbeaufsichtigt nähern können, wie das bisher der Fall war."

„Ich bin nicht der Einzige, der in dieser Angelegenheit vor Gericht landen könnte", drohte Jude. „Ihr haltet mich ohne rechtliche Grundlage von meiner Partnerin fern. Das ist mit Sicherheit auch nicht erlaubt."

Marcel lachte. „Ich werde mit Adèle reden. Mehr kann ich dir nicht versprechen. Wenn du das Kontaktverbot endgültig loswerden willst, solltest du daran denken, zuerst dein Verhalten zu ändern."

„Wir leben nicht mehr im 16. Jahrhundert", gab Jean zu bedenken. „Wenn du bei Adèle auch nur den Hauch einer Chance haben willst, solltest du dich den veränderten Zeiten anpassen. Mit dem Ende des Krieges und der Allianz sind die Partnerschaften militärisch überflüssig geworden. Wenn sie dich nicht mehr sehen will, dann ist das ihr gutes Recht."

„Sie wird die Partnerschaft nicht beenden wollen", erklärte Jude selbstsicher. „Sie hat daran genauso viel Interesse wie ich."

Jean war da eher skeptisch, sagte aber nichts dazu. Jude würde noch früh genug die Wahrheit erfahren. Und falls Jude doch recht behalten sollte mit seiner Behauptung, mussten Adèle und Jude selbst entscheiden, wie sie ihre Beziehung regelten.

„Unterschätze sie nicht", riet Marcel dem Vampir zum Abschied. „Sie ist mehr, als nur eine Magierin der Milice. Wir haben sie nur für die Zeit des Krieges ausgeliehen. Sie arbeitet für die Gendarmerie von Morvan. Sie kann sich nicht nur verteidigen, sie kennt auch ihre Rechte."

„Du solltest auch nicht vergessen, dass die französischen Gesetze sehr viel strenger sind, als die Gesetze der Vampire", erinnerte Raymond ihn schadenfreudig. „Einige Jahre im Gefängnis sind bestimmt kein sehr angenehmes Erlebnis, auch für einen Vampir nicht. Zumal du in dieser Zeit deine Partnerin gar nicht mehr sehen könntest."

„Ja. Aber das gilt für beide Seiten. Sie könnte mich auch nicht sehen", gab Jude mit seiner gewohnten Arroganz zurück.

„Und doch warst du es, der um eine Aufhebung des Kontaktverbots gebeten hat", warf Jean ein. „Du hast deinen Wunsch bekommen. Jetzt verschwinde."

Als sich die Tür hinter Jude geschlossen hatte, schüttelte Jean frustriert den Kopf. „Seine Arroganz ist immer wieder erstaunlich. Man sollte meinen, ich hätte mich nach all den Jahren daran gewöhnt, aber ich hoffe wider besseres Wissen immer noch, dass er aus seinen Erfahrungen lernen und sich ändern könnte."

„Vielleicht kann Adèle ihn eines Besseren belehren", meinte Raymond. „Andere haben sich durch den Einfluss ihrer Partner auch geändert. Schau dir Orlando an. Oder uns beide."

Jean kicherte, fasste ihn an der Hand und tat so, als hätte er Marcels nachsichtigen Blick nicht bemerkt. „Eigennutz wäre vielleicht eine gute Motivation, seine Arroganz etwas zu mäßigen, auch wenn er sich nicht wirklich ändern wird", überlegte er. „Und Eigennutz hat Jude mehr als genug."

„Er hatte recht mit seiner Vermutung, dass ich das Kontaktverbot nach dem Ende der Allianz nicht aufrechterhalten darf", meinte Marcel. „Adèle hat noch etwas Zeit, sich zu entscheiden, aber die Milice war nie als ständige Einrichtung gedacht. Nach dem Ende des Krieges wird es nicht mehr lange dauern, bis wir sie wieder auflösen. Sobald das der Fall ist, habe ich keine Rechtfertigung mehr, das Kontaktverbot bestehen zu lassen."

„Außer, sie legt in der Zwischenzeit offiziell Beschwerde über ihn ein und beantragt es vor Gericht", sagte Raymond. „Aber würde sie das tun?"

Jean schüttelte den Kopf. „Die Frage ist eher, ob sie es überhaupt will", meinte er. „So unpassend die Beziehung zwischen den beiden uns auch vorkommen mag, sie fühlt sich zu ihm genauso hingezogen, wie er sich zu ihr. Sie mag ihn zwar hassen, aber sie begehrt ihn auch. Sie müssten nur die richtige Balance finden, damit beide zufriedengestellt werden."

„Fällt dir nichts Leichteres ein?", fragte Raymond grinsend.

„Ehrlich gesagt, ist es nicht mehr unsere Angelegenheit", gab Marcel zu. „Aber ich mache mir Sorgen um sie."

„Sie ist eine erwachsene Frau. Informiere sie über den Stand der Dinge mit Jude und überlasse es ihr selbst, die richtige Entscheidung zu treffen", riet ihm Raymond. „Mehr kannst du nicht tun."

„Ich weiß", seufzte Marcel. „Aber es ist eine bittere Pille für mich. Das war es schon immer."

Und das, dachte Raymond bei sich, ist der Grund, warum Marcel nicht nur die Schlüsselfigur in der ANS ist, sondern sich auch gegen Serrier erfolgreich durchsetzen konnte. Er geht immer davon aus, dass er noch mehr helfen könnte, als er es bereits tut.

„Wenn du uns jetzt entschuldigen würdest, Marcel", sagte Jean. „Es waren eine lange Nacht und ein langer Vormittag. Ich könnte etwas Ruhe gebrauchen."

„Ich kann dich nach Hause transportieren und dir die Fahrt mit der Métro ersparen. Nach der Berichterstattung heute wirst du wahrscheinlich überall erkannt", bot Marcel an.

„Merci", bedankte sich Jean. „Das wäre wunderbar."

„Ich komme in einer Minute nach", sagte Raymond und winkte Marcel zu, mit der Beschwörung zu beginnen.

Marcel schickte Jean nach Hause. Dann sah er Raymond neugierig an. „Was kann ich noch für dich tun, mein Junge?", fragte er, als sie endlich allein waren.

Raymond dachte kurz über eine Antwort nach. „Hältst du mich für naiv, weil ich mir ein Leben mit dem Chef de la Cour vorstellen kann?", fragte er dann.

„Das ist eine sehr interessante Frage", erwiderte Marcel. „Warum hast du mich nicht gefragt, was ich über ein Leben mit Jean denke?"

„Weil ich schon weiß, dass ich mit Jean leben kann", antwortete Raymond voller Überzeugung. „Es ist seine Rolle in der Öffentlichkeit, die mir Sorgen macht."

„Dann muss ich dein Problem jetzt noch etwas komplizierter machen", entschuldigte sich Marcel. „Aber wer weiß, vielleicht erleichtert es dir auch die Entscheidung."

„Worüber redest du?"

„Ich bin ein alter Mann, Raymond. Ich möchte mich zurückziehen und meine goldenen Jahre in Ruhe genießen", erklärte Marcel.

„Das hast du dir auch verdient", erwiderte Raymond sofort. „Aber was hat das mit mir und meiner Frage zu tun?"

„Die Milice wird es bald nicht mehr geben. Aber die ANS braucht ein neues Oberhaupt. Und ich möchte, dass du diese Aufgabe übernimmst."

„Ich?", rief Raymond ungläubig. „Marcel, das ist unmöglich!"

„Warum nicht?", fragte Marcel bedächtig. „Du hast heute bewiesen, dass du ein hervorragender Redner bist, obwohl ich diesen Beweis nicht mehr gebraucht hätte, um mir eine Meinung über dich zu bilden."

„Und was ist mit der nicht gerade unbedeutenden Tatsache, dass ich zu Beginn des Krieges auf Serriers Seite gekämpft habe?", wollte Raymond wissen.

„Und was ist mit der Tatsache, dass wir ihn niemals besiegt hätten, ohne dein Wissen über seine Verstecke und Flüche?", fragte Marcel zurück.

„Und mit der Tatsache, dass mein Partner der Chef de la Cour von Paris ist? Ich bin nicht gerade unparteiisch."

„Niemand in der Milice ist unparteiisch", erwiderte Marcel. „Selbst ich bin nicht unparteiisch, denn ich habe in Monsieur Lombard einen Partner gefunden. Das heißt nicht, dass du nicht in der Lage bist, die Association Nationale de Sorcellerie zu führen. Im Gegenteil, es macht dich zu einem besseren Oberhaupt für eine Organisation, die ihr Aufgabenfeld in Zukunft beträchtlich erweitern wird. Du wirst nicht nur die Magier repräsentieren, wie es bisher die Aufgabe der ANS war, sondern alle Mitglieder der magischen Gemeinschaft. Als Partner des Chef de la Cour bist du dafür besser geeignet, als jeder andere."

„Das kannst du mir nicht antun", sagte Raymond bittend.

„Wer sollte es sonst tun?", fragte Marcel. „Thierry und Alain sind sehr gute Captains, aber keiner von ihnen hat die politische Begabung für ein solches Amt. Sie werden dich unterstützen, und ich werde dich beraten, bis du dich eingearbeitet hast. Vermutlich ist Jean aber ein viel besserer Berater. Die Gesellschaft der Vampire ist sehr komplex und er konnte als Chef de la Cour jahrhundertelang Erfahrung sammeln. Du solltest dir mehr zutrauen. Wir anderen tun es jetzt schon."

Raymond hustete verlegen, weil er sprachlos war vor Rührung. Marcel wartete geduldig ab. „Geh jetzt nach Hause zu Jean", forderte er Raymond dann auf. „Rede mit ihm. Liebe ihn. Und teile mir möglichst bald mit, wie du dich entschieden hast. Ich kann dich nicht dazu zwingen, dieses Amt zu übernehmen. Aber ich hoffe sehr, dass du es ernsthaft in Erwägung ziehst."

„Ich werde darüber nachdenken", versprach Raymond. „Aber es betrifft nicht nur mich, wenn ich auf deinen Vorschlag eingehe."

„Ich weiß", sagte Marcel. „Und darüber freue ich mich für dich. Geh nach Hause. Wir sehen uns morgen wieder."

Raymond transportierte sich aus dem Büro und ließ Marcel allein zurück. Seufzend griff der General nach dem Telefon und rief Adèle an, um sie zu sich zu bitten.

Kurz darauf öffnete sich die Tür. „Herzlichen Glückwunsch", begrüßte sie ihn, als sie sein Büro betrat. „Ich habe die Nachrichten gesehen."

„Es waren gute Nachrichten, nicht wahr?", freute sich Marcel. „Hast du dich von unserem letzten Einsatz erholt?"

„Ich bin gut ausgeruht", antwortete sie. „Und was ist mir *dir*? Hast du dir auch etwas Ruhe gegönnt?"

„Ja, etwas", versicherte ihr Marcel. „Und nachdem das Gesetzt jetzt beschlossen ist, wird es für mich weniger zu tun geben, bis die Verhandlungen gegen die dunklen Magier beginnen." Er bot ihr einen Stuhl an. „Ich muss mit dir reden. Dein Partner war vor Kurzem hier. Er hat verlangt, dass ich das Kontaktverbot aufhebe. Ich kann es noch etwas hinauszögern, aber auf Dauer kann ich es ihm nicht verweigern. Der Krieg ist zu Ende. Für ihn selbst habe ich die Beschwörung schon aufgehoben."

Adèle nickte nachdenklich. „Du hast das Beste für die Milice und die Allianz getan. Das weiß ich zu schätzen. Ich nehme an, von jetzt an muss ich wieder selbst auf mich aufpassen."

„Du musst dir von ihm nichts gefallen lassen, Adèle", sagte Marcel eindringlich. „Er muss sich jetzt an die gleichen Gesetze halten, wie wir alle. Wenn du Nein sagst und er nicht darauf hört, dann ist das Vergewaltigung."

Und genau das war Adèles Problem. Es fiel ihr unglaublich schwer, zu Jude Nein zu sagen. Sie konnte sich gegen ihn wehren, konnte ihn beleidigen und wütend machen, aber sie konnte einfach nicht Nein sagen. „Ich weiß", sagte sie deshalb nur. „Ich kann auf mich aufpassen. Ich mache das schon sehr, sehr lange."

„Verkrieche dich nicht in Château-Chinon, weil du denkst, du wärst allein", tadelte Marcel sanft. „Erstens ist die Milice noch nicht aufgelöst, also unterstehst du immer noch mir und ich bin für dich verantwortlich. Und zweitens ist Paris nur eine kleine Beschwörung entfernt, auch wenn du wieder zuhause bist. Versteck dich nicht da draußen auf dem Land, nur um ihm aus dem Weg zu gehen."

„Ich würde nie …", fing sie an, verstummte dann aber, weil sie die Wahrheit seiner Worte erkannte. Genau das hätte sie getan, wenn Marcel es nicht angesprochen hätte. „Ich will der ANS keine Probleme machen, und Jean und dem Cour auch nicht. Es ist besser, wenn ich wieder nach Hause gehe, damit Jude mich vergessen kann."

Wie sie selbst Jude vergessen sollte, wusste sie allerdings noch nicht.

Marcel runzelte die Stirn. „Wenn die Milice aufgelöst ist, kann ich dir keine Befehle mehr erteilen. Aber es gefällt mir nicht, dass du nicht zu Besuch kommen willst, weil du dich hier belagert fühlst."

Adèle lächelte. „Du kannst die Beschwörung aufheben, Marcel. Ich komme von jetzt an allein zurecht."

„Bist du dir wirklich sicher?"

Das war sie ganz und gar nicht, aber sie ließ es sich nicht anmerken und lächelte ihn selbstbewusst an. „Natürlich. Er ist doch nur ein Vampir mit der Reife eines fünfjährigen Bengels. Ich habe bei der Gendarmerie schon Schlimmeres erlebt, und das nahezu täglich."

„Na gut." Wider besseres Wissen befreite Marcel sie von der Beschwörung, weil ihm keine andere Lösung einfiel und weil Adèle ihn darum gebeten hatte.

„Vielen Dank, Marcel. Für alles", sagte sie leise und stand auf, um den alten Magier zu umarmen. „Es wird alles gut. Du wirst schon sehen."

Adèle verließ das Büro und ging gedankenverloren durch die Flure des Hauptquartiers. Sie erwartete jederzeit, das vertraue ‚Hallo, Muschi' aus einem der leeren Besprechungszimmer oder Büros zu hören, aber sie begegnete keiner Menschenseele, erst recht nicht ihrem Partner.

Als sie in ihr Büro kam, wusste sie nicht recht, ob sie darüber enttäuscht oder erleichtert sein sollte. Sie war sich sicher, dass er sich noch im Hauptquartier aufhalten musste, falls nicht einer der Magier ihn aus Mitleid nach Hause transportiert hatte. Aber sie konnte nicht nach ihm suchen, ohne ihr Interesse an ihm einzugestehen, und dazu war sie nicht bereit. Sie verachtete sein Verhalten, konnte aber nicht leugnen – jedenfalls sich selbst gegenüber –, dass sie ihn attraktiv fand. Und erregend. Eine Berührung von ihm, und ihr Körper ging in Flammen auf. Ein Biss von ihm, und sie wollte mehr und mehr, bis sie sich vor Verlangen verzehrte und nachgab, um mehr zu fühlen. Das schaffte nur Jude, auch wenn es ihr nicht gefiel. Sogar ihr Hass auf ihn wurde dann unwichtig, und wenn es vorbei war, hasste sie sich selbst. Sie hasste sich dafür, sich ihm hinzugeben, kaum dass er sie berührt hatte.

Am einfachsten wäre es, sie würde aufs Land zurückkehren und ihn vergessen. Aber sie hatte das dumpfe Gefühl, dass das alles andere als einfach wäre. In den letzten vier Tagen war sie ständig hin- und hergeschwankt zwischen der Erleichterung, dass er ihr nicht mehr unbemerkt zu nahe kommen konnte, und der Frustration und Langeweile, die sie aus genau diesem Grund überkam. Ihr berechenbares und unaufgeregtes Leben in Château-Chinon würde ihr auch noch den letzten kleinen Rest an Aufregung nehmen. Bevor Adèle nach Paris gekommen war, bevor sie den Nervenkitzel ihrer kleinen Machtkämpfe kennengelernt hatte, war sie mit ihrem Leben in Château-Chinon zufrieden gewesen. Sie hatte den Respekt ihrer Kollegen, selbst den der älteren, konservativen Männer. Sie hatte ein Haus, in dem sie sich wohlfühlte und einen Job, der ihr Spaß machte.

Bis sie Jude kennengelernt hatte.

Adèle wollte nicht mehr an ihn denken. Sie würde nach Hause zurückkehren und er würde in Paris bleiben. Basta. Das war's. Wenn sie es nur selbst glauben könnte.

Sie spielte am Ärmel den engen Pullis, den sie unter ihrem Mantel trug. Wenn er jetzt hier wäre, hätte er bestimmt etwas zu dem Pulli zu sagen. Sie konnte sich auch schon vorstellen, was. Er würde ihr vorwerfen, sie wäre eine Schlampe, die damit die Männer anmachen wollte. Nein, es war doch besser, wieder nach Château-Chinon zu gehen. Sie konnte es ihm sowieso nicht recht machen. Nichts an ihr gefiel ihm. Es war besser, von hier zu verschwinden, als sich endlos zu streiten. Adèle sah zur Tür, als sie auf dem Flur draußen Schritte hörte. In diesem Augenblick ging die Tür auf und eine wohlbekannte Silhouette warf ihre Schatten voraus.

Sie wusste, dass es feige war, aber sie konnte ihm jetzt nicht gegenübertreten. Nicht jetzt und nicht so. Nicht so verwirrt und durcheinander, wie sie sich fühlte. Leise flüsterte sie die Beschwörung und verschwand aus dem Zimmer, als Jude gerade die Schwelle überschritt.

„Adèle."

Sie konnte ihm keine Antwort mehr geben.

39

„Es wird Zeit, dass wir nach Hause gehen. Du kannst hier nicht länger bleiben", sagte Mireille zu Caroline. „Du brauchst keine medizinische Versorgung mehr."

„Ich kann so nicht nach Hause gehen", erwiderte Caroline bitter. „Ich kann mich ja nicht einmal selbst anziehen, viel weniger etwas anderes tun. Wie soll ich allein nach Hause kommen?"

„Wer hat denn gesagt, dass du allein gehen musst?", fragte Mireille. „Du kommst natürlich mit mir. Ich habe mit Monsieur Lombard gesprochen und er hat mir zugestimmt. Wir beide werden dir schon helfen, bis du dich daran gewöhnt hast und dich wieder selbst um alles kümmern kannst."

Caroline verzog das Gesicht. Sie hasste es, anderen Menschen zur Last zu fallen, besonders Mireille und deren Arbeitgeber. „Du solltest nicht den Babysitter für eine Invalidin spielen müssen", knurrte sie.

„Du bist keine Invalidin", widersprach Mireille und reichte ihr ein Hemd. Caroline zog es sich an. „Du hast dein Augenlicht verloren, aber du kannst immer noch dein Leben leben. Die Mediziner haben sogar gesagt, dass es sich mit der Zeit vielleicht wieder bessert. Und eben hast du gerade dein Hemd angezogen, ohne dass ich dir helfen musste."

„Nachdem du es mir gegeben hast", grummelte Caroline. „Ohne dich würde ich hier immer noch in meiner Unterwäsche rumsitzen."

„Hör jetzt auf, dich selbst zu bemitleiden. Zieh die Hose an", befahl Mireille und warf ihr die Hose an den Kopf. „Einer der Mediziner transportiert uns nach Hause, damit er hier aufräumen kann."

Caroline fummelte mit der Hose herum, bis sie mit dem richtigen Fuß das richtige Hosenbein fand. Mireille beobachtete ihren Kampf mit verschränkten Armen, ohne ihr dabei zu helfen, das widerspenstige Kleidungsstück an Ort und Stelle zu bringen. Als Caroline endlich so weit war, stand sie triumphierend auf.

„Ich habe dir doch gesagt, dass du es kannst", bemerkte Mireille trocken. „Und mit etwas Übung geht es bald noch besser."

„Ich muss trotzdem alles wieder neu lernen", beschwerte sich Caroline.

Mireille zuckte mit den Schultern. „Dann lernst du es eben. Das heißt noch lange nicht, dass du kein normales Leben mehr führen kannst. Du musst nur etwas Geduld haben."

„Ich bin keine sehr geduldige Patientin", warnte Caroline und zog die Schuhe an, die Mireille ihr reichte. „Ich werde dich wahrscheinlich in den Wahnsinn treiben." Sie streckte den Arm aus und machte vorsichtig einen Schritt nach vorne. Mireille nahm sie an der Hand und zog sie an ihre Seite. Dann führte die Vampirin ihre Partnerin aus dem Zimmer und durch den Gang zum Empfangszimmer der Krankenstation.

„Sie können jetzt gehen", erklärte der Mediziner und sprach die Beschwörung.

Kurz darauf fanden sie sich in Monsieur Lombards Foyer wieder. Caroline hatte Tränen in den Augen. „Was ist denn los?", erkundigte sich Mireille besorgt.

„Darf ich jetzt auch keine Magie mehr ausüben?", fragte Caroline mit gebrochener Stimme. „Ich kann nichts mehr sehen, aber ich hätte mich sehr gut selbst hierher transportieren können. Dazu muss ich nicht sehen können."

„Das hat doch nichts mit deinen Augen zu tun", tadelte Mireille sie liebevoll und zog sie in die Arme. „Der Mediziner hat gesagt, dass du in der nächsten Woche die Magie noch sein lassen sollst, weil dich der Blutverlust geschwächt hat und du dich erholen musst. Wenn es dir besser geht, kannst du wieder so viel zaubern und beschwören wie bisher. Du musst nur erst deinen Körper heilen lassen."

Caroline überließ sich Mireilles Umarmung. Nachdem sie mit den Bandagen um die Augen aufgewacht war, hatte sie sich alle Mühe gegeben, sich nicht unterkriegen zu lassen und optimistisch zu sein. Aber es war vergeblich gewesen. Ihre Prognosen standen schlecht. Caroline war wütend, bitter und etwas depressiv. Mireille war der einzige Lichtblick in ihrem Leben. Die Vampirin ließ nicht zu, dass Caroline sich ihrem Selbstmitleid hingab. Aber wie lange würde Mireille das noch durchhalten?

Es klingelte an der Tür. Mireille hätte es am liebsten ignoriert, aber vielleicht war es wichtig. Monsieur Lombard konnte den Besucher nicht selbst einlassen. Sie öffnete die Tür und sah Marcel vor sich stehen. „Was verschafft uns die Ehre, Général?", fragte sie.

„Ich halte mich an die Anweisungen der Mediziner", mischte sich Caroline ein, noch bevor Marcel Mireilles Frage beantworten konnte. „Ich werde eine Woche auf jede Beschwörung verzichten. Du hättest nicht kommen und mich kontrollieren müssen."

Marcel und Mireille sahen sich verständnisvoll an. „Ich wusste gar nicht, dass du hier bist", erwiderte Marcel wahrheitsgemäß. „Die Welt dreht sich nämlich nicht nur um dich, auch wenn du das zu glauben scheinst. *Mein* Partner lebt auch hier, und wir hatten bisher noch keine Gelegenheit, uns persönlich zu unterhalten. Aber da ich dich schon sehe, kann ich dir auch gleich die Adresse eines guten Therapeuten geben, der darauf spezialisiert ist, Magiern dabei zu helfen, mit ihren Behinderungen besser zurechtzukommen." Er drückte ihr einen Zettel in die Hand. „Ich schlage vor, dass du ihn sobald wie möglich anrufst. Je früher du die Therapie beginnst, umso früher kannst du wieder auf deinen eigenen zwei Füßen stehen. Du bist für einige Monate freigestellt, aber die CNAF kann deine Stelle nicht auf Dauer unbesetzt lassen. Sie ersticken fast unter der Last der anstehenden Fälle."

„Ich wusste nicht, dass du Sozialarbeiterin bist", sagte Mireille voller Bewunderung. „Umso mehr Grund, schnell wieder auf die Beine zu kommen."

Caroline nickte. Sie hatte Angst, sich zu viel zu erhoffen und dann enttäuscht zu werden. „Ich habe Familien geholfen, die staatliche Unterstützung brauchen."

„Und du hilfst ihnen immer noch", korrigierte Marcel. „Außer, du hast ohne mein Wissen gekündigt. Du wirst bald wieder arbeiten können. Mireille, könntest du Monsieur Lombard bitte ausrichten, dass ich hier bin und ihn sprechen möchte?"

„Selbstverständlich", erwiderte Mireille und wurde rot, als ihr auffiel, dass sie immer noch im Foyer standen. Sie half Caroline in einen Sessel, der an der Wand stand, dann machte sie sich auf die Suche nach Monsieur Lombard.

Kurz darauf kam sie zurück und begleitete Marcel in die Bibliothek, wo Monsieur Lombard ihn erwartete. Mireille fragte die beiden alten Herren, ob sie noch einen Wunsch hätten. Als sie verneinten, ging sie zurück zu Caroline. „Komm mit nach oben", sagte sie und hakte sich bei Caroline unter.

Caroline ließ sich die Treppe hinauf ins Dachgeschoss führen. Sie stellte sich die Räume vor, wie sie sie von ihrem früheren Besuch in Erinnerung hatte. Sie zählte die Treppenstufen und die Schritte durch den Flur, bis sie Mireilles Zimmer erreichten. „Wie viele Türen gibt es hier oben eigentlich?", fragte sie ihre Partnerin.

„Fünf", sagte Mireille. „Hinter den ersten vier sind Lagerräume. Die letzte Tür führt zu meinem Apartment. Aber es ist die einzige Tür, die sich noch öffnen lässt. Die anderen sind verkleidet und werden nicht mehr benutzt."

Caroline speichert diese Information in ihrem Gedächtnis. Sie konnte sich also auch mit einer Hand an der Wand orientieren und Mireilles kleine Wohnung finden. Mireille führte sie, ohne sich im Wohnzimmer aufzuhalten, direkt ins Schlafzimmer. Caroline erhob Protest, als die Vampirin ihr die Hose aufknöpfte. „Ich habe die ganze letzte Woche im Bett verbracht", stöhnte sie. „Ich will nicht schon wieder im Bett liegen."

Mireilles kehliges Lachen hüllte Caroline ein wie weicher Samt. „Aber du hast die ganze Woche *allein* im Bett verbracht", sagte die Vampirin. „Und das wird dieses Mal nicht der Fall sein."

„Aber …"

„Kein aber", unterbrach Mireille. „Wir können uns auch lieben, ohne dass du etwas sehen kannst. Oder willst du mir sagen, dass dir noch nie jemand die Augen verbunden hat? Oder dich im Dunkeln geliebt hat, wo du dich nur auf deinen Tastsinn verlassen musstest?"

„Doch, aber …"

„Kein aber", wiederholte Mireille beharrlich. „Das Bett steht direkt hinter dir. Wir werden uns jetzt ins Bett begeben und es für die nächsten Stunden nicht mehr verlassen. Und ich werde dich daran erinnern, dass du wieder in Sicherheit und bei mir bist. Was immer die Zukunft auch bringen mag, wir beide sind zusammen. Ich will, dass du alles andere vergisst – deine Augen, die Milice, alles. Außer mir. Was ist? Bist du dabei?"

Caroline nickte stumm. Ihr schwirrte der Kopf vor Verwirrung, aber auch vor Begehren. Mireille führte sie mit festem Griff bis ans Bett und half ihr, sich hinzulegen. Caroline spürte, wie die Matratze nachgab, als Mireille sich zu ihr legte. Sie überlegte, wo Mireille sie wohl zuerst berühren würde. Die Spannung ließ sie am ganzen Leib erbeben.

Caroline hatte große Angst davor gehabt, durch ihre Blindheit auch ihre Partnerin zu verlieren. Sie hatte befürchtet, Mireille würde vielleicht nur bei ihr bleiben wollen, um nicht den magischen Schutz ihres Blutes zu verlieren. Dann küsste Mireille sie – die erste Berührung, die Caroline mit so viel Spannung erwartet hatte. Dieser Kuss allein zerstreute alle Befürchtungen, die Caroline auf dem Herzen gelegen hatten. So konnte man nur küssen, wenn man es ehrlich meinte.

Caroline klammerte sich an Mireilles Schultern und spürte den Stoff unter ihren Händen. Sie taste sich nach unten, um die Knöpfe zu finden und Mireille das Hemd auszuziehen. Als sie nicht fündig wurde, fasste sie das störende Kleidungsstück am Saum und zog es Mireille über den Kopf. Ihre Lippen fanden sich wieder, wie ein Magnet, der sich zu seinem Gegenpol hingezogen fühlt. Caroline streichelte Mireille über den Rücken und öffnete den Verschluss an ihrem BH.

„Zumindest hast du keine Probleme, mich auszuziehen", scherzte Mireille, während Caroline ihr den BH auszog. Dann ließ sie sich auf die Magierin sinken und rieb ihre Brüste aneinander. „Ich wusste doch, dass es nur eine Frage der richtigen Motivation ist."

„Mit dir als Belohnung schaffe ich wahrscheinlich fast alles", gestand Caroline.

„Ja, ich bin deine Belohnung", erwiderte Mireille mit einem Lachen in der Stimme. „Ich werde dich nicht allein lassen und für jeden Schritt, den du nach vorne machst, wirst du deine Belohnung bekommen."

„Und für welchen Schritt werde ich heute belohnt?"

„Heute wirst du einfach nur dafür belohnt, du selbst zu sein", sagte Mireille. „Oder dachtest du wirklich, ich würde dich nicht mehr lieben wollen?"

„Ich war mir unsicher", gestand Caroline und hob den Kopf, um Mireilles Lippen wiederzufinden. Sie fand stattdessen den schlanken Hals der Vampirin und küsste ihn.

„Dummes Mädchen", schalt Mireille und fuhr ihr mit der Fingerspitze über die Wange. „Natürlich will ich dich noch lieben. Und ich will es dir auch zeigen."

Diese Anrede hätte Caroline vermutlich keinem anderen Menschen durchgehen lassen. Aber Mireille war eine Vampirin, und auch wenn sie noch relativ jung war für eine Vampirin, so war sie doch beträchtlich älter als Caroline selbst. In diesem Moment spürte sie Mireilles Finger auf ihrer Brust und vergaß alles andere um sich herum.

Mireille liebte sie hingebungsvoll, dass Caroline nicht mehr an ihre Blindheit dachte, nicht mehr an den Krieg und nicht mehr an die Zukunft. Ihr letzter klarer Gedanke war, dass sie Mireille diese Liebe zurückgeben wollte, dann spürte sie die Zähne ihrer Partnerin, die sich in ihren Hals bohrten und sie zum Höhepunkt und noch darüber hinaus brachten. Als sie sich danach befriedigt aneinanderschmiegten, drückte Caroline ihr einen zärtlichen Kuss auf die Schulter. „Vielleicht schaffe ich es ja doch."

Mireille lachte. „Das habe ich immer gewusst."

„Es tut mir leid, dass ich so pessimistisch war", entschuldigte sich Caroline schläfrig.

„Wir haben alle ab und zu einen schlechten Tag", meinte Mireille nur. „Ich muntere dich wieder auf, wenn du dich niedergeschlagen fühlst, und du tust das Gleiche für mich. Ruh dich jetzt aus. Um das Morgen kümmern wir uns, wenn es kommt."

Caroline nickte gähnend. Dann fielen ihr die Augen zu und die ungewohnte Schwärze der Blindheit wurde abgelöst durch das gewohnte Dunkel des Schlafes. Sie hatte sich schon oft nachts durch ihre Wohnung getastet, weil sie zu faul gewesen war, das Licht anzuschalten. Jetzt musste sie eben lernen, auf Dauer damit zurechtzukommen. Mit diesem Gedanken schlief sie ein und überließ ihre Probleme und Sorgen dem nächsten Tag.

„Ihr Besuch ist recht anmaßend, finden Sie nicht auch?", war Monsieur Lombards Stimme aus der Dunkelheit zu hören. „Ich kann mich nicht erinnern, Sie in mein Heim eingeladen zu haben."

„Sie hätten mich nicht empfangen müssen", erwiderte Marcel gelassen. „Wir haben noch nicht die Zeit gefunden, uns unter vier Augen zu unterhalten. Ich dachte mir, dass wir dieses Gespräch jetzt nachholen sollten."

„Ich habe mich schon vor mehreren hundert Jahren aus dem öffentlichen Leben zurückgezogen. Ich habe nicht den Wunsch, diese Entscheidung wieder rückgängig zu machen", teilte Christophe ihm mit. „Und schon gar nicht als Partner von Général Chavinier, dem Oberhaupt der Milice und Präsidenten der ANS."

„Das kann ich sehr gut nachvollziehen", versicherte Marcel dem Vampir. „Ich habe auch nicht den Wunsch, diese Positionen noch länger zu bekleiden. Die Milice wird in Kürze aufgelöst und ich habe meinen Nachfolger als Oberhaupt der ANS bestimmt. In einigen Wochen bin ich wieder Privatmann, nichts mehr."

„Das erklärt aber nicht diesen Besuch", hakte Christophe nach. „Nach der Niederlage Serriers gibt es keinen Grund mehr für mich, Ihr Blut zu trinken. Ich lebe schon so lange als Vampir, dass ich nicht mehr das Bedürfnis habe, die Sonne zu sehen. Die wenigen Stunden, die ich vor einigen Tagen in ihrem Licht verbrachte, haben mich in dieser Absicht nur bestätigt."

„Vielleicht suche ich nur einen anregenden Gesprächspartner", erwiderte Marcel. „Die Chance, mit einem Mann Ihres Alters zu reden, bietet sich nicht oft."

„Ich bin keine Kuriosität, die man nach Lust und Laune studieren kann", knurrte Christophe und richtete sich zu seiner ganzen Größe auf.

„Und ich bin kein Wissenschaftler, der Sie studieren möchte", gab Marcel zurück. „Ich habe viel zu lange im Licht der Öffentlichkeit gestanden und war den Erwartungen ausgesetzt, die meine Ämter mit sich brachten. Ich hatte gehofft, jemanden zu finden, der keine politischen Absichten verfolgt und mich einfach nur so nimmt, wie ich bin. Das Sie sich aus der Öffentlichkeit zurückgezogen haben, ist mein Blut das einzige, was Sie von mir wollen können."

„Auch das wäre eine gewisse Absicht", gab Christophe zu bedenken.

„Aber eine ehrliche Absicht", erwiderte Marcel. „Eine Absicht, für die ich nichts Besonderes tun oder sein muss. Oder glauben Sie, ich würde mit meinem Besuch eine solche Absicht verfolgen?"

„Es wäre nicht das erste Mal, dass mir das passiert", gab Christophe zu.

„Dann sollte Sie sich von meiner Aufrichtigkeit überzeugen", fordert Marcel ihn auf und bot ihm sein Handgelenk an.

Christophe zog fragend eine Augenbraue hoch. „Warum sollte ich das tun, wenn es doch um so vieles interessanter ist, es auf die traditionelle Weise herauszufinden?" Er warf einen Blick auf die Uhr. „In zwei Stunden ist es dunkel. Wenn Sie wirklich einen Freund suchen – nicht mehr, aber auch nicht weniger –, erwarte ich sie eine halbe Stunde nach Einbruch der Dunkelheit im Le Saulnier. Dann sehen wir weiter."

Marcel nickte. Er war mehr als überrascht, dass Lombard ihre Partnerschaft so auf die leichte Schulter nahm. Nachdem er gesehen hatte, wie stark die Anziehung zwischen den anderen Partner war – selbst zwischen Adèle und Jude, die sich hassten –, war er davon ausgegangen, dass es ihm und Lombard ähnlich ergehen würde. Die explosionsartige Freisetzung der gewaltigen Macht, die Lombards Biss während des Kampfes gegen Serrier ausgelöst hatte, schien diese Vermutung nur bestätigt zu haben. Offensichtlich kamen mit dem Alter und der Macht aber auch stärkere Widerstandskräfte. Oder es waren das Ende des Krieges und das gegenwärtige Gleichgewicht in der Elementarmagie, die zu einer Schwächung der Anziehungskraft zwischen den Partnern führten. Marcel fragte sich, ob Adèle und Jude oder andere Paare, die ihre Beziehung nicht vertieft hatten, mit der überwundenen Bedrohung ebenfalls ein Nachlassen der Anziehungskraft spüren würden. Eine Antwort auf diese Frage konnte ihnen allerdings nur die Zeit geben. „Dann sehen wir uns in wenigen Stunden. Ich finde den Weg zur Tür auch ohne Hilfe. Ich will Mireille und Caroline nicht stören."

„Sie werden es zu schätzen wissen", kommentierte Christophe trocken, als Marcel die Tür hinter sich schloss. Er musste zugeben, den Schlagabtausch mit Chavinier genossen zu haben. Es gab nur wenige, die sich ihm gegenüber diesen Ton herausnahmen. Marcel war eine willkommene Abwechslung zu der unterwürfigen Schmeichelei und Anbetung, mit der die meisten Vampire ihn behandelten. Christophe hatte kein Interesse an dem, was die Partnerschaften für andere Paare bedeuteten. Er hatte einen Punkt in seiner Existenz erreicht, an dem selbst die sinnlichen Genüsse ihn nicht mehr reizten. Obwohl Marcels Blut einen unvergleichlich vollen Geschmack hatte, wollte sich Christophe in seinem Alter und nach den vielen Menschen, die er im Laufe seiner Existenz schon verloren hatte, nicht mehr auf eine Beziehung einlassen. Trotzdem – es wäre nett, wieder einen Freund zu haben, wie lange diese Freundschaft auch immer andauern mochte, bevor Marcels Tod sie beendete.

40

„DANKE, DASS Sie sich für uns Zeit genommen haben, Monsieur le Directeur-Général", begrüßte Marcel den Generaldirektor der Gendarmerie Nationale. „Da die Milice de Sorcellerie in wenigen Wochen aufgelöst wird, ist es mir ein besonderes Anliegen, für eine reibungslose Übergabe der Verantwortung zu sorgen."

„Auf jeden Fall", erwiderte Guy Sarraute. „Wie Sie vorhergesagt haben, sind seit Serriers Tod die aktiven Feindseligkeiten nahezu komplett zum Erliegen gekommen."

„Und wir erwarten nicht, dass sich das wieder ändert", fügte Adèle hinzu. „Wir haben mit Hilfe eines unserer Agenten und einiger dunkler Magier, die nach ihrer Festnahme mit uns kooperiert haben, um ein milderes Urteil zu bekommen, eine Liste der aktiven Kämpfer unter Serrier zusammengestellt. Nach einem Vergleich mit der Liste der festgenommenen und gefallenen dunklen Magier verbleiben nur noch fünfundzwanzig Personen, die sich bisher einer Festnahme entziehen konnten."

„Haben Sie Hinweise auf ihren Aufenthaltsort?", erkundigte sich Sarraute.

„Wir wissen bisher nur, dass sie Paris verlassen haben", antwortete Marcel. „Ich möchte mich nicht in regionale Zuständigkeitsbereiche einmischen, daher habe ich meine Leute zurückgehalten. Wir können Ihnen eine Namensliste geben, auf der die Herkunft der Flüchtigen und ihre bekannten Kontakte vermerkt sind. Ich denke, die Gendarmerie Nationale ist am besten geeignet, die Fahndung zu übernehmen."

„Ihr Vertrauen ehrt mich, Général", sagte Sarraute.

„Leutnant Rougier könnte Ihnen behilflich sein", schlug Marcel vor. „Sie ist uns nur von der Gendarmerie ausgeliehen worden. Ich bin mir sicher, sie wird in Morvan vermisst werden, aber ich denke, dass die Erfahrung, die sie in der Milice gesammelt hat, sie geradezu prädestiniert, die Fahndungen zu leiten."

Adèle wollte den Kopf schütteln und ihn darauf hinweisen, sie hätte nicht den Wunsch, in Paris zu bleiben. Aber sie verkniff sich ihren Protest. Sie war Magierin. Sie konnte tagsüber in Paris arbeiten und sich zum Schlafen nach Château-Chinon transportieren, um jeden Kontakt mit ihrem ehemaligen Partner zu vermeiden. Seit Marcel vor einer Woche das Kontaktverbot aufgehoben hatte, war sie ihm nicht ein einziges Mal über den Weg gelaufen. Eine Garantie für die Zukunft war das allerdings nicht. Sie hatte sich schon mehrmals dabei ertappt, nach ihm suchen zu wollen. Bisher hatte sie dieser Versuchung jedoch widerstehen können.

„Sind Sie an einer Beförderung interessiert, Leutnant?", fragte Sarraute. Adèle warf ihm einen misstrauischen Blick zu, doch er schien an ihrem Lebenslauf tatsächlich mehr interessiert zu sein, als an ihrem Körper. Nachdem sie sich sechs Wochen lang mit diesem Bastard von Jude rumgeschlagen hatte, war er eine angenehme Überraschung. Sie konnte ihrer Versetzung gelassen entgegensehen.

„Nicht unbefristet", betonte sie. „Aber es wäre mir eine Ehre, für die Dauer dieser Untersuchung mit Ihnen zusammenzuarbeiten. Danach würde ich allerdings gerne wieder nach Hause gehen."

„Sehr gut. Wann kann sie ihren Dienst antreten, Général?"

„Sofort, wenn es Ihnen recht ist", erwiderte Marcel. „Sie hat alle Informationen, über die wir zurzeit verfügen. Sobald sich etwas Neues ergibt, werden wir Sie auf dem Laufenden halten."

„Bien", entschied Sarraute. „Leutnant, Sie können sich heute freinehmen und Ihre Angelegenheiten regeln. Wir erwarten Sie morgen früh in unserem Hauptquartier in der Rue St. Didier."

„Vielen Dank, Sir", sagte Adèle. „Ich freue mich schon auf unsere Zusammenarbeit."

„Ich lasse Sie nach draußen begleiten, Monsieur Sarraute", sagte Marcel und brachte ihn zur Tür. Dann beauftragte er einen Magier, den Besucher zu seinem Wagen zu bringen. Als er wieder in seinem Büro war, sah er Adèle lächelnd an. „Nun, meine Liebe, das haben wir geregelt. Gefällt es dir?"

„Ich denke schon", meinte Adèle. „Es ist eine spannende Abwechslung zu der Arbeit in unserem verschlafenen Städtchen. Ich glaube, es wird mir guttun. Ich kann morgens und abends pendeln, und mich so wieder an mein altes Leben gewöhnen."

„Lass dich ab und zu blicken", bat Marcel. „Wir vermissen dich sonst."

„Versprochen", sagte Adèle und umarmte Marcel dankbar. Sie wusste nicht, was ihr die Zukunft bringen und wie sich ihr Verhältnis zu Jude entwickeln würde. Aber sie wollte sich durch diese Unwägbarkeiten nicht die Freundschaften nehmen lassen, die sie während ihrer Arbeit für die Milice geschlossen hatte.

ERIC SAß nervös in einer der hinteren Zuschauerreihen des Gerichtssaals und wartete auf den Beginn der Verhandlung gegen Vincent. Marcel hatte in den letzten beiden Wochen sein Wort gehalten. Eric hatte seinen Geliebten besuchen können, so oft er es wollte. Aber sie waren nicht sehr zuversichtlich, denn vor einigen Tagen war das Urteil gegen Monique ergangen, und es war ein ernüchterndes Urteil gewesen. Monique hatte in vollem Umfang mit dem Gericht zusammengearbeitet und sich dafür mildernde Umstände erhofft, aber anstatt zu Bewährung, wie es die Verteidigung beantragt hatte, war sie zu einem Jahr Haft verurteilt worden. Auf den ersten Blick erschien das nicht viel, reichte jedoch, um Eric nervös zu machen. Im Vergleich zu Monique hatte Vincent bei Serrier einen deutlich höheren Rang eingenommen, sodass die Liste der Anklagepunkte entsprechend länger und schwerwiegender war. Die Verhandlung gegen Monique hatte nachts stattgefunden, damit Antonio, ihr Partner, daran teilnehmen konnte. Nach der Urteilsverkündung hatten sich die beiden, Vampir und Magierin, umarmt und Antonio hatte Monique versprochen, auf ihre Freilassung zu warten, denn für einen Vampir wäre ein Jahr nur ein Wimpernschlag. Es war eine so zärtliche Szene gewesen, dass sie Eric fast das Herz gebrochen hätte. Er wusste, er würde Vincent jederzeit das gleiche Versprechen geben, aber die Gefahr der Trennung hing dennoch wie ein Damoklesschwert über ihren Häuptern.

Vincent wurde in den Saal geführt. Zum ersten Mal seit zwei Tagen bekam Eric seinen Geliebten wieder zu Gesicht. Vincent war konservativ gekleidet, aber nichts konnte seinen muskulösen Körper und seine breiten Schultern verbergen. Eric wollte zu ihm laufen, ihn umarmen und küssen, um sich persönlich davon zu überzeugen, dass es seinem Geliebten gut ging. Aber er musste sich zurückhalten, denn seine Impulsivität hätte die Glaubwürdigkeit seiner Zeugenaussage beeinflussen können, und die konnte den Ausschlag geben, wenn es um Vincents Strafmaß ging. Alles hing davon ab, ob die Jury bereit war, Erics Aussage zu akzeptieren, dass Vincent sich wirklich von Serrier abgewandt hatte.

Kurz darauf betraten der Staatsanwalt und der Richter den Saal. Die Anwesenden erhoben sich und die Verhandlung konnte beginnen.

Der Staatsanwalt sprach zuerst. Er begründete die Anklage und verlass eine Liste der Vergehen, die Vincent zur Last gelegt wurden. Eric zuckte zusammen, als er die einzelnen Punkte hörte. Illegale Anwendung von Magie. Entführung. Folter. Mord. Landesverrat. Er fragte sich, wie sie es schaffen sollten, diesen Katalog auf eine Bewährungsstrafe zu reduzieren, aber Marcel hatte sich zuversichtlich gezeigt, dass es ihnen gelingen würde.

„Was sagt der Angeklagte zu den Vorwürfen?", fragte der Richter.

„Der Angeklagte hat in vollem Umfang mit dem Gericht zusammengearbeitet und bittet um mildernde Umstände", sagte Vincents Anwalt. „Der Angeklagte hat nicht nur mit einem Agenten zusammengearbeitet, den die Milice bei Serrier eingeschleust hatte, er hat darüber hinaus auch einem Angehörigen der Milice zur Flucht aus der Gefangenschaft verholfen und mit seinen Informationen dazu beigetragen, dass dunkle Magier, die der Milice entkommen konnten, zwischenzeitlich festgenommen wurden. Damit hat der Angeklagte maßgeblich dazu beigetragen, dass Serrier besiegt werden konnte. Wir beantragen daher, dass die Anklagepunkte Landesverrat, Mord und Folter fallengelassen werden."

„Stimmt die Anklage diesem Antrag zu?", fragte der Richter.

„Wir stimmen zu", erwiderte der Staatsanwalt. „Der Angeklagte hat mit seinen Informationen dazu beigetragen, dass wir die Verbrechen seiner ehemaligen Mitverschwörer vor Gericht bringen können."

„Damit verbleiben noch die Anklagen wegen illegaler Anwendung von Magie und Entführung", fasste der Richter zusammen.

Eric musste daran denken, wen sie entführt hatten. Orlando. Er sah den Vampir mit Alain in einer der vorderen Reihen sitzen. Eric hatte mit den beiden

303

Frieden geschlossen, aber ob sie ihre Vergebung auch auf Vincent übertragen würden, bezweifelte er. Vincents Verteidiger wollte Orlando dennoch in den Zeugenstand rufen, um ihn zu Vincents Beitrag an seiner Flucht zu befragen. Eric befürchtete, dass die Hilfe, die Vincent Orlando geleistet hatte, angesichts seiner aktiven Rolle bei dessen Entführung keine strafmindernde Wirkung haben würde. Dass sie damals nur Serriers Befehle ausgeführt hatten, verblasste vor dem Ausmaß der Qualen, die Orlando in der Gefangenschaft der dunklen Magier erduldet hatte.

Der erste Verhandlungstag wurde weitgehend von den Eröffnungsplädoyers und einigen langatmigen Ansprachen bestimmt, die Staatsanwaltschaft und Verteidigung hielten, um herauszustellen, welche Auswirkungen Vincents Seitenwechsel auf den Ausgang des Krieges hatte oder auch nicht. Eric konnte es kaum aushalten vor Frustration. Vincent war schließlich nur deshalb bis zum Schluss bei Serrier geblieben, um Orlando befreien zu können. Unglücklicherweise war Eric der einzige Zeuge, der das bestätigen konnte, da sie niemanden in ihre Pläne eingeweiht hatten. Eric war das egal. Er würde der Jury unmissverständlich klar machen, dass es Vincents Idee gewesen war, Orlando zu retten und sich von Serrier abzusetzen. Sobald sie ihn in den Zeugenstand ließen.

Es dauerte drei endlose Tage, in denen eine Unzahl an Zeugen berichtete, welche Grausamkeiten Vincent angeblich verübt hätte. Dann endlich wurde Eric aufgerufen und durfte den Zeugenstand betreten. Er nannte seinen Namen und wartete auf die erste Frage.

„Wie lange kennen Sie den Angeklagten?", fragte der Staatsanwalt.

„Seit zwei Jahren."

„Wie haben Sie ihn kennengelernt?"

„Es war, nachdem ich mich als Agent der Milice dem Aufstand Serriers angeschlossen habe", antwortete Eric. „Ich habe mich mit ihm angefreundet in der Hoffnung, so schneller in einen höheren Rang aufzusteigen und Général Chavinier mit vertraulichen Informationen versorgen zu können."

„Dann war der Angeklagte also ein Anhänger Serriers."

„Das hat er nie bestritten", bestätigte Eric. „Der ausschlaggebende Punkt ist, dass er sich durch seine Taten von Serrier losgesagt hat. Das ist nicht erst am letzten Tag des Krieges geschehen. Er hat mich schon mehrere Wochen vorher zu überreden versucht, zur Milice überzulaufen. Ich habe mich natürlich geweigert, weil ich einen Auftrag zu erfüllen hatte. Doch das ändert nichts an den Absichten des Angeklagten, der Serrier verlassen wollte."

„Warum haben Sie buchstäblich bis zur letzten Minute gewartet?", wollte der Staatsanwalt wissen.

„Es wurde von Tag zu Tag offensichtlicher, dass Serrier langsam den Verstand verlor", erklärte Eric. „Er hat einen Angehörigen der Milice, einen Vampir, entführen lassen. Er hat ihn sinnlos und nur zu seinem Vergnügen gefoltert. Serrier wollte den Vampir am nächsten Morgen hinrichten, an dem Tag, an dem er dann selbst den Tod fand. Aber das wussten wir damals noch nicht. Wir wussten nur, dass wir Orlando – das ist der Vampir – retten mussten. Wir hatten schon zu viel Tod und Vernichtung erlebt, um tatenlos zuzusehen und nichts dagegen zu unternehmen."

„Warum haben Sie sich entschieden, diesen Gefangenen zu retten? Warum nicht schon früher einen der anderen Gefangenen, die Serrier in die Hände gefallen sind?", fragte der Staatsanwalt.

„Das habe ich Ihnen bereits erklärt", erwiderte Eric. „Serrier war dem Wahnsinn nahe, und wenn wir nicht geflohen wären – und Orlando ebenfalls –, hätten wir keine zweite Chance gehabt. Général Chavinier hat mich als Spion zu Serrier geschickt, aber er hat mich nicht zu ihm geschickt, um dort zu sterben, auch wenn dieses Risiko ständig bestand. Serrier wurde immer misstrauischer. Er hat jeden verdächtigt, ein Verräter zu sein. Ich konnte nicht mehr viel tun, um der Milice zu helfen. Vincent wollte weg. Orlando war dem Tode nahe. Es war der passende Zeitpunkt. Ohne Vincents Hilfe hätten weder Orlando noch ich unseren Fluchtversuch überlebt. Mein Leben mag zu diesem Zeitpunkt nicht sehr viel wert gewesen sein, aber mir war klar, dass Orlando der Milice unverzichtbar war. Die Anstrengungen, die sie unternommen haben, um ihn zu finden und zu befreien, haben es mir bewiesen."

„Keine weiteren Fragen, Euer Ehren."

Eric atmete erleichtert aus, als Vincents Anwalt sich erhob, um die Fragen der Verteidigung zu stellen. „Sie haben erwähnt, dass es die Idee des Angeklagten war, Monsieur St. Clair zu befreien. Wann hat er diesen Gedanken Ihnen gegenüber das erste Mal geäußert?"

„Weniger als einen Tag nach Orlandos Gefangennahme", sagte Eric, vermied aber wohlweislich jeden Hinweis auf die Rolle, die sie selbst bei Orlandos Entführung gespielt hatten. „Eine von Serriers Agentinnen war übergelaufen und es war offensichtlich, dass sie jetzt unter dem Schutz der Milice stand. Wir konnten an den Aktivitäten der Milice erkennen, dass sie aktiv nach Orlando suchten. Aber das war nicht das erste Mal, dass Vincent die Möglichkeit angesprochen hat, mit Serrier zu brechen. Das Problem war, dass wir kaum eine Chance gehabt hätten. Serrier duldete keine Opposition in seinen Reihen und hatte keine Skrupel, Ungehorsam zu bestrafen und seine Mitkämpfer zu foltern oder zu ermorden. Der Wunsch allein reichte nicht aus, um ihm zu entkommen. Es hätte auch bedeutet, zu Gefängnis verurteilt zu werden – falls man nicht vorher von Serrier getötet worden wäre. Vincent musste eine Möglichkeit finden, unter den Schutz der Milice zu geraten. Er wusste damals noch nicht, dass ich diesen Schutz jederzeit bekommen hätte, wenn ich Serrier verlassen hätte. Also hat er nach einem Weg gesucht, der uns beiden einen sicheren Ausstieg garantierte. Orlandos Lage war dieser Weg. Aber den Wunsch danach hatte Vincent schon viel früher."

„Dann war der Angeklagte schon lange vor diesem Tag von Serriers Zielen und Methoden enttäuscht?", fragte der Anwalt nach.

„Einspruch! Der Herr Kollege versucht, den Zeugen zu beeinflussen."

„Ich habe nur die Aussage des Zeugen zusammengefasst."

„Einspruch stattgegeben."

Der Anwalt warf seinem Gegner einen bösen Blick zu und drehte sich wieder zu Eric um. „Wann haben sie das erste Mal vermutet, der Angeklagte könnte von Serriers Zielen und Methoden enttäuscht sein?"

„Wir haben nicht direkt darüber gesprochen. Aber mir ist schon vor Gründung der Allianz aufgefallen, dass Vincent sich nicht mehr freiwillig für bestimmte Einsätze gemeldet hat. Er hat zwar noch Serriers Befehle befolgt, aber er hat sich nicht mehr angeboten. Außerdem hat er Serrier mehrere Male ausreden wollen, besonders wilde und gewaltsame Pläne weiter zu verfolgen. Ein oder zwei Tage nach Samhain hat Vincent mich dann das erste Mal direkt darauf angesprochen. Aber dieses Gespräch hat mir nur bestätigt, was ich schon lange vermutet hatte."

Eric gab sich alle Mühe, sich seine Gefühle nicht anmerken zu lassen, als er an diese Nacht zurückdachte. Damals hatte sich so viel verändert. Seit dieser Nacht waren sie Geliebte. Aus der Aussicht auf eine leere, hoffnungslose Zukunft war der Wunsch nach einem neuen Leben geworden, einem Leben mit einem Partner, einem Leben in Liebe und gegenseitiger Anteilnahme. Jetzt mussten sie nur noch diese Verhandlung hinter sich bringen und das Urteil des Gerichts, wie immer es auch lauten mochte, abwarten.

„Und was genau hat er an diesem Tag zu Ihnen gesagt?"

„Er hat mich gefragt, ob ich jemals darüber nachgedacht hätte, wieder zur Milice zurückzukehren", erwiderte Eric. „Ich habe ihm geantwortet, dass Serrier uns nie lebend entkommen lassen würde, aber wenn ich einen sicheren Weg wüsste, würde ich es in Erwägung ziehen. Damals war die Situation noch nicht so ernst wie nach Orlandos Entführung. Ich dachte, ich könnte als Spion immer noch nützlich sein, deshalb habe ich Vincent nicht eingeweiht. Vincent hat meine Antwort trotzdem als Aufforderung verstanden, einen Ausweg zu suchen. Und er hat ihn gefunden."

„Sie haben auch erwähnt, dass weder Sie selbst noch der gefangene Vampir ohne die Hilfe des Angeklagten überlebt hätten. Könnten Sie uns bitte etwas genauer erklären, wie Sie das gemeint haben?"

Eric nickte und dachte an die Nacht und den Morgen unmittelbar vor Orlandos Befreiung zurück. „Die Milice hatte fast alle Verstecke Serriers aufgespürt. Serrier hat uns alle zusammengerufen und zu dem Ort transportiert, an dem dann der entscheidende Kampf stattfand. Auch Orlando war dort. Vincent und ich haben das Durcheinander unmittelbar nach unserer Ankunft ausgenutzt, um Orlando aus seiner Zelle zu befreien. Dann ist uns Blanchet, ein anderer der dunklen Magier, über den Weg gelaufen. Vincent hat verhindert, dass er mich umbringen und Orlandos Flucht vereiteln konnte. Wir haben uns gemeinsam zur Tür gekämpft. Ich hätte Blanchet überwältigen können, aber Orlando und ich wären nicht lebend entkommen, ohne die Hilfe Vincents."

„Merci, Monsieur Simonet", sagte der Verteidiger.

Eric kehrte an seinem Platz zurück und hoffte, dass seine Aussage Vincent nicht allzu sehr geschadet hatte. Er hatte ein ungutes Gefühl im Magen, als Orlando in den Zeugenstand gerufen wurde.

„Monsieur St. Clair", fing der Staatsanwalt an. „Wann haben Sie den Angeklagten das erste Mal gesehen?"

Orlando runzelte die Stirn. Er hatte geschworen, die Wahrheit zu sagen. „Er war einer der beiden Magier, die mich auf dem Place Pigalle während des Angriffs auf die Vampire entführt haben."

„Er hat Sie also zu Serrier gebracht?", hakte der Staatsanwalt nach.

„Ja", gab Orlando zu. Eric sackte das Herz in die Magengrube.

„Haben Sie ihn nach Ihrer Gefangennahme in Serriers Hauptquartier noch zu Gesicht bekommen?", kam die nächste Frage.

„Einige Male", antwortete Orlando. „Er wurde gelegentlich zu mir geschickt, um mich aus der Zelle abzuholen, wenn Serrier mich verhören wollte. Er hat mich auch mehrere Male dorthin zurückgebracht."

„Dann hat er also Magie gegen Sie eingesetzt?"

„Nur um mich zu binden", sagte Orlando hastig. „Er hat nie an den Verhören teilgenommen, auch nicht an den Folterungen. Das war Blanchet. Und dann habe ich ihn wieder gesehen, als ich befreit wurde. Das war an dem Morgen, an dem Serrier mich hinrichten wollte. Er wollte mich in die Sonne bringen, damit ich verbrenne. Meine Partnerschaft mir Alain hat mich für eine gewisse Zeit geschützt, aber zu diesem Zeitpunkt hatte die magische Wirkung seines Blutes schon nachgelassen. Ich hätte das Sonnenlicht nicht überlebt. Ich stehe heute nur hier und kann vor diesem Gericht aussagen, weil Vincent und Eric mich befreit haben."

„Und doch war er auch der Grund, warum Sie in Gefangenschaft geraten sind", gab der Staatsanwalt zu bedenken.

„Er hat nur Serriers Befehle ausgeführt", erwiderte Orlando. „Ich habe selbst miterlebt, was Serrier mit den Menschen machte, die ihm nicht gehorchten oder auch nur widersprachen. Ich war noch keine zehn Minuten in seiner Gegenwart, da hat er einen Magier hingerichtet, der zugab, für die Milice spioniert zu haben. Er hat damals auch eine Magierin gefoltert, obwohl sie sich loyal verhalten hatte. Der einzige Grund dafür war, dass er sie der Spionage verdächtigte."

„Sie wollen mir also sagen, dass Sie dem Angeklagten keine Vorwürfe machen für das, was mit Ihnen geschehen ist?", fragte der Mann ungläubig.

„Genau das will ich Ihnen sagen", erwiderte Orlando mit fester Stimme.

„Keine weiteren Fragen Euer Ehren."

Vincent Verteidiger erhob sich von seinem Stuhl. „Von allen, die hier gegen den Angeklagten ausgesagt haben, müssten Sie eigentlich das meiste Interesse an seiner Bestrafung haben. Und doch scheinen Sie ihn für unschuldig zu halten."

„Ich bin ein Vampir", sagte Orlando, als würde das alles erklären. „Ich sehe die Dinge aus einer langfristigen Perspektive. Tatsache ist doch, dass ich ohne

Vincent keine Zukunft gehabt hätte. Ich würde nicht mehr leben, wenn er nicht zum richtigen Zeitpunkt die Seiten gewechselt hätte."

„Und das rechtfertigt Ihrer Meinung nach seine Handlungen?"

„Ja."

„Keine weiteren Fragen."

Eric beobachtete mit stiller Eifersucht, wie Orlando an Alains Seite zurückkehrte. Sie nahmen sich in einer wortlosen Geste der Zusammengehörigkeit an der Hand. Eric hätte Vincent gerne die gleiche Unterstützung gegeben, aber dazu musste Vincent erst freigelassen werden, wann immer das auch sein würde. So lange musste Eric warten, bevor die Wahrheit über ihre Beziehung bekannt werden durfte.

Ein weiterer Tag verging mit den Schlussplädoyers, dann zog sich die Jury zur Beratung über Vincents Schicksal zurück. Eric versuchte an diesem Abend, seinen Geliebten zu sehen. Er wollte ihm versprechen, dass er auf ihn warten würde, was immer auch geschah. Aber diesen Besuch konnte selbst Marcel nicht mehr ermöglichen.

Dann kam die Jury endlich zurück, um das Ergebnis ihrer Beratung zu verkünden. Dieses Mal saß Eric in der ersten Reihe, fast in Reichweite von Vincent. Wenn das Urteil gegen sie ausfiel, wollte er ihn noch ein letztes Mal berühren können. Vincent hatte sich schuldig bekannt und es ging nur noch darum, über das Strafmaß zu entscheiden.

„Ist die Jury zu einer Entscheidung gekommen?", fragte der Richter.

„Das ist sie, Euer Ehren", antwortete der Sprecher der Jury.

„Und wie lautet Ihr Urteil?"

„Anrechnung der Haftzeit und fünf Jahre Bewährung", verkündete der Sprecher.

Eric ließ sich erleichtert in den Stuhl zurückfallen. Er sah seinen Geliebten an, als wollte er ihn nie wieder aus den Augen lassen. Jetzt mussten nur noch einige Formalitäten erledigt werden, dann würde Vincent nach Hause kommen.

41

ALAIN STAND in seiner Bürotür und schaute sich im Zimmer um, als würde er es zum letzten Mal sehen. Orlando sah ihm kopfschüttelnd zu.

„Nur weil heute unser letzter Arbeitstag ist, heißt das nicht, dass wir das Büro nicht später noch ausräumen können", sagte er. „Ich verspreche dir, dein Schreibtisch wird sich nicht einfach in Luft auflösen. Komm jetzt, du bist müde und wir könnten beide eine Dusche vertragen."

Alain musste lächeln. „Wirklich? Wir stinken?", fragte er scherzhaft.

„Du sagst es", erwiderte Orlando. „Meinst du, wir finden noch jemanden, der uns nach Hause transportieren kann?"

„Wohl kaum", sagte Alain. „Aber wir können es versuchen. Wenn nicht, müssen wir eben die Métro nehmen. So weit ist es ja nicht."

Dem konnte Orlando nicht widersprechen, selbst wenn er gerne schneller zuhause gewesen wäre, als die Pariser U-Bahn, so effektiv sie auch war, es erlaubte. Alain hatte recht. Der Salle des Cartes war schon lange verlassen, die Karten abgeschaltet und dunkel. Orlando wusste nicht, wann die nächste Einheit zum Dienst erschien oder ob es überhaupt noch eine Einheit gab, die erscheinen würde. Aber er wollte hier auch keine Zeit vergeuden, um es herauszufinden. „Dann auf zur Métro", sagte er.

Hand in Hand gingen sie durch die leeren Flure des Hauptquartiers, bis sie schließlich zum Ausgang kamen. Alain warf noch einen letzten Blick zurück und ließ sich dann von Orlando durch die Straßen zur Haltestelle führen. Es war wie damals, als sie das erste Mal zusammen ins Hauptquartier gekommen waren. Nur in umgekehrter Richtung. Was war seit diesem Tag doch alles geschehen!

„Kannst du dir vorstellen, dass wirklich alles vorbei ist?", fragte Orlando, als sie die Treppen zum Bahnsteig hinab zu ihrem Zug gingen.

Alain schüttelte den Kopf. „Nichts ist vorbei. Das ist erst der Anfang."

„Ich meinte den Krieg", erklärte Orlando.

„Nein, das kann ich noch nicht richtig glauben", gab Alain zu. „Er hat mehr als zwei Jahre gedauert. Mein ganzes Leben hat sich in dieser Zeit um den Krieg gedreht. Es wird ein merkwürdiges Gefühl sein, nicht mehr ständig auf Patrouille gehen zu müssen und wieder Zeit für andere Interessen zu haben."

„Was wirst du jetzt tun?", wollte Orlando wissen.

Alain zuckte mit den Schultern. „Ich habe noch meinen Job bei der ANS. Ich werde wohl wieder für Marcel arbeiten, nur in einer anderen Funktion. Und du? Du kannst jetzt auch tagsüber das Haus verlassen, damit sind deinen Möglichkeiten keine Grenzen mehr gesetzt."

„Ich habe nie darüber nachgedacht, was nach dem Ende des Krieges sein wird", gestand Orlando mit einem Anflug von Bedauern. „Bis vor wenigen Wochen wäre das auch sinnlos gewesen, weil ich nicht viel Auswahl hatte. Ich brauche keinen Job, um Geld zu verdienen. Ich habe Thurloes gesamten Besitz geerbt. Solange ich das Geld nicht mit vollen Händen aus dem Fenster werfe, kann ich von den Einkünften aus seinen Investitionen gut leben. Meine Wohnung ist auch schon lange abbezahlt."

„So habe ich es nicht gemeint. Ich habe mich gefragt, was du tun willst, während ich bei der Arbeit bin", erklärte Alain. „Mir gefällt der Gedanke nicht, dass du nur zuhause bist und dich langweilst, bis ich wieder da bin. Außer, du würdest auch für die ANS arbeiten."

„Ich bin mir sicher, dass ich eine Beschäftigung finde, um mir die Zeit zu vertreiben", meinte Orlando grinsend. „Es gibt so vieles, das ich bisher nur bei Nacht gesehen habe. So viele Gemälde und andere Kunstwerke, die ich nur aus Büchern kenne. So viele Geschäfte, die schon geschlossen waren, wenn ich das Haus verlassen konnte. Aber mir gefällt der Gedanke, für einen guten Zweck zu arbeiten."

„Mein Gott, ich habe ein Monster geschaffen", neckte Alain ihn liebevoll. Orlando lachte, wie Alain es beabsichtigt hatte. Sein Gesicht strahlte vor Freude und seine Augen funkelten glücklich. Alain beugte sich vor und gab ihm einen Kuss, ohne sich um die Passanten zu scheren, die in beide Richtungen an ihnen vorbeieilten. Für ihn existierte nur noch Orlando, der seinen Kuss mit verführerischer Inbrunst erwiderte. „Kann sich dieser verdammte Zug nicht etwas beeilen?", murmelte Alain atemlos.

„Wir sind bald zuhause", versprach ihm Orlando, als der Zug sich Père Lachaise näherte. Er nahm Alain an der Hand und streichelte ihm beruhigend über die Knöchel. Dann wechselte er das Thema. „Was hast du denn früher in deiner Freizeit gemacht?"

„Ich habe viel am Haus gearbeitet", erzählte Alain. „Kleinere Reparaturen und so. Henri und ich haben oft darüber gesprochen, uns ein altes Haus auf dem Land zu kaufen, das wir an den Wochenenden selbst renovieren wollten. Es war ein Kindertraum. Und er ist niemals wahr geworden."

„Henri lebt nicht mehr, aber es gibt keinen Grund, warum wir ihn nicht trotzdem verwirklichen könnten", schlug Orlando leise vor. „Ein großes, altes Haus mit einem riesigen Grundstück. Ich weiß, dir gefällt unsere Wohnung, und bisher ist sie auch ausreichend für uns beide. Aber irgendwann wird sie zu klein werden. In einem Haus hätten wir mehr Platz. Wir könnten unsere Freunde zu Besuch einladen. Ich habe früher nie Freunde gehabt, die ich hätte einladen können."

Der Zug hielt an. Sie stiegen aus, ohne auf ihre Umgebung zu achten, so vertieft waren sie in ihr Gespräch.

„Ich weiß nicht", meinte Alain. „Ich bin mir nicht sicher, ob ich es ohne Henri tun könnte. Es war immer unser spezieller Traum."

„Das verstehe ich", erwiderte Orlando verständnisvoll. „Wir müssen nichts überstürzen. Lass es dir durch den Kopf gehen. Wenn du eines Tages deine Meinung änderst, würde mich das freuen."

Alain nickte. Er wusste nicht, wie seine kaum geheilte Seele darauf reagieren würde, diese alten Träume wiederzubeleben. Seit Eric zurückgekehrt war, fühlte er sich nicht mehr so verlassen, aber sein Sohn war unersetzbar. Vielleicht wäre es anders gewesen, wenn er sich nach Edwiges Tod in eine andere Frau verliebt hätte. Aber Orlando war ein Mann und ein Vampir. Sie würden keine Kinder bekommen, mit denen er neue Träume schmieden konnte.

„Wir werden darüber nachdenken", stimmte er schließlich zu.

Als sie am Haus ankamen und die Treppen zu ihrer Wohnung hinaufstiegen, konnten sie das Begehren nicht mehr unterdrücken, das sie in der U-Bahn entfacht hatten. Sie rannten in die Wohnung und schlugen die Tür hinter sich zu. Endlich waren sie allein in der Geborgenheit ihrer eigenen vier Wände. Alain wollte sein Versprechen halten und über das Landhaus nachdenken – um ehrlich zu sein, ihm gefiel die Idee –, aber er wollte auch ihre kleine Wohnung nicht aufgeben. Hier hatten sie sich das erste Mal geliebt, hier hatten sie sich ineinander *ver*liebt. Alain hatte Ersparnisse, die für eine Anzahlung ausreichen würden. Außerdem verdiente er bei der ANS genug, um eine Hypothek abzubezahlen, ohne dass sie Orlandos Einkommen belasten mussten. Damit konnten sie Werkzeuge und Materialien für die Renovierung bezahlen.

„Ich wüsste zu gerne, was in deinem Kopf vor sich geht", flüsterte Orlando und schmiegte sich an ihn.

„Ich habe darüber nachgedacht, dass mir diese Wohnung immer viel bedeuten wird, auch wenn wir irgendwann an einem anderen Ort leben werden", gestand Alain. „Hier ist so viel geschehen. Hier haben wir uns das erste Mal geküsst. Auf diesem Balkon hast du das erste Mal in der Sonne gestanden, und auf diesem Sofa hast du mich das erste Mal richtig gebissen. Hier haben wir uns das erste Mal geliebt."

„Hier hast *du* mich das erste Mal geliebt", fügte Orlando hinzu. „Ich verstehe, was du damit meinst. Ich möchte diese Erinnerungen auch nicht verlieren. Aber sie werden auch bei uns bleiben, wenn wir an einem anderen Ort leben."

„Ich weiß", sagte Alain. „Ich habe auch darüber nachgedacht, dass wir uns wahrscheinlich ein Haus leisten können, ohne diese Wohnung verkaufen zu müssen. Sie gehört dir schon und Marcel bezahlt mich sehr gut. Gut genug, um ein Haus zu kaufen."

„Schön, das zu wissen", sagte Orlando grinsend. „Sonst hätte ich Angst gehabt, dass du nur hinter meinem Geld her bist."

Alain lachte. „Ich wusste bis vor wenigen Minuten gar nicht, dass du überhaupt Geld hast. Ich kann schlecht hinter etwas her sein, von dem ich nicht weiß, dass es existiert."

311

„Und ich werde es auch nicht bekannt machen. Dazu hatte ich in der Vergangenheit zu viel Pech", sagte Orlando. „Ich vergesse es selbst oft und kümmere mich nicht sehr darum. Das Geld ist gut angelegt, und die Gewinne werden automatisch auf mein Konto überwiesen. Ich kaufe mir davon, was ich brauche. Und ich bin nicht sehr anspruchsvoll. Ich brauche kaum mehr, als ein Dach über dem Kopf und Blut zum Trinken."

„Um das Dach über dem Kopf hast du dich schon selbst gekümmert, und Blut kannst du jederzeit von mir bekommen", erwiderte Alain und hielt ihm sein Handgelenk hin.

„So will ich es aber nicht", lehnte Orlando ab, drückte ihm den Kopf zur Seite und leckte ihm über den Hals. „Ich möchte dich lieber hier beißen."

„Mir ist vollkommen egal, *wo* du mich beißt. Die Hauptsache ist, *dass* du mich beißt", sagte Alain atemlos.

Orlando grinste. „Dazu sind wir aber im falschen Zimmer. Ich denke nicht daran, dich zu beißen, ohne dich gleichzeitig zu lieben."

„Gott sei Dank", seufzte Alain und drückte sich an ihn.

Orlando küsste ihn und führte ihn in das dunkle Schlafzimmer. Dann schaltete er das Licht an. „Ich will dich sehen", sagte er mit rauer Stimme. Alain wollte sich ausziehen, aber Orlando fasste ihn an den Händen und legte sie sich auf die Hüften. „Das übernehme ich", sagte er.

„Was immer du willst", versprach Alain und ließ seine Hände auf Orlando Hüften liegen. Der knöpfte ihm langsam das Hemd auf und küsste jeden Quadratzentimeter Haut, der hinter dem Stoff zum Vorschein kam. Als er an Alains Brustwarzen knabberte, bog der Magier den Rücken durch und presste sich an ihn, aber Orlando biss nicht zu.

Alain fasste ihn am Kopf und schob die Finger in Orlandos dunkle Locken. „Du kannst mich ruhig beißen", flüsterte er.

„Oh, das werde ich auch tun", versprach ihm Orlando. „Aber noch nicht jetzt. Ich habe noch anderes vor und will mich nicht vom Geschmack deines Blutes ablenken lassen."

„Das hört sich gut an", flüsterte Alain, während Orlando den letzten Knopf öffnete und ihm das Hemd über die Schultern zog.

„Ich liebe deine Brust", murmelte Orlando und setzte mit den Lippen seine Erkundungsreise fort. Er fuhr mit den Fingern durch Alains Pelz und zupfte leicht an den blonden Haaren.

Alain wurde rot vor Verlegenheit und nahm sich vor, das Kompliment bei passender Gelegenheit zurückzugeben. Orlandos Mund war mittlerweile nach unten gewandert und saugte sich am Rand von Alains Nabel fest. „Fester", bat Alain.

Orlando kniete sich auf den Boden und erfüllte Alains Wunsch. Er saugte so fest, dass ein kleiner, roter Fleck entstand, den er leckte und mit den Zähnen bearbeitete. Dabei öffnete er Alains Hose – Gürtel, Knopf und Reißverschluss –, um an sein eigentliches Ziel zu gelangen: den Schwanz seines Geliebten.

Orlando schob Alains Hose und Unterhose nach unten, bis nichts mehr zwischen ihm und dem harten, tropfenden Schwanz war. Er bewunderte ihn kurz und nahm ihn dann in den Mund, bis er ihn tief in der Kehle spüren konnte. Er leckte gierig über den Schaft, bis er Alains lautes Stöhnen hörte.

Alain kämpfte um Halt, weil ihm unter Orlandos Attacke fast die Knie nachgaben. Orlando reagierte sofort.

„Leg dich aufs Bett", sagte er zu Alain. „Ich bin noch nicht fertig. Du musst noch einiges aufholen."

Alain stolperte kopfschüttelnd zum Bett und ließ sich fallen. „Wir führen keine Punktliste", meinte er. „Ich werde nie zu viel davon bekommen, egal, was wir tun. Also vergiss den Gedanken. Heute will ich dich in mir spüren, so wie das erste Mal, als wir uns geliebt haben."

„Ist es das, was wir tun?", neckte Orlando. „Die Wiederholung einer erfolgreichen Aufführung?"

Alain schüttelte lachend den Kopf. „So schön die Erinnerung daran auch ist, diese Aufführung war nicht perfekt. Damals hast du mich nicht gebissen, und auf dieses Vergnügen will ich heute nicht verzichten."

„Ich auch nicht", stimmte ihm Orlando dankbar zu. Es war ein überwältigendes Gefühl für ihn, von Alain mit allen Aspekten seiner Natur als Vampir so vorbehaltlos akzeptiert zu werden.

Alain winkte ihn zu sich aufs Bett. „Dann liebe mich jetzt."

Orlando kniete sich zwischen Alains gespreizte Beine und grinste ihn an, bevor er sich wieder dem harten Schwanz seines Geliebten widmete. Er hatte alle Absichten, Alains Bitte zu erfüllen – aber noch nicht jetzt.

Alain stieß in die feuchte Hitze von Orlandos Mund. So viel hatte sich geändert, seit diesem ersten Nachmittag, als er noch bei jeder Berührung befürchten musste, Orlando in Panik zu versetzen. Wenn Orlando sich jetzt Zeit ließ, dann nicht mehr aus Angst, sondern aus dem Verlangen heraus, ihre Erregung noch mehr zu steigern. Dieses Wissen allein erregte Alain mehr, als jede Droge es vermocht hätte. Er keuchte, als Orlando ihm über den Schwanz leckte und mit der Zunge die Vorhaut zurückschob, um sie dann in den tropfenden Schlitz zu drücken. Er wollte Orlando bitten, sich zu beeilen, aber er konnte nur noch stöhnen. Orlando sah ihn mit lächelnden Augen an und leckte ihm weiter über den Schwanz, nahm ihn dann in die Hand und ließ die Zunge tiefer zwischen Alains Beine gleiten.

Alain keuchte und spreizte die Beine noch weiter, um Orlando mehr Platz zu geben. Er hätte gerne gewusst, was Orlando vorhatte und ob Rimming dazu gehörte, aber er traute sich nicht, ihn danach zu fragen. Außerdem brachte er sowieso kein Wort über die Lippen. Dann spürte Alain kühle, feuchte Finger, die sich den Weg in seinen Arsch suchten und ihn dehnten. Er vertagte seine Gedanken bis zu nächsten

Mal und nahm sich vor, das Thema bei passender Gelegenheit anzusprechen. Wenn er wieder sprechen konnte.

Orlandos Finger fanden zielsicher Alains Prostata und reizten sie, bis Alain anfing, sich auf dem Bett hin und her zu winden und unverständlich vor sich hin zu stammeln. Alain wollte mehr, wollte seinen Geliebten in sich spüren, aber er konnte auch diese Bitte nicht mehr in Worte fassen. Orlando schien trotzdem zu wissen, was Alain sich wünschte, denn er zog die Finger aus Alains Arsch und ersetzte sie durch seinen Schwanz. Er stieß damit einige Male leicht an Alains Loch, dann drang er in ihn ein.

Alain stöhnte laut, als sie endlich körperlich vereinigt waren. Er schloss die Augen, um auch die emotionale Verbindung zu seinem Vampir herzustellen. Jetzt fehlten nur noch Orlandos Zähne. Als hätte Orlando auch diesen Gedanken lesen können, senkte er den Kopf, leckte über das Brandmal an Alains Hals und bohrte seine Zähne durch die sensible Haut.

„Orlando!"

Alains verzweifelter Schrei feuerte Orlando noch mehr an, aber er wollte nichts überstürzen und zwang sich zu einem ruhigen, gleichmäßigen Rhythmus. Er konnte die Erregung in Alains Blut schmecken, doch es war alles noch zu neu und einmalig, um es jetzt schon zum Ende zu bringen. Orlando hielt Alain an den Hüften fest und drückte ihn aufs Bett, um ihn zu beruhigen.

„Bitte", bettelte Alain, doch Orlando ließ sich nicht aus der Ruhe bringen.

Orlando vereinte ihr Körper, so wie sie ihre Leben vereint hatten – komplett und vorbehaltlos, auf jede nur erdenkliche Weise. Alain wand sich stöhnend unter ihm und trieb durch seine Bewegungen Orlandos Zähne mit jedem Stoß noch tiefer in seinen Hals, bis der Vampir das Gefühl hatte, aufgesogen zu werden und sich in Alain aufzulösen. Es gab nichts, was dieser tiefen Verbindung zu seinem Avoué gleichkam. Das Wissen um Alains Sterblichkeit lag ihm schwer auf der Seele, aber er verdrängte seine Ängste zugunsten des Hier und Jetzt. Die Zeit schien still zu stehen und Orlando wollte diesen perfekten Augenblick in vollen Zügen genießen. Er würde die Erinnerung daran immer bei sich tragen, würde sie in sein Herz einbrennen, so wie er sein Zeichen in Alains Hals eingebrannt hatte.

„Bitte", keuchte Alain erneut, und dieses Mal gab Orlando nach. Er ließ sich von seiner Erregung leiten, stieß schneller und härter zu und hatte nur noch ein Ziel – sie beide zum Höhepunkt zu bringen. Nur noch eine Kleinigkeit schien zu fehlen …

Orlando hob den Kopf, unterbrach den Vampirkuss, um Alain in die himmelblauen Augen zu sehen. „Ich liebe dich", sagte er und küsste ihn auf den Mund.

Das war es. Das war der Kontakt, der gefehlt hatte, das waren die Worte, die gefehlt hatten, um sie beide in die Ekstase zu katapultieren. Sie kamen hart, Orlando in Alains Körper und Alain zwischen ihnen auf ihrer Haut. Orlando brach über seinem Magier zusammen und sie küssten sich immer noch, zärtlicher jetzt und sanfter, liebevoller, aber nicht weniger innig. Es war ein Kuss der Liebe, denn ihre Lust war gestillt und ihre Körper befriedigt. Ihre Seelen würden sich immer nacheinander sehnen.

„Es wird jedes Mal besser", flüsterte Alain. „Dabei denke ich immer, dieses Mal wäre es perfekt gewesen. Aber es wird jedes Mal noch besser."

Orlando lächelte und verdrängte die Angst vor dem drohenden Verlust. Alain war ein Magier. Er konnte leicht noch achtzig oder neunzig Jahre leben, vielleicht sogar länger. Für einen Vampir aber war das nur ein Wimpernschlag und Orlando wusste, irgendwann würde die Einsamkeit wieder zurückkehren, unter der er so viele Jahre gelitten hatte. „Wir sind zusammen. Für mich gibt es nichts Perfekteres."

Alain küsste ihn und rollte sie auf die Seite, damit sie bequemer lagen. „Ein Haus auf dem Land also", sagte er dann. „Würde es dir wirklich Spaß machen, ein altes, verfallenes Haus nur für uns beide umzubauen?"

„Es wäre eine nette Abwechslung", meinte Orlando. „Bevor ich Soldat wurde, habe ich kurze Zeit als Zimmermann gearbeitet. Ich habe wahrscheinlich das meiste von dem, was ich damals gelernt habe, wieder vergessen. Aber ich könnte es neu lernen und wir hätten eine Aufgabe, mit der wir beschäftigt wären."

Alain lachte. „Glaubst du wirklich, wir bräuchten eine zusätzliche Aufgabe? Ich glaube eher, wir sollten uns jetzt schon Entschuldigungen ausdenken, um der Arbeit zu entkommen, die Marcel und Jean für uns finden werden, nachdem der Krieg jetzt endlich vorbei ist."

„Ich dachte, der Krieg wäre Arbeit gewesen", erwiderte Orlando.

Alain schüttelte den Kopf. „In gewisser Weise schon. Aber jetzt haben wir eine ganze Reihe von neuen Herausforderungen vor uns liegen. Zum Beispiel die Integration der Vampire in die französische Gesellschaft. Und dann die Sache mit den Partnerschaften und ihren Auswirkungen. Wir wissen immer noch nicht alles darüber. Und dann der Aveu de Sang, wir beide … Die Möglichkeiten sind endlos."

Wenn das nur wahr wäre, dachte Orlando bitter.

„Hey", sagte Alain, als Orlando ihm keine Antwort gab. „Wir sollten jetzt feiern. Wir sind endlich frei, unser eigenes Leben zu leben. Wir müssen nicht mehr an Serrier und den Krieg denken. Wir sollten jetzt nur noch glücklich sein."

„Ich bin doch glücklich", behauptete Orlando mit fester Stimme. „Ich bin glücklicher, als jemals zuvor. Es ist nur …" Er konnte Alain nicht in die Augen sehen. Er wollte seine deprimierenden Gedanken nicht laut aussprechen.

Alain konnte sich den Grund für Orlandos Niedergeschlagenheit denken. „Nichts wird uns jemals trennen", versprach er leise. „Sicher, ich bin sterblich. Das lässt sich nicht ändern. Aber mein Herz wird immer dir gehören, auch wenn ich nicht mehr lebe. Ich liebe dich über den Tod hinaus."

„Ich werde dich genauso lang lieben“, versprach Orlando.

Alain zog ihn fester in die Arme. „Es liegen noch viele Jahre vor uns, bevor wir und Sorgen machen müssen, getrennt zu werden. Ruh dich jetzt aus. Ich bewache deine Träume.“

42

„MESDAMES ET Messieurs, dies ist ein bewegender Moment für mich. Ich verabschiede mich heute von Ihnen als Général der Milice de Sorcellerie", eröffnete Marcel seine Rede an die Pressevertreter, denen er in den letzten beiden Jahren so oft Rede und Antwort gestanden hatte. „In diesem Augenblick wird die Milice offiziell aufgelöst und ihre Mitglieder kehren in ihr bürgerliches Leben zurück. Ich möchte mich an dieser Stelle bei allen bedanken, die in den letzten beiden Jahren unter mir gedient haben. Ihrem Einsatzwillen und ihrer Opferbereitschaft verdanken wir den Erhalt unserer Gesellschaft. Meine Bitte richtet sich an ihre Familien, an ihre Arbeitgeber und an alle, die sie in ihrem alten Leben wieder willkommen heißen: Vergessen Sie nicht, was diese Menschen für Sie und uns alle durchlitten haben. Beweisen Sie Geduld, wenn nicht alles gleich wieder so ist, wie zuvor. Viele von ihnen sind verwundet worden, nicht nur am Körper, sondern auch an ihrer Seele. Viele von ihnen haben Verluste erlitten. Und viele von ihnen haben Vampire in ihr Leben aufgenommen, sind mit ihnen eine Partnerschaft eingegangen, die über die Milice hinausreicht und die wir erst zu verstehen beginnen. Diese Männer und Frauen verdienen ebenso unseren Respekt und unser Verständnis, denn auch sie haben für uns alle gekämpft und Opfer gebracht. Ich kann Ihnen nicht befehlen, sie zu akzeptieren, aber ich kann Sie darum bitten, ihnen die gleichen Chancen zu geben, die sie jedem anderen Menschen geben würden, der im Leben ihrer Freunde und Kollegen eine wichtige Rolle spielt. Es ist das mindeste, was sie sich für ihren Einsatz verdient haben.

Auch ich kehre jetzt wieder in ein anderes, privates Leben zurück", fuhr Marcel fort. „Ich fühle langsam mein Alter. Im Gegensatz zu den Männern und Frauen, die ich während dieses Krieges befehligt habe, bin ich kein junger Mann mehr. Ich habe sechzig Jahre meines Lebens dem Dienst an der Gemeinschaft gewidmet, sowohl der Gemeinschaft der Magier, als auch unserem Land. Ich bin müde, Mesdames et Messieurs. Sobald die Milice aufgelöst ist, werde ich mich deshalb auch aus meinen anderen öffentlichen Ämtern zurückziehen. Ich werde die Leitung der ANS in jüngere, fähige Hände übergeben, in die Hände einer neuen Generation. Sie wird die ANS in eine Zukunft führen, in der die Vampire ein anerkannter und geschätzter Teil der magischen Gemeinschaft und unserer Gesellschaft sind. Es ist mir eine große Freude, ihnen das neue Oberhaupt der ANS präsentieren zu dürfen – einen Mann, der durch seine Erfahrung, durch seinen Scharfsinn und sein Engagement wie kein anderer geeignet ist, die Welt der Magie in ein neues Zeitalter zu führen: Raymond Payet."

Während Marcel darauf wartete, dass Raymond zu ihm aufs Podium kam, fühlte er schon die Ungeduld in sich aufsteigen. Es war noch nicht Mittag und er musste noch Stunden warten, bis die Sonne unterging und er ins Le Saulnier zurückkehren konnte, um das Gespräch mit Christophe fortzusetzen, das sie gestern Abend dort begonnen hatten. Nur noch heute. Nach diesem Tag konnte er bleiben und reden, solange sie wollten und solange der Wirt sie nicht nach Hause schickte. Er konnte den ganzen Tag verschlafen und am Abend wieder wach sein, um den alten Vampir zu sehen. Marcel hatte anfangs befürchtet, ihnen würde der Gesprächsstoff ausgehen, aber das war nicht geschehen, ganz im Gegenteil.

Raymond warf Jean noch einen letzten Blick zu, dann stieg er die Stufen zum Podium hinauf, wo Marcel auf ihn wartete. Der höfliche Applaus legte sich wieder und er konzentrierte sich auf die Kameras, weil sein wahres Publikum nicht die Journalisten im Saal waren, sondern die Menschen, die zuhause vor ihren Fernsehern diese Pressekonferenz verfolgten oder morgen in ihren Zeitungen die Berichte lesen würden. „Vielen Dank für die freundliche Vorstellung, Marcel", sagte er und räusperte sich, um besser verstanden zu werden. Er und Jean hatten Stunden damit verbracht, diesen Auftritt vorzubereiten. Sie hatten seine Rede immer wieder korrigiert und umgeschrieben, hatten über jede noch so unbedeutende Formulierung nachgedacht, damit sie genau die Botschaft enthielt, die sie vermitteln wollten – nicht mehr und nicht weniger.

„Mesdames et Messieurs, verehrte Mitbürger! Ich stehe heute vor Ihnen in Demut und doch geehrt, weil einer der bedeutendsten Magier und wohl größten Männer unserer Zeit mir eine schwere Verantwortung übertragen hat", begann Raymond seine Rede. „Marcel Chavinier, seinem Einsatz und seiner Opferbereitschaft verdanken wir es, dass wir heute hier versammelt sind, dass der Krieg hinter uns und eine bessere Zukunft vor uns liegt." Der herzliche Applaus ließ Marcel die Tränen in die Augen steigen. Raymond lächelte.

Als es wieder still wurde, fuhr Raymond fort: „Der heutige Tag markiert in mehrerlei Hinsicht einen neuen Anfang für die ANS. Seit vielen Jahren war die Association Nationale de Sorcellerie gleichbedeutend mit allem, was die Angelegenheiten der Magie und der Magier betraf. Und es stimmt, wir Magier fallen in den Aufgabenbereich der ANS. Aber wir sind nur ein kleines Mosaiksteinchen des größeren Reichs der Magie. Wir praktizieren Magie, nutzen unsere inneren Gabe, um eine äußere Wirkung zu erzeugen. Doch Magie hat viele Facetten, und jede Gruppe der magischen Lebewesen repräsentiert eine andere dieser Facetten, hat andere Gaben und Ausdrucksformen. Die ANS kann nicht länger nur die Vereinigung der Magier sein. Wir müssen die Stimme aller magischen Lebewesen in unserer Gesellschaft werden, ob sterblich oder unsterblich, lebend oder untot. Wir müssen unsere Gesellschaft in ein neues Zeitalter der Gleichberechtigung führen, das diese Unterschiede anerkennt. Ein Zeitalter, das sowohl die Vielfalt feiert, als auch die Gleichheit bewahrt.

Einige von Ihnen, ob hier oder zuhause vor den Bildschirmen, werden sich jetzt vielleicht fragen, was uns gemein ist mit einem Geschöpf der Nacht, mit einem Gestaltwandler, einem Elf, einem Kobold oder Troll. Die Antwort auf diese Frage fällt von Mensch zu Mensch und von Rasse zu Rasse unterschiedlich aus. Aber jeder von Ihnen, der jemals geheiratet und seinem Partner Liebe bis in den Tod versprochen hat, hat etwas gemeinsam mit dem Vampir, der nur einen Partner, nur einen Geliebten hat, von dessen Blut er sich nährt, bis dass der Tod sie scheidet. Jeder von Ihnen, der seinen Partner verloren hat, hat etwas gemeinsam mit dem Vampir, der vor vierhundert Jahren seinen Avoué bestatten musste und noch heute um ihn trauert, hat etwas gemeinsam mit dem ältesten Vampir von Paris, der noch nach fünfzehnhundert Jahren um seinen verstorbenen Avoué trauert. Jeder von Ihnen, der ein geliebtes Kind in den Armen gehalten hat, hat etwas gemeinsam mit dem Werwolf, der jede neue Geburt wie ein Wunder feiert, weil sie so selten sind. Sie mögen mir bis zu diesem Punkt gefolgt sein, aber denken, auf die sogenannten niederen magischen Lebewesen könne das bestimmt nicht zutreffen. Ich sage Ihnen: Sie täuschen sich. Deshalb hat die ANS sich entschlossen, in Zukunft nicht mehr nur die Magier zu vertreten und unter ihren Schutz zu stellen, sondern alle magische Lebewesen.

Die Allianz, die der Milice de Sorcellerie ermöglicht hat, den Krieg gegen Serrier zu gewinnen, hat ihre Aufgabe erfüllt und wurde aufgelöst. Aber das heißt nicht, dass wir auf ihre Magie verzichten können. Einer der Gründe für den Sieg der Allianz lag in der Tatsache, dass sie bei den Magiern Kräfte freigesetzt hat, um das magische Gleichgewicht wieder herzustellen und zu erhalten, ohne das unsere Welt nicht existieren kann. Stellen Sie sich unsere Erleichterung und Freude vor, als wir erkannten, dass allein die Gründung der Allianz so viel mehr bewirken konnte, als wir Magier allein. Die Verbindung zwischen Vampiren und Magiern ist mehr, als nur ein militärisches Bündnis. Sie hat tief greifende Konsequenzen, deren Potential wir erst ansatzweise verstehen. Auch das wird eine der neuen Aufgaben der ANS sein: Die Erforschung der Partnerschaften. Wir wollen jeden Vampir und Magier, der eine Partnerschaft eingehen will, darauf vorbereiten können, was er zu erwarten hat. Und wir wollen das magische Potential dieses Bundes verstehen und zum Vorteil aller einsetzen.

Im Jahr 1944 hat Frankreich allen Bürgerinnen und Bürgern das Wahlrecht gegeben, unabhängig von ihrem Geschlecht. Frauen wurden vor dem Gesetz gleichgestellt. Es war ein historischer Augenblick. Heute erleben wir erneut einen solchen historischen Augenblick, denn wir haben den Schutz des Gesetzes auf die Vampire ausgedehnt. Niemand wird sie mehr aufgrund ihrer Natur diskriminieren dürfen. Sie werden sich nicht mehr verstecken müssen, aus Angst, ihr Zuhause oder ihren Lebensunterhalt zu verlieren. Ich bin nicht naiv. Ich weiß sehr wohl, dass es mehr bedarf als eines Gesetzes, um die Lebenswirklichkeit zu verändern. Das Verhalten der Menschen muss sich ändern, erst dann ist unser Ziel erreicht. Als neues Oberhaupt der ANS verspreche ich die finanzielle, rechtliche, politische und moralische Unterstützung meiner Organisation, um dieses Ziel Wirklichkeit werden zu lassen. Wir werden uns dafür genauso unermüdlich einsetzen, wie wir uns bisher für die Angelegenheiten der Magier eingesetzt haben. Diskrimination, egal, in welcher Form, darf es nicht mehr geben. Wir haben einen Krieg geführt gegen Aufständische, die unsere Regierung stürzen und nichtmagische Menschen zu Bürgern zweiter Klasse erklären wollten. Andere wollen die magischen Lebewesen diskriminieren und versuchen, ihre scheinheiligen Ziele auf parlamentarischem Weg zu erreichen. Auch das dürfen wir nicht zulassen.

Keiner von uns gibt es gerne zu, aber Serrier hat vor zwei Jahren, als er seinen Aufstand begann, mit seinen Thesen bei vielen Magiern ein offenes Ohr gefunden. Wir alle verurteilen die Methoden, mit denen er sein Ziel erreichen wollte. Aber es gibt auch Gründe dafür, warum seine Propaganda bei vielen Magiern auf fruchtbaren Boden fiel. Ich appelliere an alle, die sich in unserer Gesellschaft missverstanden und unterdrückt fühlen: Redet mit uns! Wir suchen den Dialog mit jedem, der mit den gegenwärtigen Umständen unzufrieden ist. Es gibt nur eine Möglichkeit, einen zweiten, fürchterlichen Krieg zu verhindern, und die besteht darin, die Ursachen offen anzusprechen, die dazu führen können. Serrier war ein Größenwahnsinniger. Sein Wahnsinn hat ihn das Leben und seine Reformen gekostet. Wir können darüber nur froh sein. Aber wir müssen einer Wiederholung vorbeugen und Wege finden, nicht nur einen weiteren Krieg zu vermeiden, sondern auch die Unzufriedenheit, die dazu geführt hat, nicht mehr aufkommen zu lassen. Ich habe bereits mit dem Präsidenten gesprochen, um eine Reform der Gesetze gegen dunkle Magie vorzubereiten. Wissen kann nicht von Natur aus böse sein. Es ist die Art seiner Anwendung, die es gut oder böse macht. Es ist die Absicht, die hinter einer Beschwörung steht, die sie zu dunkler Magie macht, nicht die Beschwörung selbst.

Und noch ein Ziel habe ich mir als neues Oberhaupt der ANS vorgenommen: Ich möchte die Ausbildung verbessern. Ich möchte damit Situationen verhindern, in denen sich viele der Anhänger Serriers in ihrer Jugend befunden haben. Sie wurden als junge Magier, oft schon als Teenager, verfolgt und bestraft, weil sie anders waren, als ihre Altersgenossen. Magie kann man nicht aus einem Kind herausprügeln. Man muss Magie auch nicht fürchten. Sie ist eine Gabe, die gefördert und beherrscht werden muss, damit man sie zum Wohl der Allgemeinheit einsetzen kann. Ob Magier, Vampir, Werwolf oder Elf – sie sind ein Teil dieser Welt, und das aus gutem Grund. Wir sind auch ein Teil dieses Landes. Es ist an der Zeit, dass alle in diesem Land – und ich schließe uns Magier in diesen Aufruf ausdrücklich mit ein – diese Tatsache anerkennen.

Mesdames et Messieurs, ich danke Ihnen für Ihre Geduld und Ihre Aufmerksamkeit. Wir haben noch einen langen Weg vor uns, aber wir haben die ersten Schritte in die richtige Richtung bereits getan. Bonsoir."

Die Reporter riefen Raymond ihre Fragen zu, aber er beachtete sie nicht mehr. Er verließ das Podium und verschwand wortlos in einem Nebenzimmer, wo Jean mit offenen Armen auf ihn wartete.

„Was immer die Zukunft auch bringen mag", flüsterte er Raymond ins Ohr, „Ich werde dich als Präsidenten der ANS unterstützen. Im Jeu des Cours, im Parlament, in der ANS oder vor der Presse."

Raymonds glückliches Lachen hallte von den Wänden wider. Er konnte kaum glauben, was in so kurzer Zeit alles geschehen war. Gestern erst hatte Marcel seinen Rücktritt angekündigt und ihn als neues Oberhaupt der ANS vorgeschlagen. Alain, Thierry und die anderen Magier der Milice hatten Raymond stehend applaudiert. Noch vor wenigen Monaten hätte sich Raymond ein solches Zeichen der Anerkennung in seinen kühnsten Träumen nicht vorzustellen gewagt. Und dafür hatte er den Vampiren – *seinem* Vampir – zu danken. Raymond hakte sich bei Jean unter. „Lass uns nach Hause gehen."

EPILOG

DIE TRAUERNDEN verließen nach und nach das Grab, als die Magier das Bestattungsritual abgeschlossen hatten. Alains Asche hatte sich an seinem letzten Ruheplatz mit der Erde vermischt. Orlando hörte wie von fern die Stimmen, die ihm ihr Beileid aussprachen. Er fühlte Hände, die sich auf seine Schulter legten, als ihre Freunde und Bekannten, einer nach dem anderen, an ihm vorbeigingen. Orlando rührte sich nicht. Er hatte weder Augen noch Ohren für das, was um ihn herum in der Welt passierte. Es war eine Welt ohne Alain.

Nach einiger Zeit senkte sich Stille über Père Lachaise. Die Neugierigen und Betroffenen hatten allein oder in Gruppen den Friedhof verlassen. Orlando war überrascht, wie viele der Pflegekinder, denen er und Alain ein Zuhause gegeben hatten, zur Beerdigung gekommen waren. Viele von ihnen waren schon älter, denn Alain hatte, selbst für einen Magier, ein hohes Alter erreicht. Doch die Jahre hatten ihren Tribut gefordert. Orlando hatte immer gewusst, dass es eines Tages geschehen würde. Alain hatte wahrscheinlich nur seinetwegen so lange durchgehalten, aber niemand konnte die Zeit aufhalten. Jetzt musste Orlando nur noch abwarten, bis auch der letzte Rest von Alains Magie aus seinem Blut verschwunden war.

„Orlando."

Jeans Stimme drang durch den Nebel der Trauer, der sich um Orlandos Gemüt gelegt hatte, aber er hielt den Kopf gesenkt.

„Orlando", wiederholte Jean. „Es wird Zeit zu gehen."

Orlando schüttelte den Kopf. „Du kannst schon vorgehen, wenn du willst. Ich will dich nicht von deiner Verantwortung fernhalten."

„Du musst auch ins Haus kommen und Schutz suchen", drängte Jean.

„Lass ihn doch, Jean", sagte Sebastien leise. „Er hat gerade seinen Avoué begraben. Diese Trauer wirft man nicht in wenigen Minuten ab. Es dauert noch Stunden, bis die Sonne aufgeht. Die Nachtluft kann uns nichts anhaben."

„Aber Raymond und Thierry …"

„… sind erwachsene Männer. Sie können selbst entscheiden, ob sie mit Orlando Wache halten wollen oder nicht", unterbrach ihn Raymond, obwohl er die Kälte bis in seine alten Knochen spürte. Mit einer kleinen Beschwörung ließ es sich leicht ändern. „Lass ihn trauern, Jean."

Thierry sagte nichts. Der Verlust Alains drohte ihn zu überwältigen, aber er musste jetzt an den Geliebten seines Freundes denken. Alain war tot. Daran konnten sie nichts ändern. Doch Orlando war noch hier, und er brauchte seine Freunde jetzt mehr denn je.

Der Wind wurde stärker und brachte ein bittersüßes Lächeln in Thierrys Gesicht. Alain würde nie wieder eine kühle Brise beschwören. Das trockene Herbstlaub wirbelte raschelnd um die Grabsteine und eine Böe hüllte Orlandos kniende Gestalt ein. „Welcher Tag ist heute?", fragte Orlando plötzlich.

„Der 18. Oktober", sagte Thierry. „Warum?"

Orlando konnte nicht sofort antworten. Ein Schluchzen entrang sich seiner Brust und seine Augen brannten von den Tränen, die er nicht mehr weinen konnte. „Es ist unser Jahrestag", flüsterte er dann mit gebrochener Stimme. „Heute Nacht ist es genau sechsundneunzig Jahre her, dass ich das erste Mal sein Blut geschmeckt habe."

„Es war die Nacht, in der er sich in dich verliebt hat", vertraute ihm Thierry an. „Ich weiß nicht, ob er es dir jemals erzählt hat. Aber rückblickend betrachtet ist es offensichtlich."

Orlando schüttelte den Kopf. „Wir haben nie in diesen Worten darüber gesprochen. Er hat mich geliebt. Mehr musste ich nicht wissen."

Sie verstummten. Orlando strich mit den Fingern über die aufgewühlte Erde am Fuß des Grabmals, das die ANS im Gedenken an Alain errichtet hatte. Sein Name und die Daten seiner Geburt und seines Todes waren tief in den schwarzen Marmor eingraviert. Orlando beugte sich vor und fuhr mit den Fingern über die Buchstaben. Alain Magnier. Als ob diese beiden Worte in der Lage wären, einem Mann wie Alain gerecht zu werden.

„Du bist auf eine Klosterschule gegangen, Jean", sagte Orlando. „Glaubst du, wir haben durch unsere Umwandlung unsere Seelen der Verdammnis anheimgegeben?"

„Natürlich nicht", erwiderte Jean und legte die Hand auf Raymond Rücken, um in der Berührung Trost zu finden. „Unsere Seelen werden nicht nach unserer Natur beurteilt, genauso wenig, wie die Seelen der Sterblichen. Wir müssen uns für unsere Taten verantworten, so, wie andere Menschen auch. Wir sind nicht dafür verantwortlich, dass unsere Schöpfer uns umgewandelt haben."

„Gut", flüsterte Orlando und grub die Hände in die lose Erde. „Dann gibt es noch Hoffnung für mich."

„Orlando? Was hast du vor?"

Mit einem zitternden Lächeln hob Orlando den Kopf und sah seinen ältesten Freund an. „Hier gibt es nichts mehr für mich. Ich bin nicht so stark wie Sebastien. Ich kann nicht Hunderte von Jahren der Einsamkeit ertragen in der vagen Hoffnung, dass ich mich noch einmal verliebe. Ich kann es nicht. Alain ist der einzige Mann, den ich jemals geliebt habe und lieben werde." Er schüttelte den Kopf, als Jean ihm ins Wort fallen wollte. „Sag mir nicht, das könnte ich nicht wissen", fuhr er fort. „Ich bin mir sicher. Es gab vor ihm niemanden, und es wird auch nach ihm niemanden geben. Alain war die Luft, die ich geatmet habe, und das Blut, das ich getrunken habe. Er war ein Teil von mir, und ohne ihn bin ich nur ein halber Mann. Ihr werdet meine Asche mit seiner begraben, nicht wahr?"

„Orlando ..."

Sebastien ignorierte den geschockten Jean und kniete sich an Orlandos Seite auf den Boden. Dann nahm er ihn an der Hand. „Es heißt, die Zeit würde alle Wunden heilen. Aber das ist nicht wahr", sagte er. „Manche Wunden sind zu tief, um jemals wieder zu heilen. Mancher Bund ist zu tief, um jemals wieder gebrochen zu werden."

„Hast du jemals daran gedacht ...?"

„Öfter als ich zählen kann", flüsterte Sebastien.

„Warum hast du es nicht getan?"

„Weil ich Thibault vor seinem Tod versprechen musste, eine neue Liebe zu finden", erklärte Sebastien. „Ich konnte dieses Versprechen nicht brechen. Und in meinem Fall ist es auch eingetroffen. Ich habe überlebt und eine neue Liebe gefunden, so tief und so allumfassend wie die erste. Aber das war meine Entscheidung. Du musst dich nicht genauso entscheiden." Er erwähnte nicht, dass ihm schon bald der gleiche Verlust bevorstand, denn Thierry war nicht jünger, als Alain es gewesen war.

„Es kann nicht sein", sagte Orlando bedauernd. „Ich will keine andere Liebe finden. Ich will nur Alain."

„Er wird immer in deinem Herzen leben", sagte Jean. „Du musst das nicht tun."

„Doch", erwiderte Orlando. „Ich muss es tun. Ich weiß, dass ich jetzt wieder fremdes Blut trinken kann. Aber allein bei dem Gedanken daran wird mir so schlecht, als wäre ich immer noch durch den Aveu de Sang gebunden. Einen anderen Körper zu halten und von ihm zu trinken – selbst im Sang Froid – ist eine ekelerregende Vorstellung. Ich kann es einfach nicht tun, Jean. Ich werde Alain und unsere Liebe nicht auf diese Weise verraten. Er hat mir nicht das gleiche Versprechen abgenommen, wie Sebastien es Thibault geben musste. Er wusste, dass ich es niemals halten könnte. Wenn ich sterblich wäre, würde ich meine letzten Tage in der Erwartung auf unsere Wiedervereinigung verleben, aber ich bin nicht sterblich. Meine Tage sind nicht durch mein Alter begrenzt, also muss ich sie durch meine eigene Entscheidung begrenzen. Unsere Seelen werden sich wiederfinden und nichts wird uns mehr trennen können."

„Und wenn du dich täuschst?"

„Dann werde ich nur einige Sekunden gelitten haben."

Jean zuckte zusammen. „Sag das nicht."

„Hör auf, Jean", sagte Sebastien tadelnd. „Orlando war Manns genug, den Aveu de Sang einzugehen. Er kann auch selbst entscheiden, welche Konsequenzen er daraus zieht. Wir haben ihn unterstützt, als während der Allianz an ihm gezweifelt wurde. Wir schulden ihm auch jetzt unsere Unterstützung."

„Bitte, Jean", sagte Orlando leise. „Mach es mir nicht noch schwerer, als es schon ist."

„Schwerer machen? Du erwartest, dass ich tatenlos zusehe, wie du dich vernichtest!"

„Nein", erwiderte Orlando. „Ich bitte dich, mit mir Wache zu halten, bis ich wieder mit dem Mann vereint bin, den ich in alle Ewigkeit lieben werde. Ich weiß, es fällt dir schwer, mich zu verstehen. Aber freue dich mit mir, Jean. Sei glücklich mit mir, dass ich eine so tiefe Liebe gefunden habe, eine so allumfassende Liebe, dass sie durch nichts ersetzt werden kann. Sei glücklich mit mir, dass ich mich in einen Mann verliebt habe, den ich respektieren und begehren konnte. Sei glücklich mit mir, dass ich endlich Frieden finden kann."

„Thierry?", wandte sich Jean an Alains Freund. „Du kannst mir nicht sagen, dass Alain es sich so gewünscht hätte."

„Alain hätte nicht darum gebeten", gab ihm Thierry recht. „Aber ich weiß auch, dass er Orlando nicht lange überlebt hätte, wenn ihm etwas passiert wäre. Kannst du dich nicht erinnern, wie es war, als Serrier Orlando während des Krieges entführt hat?"

„Lasst eure letzten Worte nicht im Streit gesprochen sein", mahnte Raymond. „Ihr werdet nicht die Chance haben, euch wieder zu versöhnen. Orlando hat sich entschieden, auch wenn es uns schwerfällt, damit zu leben. Du solltest seine Entscheidung respektieren, so wie du es immer getan hast."

„Bitte." Der Wind blies stärker und Orlando Stimme war über dem Rascheln der Blätter kaum zu hören.

Jean ließ geschlagen den Kopf hängen. „Ich bleibe bei dir. Du sollst nicht allein auf das Ende warten müssen."

„Danke, Jean."

Jean kniete sich gegenüber von Sebastien, auf Orlandos anderer Seite, vor das Grab. Er drückte seinem Freund die Hand als Zeichen seiner Unterstützung.

Die Sterne zogen über ihnen hinweg, während sie schweigend am Grab saßen und auf die Morgendämmerung warteten. Dann wurde es am Horizont langsam hell und die Sonne kündigte ihr Erscheinen an.

„Ich habe Angst", flüsterte Orlando leise, als die Dunkelheit mehr und mehr dem Tageslicht wich.

„Du musst nur ein Wort sagen, und Thierry oder Raymond bringen dich in Sicherheit", bot ihm Jean zum letzten Mal an.

Orlando schüttelte den Kopf. „Nein, ich will es so."

Dann erschienen die ersten Sonnenstrahlen am Horizont. „Lebewohl, Jean. Behalte mich in guter Erinnerung."

Orlando bog den Rücken durch und eine merkwürdige Mischung aus Schmerz und Freude lag in seinem Gesicht. Sekunden später war er verschwunden und nur ein kleines Häuflein Asche blieb noch zwischen Sebastien und Jean auf dem Boden zurück.

Jean fiel mit einem lauten Schrei nach vorne und schlug sich die Hände vors Gesicht. Raymond und Sebastien nahmen ihn tröstend in die Arme. Thierry vergrub neben Orlandos Asche die Hände in der Erde und wendete sie, bis sie sich mit der Asche vermischt hatte. In weniger als zwölf Stunden war ihr schon zum zweiten Mal ein Opfer gebracht worden. „Seht nur", sagte er leise zu den anderen drei Männern. Der schwarze Marmor des Grabsteins erstrahlte in einem inneren Glanz, dann wurde Orlandos Name neben dem von Alain in dem harten Stein sichtbar.

„Warst du das?", fragte Raymond.

Thierry schüttelte den Kopf.

Der Wind wirbelte ihnen um die Köpfe und zerzauste ihnen die Haare. Er ließ ein fröhliches, unbeschwertes Lachen in ihren Herzen zurück.

„Ich glaube, das war Alain."

PERSONENVERZEICHNIS

Alain Magnier – Magier der Milice und Partner von Orlando St. Clair

Aleth Dumont – Thierrys verstorbene Frau

Adèle Rougier – Magierin der Milice und Partnerin von Jude

Angélique Bouaddi – Vampirin und Partnerin von David Sabatier, Besitzerin des Sang Froid

Antonio – Vampir und Partner von Monique Leclerc

Blair Nichols – Vampir und Partner von Laurent Copé

Caroline Bontoux – Magierin der Milice und Partnerin von Mireille Fournier

Catherine Raynaud de Lage – Magierin der Milice und Partnerin von Justin Molinière

Charlotte Pasquier – Magierin der Milice und Partnerin von Sophie Gasquet

Christophe Lombard – ältester Vampir von Paris

Claude Blanchet – dunkler Magier

David Sabatier – Magier der Milice und Partner von Angélique Bouaddi

Dominique Cornet – dunkler Magier

Eric Simonet – dunkler Magier, der nach dem Tod seiner Frau und seiner Kinder zu Serrier übergewechselt ist

Fabienne Bruguière – Vampirin und Partnerin von Mathieu Gastineau

François Roche – Angéliques Geschäftsführer im Sang Froid

Geneviève Iserin – Vampirin und Partnerin von Marie Jacquet

Hugues Fouquet – Magier der Milice und Leutnant unter Alain

Jean Bellaiche – Chef de la Cour von Paris und Partner von Raymond Payet

Joël Morvilliers – dunkler Magier

Jude – Vampir und Partner von Adèle Rougier

Julien Aubert – Vampir und Besitzer einer Nachtbar

Justin Molinière – Vampir und Partner von Catherine Raynaud de Lage

Karine Gaudier – Jeans sporadische Geliebte

Laetitia Bastian – Vampirin und Besitzerin eines Cafés

Laurent Copé – Magier der Milice und Partner von Blair Nichols, Leutnant unter Alain

Luc Cabalet – Chef de la Cour von Amiens

Magali Ducassé – Magierin der Milice

Malika Robin – Vampirin und Besitzerin eines Internet-Cafés

Marie Jacquet – Magierin der Milice und Partnerin von Geneviève Iserin

Mathieu Gastineau – Magier der Milice und Partner von Fabienne Bruguière

Mireille Fournier – Vampirin und Partnerin von Caroline Bontoux

Monique Leclerc – dunkle Magierin und Partnerin von Antonio

Orlando St. Clair – Vampir und Partner von Alain Magnier

Pascal Serrier – Anführer der dunklen Magier
Raymond Payet – Magier der Milice und Partner von Jean Bellaiche
Sebastien Noyer – Vampir und Partner von Thierry Dumont
Simon Aguiraud – dunkler Magier
Sophie Gasquet – Vampirin und Partnerin von Charlotte Pasquier
Thibaut – Sebastiens verstorbener Avoué
Thierry Dumont – Magier der Milice und Partner von Sebastien Noyer
Vincent Jonnet – dunkler Magier

ARIEL TACHNA lebt mit ihrem Ehemann, ihrem Sohn und ihrer Tochter sowie einer Katze in der Nähe von Winston-Salem, North Carolina. Bevor sie sich dort niedergelassen hat, hat sie die ganze Welt bereist. Sie hat sich in zwei Länder verliebt: in Frankreich, wo sie ihren Mann kennengelernt hat, und in Indien, wo sie sich eines Tages zu Ruhe setzten möchte. Ariel ist zweisprachig und kann sich in vier weiteren Sprachen verständigen. Sie liebt Sprachen genauso sehr, wie sie das Schreiben liebt.

Besuchen Sie Ariel auf ihrer Website: www.arieltachna.com, bei Facebook: www.facebook.com/ArielTachna, oder schicken Sie ihr eine E-Mail an: arieltachna@gmail.com.

Von ARIEL TACHNA

Ihre Beiden Väter
Mit Nicki Bennett: Unter die Haut

BLUTSPARTNERSCHAFT
Allianz des Blutes
Pakt des Blutes
Konflikt des Blutes
Versöhnung des Blutes

LANG DOWNS
Dein Stern am Himmel
Hol Dir einen Stern
Die Nacht überdauern
Die Flammen besiegen

Veröffentlicht von DREAMSPINNER PRESS
www.dreamspinner-de.com

ALLIANZ
DES BLUTES

ARIEL TACHNA

Buch 1 in der Serie – Blutspartnerschaft

Können ein verzweifelter Magier und ein verbitterter, desillusionierter Vampir einen Weg finden, Partner zu werden und ihre Welt zu retten?

In einer Welt, in der ein Krieg der Magier tobt, werden Vampire von vielen als minderwertig angesehen, als die stereotypischen Geschöpfe der Nacht, denen die Menschen zum Opfer fallen. Doch der Krieg wird immer bedrohlicher und die Magier wissen, dass sie Hilfe brauchen, um das Geschick zu ihren Gunsten zu wenden. Die dunklen Magier wollen die bestehende Welt auslöschen, und die Stärke der Vampire könnte den Ausschlag geben, um das zu verhindern.

Die Magier gehen das Wagnis ein, den Chef de la Cour der Vampire zu einem geheimen Treffen zu überreden, um ihn von ihrem guten Willen zu überzeugen und seine Unterstützung zu gewinnen. Alain Magnier, ein verzweifelter Magier, und Orlando St. Clair, ein verbitterter, desillusionierter Vampir, treffen sich in Paris auf einem Friedhof. Das Schicksal der Welt hängt vom Ausgang dieses Treffens ab. Werden die Vampire sich dem Kampf gegen die dunklen Magier anschließen und sich mit den Magiern auf eine Partnerschaft einlassen, um den Krieg gemeinsam zu gewinnen?

www.dreamspinner-de.com

Pakt des Blutes

Blutes

ARIEL TACHNA

Fortsetzung zu *Allianz des Blutes*
Buch 2 in der Serie – Blutspartnerschaft

Magier und Vampire haben eine Allianz geschmiedet, die auf Partnerschaften des Blutes und der Magie gründet. Sie hoffen, damit dem Krieg gegen die dunklen Magier eine entscheidende Wendung geben zu können. Einige Partnerschaften sind ebenso erfolgreich, wie die zwischen Alain Magnier und Orlando St. Clair. Auf andere trifft das nicht zu. Es kommt zu Streit, Vorwürfen und sogar offener Feindschaft zwischen den Partnern, obwohl sie durch ein gemeinsames Ziel verbunden sind.

Thierry Dumont ist entschlossen, dem Beispiel seines besten Freundes Alain zu folgen. Er ist mit dem Vampir Sebastien Noyer eine Partnerschaft eingegangen. Obwohl er sich, so kurz nach dem gewaltsamen Tod seiner Frau, in der Nähe des Vampirs – eines Mannes – unbehaglich fühlt. Aber sie stellen fest, dass ihre gemeinsame Verzweiflung die beste Voraussetzung ist, um einen Bund zu schließen. Thierry und Sebastien stellen den Schutz ihres Partners über alles und unterstützen sich vorbehaltlos.

Durch die Erfolge der Allianz bestärkt, beschließen das Oberhaupt der Magier und der Chef de la Cour der Vampire, ihr neues Bündnis der Öffentlichkeit bekannt zu machen. Sie erhoffen sich dadurch zusätzliche Unterstützung in ihrem Kampf gegen die dunklen Magier, die das Leben auf der Erde in seiner bisherigen Form zu vernichten drohen. Aber die Allianz erleidet auch Rückschläge, denn die Partnerschaften bringen nicht nur Vorteile mit sich, sondern gefährden auch das magische Gleichgewicht der Erde. Und diese Gefahr könnte sich als größer erweisen, als der Krieg selbst.

www.dreamspinner-de.com

KONFLIKT DES BLUTES

ARIEL TACHNA

Fortsetzung zu *Pakt des Blutes*
Buch 3 in der Serie – Blutspartnerschaft

Die Allianz des Blutes zwischen Magiern und Vampiren wird stärker und fügt den dunklen Magiern empfindlichere Verluste zu. Immer verzweifelter suchen sie nach Informationen, um die drohende Niederlage abzuwenden. Sie wissen nicht, dass auch die Allianz unter wachsenden Spannungen in einigen Partnerschaften zu leiden hat.

Der Konflikt breitet sich aus. Es gibt Partnerschaften, die weder persönlich noch professionell harmonieren und die drohen, die Allianz von innen heraus zu zerstören. Alain Magnier und Orlando St. Clair versuchen, ein Auseinanderbrechen der Allianz zu verhindern. Sie werden unterstützt durch Thierry Dumont und Sebastien Noyer, aber auch durch Raymond Payet und Jean Bellaiche, den Chef de la Cour von Paris, die beide selbst noch darum kämpfen, ihre Partnerschaft auf eine stabile Grundlage zu stellen, um durch ihr Vorbild andere überzeugen zu können.

Während der Krieg immer brutaler wird und sich auf beiden Seiten die Verluste häufen, suchen die dunklen Magier immer noch nach Wegen, die Allianz zu zerstören. Derweil durchforsten die Blutspartner alte Quellen, um hinter den Vorurteilen und Legenden das entscheidende Quäntchen Wahrheit zu finden, das die Geschicke des Krieges endgültig zu ihren Gunsten wenden kann.

www.dreamspinner-de.com

ARIEL TACHNA

DEIN STERN
AM HIMMEL

Buch 1 in der Serie – Lang Downs

Caine Neiheisel steckt nicht nur in seinem Job in einer Sackgasse fest,
sondern auch in seiner Beziehung, als die Chance seines Lebens in seinen Schoß
fällt: Seine Mutter hat die Schafstation ihres Onkels in New South Wales, Australien,
geerbt, und Caine sieht es als die Chance auf einen Neuanfang, draußen auf einer
Ranch, wo sein Stottern ihn nicht zurückhalten und sein Wille zu arbeiten seine
Unerfahrenheit wettmachen würde.

Unglücklicherweise wechselt Macklin Armstrong, der Vorarbeiter von Lang
Downs, der eigentlich Caines größter Verbündeter sein sollte, zwischen kühlem
und völlig abweisendem Verhalten, und die anderen Arbeiter sind eher über Caines
Stottern amüsiert, als durch seine Entschlossenheit beeindruckt … Zumindest, bis
sie herausfinden, dass er schwul ist und ihre Belustigung sich in Zorn verwandelt.
Es wird Caines ganze Entschlossenheit – und einen Sabotageakt eines feindlich
gesinnten Nachbarn – brauchen, um die Männer von Lang Downs zu vereinen und
Caine und Macklin eine Chance auf Liebe zu geben.

Ihre beiden Väter

Ariel Tachna

Srikkanth Bhattacharya ist ein schwuler Junggeselle, der das Leben genießt und völlig glücklich damit ist, bis er einen Anruf vom Krankenhaus bekommt. Seine beste Freundin Jill ist dort während einer Geburt gestorben. Sri hatte zugestimmt, das Sperma zu spenden um Jill ihren Traum, Mutter zu sein, zu erfüllen. Doch hatte er nie erwartet, Entscheidungen für das kleine Mädchen treffen zu müssen. Er beabsichtigt, sie zur Adoption zu geben. Doch als er sie das erste Mal sieht, kann Sri sich nicht dazu durchringen. Völlig überraschend wird er zum Vater und muss lernen, damit umzugehen.

Sein Mitbewohner und Freund, Jaime Frias, hilft ihm freiwillig, ohne zu ahnen, dass er sich in das Baby und Sri verlieben wird. Alles scheint perfekt, bis ein Besuch des Jugendamtes Sri in Bedrängnis bringt, als müsse er sich zwischen seiner Tochter und der Beziehung zu dem Mann, den er liebt, entscheiden.

www.dreamspinner-de.com